카라마조프 씨네 형제들

카라마조프 씨네 형제들 3

Братья Карамазовы

표도르 도스토옙스키 장편소설 이대우 옮김

열린책들 세계문학
모노 에디션

BRAT'IA KARAMAZOVY
by FEDOR DOSTOEVSKII (1879~1880)

일러두기

번역 대본은 F. M. Dostoevskii, *Sobranie sochinenii v dvenadtsati tomakh*(Moskva: Pravda, 1982)와 F. M. Dostoevskii, *Polnoe sobranie sochinenii v tridtsati tomakh* (Leningrad: Nauka, 1972~1990)를 주로 사용하였습니다. 다만 판본에 차이가 없는 한 옮긴이가 번역 대본을 임의로 선택하였습니다.

제4부(계속)

제11권 작은형 이반 표도로비치

1 그루셴카의 집에서	11
2 아픈 다리	28
3 작은 악마	46
4 찬미가와 비밀	58
5 형님이 아니에요, 형님이 아니에요!	83
6 스메르댜코프와의 첫 번째 면담	95
7 스메르댜코프와의 두 번째 면담	112
8 스메르댜코프와의 세 번째이자 마지막 면담	128
9 악마, 이반 표도로비치의 악몽	156
10 그건 그자가 말했어	188

제12권 오판

1 운명의 날	199
2 위험한 증인들	211

3 의학 감정과 한 푼트의 호두	226
4 행운이 미탸에게 미소 짓다	235
5 뜻밖의 사태	252
6 검사의 논고, 성격 묘사	271
7 범행 경위	289
8 스메르댜코프에 대한 진술	298
9 전속력의 심리 분석, 달리는 삼두마차, 검사 논고의 결론	315
10 변호사 변론, 양날 도끼	335
11 돈은 없었다, 강탈 행위도 없었다	342
12 그렇다, 살인도 없었다	353
13 사상의 간통자	367
14 농부들이 고집을 부리다	381

에필로그

1 미탸의 구출 계획	395
2 거짓이 순식간에 진실이 되다	405
3 일류샤의 장례식, 바위 앞에서의 조사(弔詞)	419

역자 해설 — 욕망과 증오의 카라마조프 제국	437
작품 평론 — 대심문관 — 신인(神人)과 인신(人神)	453
『카라마조프 씨네 형제들』 줄거리	483
도스토옙스키 연보	489

등장인물

표도르 파블로비치 카라마조프 가장.
드미트리(미탸, 미텐카, 미티카, 미트리) 큰아들.
이반(바냐, 바네치카, 반카) 둘째 아들.
알료샤(알렉세이, 알료시카, 료세치카) 셋째 아들.

아델라이다 이바노브나 미우소바 표도르의 첫 아내.
소피야 이바노브나 둘째 아내.

그리고리 바실리예비치 쿠투조프 하인.
마르파 이그나티예브나 그의 아내.
스메르댜코프(파벨 표도로비치) 요리사.
리자베타 스메르댜샤야 그의 어머니.

카테리나 이바노브나 베르홉체바(카탸, 카텐카, 카티카) 드미트리의 약혼자.
호흘라코바 부인(카테리나 오시포브나) 과부.
리자(리즈) 딸.
그루셴카(아그라페나 알렉산드로브나 스베틀로바. 그루샤, 그루시카, 아그리피나)
라키틴(미하일 오시포비치. 미샤, 라킷카, 라키투시카) 신학생. 그루셴카의 사촌.
삼소노프(쿠지마 쿠지미치) 그루셴카의 보호자.

조시마 수도원 장로.
이폴리트 키릴로비치 검사.
니콜라이 파르표노비치 넬류도프 예심 판사.
페튜코비치 변호사.

표트르 일리치 페르호틴 관리.
스네기료프(니콜라이 일리치) 퇴역 대위.

아리나 페트로브나 그의 병든 아내.
바랴(바르바라), **니나**(니노치카), **일류샤**(일류셰치카) 스네기료프의 아이들.
다르다넬로프 일류샤의 학교 선생님.
콜랴 크라솟킨, 스무로프, 카르타셰프 일류샤의 학교 친구들.

제4부
(계속)

제11권
작은형 이반 표도로비치

1 그루셴카의 집에서

알료샤는 그루셴카를 찾아서 상인의 아내인 모로조바의 집이 있는 소보르나야 광장으로 향했다. 그루셴카가 아침 일찍 그에게 페냐를 보내서 자기 집에 들러 달라는 간절한 부탁을 전해 왔던 것이다. 알료샤는 그녀가 어제부터 왠지 모를 이상한 불안감에 빠져 있다는 사실을 눈치챌 수 있었다. 미탸가 체포된 이후 두 달 동안 알료샤는 때로는 자발적으로 때로는 미탸의 부탁을 받고 모로조바의 집에 종종 들르곤 했었다. 미탸가 체포되고 나서 사흘이 지날 무렵, 그루셴카는 심한 병을 앓기 시작해 거의 5주간이나 병석에 누워 있었던 것이다. 그중 한 주일 동안은 의식을 잃은 적도 있었다. 그녀는 지난 두 주 사이에 집 밖을 나돌아다닐 수 있을 정도로 회복되었지만, 수척해지고 황달기가 역력히 드러나 안색이 변해 있었다. 그러나 알료샤의 눈에는 그녀의 얼굴이 한층 더 매력적으로 보였으며, 그도 그녀를 찾아가 시선을 마주치는 것이 그다지 싫지만은 않았다. 그녀의 시선에는 무언가 확고하고 의미심장한 것이 결연히 나타나 있었다. 거기에는 어떤 정신적인 변화가 깃들어 있었고, 겸손하고 훌륭하면서도 쉽게 바뀌지 않을 단호한 결의가 엿보였다. 양미간에 수직으로 난 한 줄기의 가느다란 주름살은 그녀의 사랑스러운 얼굴에 언뜻 보기엔 엄숙하게 느껴질 어떤 사려 깊은 모습을 더해 주었다. 다시 말하자면 과거의 경박함은 그 흔적조차 찾을 수 없었다. 알료샤에게 이상하게 여겨졌던 것은, 한 사내의 약혼녀가 되는 바로 그 순간, 무서운 범죄 혐의로 약혼자가 체포당하고만 가엾은 그루셴카가 약혼녀로서 겪어야 했던 온갖 불행에도 불구하고, 그리고 그 후 자신의 발병과 또 앞으로 미탸에게 내려질 거의 피할 수 없는 법원의 유죄 판결의 위협에도 불구하고, 예전과 마찬가지로 생동감 넘치는 명랑함을 잃지 않았다는 사실이다. 예전의 도도한 눈빛 속에는 이제 고요함이 깃들어 있었다……. 비록 가슴속에 예전의 불안감이 찾아들어서 그것이 사라지기는커녕 오히려 점점 커져만 가는 순간일지라도 이따금씩 그녀의 두 눈에는 여전히 증오의 불꽃이 타올랐다. 그 불안의 대상은 한결같이 카테리나 이바노브나였다. 그루셴카는 병석에 누워 있을 때에도 헛소리를 해대며 카테리나 생각에 빠져들었던 것이다. 카테리나 이바노브나가 언제든지 감옥에 면회를 갈 수 있는 입장이면서 한 번도 가지 않았음에도 불구하고 그루셴카는 미탸로 인해, 이젠 체포되고 만 미탸로 인해 그녀에게 무서운 질투심을 느끼고 있다는 사실을 알료샤는 알고 있었다. 그 모든 것이 알료샤에게는 힘겨운 과제였다. 왜냐하면 그루셴카가 진정으로 신뢰했던 사람은 알료샤 한 사람뿐이었으며, 그에게 끊임없이 조언을 구했기 때문이다. 그럴 때면 이따금 알료샤는 그녀에게 대답해 줄 기운마저 잃어버리곤 했다.

 걱정스러운 마음을 안고 알료샤는 그녀의 방으로 들어갔다. 그녀는 이미 집에 돌아와 있었다. 30분 전에 미탸를 만나고 돌아온 후였다. 탁자 뒤편 안락의자에 앉아 있다가 자신을 향해 뛰어나오는 그녀의 날랜 동작을 보면서 알료샤는 그녀가 자신을 굉장히 초조하게 기다리고 있었다고 생각했다. 탁자 위에는 카드가 놓여 있었는데, 아마도 바보 게임을 했던 모양이다. 탁자 옆 가죽 소파 위에는 이부자리가 깔려 있고, 그 위에는 막시모프가 가운을 입고 길쭉한 종이 모자를 쓴 채 비스듬히 누워 있었다. 막시모프는 헤벌쭉하게 웃고 있었지만 병에 걸려 허약해진 것 같았다. 집 없는 그 노인은 두 달 전 그루셴카와 함께 모크로예에서 돌아온 이후로 그녀의 집에 머물면서 잠시도 그녀의 곁을 떠나지 않았다. 당시 그녀와 함께 진눈깨비를 맞으며 도착한 그는 비에 흠뻑 젖은 채 겁에 질린 모습으로 소파에 앉아서, 애걸하는 비굴한 미소를 보내며 묵묵히 그녀를 응시했었다. 초기 열병 증세까지 나타내며 엄청난 슬픔에 빠져 있던 그녀는 집에 도착한 후 처음 30분 동안 이런저런 생각에 잠기느라 그 노인에 대해 거의 의식하지 않고 있다가 문득 노인을 뚫어지게 바라보았다. 그는 처량하고 풀이 죽은 모습으로 그녀의 시선에 히죽 미소를 보냈다. 그녀는 페냐를 불러 노인에게 먹을 것을 가져다주라고 지시했다. 그날 노인은 그 자리에서 미동도 하지 않은 채 앉아 있었다. 날이 어두워졌을 때 창문을 걸어 잠근 후 페냐는 주인 아가씨한테 물었다.

 「그런데 아가씨, 저분은 여기서 묵고 가시나요?」

 「그래, 소파에 잠자리를 펴드리렴.」 그루셴카가 대답했다.

자세히 물어본 결과 그루센카는 노인이 지금 정말 의지할 곳이라곤 전혀 없는 처지에 놓여 있다는 사실을 알게 되었다. 〈제 은인인 칼가노프 씨께서 더 이상 제 뒤를 봐줄 수 없다면서 5루블을 주셨지요〉라는 노인의 이야기에 가슴이 아팠던 그루센카는 노인을 향해 연민의 미소를 보내며, 〈정말 딱하게 되셨네요, 그렇다면 여기에서 묵도록 하세요〉라고 말했다. 노인은 그녀의 미소에 가슴이 뭉클했고 두 입술은 감격의 오열로 부들부들 떨렸다. 그래서 그때부터 그 떠돌이 식객은 그녀의 집에 머물게 되었다. 그녀가 병에 걸렸을 때에도 노인은 그 집에서 나가지 않았다. 페냐와 식모인 페냐의 어머니는 노인을 쫓아내지도 않았고, 계속해서 먹을 것을 주며 소파에 잠자리를 마련해 주었다. 나중에는 그루센카도 그에게 익숙해져서 미탸에게 다녀와서는(그녀는 미처 건강이 회복되기도 전에 몸을 추슬러 그에게 면회를 다니기 시작했다) 〈막시무시카〉의 외로움을 달래 주기 위해 그 곁에 앉아 온갖 잡담을 늘어놓았는데, 그것은 자신의 슬픔을 잊기 위한 노력일 뿐이었다. 그런데 그 노인은 이따금 재미있는 이야기를 할 줄도 알았기 때문에, 결국은 그녀에게 없어서는 안 될 존재가 되었다. 그루센카는 매일도 아니고 가끔씩 찾아오며, 그것도 잠시 앉았다가 돌아가는 알료샤만 맞아들일 뿐 다른 사람들은 거의 만나지 않았다. 그녀의 늙은 상인은 그때 이미 중병으로 몸져누워서 읍내에서는 〈죽어 가고 있다〉는 소문이 파다했는데, 실제로 미탸의 재판이 시작된 지 일주일 만에 죽고 말았다. 그 상인은 죽기 3주일 전에 자신의 최후를 예감하고 자식들과 며느리들 그리고 손자들을 2층 방으로 부른 다음, 자기 곁에서 떠나지 못하도록 했다. 그리고 하인들에게는 그 순간부터 그루셴카를 절대 집 안에 들이지 말라고 지시했으며, 만일 그녀가 찾아온다면 〈부디 한평생 행복하게 살아가고 자신을 잊어 달라〉는 말을 전하게 했다. 그러나 그루셴카는 상인의 용태를 알아보려고 거의 매일 사람을 보냈다.

「마침내 와주셨군요!」 그녀는 카드를 집어 던지고 알료샤와 반갑게 인사를 나누며 소리쳤다. 「막시무시카가 어쩌면 당신이 오지 않을지도 모른다고 겁을 주었거든요. 아아, 나한테는 당신이 얼마나 필요한지 몰라요! 탁자로 가서 앉으세요. 무얼 드시겠어요, 커피?」

「네, 부탁드립니다.」 알료샤는 탁자로 가서 자리에 앉으며 말했다. 「많이 시장하군요.」

「아니, 저런. 페냐, 페냐, 커피 좀 가져와!」 그루셴카가 소리쳤다. 「커피는 오래전부터 끓여 놓고 있었어요, 당신을 기다리고 있었거든요. 애, 만두도 데워서 가져오렴. 아니, 잠깐만, 알료샤, 난 그 만두 때문에 오늘 한바탕 소동을 벌였어요. 내가 만두를 감옥에 가져갔더니, 아시겠어요, 그분은 그걸 나에게 내던지며 손도 대지 않는 거예요. 한 개는 마룻바닥에 완전히 내팽개친 다음, 발로 짓뭉개지 않겠어요. 그래서 말해 주었죠. 〈간수한테 맡겨 둘 테니 저녁때까지 먹지 않는다면 당신은 심술만 먹고 사는 사람이 되겠죠!〉 그러고는 돌아와 버렸어요. 우린 또다시 싸우고 만 거예요, 믿기세요? 면회를 가기만 하면 이렇게 싸움이 벌어지거든요.」

그루셴카는 몹시 흥분하여 단숨에 이 모든 걸 말했다. 대번에 기가 죽은 막시모프는 눈을 내리깐 채 미소를 짓고 있었다.

「이번에는 무엇 때문에 싸우신 거죠?」 알료샤가 물었다.

「내가 전혀 예상치도 못한 일이었어요! 아니 글쎄, 〈그 옛 남자〉를 질투하지 뭐예요. 〈당신은 그 녀석을 먹여 살리고 있다면서, 어째서 그 녀석을 먹여 살리게 된 거지?〉라고 하잖아요. 사사건건 날 질투하고 있어요, 모든 것에 질투하고 있다고요! 잠을 자면서도 밥을 먹으면서도 질투하고 있는 거예요. 지난 주일에는 쿠지마 영감까지 질투하지 않겠어요!」

「형님은 이미 그〈옛 남자〉를 알고 계시지 않습니까?」

「물론이죠. 그분은 처음부터 오늘날까지 모두 다 알고 있어요. 그런데 오늘 갑자기 자리를 박차고 일어나더니 욕을 퍼붓기 시작하는 거예요. 입에 담기도 부끄러운 그런 말들을 말이에요. 정말 바보 같은 사람이에요! 내가 밖으로 나올 때 라키틴이 그분한테 들어가더군요. 어쩌면 라키틴이 그분을 부추기고 있는지도 몰라요, 그렇지 않아요? 당신은 어떻게 생각하세요?」 그녀는 왠지 서두르며 덧붙였다.

「형님은 당신을 사랑하고 있습니다, 아주 많이 말입니다. 그런데 오늘은 좀 흥분했던 모양이지요.」

「내일 재판이 있으니 흥분하지 않을 수 없겠지요. 내가 오늘 찾아간 것도 내일 일 때문에 할 말이 있었기 때문이에요. 알료샤, 난 내일 무슨 일이 벌어질지 상상하는 것조차 끔찍해요! 당신은 그분이 흥분한 상태라고 말했지만, 나 역시 얼마나 불안한지 몰라요. 그런데 그분은 폴란드인 이야기를 하더군요! 정말 바보예요! 설마 여기 이 막시무시카까지 질투하진 않겠지요.」

「내 아내도 질투심이 대단했었답니다.」 막시모프가 짤막하게 한마디 내뱉었다.

「당신한테요?」 그루센카는 억지 미소를 지었다. 「당신과 누구 사이를 질투했단 말인가요?」

「하녀들이죠.」

「에이, 그만두세요, 막시무시카. 웃을 일이 아니에요. 화만 더 나요. 그리고 만두에 눈길을 주지 마세요, 드리지 않을 거예요. 당신한테는 몸에 해로워요. 그리고 녹용주도 드리지 않겠어요. 이분을 돌보는 것은 마치 양로원을 운영하는 것 같아요, 이건 정말이에요.」 그녀가 웃음을 터뜨렸다.

「난 당신의 도움을 받을 자격이 없는 놈입니다, 아무짝에도 쓸모없는 인간이니까요.」 막시모프는 울먹이는 소리로 말했다. 「당신은 나보다 도움이 더 필요한 사람을 돕는 것이 나을 겁니다.」

「아휴, 누구에게나 도움은 필요한 법이에요, 막시무시카. 그리고 누구한테 도움이 더 필요한지 어떻게 알 수 있겠어요. 그 폴란드인이 없었으면 좋겠어요, 알료샤, 오늘 그 사람도 병이 날 것 같다는군요. 난 그 사람 집에 다녀왔어요. 나는 일부러라도 그 사람한테 만두를 보낼 생각이에요. 아무것도 보낸 적이 없는데, 미탸는 내가 그에게 만두를 보내려 한다고 야단이지 뭐예요. 그래서 이제 일부러라도 보낼 거예요, 일부러라도! 아, 저기 페냐가 편지를 가져오는군요! 자, 여기 있어요, 또 폴란드인이 보낸 것이죠. 다시 돈을 보내 달라는 거예요!」

실제로 판 무샬로비치는 평소와 다름없이 자신만의 화려한 문체로 된 장문의 편지를 보냈는데, 거기에는 3루블만 빌려 달라고 적혀 있었다. 편지에는 3개월 이내에 반드시 갚겠다는 서약이 쓰인 차용 증서가 끼워져 있었다. 그리고 차용 증서 하단에는 판 브루블레프스키의 서명이 들어 있었다. 그런 내용의 편지들을 그루셴카는 자신의 〈옛 남자〉로부터 이미 여러 차례 받아 온 터였다. 그런 일은 그루셴카의 건강이 회복될 무렵, 즉 2주일 전부터 시작되었다. 그러나 그녀는 두 폴란드 신사가 자신이 병들어 있을 때 병문안을 다녀갔다는 사실을 알고 있었다. 그루셴카가 받은 첫 번째 편지는 큼지막한 규격용 편지에 가문의 커다란 문장(紋章)으로 봉인되어 있었는데, 너무나 애매모호하고 수사학적으로 쓰여 있어서 그루셴카는 반쯤 읽다가 무슨 뜻인지 전혀 알 길이 없어 집어 던지고 말았다. 그리고 당시에는 편지 따위에 신경 쓸 겨를도 없었다. 그 첫 번째 편지에 뒤이어 다음 날에는 두 번째 편지가 날아왔다. 거기에는 조속한 시일 내에 갚을 테니 2천 루블만 빌려 달라고 적혀 있었다. 그루셴카는 그 편지에도 회답을 보내지 않은 채 그냥 내버려뒀다. 그 뒤로도 편지는 날마다 한 통씩 줄지어 날아왔는데, 한결같이 정중하고 수사학적인 내용으로 가득한 것이었지만, 빌려 달라는 돈 액수는 점점 줄어들어 1백 루블, 25루블, 10루블까지 내려갔다. 그루셴카는 그러다가 두 폴란드 신사가 마침내 단돈 1루블만 빌려 달라고 공동으로 서명한 차용 증서가 든 편지를 받게 되었다. 그러자 그루셴카는 갑자기 측은한 생각이 들었는지, 어둠이 깔린 저녁 무렵 직접 그 폴란드 신사에게 달려갔다. 그녀는 먹을 것도, 땔감도, 담배도 없이 거지나 다를 바 없는 신세로 전락하여 여주인에게 빚까지 지고 있는 처절하게 궁핍한 신세의 두 폴란드인을 만나게 되었다. 모크로예에서 미탸로부터 딴 2백 루블은 금세 다 날려 버렸던 것이다. 그럼에도 불구하고 두 폴란드 신사가 오만방자하고 태연자약한 태도에 지나친 예의까지 갖추며 허풍을 떨면서 손님을 맞는 데에는 그루셴카도 놀라지 않을 수 없었다. 그루셴카는 그저 웃기만 하다가 자신의 〈옛 남자〉에게 10루블을 건네주었다. 그녀는 웃으며 미탸에게 그 일을 이야기했지만 미탸는 전혀 질투하지 않았다. 그러나 그때부터 두 폴란드 신사는 그루셴카에게 들러붙어 매일같이 돈을 빌려 달라는 편지를 보내 속을 썩였고, 그때마다 그녀는 돈을 조금씩 보내 주었다. 그런데 오늘은 별안간 미탸가 지독한 질투심을 드러냈던 것이다.

「내가 바보예요, 미탸한테 면회를 가다가 잠시 그 사람을 찾아갔으니 말이에요. 왜냐하면 그 사람도 병을 앓고 있었거든요, 옛 남자인 폴란드 신사 말이에요.」그루셴카는 매달리듯 초조한 목소리로 다시 말하기 시작했다. 「난 웃으면서 미탸한테 이런 이야기를 해주었어요. 그 폴란드 사람이 옛날에 기타 반주에 맞춰 노래하던 일을 내게 상기시키면 내가 감동해서 자기와 결혼할 거라는 생각을 여전히 가지고 있다는 이야기 말이에요. 그러자 미탸는 욕설을 퍼부으며 자리를 박차고 일어나는 거예요……. 그것이 사실이 아닌 한, 나는 그 폴란드 신사들에게 만두를 보내겠어요! 페냐, 그 사람들이 계집애를 보내 왔다고? 그럼 3루블과 만두 열 개를 종이에 싸서 주어라. 그리고 알료샤, 내가 그 사람들한테 만두를 보내더란 말을 미탸한테 꼭 전해 주세요.」

「쓸데없이 전하진 않겠어요.」 알료샤는 미소를 지으며 말했다.

「아니, 당신은 형님이 괴로워할 거라고 생각하시는군요. 그분은 그 일로 공연히 질투를 하는 것이니, 어차피 그분한테는 마찬가지예요.」 그루셴카는 괴로워하며 말했다.

「공연히 질투를 하다뇨?」 알료샤가 물었다.

「당신은 정말 어리석군요, 알료셴카. 정말이지, 당신은 매사에 현명하면서도 그건 전혀 이해하지 못하는군요, 정말로. 그분이 나 같은 여자 때문에 질투한다고 해서 화가 나는 것이 아니라, 그분이 전혀 질투를 하지 않기 때문에 화가 나는 거라고요. 난 그런 여자예요. 난 질투 때문에 화를 내지는 않아요. 내 마음은 아주 모질고, 또 나 자신도 질투심이 많으니까요. 단지 나는 그분이 나를 전혀 사랑하지 않으면서도 괜스레 질투심을 드러내는 것이 화가 날 뿐이에요. 내가 눈이 멀어서 그걸 모르는 걸까요? 그분은 오늘 갑자기 그 여자, 카티카 그 여자 이야기를 꺼내더니, 그 여자는 이런저런 여자이고, 자신의 법정 증언을 위해 모스크바에서 의사를 불러왔고, 자신을 빼내기 위해 가장 해박한 최고의 변호사를 불러왔다는 거예요. 내 앞에서 그 여자 칭찬을 하는 걸 보면 그분은 그녀를 사랑하고 있는 거예요. 그때 그 눈빛이 얼마나 파렴치했는지 몰라요! 나한테 잘못을 저지르고 있는 사람은 자기 자신이면서도 나를 먼저 잘못을 저지른 사람으로 만들려고 트집을 잡는 거예요. 게다가 〈네가 먼저 폴란드인과 함께 다니니, 내가 카티카와 어울리는 것은 당연한 일 아니냐〉 하는 식으로 나한테만 죄를 뒤집어씌우잖아요. 일의 진상이란 바로 이런 거죠! 그분은 나한테만 모든 죄를 뒤집어씌우고 싶은 거예요. 그분은 공연히, 공연히 트집을 잡고 있으니, 당신한테 말씀드리지만, 나만은…….」

그루셴카는 자신이 앞으로 어떻게 할 생각인지 미처 다 이야기하기도 전에 손수건으로 얼굴을 가린 채 서럽게 울어댔다.

「형님은 카테리나 이바노브나를 사랑하고 있지 않습니

다.」 알료샤는 자신 있게 말했다.

「아니, 그 여자를 사랑하는지 않는지는 내가 직접 알아내겠어요.」 그루셴카는 손수건을 내리면서 무서운 어조로 말했다. 그녀의 얼굴은 온통 일그러져 있었다. 알료샤는 상냥하고 차분하며 화색이 돌던 그녀의 얼굴이 별안간 우울하고 심술궂은 얼굴로 변해 있는 모습을 가슴 아프게 지켜보았다.

「이런 바보 같은 이야기들은 이제 그만해요!」 그녀는 갑자기 주제를 돌렸다. 「당신을 부른 건 이런 일 때문이 아니니까요. 알료샤, 내일은, 내일은 어떻게 될까요? 내가 괴로워하는 것은 바로 그 점이에요! 다른 사람들은 이런 고통을 알지 못해요! 어느 누구를 둘러봐도 그런 생각을 하는 사람은 아무도 없고, 누구도 그 일로 신경을 쓰지 않으며, 자기 일처럼 생각하는 사람이 없어요. 하지만 당신만은 생각하고 있었겠죠? 내일이면 재판을 받게 된다고요! 어서 말해 줘요, 그분의 재판이 어떻게 될지? 바로 그 하인 놈 짓이에요, 그 하인 놈이 살인을 한 거라고요, 그 하인 놈이! 오, 하느님! 그분은 그 하인 놈 때문에 유죄 판결을 받게 되었는데, 그분 편에 서서 옹호해 줄 사람은 아무도 없는 건가요? 그리고 그 하인 놈한테는 손도 못 대고 있지요, 그렇지 않은가요?」

「그 친구도 엄중한 신문을 받았습니다.」 알료샤는 깊은 생각에 잠기며 말했다. 「하지만 그 친구는 범인이 아니라는 결론이 내려졌어요. 요즘 그는 중병으로 몸져누웠습니다. 그때 그 발작을 일으킨 이후 계속 앓고 있거든요. 정말로 아픈 모양입니다.」 알료샤가 덧붙여 말했다.

「이를 어쩌지, 당신이 그 변호사를 찾아가서 직접 말씀드려 보세요. 3천 루블씩이나 받고 페테르부르크에서 모셔 온 변호사라고 하던데.」

「그 3천 루블은 나와 이반 형 그리고 카테리나 이바노브나, 우리 세 사람이 함께 지불한 돈입니다. 하지만 모스크바에서 온 의사는 그녀가 2천 루블을 지불하고 직접 불러온 것이죠. 변호사 페튜코비치는 더 많은 수임료를 받아야 했지만, 이 사건이 전 러시아에 파장을 일으켰고, 또 모든 신문과 잡지에 이 사건이 오르내리고 있으므로 명예를 고려해서 와주겠다고 했던 것입니다. 왜냐하면 이 사건은 이미 너무나 중요한 쟁점이 되어 버렸으니까요. 난 어제 그를 만났습니다.」

「아니, 그래서요? 그에게 뭐라고 말씀하셨죠?」 그루센카는 조바심을 내며 소리를 질렀다.

「그 사람은 잠자코 듣기만 할 뿐 아무 반응도 보이지 않았습니다. 자기한테는 이미 확고한 견해가 있다고 하더군요. 하지만 내 이야기를 참고로 하겠다고 약속해 주었습니다.」

「아니, 참고로 하다뇨! 아, 그 사람들은 모두 사기꾼들이에요! 모두 그분을 죽이려고 하는 거예요! 그렇다면 의사는, 의사는 왜 불러온 거지요?」

「전문가이기 때문입니다. 형님은 정신 이상자여서 발작 상태에서 무의식적으로 살인을 한 거라는 사실을 입증하고 싶어 하니까요.」 알료샤는 조용히 미소를 지었다. 「그러나 형님은 그 일에 동의하지 않고 있어요.」

「아아, 만일 그분이 살인을 했다면 그게 사실일 거예요!」 그루센카가 소리쳤다. 「그때 그분은 미쳤어요, 완전히 미쳤어요, 그건 내가, 이 나쁜 년이 잘못한 탓이에요! 하지만 그분은 살인을 하지 않았어요, 살인을 하지 않았다고요! 그런데 모두가 그분이 살인을 했다는 거예요, 온 마을 전체가! 페냐의 증언도 그분이 살인을 했다는 결론만 내리게 할 뿐이에요. 그리고 상점 사람들도, 그 관리도, 옛날에 술집 사람들도 그런 이야기를 들었다잖아요! 모두가, 모두가 그분 편이 아니고, 또 그런 눈길로 바라보잖아요.」

「그렇습니다, 증언이 엄청나게 늘어났습니다.」 알료샤는 우울한 표정으로 말했다.

「게다가 그리고리, 그리고리 바실리예비치 영감도 문이 열려 있었다고 주장하고 있어요, 자기 눈으로 똑똑히 봤다고 떠벌리고 있지요. 그 사람 주장을 꺾을 수가 없어요. 내가 쫓아가서 직접 이야기를 나눠 봤어요. 그랬더니 내게 다시 욕설만 퍼붓는 거예요!」

「네, 어쩌면 그게 형님한테 가장 불리한 증언일지도 모르죠.」 알료샤가 말했다.

「미탸가 미쳤다고 하던데, 요즘 그분은 정말 그런 것 같아요.」 그루센카는 별안간 수심이 가득한 신비스러운 표정으로 말문을 열었다. 「알료셴카, 나는 오래전부터 당신한테 이런 이야기를 들려주고 싶었어요. 매일 그분을 찾아가는데 이상한 생각이 들거든요. 당신 생각을 말해 주세요. 그분은 요즘 무엇이든 다 털어놓고 이야기하기 시작했거든요. 말문을 열고 말하지만 나로서는 전혀 알아들을 수가 없어요. 그분은 무언가 깨달음이 있는 이야기를 하고 있지만 내가 바보라서 전혀 이해가 되지 않는다는 생각이 들어요. 그분은 불쑥 내게 아귀 이야기를 꺼내면서 〈어째서 아귀들이 불쌍하다는 걸까?〉, 〈나는 지금 그 아귀 때문에 시베리아로 가는 거야. 난 살인을 저지르진 않았지만 시베리아로 가야만 해!〉라는 거예요. 그게 대체 무슨 말인지, 아귀란 대체 무엇인지, 나로선 하나도 이해가 되지 않아요. 난 그분이 너무나 그럴듯하게 이야기를 해서 그저 눈물만 흘렸어요. 그분도 울고, 나도 눈물을 흘렸어요. 그랬더니 갑자기 내게 입을 맞추면서 성호를 긋지 뭐예요. 그게 대체 무슨 뜻일까요, 알료샤, 〈아귀〉란 대체 무얼 말하는 걸까요, 어서 말해 주세요.」

「무슨 까닭에선지 라키틴이 형님을 자주 찾아다닙니다.」 알료샤가 미소를 지으며 말했다. 「하지만…… 그건 라키틴 때문이 아닐 겁니다. 어제는 형님한테 찾아가지 못했지만, 오늘은 찾아갈 생각입니다.」

「아니, 그분을 혼란에 빠뜨리는 것은 라키틴이 아니라, 이반 표도로비치예요. 그 사람이 형님을 찾아다니고 있는 거죠, 그건 바로…….」 그루셴카는 이렇게 말하다가 별안간 말문을 닫아 버렸다. 알료샤는 깜짝 놀라 그녀를 바라보았다.

「이반 형이 감옥에 면회를 다닌다고요? 형이 면회를 다닌다는 것이 사실인가요? 미탸 형님은 이반 형이 한 번도 찾아온 적이 없다고 말하던데.」

「이런…… 이런 주책이! 걱정을 끼치고 말았군요!」 그루셴카는 갑자기 이리저리 생각을 굴리며 몹시 당황한 태도로 말했다. 「잠깐만, 알료샤, 잠자코 계세요! 내가 걱정을 끼쳤다면 사실 그대로 모두 말씀드리죠. 그 사람은 두 번 면회를 갔었어요. 한 번은 모스크바에서 돌아오자마자 곧장 달려갔었는데, 그 무렵은 내가 아직 병석에 누워 있을 때였고, 또 한 번은 바로 일주일 전이에요. 그 사람은 자신이 몰래 도착한 사실을 당신한테는 물론, 이곳의 어느 누구에게도 절대 이야기하지 말라고 미탸와 내게 부탁했어요.」

알료샤는 자리에 앉은 채 깊은 생각에 잠기며 여러 가지로 머리를 짜내기 시작했다. 그 말에 충격을 받은 것이 분명했다.

「이반 형은 미탸 형님의 사건에 대해 나와 이야기를 나눈 적이 한 번도 없습니다.」 그는 느릿느릿 말했다. 「그리고 지난 두 달 동안에도 나하고 대화를 나눈 적이 거의 없습니다. 내가 찾아갈 때면 언제나 탐탁지 않게 여겨서 벌써 3주 동안이나 찾아가지 않았거든요. 흐음...... 만일 지난주에 형이 면회를 갔다면....... 일주일 동안 미탸 형님한테 정말 어떤 변화가 일어났겠군요.......」

「그분은 변했어요, 변하고 말았어요!」 그루셴카가 재빨리 말을 되받았다. 「두 사람 사이에는 비밀이, 비밀이 있는 거예요! 미탸 자신도 비밀이 있다고 내게 직접 말했어요, 그 비밀 때문에 불안에 떨고 있다며. 예전에는 무척 명랑했었는데, 물론 지금도 명랑하긴 하지만, 머리를 흔들며 방을 서성거리거나 오른쪽 손가락으로 관자놀이의 머리카락을 쥐어뜯는 걸 보면 마음속에 불안감이 깃들어 있다는 생각이 들어요....... 난 벌써 눈치를 채고 말았죠! 그러면서도 그분은 명랑했어요, 오늘도 명랑했으니까요!」

「그런데 당신은 형님이 흥분해 있었다고 하셨죠?」

「그래요, 그분은 흥분해 있으면서도 명랑했어요. 그분은 내내 흥분하다가도 잠시 명랑한 기색을 보인 후 이내 다시 흥분했어요. 그런데 알료샤, 나는 그분을 바라보고 있노라면 충격을 받아요. 엄청난 공포를 눈앞에 두고도 어떤 때는 아귀처럼 아무것도 아닌 일로 깔깔대니 말이에요.」

「이반 형이 내게 절대 이야기하지 말라고 부탁했다는 것이 사실인가요? 분명히 〈말하지 말라〉고 했던가요?」

「네, 바로 그렇게 말했어요. 문제는 미탸가 당신을 두려워하고 있다는 거예요. 그렇다면 그분 말대로 비밀이 있는 거로군요, 비밀이…… 알료샤, 제발 부탁이에요, 어서 찾아가서 두 사람 사이의 비밀을 알아낸 다음 내게 가르쳐 주세요.」 그루센카는 갑자기 큰 소리로 애원하기 시작했다. 「저주받을 운명을 알고 싶으니, 이 불쌍한 여자에게 제발 가르쳐 주세요! 바로 그것 때문에 당신을 부른 것이니까요.」

「당신은 그것이 당신과 관련된 것이라고 생각하시는군요? 만일 그렇다면 형님은 당신한테 비밀 이야기를 입 밖에도 내지 않으셨을 겁니다.」

「모르겠어요. 어쩌면 내게 이야기하고 싶으면서도 그럴 용기가 나지 않았을 수도 있겠죠. 운만 띄워 놓았어요. 그저 비밀이 있다며, 그것이 어떤 비밀인지는 말하지 않은 거예요.」

「당신은 어떻게 생각하지요?」

「어떻게 생각하다뇨? 내게 파국이 찾아들었다고 생각할 뿐이죠. 그들 세 사람이 모두 나를 파국으로 내몬 거예요, 왜냐하면 거기엔 카티카가 있으니까요. 그건 모두 카티카, 그 여자가 꾸민 짓이에요. 〈그 여자가 그렇고 그런 여자〉라는 건, 나는 그런 여자가 아니라는 뜻이겠죠. 그분이 내게 미리 귀띔을 해주고 경고한 거라고요. 그분은 나를 버릴 궁리를 한 거예요. 바로 그게 비밀이겠죠! 그건 미탸, 카티카, 이반 표도로비치 세 사람이 머리를 짜낸 거예요. 알료샤, 진작부터 당신한테 묻고 싶은 것이 있었는데, 일주일 전에 그분이 별안간 내게 털어놓은 것이죠. 이반이 카티카를 사랑하고 있기 때문에 자기한테 자주 찾아오는 것이라고 했어요. 그분의 이야기가 사실인가요? 어서 솔직히 말해 주세요!」

「나는 당신한테 거짓말을 하지 않아요. 내 생각에 이반 형은 카테리나 이바노브나를 사랑하고 있지 않아요.」

「그래요, 그때는 나도 그렇게 생각했어요! 그분은 내게 거짓말을 하고 있는 거예요, 뻔뻔스럽게도! 그리고 요즘 나 때문에 질투하고 있는 것도 내게 죄를 뒤집어씌우려는 의도겠죠. 그분은 바보예요, 꼬리를 감출 줄도 모르니. 그분은 그만큼 솔직한 사람이라니까요……. 어디 두고 보라지, 어디 두고 봐! 그분은 〈내가 살인을 했다고 생각하는 거지?〉라고 말하더군요. 내게 그런 말을, 내게 그런 말을 하다니. 나를 그런 식으로 몰아붙이다니! 세상에 그럴 수가! 그 카티카 년은 법정에서 나한테 혼쭐이 나게 될 거야! 거기서 꼭 한마디 해주겠어……. 아니, 모두 말해 버릴 테야!」

그리고 그녀는 다시 구슬프게 울기 시작했다.

「이것만은 분명히 설명할 수 있습니다, 그루셴카.」 알료샤는 자리에서 일어서며 말했다. 「첫째로 형님은 당신을 사랑하고 있습니다, 이 세상의 누구보다도 당신을 사랑하고 있습니다, 당신만을요. 이 점만은 믿어 주십시오. 난 알고 있습니다, 진작부터 알고 있었습니다. 둘째로 나는 형님한테서 비밀을 알아내고 싶지 않습니다. 만일 형님이 오늘 내게 직접 털어놓으려 한다면, 당신한테 전해 주기로 약속했다고 말하겠습니다. 그리고 오늘 안으로 당신을 찾아와서 말씀드리죠. 단지…… 내 생각으로는…… 그 비밀이란 카테리나 이바노브나와는 전혀 상관이 없는 다른 내용일 것 같군요. 분명히 그럴 겁니다. 카테리나 이바노브나에 관한 것이 절대 아니라는 생각이 듭니다. 그럼 안녕히 계십시오!」

알료샤는 손을 내밀어 그녀와 악수했다. 그루셴카는 여전히 울고 있었다. 그는 그루셴카가 위로의 말을 별로 믿는 것은 아니지만, 오열을 터뜨리며 자기 생각을 다 털어놓은 것만으로도 기분이 좋아졌다는 것을 알았다. 그는 그루셴카를 그런 상태로 남겨 둔 채 떠나는 것이 가슴 아팠지만 급히 발길을 옮겼다. 그에게는 많은 일들이 산적해 있었던 것이다.

2 아픈 다리

알료샤가 처리해야 할 일 중에서 가장 급한 일은 호흘라코바 부인 댁에 있었으며, 그곳에서 서둘러 일을 끝마쳐야 미탸한테 늦지 않게 도착할 수 있었기 때문에 그는 부지런히 걸음을 재촉했다. 호흘라코바 부인은 이미 3주일째 시름시름 앓고 있었다. 그녀의 다리가 원인을 알 수 없이 퉁퉁 부어올라서, 비록 침대에 누워 있는 것은 아니지만 대낮임에도 매혹적이고 점잖은 실내복을 걸친 채 자기 침실의 소파 위에 누워 있었다. 알료샤는 호흘라코바 부인이 몸이 불편함에도 불구하고 거의 옷을 갖춰 입고 있다는 사실을 알아채고는 잠시 순진한 미소를 지어 보였다. 그녀는 머리핀으로 장식을 하고, 나비 댕기를 맸으며, 헐거운 셔츠를 걸치고 있었다. 알료샤는 그 이유를 알고 있었지만 쓸데없는 짓이라고 생각하지는 않았다. 최근 두 달 사이에 호흘라코바 부인을 찾는 방문객들 중에는 페르호틴이라는 젊은이가 있었다. 알료샤는 벌써 나흘가량 그 집에 들르지 않았는데, 집 안으로 들어서자 리자에게 볼일이 있었으므로 곧장 그녀를 찾아가려고 서둘렀다. 리자가 어제 하녀를 보내서, 이런저런 이유로 알료샤에게 흥미 있는 〈매우 중요한 일〉이 벌어졌으니 어서 찾아와 달라고 간곡히 부탁했던 것이다. 그러나 하녀가 리자에게 보고하는 동안, 호흘라코바 부인은 어디서 그의 도착 소식을 들었는지 당장 사람을 보내서 〈잠시라도〉 자기에게 와달라고 부탁했다. 알료샤는 어머니의 부탁부터 들어주는 편이 낫다는 생각이 들었다. 리자의 방에 머무는 동안 호흘라코바 부인은 잠시도 쉬지 않고 사람을 보낼 것이 뻔했기 때문이다. 호흘라코바 부인은 특별한 나들이옷을 입은 채 소파에 누워 있었는데, 신경이 몹시 날카롭게 곤두서 있는 것이 분명했다. 그녀는 환성을 지르며 알료샤를 맞아들였다.

「정말, 정말 오랜만이에요. 당신을 못 본 지 1백 년은 된 것 같군요! 꼬박 일주일 만이지요, 아 참, 미안해요, 나흘 전이니까 수요일에 오셨지요. 당신은 리자를 찾아왔고, 또 내가 눈치채지 못하도록 살그머니 리자에게 가고 싶어 한다는 것을 알고 있어요. 사랑하는, 사랑하는 알렉세이 표도로비치, 그 애가 날 얼마나 흥분시키고 있는지 알아줬으면 좋겠어요! 하지만 그건 다음 문제예요. 사랑하는 알렉세이 표도로비치, 나는 우리 리자를 당신한테 완전히 맡기겠어요. 조시마 장로님이 돌아가신 후로, 주여, 그분의 영혼을 거두어 주소서(그녀는 성호를 그었다)! 그분이 돌아가신 후로 나는 당신을 계율받은 수도사로 생각하고 있어요, 비록 당신이 새 양복을 멋지게 차려입긴 했어도 말이에요. 그런데 이 고장 어디에서 그런 재봉사를 구하셨죠? 아니, 아니에요, 그건 중요한 문제가 아니에요, 나중에 이야기하기로 해요. 내가 때때로 당신을 그냥 알료샤라고 부르는 점 사과해요. 난 늙은 할망구이니 그래도 무방할 거예요.」 그녀는 애교스럽게 웃었다. 「하지만 그것도 나중에 이야기해요. 중요한 점은 내가 중요한 일을 잊어버리지 않는 것이니까요. 내가 엉뚱한 소리를 늘어놓으면 제발 날 깨우쳐 주세요. 〈대체 중요하다는 것이 뭐죠?〉 하고 말해 주세요. 아아, 지금 중요한 것이 뭐라고 해야 좋을까! 리자가 당신과 결혼하겠다는 자신의 약속을, 어린애 같은 자신의 약속을 취소한 후로, 알렉세이 표도로비치, 물론 당신은 병상에 오래 누워 있는 병든 소녀의 치기 어린 환상에 지나지 않는다고 치부해 버렸을 거예요. 오, 하느님, 그런데 그 애는 지금 걸어 다니고 있답니다. 새로운 의사 선생님이 계신데, 그분은 카탸가 당신 형을 위해 모스크바에서 불러온 의사죠. 그런데 그분이 내일…… 아아, 그건 내일 벌어질 일이죠! 난 내일 벌어질 일을 생각하면 숨이 넘어갈 것 같아요! 중요한 것은 호기심 때문인데…… 한마디로 말해서 그 의사가 어제 우리 집에 왕진을 와서 리자를 진찰했는데…… 내가 왕진료로 50루블을 지불했지요. 아니, 그게 아니에요, 그걸 말하려던 게 아니에요……. 이렇게 벌써 정신이 완전히 나가고 말았나 봐요. 너무 서두르고 있지요. 내가 왜 이렇게 서두르고 있을까요? 나도 잘 모르겠어요. 끔찍할 정도로 아무 판단도 서지 않거든요. 나한테는 만사가 뒤죽박죽이 되어 버렸어요. 당신이 너무 따분하다고 뛰쳐나가실까 봐 걱정스러워요. 그래서 이렇게 당신만을 쳐다보고 있는 거예요. 이런, 하느님 맙소사! 우리가 이렇게 앉아 있기만 하다니. 우선 커피를 시켜야지, 율리야, 글라피라, 커피 가져와!」

알료샤는 얼른 고맙다는 말을 전한 뒤 조금 전에 커피를 마셨다고 이야기했다.

「누구 집에서요?」

「아그라페나 알렉산드로브나 댁에서 마셨습니다.」

「아니, 그…… 그 여자 집에서요! 바로 그 여자가 모든 사람들을 파멸시키고 있어요. 난 잘 모르지만 사람들 말로는 성녀가 되었다고 하더군요, 비록 때늦은 감이 있지만 말이에요. 진작 그렇게 했으면 좋았을 것을, 이제 와서 무슨 소용이 있겠어요! 잠자코, 잠자코 계세요, 알렉세이 표도로비치, 너무 할 이야기가 많아서 아무 이야기도 못 할 것 같은 생각이 드는군요. 그 끔찍한 재판…… 꼭 가겠어요, 지금 준비하고 있으니 소파에 앉은 채로 실려 가면 되고, 그러면 자리에 앉아 있을 수는 있으니까, 다른 사람들과 함께 있겠지요. 그리고 내가 증인들 중 한 사람이라는 사실을 알아 두셔야 해요. 무슨 말을 해야 하지요, 무슨 말을 해야 하나요! 무슨 말을 해야 할지 나도 모르겠어요. 선서를 해야겠지요, 이렇게요, 이렇게 말인가요?」

「그렇게 해야 할 겁니다. 하지만 당신께서 출정하실 수 있을지 모르겠군요.」

「난 참석할 수 있어요. 아아, 당신은 나를 떼어 놓으려고 하시는군요! 그 재판, 그 야만적인 행위, 그리고 모두 시베리아로 떠나고, 어떤 사람들은 결혼하고, 만사가 쏜살같이, 쏜살같이 지나 버려 모든 것이 바뀌면 결국 모두가 노인이 되어 죽을 날만 기다리겠죠. 아무래도 좋아요, 피곤하거든요. cette charmante personne(그 매력적인 여자)가 내 희망을 깨뜨려 버렸어요. 이제 그 여자는 큰형을 따라 시베리아로 가고, 작은형은 그녀를 따라가 이웃 마을에 살면서 서로 괴롭힐 테니까 말이에요. 그 생각을 하면 미칠 것 같아요. 하지만 중요한 것은 소문이죠. 페테르부르크와 모스크바에 있는 모든 신문에 1백만 번은 실렸으니까요. 아아, 내가 당신 큰형의 〈가까운 친구〉였다고 쓰여 있더군요. 그 추악한 이야기를 내 입으로 옮길 수는 없으니 마음대로 상상하셔도 좋아요, 마음대로 상상하세요!」

「그럴 리가 있나요! 어느 신문에 뭐라고 쓰였죠?」

「당장 보여 드리죠. 어제 받아서 그 자리에서 읽어 버렸어요. 여기에 있는 『뜬소문』이란 신문인데, 페테르부르크에서 간행되는 신문이지요. 『뜬소문』은 금년부터 나오기 시작했고, 뜬소문을 워낙 좋아해서 구독 신청을 했는데, 여기 이 머리기사 좀 보세요. 어떤 뜬소문이 실렸는지 말이에요. 바로 여기, 이 기사를 읽어 보세요.」

그녀는 베개 밑에 넣어 두었던 신문 한 장을 알료샤에게 내밀었다.

그녀는 정신이 혼란스러웠던 것이 아니라 가슴에 상처를 입고 있었으며, 사실 어쩌면 머릿속은 온통 뒤죽박죽이 되어 있을지도 모르는 일이었다. 신문 기사는 매우 독특한 내용이었고, 물론 그녀에 대해서 매우 교묘한 입장을 취하고 있었다. 그러나 다행스럽게도 그 순간 그녀는 한 가지 일에만 신경을 쓸 수 없어서, 얼마 후 신문 기사에 대해서 잊어버리고 전혀 다른 문제로 화제를 옮길 수 있었다. 알료샤는 그 무서운 재판에 대한 소문이 이미 러시아 전국 방방곡곡에 퍼져 있다는 사실을 오래전부터 알고 있었고, 놀랍게도 형이나 카라마조프 일가 전체나 심지어는 자기 자신에 관한 신빙성 있는 보도들 중에서 너무나 조잡한 보도와 통신문 들도 읽을 수 있었다. 어느 신문 보도에 따르면, 알료샤는 형이 범죄를 저지른 후에 너무 무서워서 고행 수도사의 길로 들어서 바깥출입을 하지 않고 있다고 했다. 다른 신문에서는 이런 사실을 반박하면서, 오히려 알료샤가 조시마 장로와 함께 수도원 금고를 부수고 〈수도원에서 종적을 감추었다〉고 발표하기도 했다. 『뜬소문』에 실린 지금 그 기사는 〈스코토프리고니엡스크[1]에서(아아, 그건 우리 읍의 명칭인데, 나는 오랫동안 그 사실을 숨겨 왔다) 카라마조프 재판에 이르기까지〉라는 부제를 달고 있었다. 그것은 짧은 기사였고, 호흘라코바 부인에 대해서도 직접적인 언급이 없었으며, 모든 사람들의 이름이 다 익명으로 되어 있었다. 거기에는 단지 이렇게 보도되어 있었다. 즉 일대 소동을 일으키며 곧 재판을 받게 될 범인은 퇴역 육군 대위로 파렴치한 성격을 지닌 건달이고, 농노제를 지지하는 지주로서 연애 행각을 일삼았으며, 특히 〈고독에 지쳐 있는 몇몇 외로운 귀부인들〉에게 영향력이 강했다는 것이다. 그런데 그 〈외로운 미망인들〉 중에서 젊어지려고 애쓰는 어느 부인은 과년한 딸을 거느렸음에도 불구하고, 범인에게 반해서 불과 범행 두 시간 전에 3천 루블을 줄 테니 자신과 함께 금광으로 달아나자고 제안했다는 것이다. 그러나 그 악당은 외롭고 매혹적인 40대 미망인과 함께 시베리아로 도망치기보다는 아버지를 죽이고 3천 루블을 훔치는 것이 더 낫고, 그렇게 해도 아무 탈이 없을 거라고 생각했다는 것이다. 이 장난 같은 보도는 친부 살해와 지나간 농노제의 부도덕성에 대해 고상한 분노를 터뜨리면서 끝맺고 있었다. 알료샤는 호기심을 가지고 기사를 읽은 후, 신문을 접어 호흘라코바 부인에게 다시 돌려주었다.

「그래, 그게 내 이야기 아닌가요?」 그녀는 다시 씩씩거리며 말했다. 「그건 바로 나예요. 나는 약 한 시간 전에 그 사람한테

[1] 가축 시장이 있는 마을이란 뜻. 이하 모든 주는 옮긴이의 주이다.

금광으로 가라고 제안했었는데, 느닷없이 〈매력이 넘치는 40대〉라니! 정말 내가 그럴 생각이었겠어요? 그건 그자가 고의적으로 그렇게 꾸민 거예요! 나도 용서하는 바이니, 하느님! 매력적인 40대라고 떠들어 댄 그자를 부디 용서해 주십시오. 하지만 그자를…… 당신은 그자를 알고 있죠? 그자는 당신의 친구 라키틴이에요.」

「그럴지도 모르죠.」 알료샤가 말했다. 「하지만 전 아무 이야기도 듣지 못했습니다.」

「그럴지도가 아니라, 그자가, 그자가 틀림없어요! 내가 그자를 내쫓았거든요……. 당신은 그 이야기를 알고 있나요?」

「당신이 그 사람한테 앞으로는 찾아오지 말라고 했다는 사실은 알고 있습니다만, 그 이유에 대해서는 나도…… 적어도 당신한테서는 듣지 못했습니다.」

「그자한테서 들은 것이 분명하군요! 그래, 그자가 나를 욕하던가요, 몹시 욕하던가요?」

「네, 그러더군요. 하지만 그 사람은 누구한테나 욕을 하니까요. 그런데 어째서 그 사람의 방문을 거절하셨는지는 그 사람한테서도 듣지 못했습니다. 나는 그 사람과 자주 만나는 편이 아니니까요. 우리는 친구 사이가 아니랍니다.」

「그렇다면 당신한테 솔직히 모두 털어놓지요, 별도리가 없으니. 나도 후회하고 있어요, 왜냐하면 거기엔 어쩌면 내 잘못일 수도 있는 점이 한 가지 있으니까요. 아주 사소하고도 사소한 것이어서 어쩌면 전혀 문제되지 않을 수도 있는 것이니까요. 잘 들어 보세요, 젊은이.」 호흘라코바 부인은 갑자기 입가에 애교가 넘치면서도 이상야릇한 미소를 띠며 장난기 넘치는 표정을 지었다. 「이봐요, 난 이런 생각이 드는군요…….

용서해 주길 바라요, 알료샤, 난 어머니뻘 되는 입장에서⋯⋯ 오, 아니, 아니에요, 그와는 정반대로, 지금 나는 아버지한테 털어놓듯⋯⋯ 왜냐하면 이런 문제에 어머니는 어울리지 않으니까요⋯⋯. 아니, 조시마 장로님한테 털어놓듯, 그게 제일 낫겠어요, 아주 적합한 표현이에요. 조금 전 나는 당신을 수도사라고 불렀으니 말이에요. 아무튼 그 가엾은 젊은이, 바로 당신 친구 라키틴 말이에요(아아, 난 그 사람한테 화만 낼 수 있는 입장도 아니에요! 화가 나기도 하고 분통이 터지기도 하지만, 그렇다고 그리 대단한 것은 아니죠), 한마디로 말해서 경솔한 그 젊은이가 나를 상대로 갑자기 사랑에 빠져 버린 것 같거든요. 나는 나중에야 비로소 문득 깨달았지만 처음에는, 즉 이달 초순부터 그는 우리 집에 자주 방문하기 시작했어요, 거의 매일같이 말이에요. 우리 두 사람은 전부터 알고 지내는 사이긴 하지요. 하지만 난 전혀 몰랐어요⋯⋯. 그런데 문득 짚이는 데가 있었고, 충격적이지만 그걸 깨닫게 되었어요. 아시겠어요, 난 이미 두 달 전부터 겸손하고 잘생기고 훌륭한 젊은이 표트르 일리치 페르호틴의 방문을 받아들이고 있어요. 그는 이곳 관청에서 근무하는 사람이죠, 당신도 여러 차례 만난 적이 있을 거예요. 그 젊은이는 훌륭하다기보다는 진지하다고 하는 편이 나아요. 그 젊은이는 매일같이 찾아오는 것이 아니라 사흘에 한 번씩 찾아오고 있어요(매일같이 찾아온다고 해도 무방하지만 말이에요). 게다가 언제나 멋지게 옷을 차려입지요. 난 그 젊은이를 좋아하는 편이에요, 알료샤, 당신처럼 재능도 있고 겸손하거든요. 그리고 그 젊은이는 국정 전반을 헤아릴 수 있는 지혜도 가지고 있고, 말도 애교가 넘친답니다. 그래서 난 반드시 그 젊은이의 인사 청탁을 할 거예요. 장래의 외교관감이죠. 그 젊은이는 끔찍한 사건이 벌어진 그날 밤 내게 달려와서 거의 죽음에서 나를 구해 주었어요. 반면에 당신 친구 라키틴은 언제나 지저분한 장화를 신고 와서는 양탄자 위를 끌고 다니며…… 단도직입적으로 말해서, 하루는 내게 무언가 암시하기 시작하더니 돌아갈 때에는 불쑥 내 손을 으스러질 정도로 잡는 게 아니겠어요. 그자가 내 손을 잡는 순간, 나는 갑자기 한쪽 다리가 아파 왔어요. 그자는 전에 우리 집에서 표트르 페르호틴을 만난 적이 있었는데, 그에게 내내 조소를 퍼붓다가 무슨 일로 인해 빽 하고 소리를 지르는 것이었어요. 나는 두 사람이 만나서 하는 짓을 그저 바라보면서 속으로 웃고 있었지요. 그건 내가 혼자 앉아 있을 때의 일이에요. 아니, 그때 난 누워 있었군. 어느 날 내가 문득 자리에 누워 있을 때 미하일 이바노비치가 방으로 들어오더니 나의 아픈 다리를 소재로 짤막한 시 한 편을, 아픈 내 다리를 묘사한 시를 내놓았거든요. 잠깐만, 어떻게 썼더라?

　　이 조그만 다리, 이 조그만 다리가
　　약간 아팠으니…….

　이런 식이었는데, 하나도 기억나지 않는군요. 저기에 놓아 두었는데, 나중에 당신한테 보여 드리죠. 정말 아름다운, 정말 아름다운 시예요. 다리에 대해서뿐만 아니라 교훈적인 멋진 사상도 담고 있는데, 그만 잊어버리고 말았지만, 한마디로 말해서 앨범에 간직할 만한 시랍니다. 그래서 내가 고맙다고 하자 아주 기분이 좋아진 것 같았어요. 그런데 고맙다는 말이 채 끝나기도 전에 표트르 일리치가 불쑥 들어오자, 미하일 이바노비치의 안색이 갑자기 어두워지는 것이었어요. 나는 표트르 일리치가 뭔가 방해하고 있구나 하는 생각이 들었죠. 왜냐하면 미하일 이바노비치는 시를 낭송한 다음에 분명히 무슨 이야긴가 하고 싶어 했거든요. 내가 그런 예감을 하고 있었을 때, 마침 표트르 일리치가 방에 들어왔으니까요. 나는 표트르 일리치한테 시를 불쑥 내밀었지만 누가 지은 시인지는 말하지 않았어요. 하지만 확신하건대, 분명히 확신하건대 그는 금방 눈치챘던 것 같아요. 비록 지금까지도 누구의 시인지 전혀 눈치채지 못했다고 하지만, 그건 일부러 그렇게 이야기하는 걸 거예요. 표트르 일리치는 당장 웃음을 터뜨리며 시를 비난하기 시작했죠. 어느 신학생이 쓴 것 같은 엉터리 시라고 평하지 않았겠어요. 그러자 라키틴은 몹시 흥분하고 말았어요. 당신 친구는 웃지 않고 갑자기 화를 벌컥 내더군요…… 세상에, 난 그 두 사람이 서로 다툴 거란 생각이 들었어요. 그는 〈그건 내가 쓴 시야. 장난삼아 써본 거라고. 왜냐하면 난 시 쓰는 것을 대수롭지 않게 생각하기 때문이지……. 하지만 내 시는 훌륭해. 푸시킨이 여자들의 다리를 소재로 시를 썼다고 해서 사람들은 기념비를 세워 주고 싶어 하지만, 내 시에는 사상성이 들어 있어. 당신은 농노제 지지자가 틀림없어. 당신에겐 인간적 감정이라곤 조금도 없는 거야. 당신은 오늘날의 개화된 감정이라곤 조금도 느끼지 못하고 있어. 당신은 시대에 뒤떨어진 사람이야. 뇌물이나 받아먹는 관리일 뿐이라고!〉 하고 쏘아붙이는 것이었어요. 그래서 나는 두 사람 다 제발 진정하라고 소리를 질러 댔죠. 그러자 원래 대범한 표트르 일리치는 갑자기 말투를 점잖게 고치더니 조롱하는 듯한 눈길로 상대를 바라보며 사과를 하는 것이었어요. 〈나는 몰랐습니다. 만일 알았더라면 그런 말을 하지 않았을 것이고, 오히려 찬사를 보냈겠지요……. 시인들이란 언제나 흥분을 잘하니까요……〉라고 말이에요. 한마디로 말해서 점잖게 상대를 모욕한 것이죠. 나중에 그 사람도 그건 모두 비웃는 말이었다고 내게 직접 설명하더군요. 하지만 그땐 그게 정말인 줄 알았어요. 지금 당신 앞에서처럼 나는 불쑥 자리에 누워 생각에 잠겼죠. 〈미하일 이바노비치가 우리 집에서 나의 손님을 향해 무례하게 고함을 질러 댔다는 이유로 쫓아낸다면 그건 잘하는 일일까, 아닐까? 그리고 이렇게 자리에 누워 눈을 감고 생각하는 것이 잘하는 일일까, 아닐까〉 하고 말이에요. 그렇지만 판단은 서지 않고 혼란스럽기만 한 데다, 〈냅다 소리를 지를까, 말까〉 하는 생각에 가슴만 뛰었어요. 한편으로는 〈어서 말해 버려〉 하는 생각이 들고, 다른 한편으로는 〈안 돼, 잠자코 있어〉 하는 생각이 든 것이죠. 두 번째 생각이 들자마자, 나는 별안간 고함을 꽥 지르고는 그대로 기절해 버리고 말았죠. 그러곤 한바탕 소동이 벌어졌던 것 같아요. 난 자리에서 벌떡 일어나 미하일 이바노비치한테 이렇게 말했어요. 〈당신한테 이렇게 말하는 것은 나로서도 괴로운 일이지만, 앞으로 우리 집에서는 당신을 더 이상 손님으로 맞아들이지 않겠어요〉라고 말이에요. 난 그를 이런 식으로 쫓아 버렸던 거예요. 아아, 알렉세이 표도로비치! 나는 내가 못된 짓을 했고 거짓말을 했다는 걸 알고 있어요. 나는 그 사람한테 화를 냈던 것이 아니라, 갑자기 그렇게 하는 것이 좋겠다, 멋진 장면이 연출될 것이다라는 생각이 들었던 거예요. 그런데 어쨌든 그 장면은 자연스러웠어요. 왜냐하면 나는 그때 울음을 터뜨렸고, 며칠 동안 계속해서 울어 댔으니까요. 그러다가 어느 날 점심 식사를 한 후에 돌연 모두 잊어버리고 말았어요. 그래서 그는 지난 두 주일 동안 발길을 끊었던 것이죠. 그래서 난〈그 사람이 정말 찾아오지 않는 것은 아닐까?〉하고 생각했어요. 그런데 바로 어제였어요. 저녁 무렵에 그 『뜬소문』이란 신문이 불쑥 배달된 것이었어요. 신문을 읽다가 나는 깜짝 놀라고 말았어요. 누가 그런 기사를 썼겠어요? 그건 바로 그 사람이겠죠. 그날 집으로 돌아가서 자리에 앉자마자, 그런 글을 써서는 투고를 했기 때문에 나온 것이겠죠. 이게 지난 두 주일 동안 일어났던 일이에요. 맙소사, 알료샤, 내가 쓸데없는 이야기만 하다가, 정작 해야 할 말은 하지 않았군요. 아아, 어쩌다 보니 이렇게 되고 말았어요!」

「오늘 난 형님한테 시간에 늦지 않도록 급히 서둘러 가야 할 일이 있는데요.」 알료샤가 더듬거리며 말했다.

「그래요, 바로 그거예요! 당신 덕분에 모두 생각났어요! 그런데 정신 착란이 대체 뭐죠?」

「정신 착란이라뇨?」 알료샤가 깜짝 놀라며 말했다.

「법률상의 정신 착란 말이에요. 정신 착란은 무슨 죄든 사면받을 수 있다던데. 예컨대 당신이 무슨 짓을 저질렀어도 당신은 곧 용서받게 되는 거죠.」

「대체 무슨 말씀을 하시는 거죠?」

「그건 바로 카탸가…… 아아, 그 아가씨는 정말 사랑스러운 사람이에요. 나는 그 아가씨처럼 매력적인 여자는 본 적이 없어요. 얼마 전에 그 아가씨가 우리 집에 왔는데, 하나도 알아내지 못하고 말았어요. 게다가 그녀는 이제 나하고는 피상적인 이야기만 하려고 들어요. 한마디로 말해서, 내 건강에 대해서만 묻고 일절 다른 이야기는 하지 않는 거예요, 말투도 그렇고요. 그래서 나는 속으로 이렇게 생각했죠. 〈부디 하느님의 가호가 있기를 비니, 어디 당신 마음대로 해봐요……〉 아 참, 그래요, 정신 착란 이야기가 그때 나왔어요. 그 의사가 왔다는 거예요. 당신도 그 의사가 왔다는 걸 아시죠? 그 의사가 정신병 환자를 진찰하러 왔다는 사실을 당신이 모를 리 있나요, 당신이 부른 것인데. 아니, 당신이 아니라 카탸지요! 모두 카탸가 한 일이지요! 아시다시피 사람들은 멀쩡한 상태로 자리에 앉아 있다가도 느닷없이 정신 착란을 일으키기도 하니까요. 의식도 있고 자기가 무슨 짓을 하고 있는지 알면서도 정신 착란 상태에 빠진단 말이죠. 드미트리 표도로비치도 정신 착란 상태에 있었던 것임에 틀림없어요. 신법정이 문을 열면서 사람들은 이제 정신 착란 문제를 다루게 되었거든요. 그건 새로운 재판 제도 덕택이겠죠. 그 의사는 내게 찾아와서 그날 밤에 대해서, 또 금광에 대해서 물었어요. 그날 밤 당신 형님의 상태가 어땠느냐고 물었죠. 어떻게 정신 착란 상태가 아닐 수 있겠어요. 형님은 나한테 찾아와서는 〈돈, 돈, 3천 루블, 3천 루블만 주시오〉 하고 소리치더니, 이내 밖으로 나가 갑자기 살인극을 벌였으니 말이에요. 형님이 의도적으로 살인을 했다고는 말하고 싶지 않아요. 갑자기 살인을 하게 된 것이죠. 그러니 형님은 용서받을 수 있어요. 마음속으로 그에 저항하다가 살인을 하고 만 것이니까요.」

「형님은 사실 살인을 하지 않았습니다.」 알료샤는 예리하게 말을 가로막았다. 그는 점점 더 불안과 흥분 속으로 빠져들고 있었다.

「살인을 저지른 사람이 그리고리 영감이란 건 나도 알

아요…….」

「그리고리라고요?」 알료샤가 소리쳤다.

「그 사람, 그 사람이에요, 그리고리라고요. 드미트리 표도로비치가 때리자 바닥에 누워 있다가 나중에 자리에서 일어난 다음, 문이 열린 것을 보고는 안으로 들어가 표도르 파블로비치를 살해한 거라고요.」

「아니, 왜, 왜죠?」

「정신 착란을 일으켰기 때문이죠. 드미트리 표도로비치한테 머리를 얻어맞고 나중에 기운을 회복했을 때는 정신 착란 상태에 빠졌던 거예요. 그래서 안으로 들어가 살인을 한 것이죠. 물론 자신은 살인을 하지 않았다고 말하는 걸로 봐서, 그런 사실을 기억하지 못하는 것 같아요. 아시겠지만 드미트리 표도로비치가 살인을 하는 편이 훨씬 더 나을 뻔했어요. 그리고 그랬어야만 했어요. 비록 내가 그리고리 영감 짓이라고는 했지만, 그건 틀림없이 드미트리 표도로비치의 짓이에요. 그편이 훨씬, 훨씬 더 나으니까요! 아, 아들이 아버지를 살해한 것이 더 낫다는 말이 아니에요, 그걸 칭찬하려는 건 아니에요. 자식들은 오히려 아버지를 공경해야 하겠죠. 하지만 어쨌든 그편이 더 나아요, 만일 그게 형님 짓이라면 말이에요. 왜냐하면 그럴 경우 당신은 눈물을 흘릴 필요가 없기 때문이죠. 그건 형님이 의식이 없는 상태에서 한 짓이며, 아니 이렇게 말하는 게 더 좋겠군요, 형님은 의식을 가지고 있긴 했지만 자기가 무슨 짓을 저지르고 있는지 몰랐던 것이죠. 그래요, 형님을 용서해 주어야만 해요. 새로운 재판 제도의 은혜를 보여 주는 것이 인간적일 테니까요. 하지만 나는 잘 몰라요. 사람들 말로는 그것은 이미 오래전부터 있었던 일이라고 하지만, 난 어제서야 비로소 알게 되었어요. 그래서 그 이야기를 듣고는 너무나 감동해서 곧 당신한테 사람을 보냈던 거예요. 나중에 형님이 용서를 받는다면, 형님이 석방되는 순간 우리 집에서 식사를 하도록 해요. 그땐 나도 친지들을 부를 테니, 우리 새로운 재판 제도를 위해 함께 건배하기로 해요. 난 형님이 위태로운 처지에 놓여 있다고는 생각하지 않아요. 게다가 많은 손님들을 초청해 놓았으니 언제든 좋은 결과가 나올 수 있을 거예요. 만일 형님이 어떤 입장에 놓이든, 나중에 다른 어느 도시로 가서도 치안 판사나 다른 무슨 일을 할 수 있을 거예요. 왜냐하면 불행을 겪어 본 사람들은 누구보다 더 훌륭한 판결을 내릴 수 있을 테니까요. 그런데 요즘 정신병을 앓지 않는 사람이 어디 있어요. 당신도, 나도, 그리고 모든 사람이 다 정신병을 앓고 있고, 또 그런 예는 얼마든지 있잖아요. 어떤 사람은 얌전히 앉아서 로맨스를 부르다가 별안간 무엇이 마음에 들지 않았는지 권총을 불쑥 꺼내 아무나 죽이기도 했지요. 하지만 나중에 용서를 받게 되었죠. 나는 그 이야기를 얼마 전에 읽었는데, 의사들이라면 한결같이 다 인정하고 있거든요. 요즘 의사들은 다 인정하고 있어요, 그 모든 가능성을 다 말이에요. 그런데 우리 리자가 그런 정신병을 앓고 있어요. 어제도 그제도 난 그 애 때문에 속이 상해 울었답니다. 그런데 오늘에서야 그 애가 단지 정신병을 앓고 있다는 사실을 알게 되었지요. 오, 리자가 내 속을 얼마나 뒤집어 놓는지 몰라요! 난 그 애가 제정신이 아니라는 생각이 들어요. 그런데 어째서 그 애가 당신을 부른 걸까요? 그 애가 당신을 부른 건가요, 아니면 당신이 그 애를 찾아온 건가요?」

「네, 그녀가 부른 겁니다. 그리고 이제 그녀한테 가봐야겠습니다.」 알료샤는 단호한 모습으로 자리에서 일어섰다.

「아아, 알렉세이 표도로비치, 어쩌면 그게 가장 중요한 일일지도 몰라요.」 호흘라코바 부인은 별안간 눈물을 흘리며 소리쳤다. 「내가 진심으로 당신한테 우리 리자를 맡기고 있다는 건 하느님도 알고 계세요. 그 애가 어미 몰래 당신을 부른 건 아무렇지도 않아요. 하지만 당신 형 이반 표도로비치한테는, 물론 미안한 이야기지만, 내 딸을 경솔하게 맡길 수 없어요. 비록 그 사람이 기사다운 젊은이라는 생각에는 변함이 없지만 말이에요. 그런데 그 사람이 리자한테 불쑥 나타나지 않았겠어요. 그런데도 난 그 사실을 까맣게 모르고 있었어요.」

「아니, 뭐라고요? 그게 언제죠?」 알료샤는 몹시 놀라고 말았다. 그는 엉거주춤 자리에서 일어선 채 이야기를 들었다.

「말씀드리겠어요. 어쩌면 난 그 일 때문에 당신을 불렀는지도 모르겠어요. 이젠 내가 왜 당신을 불렀는지 나도 잘 모르겠으니까요. 아무튼 그 이야기는 이렇답니다. 이반 표도로비치는 모스크바에서 돌아온 이후로 우리 집에 두 번 들렀지요. 한 번은 안면이 있는 사람으로서 방문했던 것이고, 또 한 번은 최근의 일인데, 카탸가 우리 집에 와 있을 때 그녀가 여기에 있는지 알아보려고 들렀던 것이죠. 물론 나는 요즘 그 사람한테 그 밖에도 골칫거리가 많다는 걸 알고 있기에 자주 찾아와 달라고 하지도 않았어요. Vous comprenez, cette affaire et la mort terrible de votre papa(당신은 알고 계시죠, 이 사건과 당신 아버지의 끔찍한 죽음을). 나는 우연히 알게 되었어요, 그 사람이 다시 찾아왔고, 그것도 내가 아니라 리자를 찾아왔다는 사실을 말이에요. 바로 엿새 전 일인데, 리자를 찾아왔다가는 5분 만에 되돌아갔죠. 사흘이 지난 후에야 나는 글라피라한테 들어서 알게 되었지 뭡니까. 그 이야기를 듣는 순간 나는 엄청난 충격을 받고 말았어요. 그래서 당장 리자를 불렀더니 그 애는 방글거리면서, 〈그분은 엄마가 주무시는 줄 알고 나한테 와서 엄마의 안부를 물은 거예요〉라고 말하지 않겠어요. 리자, 리자 그 애가, 오 하느님, 얼마나 내 속을 뒤집어 놓는지 몰라요! 그런데 어느 날 밤 갑자기 ─ 이건 나흘 전 당신이 마지막으로 우리 집에 들렀다가 돌아간 다음이었어요 ─ 그 애가 발작을 일으키고 고함과 비명을 지르면서 히스테리 증세를 보이지 뭐예요! 나한테는 왜 그런 히스테리 증세가 일어나지 않는 걸까요? 그리고 다음 날도 또 그다음 날도 발작을 일으켰고, 어제, 네, 그래요, 바로 어제는 정신병 증세를 보인 거예요. 그 애는 느닷없이 나한테 〈난 이반 표도로비치를 증오해요. 앞으론 우리 집에 찾아오지 말라고 하겠어요. 어머니도 그 사람을 우리 집에 들여놓지 마세요!〉 하고 소리치지 않겠어요. 예상치 못한 일에 나는 어안이 벙벙해서 〈무슨 이유 때문에 그런 훌륭한 젊은이를, 더구나 학식도 높고 또 그토록 불행한 사람의 방문을 내가 거절한단 말이냐〉 하고 대답해 주었죠. 어쨌든 그런 이야기가 다 맞는 말이니까요. 이번 일을 불행이라고 해야지 다행이라고 할 수는 없잖아요, 그렇지 않아요? 그러자 그 애는 내 표현을 두고 박장대소를 하는 게 아니겠어요, 그것도 아주 무례하게. 그래도 난 그 애를 웃게 만들었으니 이젠 발작을 일으키지 않겠구나 하는 생각에 기뻤어요. 게다가 나 자신도 어미의 승낙을 받지 않은 이반 표도로비치의 그런 해괴망측한 방문을 거절하는 동시에, 그 해명을 요구할 생각이었어요. 그런데

리자는 오늘 아침 잠자리에서 일어나자마자 율리야한테 화를 내면서 그 애 얼굴에 손찌검을 하지 뭐예요. 정말 상상도 할 수 없는 일이에요. 나도 우리 집 하녀들한테는 정중하게 말하는데요. 그런데 한 시간쯤 지나자 그 애는 율리야의 발을 품에 안더니 입을 맞추더라고요. 그리고 사람을 보내서는 앞으론 나를 보러 오지도 않을 것이며, 또 그럴 생각도 없노라는 전갈을 보내왔어요. 그래서 내가 직접 절뚝거리며 찾아가자, 그 애는 내게 달려와 입을 맞추고는 엉엉 울어 대더니 아무 말 없이 나를 밀쳐 내는 것이었어요. 그러니 내가 대체 무슨 영문인지 알 턱이 없지요. 알렉세이 표도로비치, 이제 나의 모든 희망은 당신한테 달렸어요. 물론 내 인생의 모든 운명이 당신 손에 달린 거예요. 제발 리자한테 찾아가서 전후 사정을 다 알아봐 주세요. 당신만이 이 일을 할 수 있답니다. 그리고 나한테, 나한테, 이 어미한테 와서 말씀해 주세요. 만일 이런 일들이 앞으로도 계속된다면, 아시다시피 난 죽어 버리거나, 콱 죽어 버리거나 집을 뛰쳐나가고 말 거예요. 난 더 이상 참을 수가 없어요. 나도 인내심을 가지고 있어요. 하지만 더 이상은 참을 수가 없어요. 그렇게 되면…… 그렇게 되면 끔찍한 일이 벌어지고 말 거예요. 어머나, 드디어 오셨군요, 표트르 일리치!」 호흘라코바 부인은 방으로 들어오는 표트르 일리치 페르호틴을 바라보며 갑자기 화색이 도는 얼굴로 소리쳤다. 「늦으셨군요, 늦으셨어! 자, 이리 앉아서 말씀해 주세요. 내 운명을 해결해 주세요. 그래, 그 변호사는 뭐라고 하던가요? 아니, 어디 가시는 거예요, 알렉세이 표도로비치?」

「리자한테 가는 길입니다.」

「아이참, 그렇지. 그런데 내가 부탁한 말씀은 절대 잊지 않으시겠죠, 절대로? 거기에 내 운명이, 내 운명이 달렸어요!」

「잊지는 않겠습니다, 물론 가능하다면…… 하지만 내가 워낙 늦어서.」 알료샤는 중얼거리며 재빨리 자리를 빠져나왔다.

「아니, 반드시, 반드시 들러 주세요, 〈가능하다면〉으론 안 돼요. 그렇지 않으면 난 죽고 말 거예요!」 호흘라코바 부인은 알료샤의 등 뒤에 대고 소리를 질렀다. 하지만 이미 그가 방에서 나간 다음이었다.

3 작은 악마

알료샤가 리자의 방에 들어갔을 때, 그녀는 걸어 다니지 못할 때 사용하던 옛날 안락의자에 몸을 젖힌 채 기대어 있었다. 그녀는 알료샤가 다가오는데도 꼼짝하지 않으며, 반짝이는 날카로운 눈초리로 바라볼 뿐이었다. 그녀의 두 눈은 약간 충혈되었고, 얼굴은 창백하면서도 누렇게 떠 있었다. 알료샤는 그녀가 사흘 만에 몰라보게 변했으며 초췌해지기까지 했다는 사실에 깜짝 놀랐다. 그녀는 악수를 청하지도 않았다. 미동도 하지 않은 채 옷 위에 놓여 있는 그녀의 가늘고 긴 손가락을 두드리고 나서, 그는 말없이 맞은편에 자리를 잡았다.

「감방에 찾아가려고 서두르신다는 것을 알고 있어요.」 리자는 촉각을 곤두세운 날카로운 목소리로 말했다. 「그런데도 엄마는 당신을 두 시간이나 붙잡아 두었고, 조금 전에는 나와 율리야 이야기까지 하셨더군요.」

「그걸 어떻게 알았소?」 알료샤가 물었다.

「몰래 엿들었어요. 어째서 절 그런 눈초리로 쳐다보시죠? 엿듣고 싶어서 들은 것이지 다른 의도는 전혀 없었어요. 그러니 사과할 문제도 아니지요.」

「어째서 기분이 상한 거요?」

「아뇨, 난 아주 기뻐요. 내가 당신의 청혼을 거절하고 당신의 아내가 되지 않기로 한 것이 얼마나 잘한 일인가 하는 문제를 서른 번 이상 재고하던 참이었어요. 당신은 신랑감으로는 어울리지 않아요! 내가 당신한테 시집간 후에 느닷없이 쪽지를 건네주며, 결혼하고 나서 사랑하게 된 남자에게 전해 달라고 하면 당신은 답장까지 받아 오실 분이에요. 그리고 마흔 살이 되더라도 당신은 내 쪽지를 전하러 다니실 거예요.」

그녀가 갑자기 웃음을 터뜨렸다.

「당신한테는 짓궂은 면과 순진한 면이 동시에 있군요.」 알료샤는 그녀를 바라보며 미소를 지었다.

「그 순진함이란 내가 당신한테 수줍음을 타지 않는다는 것이겠죠. 난 수줍어하지도 않을 뿐만 아니라 수줍음을 타고 싶지도 않아요, 바로 당신 앞에서는, 바로 당신한테는 말이에요. 알료샤, 내가 왜 당신을 존경하지 않을까요? 난 당신을 몹시 사랑해요, 하지만 존경하지는 않아요. 만일 존경한다면 수줍음을 타지 않는다고 말하지도 않았을 거예요, 그렇지 않아요?」

「그렇소.」

「그러면 내가 당신 앞에서 수줍음을 타지 않는다고 믿으시는 건가요?」

「아니, 그렇게 믿지는 않아요.」

리자는 다시 신경질적으로 웃음을 터뜨렸다. 이어서 그녀는 이내 빠른 말투로 이야기를 꺼냈다.

「난 당신 형님이신 드미트리 표도로비치 씨께 사탕을 보내 드렸어요. 알료샤, 당신은 정말 좋은 사람이에요! 그토록 빨리 당신을 사랑하지 않아도 좋다고 허락해 주신 점 때문에 나는 정말 당신을 무지무지 사랑할 거예요.」

「오늘 나를 무엇 때문에 부른 거죠, 리자?」

「나의 소망 한 가지를 당신한테 알려 드리고 싶었어요. 나는 누군가가 나를 몹시 괴롭히고 나와 결혼한 다음, 다시 나를 괴롭히고 속이고 내 곁을 떠나 버리기를 바라요. 나는 행복해지고 싶지 않거든요!」

「혼란을 사랑하는 거요?」

「아아, 나는 혼란을 바라요. 언제나 난 집에 불을 지르고 싶다고 생각해요. 가까이 다가가서 살그머니 불을 놓는 상상을 하거든요. 그러려면 반드시 살그머니 불을 놓아야 해요. 사람들은 불을 끄려 하지만 집은 활활 타오르지요. 그럼 나는 다 알고 있으면서도 시치미를 뚝 떼는 거예요. 아아, 정말 어리석은 생각이지요! 그만큼 무료하다니까요!」

그녀는 혐오스러운 표정을 지으며 손을 내저었다.

「유복하게 살고 있기 때문이겠죠.」 알료샤가 나지막하게 말했다.

「가난한 것이 더 나은가요?」

「물론이죠.」

「고인이 되신 당신의 장로님께서 그런 말씀을 해주셨겠죠. 그건 거짓말이에요. 나 혼자 부자이고 모든 사람들이 가난하면 어때요. 난 아무한테도 주지 않고, 혼자 사탕을 먹고 크림을 마시겠어요. 이런, 아무 말씀도, 아무 말씀도 하지 마세요.」 그녀는 알료샤가 말문을 열지도 않았는데 손부터 내저었다. 「당신은 전에도 이미 그런 이야기를 해주셨어요. 그래서 모두 외우고 있지요, 지겨워요. 내가 가난해진다 해도 난 사람들을 때려 주겠어요. 그래요, 난 가난해져도 아마 사람들을 때려 줄지 몰라요. 어떻게 가만히 앉아 있을 수 있겠어요! 난 호밀을, 호밀을 거두어들이고 싶어요. 내가 당신한테 시집을 가고 당신이 농부가 되면, 우리 집에는 망아지 한 마리를 두는 게 어때요? 칼가노프 씨를 알고 계시죠?」

「알고 있소.」

「그 사람은 걸어 다닐 때 항상 공상을 하지요. 그 사람 말로는 어째서 열심히 살아가느냐, 공상하며 사는 편이 낫지 않느냐는 거예요. 공상을 하게 되면 정말 즐거울 수 있지만 산다는 것은 따분하다는 것이죠. 그런데 그 사람은 곧 결혼할 거예요. 벌써 나한테 사랑을 고백했거든요. 팽이 돌릴 줄 아세요?」

「그럼요.」

「그 사람은 바로 팽이 같아요. 팽이처럼 그 사람을 감아 던져서 채찍으로 때리고, 때리고, 또 때려 줘야 해요. 난 그 사람한테 시집을 가서 평생 팽이처럼 돌려 주겠어요. 나와 함께 앉아 있는 것이 부끄럽지 않나요?」

「아뇨.」

「내가 고상한 이야기를 하지 않는다고 해서 당신은 몹시 화가 나셨군요. 나는 고상한 여자가 되고 싶은 생각이 없어요. 가장 끔찍한 대죄를 저지른 사람은 저 세상에서 어떻게 될까요? 당신은 그걸 아주 잘 알잖아요.」

「하느님께서 심판하시죠.」 알료샤는 그녀를 똑바로 쳐다보며 말했다.

「바로 그게 내가 바라는 바예요. 저 세상에 가면 나는 심판을 받을 것이고, 또 그렇게 되면 나는 그 모든 사람들을 면전에서 비웃겠어요. 정말이지 난 집에 불을 지르고 싶어 미칠 지경이에요, 알료샤, 우리 집을 말이에요. 내 말이 곧이들리지 않으시죠?」

「왜죠? 열두 살가량 된 아이들 중에는 불장난이 하고 싶어서, 결국 불을 지르는 아이들이 있지요. 하지만 그건 일종의 병이에요.」

「아니, 그렇지 않아요. 물론 그런 아이들도 있겠지만, 나는 그런 걸 말하려던 게 아니에요.」

「당신은 악을 선으로 받아들이고 있어요. 그건 일시적인 위기라 할 수 있는데, 옛날 병 때문에 그런지도 모르겠군요.」

「당신은 나를 경멸하고 계시군요! 난 단지 선이 아니라 악을 행하고 싶은 것뿐이에요. 그런데 그게 병과 무슨 관계가 있단 말이에요.」

「왜 악행을 저지르려는 것이죠?」

「이 세상 모든 것을 몽땅 없애 버리기 위해서죠. 아, 이 세상이 몽땅 없어져 버린다면 얼마나 좋을까요! 알고 계세요, 알료샤, 내가 수많은 악행을 저지르고 싶은 생각을 때때로 한다는 것을? 남몰래 오랫동안 악행을 저지르고 있는데, 어느 날 갑자기 모든 사람들이 그 사실을 알아 버리는 거예요. 그러면 사람들은 나를 에워싸고 손가락질을 하면서 쳐다보겠지요. 정말 멋진 일이죠. 왜 멋진 일이라고 하는지 아세요, 알료샤?」

「글쎄요. 무언가 훌륭한 것을 파괴하거나, 당신 말대로 불을 지르고 싶은 욕구 때문일 테죠. 그것도 있을 수 있는 일이니까.」

「나는 말로만 그런 것이 아니라, 정말로 그렇게 할 거예요.」

「나도 그렇게 믿고 있소.」

「아아, 내 말을 믿는다는 당신의 그 이야기에 나는 당신을 정말 사랑하게 되었어요. 당신은 절대로, 절대로 거짓말을 할 분이 아니시니까요. 하지만 당신은 어쩌면 내가 당신을 골탕 먹이기 위해 일부러 그런 말을 했다고 생각하실지도 모르겠어요.」

「아니, 나는 그렇게 생각하지 않소……. 당신이 그런 욕구를 가지고 있다고 하더라도 말이오.」

「그런 욕구를 약간 가지고 있어요. 나는 당신한테만은 절대 거짓말을 하지 않아요.」 그녀는 불꽃이 튀는 두 눈을 반짝이며 말했다.

알료샤는 무엇보다도 그녀의 진지한 태도에 충격을 받고 말았다. 옛날에는 그녀가 아무리 〈진지한〉 태도를 취하는 순간에도 명랑함과 장난기가 사라지지 않았으나, 조금 전 그녀의 얼굴에서는 농담이나 장난기가 조금도 느껴지지 않았다.

「사람들은 범죄에 매력을 느끼는 때가 있지요.」 알료샤는 사려 깊은 말투로 말했다.

「그래요, 맞아요! 당신은 내 생각을 그대로 말씀해 주셨어요. 하지만 사람들은 〈어떤 순간〉이 아니라 언제나 그런 매력을 느끼고 있지요. 사람들은 그런 사실에 대해 거짓말을 하기로 약속이라도 해둔 것처럼 거짓말을 늘어놓지요. 사람들은 모두 악행을 증오한다고 말하지만 마음속으로는 그걸 사랑하고 있어요.」

「당신은 옛날처럼 나쁜 책들을 읽고 있나요?」

「그래요. 엄마가 읽다가 베개 밑에 숨기면 몰래 훔쳐서 읽거든요.」

「<u>스스로</u>를 파멸시키는 것이 부끄럽지 않소?」

「나는 나 자신을 파멸시키고 싶어요. 어떤 소년이 있었는데, 그 소년이 철로 위에 엎드려 있는 동안 기차가 그 위를 지나갔다는 거예요. 정말 행운아지요! 내 말씀 좀 들어 보세요, 지금 당신 형님은 아버지를 살해한 죄로 재판을 받고 있는데, 사람들은 한결같이 당신 형님이 아버지를 살해한 것을 좋아하고 있단 말이에요.」

「사람들이 아버지가 살해된 것을 좋아하다뇨?」

「좋아한다고요, 모두가 좋아한단 말이에요! 그건 끔찍한 일이라고 말하면서도 마음속으로는 정말 좋아한다고요. 우선 나부터 그렇거든요.」

「모든 사람들이라는 당신의 말속에는 어느 정도 진실이 들어 있군요.」 알료샤가 조용히 말했다.

「아아, 당신이 그런 생각을 하시다니!」 리자가 기쁨에 넘친 목소리로 말했다. 「수도사로서 말이에요! 믿지 않으실지 모르겠지만, 난 당신을 정말 존경해요, 알료샤, 당신은 절대 거짓말을 하지 않기 때문이죠. 참, 당신한테 우스꽝스러운 꿈 이야기를 한 가지 해드려야겠군요. 이따금 나는 악마의 꿈을 꾸곤 하는데, 어느 날 밤 내가 방 안에서 촛불을 켜고 있을 때 갑자기 사방에서 악마들이 나타나는 거예요. 방구석은 물론이고 테이블 밑에서 나타나기도 하고, 문 저편에서는 한 무리의 악마들이 문을 열더니 방으로 들어와 나를 붙잡으려 드는 것이 아니겠어요. 그러고는 점점 가까이 다가와 나를 붙잡는 거예요. 그때 내가 얼른 성호를 긋자, 놈들은 모두 뒤로 물러서더니 잔뜩 겁을 집어먹는 것이었어요. 아주 도망쳐 버린 것은 아니고, 문 옆이며 방구석 등에 서서 때를, 기회를 노리는 거죠. 그때 정말이지 나는 별안간 하느님을 큰 소리로 욕하고 싶은 마음이 들어서 욕설을 퍼붓기 시작했더니, 놈들은 반색을 하며 다시 내게로 우르르 다가와 붙잡는 것이었어요. 그래서 다시 성호를 그었지요. 그러자 놈들은 모두 뒤로 물러나 버렸어요. 나는 너무나 즐거워서 숨이 막힐 지경이었어요.」

「나도 그런 꿈을 꿀 때가 종종 있었죠.」 알료샤가 갑자기 말했다.

「그게 정말이에요?」 리자가 깜짝 놀라며 소리쳤다. 「이것 보세요, 알료샤, 비웃지 말아요, 이건 정말 중요한 문제예요. 서로 다른 두 사람이 어떻게 똑같은 꿈을 꿀 수 있겠어요?」

「물론 있을 수 있는 일입니다.」

「알료샤, 당신한테 말씀드리지만, 이건 정말 중요한 문제예요.」 리자는 대단히 놀란 얼굴로 말을 이어 갔다. 「중요한 것은 꿈 자체가 아니라 당신이 나와 똑같은 꿈을 꿨다는 사실이에요. 당신은 절대 거짓말을 하지 않는 분이시니, 지금도 역시 거짓말을 하시면 안 돼요. 그 말씀이 사실이겠죠? 비웃는 것은 아니실 테죠?」

「사실입니다.」

리자는 너무나 충격을 받아 잠시 할 말을 잊고 말았다.

「알료샤, 나한테 들려 주세요, 더 자주 들려 주세요.」 그녀는 별안간 간절히 애원하는 목소리로 말했다.

「나는 언제나, 그리고 한평생 당신을 찾아올 것입니다.」 알료샤는 결연히 대답했다.

「나는 오직 당신과 대화를 나누고 있어요.」리자는 다시 입을 열기 시작했다. 「나 자신 그리고 당신과 대화를 나눌 뿐이에요. 그런데 나 자신과 대화를 나누는 것보다 당신과 대화를 나누는 것이 더 편하게 느껴져요. 그리고 당신한테는 부끄러움도 느끼지 않아요. 알료샤, 내가 어째서 당신한테는 부끄러움을 느끼지 않는 것일까요? 알료샤, 유대인들은 부활절에 아이들을 훔쳐서는 난도질을 하나요?」

「모르겠습니다.」

「난 책 한 권을 가지고 있는데, 그 책 어디선가 어떤 재판 이야기를 읽었어요. 한 유대인이 네 살배기 어린애의 양손 손가락을 모두 잘라 낸 다음 벽에 박았다는, 벽에 못으로 박았다는 내용이죠. 그러고는 법정에서 그 어린애가 금방 죽었다고, 네 시간 만에 죽었다고 했다는군요. 그것이 금방이라는 거예요! 그자는 그 어린애가 신음하는데, 계속 신음을 하는데, 그 옆에 서서 그걸 즐겼다는 거예요. 멋진 이야기죠!」

「멋지다뇨?」

「아무튼 멋진 이야기예요. 난 이따금씩 나 자신이 그 어린애를 못 박은 것이 아닌가 하는 생각이 들어요. 그 어린애가 벽에 매달려 신음을 하고 있으면, 나는 맞은편에 앉아서 파인애플절임을 먹는 거죠. 나는 파인애플절임을 무척 좋아하거든요. 당신도 좋아하시나요?」

알료샤는 묵묵히 그녀를 바라보았다. 그녀의 핏기 없는 누런 얼굴이 별안간 일그러지며 두 눈이 번뜩였다.

「그 유대인 이야기를 읽었을 때 나는 밤새도록 눈물을 흘리며 공포에 떨었어요. 그 어린애가 내지르는 비명과 신음을

(네 살이나 된 아이였으니 다 알고 있었을 거예요) 상상했던 거죠. 그런데도 파인애플 생각이 머릿속에서 떠나지 않는 거예요. 다음 날 아침 나는 어떤 사람한테 꼭 방문해 달라는 편지를 보냈어요. 그 사람이 찾아오자 나는 그 사람한테 불쑥 그 어린애와 파인애플 이야기를 들려주었지요, 모두 다 말이에요. 그러고는 〈멋진 이야기〉라고 말해 주었죠. 그러자 그 사람은 별안간 웃음을 터뜨리며 정말 멋진 이야기라고 맞장구를 치더군요. 그러고는 자리에서 일어나 밖으로 나가 버렸어요. 앉아 있던 시간이라야 겨우 5분 정도밖에 안 됐을 거예요. 그때 그 사람은 나를 경멸했던 거죠, 경멸했던 거죠? 말씀해 주세요, 어서 말씀해 주세요, 알료샤? 그 사람은 나를 경멸했던 거죠?」 그녀는 두 눈을 부릅뜬 채 소파에서 몸을 일으키며 말했다.

「그렇다면…….」 알료샤는 몹시 흥분한 상태에서 대답했다. 「당신 스스로 그 사람을 불렀던 건가요, 그 사람을?」

「네, 그래요.」

「편지를 보냈나요?」

「네, 맞아요.」

「그 이야기에 대해, 그 어린애 이야기에 대해 물어보기 위해서 말이죠?」

「아뇨, 그건 아니에요, 절대로. 그런데 그 사람이 방으로 들어서자 나는 곧장 그 이야기를 했던 거예요. 그러자 그 사람은 웃으며 그렇게 말하더니, 곧 자리에서 일어나 나가 버렸어요.」

「그 사람은 당신한테 아주 정중하게 행동한 겁니다.」 알료샤는 나직이 말했다.

「나를 비웃은 거잖아요? 웃음을 터뜨렸다고요.」

「아니요, 어쩌면 그 사람도 파인애플절임 이야기를 그대로 믿었기 때문이었을 겁니다. 그 사람도 지금 몹시 아픕니다, 리자.」

「그래요, 그 사람도 믿고 있는 거예요.」 리자는 두 눈을 번뜩이며 말했다.

「그 사람은 아무도 경멸하지 않습니다.」 알료샤는 계속해서 말했다. 「그 사람은 다만 아무도 믿지 않을 뿐이죠. 믿지 않는다는 것은, 물론 경멸하는 것이지만.」

「그렇다면 틀림없이 나를, 나를 경멸하고 있겠군요?」

「그렇습니다.」

「좋아요.」 리자는 이를 부드득 갈았다. 「그 사람이 밖으로 나가면서 웃었을 때, 나는 경멸당해도 좋다고 생각했어요. 그리고 손가락을 잘린 어린애도 괜찮고, 경멸도 괜찮다고…….」

이렇게 말하고 나서 그녀는 알료샤의 눈을 향해 독기 서린 이글이글 타오르는 웃음을 보냈다.

「그런데 알료샤, 그런데 내 바람은…… 알료샤, 나를 구원해 주세요.」 그녀는 별안간 소파에서 벌떡 일어나 두 팔로 알료샤를 꼭 껴안았다. 「나를 구원해 주세요.」 그녀는 거의 신음하고 있었다. 「내가 당신한테 한 이야기를 이 세상의 그 누구한테 말할 수 있겠어요? 나는 진실을, 진실을 이야기한 거예요! 난 죽어 버리고 말겠어요. 모든 것이 다 혐오스러워요! 살고 싶은 생각이 없어요. 모든 것이 다 혐오스러워요! 모든 게 혐오스러워요, 혐오스러워요. 알료샤, 당신은 어째서 나를 조금도, 조금도 사랑하지 않는 거지요?」 그녀는 몹시 흥분한 채 말을 맺었다.

「아니, 사랑하고 있습니다.」 알료샤는 달아오른 목소리로 대답했다.

「그럼 나 때문에 눈물을 흘릴 수도 있겠군요, 그런가요?」

「그렇습니다.」

「내가 당신의 아내가 되고 싶어 하지 않기 때문이 아니라, 단지 나를 위해 눈물을 흘릴 수도 있겠군요?」

「물론입니다.」

「고마워요! 내겐 당신의 눈물만이 필요해요. 〈어느 누구〉 하나 빠짐없이 모든 사람이, 모든 사람이 나를 매질하고 발로 짓밟아도 좋아요! 나는 아무도 사랑하지 않기 때문이죠. 아무도 사랑하지 않아요! 오히려 난 증오해요! 자, 어서 가보세요, 형님한테 가실 시간이에요!」 그녀는 황급히 알료샤로부터 몸을 빼며 말했다.

「어떻게 당신을 남겨 둔단 말이오?」 알료샤는 깜짝 놀라며 말했다.

「형님한테 가보세요, 감옥 문이 닫히기 전에 어서 가보세요. 자, 여기 당신 모자가 있어요! 미탸 형님한테 키스해 드리세요. 어서 가보세요, 어서 가보시라니까요!」

그리고 그녀는 거의 강제로 알료샤를 문밖으로 밀어냈다. 그는 의혹에 찬 슬픈 눈으로 바라보았으나, 문득 오른손에 편지가 쥐어져 있음을 느낄 수 있었다. 그것은 꼭꼭 접어 밀봉한 조그만 쪽지였다. 그는 흘긋 주소를 읽었다. 〈이반 표도로비치 카라마조프 씨에게〉라고 적혀 있었다. 그는 재빨리 리자의 얼굴을 올려다보았다. 그녀의 얼굴 표정은 거의 위협적이었다.

「전해 주세요, 반드시 전해 주세요!」 그녀는 온몸을 부들

부들 떨면서 흥분한 채로 명령했다. 「오늘, 당장 말이에요! 그렇지 않으면 죽어 버리고 말겠어요! 그래서 당신을 부른 거예요!」

이렇게 말하고 나서 그녀는 문을 쾅 하고 닫아 버렸다. 문고리가 찰칵하고 걸리는 소리가 들렸다. 알료샤는 편지를 호주머니에 집어넣고는 호흘라코바 부인의 방에 들르지도 않은 채 곧장 계단을 내려갔다. 부인에 대해서는 까맣게 잊었던 것이다. 알료샤가 나가자마자 리자는 문고리를 벗겨 문을 살짝 열더니 문틈 사이로 손가락을 밀어 넣고는 있는 힘을 다해 문을 닫음으로써 그것을 짓이겼다. 그리고 10초가량이 지난 후에야 그녀는 손을 빼고는 아무 말 없이 천천히 자기 의자로 돌아가 몸을 꼿꼿이 세우고 앉아, 시커멓게 죽은 손가락과 손톱 아래로 배어 나온 피를 뚫어질 듯이 응시했다. 그녀는 떨리는 입술로 빠르게 혼잣말로 중얼거렸다.

「나쁜 년, 나쁜 년, 내가 나쁜 년이야!」

4 찬미가와 비밀

알료샤가 감옥 초인종을 눌렀을 때는 매우 늦은 시각이었다(더구나 11월의 하루가 얼마나 길겠는가). 땅거미도 짙게 깔리기 시작했다. 그러나 알료샤는 자신이 아무 제약도 받지 않고 미탸를 면회할 수 있다는 사실을 알고 있었다. 우리 고장의 이 모든 사실들은 다른 고장과 별다를 바가 없었다. 물론 처음에는, 그러니까 예심이 완전히 종결되기 직전까지는 친척들이나 그 밖의 몇몇 사람들이 미탸의 면회를 신청할 때

필수적 형식 요건들을 갖추어야 했지만, 그 후로 비록 그 형식 요건들이 완화된 것은 아니더라도 적어도 미탸를 면회하는 몇몇 사람들에게는 자연스럽게 예외들이 적용되었다. 심지어 어떤 때는 지정된 면회실에서의 미결수 면회가 거의 독대로 이루어지기도 했다. 게다가 그런 특혜를 누리는 사람들은 고작해야 그루셴카, 알료샤, 라키틴 등 극소수에 불과했다. 더구나 경찰서장 미하일 마카로비치는 그루셴카에게 매우 호의적이었다. 그 노인의 가슴속에는 모크로예에서 그녀에게 고함을 질렀던 일이 꺼림칙하게 남아 있었다. 그런데 모든 내막을 알고 난 후로 노인은 그녀에 대한 자신의 생각을 완전히 바꾸었다. 그리고 이상하게도 노인은 미탸의 범죄를 확신했음에도 불구하고, 그가 구속된 이후 〈이 사람도 어쩌면 착한 영혼의 소유자였을 수도 있는데, 주벽과 무절제 때문에 스웨덴 사람처럼 타락하고 만 걸 거야!〉라는 생각 끝에 미탸를 점점 더 부드러운 시선으로 바라보게 되었다. 그의 마음속에서 과거의 두려움은 어느덧 일종의 동정심으로 바뀌었던 것이다. 경찰서장은 알료샤도 매우 좋아했으며, 오래전부터 잘 알고 지내던 사이였다. 나중에 습관적으로 미결수를 아주 빈번하게 면회하던 라키틴은 소위 〈서장 댁 아가씨들〉의 가장 가까운 친구들 가운데 한 사람으로서 그 집에 매일 드나들고 있었다. 한편, 그는 철저한 근무 태도를 보이는 착한 노인인 간수장 집에서 가정 교사로 일하기도 했다. 알료샤도 대체로 〈아포크리파〉에 관한 문제를 자신과 토론하고 싶어 하는 간수장과 아주 오래전부터 잘 알고 있는 특별한 사이였다. 물론 〈스스로 깨달은 것〉이긴 해도 대단한 철학가였던 간수장은 이반 표도로비치의 경우, 그를 존경한 것이 아니라 그의 판단을 두려워하고 있었다. 그러나 알료샤에 대해서는 마음속에서 솟구치는 왠지 모를 호감을 느끼고 있었다. 지난해에 그 노인은 때마침 외경에 몰두했었는데, 외경에 대한 인상을 이 젊은 친구에게 잠시도 쉬지 않고 전하곤 했으며, 전에는 수도원으로 알료샤를 찾아가서 알료샤나 다른 수도승들과 장시간에 걸쳐 대화를 나누기도 했다. 한마디로 말해서 알료샤가 감옥에 늦게 가더라도 간수장을 찾아가면 문제는 언제나 잘 해결되곤 했다. 게다가 감옥의 말단 간수에 이르기까지 모든 사람들이 알료샤의 면회에 익숙해져 있었다. 물론 보초병도 상관의 허락이 있는 한 못살게 굴지 않았다. 미탸는 호명을 받으면 언제나 자신의 감방에서 지정된 아래층의 면회실로 내려왔다. 알료샤는 면회실로 들어가다가 미탸를 만나고 나오는 라키틴과 마주쳤다. 두 사람은 모두 큰 소리로 떠들어 대고 있었다. 미탸는 라키틴을 돌려보내며 무슨 까닭에선지 크게 웃고 있었으나, 라키틴은 씩씩거리고 있는 것 같았다. 라키틴은 특히 최근 들어서 알료샤와 만나는 것을 꺼렸고, 그와 거의 말도 하지 않고 지냈으며, 잔뜩 긴장한 얼굴로 목례만 할 뿐이었다. 지금도 면회실로 들어서는 알료샤를 바라보며 그는 인상을 잔뜩 찌푸리면서, 마치 가죽 털 옷깃이 달린 큼지막하고 따뜻한 외투에 단추를 채우느라 정신이 팔린 양 눈길을 다른 쪽으로 돌렸다. 그러더니 얼른 자기 우산을 찾기 시작했다.

「자기 물건을 잊으면 안 돼.」 그는 마치 무슨 이야기라도 하려는 듯이 중얼거렸다.

「남의 물건도 잊어버리지 말게나!」 미탸는 빈정거리더니 이내 자신의 풍자에 도취되기라도 한 듯 웃음을 터뜨렸다. 그 순간 라키틴이 화를 벌컥 냈다.

「그런 말은 이 라키틴이 아니라 카라마조프 일가들한테나 하라고, 이 농노제의 자손들아!」그는 분노에 몸을 떨며 갑자기 소리쳤다.

「아니, 왜 그러는 거야? 나는 농담을 한 것뿐인데!」미탸가 소리쳤다.「쳇, 이런 빌어먹을! 저런 작자들은 모두 똑같다니까.」그는 부지런히 밖으로 나가는 라키틴을 향해 고개를 끄덕이다가 알료샤 쪽을 바라보았다.「저 녀석은 내내 자리에 앉아서 즐겁게 웃고 있다가 갑자기 화를 내는구나! 너한테 목례도 안 하는 걸 보니 절교라도 한 거냐? 그래, 왜 이렇게 늦었니? 나는 너를 기다린 정도가 아니라, 목이 빠져라 학수고대했어. 그건 아무래도 좋아! 보충하면 되니까.」

「그런데 저 친구가 왜 형님을 이렇게 자주 찾아오는 거죠? 저 친구하고 친분이 두터우셨나요?」알료샤는 라키틴이 나가 버린 문을 향해 고개를 끄덕이며 물었다.

「미하일 녀석하고 친분이 두텁냐고? 아니, 그런 게 아니야. 저 녀석은 돼지나 다를 바 없어! 저 녀석은 나를…… 비열한 인간이라고 생각하고 있어. 농담도 이해하지 못하거든, 그게 저 녀석의 문제점이야. 앞으로도 농담을 이해하지 못할 녀석이지. 게다가 저 녀석은 마치 내가 감옥에 처음 들어와 벽을 바라볼 때처럼 영혼이 메마르고 얄팍하거든. 하지만 똑똑한, 똑똑한 녀석이야. 그런데 알렉세이, 이제 내 목숨도 끝장이구나!」

그는 벤치에 자리를 잡더니 옆자리에 알료샤를 앉혔다.

「네, 내일 재판이 있지요. 그런데 형님은 정말로 전혀 희망이 없다고 생각하시나요?」알료샤는 조바심을 내며 물었다.

「그게 대체 무슨 말이냐?」 미탸는 어색한 표정으로 동생을 바라보았다. 「아아, 넌 재판 이야기를 하고 있구나! 빌어먹을! 나는 너한테 지금까지 쓸데없는 이야기만, 언제나 재판 이야기만 늘어놓은 채 가장 중요한 이야기는 하지 않았구나. 그래, 내일 재판이 있지. 하지만 내 목숨도 끝장이라는 말은 재판에 대한 것이 아니야. 내 목숨이 끝장이라는 말이 아니라, 내 머릿속에 들어 있던 것이 끝장이라는 말이야. 그런데 넌 내 얼굴을 왜 그렇게 야유하듯이 바라보는 거냐?」

「그게 무슨 말씀이세요, 미탸 형님?」

「사상, 그래 바로 사상 말이다! 윤리라고나 할까. 윤리란 게 대체 무엇일까?」

「윤리라뇨?」 알료샤는 당황했다.

「그래, 학문이겠지. 하지만 대체 어떤 학문일까?」

「네, 그런 학문이 있어요…… 단지…… 솔직히 말씀드려서 그게 어떤 학문인지 설명할 만한 능력이 없군요.」

「라키틴은 알고 있지. 그놈은 박식하거든, 망할 자식 같으니! 그놈은 수도원으로 돌아가지 않을 거야. 페테르부르크로 갈 생각이니까. 그놈은 그곳에서 고상한 입장을 취하면서 비평 분야에 뛰어들겠다고 했어. 뭐, 유익한 일을 해서 출세를 하겠다나. 쳇, 그런 놈들은 출세의 명수들이긴 하지! 윤리라니, 무슨 빌어먹을 윤리! 난 끝장이 났어, 알렉세이, 하지만 넌 하느님의 백성이야! 난 너를 누구보다 사랑해. 너를 보기만 하면 내 가슴이 떨려. 그런데 카를 베르나르가 대체 누구지?」

「카를 베르나르요?」 알료샤는 다시 당황하고 말았다.

「아니, 카를 베르나르가 아니야. 잠깐만, 그래, 클로드 베르나르[2]로구나. 그자가 대체 누구냐? 화학이란 게 대체 뭐지?」

「아마 과학자일 겁니다.」 알료샤가 대답했다. 「솔직히 말씀드리면 그 사람에 대해 자세히 알지 못합니다. 그저 과학자라는 이야기만 들었을 뿐, 어떤 사람인지는 나도 잘 몰라요.」

「빌어먹을, 나도 잘 모르거든.」 미탸는 투덜거렸다. 「틀림없이 비열한 놈이겠지, 모두가 비열한 놈들이니까. 하지만 라키틴은 비집고 들어갈 테지. 라키틴 그놈은 틈새를 비집고 들어갈 거야, 그놈도 베르나르 같은 인간이니까. 쳇, 베르나르 족속들 같으니! 그런 놈들이 엄청나게 많이 불어나고 말았어!」

「대체 무슨 일인데요?」 알료샤는 끈질기게 물었다.

「그놈은 나에 대해서, 내 사건에 대해 논문을 써서 문단에서 한몫할 생각이라면서 나한테 찾아와서는 그렇게 설명하더구나. 그놈은 이런 입장으로 글을 쓰겠다는 거야. 〈그는 살인을 하지 않을 수 없었다. 환경의 희생양이 되었던 것이다〉 하는 식으로 말이야. 나한테 그렇게 설명하더군. 소위 사회주의 냄새를 피우겠다는 거지. 망할 자식 같으니. 어떤 냄새를 피운들 아무려면 어떻겠어, 내겐 매한가지인데. 그놈은 이반도 좋아하지 않고 증오하고 있어. 너도 탐탁지 않게 여기고. 그래도 난 그놈을 쫓아 보내지는 않아, 똑똑한 인간이니까. 하지만 몹시 거만하긴 하지. 조금 전에 나는 그놈한테 이렇게 말해 주었단다. 〈카라마조프 사람들은 비열한 인간들이 아니라 철학가들이야, 왜냐하면 진정한 러시아인들은 철학가들이기 때문이지. 하지만 네놈은 공부를 하긴 했어도 철학가가 아니라 천박한 농노에 불과해〉라고 말이야. 그놈은 몹시 악

2 프랑스의 생리학자.

의에 찬 미소를 짓더군. 그래서 이렇게 말해 주었지. 〈사상에 대해서는 non est disputandum(논하지 않는 법이로다).〉 어때, 멋지게 한 방 먹이지 않았니? 최소한 나도 고전 교육을 받았으니까.」 별안간 미탸는 웃음을 터뜨렸다.

「그런데 어째서 끝장이라고 하신 거죠? 조금 전에 그렇게 말씀하셨잖아요?」 알료샤가 말을 가로챘다.

「어째서 끝장이 났느냐고? 흐음! 사실은…… 한마디로 요약하면, 하느님이 불쌍해서지. 그게 그 이유란다!」

「하느님께서 불쌍하시다뇨?」

「어디 상상해 보렴. 그런 느낌은 여기 이 뇌신경 속에, 머릿속에 들어 있으니. 다시 말해서 그런 뇌신경들이 뇌수 속에 들어 있으니…… (그런 말은 집어치우자!) 뇌신경에는 이런 꼬리들이 달려 있는데, 그것들이 요동을 치기 시작하면…… 다시 말해서, 내가 무언가를 바라보기만 하면 그 꼬리들이 요동을 치기 시작하는데…… 요동을 칠 때면 형상이 나타나지. 그것은 당장이 아니라 1초 정도가 지난 다음에 나타나고, 이어서 일종의 순간 같은 것이 나타나거든. 아니, 순간이 아니지, 순간은 무슨 빌어먹을 순간. 그게 아니라 하나의 형상, 즉 어떤 물체나 사건이 나타나거든, 빌어먹을. 그래서 나는 인식을 하고, 이어서 어떤 생각을 품게 되는 거야……. 왜냐하면 그건 그 꼬리들 때문이지, 내가 영혼을 가지고 있기 때문도 아니고 하느님의 형상을 가지고 있기 때문도 아니야. 그건 모두 어리석은 생각일 뿐이지. 애야, 미하일이 어제 내게 이런 이야기를 들려주었는데, 나는 마치 불에 덴 것 같은 기분이었단다. 알료샤, 그건 정말 대단한 학문이더구나! 새로운 인간이 등장하리란 사실은 나도 잘 알고 있거든……. 그러니 하느님이 불쌍하달 수밖에!」

「그건 나쁘지 않은 생각입니다.」 알료샤가 말했다.

「무엇이 하느님을 불쌍하게 만들겠니? 얘야, 그건 화학, 화학이란다. 〈꼼짝 말고 계세요, 신부님, 허리띠나 좀 졸라매시고. 여기 화학이 나가십니다!〉 하는 식이니. 그런데 라키틴은 하느님을 사랑하지 않아, 사랑하지 않는다고! 그게 바로 놈들의 약점이지! 그러나 놈들은 그걸 숨기고 있어. 거짓말을 하는 거야. 위선의 탈을 쓰고 있다고. 〈아니, 비평 분야에서도 그런 식으로 할 건가?〉 하고 내가 물었지. 그러자 웃음을 터뜨리며, 〈그렇게 노골적이진 않을 겁니다〉 하고 대답하더군. 〈그렇게 되면 인간은 대체 어찌 되는 건가? 하느님도 없고 내세도 없다면 말이야? 정말 모든 것이 허용되고 무엇이든 할 수 있다는 말인가?〉 하고 내가 다시 물었지. 그러자 〈아니, 그걸 모르고 있었단 말이죠?〉 하고 대답하더군. 그놈은 웃으면서, 〈현명한 인간은 모든 것이 가능하고, 또 새우들을 잡을 수도 있는 거예요. 그런데 당신은 살인을 하고 감옥에 처박히는 신세가 되었군요!〉 하고 말하는 거야. 그놈은 내게 그렇게 말했어. 돼지 같은 놈이지! 예전 같으면 그런 놈들은 당장 내쫓았겠지만 지금은 잠자코 듣고만 있지. 그놈은 사건과 관련된 이야기를 많이 하거든. 글을 쓸 줄도 알고. 그놈은 일주일 전부터 내게 논문 하나를 읽어 주고 있는데, 그때 그중에서 서너 줄을 옮겨 적었지. 잠깐만, 자, 여기 있구나.」

미탸는 급히 조끼 주머니에서 종잇조각을 꺼내 읽기 시작했다.

「〈이 문제를 풀어 나가기 위해서는 무엇보다 먼저 자신의 인격과 현실을 분리시킬 필요가 있다.〉 그래, 이해가 가니?」

「아뇨, 잘 모르겠어요.」 알료샤가 대답했다.

알료샤는 호기심 어린 눈으로 미탸를 바라보며 그의 이야기에 귀를 기울였다.

「나도 잘 모르겠다. 애매모호하거든. 하지만 재치가 넘쳐. 그놈은 〈주변이 그렇기 때문에 요즘은 모두 그런 식으로 글을 쓰죠〉라고 말하는 거야……. 주변을 겁내고 있는 모양이야. 그놈은 시도 쓰고 있지, 비열한 놈 같으니. 호흘라코바 부인의 다리를 찬미했다나, 하하하!」

「저도 들었어요.」 알료샤가 말했다.

「들었다고? 그럼 그 시도 들었겠구나?」

「아뇨.」

「그 시는 내가 가지고 있는데, 그럼, 어디 읽어 주마. 내가 이야기를 해주지 않아서 너는 잘 모를 테지만, 여기엔 굉장한 사연이 들어 있지. 그놈은 악당이야! 그놈은 3주일 전에 나를 곯려 주려고 〈당신은 바보처럼 3천 루블 때문에 이런 처지가 되었지만, 나는 어느 과부와 결혼해서 15만 루블을 손에 넣게 되면 페테르부르크에 석조 건물을 살 거요〉라고 말하는 거야. 그러고는 지금 호흘라코바 부인을 구슬리고 있다면서, 그 부인은 젊어서도 총명하지 못했지만 마흔 살이 되자 완전히 바보가 되고 말았다더군. 〈그 여자는 너무나 감상적이오. 나는 그 점을 이용해 부인을 손에 넣겠소. 부인과 결혼한 다음, 페테르부르크로 데려가서는 거기에서 신문을 발간하겠소〉라고 말하는 거야. 그리고 나서 입가에 더럽고 음탕한 침을 질질 흘리는 거야. 호흘라코바 부인에 대해서가 아니라 그 15만 루블이란 돈에 대해서 말이야. 그리고 매일같이 나를 찾아와서는 기어이 뜻을 이룰 거라며 떠들어 대는 거야. 그놈의 얼굴에는 화색이 돌았지. 그런데 별안간 그놈은 그 집에서 쫓겨나고 말았어. 표트르 일리치 페르호틴이 한 수 위였던 거야, 대단한 친구지! 다시 말해서 그 여편네한테 쫓겨나려고 입을 맞춘 꼴이 된 거야! 그놈은 내게 드나들 때 이 시구를 썼어. 〈난 처음으로 내 손을 더럽히고 있소. 시를 쓴 거요, 그 부인을 유혹하기 위해서, 다시 말해 유익한 일을 하기 위해서 말이오. 그 바보 같은 여편네한테서 돈을 얻어내면 그 후에는 사회적으로 유익한 일을 할 수 있을 테니까요〉라고 하더라고. 그런 놈들은 온갖 추악한 일을 하면서도 그게 사회적 정의라니! 〈어쨌든 푸시킨보다는 훨씬 글을 잘 쓴 것입니다. 익살스러운 시 속에 사회적 비애를 함축시킬 수 있었으니까요〉라고 말하더군. 왜 푸시킨 이야기를 떠들어 댔는지 난 알아. 그런데 정말 재능 있는 사람이 여자 다리에 대해서만 글을 쓴다면 어떻게 되겠니! 그런데도 그런 시에 우쭐대는 꼴이라니! 놈들은 자만심에 빠져 있는 거야, 자만심에! 그놈이 〈그대의 아픈 다리가 쾌유하길 바라며〉라는 제목을 생각해 낸 걸 보면 정말 지독한 놈이야!

얼마나 아름다운 다리인가
살짝 부어오른 그 다리는!
의사는 왕진을 다니며 치료하고
붕대를 감아 불구로 만들었네.

나는 여인들의 다리를 염려하지 않네
푸시킨이 찬미하도록 하겠네!
나는 머리를 염려하네

사상을 이해하지 못하는 그 머리를.

그녀가 조금 깨닫게 되면
어느덧 그 다리는 방해가 된다네!
다리여, 어서 쾌유하라
머리가 깨달을 수 있도록.

돼지나 다름없어, 정말 돼지나 다름없다고. 하지만 추잡한 녀석이 제법 재미있게 글을 썼어! 그리고 〈사회적 성격〉을 담은 것도 사실이고. 그러니 그 부인한테 쫓겨났을 때 화가 치밀어 오를 만도 해. 이를 갈았을 테지!」

「그 친구는 벌써 복수를 했어요.」 알료샤가 말했다. 「그 친구는 호흘라코바 부인에 관한 투고 기사를 썼어요.」

이렇게 말하고 나서 알료샤는 『뜬소문』지에 실린 투고 기사에 대해 간단하게 이야기해 주었다.

「그래, 그건 바로 그놈 짓이야, 바로 그놈!」 미탸는 인상을 찌푸리며 맞장구를 쳤다. 「바로 그놈 짓이야! 그 투고 기사는…… 난 알아…… 그건 얼마나 추잡한 글인지 몰라, 예를 들면 그루샤에 대해서도 말이야! 그리고 카탸에 대해서도 마찬가지더군…… 흐음!」

그는 걱정스러운 표정으로 방 안을 이리저리 돌아다녔다.

「형님, 난 여기에 오래 머무를 수가 없어요.」 알료샤는 잠시 입을 다물었다가 말했다. 「내일은 형님한테 무섭고도 중요한 날이에요. 하느님의 심판이 내려질 테니까요……. 그런데도 이렇게 돌아다니며 알 수 없는 이야기만 늘어놓으시니 정말 놀랍군요.」

「아니, 놀랄 것 없다.」 미탸가 열을 올리며 말을 끊었다. 「그럼 내가 그 악취 풍기는 개자식 이야기를 해야 한다는 거냐, 뭐냐? 그 살인 이야기를? 그 이야기라면 너한테 충분히 해주었다. 나는 그 악취 풍기는 녀석, 스메르댜샤야의 아들놈 이야기는 더 이상 하고 싶지 않구나! 하느님께서 그놈을 처벌하실 테니, 넌 잠자코 구경만 하렴!」

그는 씩씩거리며 알료샤에게 다가가 별안간 입을 맞추었다. 그의 두 눈은 활활 불타고 있었다.

「라키틴은 이걸 이해하지 못할 거야.」 그는 알 수 없는 환희에 충만해 있는 듯했다. 「하지만 너는, 너는 이해할 거야. 그래서 너를 애타게 기다린 거란다. 알겠니, 난 이미 오래전부터 여기서, 이 낡은 벽 속에서 너한테 많은 이야기를 하고 싶었지만, 중요한 문제들은 말하지 않았단다. 아직 때가 무르익지 않은 것 같았기 때문이지. 이제 너한테 내 심정을 털어놓을 최후의 순간이 다가온 것 같구나. 얘야, 나는 지난 두 달 동안 나의 내면에서 새로운 인간을 느꼈어, 내적으로 새로운 인간이 된 것이지! 나는 내적으로 갇혀 있었는데, 이런 날벼락만 없었더라면 결코 드러나지 않았을 거야. 무서운 일이지! 나는 광산에서 곡괭이로 20년간이나 광석을 캔다 해도 조금도 두렵지 않아. 하지만 이제는 다른 것이 두렵구나. 새롭게 태어난 인간이 내게서 떠나 버릴 것 같은 생각 말이다! 나는 그곳에서도, 지하 광산에서도 나처럼 살인죄를 저지르고 유배된 인간들 속에 머물면서 그들과 합류할 수 있을 거야. 왜냐하면 그곳에 살면서도 사랑하고 괴로워할 수 있을 테니까. 나는 그런 유형수의 모습에서도 얼어붙은 마음을 소생시킬 수 있고, 여러 해 동안 그들을 돌봄으로써 고결한 순교 정신을 세상에 되돌리고, 천사를 소생시키며, 영웅을 부활시킬 수도 있어! 그런 사람들은 수없이 많고, 그들에 비하면 우리는 모두 죄인이나 다를 바 없는 거야! 그런데 왜 나는 그런 생각이 드는 순간에 〈아귀〉 꿈을 꾸었을까? 〈어째서 아귀가 가엾게 느껴졌을까?〉 그 순간 그것은 내게 하나의 예언이었던 거야! 나는 〈아귀들〉을 찾아갈 거야. 왜냐하면 우리는 모두 죄인이니까. 나는 〈아귀들〉을 찾아갈 거야. 왜냐하면 수없이 많은 어린아이들이 있으니까. 모든 사람들이 다 〈아귀〉가 아니겠어. 난 모든 사람들을 찾아갈 거야. 왜냐하면 누구든 사람들을 찾아가야만 할 테니까. 나는 아버지를 죽이지 않았어. 하지만 나는 그 길을 가야만 해. 그걸 받아들이겠어! 여기서 난 그런 생각이 들었던 거야…… 이 색 바랜 담장 안에서. 그리고 그런 사람들은 많아, 곡괭이를 손에 든 채 지하에 갇힌 사람들은 수없이 많단 말이야. 오, 그래, 우리는 쇠사슬에 묶일 것이고, 자유를 잃게 될 거야. 하지만 그때, 그 위대한 비애 속에 우리는 인간이 살아가는 동안 반드시 필요한 기쁨 속에서 다시 태어날 거야. 하느님도 존재하겠지. 기쁨을 주시는 분은 하느님이시고, 그건 그분의 위대한 특권이니까……. 오, 인간들아, 기도 속에서 화합할지어다! 내가 지하에서 하느님을 영접하지 않고 어떻게 지낼 수 있겠니? 라키틴은 우리가 그분을 지상에서 내쫓으면 지하에서 만나게 될 거라고 거짓말을 했어! 유형수는 하느님 없이 살 수 없는 거야. 유형수가 아니더라도 마찬가지지! 그래서 우리 같은 지하 인간들은 땅속 깊은 곳에서 기쁨을 소유하신 하느님께 비극적인 찬미가를 바칠 거야! 하느님과 그의 기쁨에 영광이 함께하소서! 나는 그분을 사랑하고 있단다!」

미탸는 매끄럽지 못한 자신의 이야기를 마치며 거의 숨을 헐떡이고 있었다. 그의 얼굴은 창백해져 있었고, 입술은 떨리고 있었으며, 두 눈에서는 눈물이 흘러내렸다.

「아니야, 삶이란 충만된 거야, 삶이란 지하에도 존재하는 거야.」 그는 다시 떠들어 대기 시작했다. 「넌 믿기지 않을 거다, 알렉세이, 지금 내가 얼마나 살고 싶어 하며 존재와 의식을 얼마나 갈구하는지를, 바로 이 색 바랜 담장 안에서 내 마음속에 일어나고 있는 것을. 라키틴은 이걸 이해하지 못해, 그놈은 건물이나 지어서 세놓을 생각이나 할 테니까. 그러나 나는 너를 기다렸단다. 그런데 고통이란 대체 무엇일까? 난 그것이 끝없이 지속된다 해도 두렵지는 않아. 예전에는 두려웠지만 지금은 그렇지 않아. 나는 아마 법정에서 진술하지 않을지도 몰라……. 그리고 내 몸속에는 지금 너무나 강렬한 힘이 용솟음치고 있어서, 〈나는 존재한다! 온갖 고통 속에서도 나는 존재한다, 고문으로 몸을 웅크리고 있으면서도 나는 존재한다! 형틀에 앉아서도 나는 존재한다. 나는 태양을 바라보고 있다. 그러나 나는 태양을 바라보는 것이 아니라, 태양이 존재한다는 것을 알고 있는 것이다〉라고 말할 수 있을 만큼 어떤 고통도 견뎌 낼 수 있을 것 같구나. 태양이 존재한다는 것은 이미 생명 전체를 가리키는 것이겠지. 알료샤, 나의 천사야, 온갖 철학들이 나를 죽이려 드는구나, 빌어먹을! 그런데 이반은…….」

「이반 형이 왜요?」 알료샤가 말을 가로막았지만 미탸는 들은 척도 하지 않았다.

「예전에 나는 이런 의혹들을 전혀 느끼지 못했었어. 하지만 그 모든 것이 내 마음속에 숨어 있었던 거야. 다시 말해서 알 수 없는 사상들이 내 마음속에서 꿈틀거리고 있었기 때문에 나는 술에 만취하기도 하고, 싸움질을 하기도 하고, 난동을 피우기도 했는지 몰라. 나는 내 마음속에 있는 그것들을 진정시키기 위해 싸움질을 했던 거야, 그것들을 가라앉히고 극복하기 위해서. 그런데 이반은 라키틴과는 달라, 그 애는 자기 사상을 감추고 있어. 이반은 스핑크스처럼 침묵을 지키고 있는 거야, 내내 침묵을 지키고 있다고. 그런데 나는 하느님으로 인해 고통을 겪고 있는 거야. 오직 그분 때문에 고통을 겪고 있단 말이야. 하느님이 존재하지 않는다면 대체 어떻게 될까? 만일 그것이 인류의 인위적인 사상에 불과하다는 라키틴 말이 옳다면 대체 어떻게 될까? 만일 하느님이 존재하지 않는다면, 그땐 인간이 지상의, 세계의 우두머리가 되겠지. 굉장한 일이야! 하느님이 존재하지 않는다면, 어떻게 인간이 선행을 실천하는 존재가 되겠어? 그게 문제지! 나는 언제나 그 생각을 하고 있어. 그렇다면 인간은 누구를 사랑하게 될까? 누구에게 감사를 드리며, 누구를 찬송하게 될까? 라키틴 녀석은 웃고 있었지. 인류는 하느님 없이도 사랑을 나눌 수 있다는 거야. 그런 돼먹지 못한 애늙은이나 그런 주장을 펼 수 있겠지만 나는 이해할 수가 없어. 라키틴한테 인생이란 대수롭지 않은 모양이야. 〈당신은 인간의 시민권 신장을 위해서나 쇠고기값이 오르지 않도록 활동하는 편이 더 나을 거요. 인류에 대한 사랑이라는 측면에서 그편이 철학보다 더 손쉽고 가까운 길이니까〉라고 오늘 나한테 말하더군. 그 말에 대해 나도 이렇게 쏘아붙였지. 〈하느님이 존재하지 않는다면, 자넨 자기 이익을 위해 쇠고기값을 올릴 테지, 그래서 1코페이카[3]

---

[3] 러시아의 화폐 단위로서 1루블은 1백 코페이카.

로 1루블은 벌어들이겠지〉라고 말이야. 그러자 화를 벌컥 내더군. 그런데 선행이란 대체 뭘까? 나한테 대답해 줄 수 있겠니, 알렉세이? 나한테 이런 선행이 있다면, 중국 사람한테는 다른 선행이 있겠지. 그러니 상대적인 것이잖아. 그렇지 않니? 아니면 절대적인 것일까? 정말 어려운 문제야! 내가 이 문제 때문에 이틀 동안이나 잠을 자지 못했다고 말하더라도 비웃지는 않겠지. 요즘 나는 사람들이 살아가면서 이 문제에 대해서는 전혀 고려하지 않고 있다는 사실에 놀라고 있어. 정말 무상한 일이야! 이반은 하느님을 믿지 않고 있어. 그 애는 사상을 가지고 있는 거야. 나와는 차원이 다르지. 하지만 그 애는 침묵을 지키고 있어. 내 생각에 그 애는 비밀 공제 조합원 같아. 내가 질문을 던졌는데도 입을 꼭 다물고 있더군. 그 애가 가진 지혜의 샘물을 얻어 마시고 싶었는데, 아무 대답도 하지 않는 거야. 꼭 한 번 한마디 내뱉은 적이 있었을 뿐이지.」

「뭐라고 말하던가요?」 알료샤는 이내 목청을 높였다.

「〈만일 그렇다면 모든 것이 허용되는 게 틀림없겠군〉 하고 내가 말했더니, 그 애는 인상을 찌푸리면서 〈우리 아버지 표도르 파블로비치는 돼지 같은 존재였지만, 생각만은 제대로였지요〉라고 대답하는 거야. 그러고는 입을 다물어 버리더군. 이게 대답의 전부야. 아무래도 라키틴보다는 한 수 위인 것 같아.」

「네, 맞아요.」 알료샤가 슬픈 목소리로 동의했다. 「작은형이 형님한테는 언제 찾아왔었나요?」

「그 이야기는 나중에 하기로 하고, 지금은 다른 이야기를 하도록 하자. 난 지금까지 이반에 대해서 네게 거의 아무 말도 하지 않았지, 언제나 뒤로 미루기만 했으니까. 나의 이번 광대극이 끝을 맺고 판결이 내려지면, 그땐 너한테 무슨 이야기든 해주마. 하나도 빠뜨리지 않고 말이다. 그런데 끔찍한 일이 한 가지 있어……. 그 문제에 관해 너라면 내 재판관이 될 수 있겠지. 하지만 아직은 아무 말 않고 입을 다물고 있겠다. 너는 내일 재판에 대해 이야기하고 있지만, 나는 전혀 모르겠어.」

「변호사하고는 이야기를 해보셨나요?」

「변호사가 무슨 쓸모가 있겠니! 그 작자한테 사건의 진상을 모두 이야기하긴 했지. 교활한 사기꾼, 도시 깍쟁이야. 베르나르 족속이라고! 도대체 내 이야기는 한마디도 믿질 않는 거야. 그 작자는 내가 살인을 했다고 생각하는 거야, 나는 다 알고 있어. 〈그렇다면 대체 무엇 때문에 나를 변호하러 먼 길을 찾아오신 겁니까?〉 하고 나는 빈정댔지. 그런 작자들한테는 침을 뱉어 주어야 해. 의사도 불러왔는데, 나를 정신병 환자로 입증하고 싶은 거겠지. 나는 용납할 수 없어! 카테리나 이바노브나는 끝까지 〈자기 임무〉를 수행하고 싶어 할 뿐이야. 신경과민이라고나 할까!」 미탸는 처량한 미소를 지었다. 「그 여자는 고양이야! 냉혹한 여자라고! 그 여자는 당시 모크로예에서 내가 그녀를 가리켜 〈위대한 분노의 여인!〉이라고 말했던 사실을 알고 있어. 소문이 귀에 들어간 거지. 아무래도 좋아. 그런데 증거들이 바닷가의 모래알처럼 자꾸 불어나고 있으니! 그리고리 영감은 황소고집을 피우고 있고. 그리고리 영감은 정직한 노인이지만 바보 천치나 다름없어. 이 세상에는 바보이기 때문에 정직하고 선량한 사람들이 많은 법이지. 이건 모두 라키틴의 생각이란다. 아무튼 그리고리 영감은 나한테는 적이야. 때로는 친구보다 적으로 있을 때가 유리하기도 하거든. 이건 카테리나 이바노브나를 가리키는 말이란다. 걱정스럽구나, 오, 그녀가 4천5백 루블을 받은 후 머리가 땅에 닿도록 절했다는 이야기를 법정에서 발설하지나 않을까 정말 걱정스러워! 그녀는 내 빚을 끝내 다 갚으려는 거야. 하지만 나는 그녀의 희생을 원치 않아! 그랬다가는 사람들이 법정에서 나한테 창피를 주겠지! 아무튼 참는 수밖에. 알료샤, 그녀한테 찾아가서 법정에서 그 이야기는 하지 말아 달라고 부탁해 주렴. 안 되겠니? 제기랄, 할 수 없지, 내가 참는 수밖에! 하지만 난 그녀를 동정하지 않을 거야. 그녀 스스로 원해서 하는 일이니까. 자업자득인 거야. 알렉세이, 한마디 해 두겠는데.」 그는 다시 쓴웃음을 지었다. 「단지…… 단지 그루샤만은, 그루샤만은, 오, 하느님! 그 여자는 어째서 지금 그런 고통을 짊어지려는 걸까!」 그는 별안간 눈물을 흘리며 소리쳤다. 「그루샤가 나를 죽이고 있어, 그 여자에 대한 번민이 나를 죽이고 있어, 죽이는 거라고! 조금 전에 그 여자는 나한테 면회를 와서는…….」

「그 아가씨한테 이야기를 들었어요. 그 아가씨는 형님 때문에 오늘 무척 슬퍼하고 있었어요.」

「나도 알고 있어. 내 성질이 워낙 고약하잖니. 그땐 질투심이 솟구쳤던 거야! 난 곧 후회하는 마음에 그 여자를 돌려보내면서 키스를 해주었지. 그래도 용서를 빌지는 않았어.」

「왜 그랬어요?」 알료샤가 소리쳤다.

미탸는 돌연 행복에 겨운 듯한 웃음을 웃었다.

「이런, 이 귀여운 동생에게 부디 하느님의 가호가 있기를. 애야, 사랑하는 여자한테는 절대 잘못했다고 비는 것이 아니란다! 어떤 잘못을 했더라도 말이다! 그래서 여자란, 애야,

정말 알 수 없는 존재야. 여자들에 대해 난 최소한은 알고 있거든! 어디, 사랑하는 여자 앞에서 자기 잘못을 고백하고 용서를 빌어 보렴. 그랬다가는 당장 욕만 바가지로 얻어먹게 될 테니! 솔직하고 순수하게 용서해 주는 일은 결코 없을 거야. 오히려 널 만신창이가 되도록 멸시하고, 또 있지도 않을 일을 상상하고, 온갖 것을 따지고 들면서 옛날 일은 하나도 빠짐없이 기억해 내서는 자기 넋두리까지 덧붙여 늘어놓은 다음에야 겨우 용서해 줄 거야. 그 정도면 여자들 중에서도 제일, 제일 나은 편에 속하지! 마지막 밀가루까지 박박 긁어서는 몽땅 네 머리에 뒤집어씌울 거라고. 너한테 말해 두겠는데, 여자들한테는 그런 잔인함이 있는 거야. 우리가 살아가는 동안 결코 만날 수 없는 천사 같은 여자들이라고 해도 마찬가지란 말이야! 얘야, 솔직히 말해 두지만 아무리 훌륭한 남자라고 해도 결국은 여자의 구둣발에 짓눌리게 마련인 거야. 그게 내 신념이야. 아니, 신념이 아니라 느낌이라고 해야겠지. 남자는 관대해야 하지. 그렇다고 해서 수치스러운 일은 아니니까. 카이사르라고 해도 수치스러운 일은 아니지! 그러니 무슨 일이 있어도 용서를 빌어선 안 돼, 절대로 안 돼. 이 철칙을 잘 기억해 두렴. 여자들 때문에 파멸한 너의 형 미탸가 들려주는 것이니. 아니, 난 그루샤한테 용서를 빌지 않고도 무언가 더 나은 방법으로 헌신하고 싶어. 난 그녀를 숭배해, 알료샤, 숭배한다고! 그런데 그녀만 그걸 모르는 거야, 내 사랑이 부족하다는 거야. 그 여자는 나한테 고통을 주고 있어, 사랑으로 고통을 주고 있다고. 전에는 어땠는 줄 아니? 전에는 그 뇌쇄적인 각선미만이 나를 고통에 빠뜨렸어. 하지만 지금은 그 여자의 영혼을 내 영혼에 받아들이게 됐어. 그 여자를 통해서 인간이 된 것이지! 우리는 결혼식을 올릴 수 있을까? 그렇지 못하면 난 질투심 때문에 죽고 말 거야. 나는 매일 그런 꿈을 꾸고 있거든……. 그래 그 여자가 나에 대해서 무슨 말을 했니?」

알료샤는 조금 전 그루셴카가 들려주었던 이야기를 그대로 옮겼다. 미탸는 귀를 기울여 들으며 여러 차례 되묻기도 했으나, 결국 흡족한 표정을 지었다.

「내가 질투를 했다고 해서 화를 내지는 않았군.」 그가 소리쳤다. 「정말 여자 중의 여자야! 〈나는 잔인한 심성을 가졌어요〉라고 했었지. 아아, 난 그런 여자들을 사랑해, 잔인한 여자들을 사랑한다고. 비록 질투심을 유발시킬 때는 참을 수 없지만! 우리는 말다툼을 벌이겠지. 하지만 나는 그 여자를 사랑하게 된 거야, 영원히. 우리가 결혼식을 올릴 수 있을까? 죄수들도 정말 결혼식을 올릴 수 있을까? 그게 문제야. 그 여자가 없으면 난 살 수 없어…….」

미탸는 인상을 잔뜩 찌푸린 채 방 안을 서성거렸다. 방 안은 어느덧 컴컴해져 있었다. 그러다가 그는 별안간 몹시 걱정스러운 표정을 지었다.

「비밀이라고, 비밀이라고 말하더란 말이지? 우리 세 사람이 자기한테 음모를 꾸미는 중이라고 하더란 말이지, 〈카티카〉도 끼여 있다면서? 아니야, 그루셴카, 절대 그렇지 않아. 당신이 실수를 한 거야. 여자의 어리석은 실수에 불과한 거야. 얘야, 알료샤, 이젠 별도리가 없구나. 너한테 우리 비밀을 털어놓는 수밖에!」

그는 사방을 훑어보더니 앞에 서 있는 알료샤에게 얼른 다가와, 행여 누가 엿듣지나 않을까 하는 조심스러운 표정으로 속삭이기 시작했다. 늙은 간수는 한쪽 벤치에서 졸고 있었고, 보초병은 한마디도 알아들을 수 없을 만큼 멀리 떨어져 있었다.

「너한테 우리의 비밀을 모두 털어놓으마!」 미탸는 황급히 속삭였다. 「나중에 너한테 털어놓으려고 했거든. 사실 네가 없다면 내가 무슨 결정을 내릴 수 있겠니? 너는 나의 전부가 아니냐. 비록 난 이반이 우리보다 한 수 위라고 말하고 있긴 하지만, 너는 나의 천사인 거야. 너의 결정만이 문제를 해결할 수 있다고. 어쩌면 이반이 아니라, 네가 가장 뛰어난 사람인지도 몰라. 그런데 이건 양심의 문제야, 지고한 양심의 문제. 나 혼자서는 처리할 수도 없고, 너한테조차 미뤄 왔던 아주 중요한 비밀이기도 하고. 어쨌든 지금으로서는 결정을 내리기엔 너무 일러. 판결이 나기를 기다려야만 하니까. 판결이 내려지면 그땐 네가 운명을 결정해 주렴. 지금은 아무 결정도 내리지 말고. 이제 네게 이야기를 할 테니 듣기만 하고 어떤 결정도 내리지 말아 줘. 잠자코 듣기만 하라고. 난 네게 모두 다 말하진 않겠어. 자세한 내용은 피하고 우리의 생각만을 말할 테니, 너는 입 다물고 있어. 질문도 하지 말고, 움직이지도 마, 알겠지? 그런데 아아, 어떻게 네 눈길을 피할 수 있을까? 아무 말도 하지 않을 수는 있겠지만, 네 눈길이 어떤 결정을 내릴까 두렵구나. 아아, 정말 두려워! 알료샤, 잘 들어 보렴. 이반은 내게 〈도망치라고〉 제안했단다. 자세한 내용은 말하지 않겠어. 모든 준비는 다 끝나 있고, 또 성공할 거야. 조용히 해라, 아무 결정도 내리지 말고, 그루샤와 함께 미국으로 건너가는 것이지. 사실 난 그루샤 없이는 살아갈 수 없으니까! 그런데 그 여자를 내게로 보내 주지 않으면 어쩌지? 유형수들도 결혼을 할 수 있을까? 이반은 결혼이 허용되지 않는다고 했어. 하지만 그루샤 없이 내가 어떻게 지하 탄광에서 곡괭이질만 하고 있겠니? 난 그 곡괭이로 내 머리통을 부숴 버리고 말 거야! 그렇다고 다른 길을 택하자니 양심이 문제 되는 거야. 사실 고통을 회피하는 길이잖아! 하느님의 계시가 있었음에도 그 계시를 거부하는 것이고, 정화의 길이 있었음에도 왼쪽으로 돌아가는 길을 택하는 꼴이니. 이반은 미국에서 〈착한 마음으로 살아가면〉 지하에서 강제 노동을 하는 것보다 훨씬 유익하다고 말했어. 하지만 지하에서 부르는 우리의 찬미가는 대체 어떻게 될까? 미국이 대체 뭐란 말이야. 미국도 역시 무상한 것 아니겠어! 미국도 협잡으로 가득할 거라는 생각이 들거든. 예수님의 수난의 고통을 외면하는 일이 될 뿐이지! 내가 이렇게 네게 말하는 것은, 알렉세이, 너 한 사람만이 그걸 이해할 수 있기 때문이야. 다른 사람들은 아무도 없어. 다른 사람들에게 그런 이야기는 어리석은 말이고, 그저 잠꼬대 같은 소리에 지나지 않을 테지. 그래서 네게 찬미가 이야기를 한 거란다. 사람들은 나를 미친놈, 아니면 바보라고 할 테지. 하지만 난 미치지도 않았고, 또 바보도 아니야. 이반도 찬미가 이야기를 이해하고 있어. 아아, 이해하고 있긴 하지만 아무 대답도 하지 않은 채 침묵만 지키고 있는 거야. 그 녀석은 찬미가를 믿지 않아. 아무 말도, 아무 말도 하지 마. 난 네가 어떤 눈길로 바라보고 있는지 알고 있으니까. 넌 이미 결정을 내린 거야! 아무 결정도 내리지 말고 날 용서해 주렴. 난 그루샤 없이는 살아갈 수 없으니, 재판 결과가 나올 때까지 기다려 줘!」

  미탸는 몹시 흥분한 채 말을 끝맺었다. 그는 알료샤의 어깨를 두 손으로 붙잡고, 무언가 갈망하는 이글거리는 시선으로 동생의 눈을 바라보았다.

「유형수들도 결혼할 수 있을까?」 그는 애원하는 듯한 목소리로 같은 질문을 세 번째 되풀이했다.

몹시 놀란 표정으로 듣고 있던 알료샤는 깊은 충격에서 헤어나지 못했다.

「내게 한 가지만 대답해 주세요.」 그가 말했다. 「이반 형이 강력하게 주장하던가요? 누가 처음으로 그런 생각을 했던 거죠?」

「이반이, 이반이 생각해 낸 거지. 그 애가 그렇게 주장했어! 그 애는 나한테 통 면회를 오지 않다가 일주일 전에 느닷없이 찾아와서는 불쑥 그런 이야기를 꺼냈어. 막무가내로 고집을 피우는 거야. 권하는 것이 아니라 명령하는 것이었어. 지금 너한테 하듯이 이반한테도 속마음을 툭 터놓고 찬미가 이야기까지 해주었지만, 자기 말대로 따를 거라고 굳게 확신하고 있는 거야. 이반은 어떤 계획을 세우고 있으며, 또 여러 정보도 입수했노라고 밝혔지만, 그건 나중에 이야기하도록 하자. 그 애는 히스테리를 일으킬 정도로 그렇게 하기를 원하는 거야. 문제는 돈이야. 탈출 비용으로 1만 루블, 미국으로 가는 데 2만 루블이 필요하다고 하더군. 그렇지만 1만 루블로 멋진 탈출을 성공시키겠다더군.」

「그런데 나한테는 이야기하지 말라고 하던가요?」 알료샤가 다시 질문을 던졌다.

「절대 아무한테도 이야기하지 말라고 했어, 특히 너한테는 절대로 이야기하지 말라는 거야. 네가 내게 양심의 장벽이 되는 것을 두려워하고 있는 것이지. 내가 이런 이야기를 하더라고 그 애한테 말하지는 마라. 오, 절대 그래선 안 돼!」

「형님 말씀이 옳아요.」 알료샤는 이렇게 판단을 내렸다. 「판결이 내려지기 전에 결정할 수는 없어요. 재판 결과가 나온 다음에 스스로 결정하도록 하세요. 그땐 형님 내면에서 새로운 인간을 발견할 수 있을 테니, 그 새로운 인간이 결정하게 될 거예요.」

「그 모습이 새로운 인간이든 베르나르든 간에, 어쨌든 베르나르식으로 결정하겠지! 어쩐 일인지 나 자신이 그 경멸스러운 베르나르 같다는 생각이 들거든!」 미탸는 이를 드러내며 쓴웃음을 지었다.

「그런데 형님, 정말로 무죄 판결은 전혀 기대하고 있지 않은 건가요?」

미탸는 경련을 일으키듯 어깨를 움찔해 보이면서 고개를 가로저었다.

「애야, 알료샤, 이제 가야 할 시간이로구나!」 그는 별안간 서둘렀다. 「간수가 문 앞에서 소리치는 걸 보니, 이제 곧 이리로 올 모양이다. 우리가 너무 늦었어, 규칙 위반이지. 어서 나를 포옹하고 키스해 다오. 나를 위해, 내일이면 십자가의 곤경에 처할 나를 위해 성호를 그어 다오······.」

두 사람은 서로 포옹하고 작별 인사를 나누었다.

「그런데 이반은.」 미탸가 갑자기 말문을 열었다. 「나한테 탈출을 권하면서도 정말로 내가 살인을 저질렀다고 믿고 있단다!」

그의 입가에는 서글픈 조소가 떠올랐다.

「정말 그렇게 생각하고 있는지 직접 이반 형한테 물어본 적이 있나요?」 알료샤가 물었다.

「아니, 그런 적은 없어. 묻고 싶기도 했지만 그럴 수가 없었어. 그럴 용기가 나지 않았거든. 어쨌든 마찬가지란다, 그 눈빛으로 확인했으니까. 자, 잘 가거라!」

두 사람은 얼른 다시 한번 포옹을 했다. 그러고 나서 알료샤가 막 나가려는 순간, 별안간 미탸가 다시 소리쳤다.

「어디, 내 눈앞에 한번 서보렴, 옳지, 그렇게.」

미탸는 다시 한번 두 손으로 알료샤의 어깨를 힘껏 움켜잡았다. 그의 얼굴은 어느새 하얗게 질려 있었는데, 그 모습은 어둠 속에서도 분명히 알아볼 수 있을 정도였다. 그는 입술을 일그러뜨린 채 알료샤를 뚫어질 듯 응시하고 있었다.

「알료샤, 하느님 앞에서처럼 내게 오직 진실만을 말해 다오. 너는 내가 살인을 했다고 믿는 거냐? 너 말이다, 너 자신은 그렇게 생각하고 있니? 오직 진실만을 말해 다오, 거짓말은 하지 말고!」 그는 몹시 흥분한 목소리로 소리쳤다.

알료샤는 이 말을 들으면서, 마치 심장을 예리한 송곳으로 찔리기라도 한 듯 몸을 비틀거리고 말았다.

「아니, 형님은 지금 무슨 말을 하고 있는 거예요……」 그는 마치 넋 빠진 사람처럼 이렇게 중얼거렸다.

「오직 진실만을, 오직 진실만을 말해 다오, 거짓말은 하지 말고!」 미탸가 다시 말했다.

「나는 단 한순간도 형님이 살인자라고 생각해 본 적이 없습니다.」 별안간 알료샤의 가슴속에서 떨리는 목소리가 울려 나왔고, 마치 자기 이야기를 하느님 앞에 서약이라도 하듯 오른손을 번쩍 처들었다. 그 순간 미탸의 얼굴에는 다행스러운 기색이 역력히 나타났다.

「고맙구나!」 그는 기절했다가 숨을 몰아쉬며 깨어나는 사람처럼 말꼬리를 길게 끌었다. 「이제 너는 나를 부활시킨 거야...... . 믿을지 모르겠지만, 이제까지 난 네게, 바로 네게 그 말을 물어보는 것이 얼마나 두려웠는지 몰라! 자, 어서, 어서 가! 넌 내게 내일을 대비할 수 있는 용기를 준 거란다. 하느님의 축복이 있기를 빌겠다! 자, 어서 가, 그리고 이반을 사랑하거라!」 미탸의 마지막 말이 들려왔다.

알료샤는 눈물을 펑펑 쏟으며 밖으로 나왔다. 미탸가 알료샤 자신에게까지 그런 의혹과 불신을 품고 있었다는 사실은, 불행한 형이 예전에는 자기 앞에 결코 드러낸 적이 없는 출구 없는 영혼의 비애와 절망의 깊은 심연을 알료샤 앞에 한순간에 드러냈음을 의미하는 것이었다. 그 순간 끝없이 깊은 동정심이 가슴속에서 솟구치면서 그를 괴롭혔다. 그의 가슴은 무엇인가로 콕콕 쑤시듯이 아파 왔다. 그는 별안간 〈이반을 사랑하거라!〉 하는 미탸의 말이 생각났다. 사실 그는 이반을 찾아가는 길이었다. 아침부터 이반을 꼭 만나야겠다고 생각했었다. 그는 미탸만큼이나 이반이 걱정스러웠고, 미탸 형을 만난 다음부터는 그런 마음이 어느 때보다 더 절실했던 것이다.

5 형님이 아니에요, 형님이 아니에요!

이반을 만나러 가자면 카테리나 이바노브나가 세 들어 살고 있는 집 옆을 지나지 않을 수 없었다. 창문에는 불이 켜져 있었다. 그는 별안간 발걸음을 멈추고는 안으로 들어가기로 결심했다. 카테리나 이바노브나를 못 본 지도 벌써 일주일이 넘었다. 그러나 어쩌면 재판 전날 저녁인 지금, 이반이 그녀의 집에 머물고 있을지도 모른다는 생각이 들었다. 초인종을 누른 뒤 중국식 호롱불이 희미하게 비치고 있는 계단에 올라서다가, 그는 위에서 내려오는 사람과 마주쳤다. 그 곁을 지나다가 그는 그 사람이 형이라는 사실을 알게 되었다. 형은 카테리나 이바노브나의 집에서 나온 것이 분명했다.

「아, 너로구나.」 이반 표도로비치는 무뚝뚝한 목소리로 말했다. 「자, 잘 가거라. 그녀를 찾아가는 길이냐?」

「네.」

「그러지 않는 게 좋을 거야. 그녀는 〈흥분해〉 있어서, 네가 한층 더 악화시킬 수도 있으니까.」

「아니, 아니에요!」 순간 위층에서 문이 열리며 별안간 이런 목소리가 들려왔다. 「알렉세이 표도로비치, 그분한테서 오는 길인가요?」

「네, 그렇습니다.」

「나한테 무슨 전갈이라도 보냈나요? 들어오세요, 알렉세이, 그리고 이반 표도로비치, 당신도 꼭 들어오셔야 해요. 내 말 들으셨죠!」

카탸의 목소리에는 강경한 어조가 배어 있었다. 이반 표도로비치는 잠시 망설이다가 알렉세이와 다시 들어가기로 결심했다.

「엿듣고 있었군!」 그는 짜증스럽게 혼잣말로 중얼거렸고, 알료샤는 다 알아들을 수 있었다.

「외투는 그냥 입고 있겠소.」 이반 표도로비치가 홀 안으로 들어서며 말했다. 「자리에는 앉지 않겠소. 1분도 채 머물지 않을 테니까.」

「앉으세요, 알렉세이 표도로비치.」 카테리나 이바노브나는 그냥 제자리에 선 채 말했다. 그동안 그녀는 모습이 크게 변하지는 않았지만, 검은 두 눈만은 증오의 불길로 활활 타오르고 있었다. 알료샤가 훗날 기억한 바에 따르면, 그 순간 그녀의 모습은 너무나 아름다웠다.

「그분이 무슨 전갈이라도 보내셨나요?」

「한 가지가 있습니다.」 알료샤는 그녀의 얼굴을 똑바로 쳐다보면서 말했다. 「자중하시는 의미에서 제발 그 이야기만은 법정에서 하지 말아 달라고…….」 그는 말을 약간 더듬거렸다. 「두 분 사이에 있었던 일 말입니다……. 두 분이 처음 만났을 때…… 그 도시에서…….」

「아아, 돈 때문에 땅에 머리가 닿을 정도로 절을 했던 그 일 말이로군요!」 그녀는 씁쓸한 미소를 지으며 말을 가로챘다. 「아니, 그런데 그분은 자기 자신을 염려하고 있는 건가요, 아니면 나를 염려하고 있는 건가요? 그분은 자중하라고 말씀하셨는데, 누구를 가리키는 말이죠? 그분인가요, 아니면 나인가요? 말씀해 보세요, 알렉세이 표도로비치.」

알료샤는 그녀의 본심을 이해하려고 애쓰면서 뚫어질 듯 쳐다보았다.

「당신과 형님, 두 분 모두를 말합니다.」 그는 조용히 말했다.

「그렇군요.」 그녀는 퉁명스럽게 딱 잘라 말하더니 별안간 얼굴을 확 붉혔다. 「당신은 아직 나를 잘 모르시는군요, 알렉세이 표도로비치.」 그녀는 위협적인 어조로 말했다. 「그리고 나 자신도 나를 잘 몰라요. 어쩌면 당신은 내일 신문이 끝난 후 나를 발로 밟고 싶은 생각이 들 수도 있을 거예요.」

「정직하게 증언해 주십시오.」 알료샤가 말했다. 「그렇게만 해주시면 되니까요.」

「여자들이란 때로는 정직하지 못하지요.」 그녀는 이를 악물었다. 「한 시간 전만 해도 나는 그 짐승 같은 사람한테 손을 대는 게 무섭다고 생각했지요…… 마치 파충류에 손을 대는 것처럼 말이에요……. 그런데 그렇지 않아요, 그분은 내게 하나의 인간에 불과해요! 정말 그분이 살인을 했을까요? 그분이 사람을 죽였을까요?」 그녀는 얼른 이반 쪽을 향해 고개를 돌리며 갑자기 큰 소리로 외쳤다. 그 순간 알료샤는 자기가 도착하기 직전까지 그녀가 한두 번도 아니고 수없이 그런 질문을 던졌고, 그래서 결국 두 사람 사이에 언쟁이 벌어졌을 거라는 생각이 들었다.

「난 스메르댜코프한테 갔었어요……. 당신이, 당신이 나보고 그분은 친부 살해범이라고 말했었잖아요. 그래서 그 말만 믿었던 거예요!」 그녀는 여전히 이반 표도로비치를 향해 고개를 돌린 채 말을 이어 갔다. 이반은 억지 미소를 짓고 있었다. 알료샤는 〈당신〉이라는 호칭을 듣자 몸을 부르르 떨었다. 두 사람이 그렇고 그런 사이일 거라고는 꿈에도 생각하지 못했던 것이다.

「자, 이젠 그만하시오.」 이반이 말을 끊었다. 「나는 가겠소. 내일 찾아오리다.」 그는 얼른 몸을 돌려 방을 나서더니, 곧장 계단을 내려갔다. 카테리나 이바노브나는 별안간 무슨 명령이라도 내릴 듯한 몸짓으로 알료샤의 두 손을 덥석 잡았다.

「저분을 쫓아가세요! 저분을 붙잡으셔야 해요! 저분을 잠시라도 혼자 내버려 두면 안 돼요.」 그녀는 얼른 이렇게 속삭였다. 「저분은 제정신이 아니에요. 모르고 계세요, 저분이 정신 착란증을 앓고 계신걸? 열병, 신경성 열병이라고요! 의사가 말해 주었어요. 어서 저분을 쫓아가세요⋯⋯.」

알료샤는 자리에서 벌떡 일어나 이반 표도로비치의 뒤를 쫓아갔다. 이반은 아직 열 걸음도 채 앞서지 못하고 있었다.

「대체 무슨 일이냐?」 그는 알료샤가 자기 뒤를 쫓아오자, 고개를 휙 돌려 동생을 바라보며 말했다. 「내가 미쳤으니 쫓아가 보라고 그녀가 시켰겠지. 다 알고 있어.」 그는 신경질적으로 말했다.

「그녀가 잘못 알고 있을 거예요. 하지만 형이 아프다는 말은 사실이에요.」 알료샤가 말했다. 「조금 전 그녀의 집에서 나는 형의 얼굴을 보았어요. 형의 얼굴에는 병색이 완연했어요, 이반 형!」

이반은 걸음을 멈추지 않고 계속 걸어갔다. 알료샤는 그 뒤를 따라갔다.

「이봐, 알렉세이 표도로비치, 넌 사람들이 어떻게 미치는지 알고 있니?」 이반은 전혀 동요되지 않는 차분한 목소리로 갑자기 이렇게 물었다. 그의 목소리에는 아주 소박한 호기심이 배어 있었다.

「아뇨, 모르겠는데요. 정신병에도 여러 종류가 있겠죠.」

「그럼 사람들은 자신이 미쳤다는 사실을 알 수 있을까?」

「그런 경우에는 결코 알 수 없을 것 같은데요.」 알료샤는 화들짝 놀라며 대답했다. 이반은 잠시 말을 멈추었다.

「네가 나하고 무슨 이야기든 나누고 싶다면, 제발 좀 주제를 바꿔 주겠니.」 그는 별안간 이렇게 말했다.

「잊지 말아야지, 자, 편지 받으세요.」 알료샤는 움츠러드는 목소리로 이렇게 말하고 나서, 주머니에서 리자의 편지를 꺼내 건네주었다. 두 사람은 얼른 가로등 아래로 다가갔다. 이반은 곧바로 그 필체를 알아보았다.

「아니, 이건 꼬마 악마가 보낸 것이로군!」그는 심술궂게 웃음을 터뜨리고는, 겉봉도 뜯지 않은 채 별안간 박박 찢어서 바람에 날려 보냈다. 편지 조각은 사방으로 흩날렸다.

「아직 열여섯 살도 안 된 것 같은데, 벌써 청혼을 하다니!」그는 다시 걸음을 옮기며 경멸적인 어투로 말했다.

「청혼이라뇨?」알료샤가 소리를 질렀다.

「알다시피 음탕한 여자들이 청혼하는 방식이지.」

「뭐라고요, 이반 형, 뭐라고 했죠?」알료샤는 슬픈 마음에 흥분을 가누지 못하고 이렇게 두둔했다.「그 아가씬 어린애에 지나지 않는데, 형은 그런 어린애를 모욕하고 있군요! 그 아가씨는 병들어 있어요. 몹시 아프단 말이에요. 어쩌면 그 아가씨도 제정신이 아닐지 몰라요……. 난 그 아가씨의 편지를 형한테 전하지 않을 수 없었어요……. 오히려 난 형한테서 무슨 이야긴가 듣고 싶었죠……. 그 아가씨를 구할 수 있는 방법 말이에요.」

「넌 내게서 아무 이야기도 듣지 못할 거야. 그 아가씨가 어린애라 해도, 난 그 아가씨의 유모가 아니야. 입 다물어라, 알렉세이. 그만둬. 그런 문제라면 난 아무 생각도 없으니까.」

두 사람 사이에 잠시 침묵이 흘렀다.

「오늘 그녀는 내일 법정에서 어떤 태도를 취해야 하는지 가르쳐 달라고 성모님께 밤새 기도를 드리겠지.」별안간 이반은 볼멘 또랑또랑한 목소리로 말문을 열었다.

「형…… 형은 지금 카테리나 이바노브나 이야기를 하고 있는 건가요?」

「그래. 그런데 그녀는 미탸 형의 구세주가 될까, 아니면 파괴자가 될까? 그녀는 그 문제 때문에 자신의 영혼에 등불을 밝히려고 기도를 올리려고 해. 그녀 자신도 아직 어떻게 해야 할지 모르거든, 마음의 결심을 하지 못한 거야. 그녀도 나를 유모쯤으로 생각하고는 내가 자기한테 자장가를 불러 주길 바란단 말이야!」

「카테리나 이바노브나는 형을 사랑하고 있어요, 형.」 알료샤는 슬픈 목소리로 이렇게 털어놓았다.

「어쩌면 그럴지도 모르지. 하지만 나만은 절대 그녀의 꽁무니를 쫓아다니는 사냥꾼이 아니야.」

「그녀는 괴로워하고 있어요. 형은 어째서 그녀가 때때로…… 희망을 품을 수 있는…… 그런 말을 하는 거죠?」 알료샤는 풀이 죽은 모습으로 따져 들며 말을 이어 갔다. 「난 형이 그녀에게 희망을 품게 했다는 사실을 알고 있어요. 미안해요, 이런 식으로 표현해서.」 그는 이렇게 덧붙였다.

「난 마땅히 해야 할 태도를 취할 수 없어. 그녀와 헤어지겠다고 솔직히 털어놓을 수 없단 말이야!」 이반은 화를 벌컥 내며 소리쳤다. 「살인범에게 판결이 내려질 때까지 그렇게 하지 않을 수 없어. 만일 내가 지금 그녀와 헤어진다면, 그녀는 나를 향한 복수심 때문에 법정에서 그 악당을 파멸시키고 말 거야. 왜냐하면 그녀는 형을 증오하고 있으며, 또 자신이 형을 증오하고 있다는 사실을 알고 있거든. 모든 것이 다 위선이야. 위선 속의 위선이지! 내가 그녀와 헤어지지 않는 한 그녀는 여전히 희망을 품게 되고, 또 내가 형을 곤경에서 구해 내려 한다는 사실을 알기 때문에 그 짐승 같은 형을 죽게 하는 일은 없을 거야. 그러니 그 저주스러운 판결이 내려질 때까지만이라도!」

알료샤의 가슴속에는 〈살인범〉이나 〈짐승 같은 형〉이라는 말이 고통스럽게 날아들었다.

「그런데 그녀가 어떻게 형님을 파멸시킬 수 있다는 거죠?」 알료샤는 이반의 말을 곰곰이 되새기며 물었다. 「미탸 형님을 단숨에 파멸시킬 수 있는 단서를 그녀가 제시할 수 있다뇨?」

「거기에 대해선 넌 아직 몰라. 그녀의 수중에는 어리석은 미탸 형이 자필로 쓴, 자기가 아버지 표도르 파블로비치를 살해했다는 사실을 수학적으로 입증할 수 있는 서류가 들어 있단 말이야.」

「그럴 리 없어요!」 알료샤가 소리쳤다.

「그럴 리 없다니? 내가 직접 읽었는데.」

「그런 서류는 존재할 수 없어요!」 알료샤는 열을 올리며 반복해서 말했다. 「그런 서류는 존재할 수 없어요. 왜냐하면 형은 살인범이 아니기 때문이죠. 형은 살인을 하지 않았어요. 그건 형이 쓴 게 아니에요!」

이반 표도로비치는 갑자기 가던 걸음을 멈추었다.

「그렇다면 누가 살인범이란 거지?」 그는 묘한 냉기를 풍기며 물었다. 그 질문의 음조 속에는 교만함이 배어 있었다.

「형도 그 사람이 누군지 알고 있어요.」 알료샤는 폐부를 찌르는 통렬한 태도로 조용히 말했다.

「누구라고? 정신이 오락가락하는 그 바보 천치, 간질병 환자라는 우화 말이냐? 스메르댜코프 말이지?」

알료샤는 문득 형이 온몸을 부르르 떨고 있다는 생각이 들었다.

「넌 그게 누군지 알고 있구나.」 형의 입에서 이런 대답이 힘없이 흘러나왔다. 그는 숨이 막혀 왔다.

「그래, 누구, 누구란 말이냐?」이반은 이미 거의 미친 사람처럼 소리쳤다. 갑자기 모든 자제력을 잃고 만 것이다.

「한 가지 사실만은 알고 있어요.」알료샤는 속삭이는 목소리로 말했다. 「아버지를 살해한 사람이 작은형은 아니란 거죠.」

「〈작은형이 아니다〉라니! 그게 대체 무슨 말이냐?」이반의 몸은 장승처럼 굳어 버렸다.

「형은 아버지를 살해하지 않았어요, 그건 형이 아니에요!」 알료샤는 다시 한번 분명히 말했다.

잠시 침묵이 흘렀다.

「내가 범인이 아니란 사실을 네가 알고 있다니, 대체 그게 무슨 헛소리냐?」이반은 잔뜩 일그러진 창백한 미소를 지으며 이렇게 말했다. 그는 알료샤를 뚫어질 듯이 바라보았다. 두 사람은 다시 한번 가로등 밑에 우뚝 멈춰 섰다.

「아니에요, 이반 형, 형은 형 입으로 형 자신이 살인범이라고 여러 차례 말해 왔잖아요.」

「내가 언제 그런 말을 했다는 거냐? 나는 모스크바에 있었는데……. 내가 언제 그런 말을 했어?」이반은 완전히 넋이 나간 채 이렇게 중얼거렸다.

「형은 지난 두 달 동안 혼자 있을 때 자신에게 수없이 그런 말을 반복했어요.」알료샤는 조금 전과 마찬가지로 나직한 목소리로 또박또박 말했다. 그러나 그는 마치 불가항력적인 지시를 따르듯 자신의 의지와는 상관없이 무의식적으로 말했다. 「형은 자신을 책망했고, 자기 말고는 그 누구도 아니라고 고백했어요. 하지만 살인을 한 것은 형이 아니에요, 형이 잘못 생각한 거예요. 형은 살인범이 아니에요, 내 말 좀 들어 보세요, 그건 형이 아니라고요! 이 말을 전하려고 하느님께서 날 보내신 거예요.」

두 사람은 입을 다물고 말았다. 오랫동안 침묵이 흘렀다. 두 사람은 제자리에 서서 서로의 눈을 바라보았다. 두 사람 다 얼굴이 창백해져 있었다. 별안간 이반이 몸을 부르르 떨며 알료샤의 어깨를 힘껏 잡았다.

「내 방에 왔었구나!」 그는 이를 부드득 갈며 속삭였다. 「넌 그놈이 찾아왔던 날 밤에 내 방에 왔었어⋯⋯. 솔직히 말해라⋯⋯. 넌 그놈을 봤니, 봤어?」

「누구 이야기를 하시는지⋯⋯. 미탸 형님 말씀인가요?」 알료샤는 의문에 싸인 채 이렇게 물었다.

「형 얘기를 하는 게 아니야, 제기랄!」 이반은 넋을 잃고 소리쳤다. 「넌 그놈이 나를 찾아다닌 사실을 정말로 알고 있지? 그걸 어떻게 알았는지, 어서 말해!」

「그놈이 대체 누굽니까? 누구 이야기를 하시는지 전혀 모르겠어요.」 알료샤는 잔뜩 겁에 질린 채 중얼거렸다.

「아니야, 넌 알고 있어⋯⋯. 그렇지 않고서야⋯⋯ 네가 모른다는 것은 말도 안 돼⋯⋯.」

그러다가 그는 별안간 이성을 되찾았다. 그리고 마치 어떤 생각에 깊이 골몰하기라도 하듯 제자리에 섰다. 그의 입술은 야릇한 미소로 일그러졌다.

「형.」 알료샤는 떨리는 목소리로 다시 입을 열었다. 「내가 이런 말씀을 드린 건 형이 내 말을 그대로 믿기 때문이에요, 난 그럴 거라고 생각했어요. 나는 〈형이 저지른 것이 아니라고〉 내 목숨을 걸고 말씀드린 거예요. 내 목숨을 걸었다고요.

그리고 그렇게 말한 건 하느님께서 내 영혼에 그렇게 계시하셨기 때문이에요, 비록 지금 이 순간부터 형이 나를 증오한다고 해도요…….」

그러나 이반 표도로비치는 이미 평정을 찾은 것처럼 보였다.

「알렉세이 표도로비치.」 그는 차가운 미소를 지으며 말했다. 「나는 예언자나 간질병 환자를 참을 수가 없어. 너도 알다시피 하느님의 사자에 대해서는 더더욱 말할 것도 없지. 지금 이 순간부터 나는 너와 인연을 끊겠다, 아주 영원히. 이제 이 십자로에서 헤어지도록 하자. 이 골목길이 네 집으로 가는 길이다. 특히 오늘만큼은 우리 집에 찾아오지 말아 다오! 알겠지?」

그는 몸을 휙 돌리더니, 뒤도 돌아보지 않고 앞으로 뚜벅뚜벅 걸어갔다.

「형.」 알료샤가 그의 등을 향해 큰 소리로 외쳤다. 「만일 형한테 오늘 무슨 일이 생기면 무엇보다 내 생각을 먼저 해주세요!」

그러나 이반은 아무 대답도 하지 않았다. 알료샤는 이반이 어둠 속으로 완전히 사라질 때까지 십자로의 가로등 옆에 걸음을 멈추고 서 있었다. 그러고는 그도 몸을 돌려 자기 집을 향해 골목길을 천천히 걸어갔다. 알료샤와 이반은 서로 다른 방을 얻어 살고 있었다. 두 사람 중 어느 누구도 아버지 표도르 파블로비치의 빈집에 살고 싶지 않았던 것이다. 알료샤는 어느 상인의 집에 가구가 딸린 방 하나를 얻어 놓고 있었다. 그리고 이반 표도로비치는 알료샤의 집과는 상당히 멀리 떨어진 곳에 살고 있었는데, 그곳은 어느 관리 미망인의 훌륭한 저택에 딸린 넓고 안락한 별채였다. 그 별채에는 거의 귀가 먹은 것이나 다름없으며, 게다가 류머티즘까지 앓고 있고, 저녁 6시면 잠자리에 들었다가 아침 6시에 일어나는 노파 한 사람만이 시중을 들고 있었다. 이반 표도로비치는 지난 두 달 동안 이상할 정도로 노파에게 심부름을 시키지 않았고, 늘 혼자 있고 싶어 했다. 자기가 쓰고 있는 방까지 손수 청소했으며, 다른 방들은 거의 들르지 않을 정도였다. 자기 집 문 앞에 이르자, 그는 초인종 손잡이를 잡은 채 멈칫 섰다. 그는 여전히 분노로 온몸이 떨리는 것을 느꼈다. 그러다가 그는 별안간 손잡이에서 손을 놓더니, 침을 탁 뱉고는 몸을 돌려 아주 엉뚱하게도 자기 집에서 2베르스타 정도 떨어진, 그 거리의 반대편 끝에 위치한 기울어 가는 통나무집을 향해 걸음을 옮겼다. 그곳에는 아버지 표도르 파블로비치의 이웃으로 먹을 것을 얻으러 표도르 파블로비치의 집 부엌에 들르곤 하던 마리야 콘드라티예브나가 세 들어 살고 있었으며, 한때 스메르댜코프는 그곳에서 그녀에게 자신의 창작 시를 기타 반주에 맞춰 노래해 주기도 했었다. 그녀는 옛날 집을 팔아 버리고 오두막이나 다름없는 이곳으로 이사하여 자기 어머니와 함께 살고 있었는데, 병들어 거의 사경을 헤매고 있는 스메르댜코프도 표도르 파블로비치가 죽은 후 그들과 함께 기거하고 있었다. 그런데 지금 이반 표도로비치는 갑자기 억누를 수 없을 정도로 솟구치는 하나의 상념 때문에 그를 찾아가는 길이었다.

6 스메르댜코프와의 첫 번째 면담

이반 표도로비치가 모스크바에서 돌아온 후로 스메르댜코프를 만나러 찾아간 것은 이번이 벌써 세 번째였다. 그 비극이 발생한 후 처음으로 이반이 그를 만나서 대화를 나눈 것은 모스크바에서 돌아오던 바로 그날이었고, 그 후 2주일이 지나서 다시 그를 방문했었다. 그러나 두 번에 걸친 방문 이후 스메르댜코프와의 만남은 중단되었고, 그를 만나지 못한 지 한 달이 넘었으며 소식도 거의 듣지 못했다. 이반 표도로비치가 모스크바에서 돌아온 것은 아버지가 죽은 지 닷새 만의 일이었으므로, 그는 아버지의 시신조차 보지 못했다. 그가 도착하기 바로 전날 장례식이 거행되었던 것이다. 이반 표도로비치가 늦은 이유는 알료샤가 형의 주소를 정확히 몰랐기 때문에 전보를 치기 위해 카테리나 이바노브나에게 달려갔으나 그녀도 역시 주소를 제대로 알지 못했고, 그저 이반 표도로비치가 모스크바에 도착하는 대로 곧 언니와 이모를 방문할 것이라는 생각이 들어 그들에게 전보를 쳤기 때문이다. 그러나 이반은 모스크바에 도착한 지 나흘 만에 그들을 방문했고, 전보를 읽자마자 허겁지겁 우리에게 달려왔다. 이반이 우리 읍내에서 처음 만난 사람은 알료샤였는데, 그와 대화를 나눈 뒤 알료샤가 미탸를 의심하는 것이 아니라, 우리 읍내의 다른 모든 사람들의 생각과는 달리 곧바로 스메르댜코프를 살인범으로 지목하고 있다는 것에 이반은 매우 놀랐다. 나중에 경찰서장, 검사 등을 만난 뒤 구체적인 혐의 사실과 체포 경위를 알게 된 후에 이반은 알료샤에 대해 더욱 놀라움을 금할 수 없었으며, 자신이 알고 있듯이 큰형 미탸를 너무나 사랑하는 알료샤가 극단적인 형제애와 큰형 미탸에 대한 동정심 때문에 그런 생각을 한 것이라고 판단했다. 여기서 드미트리 표도로비치에 대한 이반 표도로비치의 감정에 대해서 마지막으로 몇 마디 덧붙여 두기로 하겠다. 이반은 형을 절대로 사랑하지 않았으며, 기껏해야 가끔 동정심을 보이긴 했지만 그것마저도 대단한 경멸감과 혐오감이 들어 있는 우스꽝스러운 것이었다. 용모를 비롯해서 미탸의 모든 것이 그의 마음에 전혀 들지 않았다. 이반은 형에 대한 카테리나 이바노브나의 사랑을 분노의 눈으로 바라보았다. 그러나 그는 피고가 된 미탸를 모스크바에서 돌아온 첫날 만났으며, 그 면회는 형이 범인이라는 심증을 약화시킨 것이 아니라 오히려 더 강화시켰다. 그는 형이 불안하고 병적인 흥분 상태에 놓여 있음을 알았다. 미탸는 말이 많았으나 초조하고 정신이 산만했으며 스메르댜코프가 범인이라고 강력하게 주장했지만, 그의 논리는 뒤죽박죽이었다. 무엇보다 그는 죽은 아버지로부터 〈강탈한〉 3천 루블에 대해 내내 이야기했다. 미탸는 이렇게 주장했다. 〈그건 내 돈이야, 내 돈이었다고. 내가 그 돈을 훔쳤다고 하더라도 잘못된 것이 아니야.〉 그는 자신에게 불리한 모든 증거에 대해 거의 반박하지 않았으며, 자신에게 유리한 사실을 설명하더라도 요령 부족에 모순투성이였다. 미탸는 이반 앞에서든 누구 앞에서든 변명하려 들지 않았고, 오히려 화를 내면서 혐의 사실을 거리낌 없이 무시했고 분통을 터뜨리며 욕설을 퍼부었다. 그는 문이 열려 있었다는 그리고리 노인의 증언에 대해서 경멸적인 웃음만을 터뜨렸을 뿐, 그건 〈악마가 열었을 테지〉라고 태연히 말했다. 그러나 이 사실에 대해서도 설득력 있는 설명을 하지 못했다. 첫 번째 면회 때 그는 〈모든 것은 허용된다〉라고 주장하는 사람들이 그것 때문에 의심받거나 신문받을 수 없다고 단호히 이야기하는 이반 표도로비치조차 실컷 모욕할 뿐이었다. 이번 면회에서 그는 이반 표도로비치에게 대체로 비우호적이었다. 미탸와의 그 면회가 끝나자 이반 표도로비치는 당장 스메르댜코프에게로 달려갔다.

모스크바에서 돌아오는 열차 안에서 이반은 스메르댜코프에 대해서, 모스크바로 떠나기 전날 밤 그와 나누었던 마지막 대화에 대해서 오랫동안 숙고했다. 많은 것들이 그를 당황하게 만들었고 의심스러웠다. 그러나 예심 판사한테 출두하면서도 그는 적당한 시기가 올 때까지 그 대화 내용에 대해 침묵을 지켰다. 스메르댜코프와 만날 때까지 기다리기로 했던 것이다. 그는 시립 병원에 입원 중이었다. 게르첸시투베 의사 선생이나 병원에서 이반 표도로비치가 만났던 의사 바르빈스키는 이반의 끈질긴 질문 공세에 스메르댜코프의 간질병은 의심할 여지가 없는 것이라고 단정적으로 대답했고, 〈참극이 벌어진 날 그놈이 꾀병을 부린 것은 아닙니까?〉라는 이반의 질문에 오히려 깜짝 놀랐다. 두 사람은 환자의 간질이 매우 별난 것이고, 며칠 동안이나 반복적으로 지속되어서 생명이 위급한 상황이었지만, 여러 가지 치료를 받은 지금은 고비를 넘겨 생명에는 지장이 없으나 그의 분별력은 〈한평생은 아니더라도 상당히 오랜 기간〉 정상으로 회복되기 힘들 가능성이 높다며(게르첸시투베 의사는 이렇게 덧붙였다) 이반을 설득시키려 했다. 〈분명히 지금 그놈이 정신병을 앓고 있단 말씀이신가요?〉라는 이반 표도로비치의 끈질긴 질문에, 그들은 〈반드시 그렇다고는 할 수 없지만 모종의 비정상적인 증상이 나타나고 있습니다〉라고 대답했다. 이반 표도로비치는 비정상적인 증상이 대체 어떤 것인지 직접 알아보기로 했다. 병원에서는 곧바로 면회가 허락되었다. 스메르댜코프는 격리실 침대에 누워 있었다. 그의 옆자리에는 몹시 쇠약한 읍내 상인 한 사람이 누워 있었는데, 온몸이 퉁퉁 부어올라 내일이나 모레쯤이면 숨이 넘어갈 것처럼 보였다. 따라서 그 사람이 대화에 지장을 초래하지는 않을 것 같았다. 스메르댜코프는 이반 표도로비치를 바라보더니 믿기지 않는다는 듯 히죽 웃었는데, 처음에는 마치 겁을 집어먹은 듯한 표정이었다. 적어도 이반 표도로비치는 그렇게 생각했다. 그러나 그것도 한순간에 불과했고, 그 후로 스메르댜코프는 오히려 침착한 모습을 보여 이반을 놀라게 했다. 그를 처음 보는 순간부터 이반 표도로비치는 상태가 매우 위중하다는 것을 확인할 수 있었다. 몸이 매우 쇠약해졌으며, 혀를 놀리기도 힘든 것처럼 느릿느릿 말했던 것이다. 무척이나 수척해지고 온몸에는 황달기가 엿보이기도 했다. 약 20분간의 면회 시간 내내 그는 두통이 오고 사지가 쑤신다고 호소했다. 스코페츠 수도승 같은 무표정한 얼굴은 상당히 작아 보였고, 관자놀이 부근의 머리카락은 헝클어졌으며 앞머리 대신에 한 줌의 머리카락이 위로 곤두서 있었다. 그러나 무언가 암시하는 듯 연신 깜박거리는 왼쪽 눈은 스메르댜코프의 옛 모습을 상기시켰다. 이반 표도로비치는 〈현명한 사람과의 대화는 흥미롭다〉라는 스메르댜코프의 말이 문득 생각났다. 이반은 스메르댜코프의 발밑에 있는 의자에 자리를 잡았다. 스메르댜코프는 고통을 참으며 침대에서 몸을 뒤척였으나, 먼저 입을 열지 않고 이제 별 관심도 없다는 듯 꽉 다물고 있었다.

「나하고 이야기 좀 나눌 수 있겠지?」 이반 표도로비치가 물었다. 「피곤하게 만들진 않을 테니.」

「물론입니다.」 스메르댜코프가 기어 들어가는 목소리로 중얼거렸다. 「도착하신 지는 오래되셨나요?」 그는 당황하는 방문객의 용기를 북돋아 주려는 듯 너그러운 말투로 덧붙였다.

「오늘 막 도착했어……. 여기서 벌어진 너희들의 복잡한 문제를 수습하려고 말이야.」

스메르댜코프는 한숨을 내쉬었다.

「어째서 한숨을 내쉬지? 넌 그걸 알고 있었지?」 이반 표도로비치는 단도직입적으로 물었다.

스메르댜코프는 잠시 동안 침묵했다.

「어떻게 모를 수 있겠습니까? 이미 뻔한 노릇인걸요. 하지만 그런 일이 벌어질 줄이야 누가 알 수 있었겠습니까?」

「그런 일이 벌어지다니? 날 속일 생각 하지 마! 지하 창고에 내려가기만 하면 당장 간질병이 도질 거라고 미리 말했었잖아? 지하 창고라고 네가 직접 언급했었잖아.」

「신문을 받으실 때 그 이야기를 하셨나요?」 스메르댜코프는 침착하게 물었다.

이반 표도로비치는 갑자기 화가 치밀어 올랐다.

「아니, 그 이야기는 아직 하지 않았어. 하지만 반드시 하고 말 거야. 넌 내게 지금 많은 것을 해명해야 해. 그리고 이봐, 난 너하고 장난을 하고 있는 것이 아니라는 사실을 분명히 알아 둬!」

「감히 장난을 치다뇨. 저는 도련님을 오로지 하느님처럼 저의 희망으로 생각하고 있습니다!」 스메르댜코프는 여전히 침착한 태도를 유지하면서, 한순간 눈을 감으며 이렇게 말했다.

「첫째로,」 이반 표도로비치는 이야기를 시작했다. 「간질병이란 미리 예언할 수 있는 것이 아니라는 사실을 나는 알고 있어. 벌써 확인해 보았으니 날 속일 생각은 하지 마! 날짜와 시간을 예언할 수는 없는 거야. 그런데 넌 어떻게 그때 날짜와 시간은 물론 지하 창고까지 예언할 수 있었지? 네가 일부러 간질병을 꾸며 낸 것이 아니라면, 그 지하 창고에서 굴러떨어질 것을 어떻게 미리 알 수 있었지?」

「지하 창고에는 꼭 내려가야 했어요, 하루에도 몇 번씩 내려가니 말입니다.」 스메르댜코프는 천천히 말을 이어 갔다. 「정확히 1년 전에도 다락방에서 굴러떨어진 적이 있지요. 날짜와 시간까지야 미리 예언할 수 없는 일이지만, 그런 예감은 언제나 느낄 수 있거든요.」

「하지만 날짜와 시간을 예언했잖아!」

「제 간질병에 대해서라면 이 지방 의사들한테 여쭤보시는 편이 더 나을 겁니다, 도련님. 제 발작이 진짜였는지 아닌지 말입니다. 저로서는 그 문제에 대해 더 이상 드릴 말씀이 없습니다.」

「하지만 지하 창고는? 지하 창고라는 건 어떻게 미리 알 수 있었지?」

「지하 창고라는 게 신경이 쓰이시는 모양이로군요! 그때 제가 지하 창고에 내려갔을 때 전 두렵고 마음이 불안했어요. 도련님이 떠나 버리셔서 앞으론 이 세상에서 돌봐 줄 사람도 하나 없다는 생각에 더욱 무서워졌던 거죠. 당시 그 지하 창고로 내려가면서 저는 〈이제 간질병이 도질 거야, 발작이 일어나면 굴러떨어질지도 몰라〉 하는 생각이 들었어요. 이런 불안감 때문에 갑자기 목구멍에 심한 경련이 일어나더니……그만 굴러떨어지고 만 겁니다. 바로 이 모든 이야기와 그 전날 밤 문간에서 제가 예감했던 이야기 전부를 도련님께 말씀드렸다는 내용까지 게르첸시투베 의사 선생님과 예심 판사 니콜라이 파르표노비치한테 자세히 말씀드렸기 때문에, 그분들은 그 내용을 모두 조서에 작성해 놓으셨어요. 하지만 이 지방 의사인 바르빈스키 씨는 그분들이 있는 자리에서 〈행여 굴러떨어지지나 않을까〉 하는 불안감 때문에 그런 것이라고 주장하시더군요. 그러자 그분들도 동의하셨어요. 그래서 단지 제 공포심 때문에 그런 발작을 일으킨 게 틀림없다고 기록하셨지요.」

이렇게 말하고 나서 스메르댜코프는 마치 피로 때문에 몸이 불편하다는 듯이 깊은 한숨을 몰아쉬었다.

「너는 벌써 그런 진술을 했단 말이지?」 이반 표도로비치는 약간 얼이 빠진 듯한 표정으로 물었다. 그는 당시 두 사람이 나눴던 대화로 스메르댜코프를 위협하려 했는데, 그자는 벌써 그 이야기를 모두 털어놔 버린 것이다.

「제가 겁날 게 뭐 있나요? 모든 사실을 그대로 적으라지요, 뭐.」 스메르댜코프는 단호히 대답했다.

「나하고 문간에서 나누었던 이야기를 전부 말해 버린 거냐?」

「아뇨, 모두 다 하지는 않았어요.」

「간질병 흉내도 낼 수 있다고 했던 그때 그 이야기도 말한 거냐?」

「아뇨, 그 이야기는 하지 않았어요.」

「어디 이제 한번 이야기해 봐라, 왜 그때 나를 체르마시냐로 보내려 했는지를?」

「저는 모스크바로 떠나시는 게 두려웠어요. 체르마시냐는 아주 가깝잖아요.」

「거짓말하지 마, 네가 나더러 떠나라고 했잖아. 〈재난에서 피하시기 바란다〉면서 말이야!」

「그때 저는 도련님에 대한 우의와 충성심 때문에 그랬던 것이죠. 집안에 불행한 일이 벌어질 것 같은 예감이 들어서 도련님이 가엾게 여겨졌던 거죠. 하지만 도련님보다는 저 자신이 더 가엾게 느껴졌어요. 그래서 재난에서 피하라고 했던 건 집안에 좋지 않은 일이 벌어질지 모르니, 남아서 아버지를 보호해 드리라는 의도에서였지요.」

「그렇다면 왜 더 직접적으로 말하지 않았니, 이 바보야?」 이반은 별안간 화를 벌컥 냈다.

「당시 제가 무슨 수로 더 직접적으로 말씀드릴 수 있었겠어요? 단지 공포심 때문에 그렇게 말씀드렸던 것인데, 그랬다가는 도련님께서 화를 내실 게 뻔하잖아요. 물론 저도 드미트리 표도로비치께서 어떤 스캔들이나 일으키지 않을까 하여 걱정이 이만저만이 아니었지요. 그 돈을 어쨌든 본인의 것으로 생각하여 가져가시지나 않을까 하고 말입니다. 하지만 그런 살인극으로 끝날 줄 누가 알았겠습니까? 저는 그분이 주인 나리께서 베개 밑에 숨겨 둔 돈 3천 루블을 훔쳐 가는 데 만족할 줄 알았습니다만, 결국 살인까지 저지르신 거지요. 도련님께서도 거기까지는 생각이 미치지 못하셨잖습니까, 그렇잖습니까?」

「너도 전혀 예상하지 못한 일이라고 말하면서, 내가 어떻게 미리 짐작하고 집에 남아 있었을 수 있다는 거냐? 왜 그렇게 우왕좌왕하는 거지?」 이반 표도로비치는 깊은 상념에 잠기며 말했다.

「하지만 모스크바 대신에 체르마시냐로 가시도록 권한 것만으로도 짐작할 수 있으셨을 겁니다.」

「아니, 내가 어떻게 미리 짐작할 수 있었단 말이야!」

스메르댜코프는 몹시 피곤한 듯 잠시 입을 다물었다.

「그것으로도 짐작하셨을 겁니다. 제가 모스크바행에서 체르마시냐행으로 길을 바꾸라고 했던 것은 이 고장의 가까운 곳을 여행하시길 바라서였지요. 왜냐하면 모스크바는 너무 머니까요. 그래서 저는 도련님이 그리 멀지 않은 곳에 계신 걸 드미트리 표도로비치께서 아시면 돈을 강탈하지 않을 거라고 생각했던 거죠. 제게 무슨 일이 벌어지기라도 하면 도련님께서 당장 달려와 보호해 주실 수도 있지 않습니까. 그리고리 바실리예비치 영감님의 병세에 대해서는 물론이고, 제가 간질 발작을 일으킬까 염려하고 있다는 사실에 대해서도 직접 언질을 드렸으니까요. 그리고 방으로 아무 문제 없이 들어갈 수 있는 그 노크 신호를 드미트리 표도로비치께서 저를 통해 알게 되었다는 사실을 도련님께 말씀드린 후로는, 그분이 반드시 무슨 일을 저지르고야 말 거란 사실을 도련님께서 미리 짐작하셔서 체르마시냐는 고사하고 여기에 계속 남아 계실 거라고 저는 생각했던 거죠.」

〈이 녀석은 우물쭈물하면서도 상당히 조리 있게 이야기하고 있군. 그런데 게르첸시투베는 어째서 정신 착란 증세를 보이고 있다고 했을까?〉 이반 표도로비치는 생각했다.

「나한테 잔꾀를 부리는 거지, 이 빌어먹을 자식!」 그는 화가 치밀어 이렇게 소리쳤다.

「하지만 솔직히 저는 당시 도련님께서 모두 짐작하고 계신다고 생각했었습니다.」 스메르댜코프는 태연한 표정으로 대꾸했다.

「만일 그렇게 짐작했었다면 난 그냥 남아 있었을 거야!」 이반 표도로비치는 다시 화를 벌컥 내며 호통쳤다.

「그렇군요, 한데 저는 도련님께서 모두 짐작하시고도 어디론가 떠나셔서, 공포로부터 자신을 구원하려는 생각에서 가능하면 빨리 달아나시는 거라고 생각했었지요.」

「너는 나를 그런 겁쟁이로 생각했단 말이지?」

「용서해 주십시오. 저는 도련님이 저와 똑같다고 생각했습니다.」

「물론 미리 짐작했어야만 했겠지.」 이반은 흥분하고 있었다. 「그런데 난 네놈이 더러운 짓을 저지를 거라고 짐작하고 있었어……. 넌 거짓말을 하고 있어, 거짓말을 하고 있는 거야.」 그는 별안간 무슨 생각이 떠올랐는지 이렇게 소리쳤다. 「그때 네놈은 마차 옆으로 다가와서 〈현명한 사람과의 대화는 흥미롭다〉고 내게 말했었잖아. 그건 내가 길을 떠나는 게 기뻐서 칭찬했던 거잖아?」

스메르댜코프는 연거푸 숨을 몰아쉬었다. 그의 얼굴에는 홍조가 떠오르는 것처럼 보였다.

「만일 제가 기뻐했다면…….」 그는 약간 숨을 헐떡거리면서 말했다. 「단지 도련님께서 모스크바가 아니라 체르마시냐로 가시기로 하셨기 때문입니다. 훨씬 가깝기 때문이죠. 그리고 당시 그런 말씀을 드린 건 칭찬한 게 아니라 원망했던 것이었습니다. 도련님께선 그걸 이해하지 못하셨군요.」

「무얼 원망했단 말이냐?」

「그런 불행을 예감하시면서도 아버지를 남겨 두셨고, 저희들도 보호하지 않으신 일 말입니다. 그 결과 3천 루블을 훔쳤다면서 사람들은 저를 그 사건에 연루시켰으니까요.」

「빌어먹을 자식!」 이반은 다시 욕설을 퍼부었다. 「아니, 잠깐만. 너는 그 신호, 그 노크에 대해 예심 판사와 검사한테 진술한 거냐?」

「아는 대로 모두 진술했습니다.」

이반 표도로비치는 내심 다시 한번 깜짝 놀라고 말았다.

「당시 나한테 무슨 생각이 들었다면…….」 그는 다시 입을 열었다. 「그건 단지 네놈이 어떤 흉악한 짓을 저지르지나 않을까 하는 것뿐이었어. 드미트리 형은 사람을 죽일 수는 있어도 도둑질 따위는 하지 않을 거라고 생각했으니까……. 하지만 네놈은 어떤 짓이라도 저지를 가능성이 있다고 생각했지. 네놈은 간질병 발작을 꾀병으로 앓을 수도 있다고 네 입으로 말하기까지 했었는데, 대체 왜 그런 이야기를 했던 거지?」

「제 머리가 단순하기 때문입니다. 저는 한평생 간질병 발작을 꾀병으로 앓아 본 적이 한 번도 없거든요. 그저 도련님한테 으스대기 위해서 그런 말을 했던 모양입니다. 이건 일종의 어리석음입니다. 당시 도련님을 너무 좋아했기 때문에 도련님과 얘기를 나눌 때 아주 단순해졌던 거지요.」

「형은 아버지를 죽이고 돈을 훔쳐 간 사람은 바로 네놈이라고 직접적으로 지목하고 있어.」

「그분으로선 달리 어쩔 도리가 없지 않겠습니까?」 스메르댜코프는 떨떠름한 표정으로 이를 드러내며 말했다. 「그렇지만 증거가 너무 많으니 누가 그분의 말씀을 믿겠습니까? 그리고리 바실리예비치 영감님도 문이 열려 있는 것을 목격했으니, 그리고서야 어쩔 수 없는 일이지요. 그러니 어쩌겠습니까, 그분한테 하느님의 가호가 있으시길 비는 수밖에! 그분은 자신을 구원하려고 몸부림을 치시지만…….」

그는 얌전히 입을 다물었으나, 별안간 무슨 생각이 떠오르기라도 한 듯 이렇게 덧붙였다.

「이건 다시 똑같은 이야기가 됩니다만, 그분이 그 사건에 대해 제가 저지른 짓이라면서 저한테 죄를 뒤집어씌우려 한다는 이야기를 진작부터 들어서 알고 있었습니다. 비록 제가 꾀병으로 간질 발작을 일으키는 데 일가견이 있다고 해도 정말 도련님 아버지한테 흉계를 품고 있었다면, 그런 재주가 있다고 도련님한테 미리 말씀드릴 까닭이 있겠습니까? 만일 제가 그런 살인 모의를 했다면 자신에게 불리한 증거를 그 자제분한테 미리 발설하는 어리석은 짓을 저지를 리 있겠습니까, 안 그렇습니까? 이편이 신빙성이 있잖습니까? 그럴 가능성이 있었다 해도 오히려 절대 그런 이야기를 하지 않겠지요. 지금 우리 두 사람의 대화는 하느님 이외에는 아무도 듣고 있지 않습니다. 그런데 도련님께서 니콜라이 파르표노비치 검사한테 모두 말씀하신다고 해도 그건 오히려 저를 변호하는 일이 될 겁니다. 왜냐하면 본래 순진했던 놈이 어떻게 악당이 될 수 있겠는가라고 생각하실 테니까요. 이건 너무나 당연한 귀결이지요.」

「이봐!」 스메르댜코프의 마지막 논증에 충격을 받은 이반 표도로비치는 자리에서 벌떡 일어나며 말을 가로챘다. 「난 너를 조금도 의심하지 않아. 죄를 묻는 것 자체가 우스운 일이라는 생각이 들기도 하고……. 오히려 너 덕분에 안심할 수 있게 되었지. 난 이제 돌아가겠어. 하지만 다시 들르지. 그럼 잘 있어, 어서 건강도 회복해야지. 혹시 필요한 건 없나?」

「여러모로 감사드립니다. 마르파 이그나티예브나께서 저 같은 놈을 잊지 않으시고, 제게 필요한 게 있으면 예전처럼 자비롭게 잘 돌봐 주고 계십니다. 매일 마음씨 착한 분들이 찾아오시기도 하고요.」

「자, 잘 있거라. 그리고 참, 네게 꾀병을 앓는 재주가 있다는 말은 이제 하지 않으마……. 그리고 그런 말은 입 밖에도 내지 말라고 충고하고 싶구나.」 이반은 무슨 까닭에선지 불쑥 이런 말을 던졌다.

「잘 알았습니다. 만일 도련님께서 그런 이야기를 하지 않으신다면 저도 당시 문 옆에서 도련님과 주고받았던 대화에 대해 함구하고 있겠습니다…….」

이반 표도로비치는 급히 밖으로 나와 복도를 열 걸음쯤 걷다가 스메르댜코프의 마지막 말에 모욕적인 의미가 내포되어 있음을 문득 느꼈다. 그는 되돌아가고 싶었으나, 어느 순간 그런 생각을 잊고 말았다. 〈어리석은 짓이야!〉 하고 생각하며, 그는 빠른 걸음으로 병원을 나섰다. 문제는 그가 정말 안도감을 느낄 수 있었다는 사실이다. 즉 범인은 스메르댜코프가 아니라 자기 형 미탸라는 정황이 그로 하여금 정반대의 감정을 느끼게 만들었어야 함에도, 도리어 안도감을 느끼게 했던 것이다. 당시에는 왜 그런 감정을 느꼈는지 이반은 분석하고 싶지 않았다. 자신의 감정을 깊이 파고드는 것에 혐오감을 느끼기까지 했다. 그는 무엇이든 한시바삐 잊고 싶은 심정이었다. 그 후 며칠이 지나 미탸를 괴롭히는 온갖 증거들을 좀 더 가깝고 확실히 접하게 되었을 때, 그는 미탸의 유죄를 완전히 확신하기에 이르렀다. 하찮은 사람들의 증언은 거의 충격적이었다. 예를 들면 페냐와 그녀 어머니의 증언이 그랬다. 페르호틴이나 술집 주인, 플로트니코프 상점 사람들, 모크로예 마을의 증인들의 경우는 더 말할 나위가 없었다. 비밀〈신호〉에 대한 증언은 문이 열려 있었다는 그리고리 영감의 증언만큼이나 예심 판사와 검사에게 충격적이었다. 그리고리 영감의 아내인 마르파 이그나티예브나는 이반의 질문에 대해 스메르댜코프는 자기 방 칸막이 뒤편에 밤새 누워 있었으며, 그곳은 자신들의 침대에서 세 발자국도 떨어져 있지 않기 때문에, 비록 자신이 곤히 잠들기는 했어도 그의 신음 소리에 여러 차례 잠에서 깨었다면서, 〈그는 내내 신음을 했어요. 신음 소리가 끊이지 않았다니까요〉라고 주장했다. 이반은 게르첸시투베와 대화를 나누면서 스메르댜코프가 정신 이상 증세를 조금도 보이지 않으며 단지 몸이 쇠약해진 것 같다는 의혹을 제기했으나, 그것은 늙은 의사의 입가에 엷은 미소를 스치게 만들었을 뿐이다. 〈그럼 당신은 그가 지금 주로 무슨 일을 하고 있는 줄 아십니까?〉 하고 의사는 이반 표도로비치에게 물었다. 〈프랑스어 단어를 암송하고 있답니다. 그의 베개 밑에는 공책이 놓여 있어요. 누군가 러시아어 표기로 적어 준 프랑스 단어들이 쓰여 있단 말입니다, 헤헤헤!〉 결국 이반은 모든 의혹을 중단할 수밖에 없었다. 따라서 드미트리 형에 대해 생각할 때마다 그는 혐오감이 들기 시작했다. 한 가지 이상한 사실은 알료샤가 살인범은 드미트리가 아니라 〈틀림없이〉 스메르댜코프라고 끈질기게 주장하고 있다는 점이었다. 이반은 알료샤의 의견을 언제나 높이 평가해 왔으나, 요즘은 그에 대해서도 부쩍 의심이 들었다. 이상하게도 알료샤는 자신과는 미탸 이야기를 하려 들지 않았고, 절대 먼저 입을 여는 법 없이 이반의 질문에 대답할 뿐이었다. 이반은 이런 사실에도 바짝 신경을 곤두세워 주목했다. 그러나 그 무렵 이반은 그와는 전혀 관계없는 다른 한 가지 일에 정신이 팔려 있었다. 모스크바에서 돌아온 이후 그는 첫날부터 카테리나 이바노브나에 대한 활활 타오르는 미칠 듯한 열정에 몰두해 있었던 것이다. 그러나 지금으로서는 훗날 이반 표도로비치의 일생에 영향을 끼칠 그 새로운 열정에 대해서는 이야기를 꺼낼 입장이 못 된다. 그것은 또 다른 이야기, 또 다른 소설의 소재가 될 수도 있겠지만, 언제 그 이야기에 착수할지는 필자도 알지 못한다. 하지만 앞서 밝혔듯이 이반 표도로비치는 알료샤와 함께 카테리나 이바노브나의 집에 갔다 오던 날 밤에 〈나는 그 여자를 사랑하고 있는 게 아니야〉라고 말했지만, 그것은 거짓말을 둘러댄 것에 불과했다. 그는 그녀를 미칠 듯이 사랑하고 있었지만, 때로는 죽이고 싶을 정도의 증오심을 품었던 것도 사실이다. 물론 거기에는 여러 가지 이유가 있었다. 미탸의 사건으로 충격에 휩싸였던 그녀는 자신에게 다시 돌아온 이반 표도로비치를 마치 구세주나 되는 것처럼 맞아들였다. 그녀는 모멸감과 모욕감을 느끼면서 분노에 치를 떨고 있었다. 바로 그럴 때 지난날 자신을 사랑했던 사내가 다시 나타난 것이다. 오, 그녀는 그 사실을 너무나 잘 알고 있었다. 이반이 자신보다 지성이나 정서가 훨씬 더 뛰어나다고 그녀는 언제나 생각해 왔다. 그러나 강인한 성격의 그 처녀는 자신에게 푹 빠진 그 사내의 카라마조프식 집념과 자신에 대한 연민의 정에도 불구하고, 어떤 희생도 감수하려 들지 않았다. 또한 당시 그녀는 자신이 미탸를 배신했다는 사실을 후회하면서 끝없이 괴로워하고, 이반과 말다툼을 할 때면 (그런 경우가 많았다) 그런 이야기를 숨김없이 털어놓곤 했다. 이반이 알료샤와 대화를 나눌 때 〈위선의 위선〉이라고 했던 것은, 바로 이것을 두고 한 말이었다. 물론 거기에는 실제로 수많은 위선이 담겨 있었으며, 이반 표도로비치는 무엇보다 바로 그런 점에 화가 나 있었다……. 그러나 이 모든 것은 모두 훗날로 미루기로 하자. 한마디로 그는 얼마간 스메르쟈코프에 대해 거의 잊고 있었다. 그런데 스메르쟈코프를 처음 방문한 지 2주쯤 지나자 예전과 똑같은 이상한 상념이 다시 이반을 괴롭히기 시작했다. 그는 당시 어째서 자신이 그 마지막 날 밤, 즉 아버지 표도로 파블로비치의 집을 떠나기 전날 밤 도둑놈처럼 계단을 살금살금 내려와 아래층에서 아버지가 무엇을 하고 있는지 엿들으려 했는지, 어째서 나중에 혐오감을 느끼며 그 일을 상기하게 되었는지, 또 어째서 다음 날 아침 길을 떠나면서 별안간 우수에 사로잡혔으며, 모스크바로 출발하면서 〈나는 비열한 인간이야!〉라고 중얼거렸는지 스스로에게 물어보았다. 그래서 바로 지금 그 고통스러운 상념들 때문에 카테리나 이바노브나조차도 잊을 수 있을 거라는 생각이 들었다. 그만큼 그 상념들은 다시 그를 강하게 사로잡고 있었던 것이다! 언젠가 그는 그런 생각에 골몰해 있다가 거리에서 알료샤와 마주치게 되었다. 그는 얼른 알료샤를 붙잡아 다짜고짜 이런 질문을 던졌다.

「기억하고 있겠지, 점심 식사 후에 드미트리 형이 집으로 달려와 아버지를 두들겨 팼을 때, 내가 나중에 밖에서 나 자신에게 〈기대의 권리〉를 남겨 두겠다고 했던 말 말이야. 어서 말해 봐, 그때 무슨 생각을 했었는지 말이야? 내가 아버지의 죽음을 바랐다고 생각하는 거냐?」

「나는 그렇게 생각했어요.」 알료샤가 나직이 대답했다.

「그건 그랬지. 그 점에 대해선 이론의 여지가 없기도 해. 하지만 당시 너는 내가 〈한 마리 파충류가 다른 파충류를 잡아먹기〉를, 다시 말해서 드미트리 형이 아버지를 얼른 살해하길 바라고 있다고 생각했었니? 내가 직접 그 일을 부추기고 다녔다고 생각했었어?」

알료샤는 약간 안색이 창백해지면서 형의 눈을 말없이 바라보았다.

「어서 말해 봐!」 이반은 소리쳤다. 「무슨 수를 써서라도 그때 네가 어떤 생각을 했는지 알아내겠어. 나한테 진실을, 진실을 말해 줘!」 이반이 소리를 질렀다. 그는 힘겹게 숨을 헐떡거리며 적개심에 불타는 시선으로 알료샤를 바라보았다.

「용서하세요, 당시 난 그렇게 생각했어요.」 알료샤는 이렇게 중얼거린 후, 구구한 〈변명〉을 일절 늘어놓지 않은 채 입을 꽉 다물어 버렸다.

「고맙다!」 이반은 이렇게 내뱉은 다음 알료샤를 남겨 놓은 채 제 갈 길로 가버렸다. 그때부터 알료샤는 이반 형이 왠지 자신을 멀리할 뿐만 아니라, 심지어는 싫어하기까지 한다는 사실을 눈치챘다. 그래서 그 후 그도 형을 찾지 않았다. 그러나 알료샤와 만난 직후 이반 표도로비치는 집으로 돌아가지 않고 급작스럽게 다시금 스메르댜코프의 거처로 발길을 옮겼다.

7 스메르댜코프와의 두 번째 면담

 그 무렵 스메르댜코프는 병원에서 이미 퇴원한 상태였다. 이반 표도로비치는 그의 새로운 거처를 알고 있었다. 현관을 사이에 두고 양쪽으로 나누어진 두 채의 오두막 중에서도 낡고 작은 통나무집이었다. 한쪽 오두막에서는 마리야 콘드라티예브나가 어머니와 함께 살고 있었고, 다른 오두막에는 스메르댜코프가 살고 있었다. 그가 어떤 조건으로 그 집에 살게 되었는지는 아무도 모른다. 그냥 얹혀사는지 아니면 돈을 내고 있는지 아무도 알지 못했다. 나중에야 사람들은 그가 마리야 콘드라티예브나의 약혼자로서, 그 집에 머물면서 돈도 내지 않고 살았을 것이라고 추측했을 뿐이다. 더구나 어머니든 딸이든 그를 상당히 존경하여 자신들보다는 훨씬 훌륭한 사람이라는 시선으로 바라보고 있었다. 이반 표도로비치는 노크를 한 후 현관으로 들어섰고, 마리야 콘드라티예브나의 안내를 받아 스메르댜코프가 살고 있는 왼쪽의 〈하얀 방〉으로 곧장 들어갔다. 그 방의 페치카는 타일로 장식되었으며, 방 안은 아주 훈훈하게 난방이 되어 있었다. 벽마다 하늘색 벽지가 발라져 있었으나 군데군데 찢어져, 그 아래 틈새로 수많은 바퀴벌레들이 끊임없이 돌아다니며 바스락거렸다. 가구도 초라했다. 양쪽 벽면에 긴 나무 의자 두 개, 그리고 탁자 옆에는 의자 두 개가 놓여 있었다. 탁자는 흔히 볼 수 있듯이 나무로 만들어진 것이었으나, 장밋빛 무늬가 새겨진 탁상보가 덮여 있었다. 두 개의 작은 창문 위에는 제라늄 화분이 하나씩 놓여 있었다. 방 한쪽 구석에는 성상이 담긴 상자가 자리 잡고 있었다. 탁자 위에는 심하게 일그러진 작은 구리 사모바르[4]와 찻잔 두 개가 놓인 쟁반이 있었다. 그러나 스메르댜코프는 이미 차를 다 마신 후여서 사모바르의 불은 꺼져 있었다....... 그는 탁자 뒤편에 있는 긴 나무 의자에 앉아서 노트를 들여다보며 펜으로 무언가 적고 있었다. 그 옆에는 잉크병과 스테아린 양초가 꽂힌 작은 놋쇠 촛대가 놓여 있었다. 이반 표도로비치는 스메르댜코프의 얼굴에서 그의 병이 완쾌되었다는 사실을 곧 알아챘다. 그의 얼굴은 한층 더 살이 오르고 건강해 보였으며, 앞머리는 빗어 넘기고 옆머리는 기름을 바른 모습이었다. 그는 알록달록한 무명 가운을 걸친 채 자리에 앉아 있었는데, 그 가운은 상당히 낡고 해진 것이었다. 그는 콧잔등에 안경을 걸치고 있었는데 이반 표도로비치는 전에는 그의 그런 모습을 본 적이 없었다. 대수롭지 않은 그런 모습에, 이반 표도로비치는 몇 배나 더 비위가 상하고 말았다. 〈이런 짐승 같은 놈, 게다가 안경까지 끼고 있다니!〉 하고 그는 생각했다. 스메르댜코프는 천천히 고개를 들더니 안경 너머로 방문객을 똑바로 쳐다보았다. 이어서 그는 조용히 안경을 벗고 벤치에서 일어났지만 정중한 구석이라곤 조금도 찾아볼 길이 없었고, 손님을 맞는 데 필요한 최소한의 예의만을 갖추겠다는 듯이 꾸물럭거렸다. 찰나의 시간이 흐르는 동안 이반은 그런 생각에 휩싸였고, 모든 상황을 간파했다. 하지만 중요한 것은 스메르댜코프의 시선이었다. 그의 시선에는 증오심이 흘렀고, 불쾌하고 오만한 기색이 확연히 나타나 있었다. 〈뭣 때문에 나돌아다니는 거지, 그때 이야기를 모두 끝냈는데. 그런데 여기는 왜 또 찾아왔어?〉 하고 말하고 있는 듯했다. 이반 표도로비치는 간신히 자신을 억제했다.

4 차를 끓이는 러시아식 찻주전자.

「네 방은 덥구나.」 그는 제자리에 선 채 이렇게 말하고는 외투의 단추를 끌렀다.

「벗으시죠.」 스메르댜코프가 말했다.

이반 표도로비치는 외투를 벗어서 긴 나무 의자 위에 집어 던진 다음, 떨리는 손으로 의자를 집어서 얼른 탁자 쪽으로 끌어당겨 그 위에 걸터앉았다. 스메르댜코프는 원래의 자리에 다시 주저앉았다.

「우선 묻겠는데, 여긴 우리 두 사람밖에 없겠지?」 이반 표도로비치는 준엄한 태도로 다급히 물었다. 「저편에서 우리 이야기를 엿듣지는 않겠지?」

「절대 소리가 들리지 않습니다. 보셨겠지만 중간에 현관이 있으니까요.」

「자, 내 이야기 좀 들어 봐. 내가 지난번 병원에서 나올 때 넌 뭐라고 말했었지? 네가 간질병 흉내를 잘 내는 재주꾼이라는 사실을 내가 발설하지 않는다면, 문 앞에서 너하고 주고받았던 이야기를 예심 판사한테 조금도 말하지 않겠다고 약속했지? 그런데 〈조금도〉라니? 어째서 그런 말을 했던 거지? 나를 협박했던 것 아니냐? 너하고 한 패거리라도 된다는 거냐? 그래, 너를 무서워하는 줄로 아는 거냐?」

이반 표도로비치는 빈정거리는 말투나 응수를 일체 무시하면서 자신은 조금도 거리낄 것이 없는 입장이라는 것을 분명히, 그리고 의도적으로 상대에게 알려려는 듯 사나운 기세로 떠들어 댔다. 스메르댜코프의 눈은 증오심에 불타올라 번쩍 불꽃을 일으키더니 왼쪽 눈을 깜박거리기 시작했다. 그의 눈빛은 평소와 마찬가지로 소극적이면서 신중하게 바뀌었지만, 〈모두 털어놓고 싶다면, 그래, 어디 한번 당신한테 모두 털어놓을까〉 하고 대들고 있었다.

「그때 제 생각은 아버지가 살해될 것을 미리 알고 계시던 도련님께서 사람들이 나중에 도련님의 입장을 비난하지 않도록, 그리고 다른 억측을 하지 않도록 그분의 참변을 그냥 내버려두고 떠나라고 말씀드리는 편이 좋겠다는 것이었죠. 그래서 아무 말도 하지 않겠다고 약속드렸던 것입니다.」

스메르댜코프는 서두르지 않고 자신을 억제해 가며 말하고 있었으나, 그의 목소리는 강경하고 끈질기며 증오로 가득 찬 파렴치하고 도전적인 것이었다. 그는 거만한 눈으로 이반 표도로비치를 바라보았다. 이반은 처음에는 눈앞이 가물거릴 정도였다.

「뭐, 뭐라고? 너 지금 제정신으로 하는 소리냐?」

「전 지금 아주 말짱합니다.」

「그런데도 내가 당시 아버지가 살해될 것을 알고 있었다니?」 이반 표도로비치는 마침내 고함을 지르면서 주먹으로 탁자를 내리쳤다. 「그리고 〈다른 억측〉이라니? 어서 말해 봐, 이 악당 같은 놈아!」

스메르댜코프는 아무 대꾸도 하지 않은 채 시종 뻔뻔스러운 눈으로 이반 표도로비치를 바라보았다.

「어서 말해 봐, 이 악취 풍기는 악당 놈아, 〈다른 억측〉이라니?」 그는 거의 울부짖고 있었다.

「지금 〈다른 억측〉이라고 말씀드린 건, 도련님께서 당시 아버지의 죽음을 몹시 바라고 계셨을 것이라는 말입니다.」

이반은 자리에서 벌떡 일어나 있는 힘을 다해 주먹으로 그의 어깨를 내리쳤다. 그러자 스메르댜코프는 벽에 나가떨어지고 말았다. 그는 어느새 온통 눈물범벅이 되어 이렇게 말했다. 「이건 부끄러운 짓이에요, 도련님, 약한 사람을 때리시다뇨!」 그는 온통 콧물로 젖은 파란색 무늬의 종이 손수건으로 얼굴을 가리더니 훌쩍거리기 시작했다. 1분가량이 지났다.

「됐어! 그만해!」 이반 표도로비치는 명령조로 말한 후 다시 의자에 앉았다. 「내 인내에도 한계가 있단 말이야!」

스메르댜코프는 휴지 조각을 눈에서 떼었다. 주름진 그의 얼굴 전체에는 방금 당한 모욕이 그대로 드러나 있었다.

「그래, 이 악당 같은 놈아, 넌 내가 드미트리 형과 한통속이 되어 아버지를 죽이고 싶어 한다고 생각했단 말이지?」

「그땐 도련님의 생각을 알 수 없었습니다.」 스메르댜코프는 잔뜩 골이 난 목소리로 말했다. 「그래서 도련님께서 문안으로 들어가실 때 바로 그 점을 떠보려고 불러 세웠던 것입니다.」

「떠보긴 뭘 떠본다는 거냐, 대체?」

「아버지께서 빠른 시일 내에 살해되기를 원하시는지 어떤지 하는 점 말입니다.」

스메르댜코프가 고집스럽고 뻔뻔스러운 어조를 끝내 버리지 않고 있다는 사실은 이반 표도로비치를 한층 더 격분시켰다.

「아버지를 살해한 것은 바로 네놈이지!」 그는 별안간 이렇게 소리쳤다.

스메르댜코프는 경멸적인 미소를 흘렸다.

「제가 살인을 하지 않았다는 사실은 도련님께서도 잘 알고 계시지 않습니까. 현명한 사람은 더 이상 그런 말을 하지 않을 거라고 생각했는데요.」

「그렇다면 어째서, 어째서 당시 넌 내게 그런 의혹을 품었단 말이냐?」

「아시다시피 그건 그저 두려움 때문이었죠. 그런 상황에서 두려움에 떨다 보니 모든 사람들을 다 의심하게 되었던 겁니다. 그래서 도련님도 떠볼 생각이 들었고요. 만일 도련님께서도 도련님 형님과 마찬가지로 그걸 바라신다면 만사는 다 끝난 것이어서 저도 파리 목숨과 다를 바 없다고 생각했던 것이죠.」

「이봐, 넌 2주 전에는 그런 말을 하지 않았어.」

「병원에서 도련님과 이야기를 나눌 때 그 말씀을 드리려고 했습니다만, 쓸데없는 말을 하지 않아도 도련님께서는 다 이해하실 거고, 또 현명한 사람은 미주알고주알 다 털어놓기를 바라지도 않을 거라는 생각이 들었던 것입니다.」

「대단하구나! 하지만 어서 말해 봐, 난 네 대답을 꼭 들어야겠으니. 왜 당시 내가 너의 그 비굴한 마음속에 그처럼 저급한 의혹을 품게 만들었는지를?」

「도련님은 결코 손수 살인을 하실 수도 없고 그걸 원치도 않으셨을 테지만, 원하시는 바를, 다른 사람이 대신 살인을 해주기를 바라셨던 것입니다.」

「어떻게 그렇게, 어떻게 그렇게 태연히 그런 말을 할 수 있을까! 어째서, 대체 무엇 때문에 내가 그걸 바랐다는 거냐?」

「아니, 무엇 때문이라뇨? 유산 때문이 아닌가요?」 스메르댜코프는 마치 복수라도 하듯 독기를 뿜으며 말했다. 「도련님의 아버지가 돌아가시면 세 형제분은 각각 적어도 4만 루블은 받게 됩니다. 아니, 그보다 더 많을지도 모르지요. 그런데 아버지가 아그라페나 알렉산드로브나와 결혼하게 되면 그 여자는 결혼 후 당장 돈을 자기 명의로 돌려놓을 겁니다.

그 여자는 바보가 아니니까요. 그렇게 되면 아버지가 돌아가신 후에 형제분들한테는 한 푼도 돌아가지 않을 겁니다. 그런데 그 결혼이 그렇게 어려운 것이었을까요? 아슬아슬한 위기를 넘기신 겁니다. 그 여자가 손가락 하나만 까딱거렸다면 아버지는 혀를 내밀고 결혼식을 올리러 당장 교회로 달려갔을 겁니다.」

이반 표도로비치는 고통스럽게 자신을 억제하고 있었다.

「좋아.」 마침내 그가 말했다. 「네가 보다시피 난 자리를 박차고 일어서지도 않았고, 너를 때리지도 죽이지도 않았어. 그러니 어서 계속해 봐. 네 생각에는 내가 드미트리 형을 살인자로 지정했고, 그걸 계산에 넣어 두었다는 말이냐?」

「어떻게 그걸 계산에 넣어 두지 않으실 수 있습니까. 형님이 죄를 범한다면 귀족의 호칭과 재산 등 모든 권리를 박탈당하고 유형을 가게 될 텐데요. 그렇게 되면 아버지가 돌아가신 후에 그분의 재산은 도련님과 알렉세이 표도로비치 두 분의 몫이 되지 않겠습니까. 다시 말씀드려서 이젠 4만 루블이 아니라 각각 6만 루블씩 차지하게 되겠죠. 그래서 도련님은 분명히 드미트리 표도로비치를 계산에 넣어 두셨던 겁니다!」

「난 네게 인내심을 발휘하고 있는 거야! 자, 잘 들어 두렴, 이 악당아! 만일 그때 내가 누군가를 계산에 넣었다면, 그건 드미트리 형이 아니라 바로 네놈이야. 맹세코 난 네놈이 추악한 짓을 저지를 것이라는 예감이 들었기 때문이야……. 당시…… 내가 받은 인상이 지금도 생생하게 떠오른다고!」

「당시 저도 잠시 생각했었죠, 도련님께서 저를 계산에 넣고 계신 것이 아닌가 하고.」 스메르쟈코프는 경멸하듯 히죽거렸다. 「바로 그런 점에서 도련님은 제게 자신의 모습을 드러내셨던 겁니다. 왜냐하면 제게 어떤 예감을 느끼고 계시면서도 그때 길을 떠나셨다면, 분명히 〈네가 아버지를 죽여도 좋아, 난 방해하지 않을 테니〉 하고 말씀하셨던 게 아닙니까.」

「이 악당! 그렇게 생각했었단 말이지!」

「그 모든 것이 체르마시냐 문제에서 비롯된 것입니다. 잘 생각해 보십시오! 모스크바로 떠나실 계획으로 체르마시냐에 들러 달라는 아버지의 부탁을 거절하시지 않았습니까! 그런데도 어리석은 제 말 한마디에 그 부탁을 들어주셨으니! 그렇다면 당시 무슨 까닭으로 체르마시냐로 가겠다고 번복하셨던가요? 만일 모스크바로 가지 않고 아무 이유 없이 제 말 한마디에 체르마시냐로 길을 떠나셨다면, 틀림없이 제게 어떤 기대를 하고 계셨던 것이겠지요.」

「아니야, 맹세코 그렇지 않아!」 이반은 이를 부드득 갈면서 소리쳤다.

「그렇지 않다뇨? 당시 제 이야기를 듣고 도련님께서는 아버지의 아들로서 정반대로 행동하셨어야만 합니다. 저를 경찰서로 끌고 가서 주리를 틀거나…… 아니면 적어도 그 자리에서 따귀라도 올려붙이셔야 했습니다. 그런데 도련님께서는 그와는 반대로 조금도 화를 내지 않은 채 어리석은 제 말에 호의를 보이며 당장 그 길을 떠나시지 않았습니까. 그건 정말 어리석은 행동이셨습니다. 왜냐하면 아버지의 생명을 보호하기 위해서라면 도련님께서는 남아 계셨어야 하니까요……. 그렇다면 제가 어떤 결론을 내릴 수 있었겠습니까?」

이반은 무릎 위에 올려진 두 주먹을 부들부들 떨며 앉아 있었다.

「그래, 네놈에게 따귀를 올려붙이지 못한 게 유감이구나.」

그는 쓴웃음을 지었다. 「당시에는 너를 경찰서에 끌고 갈 수 없었어. 아무도 내 말을 믿지 않을 것이고, 또 그걸 입증할 수도 없었으니까. 하지만 따귀를 올려붙이는 것을⋯⋯. 오, 그 생각에 미치지 못해 정말 유감이구나. 구타가 금지되어 있긴 하지만 네 면상을 박살 낼 수 있었는데.」

스메르댜코프는 흐뭇한 표정으로 그를 바라보았다.

「살다 보면 일반적인 경우⋯⋯.」 그는 언젠가 표도르 파블로비치의 식탁 앞에 서서 그리고리 바실리예비치와 신앙에 대해 논쟁을 벌이다가 그를 조롱했을 때와 같은, 득의만면하고 교훈적인 어조로 떠들어 댔다. 「살다 보면 일반적인 경우 구타는 실제 법으로 금지되어 있고, 또 서로 구타하는 일도 중단되었습니다. 하지만 특수한 경우에는 우리 나라뿐만 아니라 이 세상 어느 나라, 심지어는 프랑스 공화국에서도 한결같이 아담과 이브 시대처럼 구타를 계속하고 있으며, 결코 구타를 멈추지 않고 있습니다. 그런데 도련님께서는 그처럼 특별한 경우조차 감히 그렇게 못 했던 것뿐입니다.」

「네놈은 프랑스어를 배우고 있구나?」 이반은 탁자 위에 놓인 공책을 턱으로 가리켰다.

「언젠가 지상의 낙원인 유럽으로 가게 될지도 모른다는 생각에서 교양을 쌓으려는 것인데, 배워서는 안 될 이유라도 있나요?」

「잘 들어 둬, 이 악당아!」 이반은 온몸을 부들부들 떨면서 눈알을 부라렸다. 「난 네놈의 비난 따위는 두렵지 않아, 어디 마음대로 떠들어 보라고. 내가 지금 당장 너를 때려죽이지 않는 것은 네가 그 범행의 범인이라는 의심이 들어서 법정으로 끌고 가려는 이유 때문이야. 난 네놈의 정체를 폭로하고 말겠어!」

「하지만 제 생각에는 잠자코 계시는 편이 좋을 듯한데요. 왜냐하면 도련님께서는 절대 결백한 저를 고발하실 수도 없고, 또 그렇다고 해도 그 말을 누가 믿어 주겠습니까? 그러나 도련님께서 만일 그럴 의향이 있으시다면, 저도 모든 사실을 털어놓을 수밖에 없습니다. 저도 저 자신을 보호해야 하니까요.」

「넌 지금 내가 너를 두려워한다고 생각하는 거냐?」

「도련님한테 말씀드린 이 이야기들을 법정에서는 믿지 않을지 몰라도 세상 사람들은 믿어 줄 것이니, 그렇게 되면 도련님께서도 창피해 못 견디실 겁니다.」

「그 말은, 즉 〈현명한 사람과의 대화는 흥미롭다〉는 뜻이냐, 엉?」 이반은 이를 부드득 갈았다.

「바로 그렇습니다. 부디 현명하게 처신하시기 바랍니다.」

이반 표도로비치는 분노에 온몸을 부들부들 떨며 자리에서 일어나 외투를 입었고, 스메르댜코프의 질문에 더 이상 아무 대꾸도 하지 않은 채 또 그를 거들떠보지도 않은 채 오두막을 급히 나와 버렸다. 신선한 저녁 공기가 그의 기운을 북돋아 주었다. 하늘에는 달이 밝게 빛나고 있었다. 사상과 감정의 무서운 악몽이 그의 가슴속에서 부글부글 끓어오르고 있었다. 〈당장 스메르댜코프 놈을 고발하러 갈까? 하지만 뭐라고 고발하지. 어쨌든 그놈은 죄가 없으니 말이야. 오히려 그놈이 나를 고발하고 말 거야. 정말이지, 그때 난 무엇 때문에 체르마시냐로 갔을까? 무엇, 대체 무엇 때문에 말이야?〉 이반 표도로비치는 이렇게 자문해 보았다. 〈그래, 틀림없이 난 무언가를 기대했던 것이니, 그놈 말이 옳은 거야…….〉 그러자 아버지 집에서 마지막 날 밤 계단에서 엿들던 일이 끝없이 기억 속에 맴돌았으나, 그 기억은 이미 너무도 두려운 나머지 마치 못에 찔린 듯 멈칫 제자리에 멈춰 서고 말았다. 〈그래, 난 그때 그걸 기대했었어. 그건 사실이야! 나는 살인을, 바로 살인을 원했던 거야! 그럴까, 내가 살인을 원했을까, 정말로? 스메르댜코프 놈을 죽여 버려야 해! 만일 내가 지금 당장 스메르댜코프 놈을 죽일 수 없다면 나는 살 만한 가치도 없는 거야!〉 이반 표도로비치는 집으로 돌아가지 않고 곧장 카테리나 이바노브나를 찾아갔으며, 그의 출현은 그녀를 깜짝 놀라게 했다. 그는 마치 미치광이 같은 모습이었다. 이반은 그녀에게 스메르댜코프와 나누었던 대화를 상세한 내용까지 그대로 전해 주었다. 그녀가 아무리 설득해도 이반은 안정을 찾지 못하고 방 안을 내내 서성거리며 끊임없이 알 수 없는 이야기를 늘어놓았다. 그러다가 결국 자리에 앉더니 탁자 위에 팔꿈치를 세워 두 손으로 머리채를 쥐어뜯으며 이상한 구절을 뇌까렸다.

「만일 살인범이 드미트리가 아니라 스메르댜코프라면, 물론 나도 그놈과 공모를 한 거야. 왜냐하면 그놈을 부추긴 것은 바로 나니까. 내가 그놈을 부추긴 것인지는 아직도 잘 모르겠어. 하지만 드미트리가 아니라 그놈이 살인을 했다면, 그땐 물론 내가 살인범인 거야.」

이 이야기를 듣던 카테리나 이바노브나는 아무 말 없이 자리에서 일어나 자기 책상으로 가더니, 그 위에 놓인 상자를 열어 종이 한 장을 꺼내 이반 앞에 내밀었다. 그 종이는 이반 표도로비치가 나중에 알료샤에게 드미트리 형이 아버지를 살해한 〈수학적 공식〉이라고 설명했던 바로 문제의 그 서류였다. 알료샤가 수도원을 나와 들판에서 미탸를 만났던 바로 그날 밤, 그러니까 그루셴카가 카테리나 이바노브나에게 모욕을 줌으로써 그녀의 집에서 추태가 벌어진 직후로, 미탸가 술에 취한 상태에서 카테리나 이바노브나에게 써 보낸 편지였던 것이다. 당시 미탸는 알료샤와 헤어진 후 그루셴카에게 달려갔었다. 미탸가 그녀를 만났는지 아닌지는 알 수 없지만, 그날 밤 그는 평소와 다름없이 〈스톨리치니 고로트〉 선술집에서 술을 퍼마셨다. 술에 잔뜩 취한 그는 펜과 종이를 가져오라고 한 다음, 자신의 신상에 중대한 의미를 지니게 될 서류를 작성했다. 그것은 분노로 가득 찬 장황하면서도 논리에 맞지 않는 〈취중〉에 작성한 편지였다. 그것은 술에 만취한 사람이 집 안에 들어서자마자 아내나 집안사람 아무나 붙잡고 자신은 오늘 모욕을 당했는데, 자신을 모욕했던 녀석이 얼마나 악당인지, 그 반면에 자신은 얼마나 훌륭한 사람인지, 또 그 악당한테 어떤 식으로 복수할지 등등을 평소와는 달리 열을 올리며 떠벌리는 것과 흡사했다. 그런 이야기는 취중에 눈물을 흘리며 주먹으로 탁자를 두드리면서 몹시 흥분해서 떠들어 대는 장황하면서도 비논리적인 넋두리에 불과한 것이다. 선술집에서 가져다준 편지지는 지저분하고 평범한 싸구려 편지지 조각이었는데, 그 뒷면에는 어떤 계산인가가 끼적거려 있었다. 술 취한 사람이 장황한 이야기를 늘어놓기에는 분명히 지면이 모자랐을 것이므로 미탸는 편지지를 가득 메우다 못해 편지지 끄트머리까지 글을 썼고, 심지어 이미 글을 쓴 자리까지 비스듬히 적어 내려갔다. 편지 내용은 다음과 같았다.

숙명적인 카탸! 내일 돈을 장만해서 당신한테 3천 루블을 갚겠소. 안녕, 분노의 여신인 동시에 나의 사랑인 그대여! 우리 끝냅시다! 내일 사람들한테서 돈을 구해 보겠소. 만일 돈을 구하지 못하면, 당신한테 맹세하거니와 아버지를 찾아가서 머리통을 부수고 그의 베개 밑에 숨겨진 돈을 가져오겠소. 이반이 떠나는 대로 말이오. 감옥에 가는 일이 있더라도 당신의 돈은 갚고야 말겠소. 그러니 부디 용서해 주시오. 땅바닥에 머리를 대고 빌겠소. 왜냐하면 나는 당신한테 악당 같은 짓을 저질렀으니까. 나를 용서해 주구려. 아니, 차라리 용서하지 마시오. 그게 당신이나 나한테 더 마음 편한 좋은 일 아니겠소! 당신의 사랑보다는 차라리 감옥으로 가는 편이 더 낫소, 나는 다른 여인을 사랑하고 있기 때문이오. 당신은 오늘 그녀가 누군지 알게 되지 않았소. 그러니 어찌 용서할 수 있겠소? 나는 내 도둑놈을 죽일 거요! 당신들 모두를 잊기 위해 아무도 날 알아보지 못하는 동쪽으로 떠나겠소. 〈그 여인〉 역시 잊겠소. 왜냐하면 날 괴롭히는 사람은 당신뿐만이 아니라 그 여인도 마찬가지이기 때문이오. 안녕!

  추신 당신한테 저주를 퍼붓고 있지만, 그래도 당신을 존경하고 있소! 내 마음속에서 그 소리를 듣고 있다오. 한 가닥 현이 남아 울리고 있는 것이오. 심장을 두 쪽으로 쪼개는 편이 낫겠소! 자살해 버리고 말 거지만, 어쨌든 먼저 그 개자식부터 없애고 말겠소. 그자한테서 3천 루블을 뺏어다가 당신 앞에 집어 던지겠소. 나는 당신한테 비열한 인간인지는 몰라도 도둑놈은 아니라오! 3천 루블을 기다리시오. 그 개자식의 베개 밑에는 장밋빛 리본으로 묶은 돈 봉투가 있다오. 나는 도둑놈이 아니라, 내 도둑놈을 처치할 뿐이오. 카탸, 경멸하는 시선으로 나를 바라보지 마시오. 드미트리는 도둑놈이 아니라 살인자니까! 나는 자리를 박차고 일어나 당신의 자존심을 꺾기 위해 아버지를 죽이고 나도 죽어 버리겠소. 그리고 나는 당신을 사랑하지 않는다오.

추신 2 당신의 발에 키스를 보내오, 안녕!

추신 3 카탸, 하느님께 기도나 올리시오, 사람들이 내게 돈을 빌려주도록 말이오. 그러면 피를 묻히지 않아도 되겠지만, 사람들이 돈을 빌려주지 않는다면 피를 묻히게 될 거요! 나를 죽여 주시오!

당신의 노예이자 원수인
D. 카라마조프

이반은 그 〈증거 서류〉를 다 읽자, 확신이 선 듯 자리에서 일어났다. 그건 스메르댜코프가 아니라 형이 살인을 저질렀다는 것을 의미했다. 스메르댜코프가 아니라면 이반 자신도 범인이 아니라는 게 된다. 그 편지는 이반의 눈에 수학적 의미로 비쳤던 것이다. 그로서는 더 이상 미탸의 범죄를 의심할 여지가 남아 있지 않았다. 한마디 더 덧붙이면, 이반으로서는 미탸가 스메르댜코프와 공모해서 살인을 저질렀을지도 모른다고 의심해 본 적이 없었던 것이다. 그리고 그것은 사실과 부합하지도 않았다. 이반은 마음이 아주 평온해졌다. 그래서 다음 날 스메르댜코프, 그자의 조소를 떠올렸을 때 단지 모멸감만 느꼈다. 며칠이 지나자 그는 자신이 품었던 의심 때문에 그토록 심한 모멸감을 느꼈던 사실에 대해 그 스스로도 깜짝 놀라고 말았다. 그는 스메르댜코프를 무시하고 잊어버리기로 결정했다. 그렇게 한 달이 지나고 있었다. 그는 스메르댜코프에 대해 누구에게도 묻지 않았는데, 우연히 한두 차례 그자가 병을 앓고 있으며 의식을 잃어버렸다는 이야기를 듣게 되었다. 〈정신 이상으로 죽어 가고 있습니다〉라는 이야기를 젊은 의사 바르빈스키가 한 적이 있는데, 이반은 그 말이 생각났다. 그달 마지막 주일에 이반은 자신의 몸도 심상치 않은 걸 느꼈다. 그는 카테리나 이바노브나가 재판 직전에 모스크바에서 초빙한 의사에게 진찰을 받으러 갔다. 그 무렵 그와 카테리나 이바노브나 사이의 관계는 살얼음판을 걷는 것이나 다름없었다. 그 두 사람은 서로에게 매혹된 원수와도 같았다. 카테리나 이바노브나가 미탸에게 마음을 되돌린 것은 일시적이긴 하지만 강력해서 이반을 극도로 흥분시켰다. 이상하게도 카테리나 이바노브나의 집에서 일어난 일을 묘사했던 마지막 장면까지, 즉 알료샤가 미탸를 면회한 후에 그녀를 찾아갔을 때까지 이반은 한 달 내내 그녀의 입에서 미탸의 범행을 의심하는 이야기를 들어 본 적이 없었다. 그러면서 그녀는 이반이 그토록 증오하던 미탸에게 마음을 돌렸던 것이다. 한 가지 더 유의해 둘 점은, 날이 갈수록 이반이 미탸를 더욱 증오하게 되었으면서도 당시 이반은 형에 대한 증오심이 카탸가 형에게 〈마음을 되돌렸기〉 때문이 아니라, 〈형이 아버지를 살해했기〉 때문이라고 생각했다는 것이다. 그 스스로는 그렇게 느꼈고, 또 그렇게 믿어 의심치 않았다. 그럼에도 불구하고 재판이 열리기 며칠 전 그는 미탸 형을 찾아가 탈출 계획, 분명히 오랫동안 생각했을 그 계획을 제안했다. 거기에는 그로 하여금 그렇게 행동하도록 만든 중대한 이유 외에도 죄의식과 마음속에서 아물지 않는 상처가 남아 있었기 때문이다. 그것은 아버지의 유산으로 알료샤와 더불어 4만 루블이 아니라 6만 루블을 받을 거라는 스메르댜코프의 말 한마디에서 비롯된 것이었다. 그는 미탸의 탈출을 성사시키는 비용으로 3만 루블을 내놓기로 결심했다. 그는 형을 면회하고 돌아오는 길에 참담한 비애와 고통을 느꼈다. 자신이 형의 탈출에서 기대하는 것은 다만 3만 루블을 들여서라도 마음의 상처를 치유하자는 것 외에 또 다른 무엇인가가 있다는 사실이 별안간 느껴졌던 것이다. 〈마음속으로는 나도 똑같은 살인자이기 때문이 아닐까?〉 하고 그는 자문해 보았다. 막연하면서도 격렬하게 타오르는 그 무엇이 그의 영혼에 상처를 입히고 있었다. 문제는 지난 한 달 동안 그의 자존심이 엄청나게 상처를 입고 있었다는 사실이지만, 그 이야기는 나중에 하기로 하자……. 이반 표도로비치는 알료샤와 이야기를 나눈 후에 집으로 돌아와 자기 집 초인종에 손을 대다 말고 별안간 스메르댜코프를 찾아가기로 마음을 고쳐먹었다. 그것은 돌연 가슴속에 솟구치는 특별한 분노의 발작 때문이었다. 다름 아니라 카테리나 이바노브나가 알료샤의 면전에서 〈그건 당신뿐이에요, 그분(즉 미탸)더러 살인자라고 나한테 주장하는 사람은 오직 당신뿐이에요!〉라고 외치던 일이 생각났던 것이다. 그 일이 생각난 이반은 온몸이 얼어붙고 말았다. 이반은 그녀에게 이제껏 한 번도 미탸가 살인자라는 이야기를 한 적이 없으며, 오히려 스메르댜코프를 만나고 돌아왔을 때에는 그녀 앞에서 자기 자신을 의심하기까지 했던 것이다. 당시 〈서류〉를 보여 주며 형이 살인자라고 증명해 보이려던 사람은 오히려 〈그녀〉가 아니던가! 그런데 이제 와서 그녀는 별안간 〈나는 직접 스메르댜코프를 찾아갔어요!〉라고 소리쳐 대는 것이 아닌가. 언제 그자를 찾아갔을까? 이반은 그 사실을 전혀 알지 못하고 있었다. 그렇다면 그녀는 미탸의 범행을 전혀 믿지 않는 것이 아닌가! 스메르댜코프가 대체 뭐라고 했을까? 그자가 대체 뭐라고 말했을까? 그의 마음속에는 무서운 분노의 불길이 활활 타올랐다. 불과 30분 전에 그녀의 이야기를 건성으로 들어 넘긴 채 왜 고함을 치지 않았는지 그로서는 이해가 가지 않았다. 그는 초인종을 누르려다 말고 스메르댜코프의 집을 향해 발길을 옮겼다. 〈이번에는 그놈을 죽여 버릴지도 몰라〉 하고 그는 길을 걸으면서 생각했다.

8 스메르댜코프와의 세 번째이자 마지막 면담

길 가는 도중에 이날 새벽에 불던 것과 마찬가지로 살을 에는 듯한 차갑고 건조한 바람이 불었으며, 싸락눈이 세차게 퍼부었다. 눈은 땅바닥에 떨어졌으나 쌓이기도 전에 바람에 휘날리더니 곧이어 엄청난 눈보라가 몰아쳤다. 스메르댜코프가 살던 읍 외곽에는 가로등이라곤 거의 찾아볼 수 없었다. 이반 표도로비치는 눈보라 따위는 안중에도 없다는 듯이 본능적으로 길을 더듬으며 어둠 속을 헤쳐 나갔다. 그는 두통에 시달렸으며 관자놀이도 띵하고 아파 왔다. 손목에 경련이 일어나는 것도 느낄 수 있었다. 마리야 콘드라티예브나의 오두막에 이르기도 전에 이반 표도로비치는 술에 만취한 키 작은 농부 한 사람과 마주쳤다. 그 사내는 누덕누덕 기운 농부복 차림을 한 채 비틀거리면서 투덜대며 욕설을 퍼붓다가 별안간 혀 꼬부라진 쉰 목소리로 이렇게 노래 부르기 시작했다.

아아, 반카 놈은 피테르로 떠나갔네
나는 그놈을 기다리지 않겠네.

그러나 그는 이 두 번째 행에서 노래를 그치고는 다시 누군가에게 욕설을 퍼붓다가, 별안간 똑같은 가락을 길게 뽑아 댔다. 이반 표도로비치는 아까부터 그 사내에 대해 무서운 증오심이 끓어오르고 있었다. 이반은 그를 전혀 의식하지 않고 있었는데, 별안간 그런 생각이 솟구쳤던 것이다. 그러자 당장에라도 그 사내의 머리통을 주먹으로 쥐어박고 싶은 충동을 느꼈다. 바로 그 순간 두 사람은 길이 엇갈리게 되었는데, 농부는 몸을 가누지 못하고 비틀거리다가 이반을 향해 힘껏 몸을 부딪쳐 왔다. 이반은 사나운 기세로 농부를 떠밀었다. 농부는 멀리 나가떨어지며 얼어붙은 땅바닥 위에 통나무처럼 쓰러지더니, 〈어이쿠!〉 하는 고통스러운 신음 소리를 한 차례 토해 내고는 잠잠해졌다. 이반은 그에게 다가갔다. 농부는 의식을 잃은 채 꼼짝 않고 벌렁 누워 있었다. 이반은 〈얼어 죽겠군!〉 하는 생각이 들었으나, 다시 스메르댜코프의 집으로 걸음을 옮기기 시작했다.

마리야 콘드라티예브나는 촛불을 받쳐 든 채 현관을 열어 주며, 파벨 표도로비치(즉 스메르댜코프)가 심한 중병을 앓고 있는데, 그렇다고 자리에 누워 있는 것은 아니지만 거의 제정신이 아닌 듯 차도 거부하며 아무것도 마시려 들지 않는다고 소곤거렸다.

「아니, 난동이라도 부리고 있단 말이오?」 이반 표도로비치는 퉁명스럽게 물었다.

「오히려 너무 조용히 계세요. 그러니 부디 그분과 너무 오래 이야기하지는 말아 주세요……」 마리야 콘드라티예브나가 이렇게 부탁했다.

이반 표도로비치는 방문을 열고 안으로 들어갔다.

지난번처럼 방 안은 따뜻했으나 방 배치가 약간 바뀌어 있었다. 벽에 놓인 긴 나무 의자를 들어내고, 그 자리에 마호가니로 된 커다란 가죽 소파 하나를 들여놓았던 것이다. 그 위에는 아주 깨끗한 흰 베개와 이불이 깔려 있었다. 스메르댜코프는 지난번의 그 가운을 입은 채 이불 위에 앉아 있었다. 식탁이 소파 앞으로 옮겨져 있어서 방은 몹시 비좁아 보였다. 식탁 위에는 노란 표지의 책 한 권이 놓여 있었지만, 스메르댜코프는 그 책을 읽지도 않고 아무 일도 하지 않은 채 그냥 자리에 앉아 있었던 모양이다. 이반 표도로비치를 한동안 물끄러미 쳐다보는 것으로 봐서, 스메르댜코프는 그의 방문에 조금도 당황해하지 않은 것 같았다. 그의 얼굴은 많이 변해 있었다. 한결 핼쑥해지고 누렇게 떠 있었으며, 두 눈은 움푹 들어갔고 흰자위에는 푸른빛이 감돌았다.

「정말 병이 든 거냐?」 이반은 걸음을 멈추며 이렇게 물었다. 「오래 머물지 않을 생각이니 외투도 벗을 필요가 없겠지. 어디에 앉으면 좋을까?」

그는 식탁 맞은편으로 가서 의자를 끌어당겨 앉았다.

「왜 그렇게 말없이 쳐다보기만 하는 거지? 난 네게 질문할 게 하나 있는데, 맹세코 그 대답을 듣지 못하면 돌아가지 않겠다. 너희 집에 카테리나 이바노브나 아가씨가 온 적이 있지?」

스메르댜코프는 조금 전과 마찬가지로 조용한 시선으로 이반을 쳐다보며 한동안 침묵을 지키고 있다가 갑자기 손을 내저으며 고개를 돌렸다.

「왜 그러는 거지?」 이반이 소리쳤다.

「아무것도 아닙니다.」

「뭐가 아무것도 아니라는 거야?」

「네, 찾아오셨어요. 그게 어쨌다는 겁니까. 제발 그냥 내버려 두세요.」

「안 돼, 그럴 순 없어! 어서 말해, 그게 언제지?」

「전 그분에 대해서 다 잊어버렸어요.」 스메르댜코프는 경멸적인 미소를 흘리더니, 이반을 향해 고개를 돌려 몹시 흥분한 증오의 눈길로 바라보았다. 그것은 한 달 전 그를 만났을 때와 똑같은 눈길이었다.

「도련님도 병을 앓고 계신 모양이군요. 얼굴도 수척해지시고 안색도 말이 아닌 걸 보니.」 그는 이반에게 이렇게 말했다.

「내 건강 따위는 신경 쓰지 말고, 어서 묻는 말에나 대답해.」

「도련님 눈이 노래지셨어요, 흰자위까지도 말이에요. 대체 무엇 때문에 그렇게 괴로워하시는 거죠?」

그는 경멸적인 미소를 흘리다가 별안간 큰 소리로 웃어 댔다.

「이봐, 난 네놈의 대답을 듣기 전에는 돌아가지 않을 거라고 말했어!」 이반은 화를 벌컥 내며 소리쳤다.

「어째서 저를 못살게 구시는 거죠? 어째서 저를 이렇게 괴롭히시는 거냐고요?」 스메르쟈코프는 괴로워하며 말했다.

「이런 빌어먹을 자식 같으니! 난 네게 볼일이 있는 게 아니야. 어서 묻는 말에 대답이나 해, 그럼 곧 돌아갈 테니.」

「도련님한테는 드릴 말씀이 없어요!」 그는 다시 눈을 내리깔았다.

「어디 두고 보자, 난 네 대답을 꼭 듣고야 말 테니까!」

「도련님은 대체 무슨 걱정을 하고 계시는 거죠?」 스메르쟈코프는 갑자기 이반을 뚫어질 듯이 쳐다보았으나, 그의 눈길에는 경멸감이 아니라 적개심이 깃들어 있었다. 「내일 재판이 시작되기 때문인가요? 믿어 주세요, 도련님한테는 아무 일도 없을 테니. 어서 집에 돌아가셔서 편히 한숨 주무세요. 도련님은 걱정하실 게 아무것도 없어요.」

「무슨 말인지 모르겠구나……. 내가 내일 일을 두려워한다니?」 이반은 깜짝 놀라며 이렇게 물었다. 사실 그는 갑자기 마음속으로 싸늘한 공포를 느끼고 있었다. 스메르쟈코프는 그를 훑어보았다.

「무슨 말인지 모르신다고요?」 그는 질책하듯이 말꼬리를 길게 뽑았다. 「현명한 사람은 이런 내면의 코미디를 연기하고 싶은 모양이지요!」

이반은 말없이 그를 쳐다보았다. 자신의 옛날 하인이 전혀 예상하지 못한, 말할 수 없이 오만한 어조로 지금 자기에게 던지는 말은 정말 도를 넘는 것이었다. 지난번까지만 해도 말투가 이렇지는 않았다.

「말씀드리지만, 두려워하실 것은 하나도 없습니다. 저는 도련님에 대해 아무 말도 하지 않을 겁니다, 또 아무 증거도 없고요. 손을 떨고 계시는군요. 손가락을 왜 그렇게 떨고 계시죠? 자, 어서 집으로 돌아가세요. 〈도련님은 살인을 저지르지 않았으니까요.〉」

이반은 몸을 부르르 떨었다. 알료샤의 말이 생각났던 것이다.

「내가 저지른 짓이 아니라는 건 나도 알아…….」 그는 이렇게 중얼거렸다.

「알고 계시다고요?」 스메르댜코프가 말을 되받았다.

이반은 자리에서 벌떡 일어나 스메르댜코프의 어깨를 움켜잡았다.

「어서 말해, 이 파충류 같은 놈아! 모두 말하라고!」

스메르댜코프는 조금도 당황하지 않았다. 그는 다만 미칠 듯한 증오의 눈길로 이반을 응시할 뿐이었다.

「그렇다면 말씀드리죠. 살인을 저지른 사람은 바로 당신입니다.」 그는 독기 서린 목소리로 이렇게 속삭였다.

이반은 무언가 짚이는 데가 있는 듯 의자에 털썩 주저앉고 말았다. 그는 악의에 찬 미소를 짓고 있었다.

「넌 예전의 그 이야기를 하고 있는 거냐? 지난번에 했던 그 이야기를?」

「지난번에 제 앞에 서 계셨을 때도 모두 이해하셨으니, 지금도 이해하시리라 믿습니다.」

「나는 다만 네가 미친놈이라는 사실만 이해할 뿐이야.」

「사람들은 늘 이 모양이야! 이렇게 눈과 눈을 맞대고 앉아서 서로를 속일 까닭이 어디 있습니까? 무엇 때문에 코미디를 하시냐고요? 저 혼자에게만 죄를 뒤집어씌울 작정이신가요? 눈빛으로요? 살인을 저지른 사람은 도련님이십니다, 도련님이 살인의 주범이라고요. 저는 다만 하수인에 불과했어요, 충실한 하인 리차르드였지요. 저는 도련님 말대로 실천에 옮겼을 뿐이에요.」

「실천에 옮겼다고? 그럼, 네가 살인을 저질렀구나?」 이반은 소름이 오싹 끼쳤다.

그는 뇌에 커다란 충격을 받았는지 온몸을 부들부들 떨기 시작했다. 그제야 스메르댜코프도 깜짝 놀란 눈으로 그를 바라보았다. 이반의 가식 없는 충격에 그도 적이 당황한 것이 분명했다.

「도련님은 정말 아무것도 모르셨단 말인가요?」 그는 이반의 눈에 일그러진 미소를 보내며 도저히 믿기지 않는다는 어투로 이렇게 속삭였다.

이반은 마치 혀를 뽑힌 사람처럼 멍하니 그를 바라보고 있을 뿐이었다.

아아, 반카 놈은 피테르로 떠나갔네
나는 그놈을 기다리지 않겠네.

이런 가락이 별안간 그의 뇌리에 울려 퍼졌다.
「네놈의 악몽을 꾸고 있는 것은 아닌지, 내 앞에 앉아 있는 네놈이 유령은 아닌지 두렵구나.」 그는 이렇게 속삭였다.

「이 자리에 유령은 없습니다. 우리 두 사람 말고 제3의 인물이 있긴 하지만. 그 사람이, 그 제3의 인물이 우리 두 사람 사이에 있는 건 부인할 수 없는 일이지요.」

「그자가 누구지? 누가 있다는 거야? 제3의 인물이란 대체 누구를 가리키는 거냐고?」 이반은 사방을 둘러보고 구석구석까지 황급히 눈길을 돌리며 당황한 목소리로 이렇게 말했다.

「제3의 인물이란 바로 하느님이자 예지자로서 언제나 우리 주변에 존재하지요. 도련님께서 아무리 찾으려고 애써도 발견하지는 못하실 겁니다.」

「네가 살인을 저질렀다는 말은 거짓말이야!」 이반은 미친 사람처럼 울부짖었다. 「너는 미친놈이거나, 아니면 지난번처럼 나를 골탕 먹이려는 거지!」

스메르댜코프는 조금 전과 마찬가지로 전혀 당황하는 기색 없이 그의 일거수일투족을 유심히 살폈다. 그는 여전히 이반에 대한 불신감에 사로잡혀 있었던 것이다. 그는 〈이반이 모든 사실을 알고 있으면서도 눈빛으로 자신에게 죄를 뒤집어씌우기 위해〉 아직도 이런 연극을 벌이는 거라고 생각하고 있었다.

「잠깐만요.」 그는 마침내 맥 빠진 목소리로 이렇게 말하고 나서, 갑자기 탁자 아래에서 왼쪽 발을 들어 올려 바지를 걷어 올리기 시작했다. 그는 단화와 목이 긴 양말을 신고 있었다. 스메르댜코프는 서두르는 기색 없이 천천히 양말대님을 내리며 그 속에 손가락을 밀어 넣었다. 이반 표도로비치는 그의 거동을 지켜보고 있다가 별안간 경련을 일으키며 공포에 몸을 떨었다.

「이런 미친놈!」 그는 이렇게 소리치며 자리에서 벌떡 일어나 뒷걸음질을 치고 말았다. 결국 벽에 빨려 들기라도 하듯 등이 벽면에 부딪히고 나서야 걸음을 멈추었다. 그는 넋이 나갈 정도로 공포에 휩싸인 채 스메르댜코프를 지켜보았다. 스메르댜코프는 이반의 반응 따위는 거들떠보지도 않고 손가락으로 무언가 끄집어내려는 듯 계속해서 양말 속을 뒤적거렸다. 마침내 그는 무언가 밖으로 끄집어냈다. 이반 표도로비치의 눈에 그것은 서류 같기도 하고, 종이 뭉치 같기도 했다. 스메르댜코프는 그것을 식탁 위에 올려놓았다.

「자, 여기 있습니다!」 그는 조용히 말했다.

「그게 뭔데?」 이반은 몸을 부르르 떨며 말했다.

「잘 살펴보십시오.」 스메르댜코프는 여전히 조용한 목소리로 말했다.

이반은 식탁으로 다가가 종이 뭉치를 집어 들어 펼치다 말고, 마치 징그럽고 무서운 뱀에 손을 대기라도 한 사람처럼 얼른 손을 뗐다.

「도련님은 아직도 손가락을 떨고 계시는군요.」 스메르댜코프는 이렇게 말하더니 조금도 서두르지 않고 직접 종이 뭉치를 펼치기 시작했다. 겉봉을 펼치자 그 속에는 무지갯빛 1백 루블짜리 지폐들이 들어 있었다.

「자, 여기 있습니다. 3천 루블이지요. 세어 볼 것도 없습니다. 어서 받으십시오.」 그는 턱으로 돈을 가리키며 이반에게 권했다. 이반은 의자에 주저앉고 말았다. 그는 백지장처럼 하얗게 질려 있었다.

「나를 이렇게 놀라게 하다니…… 그 양말에다가…….」 그는 이상야릇한 미소를 지으며 이렇게 내뱉었다.

「정말, 정말 지금까지 모르고 계셨단 말입니까?」 스메르댜코프는 다시 한번 물었다.

「아니, 난 몰랐어. 난 내내 드미트리 형이 범인이라고 생각했으니까. 아아, 형! 형!」 그는 별안간 두 손으로 머리를 움켜잡았다. 「그럼, 네놈이 살인을 저지른 거냐? 형과 공모한 거냐, 아니면 혼자 한 거냐?」

「전 단지 도련님과 공모했을 뿐입니다. 도련님과 함께 살인을 저질렀단 말이죠. 그러니 드미트리 도련님은 아무 죄도 없지요.」

「그래, 좋아……. 내 이야기는 나중에 하도록 하자. 내가 왜 이렇게 떨고 있는 거지……. 말도 제대로 나오지 않으니.」

「항상 용감하셨었지요, 〈모든 것은 허용된다〉고 하시면서 말입니다. 그런데 이제 와서 이렇게 떨고 계시다니!」 스메르댜코프는 이해가 되지 않는다는 눈으로 바라보며 이렇게 중얼거렸다. 「레몬수라도 한잔하시겠습니까? 가져오라고 하겠습니다. 기분이 아주 상쾌해지실 겁니다. 먼저 이것부터 치워야겠군.」

그는 다시 턱으로 돈뭉치를 가리켰다. 그는 마리야 콘드라티예브나에게 레몬수를 가져오라고 하기 위해 문 앞으로 다가가다 말고 손수건을 꺼냈으나, 그 손수건은 오늘도 코를 풀어 더럽혀져 있었으므로 이반이 들어올 때 식탁 위에 달랑 놓여 있던 두툼한 노란 책으로 돈뭉치를 덮어 그녀의 눈에 띄지 않도록 했다. 돈을 덮은 책의 제목은 『우리의 거룩한 사제 이삭 시린의 잠언록과 설교집』이었다. 이반 표도로비치는 기계적으로 그 책의 제목이 눈에 들어왔다.

「레몬수는 필요 없어.」 그가 말했다. 「내 이야기는 나중에 하도록 하자. 자, 이리 앉아서 대답해 봐. 네놈은 어떻게 그런 짓을 저지른 거지? 모두 털어놔…….」

「외투라도 좀 벗으시죠, 땀을 너무 많이 흘리고 계신데.」

이반 표도로비치는 그제야 생각이 난 듯 외투를 벗어서 의자에 앉은 채 긴 나무 의자 위로 집어 던졌다.

「어서 말해, 자, 어서 말하라고!」

그는 한결 진정된 듯했다. 스메르댜코프가 이제 〈모든 사실〉을 털어놓으리란 기대감에 차 있었던 것이다.

「어떻게 그런 짓을 저질렀느냐, 이 말씀이죠?」 스메르댜코프는 한숨을 몰아쉬었다. 「가장 자연스러운 방법이었죠, 도련님 말씀대로……」

「내 이야기는 나중에 하라니까.」 이반은 다시 말을 가로챘다. 그러나 조금 전처럼 소리를 지르지는 않았고, 자제하고 있는 듯 또박또박 말했다. 「어떻게 그런 짓을 저질렀는지 자세하게 이야기하면 돼. 순서대로 말이야. 빠뜨려서도 안 돼. 자세하게, 핵심은 자세하게 이야기하는 거야. 어서.」

「도련님께서 떠나신 다음에 저는 지하 창고에 굴러떨어졌어요……」

「발작 때문이냐, 아니면 계획적으로 그런 거냐?」

「물론, 계획적으로 그런 거죠. 사전에 치밀하게 계획을 꾸몄으니까요. 저는 조용히 계단을 내려가 바닥에 얌전히 누웠죠. 그리고 자리에 눕자마자 신음 소리를 내기 시작했지요. 사람들이 끌어내는 동안에는 발광을 해댔죠.」

「잠깐만! 그럼 나중에 병원에서도 계속해서 연극을 했단 말이냐?」

「그건 그렇지 않아요. 다음 날 아침 병원에 가기 직전에 진짜 발작이 일어났어요. 벌써 여러 해 동안 겪어 보지 못했던 아주 심한 발작이. 이틀 동안이나 완전히 의식을 잃어버릴 정도였으니까요.」

「좋아, 좋아, 어서 계속해.」

「사람들은 저를 침대에 옮겨 놓았죠. 제가 아플 때면 언제나 그랬듯이, 마르파 이그나티예브나가 자기 방 칸막이 뒤에 저를 밤새 눕혀 놓으리란 사실을 저는 알고 있었죠. 그 여자는 제가 태어날 때부터 호의를 베풀어 왔으니까요. 저는 밤새도록 끙끙 신음 소리를 냈죠. 그러면서 드미트리 표도로비치를 기다린 거죠.」

「기다렸다니? 너한테 찾아오기를?」

「저를 찾아오실 까닭이 있나요. 주인 나리한테 찾아오시길 기다렸던 거지요. 저는 드미트리 도련님께서 그날 밤 찾아오실 거라는 점에 대해 추호도 의심하지 않았습니다. 왜냐하면 그분은 제가 없었기 때문에 일절 정보를 얻을 수 없을 테고, 직접 울타리를 넘지 않을 수 없었으니까요. 그럴 능력도 있고, 또 실행에 옮길 수도 있는 분이잖습니까.」

「만일 형이 찾아오지 않았다면?」

「그땐 아무 일도 일어나지 않았겠죠. 그분이 없으면 문제가 풀리지 않으니까요.」

「좋아, 좋아……. 알기 쉽게 요점만 말해 봐, 서두르지 말고. 그렇다고 할 말을 빼먹어서는 안 돼!」

「저는 그분이 아버지 표도르 파블로비치를 살해하길 기다렸어요……. 이건 틀림없는 사실이죠. 제가 이미 그렇게 일을 꾸며 놓았거든요……. 며칠 전부터 말입니다……. 요점은 그분이 그 신호법을 알게 되었다는 점입니다. 그 며칠 동안 의혹과 분노가 점점 누적되었을 때, 신호법을 사용해 집 안으로 들어가는 일이야 자명한 이치 아니겠습니까. 그건 틀림없는 사실이었어요. 저는 그분이 그렇게 해주시기를 기대했었죠.」

「잠깐만!」 이반이 말을 가로챘다. 「만일 형이 살인을 했다면 돈도 가져갔을 것 아니냐. 너도 그 점을 염두에 두었겠지?

가지 않아.」

「사실 그분은 돈을 찾을 수 없었지요. 돈이 베개 밑에 있다는 건 제가 가르쳐 준 것이죠. 그 말은 단지 거짓말에 불과했어요. 그 돈은 처음엔 귀중품 함에 들어 있었죠. 그런데 주인 나리한테는 제가 세상에서 신뢰할 만한 유일한 사람이었기 때문에, 나중에 돈봉투를 성상 뒤편에 옮겨 놓으라고 말씀드렸죠. 거기는 누구도 알아내기 힘든 곳이거니와, 황급히 들어온 사람의 경우라면 더 말할 나위도 없지 않겠습니까. 그래서 주인 나리는 그 돈봉투를 자기 방 성상 뒤편에 놓아두셨던 겁니다. 돈봉투가 베개 밑에 있었다는 건 정말 웃기는 이야기지요. 그럴 바엔 귀중품 함에 넣고 열쇠로 채워 두었을 테니까요. 하지만 사람들은 지금도 돈봉투가 베개 밑에 놓여 있었다고 믿고 있지요. 정말 어리석은 판단이죠. 그런데 만일 드미트리 표도로비치께서 정말 살인을 저질렀다면, 살인 사건의 경우 흔히 그렇듯이 돈도 찾지 못한 채 부스럭 소리에도 지레 겁을 먹고 황급히 도망을 치거나 그 자리에서 붙잡혔을 겁니다. 그렇게 되면 저는 다음 날이든 그날 밤이든 언제든지 성상 뒤편에서 그 돈을 꺼내고, 모든 죄는 드미트리 표도로비치께서 뒤집어쓰게 되는 거죠. 저는 언제나 그런 기대감을 가질 수 있었던 겁니다.」

「만일 형이 살인을 저지르지 않고 그저 때리기만 했다면?」

「만일 살인을 저지르지 않았다면, 물론 저는 돈을 가질 수도 없었을 것이고, 따라서 돈도 그냥 남아 있었겠죠. 하지만 이런 계산도 하고 있었지요. 그분이 주인 나리를 실신할 정도로 두들겨 패면 그때 제가 돈을 꺼내 간 다음, 나중에 표도르 파블로비치한테는 드미트리 표도로비치께서 당신을 때리고 돈을 훔쳐 갔다고 말씀드리는 거죠.」

「잠깐만…… 무척 혼란스럽구나. 그러니까 드미트리 형이 살인을 하고, 너는 돈만 꺼내 갔단 말이냐?」

「아뇨, 드미트리 도련님은 살인을 저지르지 않았어요. 물론 지금도 도련님한테 살인범은 드미트리 도련님이라고 말씀드릴 수는 있지만……. 이제 와서 도련님한테 거짓말을 하고 싶지는 않군요. 왜냐하면…… 왜냐하면 제가 알고 있는 한 도련님께서는 정말 무슨 일이 벌어졌는지 전혀 이해하지 못하신다 하더라도, 그리고 눈빛을 통해 일부러 저한테 모든 죄를 뒤집어씌우려는 것이 아니라 하더라도, 역시 도련님은 모든 사람들에게 죄를 짓고 있기 때문입니다. 그건 도련님께서 살인이 일어날 것이란 사실을 알고 계셨을 뿐만 아니라, 저를 교사했으며, 그 모든 사실을 알고 있으면서도 떠나 버리셨기 때문이죠. 그래서 오늘 저녁 저는 비록 살인은 제가 저질렀습니다만 저는 주범이 아니며, 주범은 바로 도련님이란 사실을 눈빛을 통해 입증하고 싶은 겁니다. 도련님이야말로 바로 법적인 살인범인 것이죠!」

「어째서, 어째서 내가 살인범이란 말이냐? 나 원 세상에!」 이반은 자신의 문제에 관해서는 나중으로 미루기로 한 것을 잊은 채 더 이상 참지 못하고 결국 이렇게 말했다. 「이번에도 역시 체르마시냐 이야기냐? 잠깐, 네가 체르마시냐행을 동의의 뜻으로 받아들였다 하더라도 어째서 네게 내 동의가 필요했다는 거냐? 그건 지금 어떻게 해명할 셈이냐?」

「도련님의 동의가 있다는 것만 확신할 수 있다면 돌아오신 후 사라진 3천 루블 때문에 도련님께서 아쉬워하는 일도 없을 거라고 생각했으며, 만일 제가 드미트리 표도로비치 대신 책임 추궁을 당하거나 드미트리 표도로비치와 공모했다고 의심받는 일이 생기더라도 도련님께서 변호해 주시리라 믿었죠……. 유산을 물려받으신 후 나중에 제 일생을 보장하는 상을 내리시지 않겠습니까. 왜냐하면 저로 인해 그런 유산을 받게 되는 것이니까요. 그렇지 않고 주인 나리께서 아그라페나 알렉산드로브나와 결혼하게 되면 도련님한테는 한 푼도 돌아가지 않겠지요.」

「아니! 그렇다면 너는 나를 평생 괴롭힐 생각이었단 말이지!」 이반은 이를 부드득 갈았다. 「그렇다면 그때 내가 떠나지 않고 너를 고발했다면 어쩔 셈이었지?」

「도련님께서 왜 저를 고발하신단 말입니까? 체르마시냐로 떠나라고 말씀드린 것 말입니까? 그건 어리석은 생각이십니다. 게다가 우리 두 사람이 이야기를 주고받은 후 도련님께서는 떠나실 수도, 남으실 수도 있었습니다. 만일 그냥 남으셨다면 아무 일도 일어나지 않았겠죠. 저는 도련님께서 그런 짓을 원치 않으신다고 판단하여 아무 일도 착수하지 않았을 테니까요. 그렇지 않고 만일 떠나셨다면, 그건 저를 법정에 고발하지 않으며 3천 루블에 대해서도 용서하겠다는 믿음을 심어 주시는 일이 되겠지요. 그리고 도련님께서는 나중에 저를 괴롭히실 수도 없습니다. 왜냐하면 저는 당시에 있었던 일 전부를 법정에서 불어 버릴 테니까요. 그렇다고 제가 살인을 하고 돈을 훔쳤다고 말하겠다는 것이 아닙니다. 저는 그런 말은 하지 않을 겁니다. 그 대신 도련님께서 저한테 돈을 훔치고 살인을 저지르라고 교사했지만, 저는 동의하지 않았다고 말하겠지요. 그래서 도련님께서 저를 궁지에 빠뜨리지 못하게 하려면 도련님의 동의가 꼭 필요했던 겁니다. 그 일에 도련님께서는 아무 증거도 가지고 계시지 않을지 몰라도 도련님께서 아버지의 죽음을 몹시 갈망하고 계셨다고 제가 폭로함으로써 언제든지 도련님을 궁지로 내몰 수 있었으니까요. 그 말 한마디만 하면 사람들은 모두 믿을 것이고, 따라서 도련님께서는 한평생 수치심을 안고 살아가시게 되겠지요.」

「내가 그걸, 내가 그걸 갈망했다고?」 이반은 다시 이를 갈았다.

「틀림없이 그러셨습니다. 도련님의 동의란 제가 그런 짓을 하도록 침묵으로 허락하신 겁니다.」 스메르댜코프는 이반을 뚫어질 듯 쳐다보았다. 그는 몸이 몹시 쇠약해져서 피곤한 듯 나지막한 목소리로 말했으나, 내면의 은밀한 그 무엇이 그에게 힘을 불어넣고 있었다. 이반은 그걸 감지할 수 있었다.

「어서 계속해.」 그는 스메르댜코프에게 말했다. 「그날 밤 이야기를 계속하란 말이야.」

「그다음은 뻔한 일 아닙니까! 저는 자리에 누워서 주인 나리의 외침 같은 것을 들었죠. 그런데 그전에 그리고리 바실리예비치 영감이 자리에서 벌떡 일어나더니 밖으로 뛰쳐나갔고, 갑자기 비명 소리가 들리더니 칠흑 같은 어둠 속에서 이내 잠잠해지더군요. 저는 자리에 누운 채 가만히 기다렸지요. 가슴이 뛰어 더 이상 참을 수 없었어요. 결국 저는 자리에서 일어나 밖으로 나갔습니다. 왼쪽을 돌아보니 정원 쪽 창문이 열려 있더군요. 그래서 저는 주인 나리께서 살아 계신지 어떤지, 아직 자리에 앉아 계신지 어떤지 염탐하기 위해 왼쪽으로 다시 걸어갔죠. 주인 나리의 씩씩거리는 소리, 한숨 소리가 들리는 걸로 봐서 아직 살아 있는 게 틀림없었습니다. 〈빌어먹을〉 하고 저는 생각했습니다. 그래서 저는 창문으로 다가가 〈나리, 접니다〉 하고 소리쳤습니다. 그러자 주인 나리께서는 〈그놈이 왔었어, 그놈이 왔다가 도망쳐 버렸단 말이야!〉 하고 말씀하시더군요. 드미트리 표도로비치께서 왔었다는 뜻이었죠. 〈그놈이 그리고리 영감을 죽였어!〉 하고 말씀하시기에, 나는 〈어디서 말입니까?〉 하고 조그만 목소리로 물었죠. 주인 나리께서는 〈저기, 저 구석에서 말이야〉 하고 가리키면서 역시 목소리를 낮추시더군요. 저는 〈잠깐 기다리십시오〉 하고 말한 후, 정원 구석을 뒤져서 담장 옆에서 피를 흘리며 의식을 잃고 쓰러져 있는 그리고리 바실리예비치 영감을 찾아냈습니다. 드미트리 표도로비치께서 왔었던 게 분명하다는 생각이 퍼뜩 머릿속을 스치자, 저는 그 자리에서 후닥닥 해치워 버려야겠다는 판단이 들었습니다. 그리고리 바실리예비치 영감이 아직 살아 있더라도 의식을 잃은 채 쓰러져 있으므로 아무것도 목격할 수 없기 때문이었습니다. 다만 한 가지 마음에 걸리는 게 있다면, 마르파 이그나티예브나 할멈이 별안간 잠에서 깨어날지도 모른다는 점이었죠. 그 순간 그런 예감이 들기도 했지만, 그 일을 해치우자는 욕망에 사로잡혀 숨조차 쉬기 힘들 정도가 되었습니다. 저는 다시 주인 나리 방의 창문 밑으로 다가가서 〈아가씨가 여기 와 계십니다, 아그라페나 알렉산드로브나께서 와 계십니다, 안으로 들어가시겠답니다〉 하고 말했지요. 그러자 주인 나리께서는 어린애처럼 몸을 부르르 떠시고는, 〈여기 어디? 어디 말이야?〉 하고 숨을 몰아쉬며 말씀하시면서도 아직 믿기지 않았던 모양입니다. 그래서 〈저쪽에 서 계십니다, 문을 열어 드리세요!〉 하고 말했죠. 주인 나리께서는 창문으로 저를 내려다보시면서 반신반의하는 표정으로 문 열기를 주저하셨습니다. 그건 저를 두려워하기 때문이란 생각이 들었죠. 그런데 우스꽝스럽게도 그루센카가 왔다는 신호를 보내자는 생각이 문득 떠오르더군요. 주인 나리는 제 말을 믿지 않으시다가 그 신호법으로 문을 두드리자 얼른 달려와 문을 열어 주셨습니다. 문이 활짝 열리기에 저는 안으로 들어가려고 했지요. 그런데 주인 나리께서는 몸으로 딱 가로막고 서서 안으로 들여보내지 않으셨습니다. 주인 나리께서는 〈아가씨는 어디 있어? 아가씨는 어디 있느냐고?〉 하고 말하시면서 부들부들 떨며 저를 바라보셨습니다. 〈나를 이렇게 두려워한다는 건 좋지 않은 일인데!〉 하는 생각이 들더군요. 그 순간 방으로 들어가지 못하는 것은 아닐까, 행여 소리를 지르는 것은 아닐까, 마르파 이그나티예브나 할멈이 달려오는 것은 아닐까, 아니면 다른 일이 생기는 것은 아닐까 하는 두려움에 다리의 힘이 쭉 빠지더군요. 지금은 아무 기억도 떠오르지 않습니다만, 틀림없이 저는 그때 하얗게 질린 채 주인 나리 앞에 서 있었을 겁니다. 〈저쪽입니다, 저기 창문 밑에 계십니다. 아니, 안 보이시다뇨?〉 하고 주인 나리께 속삭였습니다. 그러자 〈네가 모셔 오너라, 네가 아가씨를 모셔 와!〉 하고 말씀하시더군요. 〈비명 소리에 놀라셔서 덤불 속에 몸을 숨기고 계십니다. 밖으로 직접 나오셔서 불러 보십시오〉 하고 말했더니, 주인 나리께서는 창문 쪽으로 달려가서 창가에 촛불을 세우시고는, 〈그루센카, 그루센카, 여기 찾아왔니?〉 하고 소리치시는 것이었습니다. 주인 나리께서는 그렇게 소리치시면서도 창문으로 몸을 내밀려고 하지 않았고, 공포 때문에 제 곁에서 떨어지지도 않으셨습니다. 그건 저를 너무 두려워하셨기 때문이고, 또 그래서 제 곁에서 떨어지실 수도 없었던 거죠. 저는 창문으로 다가가서 몸을 내밀며, 〈바로 저기 계시지 않습니까, 바로 저 덤불 속에 말입니다. 주인 나리께 미소를 보내시는군요, 자, 보이시죠?〉 하고 말했습니다. 그 말에 넘어간 주인 나리께서는 그녀한테 푹 빠져 있었던 까닭에 몸을 부르르 떨더니 창문 밖으로 몸을 내미셨지요. 그 순간 저는 책상 위에 놓여 있던 주철로 된 서진(書鎭)을 집어 들었습니다. 도련님도 기억하시겠지만, 3푼트[5]는 족히 나가는 것이었는데, 저는 그것으로 주인 나리의 뒤통수를 내리쳤습니다. 주인 나리께서는 비명도 지르지 못하고 쓰러지시더군요. 저는 두 번, 세 번 계속 내리쳤습니다. 세 번째 만에 머리통이 부서졌다는 느낌이 들더군요. 주인 나리께서는 벌렁 나자빠지셨는데, 얼굴 위로 피가 흐르고 온통 피범벅이 되셨습니다. 잘 살펴보니 저한테는 피 한 방울 튀지 않았기에 서진을 닦은 후 책상 위에 다시 올려놓았죠. 그러고는 성상 뒤에 있는 봉투에서 돈을 꺼낸 다음, 빈 봉투는 마룻바닥에 내던졌고 장밋빛 리본도 그 옆에 버렸습니다. 저는 사시나무 떨듯이 온몸을 부르르 떨면서 정원으로 나왔습니다. 그러고는 나무 구멍이 난 사과나무 쪽으로 곧장 발길을 옮겼습니다. 도련님께서도 그 나무 구멍을 아실 겁니다. 저는 이미 오래전부터 잘 봐두었다가 그 속에 헝겊 조각과 종이를 미리 넣어 두었으니까요. 오래전부터 준비했었다는 말이지요. 저는 돈을 종이로 한 번 싼 다음, 다시 헝겊으로 둘둘 말아서 나무 구멍 속에 깊이 넣어 두었죠. 그래서 그 돈은 2주 이상 그 속에 들어 있었고, 나중에 병원에서 퇴원한 후에야 꺼내 왔던 것이죠. 그런데 일을 마치고 침대로

---

5 옛 러시아의 중량 단위로서 1푼트는 0.41킬로그램이다.

돌아와 자리에 누워 두려움에 떨면서 저는 이렇게 생각했죠. 〈만일 그리고리 바실리예비치 영감이 죽어 버린다면 그건 정말 좋지 않은 상황이 벌어질 거야. 하지만 죽지 않고 의식을 회복한다면 일은 척척 맞아 들어가겠지. 드미트리 표도로비치가 뛰어 들어와 살인을 저지르고 돈을 훔쳐 갔다고 틀림없이 증언하게 될 테니까〉 하고 말입니다. 저는 마르파 이그나티예브나 할멈을 한시바삐 깨우기 위해 확신이 서지 않는 가운데 유유히 신음 소리를 내기 시작했습니다. 마침내 할멈은 잠에서 깨어나 저한테 달려왔다가는, 문득 남편 그리고리 바실리예비치가 자리에 없다는 사실을 알게 되자 밖으로 뛰어나갔지요. 그러고는 잠시 후 정원 쪽에서 할멈의 비명 소리가 들리더군요. 결국 집 안에서는 밤새 소동이 벌어졌지만, 한편으로 저는 아주 마음을 놓을 수 있게 된 것이죠.」

스메르쟈코프는 말을 중단했다. 이반은 꼼짝도 않은 채 그를 응시하며 죽은 듯이 가만히 듣기만 했다. 스메르쟈코프는 이야기를 하면서 이따금씩 이반을 쳐다보았으나, 대체로 시선을 다른 곳에 돌리고 있었다. 이야기가 끝나자 그도 흥분했는지 괴로운 한숨을 몰아쉬었다. 그의 얼굴에는 땀이 배어 있었다. 그러나 그가 후회하고 있는지 어떤지는 전혀 예측할 수 없었다.

「잠깐만.」 이반은 무슨 생각이 떠올랐는지 말을 가로챘다. 「그렇다면 문은 어떻게 된 거지? 만일 아버지가 너한테만 문을 열어 준 것이라면, 그리고리 영감이 너보다 먼저 문이 열려 있는 것을 보았다는 건 어떻게 된 일이지? 그리고리 영감이 너보다 먼저 보았다고 하잖아?」

여기서 주목해 둘 사실은 이반이 조금 전과는 아주 다른,

노기라곤 전혀 찾아볼 수 없는 말투와 몹시 상냥한 목소리로 질문을 던지고 있었기 때문에, 누군가 방문을 열고 두 사람의 모습을 보았더라면 평범하고 흥미진진한 화제에 대해 다정하게 이야기하는 중이라고 생각했을 것이라는 점이다.

「그리고리 바실리예비치 영감이 열린 것을 보았다는 그 문에 관해서라면 그건 그 사람의 착각에 지나지 않습니다.」스메르댜코프는 인상을 찌푸리며 웃었다. 「말씀드리자면, 그 사람은 인간이라기보다는 고집불통인 나귀나 다름없지요. 직접 본 것이 아니라 본 것 같은 착각이 들었던 것뿐인데, 고집을 꺾지 않고 있으니 말입니다. 그가 그렇게 생각한다면 그건 우리 두 사람한테 다행스러운 일이라 할 수 있겠지요. 그렇게 되면 드미트리 표도로비치께서 결국 죄를 뒤집어쓰게 될 테니까요.」

「이봐.」 이반 표도로비치는 다시 생각이 정리되지 않는 듯 무언가 억지로 머리를 짜내며 입을 열었다. 「이봐…… 난 아직도 너한테 질문할 것이 많지만 생각이 떠오르질 않는구나……. 종종 잊어버리고 또 혼란스러워져서 말이야……. 그래! 이것 한 가지만 말해 봐. 넌 왜 봉투를 찢은 다음 마룻바닥에 흘려 놓은 거지? 어째서 봉투를 가져가지 않은 거냐고……. 네가 봉투 이야기를 했을 때는 네 말대로 그게 당연한 거라고 생각했었지만…… 어째서 그렇게 했는지는 이해가 되질 않아…….」

「제가 그렇게 했던 것은 그만한 이유가 있기 때문이죠. 예를 들면 저처럼 사전에 그 돈을 직접 목격했던 사람은, 즉 주인 나리께서 돈을 봉투에 넣고 봉인한 후 서명하는 것까지 두 눈으로 똑똑히 지켜본 그런 사람은 주인 나리를 살해했다

하더라도 살인 후에 봉투를 뜯어볼 리 없지요. 더구나 그런 상황에서 말입니다. 그렇게 하지 않더라도 돈은 봉투 안에 틀림없이 들어 있다는 것을 잘 알고 있으니까요. 오히려 저 같은 약탈자라면 돈봉투를 뜯어보기는커녕 그대로 호주머니에 쑤셔 넣고 줄행랑을 쳤을 테지요. 하지만 드미트리 표도로비치의 경우는 전혀 다르지요. 그분은 돈봉투에 대해 이야기로만 들었을 뿐 직접 목격한 적은 없으므로 베개 밑에서 그걸 꺼냈다면, 정말 그 속에 돈이 들었는지 확인하기 위해서라도 얼른 뜯어보지 않겠습니까? 그리고 돈봉투가 나중에 증거물이 될 수 있다는 생각을 할 겨를도 없이 돈봉투를 내던졌을 겁니다. 왜냐하면 그분은 상습적인 도둑도 아니고, 또 남의 돈을 훔친 적도 없는 귀족 출신이니까요. 그래서 이제 돈을 훔치기로 결심했다 하더라도 그건 돈을 훔치는 것이 아니라 단지 자신의 돈을 되찾으러 간 일이 되겠지요. 실제로 그분은 옛날부터 온 읍내를 돌아다니면서 아버지 표도르 파블로비치한테 찾아가 돈을 찾아오겠다고 공공연히 허풍을 치고 다니지 않았습니까. 검사한테 신문을 받을 때 저는 이런 생각을 명확히 대답하지 않고 오히려 잘 모르는 것처럼 슬쩍 암시만 주었죠. 제가 발설해서가 아니라 검사가 직접 생각해 낸 것처럼 하기 위해서 말입니다. 검사 나리는 제 암시를 받자 침을 질질 흘리시더군요…….」

「너는 정말, 너는 정말 당시 그 모든 것을 즉석에서 생각해 냈단 말이냐?」 이반 표도로비치는 대경실색하면서 이렇게 소리쳤다. 그는 깜짝 놀란 눈으로 다시 한번 스메르댜코프를 바라보았다.

「그럴 리가 있습니까. 그렇게 황급한 순간에 그 모든 것을 다 생각해 내다뇨? 다 미리 생각했었던 것이죠.」

「그렇다면, 그렇다면…… 악마가 널 도와준 게로구나!」 이반 표도로비치는 다시 소리를 질렀다. 「아니야, 넌 바보가 아니야. 내가 생각했던 것보다 훨씬 더 똑똑한 놈이야…….」

그는 방 안을 거닐 생각으로 자리에서 일어섰다. 그는 무서운 근심에 사로잡혀 있었다. 그러나 식탁이 길을 가로막고, 식탁과 벽 사이에 겨우 빠져나갈 수 있을 정도의 길이 나 있었으므로, 그는 다시 제자리에 주저앉고 말았다. 방 안을 거닐지 못하게 된 것 때문에 갑자기 짜증이 났는지, 그는 조금 전과 마찬가지로 거의 미친 사람처럼 고함을 질렀다.

「내 말 잘 들어, 이 병신 같은 놈아, 넌 비열한 놈이야! 네놈은 잘 모르겠지만 지금까지 네놈을 죽이지 않고 살려 둔 것은 내일 법정에서 네놈을 증언대에 세우기 위해서란 말이야. 하느님께서 지켜보고 계신단 말이야.」 이반은 한 손을 들어 하늘을 가리켰다. 「어쩌면 나는 죄를 지었을지도 몰라. 아버지가 죽었으면 하는 바람을 남몰래 하고 있었을지도 모르고……. 하지만 맹세컨대 나는 네가 생각하듯이 그렇게 죄를 짓지도 않았고, 너를 교사한 적도 없어. 아니, 아니, 나는 교사한 일이 없어! 하지만 아무래도 좋아. 나는 내일 법정에서 모두 다 털어놓고 말겠어! 모두 다 말해 버리겠어. 하지만 너는 나하고 같이 출두해야 해! 네가 법정에서 나에 대해서 무슨 말을 하든, 어떤 증거를 들이대든 나는 다 받아들이겠어, 너를 겁내지는 않겠어. 내가 직접 모든 것을 인정할 테니까! 하지만 너도 법정에서 자백해야 해! 반드시, 반드시 함께 출두해야 해! 알겠지!」

이반은 엄숙하게 열변을 토했다. 번쩍이는 시선으로도 그가 그렇게 밀고 나가리란 사실을 알 수 있었다.

「도련님은 병을 앓고 계세요, 제가 보기엔 도련님은 병을 심하게 앓고 계세요. 눈에는 황달기까지 나타나신걸요.」 스메르댜코프는 전혀 빈정대는 것이 아니라, 오히려 동정 어린 어투로 말했다.

「함께 가야 해!」 이반은 다시 한번 강조했다. 「네가 가지 않겠다면, 어쨌든 나 혼자서라도 자백하고 말겠어.」

스메르댜코프는 마치 깊은 생각에 잠기기라도 한 듯 침묵을 지켰다.

「아무 변화도 없을 겁니다. 도련님께서도 가시지 않을 거고요.」 마침내 그는 이렇게 단호히 말했다.

「너는 날 모르고 있어!」 이반은 큰 소리로 나무랐다.

「사람들한테 모두 자백하신다면 도련님께서는 너무 수치스러우실 거예요. 그렇다 해도 정말 아무 소용도 없을 거고요. 왜냐하면 저는 도련님한테 그런 말씀을 드린 적이 없으며, 도련님께서는 어떤 병(그런 것처럼 보입니다) 때문인지, 자신을 희생시키면서까지 형을 동정하기 때문인지, 한평생 저를 인간이 아니라 한 마리 파리 정도로 여기시던 차에 제게 죄를 뒤집어씌우는 거라고 말할 테니까요. 그럼 누가 도련님 말씀을 믿겠습니까? 그렇다고 도련님께서는 증거라도 하나 가지고 계신가요?」

「이봐, 너는 나를 설득하기 위해서 지금 내게 그 돈을 보여 줬잖아.」

스메르댜코프는 『우리의 거룩한 사제 이삭 시린의 잠언록과 설교집』을 옆으로 밀어내고 돈뭉치를 꺼냈다.

「이 돈은 가져가십시오.」 스메르댜코프는 한숨을 내쉬

었다.

「물론 가져가야지! 그런데 그 돈 때문에 살인까지 저질러 놓고 나한테 순순히 내미는 이유가 대체 뭐지?」 이반은 휘둥그레진 눈으로 그를 바라보았다.

「그 돈은 제게 아무 소용도 없습니다.」 스메르쟈코프는 한 손을 내저으며 떨리는 목소리로 이렇게 말했다. 「전에는 그 돈을 가지고 모스크바나, 아니면 외국 어느 곳에라도 가서 인생을 새롭게 시작해 볼 생각도 했었지요. 〈모든 것은 허용되기〉 때문에 그런 꿈을 꾸었던 것이죠. 그 말은 도련님께서 실제로 제게 가르쳐 주셨던 겁니다. 예전에 여러 차례 그런 말씀을 해주셨지요. 만일 영원한 하느님이 존재하지 않는다면 어떤 선행도 존재하지 않으며, 또 그럴 필요도 전혀 없다고 말입니다. 도련님 말씀이 옳습니다. 저도 그렇게 판단했거든요.」

「너 혼자 그렇게 판단한 거잖아?」 이반은 얼굴을 일그러뜨리며 웃었다.

「도련님께서 이끌어 주셨던 거죠.」

「돈을 되돌려주는 걸 보니 이젠 하느님을 믿는 게로군?」

「아닙니다. 믿지 않습니다.」 스메르쟈코프가 낮은 목소리로 말했다.

「그렇다면 어째서 돈을 되돌려주는 거지?」

「그만두세요……. 아, 아무것도 아닙니다!」 스메르쟈코프는 다시 손을 내저었다. 「도련님께서는 당시 끊임없이 모든 것은 허용된다고 말씀하셨는데, 지금은 어째서 이렇게 불안해하십니까? 직접 자백하러 가시겠다고까지 하시니……. 하지만 아무 일도 벌어지지 않을 겁니다! 도련님께서는 자백하러 가시지도 않을 겁니다!」스메르쟈코프는 다시 자신만만한 목소리로 단호히 말했다.

「두고 보면 될 것 아냐!」이반이 말했다.

「그럴 리 없습니다. 도련님은 현명한 분이시니까요. 도련님께서는 돈을 좋아하시죠. 전 그걸 알고 있습니다. 명예도 좋아하시죠. 자부심이 강하시니까요. 여자의 매력도 상당히 좋아하시죠. 하지만 무엇보다도 평화로운 만족 속에서 사는 걸 좋아하시죠, 누구에게도 머리를 숙이지 않는 생활 말입니다. 도련님께서는 무엇보다 그걸 좋아하시는 겁니다. 그러니 법정에서 그런 치욕을 감수하면서까지 자신의 일생을 파멸시키러 가시지는 않을 겁니다. 도련님께선 다른 어떤 형제들보다 아버지 표도르 파블로비치를 많이 닮으셨어요, 똑같은 영혼을 가지고 계시지요.」

「너는 바보가 아니로구나.」이반은 마치 큰 충격을 받기라도 한 듯 이렇게 말했다. 그의 얼굴은 시뻘겋게 달아올랐다. 「예전에 나는 널 바보라고 생각했었는데, 이제 보니 굉장히 진지한 놈인 거야!」그는 별안간 스메르쟈코프를 새로운 눈으로 바라보며 이렇게 말했다.

「저를 바보로 생각하셨다면 그건 도련님의 오만 때문이겠죠. 자, 돈을 가져가십시오.」

이반은 3천 루블의 지폐 뭉치를 집어 들더니, 종이로 싸지도 않은 채 그냥 호주머니에 쑤셔 넣었다.

「나는 내일 법정에 이걸 제출하겠어.」그가 말했다.

「아무도 도련님 말씀을 믿지 않을 겁니다. 도련님은 지금 돈을 많이 가지고 계시므로, 금고에서 꺼내 온 거라고 생각할 테니까요.」

이반은 자리에서 일어났다.

「다시 한번 말해 두지만, 내가 너를 죽이지 않는 건 내일 네놈이 필요하기 때문이야. 이 점 명심해 두라고!」

「그렇다면 차라리 죽여 주십시오. 지금 말입니다.」 스메르댜코프는 이상한 눈빛으로 이반을 바라보며 기묘한 어조로 말했다. 「도련님께선 그럴 용기가 없으실 겁니다.」 그는 씁쓸한 미소를 지으며 말했다. 「절대 그렇게는 못 하실 겁니다, 전에는 용감하신 분이었는지 모르지만!」

「내일 보자!」 이반은 이렇게 소리친 후 걸어 나갔다.

「잠깐만……. 그 돈을 다시 한번 보여 주십시오.」

이반은 지폐 뭉치를 꺼내서 그에게 보여 주었다. 스메르댜코프는 돈을 10초가량 들여다보았다.

「자, 됐습니다. 어서 가시죠.」 그는 손을 내저으며 말했다. 「이반 표도로비치!」 그는 별안간 뒤에서 소리쳐 불렀다.

「왜 그래?」 이반은 걸어가면서 돌아보았다.

「안녕히 가십시오!」

「내일 보자!」 이반은 이렇게 소리치고는 밖으로 걸어 나왔다.

눈보라가 여전히 휘몰아치고 있었다. 그는 처음 몇 걸음을 당당하게 내디뎠으나, 갑자기 다리가 휘청거리기 시작했다. 그는 〈육체적으로 문제가 있는 모양이군〉 하고 생각하면서 웃었다. 그의 영혼에서는 어떤 유쾌함 같은 것이 샘솟았다. 마음속에서는 무한한 결단력을 느꼈다. 최근 얼마 동안 그를 그토록 괴롭혔던 망설임이 마침내 막을 내린 것이다! 그는 이미 결심을 굳혔고, 〈이제는 마음을 바꾸지도 않겠다〉며 행복해했다. 그 순간 그는 갑자기 무엇엔가 발이 걸려 넘어질 뻔했다. 걸음을 멈추고 살펴보니, 아까 자기가 떼밀었던 농부였다. 그는 의식을 잃은 채 꼼짝도 하지 않고 그 자리에 쓰러져 있었다. 눈보라가 그의 얼굴을 거의 뒤덮고 있었다. 이반은 그를 부축해서 끌고 갔다. 오른쪽으로 오두막집에서 불빛이 보이자, 그는 가까이 다가가서 덧문을 두들겼다. 대답을 하고 나온 집주인에게 그는 3루블을 주기로 약속하고, 농부를 경찰서까지 데려가는 데 도와달라고 부탁했다. 집주인은 준비를 한 후 밖으로 나왔다. 이반 표도로비치는 소기의 목적을 달성했다. 농부를 경찰서로 데려갔을 뿐만 아니라 의사의 진찰을 받게 했으며, 거기에 드는 여러 가지 〈비용〉을 기꺼이 내주었다. 그러나 필자는 여기서 자세한 이야기는 하지 않겠다. 다만 그가 그 일로 인해 한 시간 이상을 소요했다는 사실만 밝혀 두겠다. 하지만 이반 표도로비치는 대단히 만족스러웠다. 그의 사고는 점점 폭을 넓혀 가면서 활발하게 움직였다. 〈만일 내가 내일 일에 대해 확고한 결심을 하지 않았다면〉 하고 그는 즐거운 마음으로 생각했다. 〈하찮은 농부를 돌보느라 한 시간 이상을 허비하지는 않았을 거야. 그냥 그 옆을 지나치면서 얼어 죽든지 말든지 침이나 뱉었겠지……. 그러고 보면 나도 자신을 돌아볼 힘을 가지고 있는 거야!〉 그 순간 그는 한층 더 즐거운 마음으로 이렇게 생각했다. 〈그런데도 사람들은 나더러 미쳤다고 생각하다니!〉 자기 집으로 다가가다 말고 그는 갑작스러운 의문점 때문에 걸음을 멈추었다. 〈지금 당장이라도 검사한테 찾아가서 모두 진술해야 하는 건 아닐까?〉 그는 다시 집 쪽으로 걸음을 옮기면서 의문점을 풀어 버렸다. 〈내일 한꺼번에 처리해야지!〉 하고 그는 혼잣말로 중얼거렸다. 그러자 이상하게도 모든 기쁨과 만족이 순식간에 사라져 버렸다. 자기 방으로 들어섰을 때, 그의 심장에 얼음처럼 차가운 것이 문득 와 닿는 것을 느꼈다. 그것은 지금 이 순간은 물론 예전부터 존재했던 고통스럽고 적개심이 넘치는 그 무엇에 대한 추억이었다. 그는 피곤한 탓에 소파 쪽으로 끌려 들어갔다. 노파가 사모바르를 가져왔다. 그는 차를 따르긴 했으나 입에 대지도 않았으며, 노파에게 내일까지 그냥 내버려 두라고 말했다. 소파에 앉자 현기증이 나기 시작했다. 그는 몸이 아프고 기운이 하나도 없음을 느꼈다. 졸음이 오기 시작했으나, 불안한 마음에 자리에서 일어나 졸음을 쫓기 위해 방 안을 거닐었다. 때때로 그는 자기가 헛소리를 하고 있는 것은 아닌가 하는 착각이 들기도 했다. 그러나 그가 신경을 쓰고 있는 것은 병이 아니었다. 그는 다시 자리에 앉아 무엇을 찾는 사람처럼 간간이 주변을 둘러보기 시작했다. 그런 행동은 여러 차례 되풀이되었다. 마침내 그의 시선은 한곳을 향해 초점이 맞춰졌다. 이반은 빙그레 웃었으나 그의 얼굴은 분노로 붉게 달아올라 있었다. 그는 두 손으로 턱을 단단히 고인 채 오랫동안 그 자리에 앉아 있었으나, 시선은 조금 전의 그 자리에, 맞은편 벽면에 놓여 있는 소파에 고정되어 있었다. 거기에는 어떤 대상이 있어서 그를 짜증나게 하고, 흥분시키기도 하며, 또 괴롭히고 있는 것 같았다.

9 악마, 이반 표도로비치의 악몽

필자는 의사가 아니지만 이반 표도로비치가 앓고 있는 병의 성격에 대해서 어떤 형식으로든 독자들에게 반드시 설명해야 할 때가 되었다고 생각한다. 줄거리를 계속하기 전에 이것 한 가지만은 말해야겠다. 바로 그날 저녁은 이미 오래전부터 앓고 있으면서도 완강히 버티던 그의 육체가 결국 점령당하여 섬망증[6]이 발병하기 직전이었다는 사실이다. 의학에 대해서 잘 모르면서도 여기서 필자는 감히 한마디 언급해 두는데, 그는 그 병을 이겨 낼 수 있을 것이라는 생각으로 자신의 의지를 극도로 긴장시켜서 실제로 한동안 발병을 지연시킬 수 있었던 것 같다. 자신의 몸 상태가 좋지 못하다는 것을 알았지만, 그는 바로 그때에, 용감하고 결단력 있게 〈스스로 자신의 정당성을 밝힐 수 있는〉 의사를 표명해야 할, 자기 생애에 밀어닥친 그 운명적인 순간을 목전에 둔 시점에 병을 앓는다는 사실이 정말 혐오스러웠던 것이다. 그러나 그는 모스크바에서 새로 도착한 의사를 찾아간 적이 있었다. 그 의사란 카테리나 이바노브나가 온갖 공상을 한 끝에 초빙한 사람이라는 이야기는 앞서 밝힌 바 있다. 이반의 설명을 들으며 진찰한 의사는 그의 뇌에 이상이 있는 것 같다는 결론을 내렸으며, 혐오스러운 태도로 털어놓는 이반의 고백들에 대해서도 전혀 놀라는 기색이 없었다. 〈그런 환각은 당신의 병세로 봐서 흔히 있을 수 있는 일입니다〉 하고 의사는 말했다. 〈그런 환각들을 시험해 보아야 하겠지만…… 때를 놓치지 말고 신중하게 치료를 시작해야 합니다. 그렇지 않으면 병세가 악화될 테니까.〉 그러나 이반 표도로비치는 의사의 진찰을 받고 나서도 그의 진지한 충고를 실천에 옮기지 않고, 치료를 받기 위해 입원하는 것도 무시해 버렸다. 〈이렇게 걸어 다닐

[6] 의식이 엷어지고 망상이나 착각이 일어나는 의식 장애 증세.

수 있잖아, 아직은 기운이 있는 거야. 쓰러진다면 물론 이야기가 다르지. 그때는 사람들이 원하는 대로 치료를 받지〉 하고 그는 손을 내저으며 그렇게 결정하고 말했다. 그리하여 그는 의식이 희미해지고 있다는 사실을 거의 인식하면서도, 이미 밝힌 바대로 자리를 지키고 앉아서는 반대편 벽면의 소파 위에 놓인 어떤 사물을 물끄러미 바라보고 있었다. 그 자리에는 문득 웬 사내가 소리 없이 들어와 앉아 있었는데, 그는 이반 표도로비치가 스메르쟈코프에게서 돌아와 방 안에 들어섰을 때는 없던 사람이었다. 그는 신사, 러시아에서 흔히 볼 수 있는 신사라고 하는 편이 더 나을지도 모르겠다. 나이는 이미 젊은 편이 아니어서 프랑스식으로 말하자면, 〈qui frisait la cinquantaine(쉰 살이 다 된)〉 사람이었고, 상당히 길고 숱이 많은 검은 머리와 뾰족하게 자른 턱수염에는 새치가 꽤나 섞여 있었다. 그는 뛰어난 재단사가 만든 것이 분명한 갈색 양복을 입고 있었으나, 그 옷은 너무 낡았고, 3년 전에 재봉한 것으로 유행이 지나서 상류 계층의 돈 많은 사람들이라면 이미 2년 전부터 거들떠보지도 않았을 것이다. 속옷과 스카프 형태의 긴 넥타이는 세련된 옷차림의 신사들이 착용하고 다니는 것과 비슷했지만, 좀 더 가까이서 살펴보면 속옷은 지저분하고 넓은 스카프 같은 넥타이는 몹시 낡아 있었다. 체크무늬 바지 역시 몸에 아주 잘 맞았으나 너무 색이 연하고 통이 좁아서, 이젠 사람들이 더 이상 입고 다니지 않는 것이었다. 털이 보드라운 하얀 모피 역시 계절에 전혀 어울리지 않는 것이었다. 한마디로 말해서, 주머니 사정이 넉넉지 못한 상류층 신사가 정장을 하고 다니는 모습이었다. 그 신사는 농노제 시절에는 활개를 치고 다녔으나 이젠 껍데기뿐인 지주층에

속하는 사람처럼 보였다. 그는 상류층의 사교계 사람들을 만나고 다니면서 그들과 관계를 맺었던 것이 분명했고, 지금까지 그 관계를 유지하고 있을지는 모르겠지만 젊은 시절의 유쾌한 생활이 끝나고 얼마 전 농노제가 철폐된 이후 점차 영락의 길을 걸어 마음 착한 친구들을 찾아다니는 기품 있는 식객으로 전락한 사람 같았다. 친구들이 그를 맞아들인 것은 그가 놀랄 만큼 원만한 성격의 소유자였으며, 더구나 그렇게 점잖은 사람은 비록 왜소한 자리일지라도 식탁에서 편안한 마음으로 합석시킬 수 있는 사람이었기 때문인지도 모른다. 그런 식객들은 원만한 성격을 지닌 신사들이어서 대화에 낄 줄도 알고 카드놀이도 할 줄 알지만, 그런 것들을 강제로 청탁하는 경우에는 단호히 싫어하는 사람들이다. 고독하게 살아가는 그 신사들은 보통 독신자이거나 홀아비 들인데, 자식들이 있는 경우에는 먼 곳에 살고 있는 아주머니 집에 맡겨두면서도 그런 친척이 있다는 것을 수치스럽게 생각하는지 점잖은 사교계에서는 거의 떠벌리지 않는다. 게다가 명명일이나 크리스마스 때에는 이따금씩 자식들로부터 축하 편지를 주고받기도 하지만, 시간이 흘러가면서 자식들을 아주 잊어버리고 만다. 이반의 불청객의 용모는 착하게 생겼다기보다는 무난하게 생긴 편이며, 상황에 따라서는 언제나 상냥한 표정도 지을 준비가 되어 있는 사람 같았다. 그는 시계를 차고 있지는 않았지만, 거북 등 손잡이 안경을 갖고 있었다. 오른손 가운뎃손가락에는 싸구려 단백석이 박힌 굵직한 금반지가 끼워져 있었다. 이반 표도로비치는 증오심이 치솟는지 침묵을 지킨 채 입을 다물고 있었다. 불청객은 가만히 기다렸다. 그의 모습은 집주인의 말 상대가 되어 주려고 위층 자기 방에서 아래층으로 막 내려와 앉은 식객이, 인상을 찌푸린 채 무언가 골똘히 생각에 잠겨 있는 집주인의 얼굴을 보고 얌전히 침묵을 지키는 그런 모습이었다. 그러나 집주인이 말을 걸기만 하면 언제든 상냥하게 대화에 응할 준비가 되어 있는 모습이었다. 별안간 그의 얼굴에는 근심스러운 빛이 떠올랐다.

「이봐. 용서해 줘.」 그는 이반 표도로비치에게 말을 걸기 시작했다. 「자넨 단지 자네가 카테리나 이바노브나 문제로 스메르쟈코프를 찾아갔지만, 그녀에 관해서는 아무것도 알아내지 못한 채 돌아왔다는 것을 일깨우려는 것뿐이니까. 자넨 틀림없이 잊었을 거야…….」

「아, 맞아!」 이반은 갑자기 말문을 열었으며, 그의 얼굴은 근심스러운 표정으로 변해 갔다. 「그래, 나는 잊고 있었어……. 하지만 이젠 아무래도 좋아, 내일이면 모두 알게 될 테니.」 그는 혼잣말로 중얼거렸다. 「그런데 이봐.」 그는 짜증스러운 어투로 방문객을 향해 말했다. 「당신이 아니더라도 기억해 냈을 거야. 그 문제 때문에 기분이 울적하니까! 그런데 당신이 왜 나서는 거야? 마치 내가 기억해 내지 못하기 때문에 귀띔을 해서 당신 말을 믿게 하려는 것처럼?」

「그럼 믿지 마.」 신사는 상냥하게 웃었다. 「강제로 믿게 할 수는 없는 노릇이잖아? 더구나 증거, 특히 물적 증거들은 믿음을 갖게 하는 데 도움이 되지 않으니까. 토마가 믿음을 갖게 된 것은 그리스도의 부활을 목격했기 때문이 아니라, 그전부터 믿음을 갖고 싶었기 때문이지. 예를 들면 강신술사(降神術士)들이 있는데……. 난 그들을 무척 좋아하지……. 그런데 그들은 믿음이 유익한 것이라면서, 그건 악마들이 저세상에서 자신들에게 뿔을 보여 주기 때문이라는 거야. 〈이것이야말로 저세상이 존재한다는 물적 증거〉라는 거지. 저세상과 물적 증거들이라니, 나 원 참! 아니, 악마의 존재가 입증되었다고 해서 하느님의 존재가 입증되었다고 할 수는 없잖아? 난 이상주의자 모임에 등록하고 싶어. 그래서 〈난 현실주의자이지 유신론자가 아니란 말이오, 헤헤!〉 하고 반론을 펼 거야.」

「이봐.」 이반 표도로비치는 탁자에서 벌떡 일어섰다. 「난 지금 분명히 헛소리를 하고 있는 거야⋯⋯. 물론이지, 헛소리를 하고 있는 거라고⋯⋯ 거짓말을 늘어놓고 싶으면 늘어놓아 봐, 아무래도 상관없으니까! 하지만 지난번처럼 내가 흥분한 모습을 보지는 못할 거야. 그런데 웬일인지 수치스럽군⋯⋯. 방 안을 거닐고 싶어⋯⋯. 난 당신 모습을 보지도 못하고 목소리를 듣지도 못하지만, 당신이 뭐라고 지껄이는지는 항상 알아맞히지. 말하고 있는 사람은 당신이 아니라 바로 나, 나 자신이니까! 지난번엔 내가 꿈을 꾼 걸까, 아니면 정말로 당신을 본 걸까? 수건을 찬물에 적셔서 머리에 얹어야겠군. 그럼 십중팔구 당신은 사라지고 말 테니까.」

이반 표도로비치는 저편 구석으로 가서 자기 말대로 젖은 수건을 머리에 싸매고 방 안을 이리저리 돌아다녔다.

「난 우리 두 사람이 말을 터놓고 지내게 되어서 기뻐.」 방문객이 말했다.

「바보로군.」 이반은 웃음을 터뜨렸다. 「내가 어째서 당신을 높여 부른단 말이야. 나는 지금 기분이 유쾌해, 관자놀이가 아프긴 하지만⋯⋯ 정수리도 좀 그렇고⋯⋯. 그러니 제발 지난번처럼 철학적 변설은 늘어놓지 말아 줘. 물러가지 않겠다면 재미있는 이야기나 하든지. 어서 수다나 늘어놓으라고, 자넨 식객이니까, 수다를 늘어놔야지. 이런 끔찍한 일이 쫓아다니다니! 하지만 난 당신이 무섭지 않아. 난 당신을 극복할 거야. 정신 병원에는 끌려가지 않을 거라고!」

「식객이라니, c'est charmant(멋진 표현이로군). 그래, 내 꼴이 그렇지 뭐. 하지만 이 세상에서 내가 식객 노릇을 안 하면 뭘 하겠어? 그런데 난 자네 이야기를 듣고 놀랐어. 지난번처럼 나를 자네의 환영이라고 고집 피우지 않고 점차 실체가 있는 그 무엇으로 인정하고 있으니 말이야…….」

「난 단 한 순간도 당신을 실재하는 진리라고 인정한 적이 없어.」 이반은 화를 벌컥 내며 소리쳤다. 「당신은 거짓말을 하고 있어, 당신은 질병이야, 환영이라고. 난 자넬 없앨 방법을 모르고 있을 뿐이야. 그래서 얼마 동안 고통을 겪어야 하는 거지. 당신은 나의 환상이야. 당신은 내 한 단면의…… 가장 추악하고 어리석은 내 사상과 감정의 화신일 뿐이야. 내가 당신을 상대할 시간만 있다면, 그런 점에서 내게 호기심을 유발시킬 수 있겠지…….」

「자, 자, 내가 자네의 참모습을 폭로하지. 조금 전에 자네는 알료샤한테 대들면서 이렇게 소리쳤었지. 〈넌《그자》를 알고 있구나!《그자》가 날 찾아다닌다는 걸 어떻게 알았지?〉 하고 말이야. 그건 자네가 날 기억했기 때문이지. 짧은 순간에 불과할지 모르지만 자넨 내가 실제로 존재한다고 믿었던 거야, 믿었던 거라고.」 신사는 조용히 미소를 지었다.

「그래, 그건 인간 본연의 약점이지……. 하지만 난 당신을 믿을 수 없었어. 지난번은 꿈인지 생시인지 모르겠어. 어쩌면 그때 나는 생시가 아니라 단지 꿈을 꾸었던 것일지도 몰라…….」

「그렇다면 조금 전엔 어째서 동생한테, 알료샤한테 엄하게 대한 거지? 그는 사랑스러운 친구야. 조시마 장로 일로 그 친구한테 죄를 짓긴 했지만.」

「알료샤 이야기는 집어치워! 어째서 웃는 거지, 이 하찮은 자!」 이반은 다시 웃었다.

「욕설을 퍼부으면서도 웃고 있군. 그건 좋은 징조야. 하지만 오늘 자넨 지난번보다 훨씬 상냥해졌군. 난 그 이유를 알고 있어. 그건 위대한 결심을……」

「내 결심에 대해서는 입 닥쳐!」 이반은 사나운 기세로 소리쳤다.

「알겠어, 알겠다고, c'est noble, c'est charmant(그건 고상한 일이지, 멋진 일이야)! 자넨 내일 형을 변호하고 자신을 희생시키려 한다지……. C'est chevaleresque(기사도 정신이라 할 수 있겠어).」

「입 닥쳐, 발길로 차버리기 전에!」

「기꺼이 받아들이지. 그렇게 되면 내 목적은 달성되는 거니까. 발길질을 한다면 내 실체를 믿는 것이 되지. 왜냐하면 환영에다 발길질을 하지는 않는 법이니까. 농담은 그만둬. 원한다면 욕을 해도 좋지만, 나한테 좀 더 정중하게 대하는 편이 좋겠어. 바보라느니, 하찮은 자라느니 하는 말은 삼가라고!」

「당신을 욕하면서 나 자신을 욕하는 거야!」 이반은 다시 미소를 지었다. 「당신은 나야, 나 자신이라고, 생김새만 다를 뿐이지. 당신은 내가 생각하는 것을 그대로 말로 옮길 뿐이야……. 새로운 이야기를 할 능력이 없어!」

「내 생각이 자네 생각과 일치한다면, 그건 큰 영광이로군.」 신사는 상냥하면서도 정중하게 말했다.

「당신은 언제나 내 추악한 생각만을, 주로 어리석은 생각만을 받아들이고 있어. 당신은 어리석고 비열해. 당신은 정말 어리석단 말이야. 아니야, 난 더 이상 참을 수가 없어! 내가 어떻게 해야 되지, 내가 어떻게 하면 좋을까!」 이반은 이를 부드득 갈았다.

「이봐, 친구, 어쨌든 나는 신사가 되고 싶고, 신사로 대접받고 싶단 말이야.」 방문객은 식객답게 겸손하고 관대한 아량을 발작적으로 드러냈다. 「나는 가난해, 하지만…… 대단히 정직한 사람이라고까진 하지 않겠어, 하지만…… 세상에서는 보통 내가 추락한 천사라는 이치를 받아들이고 있어. 내가 언제 천사였는지는 알지 못해. 만일 아주 옛날이야기라면 잊어버린들 어때. 지금 나는 점잖은 사람으로서의 명성을 존중하고, 또 당연히 즐겁게 지내려고 노력하면서 살아갈 뿐이지. 나는 인간들을 정말 사랑해. 오, 그런데도 나를 수없이 모함하다니! 나는 때때로 자네들이 사는 이곳에 나타나기도 하는데, 그때 나의 삶은 어쩐지 실제로 일어나고 있는 것 같기도 해. 난 그것이 무엇보다 마음에 들어. 자네와 마찬가지로 나도 환상 때문에 고통을 겪고 있어. 그래서 지상의 현실을 좋아하지. 자네들의 모든 삶은 실체를 드러내고 있으며 공식화, 기하학화되어 있지만, 우리의 모든 삶은 모호한 방정식에 불과하거든! 나는 이곳 지상을 돌아다니며 공상에 잠겨. 공상하는 걸 좋아하니까. 게다가 나는 지상에서 우상을 숭배하게 되었지. 제발 웃지 마. 난 우상을 숭배하는 게 좋으니까. 이곳에서 나는 자네들의 모든 관습을 수용하고 있어. 공중목욕탕에 다니는 것도 즐기고 있으니 말이야. 자넨 상상이나 하겠어, 내가 장사꾼들이나 신부들과 함께 사우나를 즐긴다는 걸? 내 꿈은 7푸트[7]에 달하는 뚱뚱한 장사꾼 마누라로 영영 변신해서 그녀가 믿는 모든 것을 믿는 것이지. 내 이상은 교회에 들어가서 순결한 마음으로 촛불을 바치는 것이야, 정말이라고. 그러면 그땐 나의 모든 고통도 끝나는 거야. 또한 자네들처럼 의사의 치료를 받는 것도 좋아하지. 지난봄에 천연두가 창궐했을 때 고아원에 가서 예방 주사를 맞기도 했거든. 그날 내 기분이 얼마나 좋았는지 자넨 모를 거야. 슬라브 형제들에게 10루블을 희사하기도 했으니까! 자넨 내 이야기에 귀를 기울이지 않고 있군. 정말이지, 자넨 오늘 기분이 여느 때 같지 않은 모양이군.」 신사는 잠시 입을 다물었다. 「나는 자네가 그 의사한테 진찰을 받으러 다닌다는 걸 알고 있어……. 그래, 건강은 좀 어떤가? 의사가 뭐라고 하지?」

「바보 같은 놈!」 이반은 단호히 말했다.

「그 대신 자네는 똑똑하잖아. 다시 욕설을 퍼부을 텐가? 동정하려던 건 아니었어. 그러니 대답하지 않아도 좋아. 요즘은 류머티즘이 다시 도져서 말이야…….」

「바보 같은 놈.」 이반은 다시 한번 되풀이했다.

「자네 이야기만 하고 있구먼. 그런데 난 지난해에 지독한 류머티즘에 걸린 게 지금까지 잊히질 않아.」

「악마도 류머티즘에 걸리나?」

「왜 아니겠나, 난 이따금씩 인간으로 변신하는데. 일단 변신한 이상 그 결과도 받아들이는 수밖에. 나는 사탄이라서 sum et nihil humanum a me alienum puto(인간적 현상은 나한테 낯설지 않아).」

---

7 옛 러시아의 중량 단위. 1푸트는 16.38킬로그램으로, 여기서 7푸트는 약 114킬로그램에 해당한다.

「뭐, 뭐라고?〈나는 사탄이라서…… sum et nihil humanum (인간적 현상)〉이라고……. 악마치곤 제법이로군!」

「이제야 자네를 즐겁게 했다니, 정말 기쁘군.」

「그런데 그건 내 이야기가 아니야.」이반은 충격을 받기라도 한 듯 별안간 말을 멈췄다. 「그건 내 머리로 생각해 본 적이 없는 말인데, 정말 이상하군…….」

「C'est du nouveau, n'est-ce pas(이건 새로운 거지, 그렇지 않은가)? 이번엔 내가 솔직하게 설명해 주지. 이봐, 인간은 소화 불량이나 그 밖의 질병을 앓으면서 꿈을 꿀 때, 특히 악몽을 꿀 때 예술적 환상, 복잡한 현실, 어떤 사건들, 구체적인 묘사와 줄거리가 담긴 그 사건들의 총체적 세계를 때때로 보게 되지. 인간의 고상한 정신적 발현으로부터 조끼의 마지막 단추에 이르기까지 말이야. 그건 레프 톨스토이라 해도 묘사하지 못하는 문제라고. 그렇지만 창작가들이 아니라 오히려 가장 평범한 사람들, 즉 관리나 칼럼니스트나 신부 같은 사람들이 그런 꿈을 꾸고 있지……. 그 문제는 완벽한 수수께끼라 할 수 있어. 어느 장관이 직접 내게 고백한 바에 따르면, 자신은 잠을 잘 때 가장 좋은 아이디어가 떠오른다는 거야. 그런데 바로 지금이 그렇거든. 내가 비록 자네의 환영이긴 하지만, 악몽 속에서처럼 자네가 이제까지 생각도 해보지 못한 독창적인 말들을 하고 있잖아. 보다시피 난 자네의 생각을 절대 되풀이하는 것이 아니잖아. 그러니 나는 다만 자네의 악몽일 뿐이지, 그 이상도 그 이하도 아닌 거야.」

「거짓말. 당신의 목적은 당신이 당신 자신으로 존재할 뿐, 내 악몽이 아니라는 걸 확신시키려는 거잖아. 그런데도 당신은 지금 당신이 꿈에 지나지 않는다고 주장하고 있군.」

「이봐, 친구, 오늘 난 특별한 방법을 택했던 거야. 그건 나중에 설명해 주지. 잠깐만, 내가 이야기를 어느 대목에서 중단했더라? 그래, 난 그때 감기에 걸렸었어, 자네들의 세상이 아니라 그곳에서 말이야……」

「그곳이 어딘데? 그런데 참, 자넨 내 곁에 얼마나 더 오래 머물 생각인가, 가지 않나?」 이반은 거의 절망적인 목소리로 소리쳤다. 그는 방 안을 거닐다 말고 돌아와 소파에 앉더니, 탁자에 팔꿈치를 괸 채 두 손으로 머리를 움켜쥐었다. 그는 젖은 수건을 머리에서 벗겨 내더니 화를 내며 집어 던졌다. 물수건이 별로 도움이 되지 못한 게 틀림없었다.

「자넨 신경이 예민해져 있어.」 신사는 전혀 거리낌 없는 태도를 취하면서도 아주 다정하게 말했다. 「자넨 내가 감기에 걸릴 수 있다는 사실 때문에 화를 내고 있군. 그렇지만 그 감기는 아주 자연스럽게 걸렸던 거야. 당시 나는 장관들을 연모했던 어느 지체 높은 페테르부르크 귀부인이 연 외교 사절들의 파티에 급히 달려가던 중이었지. 그런데 연미복, 하얀 넥타이, 장갑 등등을 준비했지만, 나는 누구도 모르는 곳에 있었기 때문에 지상으로 내려오려면 우주 공간을 날지 않으면 안 됐어……. 물론 눈 깜짝할 사이이긴 하지만, 태양 광선으로도 8분이나 걸리는 거리를 연미복에 앞 터진 조끼 차림으로 날아온 것이 아닌가. 영혼들은 추위를 타지 않지만 이미 사람으로 변신한 상태였으니 어찌 됐겠나……. 한마디로 말해서, 질풍처럼 서둘러 왔던 것인데, 우주 공간에는 물과 에테르 그리고 허공이 이어지니, 정말 얼어 죽을 정도였지……. 그런 추위는 추위라고 부를 수도 없으며, 상상하기도 힘들 정도란 말이야. 영하 1백50도라니까! 시골 계집애들의 장난 중에 이런 것이 있지. 영하 30도의 추위에 숫총각더러 도끼 날을 핥으라는 것 말이야. 그랬다간 혓바닥이 순식간에 얼어붙어서 촌놈은 피를 줄줄 흘리면서 살점을 뜯기고서야 떨어지게 되지. 그래도 그건 겨우 영하 30도밖에 되지 않잖아. 그런데 영하 1백50도에서는 도끼에 손가락을 갖다 대기만 해도 금방 떨어져 없어지고 말 거야. 만일⋯⋯ 그곳에 도끼가 있다고 가정한다면 말이야⋯⋯.」

「그곳에 어떻게 도끼가 있을 수 있겠어?」 이반 표도로비치는 갑자기 무신경하고 증오에 가득 찬 목소리로 말을 가로챘다. 그는 자신의 환영을 믿지 않으려고, 완전히 이성을 잃지는 않으려고 온 힘을 다해 맞섰다.

「도끼라니?」 방문객이 놀라 되물었다.

「거기에 있는 도끼는 어떻게 되냐고?」 어딘지 난폭하고 고집스러운 완고함을 드러내며 이반 표도로비치가 갑자기 소리쳤다.

「우주 공간에 어떻게 도끼가 있을 수 있겠느냐고? Quelle idée(거참, 좋은 생각이로군)! 만일 도끼가 더 멀리 날아간다면, 그 이유야 알 수 없겠지만 위성처럼 지구 주변을 돌게 될 거야. 그러면 천문학자들은 도끼의 출몰을 계산하고, 갓추크는 그걸 달력에 기록하겠지, 그게 전부야.」

「당신은 어리석어, 정말 어리석어!」 이반은 고집을 꺾지 않고 이렇게 말했다. 「좀 더 납득이 가게 이야기하라고. 그렇지 않으면 당신의 이야기는 듣지 않을 테니까. 현실론으로 내 생각을 꺾어 누르고 당신은 실재하고 있다고 믿게 할 생각인가 본데, 나는 당신이 실재한다는 것을 믿고 싶지 않아! 믿고 싶지 않다고!」

「나는 헛소리를 늘어놓는 것이 아니야. 모두 진실이야. 유감스럽게도 진실은 거의 언제나 어리석게 보일 뿐이지. 내 생각에 자네는 나한테서 무언가 위대하고 멋진 것을 기대하는 모양이로군. 하지만 정말 안타까운 일이야, 난 내 능력에 미치는 것이나 줄 수 있을 뿐이니 말이야……..」

「철학적 논리는 그만둬, 이 멍청아!」

「내 몸의 오른쪽 절반이 마비되는 판에 철학이라니, 난 간신히 목숨을 연명하면서 신음하고 있다고. 의사한테도 가보았어. 진찰 능력이 정말 뛰어나더군. 온갖 병을 마치 손가락 세듯 알아맞히니 말이야. 하지만 치료는 못 하는 거야. 거기에 마침 쉽게 흥분하는 의대생이 있었는데, 그 친구 하는 말이 〈만일 당신이 죽게 되면 무슨 병으로 죽는지는 알게 될 겁니다!〉라고 하더군. 그리고 그들이 전문의한테 보내는 방법이라는 것이, 자기들은 단지 진찰만 하니까 모모 전문의한테 가보라, 그 사람은 치료할 수 있을 거라는 식이지. 자네한테 하는 말이지만, 어떤 병이든지 고치던 옛날 의사들은 완전히, 완전히 사라져 버리고, 지금은 전문의들만이 신문에 광고를 내고 있지. 자네가 콧병에 걸렸다면 자네를 파리로 보낼 거야. 거기엔 콧병을 치료하는 유럽 전문의가 있다니까. 그래서 파리로 찾아가면, 그 전문의는 코를 진찰한 다음, 〈나는 왼쪽 콧구멍은 치료하지 못하고 오른쪽 콧구멍만 치료할 줄 아니 빈으로 가보시오, 그곳에는 특별히 왼쪽 콧구멍을 치료할 줄 아는 전문의가 있소〉라고 하겠지. 그러니 어쩌겠나? 결국 나는 민간요법에 매달리게 되었지. 한 독일인 의사가 목욕탕에 가서 꿀과 소금으로 온몸을 닦아 보라고 권하더군. 그래서 여러 차례 목욕탕을 찾아다니면서 온몸에 발라 보았지. 하지만 아무 효과도 없었어. 절망감 속에서 나는 밀라노의 마테이 백작한테 편지를 보냈더니, 고맙게도 책 한 권과 물약을 보내 왔더군. 그런데 놀랍게도 영양제인 호프의 맥아정액(麥芽精液)이 효과가 있었던 거야! 우연히 그걸 사서 한 병 반을 마셨더니 춤이라도 출 수 있을 정도로 병이 깨끗이 낫게 되었지. 그래서 그 약에 대한 고마운 마음에서 〈감사문〉을 신문에 반드시 쓰기로 작정했어. 그랬더니 다른 문제가 발생하고 만 거야. 어떤 신문도 내 글을 받아 줄 수 없다는 거지!〈사람들은 너무 보수적이어서 아무도 믿지 않을 겁니다, Le diable n'existe point(악마는 존재하지 않는다는 거죠). 익명으로 기고하시는 게 좋을 겁니다〉라고 충고하면서 말이야. 하지만 익명으로 무슨 〈감사문〉을 쓴단 말이야. 그래서 나는 신문사 직원들을 이렇게 비웃었지. 〈오늘날 하느님을 믿는 것은 보수적이겠지요, 하지만 나는 악마니까, 내 말을 믿을 수는 있겠죠〉라고 말이야. 그랬더니 〈이해합니다. 악마의 말을 믿지 않을 리 있습니까. 그렇긴 하지만 그 방법을 믿을 수 있는 건 아닙니다. 지금 하신 말씀은 물론 농담이시겠죠?〉라고 하더군. 내 말이 미련한 농담이 되고 말았다고 나는 생각했어. 그래서 신문에 기고하지도 못했지. 믿을지 모르겠지만, 그 일은 아직도 내 가슴속에 남아 있어. 나의 가장 고상한 감정, 예를 들면 감사하는 마음까지도 오로지 나의 사회적 지위 때문에 공식적으로 거부당하고 말았으니까.」

「또 철학 이야기를 했잖아!」 이반은 증오에 가득 찬 목소리로 이를 갈며 말했다.

「하느님의 가호가 있기는 하지만, 그렇다고 때때로 불평을 하지 않을 수는 없는 노릇이야. 나는 중상모략을 당한 인간이거든. 자네도 쉬지 않고 나를 어리석다고 하잖아. 젊은 사람들은 그런 법이지. 이봐, 친구, 세상일이란 지혜만 가지고 해결되는 게 아니야! 나는 본래 착하고 명랑한 마음을 가졌어. 〈나는 여러 종류의 보드빌을 쓰지.〉[8] 자넨 나를 아예 백발이 성성한 홀레스타코프 정도로 생각하고 있는 모양인데, 내 운명은 그것보다 훨씬 더 심각해. 태곳적부터 나는 내가 알 수 없는 어떤 섭리에 의해 〈부정하도록〉 결정되어 있지만, 어쨌든 나는 정말 착하고 전혀 부정할 줄도 모르거든. 아니, 그렇지만 자넨 부정을 하게, 부정이 없으면 비평도 존재하지 않을 거야. 〈비평란〉이 없는 잡지가 무슨 소용이 있겠나? 비평이 존재하지 않는다면 호산나만 있겠지. 하지만 인생은 호산나만으로는 부족한 법이야. 그 〈호산나〉가 회의의 도가니를 거치도록 해야 하지. 다른 것들도 마찬가지야. 하지만 난 그런 것들과 아무 관계도 없어. 내가 만들어 낸 것도 아니고, 나한테 책임이 있는 것도 아니니까. 하지만 속죄양을 뽑아서 비평란에 글을 쓰게 했으니, 그런 인생이 된 거지. 우리는 그 코미디를 이해해. 솔직히 나는 이런 식으로 자신의 파멸을 구하지. 〈아니야, 당신은 살아야 해, 당신이 없으면 아무 일도 일어나지 않을 테니까. 만일 이 지상에서 만사가 순리대로 돌아간다면 아무 일도 일어나지 않을 거야. 당신이 없으면 어떤 사건도 일어나지 않겠지만, 사건들은 일어나야 하는 거야〉라고 지시하고 있으니까. 그래서 나는 내 의지와 관계없이 사건을 일으키고, 지시에 따라 불합리한 일들을 만들어 내는 거야. 그러면 사람들은 그 코미디를 심각하게 받아들이지, 뛰어

---

[8] 고골의 희곡 『검찰관』의 주인공 홀레스타코프의 대사로, 여기에 나오는 보드빌이란 가무로 이루어진 희극의 일종.

난 지혜를 가졌음에도 불구하고 말이야. 모든 비극은 바로 거기에 있어. 물론 사람들은 고통을 겪게 되지……. 하지만 모두 살아가는 거야, 그것도 환상 속에서가 아니라 현실 속에서 말이야. 왜냐하면 고통이 곧 인생이니까. 고통이 없다면 인생에서 어떤 만족을 느끼겠나? 만사가 단지 끝없는 기도 생활로 변하게 될 테니 말이야. 그건 성스러운 일이긴 하지만 따분한 일이기도 하잖아. 그럼 나는 어떠냐고? 나는 고통을 겪으면서도 살아 있지 못해. 나는 부정 방정식의 엑스(X)인 거야. 나는 시작과 끝을 잃어버린 인생의 환영이기도 한데, 내 이름이 뭔지도 그만 잊어버리고 말았어. 자넨 비웃고 있군……. 아니, 자넨 비웃고 있는 것이 아니라, 다시 화를 내고 있는 거야. 자넨 계속해서 화를 내고 있어, 자네한테는 지혜만이 전부이니까. 하지만 자네한테 다시 한번 말해 두지만, 나는 저 별 위의 모든 생활, 모든 지위와 영광을 버리고 체중이 7푼트 나가는 뚱뚱보 장사꾼의 마누라로 변신해서 하느님께 촛불을 바치고 싶어.」

「당신은 하느님을 믿지 않잖아?」 이반은 증오에 가득 찬 미소를 지으며 말했다.

「자네가 그렇게 진지하게 나온다면 내가 뭐라고 대답해야 좋을까…….」

「하느님은 존재해, 존재하지 않아?」 이반은 맹렬한 기세로 고집스럽게 소리쳤다.

「아니, 왜 그렇게 진지한 거지? 이봐, 난 사실 잘 몰라, 그건 대단한 말이야.」

「잘 모르면서도 하느님을 보고 있다고? 아니, 당신은 당신 자신이 아니라, 바로 나야, 당신은 나지, 그 이상도 그 이하도 아니야! 당신은 쓰레기에 불과한 내 환영이라고!」

「자네가 원한다면, 난 자네와 동일한 철학을 갖겠어. 그렇다면 공평한 일이겠지. Je pense, donc je suis(나는 생각한다, 고로 나는 존재한다). 난 그 말을 잘 이해하고 있어. 내 주변을 둘러싸고 있는 나머지 모든 것들, 이 모든 세계, 하느님과 사탄에 이르기까지 그 모든 것들이 본질적으로 존재하는지, 혹은 나의 발산물, 즉 태곳적부터 유일하게 존재하는 내 〈자아〉의 지속적인 발전에 지나지 않는지는 내게 입증되지 않았어……. 이제 빨리 말을 그쳐야겠군, 자네가 한바탕 치받을 기세여서 말이야.」

「차라리 일화나 들려줘!」 이반은 병색이 완연한 목소리로 말했다.

「우리 주제에 꼭 맞는 일화가 있지. 이건 일화라기보다는, 전설이라고 하는 편이 좋겠군. 자넨 내가 〈보면서도 믿지 않는다〉고 내 불신을 비난하고 있어. 하지만 이봐, 친구, 그건 나 혼자만 그런 것이 아니야. 지금 우리는 모두 고통을 받고 있거든, 모두 자네들의 과학 때문이지. 원자와 오관 그리고 사대(四大)[9]가 존재할 때만 해도 아무 문제가 없었어. 고대 세계에도 원자들은 존재했었거든. 그러나 자네들이 아무도 몰랐던 〈화학 분자〉니 〈원형질〉이니 하는 것을 발견했다는 사실을 알고 난 다음부터는 우리 악마들은 꼬리를 감출 수밖에 없었어. 혼란만 일어나기 시작했지. 가장 심각한 문제는 미신이고 유언비어들이었어. 자네들 세계만큼이나 우리 세계에서도 유언비어가 횡행했지, 아니 좀 심했는지도 몰라. 그리고 마침내 밀고까지 일어났고, 우리 세계에서는 떠도는

---

9 고대 철학에서 말하는 땅, 물, 불, 바람 등 네 가지 자연 요소.

〈정보들〉을 수집하는 부서까지 생겨났지. 그런데 그 이상한 전설은 중세 시대의 것인데(자네들의 중세가 아니라 우리의 중세 말이야), 우리 세계에서조차 아무도 믿으려 들지 않았어, 체중이 7푸트 나가는 뚱뚱보 장사꾼들의 마누라들을 제외하곤 말이야. 그 여자들도 자네들 세계의 여자들이 아니라 우리 세계의 여자들을 가리키는 거라고. 자네들 세계에 있는 것들은 모두 우리 세계에도 있으니까. 난 우정을 생각해서 자네한테 비밀 한 가지를 공개하려고 해, 물론 금지되긴 했지만 말이야. 그건 천국에 관한 전설이지. 옛날에 자네들의 이 지상에는 사상가이자 철학가 한 사람이 있었는데, 그는 〈법률도, 양심도, 신앙도 모두 부정했었고〉, 무엇보다도 내세를 부정했었지. 그러다가 마침내 죽음을 맞게 되었는데, 곧장 암흑과 죽음을 향해 나아갈 거라고 생각했다가 내세를 맞게 되었어. 그런데 한편으로 놀랍기도 하고 화가 치솟기도 한 그는 〈이건 내 신념과 배치된다〉고 말했다는 거야. 그 일로 해서 그는 재판을 받게 되었지……. 여보게, 용서해 주게, 난 다만 내가 들은 이야기를 전하는 것뿐이니까. 이건 단지 전설에 지나지 않아……. 그에게는 1천조(兆) 킬로미터(지금 우리 세계에서는 미터법을 사용하고 있거든)의 암흑 속을 걸어서 통과하라는 판결이 내려졌고, 1천조 킬로미터의 형벌이 끝나야만 천국의 문이 열리고 용서를 받을 수 있다는 거였어…….」

「그런데 당신들의 저세상에는 1천조 킬로미터의 형벌 외에 또 어떤 것이 있지?」 이반은 이상할 정도로 생기를 띠며 끼어들었다.

「어떤 형벌들이 있느냐고? 묻지 마. 옛날에는 이런저런 형벌들이 있었지만, 요즘은 한층 더 도덕적인 것들이 시행되고 있거든. 이를테면 〈양심의 가책〉 같은 시시껄렁한 것들뿐이라고. 그 역시 자네들 때문에 그렇게 되었지, 〈자네들 관습의 완화〉 때문에 말이야. 그로 인해 이익을 얻은 사람이 누군가 하면, 그들은 바로 양심이 없는 사람들뿐이지. 왜냐하면 양심이라곤 전혀 없기 때문에 양심의 가책을 느낄 필요가 없거든. 그 대신 양심과 명예심이 아직 남아 있는 점잖은 사람들이 고통을 겪게 되었지……. 미처 기반도 닦이지 않은 곳에 타인의 제도를 도입해서 구원의 길을 모색하는 개혁도 해로울 뿐이야! 차라리 옛날의 화형 제도가 더 나을지도 몰라. 그런데 1천조 킬로미터의 형벌을 받은 사람은 잠시 그 자리에 서서 주위를 둘러보다가 도중에 가로로 벌렁 누워서는, 〈나는 가고 싶지 않아, 내 원칙 때문에 가지 않겠어!〉라고 말했다는 거야. 러시아의 교양 있는 무신론자들의 정신에 고래의 뱃속에서 사흘 밤낮을 견뎌 낸 선지자 요나의 정신을 합하면 바로 도중에 길바닥에 누운 사상가의 성격과 같아지거든.」

「그 사람은 거기에 무엇을 깔고 누웠는데?」

「글쎄, 무언가 깔고 누울 만한 것이 있었겠지. 우습지 않나?」

「대단한 사람이로군!」 이반은 여전히 묘한 활기를 띠며 이렇게 소리쳤다. 지금 그는 가슴속에서 솟구쳐 오르는 호기심에서 이야기를 듣고 있었다. 「그래, 그 사람은 지금도 누워 있나?」

「그렇지 않아. 그 사람은 거의 1천 년 동안이나 누워 있다가 자리에서 일어나 걷기 시작했거든.」

「바보로군!」 이반은 신경질적으로 깔깔거리며 소리쳤다. 그는 마치 깊은 생각에라도 잠긴 듯한 모습이었다. 「영원히 누워 있는 것이나 1천조 킬로미터를 걷는 것이나 다를 게 뭐 있어? 그럼 10억 년쯤 걸어야 하지 않겠어?」

「그보다 훨씬 더 걸리지. 연필과 종이가 없군, 그렇지 않으면 계산할 수 있을 텐데. 그런데 그 사람은 이미 오래전에 목적지에 도착했어, 거기서 이야기는 시작되는 거야.」

「어떻게 목적지에 도착한 거지! 어디서 10억 년을 가져온 거냐고?」

「자네는 현재의 우리 지구만을 생각하고 있군! 현재의 지구도 일정 시간이 지나면 얼어붙고 갈라지고 부서지고 구성 분자로 분해되고 허공의 물이 되고, 다시 혜성이 되었다가 다시 태양이 되고, 태양에서 지구가 떨어져 나오는 일을 아마 10억 번은 반복했을지 몰라. 바로 이런 발전은 어쩌면 영원히 반복되는 것일 수도 있겠지. 예전과 똑같은 형태, 똑같은 특성을 띤 채 말이야. 너무 지루한 이야기인가……」

「아니야, 그런데 그가 목적지에 도착했을 때 어떤 일이 생겼지?」

「천국 문이 열리자마자 그는 안으로 걸어 들어갔어. 2초도 지나기 전에 ─ 그건 시계를 보고(내 생각에 그의 시계는 이미 오래전에 주머니에서 원소로 분해되어야 했겠지만 말이야) 하는 말인데 ─2초도 지나기 전에, 그 2초를 위해서라면 1천조 킬로미터의 1천조 배, 거기에 다시 1천조 배를 곱한 만큼 걸어서 통과할 수 있다고 소리쳤어! 그는 〈호산나〉를 불러 댔고, 그것이 너무 지나쳐서 그곳에 있던 더욱 고상한 사상의 소유자들은 처음엔 그에게 악수조차 청하려 하지 않았어. 그가 너무 극단적인 보수주의자로 변해 버렸다는 이유 때문이야. 이게 바로 러시아적 기질이지. 되풀이해서 말하지만 이건 전설이야. 들은 대로 전할 뿐이지. 우리 세계에서는 삼라만상에 대한 그런 식의 개념이 통용되고 있는 거야.」

「당신의 정체를 알았어!」이반은 무언가 결정적으로 깨달았다는 듯이 거의 어린애 같은 환호를 올렸다.「1천조 년의 세월에 대한 이야기는 바로 내가 직접 창작했던 거야! 열일곱 살 때인 중학생 시절이었지……. 당시 나는 그 이야기를 창작해서는 성(姓)이 코롭킨인 친구한테 이야기했었지. 모스크바에서의 일이었어……. 그 이야기는 내가 어디에서도 모방하지 않은 아주 독특한 것이었거든. 난 그 이야기를 잊어버리고 지냈어……. 그런데 그 이야기가 지금 무의식적으로 떠오른 거야. 당신이 이야기를 해서가 아니라, 내 스스로 기억해 낸 거지! 사람들은 사형장에 끌려가면서도 무의식적으로 수천 가지 일들을 기억하거든……. 꿈속에서도 기억이 떠오르지. 그래, 당신은 바로 꿈이야! 당신은 꿈일 뿐, 존재하는 것이 아니야!」

「그렇게 흥분해서 나를 부정하려 드는 걸 보니…….」신사가 웃었다.「아무튼 자넨 나를 믿고 있다는 확신이 서는군.」

「물론 아니야! 1백분의 일도 믿지 않는다고!」

「하지만 1천분의 일은 믿겠지. 극도로 적은 양이 가장 강력하게 작용할지도 모르잖아. 나를 믿고 있다는 걸 인정해, 1만분의 일이라도 말이야…….」

「절대 그런 적은 없어!」이반은 화를 벌컥 내며 소리쳤다.「그렇지만 난 자네를 믿고 싶기는 해.」그는 갑자기 이상한 목소리로 덧붙였다.

「아하! 드디어 인정하셨군! 하지만 난 착한 사람이니 그렇다면 자넬 도와주겠어. 잘 들어 둬. 이건 자네가 내 정체를 깨달은 것이 아니라, 내가 자네 정체를 깨달은 거라고! 나는 자네가 잊어버린 자네의 일화를 일부러 이야기했던 거야. 자네가 나를 철저히 믿지 않도록 만들려고 말이야.」

「거짓말! 당신이 등장한 목적은 당신이 실제로 존재한다는 걸 믿게 하려는 것이었잖아.」

「그런 셈이지. 하지만 망설임, 불안, 신앙과 불신 사이의 갈등 따위는 양심적인 사람에게는 때때로 너무 고통스러운 법이니, 자네 같은 사람은 목을 매고 죽는 편이 차라리 낫겠지. 난 자네가 눈곱만큼이나마 나를 믿는다는 걸 알고 있기 때문에 그 일화를 이야기함으로써 철저히 불신으로 몰고 갔던 거야. 나는 자네를 신앙과 불신 사이에서 오가게 만들고 있는데, 그것이 바로 내 목적이야. 내가 사용하는 새로운 방법은 이렇지. 자네가 나를 철저히 믿지 않게 되었을 때, 자네는 내가 꿈이 아니라 실질적인 존재라는 것을 그 눈빛으로도 벌써 믿기 시작한단 말이지, 난 자네를 잘 알고 있으니까. 그렇게 되면 내 목적은 달성되는 거야. 그러니 내 목적은 고상하잖아. 나는 자네의 마음속에 신앙의 작은 씨앗 하나를 뿌리겠어. 그것은 자라서 참나무가 되겠지. 그런데 그 참나무는 너무나 거대해서 자네가 그 참나무 위에 걸터앉으면 〈황야의 사도들과 순결한 여인들〉의 대열 속으로 뛰어들고 싶은 마음이 생길 거야. 자네는 남몰래 그런 걸 간절히, 간절히 기원해 왔으니, 메뚜기를 잡아먹으면서 황야에서 구원의 길을 걸어가라고!」

「그렇게 해서 내 영혼을 구원하겠다는 건가, 이 악당아?」

「언젠가는 착한 일을 한 번쯤 해야 하잖아. 자네는 화를 내고 있군, 내가 보니까 화를 내고 있는걸.」

「어릿광대 같으니! 그런데 당신은 이런 사람들을 유혹해 본 적이 있나? 메뚜기를 잡아먹으면서 나무 한 그루 없는 황야에서 온몸에 이끼가 낀 채 17년 동안이나 기도드리던 사람들 말이야?」

「이봐, 난 그런 일만 해왔어. 온 세상과 우주를 잊은 채, 그 한 가지에만 매달리는 사람들이 있지. 다이아몬드는 매우 귀한 것이니까. 그런 영혼을 갖게 되면 때론 별자리 하나에 해당하는 가치를 지니게 되지. 우리식 계산법이 있거든. 극복이란 귀중한 것이야! 그런데 개중에는, 자넨 믿지 않겠지만, 자네 못지않게 개화한 사람들도 있어. 그들은 단번에 신앙과 불신의 심연들을 통찰할 줄도 알지만, 배우 고르부노프가 말했듯이 때로는 아슬아슬하게 〈허공에서 곤두박질치는〉 인간도 있는 것 같아.」

「그렇다면 당신은 코는 달고 중단한 건가?」[10]

「이봐, 친구.」 방문객은 점잔을 빼며 말했다. 「얼마 전에 병을 앓고 있던 한 후작(그도 전문의의 치료를 받아야 하지만)이 예수회 신부한테 고해 성사를 할 때 말했듯이, 때때로 코를 두고 오는 것보다는 코를 달고 오는 편이 나은 거야. 나는 그 자리에 있었는데, 정말 재미있더군. 〈제 코를 돌려주십시오!〉라고 하는 거야. 그러고는 자기 가슴을 두드리더군. 그러자 신부는 〈내 아들아, 만사는 하느님 섭리의 오묘한 운명에 따라 이루어지는 것이며, 눈에 보이는 불행도 눈에 보이지 않는 굉장한 이익을 가져오는 법이니라. 만일 가혹한 운명이 그대의 코를 앗아 갔다 하더라도, 그대에게 돌아올 이익은 앞으론 아무도 그대가 코를 달고 있다는 말을 감히 하지 못할 거

---

[10] 실패하다, 성과를 거두지 못하다는 의미의 러시아 속담.

라는 점이니라〉라고 하더군. 그 후작은 〈신부님, 그 말로는 위로가 되지 않습니다〉라고 하면서 필사적으로 소리쳤어. 〈코가 제자리에 붙어 있을 수만 있다면 오히려 저는 코를 매달고 있더라도 평생 기뻐할 것입니다!〉〈나의 아들아, 단번에 모든 행복을 구하지 마라, 그리하면 그것은 그대를 잊지 않으신 하느님의 섭리에 대한 원망이 된다. 지금 그대가 간절히 탄원했듯이 코를 매단 채 한평생 기뻐할 생각이라면, 그대의 소원은 이미 간접적으로 성취된 것이니라. 그것은 그대가 코를 잃어버렸으므로 그로 인해 코를 달고 있는 것이나 다름없기 때문이다〉라면서 한숨을 내쉬더군.」

「피, 바보 같은 소리!」이반이 소리쳤다.

「이봐, 친구, 나는 단지 자네를 웃기려고 한 이야기야. 하지만 맹세컨대, 이건 진짜로 예수회 교회의 시비 판단법이라고. 난 정말 있었던 일을 한마디도 가감하지 않고 그대로 전한 것뿐이야. 맹세할 수 있어. 얼마 전에 있었던 그 사건 때문에 나도 골치깨나 썩였거든. 그 불행한 젊은 후작은 집으로 돌아가서는 그날 밤에 권총으로 자살하고 말았어. 나는 그 사람 곁에서 마지막 순간까지 떠날 수 없었지······. 예수회 고해실(告解室)은 내가 슬픔에 젖어 있을 때 즐거운 위안을 주던 최고의 장소였어. 자네한테 며칠 전에 일어났던 일 한 가지만 더 이야기하지. 스무 살가량의 금발의 노르망디 아가씨가 늙은 신부를 찾아온 거야. 아름다운 얼굴, 날씬한 몸매, 착한 심성 등으로 모두가 침을 흘릴 정도의 아가씨였어. 그 아가씨는 허리를 굽혀 문구멍에 대고 자기 죄를 속삭였지. 〈뭐라고, 나의 딸아, 너는 정말 다시 죄를 지었단 말이냐?〉 하고 신부가 소리쳤어. 〈O, Sancta Maria(오, 성모 마리아시여), 지금 제가 무슨 이야기를 듣고 있나이까, 벌써 그 사내가 아니라니. 그런데 언제까지 그런 짓을 계속할 작정이지, 대체 부끄럽지도 않아!〉〈Ah, mon père(오, 신부님)!〉하고 그 죄지은 처녀는 참회의 눈물을 흘리면서 대답했지.〈Ça lui fait tant de plaisir, et à moi si peu de peine(그건 그 남자에게 기쁨을 주었으며, 제게는 전혀 고통을 주지 않았습니다)!〉라면서. 세상에 그런 해괴한 대답을 하다니! 그때 나는 뒤로 물러서고 말았어. 그건 천성에서 울려 나오는 외침이었고, 순결함보다 더 나은 거야! 나는 그녀의 죄를 용서하고 돌아서 가려고 했지. 그런데 발길을 되돌리지 않을 수 없었어. 신부가 문구멍으로 그 처녀에게 저녁 밀회를 약속하는 걸 들은 거야. 그 신부는 차돌 같은 고집불통인데, 단 한 순간에 죄악의 구렁으로 빠져들었던 거지! 천성이, 천성의 진실이 본색을 드러냈던 거야! 아니, 자네는 왜 다시 코를 처박는 건가, 화가 나기라도 했나? 어떻게 해야 자네를 위로할 수 있을지 모르겠군……」

「나를 좀 내버려 둬. 당신은 집요한 악몽처럼 내 머리를 두들기고 있어.」이반은 자신의 환영 앞에서 기진맥진하여 병을 앓는 듯 신음했다. 「난 당신이 지긋지긋해. 참을 수 없을 만큼 괴롭단 말이야! 당신을 내쫓을 수 있다면 난 무슨 일이든 하겠어!」

「다시 반복해 두지만, 너무 많은 것을 구하지 마. 나한테서 〈가장 위대하고 아름다운 것〉을 요구하지 말라고. 하지만 우리는 다정하게 지내게 될 거야.」신사는 감격한 목소리로 말했다. 「정말로 자넨 나한테 화를 내고 있지, 우레와 섬광을 동반한 채 붉은 광채 속에서 화염에 휩싸인 날개를 달지도 않고, 이렇게 초라한 모습으로 나타났다고 말이야. 첫째로 자네의 미적 감각이 상처를 입었을 것이고, 둘째로 자존심이 상했을 테지. 어떻게 자네처럼 위대한 인물에게 이처럼 평범한 악마가 찾아들 수 있겠느냐는 것이겠지? 그래, 자네한테는 벨린스키가 일찍이 조소한 바 있는 그런 낭만적 기질이 있어. 하지만 어쩌겠나, 아직 젊은데. 조금 전에 자네한테 오려고 준비를 하면서, 나는 장난삼아 캅카스에서 근무한 퇴역 4등관처럼 연미복에 〈사자〉와 〈태양〉 훈장을 달고 올 생각이었지. 하지만 난 몹시 두려웠어. 최소한 〈북극성〉 훈장이나 〈시리우스〉 훈장이라면 몰라도, 〈사자〉 훈장이나 〈태양〉 훈장 따위를 달고 온다고 두들겨 맞을 것 같았거든. 자넨 언제나 내게 어리석다고 말하지. 물론, 나는 자네와 대등한 지혜를 가지고 있다고 주장하진 않겠어. 메피스토펠레스가 파우스트한테 나타나서는 자신은 악을 원하지만 선밖에 행하지 않는다고 자신에 대해 증언했지. 물론 그야 자기 마음이지만, 나는 그와 정반대야. 아마도 천성적으로 진리를 사랑하며 진심으로 선을 갈구하는 사람은 내가 유일무이한 것 같아. 나는 십자가에 못 박혀 돌아가신 분이 오른편에서 죽어 간 도둑의 영혼을 가슴에 품고 하늘로 승천하실 때 그 자리에서 〈호산나〉를 부르며 소리치는 아기 천사들의 기쁜 탄성을 들었고, 온 천지를 진동시키는 대천사들의 우레 같은 함성을 들었어. 모든 성물에 맹세하건대, 나도 그때 합창단에 끼여서 다 함께 〈호산나〉를 외치고 싶었단 말이야. 마음은 벌써 하늘로 날아가 가슴속에서 터져 나올 것만 같았지……. 자네도 알다시피 난 사실 감수성이 예민하고 예술적으로 민감하거든. 그런데 내 본성 중에서 가장 불행한 특성인 그 상식이란 놈이 나를 의무의 틀에 가두었기 때문에 그 순간을 놓치고 말았어! 바로 그때 나는 이런 생각을 했던 거야. 〈내가《호산나》를 부르고 나면 대체 무슨 일이, 무슨 일이 벌어질까? 세상이 불길에 휩싸이고 어떤 사건도 벌어지지 않는 것은 아닐까〉 하는 생각 말이야. 그래서 나는 단지 자신의 의무와 사회적 지위 때문에 그 절호의 순간을 마음속으로 억제해 버리고 추악한 일에 매달릴 수밖에 없었어. 누군가가 선행의 명예를 독점했으므로 내게는 다만 추악한 일만 남겨졌던 거라고. 하지만 나는 사기를 치며 명예롭게 살고 싶지는 않아, 공명심에 불타는 사람은 아니니까. 이 세상 모든 피조물들 가운데 어째서 나 혼자만이 모든 점잖은 사람들의 저주를 받으며 그 발길에 채이도록 운명지워진 것일까? 인간으로 변신할 때면 그런 사태가 일어나니 말이야. 거기엔 한 가지 비밀이 있지만, 무슨 까닭에선지 나한테 알려 주려고 하지 않거든. 아마도 내가 문제를 간파한 후 〈호산나〉를 외치게 되면, 당장에 꼭 필요한 마이너스가 사라지고 세상에는 인간의 판단력이 활개치기 시작하며, 그로 인해 모든 것은 종말을 고하게 될 거야. 심지어는 신문과 잡지에 이르기까지 종말을 고하겠지. 아무도 그걸 구독 신청하는 사람이 없을 테니 말이야. 결국에 가서 나는 운명과 화해해서 1천조 킬로미터를 통과한 다음, 그 비밀을 알아내지 않으면 안 된다는 사실을 알고 있거든. 그러니 그렇게 되기까지는 화가 나더라도 꾹 참고 임무를 수행해야 하겠지. 한 사람을 구원하기 위해서 수천 명을 파멸시키겠단 말이야. 예를 들면 먼 옛날 나를 악의적으로 조롱했던 한 사람의 의인 욥을 얻기 위해서 수많은 사람들을 파멸시켰고, 수많은 고귀한 명예들을 모욕했었지. 아니, 비밀이 밝혀지기 전에 내겐 두 가지 진리가 있는 거야. 하나는 내가 전혀 모르는 저편 세계의 진리고, 다른 하나는 나의 진리지. 그런데 어떤 것이 더 순수한 진리가 될지는 아직 몰라······. 자네 자고 있나?」

「물론이지.」 이반은 심통난 목소리로 신음하며 말했다. 「내 본성 속에서 그 모든 어리석은 생각들은 이미 오래전에 생명이 끝났으며, 내 지성 속에서 여과되었고, 죽은 고기처럼 버려진 것들이야. 그런데 당신은 가장 새로운 것처럼 말하고 있군!」

「그렇다면 자네 비위를 못 맞춘 셈이군! 나는 문학적 표현으로 자네를 유혹할 생각이었거든. 하늘나라의 〈호산나〉라는 말은 사실 괜찮았지? 그리고 지금 그 à la Heine(하이네식의) 빈정대는 어투도 나쁘지 않았지, 그렇지 않은가?」

「아니, 나는 그렇게 천박한 하인 놈같이 군 적이 한 번도 없었어. 어째서 내 영혼에서 당신 같은 이런 하인 놈이 탄생했을까?」

「이봐, 친구, 나는 너무나 매력적이고 사랑스러운 러시아 귀족 한 사람을 알고 있는데, 그는 젊은 사상가이자 대단한 문학과 예술의 애호가이고, 전도가 유망한 〈대심문관〉이라는 서사시의 작가이기도 하지······. 나는 그 친구만을 생각하고 있어!」

「〈대심문관〉에 대해서는 언급하지 말아 줘.」 이반은 수치심에 얼굴이 빨개져서는 이렇게 외쳤다.

「그럼, 〈지질학적 변동〉은 어때? 기억하겠지? 그것도 한 편의 서사시잖아!」

「입 닥쳐, 그렇지 않으면 죽여 버리고 말겠어!」

「나를 죽이겠다고? 아니, 미안해, 하지만 내가 한마디 할

게. 나는 그런 만족을 얻으러 온 것이니까. 오, 나는 삶에 대한 갈망으로 몸부림치는 혈기 왕성한 젊은 친구들의 꿈을 얼마나 사랑하는지 몰라! 〈그곳엔 새로운 사람들이 있어.〉 이건 자네가 지난봄에 이곳으로 오려고 준비하면서 내린 결정이잖아. 〈그들은 모든 것을 파괴하고 식인 상태에서 출발할 생각을 하고 있어. 어리석은 친구들 같으니, 내게는 물어보지도 않다니! 내 생각에는 아무것도 파괴해서는 안 되며, 무엇보다 하느님에 대한 인간의 관념만을 파괴하면 되는걸. 일은 바로 거기서부터 착수해야 하는 거야! 거기서부터, 거기서부터 시작하는 거야. 오, 아무것도 모르는 장님들 같으니! 만일 인류가 한 사람씩 하느님을 거부한다면(나는 그 시기가 지질학적 연대와 나란히 찾아오리라고 믿어), 식인 상태를 맞이하지 않더라도 과거의 모든 세계관, 특히 과거의 모든 도덕률은 무너지고 완전히 새로운 세계관이 나타나게 되는 거야. 사람들은 인생이 줄 수 있는 모든 것을 인생에서 얻기 위해서, 그러나 오직 현세에서의 행복과 기쁨을 얻기 위해서만 하나로 결합하게 되지. 그러면 인간은 거대한 신적 자존심으로 위대해질 것이며, 인신(人神)이 등장하는 거야. 인간은 시시각각 자신의 의지와 과학으로 무한히 자연을 정복하면서 그때마다 그로 인해 커다란 희열을 얻을 것이기 때문에 그것은 천국의 희열에 대한 과거의 희망을 보상해 줄 수도 있겠지. 모든 사람들은 인간이 죽으면 다시 부활하지 못하는 존재라는 것을 알고 있으므로 하느님처럼 당당하고 조용하게 죽음을 받아들이게 될 거야. 그리고 인간은 자존심 때문에 인생이 한순간에 불과함을 불평할 필요가 없다는 사실을 깨닫게 되면, 어떤 보상도 요구하지 않고 자신의 형제들을 사랑하게 되겠지. 그 사랑은 순간적인 인생에 만족하겠지만, 사랑도 한순간에 지나지 않는다는 인식은 무한한 내세의 사랑에 대한 기대감이 충만했던 과거만큼이나 그 사랑의 불길을 더 활활 지펴 줄 거야……〉 이런 식의 내용이었지. 정말 멋있어!」

이반은 두 손으로 귀를 막고 앉아 땅바닥을 바라보면서 온몸을 부들부들 떨기 시작했다. 신사의 이야기는 계속되었다.

「나의 젊은 사상가는 다음과 같은 문제가 있다고 생각했어. 〈그런 시대는 과연 도래할 것인가, 말 것인가? 만일 그런 시대가 도래한다면, 만사가 해결되고 인류는 결정적으로 기반을 닦게 되겠지. 하지만 인류의 뿌리 깊은 어리석음으로 인해 어쩌면 1천 년이 지나도 기반을 닦지 못할지도 모르기 때문에 지금 현재 진리를 깨달은 사람이라면 누구나 새로운 토대 위에서 임의로 기반을 닦아도 무방한 거야. 그런 의미에서 《그에게는 모든 것이 허용되는 거지》. 또한 그 시대가 결코 도래하지 않는다고 해도 하느님이든 영생불멸이든 존재하지 않으므로 새로운 인간은 인신이 될 수 있겠지. 그리고 이 세상에서 새로운 지위를 획득한 이상, 필요하다면 그 사람만은 과거의 노예적 인간의 낡은 도덕적 한계를 뛰어넘을 수 있는 거야. 하느님을 위한 법률은 존재하지 않는 거야! 하느님이 설 곳이 바로 하느님의 자리야! 내가 설 곳이 최고의 자리인 거야. 《모든 것은 허용된다》는 말로 충분해! 그건 정말 멋진 말이야. 만일 사기나 칠 생각이라면 진리를 승인받을 이유가 어디 있겠어? 하지만 우리 현대 러시아인은 승인을 받지 않으면 사기 칠 생각도 하지 못하니, 그만큼 진리를 사랑하는 것이겠지……〉 그는 이렇게 생각했던 거야.」

방문객은 자신의 웅변에 도취된 듯 조롱하는 눈초리로 집

주인을 바라보면서 점점 목청을 높여 갔다. 그러나 그의 말이 미처 끝나기도 전에 이반은 식탁에서 물잔을 집어 들어 그를 향해 던졌다.

「Ah, mais c'est bête enfin(아니, 이런 야만적인 짓을)!」 그는 자리에서 벌떡 일어나 손가락으로 물을 툭툭 털며 고함을 질렀다. 「루터의 잉크병이 생각난 모양이로군! 나더러 꿈이라고 하면서 꿈을 향해 물잔을 집어 던지다니 말이야! 그건 여자들이나 하는 짓이야! 난 자네가 귀를 틀어막고 있는 척하는 것은 아닌가 의심하고 있었는데, 역시 듣고 있었군……」

그때 갑자기 마당 쪽에서 창문을 거칠게 두드리는 소리가 들려왔다. 이반 표도로비치는 소파에서 벌떡 일어났다.

「이봐, 문을 열어 주는 편이 좋겠어.」 방문객이 소리쳤다. 「그는 자네 동생 알료샤야. 아주 의외의 흥미진진한 소식을 가져온 거라고. 내가 책임지지!」

「입 닥쳐, 이 사기꾼아. 알료샤란 건 당신보다 내가 먼저 알았어. 그가 찾아올 거라는 예감을 하고 있었다고. 물론 일부러 찾아온 것이 아니라, 〈소식〉을 가져온 거지!」 이반은 흥분한 목소리로 소리쳤다.

「열어 줘, 열어 주라고. 밖에는 눈보라가 치고 있어. 더구나 자네 동생이잖아. Monsieur sait-il le temps qu'il fait? C'est à ne pas mettre un chien dehors(므시외, 날씨가 어떤지는 잘 알잖아? 이런 날씨에는 개도 문밖에 내놓지 않는 법이야)……」

노크 소리는 계속되었다. 이반은 창문으로 달려가고 싶었으나, 별안간 무언가 그의 팔다리를 잡아 묶는 것 같은 기분이 들었다. 그는 있는 힘을 다해 그 쇠사슬을 끊으려고 발버둥 쳤으나 아무 소용이 없었다. 창문의 노크 소리는 점점 높아지면서 그 횟수도 늘어 갔다. 마침내 쇠사슬이 끊기고 이반 표도로비치는 소파에서 벌떡 일어섰다. 그는 사나운 눈초리로 주변을 둘러보았다. 양초 두 개가 거의 다 타들어 갔고, 그가 방문객을 향해 집어 던졌던 물잔은 자기 앞 식탁 위에 그대로 놓여 있었다. 맞은편 소파 위에는 아무도 없었다. 창문을 두드리는 노크는 끈질기게 계속되었으나, 그 소리는 조금 전 꿈속에서 생각했던 것보다 그리 크지 않았고 오히려 상당히 조심스러웠다.

「이건 꿈이 아니야! 아니, 맹세코 이건 꿈이 아니야. 이건 모두 조금 전에 일어났던 일이야!」 이반 표도로비치는 이렇게 소리치고 나서 창문으로 달려가 통풍창을 열었다.

「알료샤, 내가 찾아오지 말라고 했잖아!」 그는 동생을 향해 사나운 목소리로 소리쳤다. 「한마디만 해주지. 너한테 필요한 게 대체 뭐야? 내 말 듣고 있어?」

「한 시간 전에 스메르댜코프가 목을 매고 자살했어요.」 문밖에서 알료샤가 말했다.

「계단으로 들어와. 당장 문을 열어 줄 테니.」 이반은 이렇게 말한 후 알료샤에게 문을 열어 주러 갔다.

10 그건 그자가 말했어

방으로 들어온 알료샤는 한 시간 전쯤에 마리야 콘드라티예브나가 자기에게 달려와 스메르댜코프가 자살했다고 알려

온 이야기를 이반 표도로비치에게 전했다. 그녀는 〈찻주전자를 치우려고 그분 방에 들어갔더니, 글쎄 그분께서는 벽에 박힌 대못에 매달려 있는 거예요〉라고 말했다고 한다. 그래서 알료샤가 〈누구한테든 신고했습니까?〉라고 묻자, 그녀는 아무한테도 신고하지 않았으며, 〈제일 먼저 당신한테 곧바로 오는 길이에요, 한걸음에 달려왔거든요〉라고 대답했다는 것이다. 알료샤의 말에 따르면 그녀는 마치 얼이 빠진 사람처럼 온몸을 사시나무 떨듯이 부들부들 떨더라는 것이다. 알료샤가 그녀와 함께 그 오두막으로 달려갔을 때, 그는 여전히 대롱대롱 매달려 있었다. 그리고 탁자 위에는 〈그 누구에게도 죄를 돌리지 않기 위하여 나의 자유 의지와 나의 희망에 따라 목숨을 끊는다〉라고 쓴 유서가 놓여 있었다. 알료샤는 그 유서를 탁자 위에 남겨 둔 채 곧장 경찰서장을 찾아가 스메르댜코프의 집에서 일어난 모든 일을 신고했다. 알료샤는 이반의 얼굴을 뚫어지게 응시하며, 〈그리고 거기에서 형님한테로 곧장 오는 길입니다〉라는 이야기로 끝을 맺었다. 그는 이야기를 하고 있는 동안 내내 굉장한 충격을 받은 모습이 역력한 형의 얼굴에서 눈을 떼지 않았다.

「형.」 알료샤가 갑자기 소리쳤다. 「형은 몸이 상당히 불편하신 게 분명하군요! 내가 말한 내용을 하나도 이해하지 못한 것처럼 쳐다보시니 말이에요.」

「참 잘 와주었다.」 이반은 알료샤의 고함이 전혀 들리지 않는다는 듯 골똘히 생각에 잠기며 이렇게 말했다. 「사실 그놈이 목매달아 자살했다는 것을 알고 있었어.」

「누구한테 그런 이야기를 들으셨죠?」

「누구한테 들었는지는 모르겠구나. 하지만 나는 알고 있었어. 내가 알았던가? 그래, 그자가 말했어. 그자는 아직도 내게 이야기를 하고 있었거든.」

이반은 방 한복판에 서서 방바닥을 내려다보며 골똘히 생각에 잠긴 채 말했다.

「그자가 대체 누구죠?」 알료샤가 무의식적으로 방을 둘러보며 물었다.

「그는 사라졌어.」

이반은 고개를 들더니 조용히 미소 지었다.

「그자는 너한테 겁먹은 거야, 너한테, 비둘기 같은 너한테. 너는 〈순결한 아기 천사〉로구나. 드미트리 형은 너를 아기 천사라고 부르지. 아기 천사…… 대천사들의 우레 같은 환호성! 대천사란 대체 무엇일까? 어쩌면 별자리인지도 몰라. 그리고 별자리란 단지 어떤 화학 분자인지도 모르고…… 사자자리와 태양도 있지. 너 그런 것 모르니?」

「형, 여기 앉으세요!」 알료샤는 깜짝 놀라며 말했다. 「제발, 여기 이 소파에 앉으세요. 형은 지금 헛소리를 하고 있어요. 베개를 대고, 자, 이렇게요. 물수건을 머리에 얹어 드릴까요? 좀 나아질 거예요.」

「그래, 물수건 좀 다오. 의자 위에 있을 거야. 아까 거기에 집어 던졌으니까.」

「여긴 없는데요. 걱정 마세요, 어디 있는지 알고 있으니까요.」 알료샤는 이반의 경대에서 한 번도 쓰지 않고 곱게 접혀 있는 깨끗한 수건을 꺼내며 이렇게 말했다. 이반은 이상한 눈으로 수건을 쳐다보았다. 그는 순간적으로 의식을 회복한 것처럼 보였다.

「잠깐만.」 그는 소파에서 몸을 일으켰다. 「조금 전에, 그러니까 한 시간 전에 그 수건을 거기서 꺼내서 물에 담갔었어. 그리고 머리에 둘렀다가 여기에 집어 던졌었는데……. 그런데 어째서 이렇게 바싹 말라 있지? 다른 수건은 없었거든.」

「이 수건을 머리에 둘렀다고요?」 알료샤가 물었다.

「그래, 그리고 방 안을 돌아다녔거든, 한 시간 전에…… 그런데 초는 왜 다 타버렸지? 지금 몇 시냐?」

「12시가 다 됐어요.」

「아니야, 아니야, 그럴 리가 없어!」 이반은 갑자기 소리를 질렀다. 「그건 꿈이 아니었어! 그자는 분명히 있었어, 거기에 앉아 있었어, 바로 그 소파에. 네가 창문을 두드렸을 때 나는 그자한테 물잔을 집어 던졌거든……. 자, 이것 보라고…… 잠깐만, 그전에 잠을 자긴 했지만, 그건 꿈이 아니야. 전에도 그런 일이 있었지. 알료샤, 나는 종종 꿈을 꾸곤 하거든……. 하지만 그건 꿈이 아니라 현실이었어. 나는 걸어 다니기도 하고, 말을 하기도 하고, 실제로 보기도 하지……. 잠을 자면서 말이야. 하지만 그자는 거기 앉아 있었어, 분명히 있었다고, 바로 그 소파에 말이야……. 그자는 아주 어리석어, 아주 어리석다고.」 이반은 갑자기 웃음을 터뜨리며 방 안을 돌아다녔다.

「누가 어리석다는 거예요? 누구 이야기를 하시는 거죠, 형?」 알료샤는 근심스러운 표정으로 다시 이렇게 물었다.

「악마 말이야! 그자가 날 쫓아다녀. 두 번이나 그랬어, 아니, 세 번이었지. 그자는 자기가 우레와 빛을 동반한 채 불길에 뒤덮인 날개를 달고 나타나는 사탄이 아니라 평범한 악마라는 생각에 내가 화를 내고 있다고 놀려 대는 거야. 하지만 그자는 사탄이 아니야. 그건 거짓말이었어. 그자는 악마를 사칭한 거야. 그자는 단지 가짜 왕에 불과해, 보잘것없는 시시한 악마 말이야. 그자는 목욕탕에도 다닌다더군. 그자의 옷을 벗기면 틀림없이 꼬리가 나올 거야. 덴마크 개처럼 길이가 1아르신[11]은 되는, 길고 매끄러운 갈색 꼬리가⋯⋯. 알료샤, 너 몸이 꽁꽁 얼었구나. 눈길을 걸어왔으니 그럴 수밖에. 차 한잔 마시겠니? 뭐? 식었다고? 그렇다면 데워 오라고 할까? C'est à ne pas mettre un chien dehors(이런 날씨에는 개도 문밖에 내놓지 않는 법인데)⋯⋯.」

알료샤는 얼른 세면대로 달려가 수건을 물에 적신 다음, 이반을 다시 자리에 앉히고 나서 물수건을 머리에 얹어 주었다. 그리고 자신도 그 곁에 앉았다.

「조금 전에 리자에 대해 뭐라고 했었지?」 이반은 다시 말문을 열었다(그는 무척 말이 많아졌다). 「난 리자가 마음에 들어. 조금 전엔 그 아가씨에 대해 너한테 좋지 않은 이야기를 했었지. 거짓말을 했던 거야, 난 그 아가씨가 마음에 들어⋯⋯. 내일 카탸 때문에 걱정이야, 정말 걱정이야. 앞으로의 일 때문에 말이야. 그 여자는 내일 나를 버리고 발로 짓밟겠지. 그 여자는 내가 자기 때문에 질투를 해서 미탸 형을 파멸시킬 거라고 생각하고 있어! 그래, 그 여자는 그렇게 생각하고 있는 거야! 하지만 그렇지 않아! 내일은 교수대가 아니라 십자가가 기다리는 거야! 나는 목을 매달아 죽지는 않아. 내가 절대 스스로 목숨을 끊는 사람이 아니란 걸 너도 알고 있겠지, 알료샤! 비열하기 때문일까? 그렇지 않으면 대체 무엇 때문일까? 나는 겁쟁이가 아니야. 그건 삶에 대한 갈망 때문인 거야! 스메르댜코프가 목매달아 자살한 건 내가 어떻게

---

11 옛 러시아의 척도 단위로서 1아르신은 71.12센티미터이다.

알았을까? 그래, 그자가 말해 준 거야…….」

「형은 누군가 저기 앉아 있었다고 확신하세요?」 알료샤가 물었다.

「바로 저 소파 위, 저 구석이었어. 네가 그자를 쫓아냈으면 좋았을 텐데. 그래, 네가 그자를 쫓아낸 거야. 네가 나타나자 사라져 버렸으니까. 난 네 얼굴을 사랑해, 알료샤. 알고 있니, 내가 네 얼굴을 사랑하고 있다는 걸? 그런데 〈그자〉란 바로 나야. 알료샤, 바로 나 자신이라고. 저속하고 비열하며 추악한 나의 모든 것이야! 그래, 나는 〈낭만주의자〉야, 그자는 그걸 눈치챘어……. 그건 비록 중상모략이긴 해도 말이야. 그자는 정말 어리석어. 하지만 그자는 그것으로 성공을 거두고 있어. 그자는 교활해, 동물적으로 교활하다고. 그자는 어떻게 하면 나를 격분시키는지 알고 있어. 그자는 내가 자기 존재를 믿는다고 놀려 댐으로써 자기 말에 귀를 기울이지 않을 수 없게 만들었어. 그자는 나를 마치 어린애처럼 놀려 댔지. 하지만 그자는 나에 대해 진실도 많이 이야기했어. 난 나 자신한테 결코 그런 이야기를 하지 못할 거야. 알겠지, 알료샤, 알겠지.」 이반은 마치 은밀한 이야기를 건네기라도 하듯 몹시 신중한 태도로 이렇게 덧붙였다. 「난 사실은 그자가 내가 아니라 〈그자〉이기를 얼마나 바랐는지 몰라!」

「그자가 형을 괴롭힌 거군요.」 알료샤는 형을 동정하는 눈빛으로 바라보며 이렇게 말했다.

「날 놀려 댔어! 그런데 그자는 영리해, 영리하다고. 〈양심이라니! 양심이 뭔데? 양심이란 바로 내가 만드는 거야. 그러니 내가 왜 고통을 받아야 하는 거지? 관습 때문이겠지. 7천 년 동안 지속된 전 세계 인류의 관습 때문이겠지. 그걸 집어 던지면 우리는 하느님이 되는 거야.〉이건 그자의 말이야. 그자가 한 말이라고!」

「그럼 형이 아니었군요, 형이 아니었어요?」 알료샤는 형을 똑바로 쳐다보며 더 이상 참지 못하고 이렇게 소리쳤다. 「그자를 내쫓으세요, 그자와 인연을 끊고 아주 잊어버리세요! 형이 지금 퍼부은 저주를 모두 가져가라고 하세요, 그럼 다시는 나타나지 않을 거예요!」

「그래. 하지만 그자는 사악해. 그자는 나를 비웃었어. 그자는 철면피란다, 알료샤.」 이반은 분노에 치를 떨며 이렇게 말했다. 「하지만 그자는 나를 중상했어, 여러 가지로 중상했어. 내 눈을 들여다보면서 거짓말을 했어. 〈오, 자넨 선행을 하러 갈 모양이지. 아버지를 죽인 사람은 바로 나요, 하인을 교사해서 내가 아버지를 죽였소 하고 자백하겠다는 거지〉라면서 말이야.」

「형.」 알료샤가 말을 가로챘다. 「진정하세요. 형은 살인을 저지르지 않았어요. 그건 사실이 아니에요!」

「그건 그자가 한 말이야. 그자는 그걸 알고 있어. 〈너는 선행을 실천하러 가면서도 선행을 믿지 않고 있어. 바로 이것이 너를 화나게 하고 너를 괴롭히는 거야. 그래서 넌 그렇게 복수심에 불타는 거야.〉 이건 그자가 나를 두고 하는 말이야, 그자는 자기가 무슨 말을 하고 있는지 알고 있는 거야……」

「그건 그자가 아니라 형의 말이에요!」 알료샤는 처연한 목소리로 말했다. 「병환 중에 말하고 있는 거예요, 자신을 학대하면서 헛소리를 하고 있는 거라고요!」

「아니야, 그자가 하는 말이야. 〈너는 자존심 때문에 가는 거야. 그리고 자리에서 일어나 이렇게 말하겠지.《내가 살인을 저질렀습니다. 당신들은 왜 두려움에 몸을 움츠리는 겁니까, 당신들은 거짓말을 하고 있습니다! 나는 당신들의 의견을, 당신들의 두려움을 경멸합니다》하고 말일세)라면서 말이야. 이건 그자가 나를 두고 하는 말이야. 그러고는 느닷없이 이렇게 말하는 거야. 〈너는 살인범이긴 하지만 고상한 마음씨를 가진 사람이고, 형을 구원하기 위해 자백을 했다는 사람들의 칭찬이 듣고 싶은 거겠지!〉라고 말이야. 그건 거짓말이란다, 알료샤!」이반은 별안간 눈빛을 번쩍이며 이렇게 외쳤다. 「나는 그 따위 개똥 같은 작자들의 칭찬을 기대하는 것이 아니야! 그건 그자의 거짓말이야, 알료샤, 거짓말이라고. 너한테 맹세할게! 나는 그자한테 이 물잔을 집어 던졌어. 그랬더니 그자의 골통이 부서져 버리더군.」

「형, 진정하세요, 이제 그만하세요!」 알료샤가 간청했다.

「그자는 사람을 괴롭힐 줄 아는 놈이야, 잔인한 놈이지.」 이반은 알료샤의 말은 귀담아듣지 않고 자신의 이야기를 계속했다. 「나는 언제나 그자가 찾아오는 이유를 예감하곤 했어. 〈너는 자존심 때문에 법정에 출두하려는 것이야. 스메르쟈코프의 죄상을 폭로해서 그를 감옥으로 보내고, 미탸가 무죄임이 밝혀지면 너는 단지《도덕적으로》(알겠니, 그자는 이 대목에서 빙긋 웃는 거야) 비난받겠지만, 다른 사람들의 칭찬을 받기를 간절히 바랐던 거지. 하지만 스메르쟈코프는 죽어 버렸어, 목을 매고 자살해 버렸다고. 그러니 이제 법정에서 누가 너 혼자만의 주장을 믿겠어? 그래도 너는 출두하겠지, 어쨌든 출두하겠지. 너는 출두하기로 결심했으니까 말이야. 일이 이렇게 됐는데도 넌 어째서 출두하려는 거지?〉 하고 그자는 말하는 거야. 정말 무서운 일이야, 알료샤. 난 그런 질문들에 대해 참을 수가 없어. 누가 감히 내게 그런 질문을 할 수 있는 거지?」

「형.」 알료샤는 공포로 인해 숨이 막힐 지경이었으나, 여전히 이반을 설득할 수 있으리란 희망으로 말을 가로챘다. 「어떻게 그자는 내가 여기에 도착하기도 전에 스메르쟈코프의 죽음을 형한테 알릴 수 있었을까요? 그 사실은 아무도 몰랐고, 또 사람들한테 알릴 수 있는 시간적 여유도 없었는데?」

「그자가 말했어.」 이반은 추호도 의심하지 않은 채 단호히 대답했다. 「그자는 그 말밖에 하지 않았어. 〈네가 선행을 믿는다면 그건 좋은 일이겠지. 사람들이 나를 믿지 않더라도, 원리 원칙을 위해 나가겠다고. 하지만 너는 표도르 파블로비치처럼 돼지 새끼에 불과해. 그러니 선행이 네게 무슨 의미가 있겠어? 너의 희생이 아무 소용도 없다면 넌 법정에 출두할 이유가 없잖아? 그건 네가 거기에 왜 가는지 모르고 있기 때문이야! 오, 넌 네가 왜 거기에 가는지 알고 싶어서 몸부림을 쳤잖아! 그런데 결심을 굳힌 거야? 아직 결심을 굳히지는 않았잖아. 너는 밤새도록 자리에 앉아서 갈까 말까 하고 고민하겠지. 하지만 너는 어쨌든 가게 될 거야. 너도 네가 그럴 거란 사실을 알고 있고. 네가 어떻게 결심하든 그 결심은 이미 네 손을 떠났다는 사실을 너 스스로도 잘 알고 있어. 갈 테면 가라고, 넌 가지 않을 수 없을 테니까. 왜 가지 않을 수 없는지는 스스로 알아맞혀 봐, 이건 네게 내는 수수께끼니까〉 하고 그자는 말했어. 그러고는 자리에서 일어나 가버리더군. 네가 오니까, 가버린 거야. 그자는 나를 겁쟁이라고 불렀어, 알료샤! 내가 겁쟁이라는 건, Le mot de l'énigme(수수께끼 같은 말이야)! 〈지상을 비상하는 독수리는 그렇지 않아!〉라고 그자는 한마디 덧붙였어, 이렇게 한마디 덧붙인 거야! 그리고 스메르댜코프도 역시 똑같은 말을 했어. 그자를 죽여 버려야 해! 카탸는 나를 경멸하고 있어, 한 달 전부터 그런 사실을 눈치챘지. 리자도 경멸하기 시작했어! 〈칭찬을 받으러 간다〉는 말은 동물적인 위선이야! 그리고 너도 나를 경멸하고 있어, 알료샤. 이제 나는 너를 다시 증오할 거야. 나는 악당을 증오해, 악당을 증오한다고! 나는 악당을 구원하고 싶지 않아, 감옥에서 썩게 내버려 두겠어! 찬미가를 부르기 시작했다지! 오, 나는 내일 출두해서 그들 앞에 서서 그들 모두에게 침을 뱉어 주겠어!」

그는 몹시 흥분하여 자리에서 벌떡 일어나더니, 수건을 걷어 내고 다시 방 안을 서성거리기 시작했다. 알료샤는 예전에 형이 했던 말이 생각났다. 〈나는 깨어 있는 채로 자고 있는지도 몰라……. 돌아다니기도 하고, 중얼거리기도 하고, 또 생생히 목격하기도 하고, 동시에 잠도 자거든〉 하고 이반은 말했었다. 그런데 지금 바로 그렇게 실행하고 있는 것 같았다. 알료샤는 형의 곁을 떠나지 않았다. 의사한테 달려가서 사실대로 말할까 하는 생각이 들기도 했지만, 형을 혼자 남겨 둔다는 것은 아무래도 걱정스러웠다. 그렇다고 부탁할 만한 사람도 없었다. 마침내 이반은 점점 의식을 잃어 갔다. 그는 흥분을 가라앉히지 못한 채 이치에 맞지 않는 말을 내내 중얼거렸다. 상소리를 내뱉기도 했다. 그러다가 갑자기 그는 그 자리에서 비틀거렸다. 그러나 알료샤는 부축할 겨를이 없었다. 이반은 침대까지 간신히 기어갔다. 알료샤는 겨우 형의 옷을 벗기고 자리에 눕혔다. 벌써 두 시간째 그렇게 자리를 지키고 있었던 것이다. 환자는 미동도 하지 않은 채 숨을 고르게 쉬며 얌전한 자세로 깊이 잠들었다. 알료샤는 옷도 벗지 못한 채 베개를 가져다가 소파 위에 누웠다. 잠을 청하면서도 그는 미탸 형과 이반 형을 위해 기도를 올렸다. 그는 이반 형의 병을 이해하기 시작한 것이다. 〈자존심이 걸린 결정으로 인한 고통인 거야, 마음속 깊은 곳에서 우러나오는 양심인 거야!〉 하고 그는 생각했다. 형이 믿지 않았던 하느님, 그리고 그분의 진리가 형의 가슴을 압도했으면서도 형은 여전히 굴복하고 싶은 생각이 들지 않았던 것이다. 알료샤는 베개를 베고 누웠으나 그의 머릿속에는 온갖 생각들이 스치고 지나갔다. 〈그래, 만일 스메르댜코프가 죽었다면 아무도 이반 형의 증언을 믿지 않을 거야. 하지만 형은 법정에 출두해서 자백하겠지!〉 알료샤는 조용히 미소 지었다. 〈하느님께서 승리하신 거야!〉 하고 그는 생각했다. 〈형은 진리의 세상에 부활하거나, 아니면…… 자신이 믿지 않는 것을 섬겼다는 이유로 자신과 모든 사람들에게 복수하며 증오심 속에 파멸하겠지.〉 알료샤는 쓸쓸한 어조로 이렇게 덧붙이고 나서, 다시 이반을 위해 기도를 올렸다.

제12권
오판

1 운명의 날

 내가 앞서 언급한 사건들이 있은 다음 날 아침 10시에 우리 고장의 지방 법원 법정이 열렸고, 드미트리 카라마조프에 대한 재판이 시작되었다.
 미리 힘주어 밝히는 바이지만, 필자는 법정에서 일어난 모든 내용을 완벽하게, 또 대단히 논리 정연하게 전달할 능력이 없다고 본다. 법정에서 진행된 내용을 다 회고하여 그대로 설명을 붙인다면 책 한 권을, 그것도 어마어마한 분량을 필요로 하게 될 것이다. 따라서 필자의 심금을 울렸던 부분, 특히 필자가 기억하고 있는 부분만을 전한다고 해서 너무 꾸짖지는 말기 바란다. 필자는 대수롭지 않은 이야기를 가장 중요한 내용처럼 받아들였을 수도 있고, 빠뜨려서는 안 될 가장 민감한 특징들을 아예 생략했을 수도 있다······. 그렇지만 필자는 변명하지 않는 편이 더 낫다는 사실을 알고 있다. 필자는 자신의 능력만큼 전달할 것이며, 독자들도 필자가 최선을 다했다는 점을 이해해 줄 것이다.

우선 법정으로 들어가기에 앞서, 바로 그날 특히 필자를 놀라게 했던 일에 대해 기억을 더듬어 보겠다. 그러나 그 일로 놀랐던 사람은 필자뿐만이 아니라, 나중에 들은 바로는 모든 사람들이 다 충격을 받았다고 한다. 그 사건은 수많은 사람들의 관심을 끌었으며, 재판이 시작되자 모두가 초조해져 있었다. 많은 우리 고장 사람들이 이미 두 달 동안 화제로 삼으며 멋대로 추측하기도 하고, 탄식하기도 하고, 공상하기도 했다는 사실은 널리 알려진 바와 같다. 그 사건이 전 러시아에 소문이 두루 퍼졌다는 사실도 모두 알고 있는 바이다. 그러나 그 사건이 우리뿐만 아니라 전국 방방곡곡의 모든 사람들을 그토록 긴장되고 흥분된 상황으로 몰고 가리라고는 어느 누구도 예상치 못했으며, 재판 당일에 가서야 그런 사실이 밝혀지게 되었다. 그날 재판에는 우리 읍뿐 아니라 러시아 전국의 여러 도시는 물론, 모스크바와 페테르부르크에서조차 방청객들이 밀려들었다. 법률가들이 찾아왔으며, 몇몇 유명 인사들과 귀부인들까지 찾아왔던 것이다. 방청권은 모두 동이 나고 말았다. 남자 방청객들 중에서도 대단히 명망 있는 유명 인사들을 위해서는 재판석 뒤편에 특별석까지 준비되었다. 그곳에는 각계각층의 특별한 손님들이 자리 잡은 안락의자들이 일렬로 늘어서 있었는데, 그것은 우리 고장에서도 전례가 없는 일이었다. 우리 고장을 포함하여 외부에서까지 찾아온 부인들이 더욱 많아서 방청객 가운데 절반을 차지했던 것 같다. 전국 각지에서 찾아온 법률가들도 너무 많아서 어디에 자리를 마련해야 할지 알 수 없을 정도였는데, 방청권은 이미 오래전에 청탁하기도 하고 애걸하기도 하여 모두 분배되었기 때문이다. 법정 끝에 있는 연단 뒤편에 임시로 특별

울타리를 치고 외부에서 온 법률가들을 수용했는데, 그들 중 대부분은 그나마 다행으로 여기는 것을 필자는 두 눈으로 직접 목격했다. 그것은 자리를 더 만들기 위해 울타리에서 의자들을 모두 들어냈으므로, 밀려든 방청객들은 〈재판〉이 끝날 때까지 모두 빽빽한 콩나물시루처럼 어깨와 어깨를 맞부딪히며 서 있어야 했기 때문이다. 방청석에 자리 잡은 몇몇 부인들, 특히 외부에서 찾아온 부인들은 화려하게 성장을 하고 있었으나, 대부분의 부인들은 옷 치장하는 것도 잊고 있었다. 그들의 얼굴에는 히스테릭하고 탐욕적이며, 거의 병적인 듯 보이는 호기심이 드러나 있었다. 법정을 찾은 그 모든 상류층 인사들이 보여 준 한 가지 특징을 여기서 밝히면, 물론 그런 사실은 훗날 조사에 의해 사실로 밝혀지기도 했지만, 거의 모든 부인들, 아니 적어도 그들 중 대다수가 미탸를 지지했고, 또 그의 무죄를 믿었다는 점이다. 그것은 어쩌면 미탸가 여자들의 마음을 사로잡는 데만큼은 도사라고 생각되었기 때문인지도 모른다. 라이벌 관계에 있는 두 여자가 등장할 거라는 사실도 알려졌다. 물론 한 여자는 카테리나 이바노브나로, 특히 그녀는 사람들의 관심을 불러일으켰다. 그녀에 대해서는 굉장한 소문들이 많이 나돌고 있었는데, 미탸가 범죄를 저질렀음에도 불구하고 미탸를 향해 불타는 그녀의 정열은 깜짝 놀랄 만한 이야깃거리들을 만들어 내기도 했다. 특히 그녀의 오만함(그녀는 우리 읍내에서 누구도 방문한 적이 없었다)과 〈귀족 사회의 연줄〉에 대해서도 잘 기억하고 있었다. 사람들은 그녀가 유형수인 미탸를 유형지까지 따라가서, 어느 지하 광산에서 결혼식을 올릴 수 있도록 허용해 달라고 정부 당국에 청원했다는 이야기까지 떠벌렸다. 카테리나 이바노브나의 라이벌인 그루셴카가 법정에 나타나기를 기대하는 분위기 역시 조금도 그에 못지않았다. 두 라이벌, 그러니까 읍내의 귀족 아가씨와 〈고등 매춘부〉 사이의 법정 충돌을 고대하는 사람들의 호기심은 차라리 고통스럽기까지 했다. 더구나 그루셴카는 우리 고장의 부인들 사이에서 카테리나 이바노브나보다 더 잘 알려져 있기도 했다. 우리 고장의 부인들은 그녀가 〈표도르 파블로비치와 그 불행한 아들을 파멸시킨〉 장본인이란 사실을 예전부터 알고 있었으므로, 거의 한결같이 〈그렇게 평범하고 별로 예쁘지도 않은 촌닭〉이 아버지와 아들을 그토록 매혹시킬 수 있었다는 사실에 깜짝 놀라고 있었다. 한마디로 수없이 많은 소문이 나돌았던 것이다. 실제로 필자는 미탸로 인해 우리 읍에서 여러 차례 심각한 가정불화가 일어났던 일들을 알고 있다. 많은 부인들이 이 끔찍한 사건을 두고 자기 남편들과 견해 차이로 언쟁을 벌이기도 했는데, 그로 인한 당연한 결과로 그 남편들은 피고에 대한 혐오감뿐만 아니라 적개심까지 보이며 법정에 나타났던 것이다. 대체로 부인들과는 달리 남편들은 피고에 대해 반감을 가지고 있었다고 말하는 편이 옳을 것이다. 그래서 어떤 이들은 엄숙하고 인상을 잔뜩 찌푸린 얼굴을 하고 있기도 했고, 또 어떤 이들은 심통 사나운 얼굴을 하고 있기도 했는데, 그런 사람들이 대부분이었다. 사실 미탸는 우리 읍내에 거주하는 동안 많은 사람들에게 개인적으로 모욕을 주기도 했었다. 물론 방청객들 중에서 일부는 즐거운 표정으로 미탸의 운명 따위는 아무래도 좋다고 생각하는 편이었지만, 그렇다고 재판 결과에까지 무관심한 것은 아니었다. 어쨌든 그들 모두가 사건의 결말에 관심을 기울였다. 그러나 남자들의 대부분은 피고에게 형벌이 내려지기를 진심으로 기대하는 반면, 법률가들은 사건의 도덕적 측면이 아니라 최근의 법률적 측면에 관심을 보였다. 명성이 자자한 페튜코비치의 도착 사실도 모든 사람들을 흥분시켰다. 그의 재능은 전국 방방곡곡에 널리 알려져 있었으며, 그가 굵직한 형사 사건을 변론하기 위해서 지방에 나타난 것도 이번이 처음은 아니었다. 그가 변론을 마친 사건들은 언제나 러시아 전역에서 유명해지고, 또 오랫동안 사람들의 머릿속에 기억되기도 했던 것이다. 우리 고장의 검사와 재판장에 대해서도 적지 않은 이야깃거리가 나돌고 있었다. 우리 지방의 검사 이폴리트 키릴로비치가 페튜코비치와의 대결을 앞두고 떨고 있다느니, 그 두 사람은 페테르부르크 시절, 그러니까 법조계에 첫발을 들여놓았을 때부터 오랜 숙적 관계에 있었다느니, 자기 재능을 제대로 평가받지 못했기 때문에 페테르부르크 시절부터 누군가로부터 끊임없이 수모를 당하고 있다고 생각하는 이폴리트 키릴로비치 검사가 카라마조프 일가 사건을 계기로 심기일전해서 위축된 자신의 활동상에 활기를 불어넣으려고 한다느니, 이도 저도 아니고 단지 페튜코비치가 검사를 접주고 있을 뿐이라는 등의 소문이 무성했던 것이다. 그러나 페튜코비치에 대해 검사가 떨고 있다는 소문은 전혀 사실무근이었다. 우리 고장의 검사는 위기 앞에서 주눅이 드는 성격의 소유자가 아니라, 오히려 위험 부담이 커지면 커질수록 자존심이 살아나고 용기를 내는 인물이었다. 어쨌든 우리 고장의 검사가 대단히 자부심이 강하고 병적일 만큼 감수성이 예민하다는 사실만은 주목할 필요가 있다. 다른 사건에서도 그는 심혈을 기울였고, 자신의 운명이나 재산 일체까지도 모두 논고 행위에 달려 있는 것처럼 행동했다. 법조계에서는 이런 사실을 두고 약간 냉소적이기까지 했는데, 그것은 우리 지방의 검사가 이런 성품으로 인해서 다소 명성을 갖게 되었고, 그 명성이 비록 전국적인 것은 아니지만 우리 읍처럼 매우 협소한 지방임을 고려할 때 제법 대단한 것이었기 때문이다. 특히 사람들은 그의 심리학적 방법을 비웃었다. 그것은 사람들이 잘못 본 것이라고 필자는 생각한다. 우리 고장의 검사는 인간적인 측면이나 성격적인 측면에서 일반인들이 생각했던 것보다 훨씬 더 진지한 사람이라고 필자는 생각한다. 다만 활동 초기에 첫발을 내디딜 때부터 건강이 좋지 않았기 때문에 그 후로도 한평생 자신의 입지를 세울 수 없었을 뿐이다.

이곳 법정의 재판장에 관해서라면 그가 교양 있고 인도적이며, 실무에나 최신 사상에도 꽤나 통달한 사람이라는 사실 정도로 언급할 수 있을 것이다. 그는 매우 자부심이 강한 사람이긴 했지만, 자신의 출세에 대해서는 그다지 조바심을 내는 편이 아니었다. 그의 인생 목표는 선구자가 되는 것이었다. 게다가 유력한 연고나 재산도 가지고 있었다. 카라마조프 일가 사건에 대해서 그는 상당한 열의를 가지고 주목했지만, 단지 일반적인 관점에 서 있었을 뿐이라는 사실이 훗날 밝혀졌다. 사건의 현상, 그 분류, 우리 사회의 부산물이나 러시아적 요소의 한 특성으로 바라보는 사건에 대한 시각 등등이 그의 관심을 집중시켰던 것이다. 그는 사건의 사적인 성격이나 그 비극성에 대해서, 피고를 포함한 사적인 관련자들에 대해서와 마찬가지로 매우 냉담하고 추상적인 입장을 취했는데, 그런 점은 어쩌면 당연한 일이었는지도 모른다.

재판관들이 출정하기 훨씬 전부터 법정 안은 이미 초만원이었다. 우리 고장의 재판소는 꽤나 넓고 소리가 잘 들리는, 읍내에서 가장 훌륭한 고층 건물이었다. 약간 높은 단상 위에 위치한 재판관석 오른쪽으로는 배심원들을 위한 테이블과 안락의자가 두 줄로 놓여 있었으며, 왼쪽으로는 피고석과 변호인석이 준비되어 있었다. 재판관석 가까이의 법정 한복판에는 〈물적 증거들〉이 놓인 책상이 있었다. 그 위에는 표도르 파블로비치의 피 묻은 하얀 비단 가운과 범행에 사용된 것으로 추측되는 운명의 절굿공이, 핏자국으로 소매가 뻣뻣해진 미탸의 셔츠, 피에 젖은 손수건을 쑤셔 넣을 때 호주머니 부근이 온통 피로 얼룩지고 만 그의 외투, 피에 흠뻑 젖었으나 이제는 누렇게 변색되고 만 바로 그 손수건, 미탸가 자살할 생각으로 페르호틴 집에서 총알을 장전했었으나 모크로예에서 트리폰 보리시치에게 몰래 도둑맞은 권총, 그루셴카에게 3천 루블을 주려고 마련했던 봉투, 그 봉투를 묶었던 가느다란 장밋빛 리본, 그리고 일일이 기억할 수 없을 만큼 많은 증거물들이 놓여 있었다. 거기서 조금 떨어진 후미진 곳에는 방청석이 마련되어 있었고, 난간 앞에는 이미 오래전에 증언을 마쳤지만 법정에 계속 남아 있게 될 증인들을 위한 안락의자 서너 개가 놓여 있었다. 10시가 되자 재판장, 배심 판사, 명예 치안 판사로 구성된 재판관 세 사람이 출정했다. 물론 검사도 곧 출정했다. 재판장은 쉰 살 정도 되어 보였고, 보통 사람 키보다 약간 작은 땅딸막한 사내로, 안색으로 볼 때 치질을 앓는 듯했고 짧게 깎은 검은 머리에는 드문드문 흰머리가 섞여 있었으며, 붉은 리본을 달고 있었는데 그것이 무슨 훈장이었는지는 필자도 기억하지 못한다. 필자가 보기에 검사는, 아니 필자뿐만 아니라 모든 사람의 눈에도 마찬가지였겠지만, 안색이 거의 초록빛을 띨 정도로 창백했는데, 겨우 이틀 전에 필자가 직접 그를 보았기에 알 수 있는 바이지만 무슨 일 때문인지 하룻밤 사이에 급격히 수척해진 모습이었다. 재판장은 먼저 법원 서기에게 배심원들이 모두 출정했는지 물었다. 그러나 필자는 이런 식으로는 계속 묘사해 나갈 수 없다는 것을 잘 알고 있다. 왜냐하면 어떤 대목은 제대로 듣지 못하기도 했고, 때로는 명확히 이해하지 못하는 경우도 있었으며, 또한 다 기억해 낼 수도 없기 때문이다. 그러나 중요한 사실은 필자가 앞서 밝힌 바와 마찬가지로 법정에서 일어난 일이나 쌍방 간에 서로 오고 간 이야기들을 일일이 다 기억해 낸다면, 그야말로 시간이나 지면이 모두 모자랄 것이기 때문이다. 필자는 다만 배심원들이나 쌍방, 즉 변호사와 검사가 그렇게 많이 동원되지는 않았다는 사실을 알고 있을 뿐이다. 필자의 기억으로 배심원들의 수효는 열두 사람이었다. 우리 고장의 관리 네 사람과 상인 두 사람, 농부와 프티 부르주아 여섯 사람이었다. 필자는 재판 시작 훨씬 전부터 우리 고장 사교계에서, 특히 부인들이 경악을 금치 못하는 표정으로, 〈정말이지 이렇게 미묘하고 복잡한 심리적 사건을 저런 관리들이나 농부들의 결정적인 판결에 맡기다뇨? 저따위 관리나 농부 들이 이런 사건을 어떻게 이해할 수 있겠어요?〉라며 서로 묻던 일을 기억하고 있다. 사실 배심원이 된 네 사람의 관리는 관등이 낮은 하찮은 백발노인들로서(그들 중에서 한 사람은 약간 젊은 편이었다), 우리 고장 사교계에서 이름도 잘 알려지지 않았고, 쥐꼬리만 한 생활비로 근근이 살림을 꾸려 나가며 누구한테도 내보인 적이 없는 쭈그렁뱅이 마누라와 어쩌면 신발도 제대로 신지 못하고 돌아다니는 아이들을 거느린 채 어느 구석에선가 카드놀이로 시간을 보내면서 책이라곤 한 권도 읽지 않았을 그런 위인들이었다. 상인 두 사람은 제법 심각한 표정을 짓고 있었으나, 어찌 된 셈인지 이상하다는 생각이 들 정도로 입을 꼭 다문 채 미동도 하지 않고 있었다. 그중 한 사람은 수염을 박박 민 채 독일식 복장을 하고 있었으며, 허연 턱수염을 기른 다른 한 사람은 목에 어떤 메달이 달린 붉은 리본을 달고 있었다. 프티 부르주아들과 농부들에 대해서는 더 말할 필요도 없다. 스콧플리고니옙스크 출신의 프티 부르주아들은 농부들과 거의 다를 바가 없어서 호미질까지 하고 있는 실정이었다. 그중 두 사람도 역시 독일식 옷차림을 하고 있었는데, 어쩌면 그것 때문에 외모상 나머지 네 사람보다 더 지저분하고 불쾌한 감을 주었는지도 모른다. 그러므로 필자가 그들을 관찰했을 때 〈저따위 위인들이 이런 사건을 어떻게 이해한다는 거야?〉라는 생각이 들었던 것과 마찬가지로, 누구든 당연히 그와 유사한 생각을 품었을 것이다. 그럼에도 불구하고 그들은 거의 위협적인 억지 표정을 얼굴에 드러내면서 근엄한 모습으로 인상을 잔뜩 찌푸리고 있었다.

마침내 재판장은 퇴직 9등관 표도르 파블로비치 살해 사건의 심리 개시를 선언했다. 필자는 이때 그가 어떤 표정을 지었는지 전혀 기억하지 못한다. 피고를 출정시키라는 명령이 간수에게 내려졌고, 곧이어 미탸가 등장했다. 그 순간 법정 안은 조용해져서 파리가 날아다니는 소리까지 들릴 정도였다. 다른 사람들에게는 어땠는지 모르겠지만, 미탸의 외모는 필자에게 불쾌한 인상을 주었다. 중요한 사실은 그가 새 연미복을 입은 채 무시무시한 유령 같은 모습으로 나타났다는 점이다. 나중에 필자는 그가 이날을 위해 그의 치수를 보존하고 있던 모스크바의 단골 양복점에 연미복을 주문했다는 사실을 알게 되었다. 더구나 그는 최신 유행의 검은 양피 장갑에 화려한 셔츠를 입고 있었다. 그는 시선을 흐트러뜨리지 않은 채 정면을 바라보며 긴 다리로 뚜벅뚜벅 걸어 들어와서는 조금도 위축되지 않은 표정으로 자기 자리에 앉았다. 그리고 곧이어 명성이 자자한 변호사 페튜코비치가 등장하자, 법정 안에서는 어딘지 모르게 압도당한 웅성거림이 일어났다. 그는 키가 크고 마른 사람으로 다리는 가늘고 긴 데다가 창백한 손가락 역시 굉장히 길고 가늘었으며, 얼굴은 깔끔하게 면도질을 했고, 상당히 짧은 머리칼은 곱게 빗질을 했으며, 얇은 입술에는 간혹 냉소인지 미소인지 모를 애매한 웃음을 머금고 있었다. 외모로는 마흔 살가량 되어 보였다. 그의 눈은 작고 무표정했으며 눈과 눈 사이가 너무 좁아 얄팍한 코가 겨우 자리 잡은 것 같아서, 그 눈만 아니었더라면 그의 얼굴은 호감을 주었을지도 모른다. 한마디로 말해서 그의 용모는 놀랄 정도로 새를 닮아 있었던 것이다. 그는 연미복 차림에 하얀 넥타이를 매고 있었다. 필자는 재판장이 먼저 미탸에게 성명과 관등 등을 물었던 것으로 기억한다. 미탸는 분명히 대답했지만, 뜻밖에도 그 대답이 너무 커서 재판장은 고개를 가로저으며 깜짝 놀란 눈으로 그를 바라보았다. 이어서 재판 심리를 위해 소환된 사람들, 즉 증인들과 감정인들의 명단이 호명되었다. 그 명단은 꽤나 길었다. 증인들 중에서 네 사람은 출두하지 않았다. 예심에서 증언한 바 있으나 현재는 파리에 가 있는 미우소프, 병환 중에 있는 호흘라코바 부인과 지주 막시모프, 갑작스럽게 자살한 스메르댜코프가 그들이었다. 스메르댜코프의 죽음에 대해서는 경찰의 증명서가 제출되었다. 스메르댜코프에 대한 소식으로 법정 안은 온통 벌집을 쑤셔 놓은 듯 소란과 웅성거림이 일어났다. 물론 대부분의 방청객들은 스메르댜코프의 갑작스러운 자살에 대해 알지 못하고 있었다. 그러나 특히 충격적이었던 것은 미탸의 돌발적인 언행이었다. 스메르댜코프의 소식이 전해지자, 그는 별안간 피고석에서 법정이 떠나갈 정도로 고함을 질러 댔던 것이다.

「그 개자식이 죽어 버리다니!」

그의 변호사가 달려가고, 또 재판장이 그에게 위협적인 말투로 다시 한번 그런 언동을 한다면 엄중한 조치를 내리겠다고 말한 것 등을 필자는 기억하고 있다. 미탸는 간간이 고개를 끄덕였지만, 전혀 뉘우치는 기색을 보이지 않은 채 변호사를 향해 이렇게 여러 차례 속삭였다.

「앞으론 그러지 않겠어요, 그러지 않겠습니다! 입을 다물고 있겠습니다! 다시는 그러지 않겠습니다!」

물론 이 짧은 에피소드가 배심원들과 방청객들의 판단에 불리하게 작용했음은 더 말할 나위도 없다. 그는 자신의 성격을 그대로 드러냈고, 또 나서서 스스로 그것을 공개한 꼴이 되고 만 것이다. 이런 인상이 채 가시기도 전에 법원 서기에 의해 기소장이 낭독되었다.

그것은 상당히 짧으면서도 꼼꼼하게 작성되어 있었다. 거기에는 피고가 구속된 이유와 재판에 회부된 이유 등등 가장 핵심적인 기소 사유들만이 기록되어 있었다. 그렇지만 그것은 필자에게 매우 강한 인상을 심어 주었다. 법원 서기는 낭랑한 목소리로 또박또박 소리 높여 읽어 나갔다. 그 모든 비극은 운명적이면서도 가혹한 빛을 받으며, 다시 한번 만인 앞에서 집중적으로 뚜렷하게 부각되었다. 필자는 낭독이 끝난 후 재판장이 미탸를 향해 설득 조의 우렁찬 목소리로 이렇게 묻던 일을 지금도 생생하게 기억할 수 있다.

「피고, 피고는 자신의 유죄를 인정합니까?」

미탸는 갑자기 자리에서 벌떡 일어섰다.

「술을 마시고 방탕한 생활을 한 것에 대해서는 유죄를 인정합니다.」 뜻밖에도 그는 거의 광적인 목소리로 다시 한번 이렇게 외쳐 댔다. 「나태한 생활과 난동을 부린 사실에 대해서도 말입니다. 운명의 채찍질을 받은 바로 그 순간에도 나는 영원히 정직한 인간으로 남아 있고 싶었던 것입니다! 그러나 그 노인, 나의 원수인 아버지의 죽음에 대해서는 죄가 없습니다! 아버지의 돈을 강탈했다는 기소에 대해서도, 아니, 아니, 절대 죄가 없습니다, 나는 무죄입니다. 드미트리 카라마조프는 비열한 인간이긴 하지만, 도둑놈은 아닙니다!」

이렇게 소리치고 난 뒤 그는 온몸을 부르르 떨며 자리에 주저앉았다. 재판장은 다시 한번 그를 향해 쓸데없는 소리를 늘어놓거나 흥분해서 고함을 지르지 말고, 묻는 말에만 대답하라고 설교 조로 간단한 주의를 주었다. 이어서 재판장은 재판의 심리를 지시했다. 선서를 하기 위해 모든 증인들이 입장했다. 그때 필자는 그들을 한꺼번에 볼 수 있었다. 그러나 피고의 형제들에게는 선서가 생략된 증언이 허용되었다. 신부의 설교와 재판장의 주의가 끝나자, 증인들은 제각기 떨어져 앉도록 자리를 배정받았다. 이어서 한 사람씩 호명되기 시작했다.

2 위험한 증인들

 검사 측 증인들과 변호사 측 증인들이 재판장에 의해 그룹별로 구분되었는지, 그들이 어떤 순서로 호명되었는지에 대해서 필자는 아는 바가 없다. 하지만 그런 순서가 틀림없이 있었을 것이다. 필자는 단지 검사 측 증인들이 먼저 호명되었던 사실을 알고 있을 뿐이다. 다시 한번 반복해서 말하지만 필자는 모든 신문 내용을 일일이 다 묘사할 생각이 전혀 없다. 게다가 필자의 묘사는 부분적으로는 사족에 지나지 않을지도 모른다. 왜냐하면 법정 토론이 시작되었을 때, 검사와 변호사의 진술들 속에서 그간 채집된 모든 증언들의 경로와 의미는 마치 동일한 관점에서 사건을 바라보고 있기라도 하듯 분명하면서도 특징적으로 드러났기 때문이다. 그렇지만 필자는 두 사람의 뛰어난 법정 진술을 적어도 몇몇 군데 완벽하게 기록해 두었으므로 적당한 때에 독자들에게 전할 것이며, 또한 법정 논쟁이 벌어지기 전에 돌출적으로 발생하여 재판의 무시무시한 숙명적 결말에 틀림없이 영향을 주었을 한 가지 예기치 않은 에피소드를 전할 생각이다. 아무튼 필자는 재판이 시작되는 첫 순간부터 모든 사람들에 의해 유죄가 입증된 이 〈사건〉의 어떤 특성이 명확하게 드러났다는 사실만은 지적하는 바이다. 그것은 재판을 유죄로 몰고 가려는 특별한 힘이 변호사가 확보한 자료들보다 상대적으로 강하게 작용했다는 점이다. 그 무서운 법정 안에서 모든 사실들이 집중되고 분류되어 공포의 사건 전모와 핏자국의 내막이 겉으로 드러나기 시작한 첫 순간부터 모든 사람들은 그 점을 깨달았다. 아마도 모든 사람들은 그것이 이론의 여지가 없는 사건으로, 거기엔 더 이상 한 점의 의혹도 없고 본래 어떤 변론도 필요 없으나 변론은 단지 형식상 진행될 뿐이며, 죄인은 유죄, 너무나 명백하고 결정적인 유죄라는 사실을 벌써 깨닫고 있는 것 같았다. 나는 관심을 집중시키고 있는 피고의 무죄를 애타게 고대하는 모든 부인들조차 한결같이 당시 그의 유죄를 확신하고 있다는 생각이 들었다. 게다가 그들은 미탸의 유죄가 그토록 명백해지지 않았더라면 오히려 슬퍼했을지도 모른다는 생각조차 들었다. 왜냐하면 죄인의 무죄가 선고될 때 대단원의 극적 효과가 사라질지도 모르기 때문이었다. 하지만 이상스럽게도 부인들은 모두 마지막 순간까지 〈유죄이긴 하지만 지금 휩쓸고 있는 새로운 사상, 새로운 감정 같은 인도주의적 차원에서 무죄 판결을 내리게 될 거야〉라고 생각하며 그가 무죄 판결을 받을 거라고 틀림없이 확신하고 있었다. 부인들은 그것을 목격하기 위해 조바심을 내며 이곳에 몰려들었던 것이다. 남자들은 검사와 명성이 자자한 페튜코비치 사이의 논쟁에 더 많은 관심을 보였다. 페튜코비치처럼 재능이 뛰어난 사람일지라도 이렇게 절망적인 사건, 빈껍데기에 불과한 사건에서는 대처하기 힘들다는 의문을 품으면서 깜짝 놀란 얼굴로 그의 행동거지 하나하나를 매우 조심스럽게 지켜보고 있었다. 하지만 페튜코비치는 마지막 순간까지, 변론이 시작되기 전까지 모두에게 수수께끼 같은 존재였다. 산전수전 다 겪은 사람들은 그가 체계를 갖추고 있고, 벌써 묘책을 마련해 놓았으며, 사전에 목표도 가지고 있다는 사실을 예감했지만, 그것이 무엇인지 알아맞히기란 거의 불가능한 일이었다. 그의 두 눈에도 확신과 자신감이 깃들어 있었다. 그뿐만 아니라 그는 우리 읍에 잠시, 그러니까 겨우 사흘밖에 체류하지 않았지만 놀랍게도 사건의 진상을 완전히 파악하고 〈그것을 정확히 분석해 낼 수 있었다〉는 점에서 만족스럽게 생각하고 있었다. 예를 들면 그는 모든 검사 측 증인들을 적절한 시기에 〈불러내어〉 최대한 당황하게 만들고, 그들의 도덕적 명성을 손상시킴으로써 그 증언들도 의심이 가도록 만들었던 것이다. 그러나 사람들은 그런 일을 하는 것은 고작 유희, 다시 말해서 변호사의 상투적 수단을 녹슬게 하지 않으려는 법률가의 재치에 지나지 않는다고 추측했다. 왜냐하면 그가 이런 〈먹칠〉 따위로는 어떤 이득도 얻어 낼 수 없다는 사실을 한결같이 확신하고 있었고, 어쩌면 그는 어떤 생각을 가슴 깊이 품고 있다가 아직 숨겨 둔 변론의 무기를 때가 되면 갑자기 꺼내리란 사실을 누구보다 잘 알고 있을지도 모르기 때문이었다. 그러나 어쨌든 지금으로선 자신의 역량을 의식하면서, 마치 장난을 치며 노닥거리고 있는 듯했다. 예를 들면 〈정원 쪽으로 난 문은 열려 있었다〉는 중대한 증언을 했던 표도르 파블로비치의 전 하인 그리고리 바실리예비치 노인의 신문 시간에, 변호사는 자기 차례가 되자 그에게 끈질기게 질문을 던졌던 것이다. 한 가지 지적하고 넘어갈 것은, 그리고리 바실리예비치 노인은 법정에 들어섰을 때 법정의 중압감이나 수많은 방청객들의 존재에 조금도 위축되지 않고 태연하고 당당한 모습을 띠고 있었다는 사실이다. 그는 자신의 처 마르파 이그나티예브나와 단둘이 대화를 나눌 때처럼 자신 있게, 그러나 약간 더 정중하게 증언했다. 그를 혼란에 빠뜨리기란 불가능했다. 처음에 검사는 카라마조프에 관한 상세한 내막을 그에게 물어보았다. 가족의 생활 단면이 명백히 드러나고 말았다. 솔직하며 편견이라곤 전혀 갖지 않은 사람이라는 사실을 그의 언행으로 알 수 있었다. 전 주인에 대해서는 깊은 존경심을 가지고 회고했지만, 예를 들면 그는 옛 주인이 미탸에게 공정하지 못했으며, 〈아이들을 그런 식으로 키워서는 안 된다. 저분은 어렸을 때 내가 없었으면 이한테 물려 죽었을지도 모른다〉고 증언한 후, 미탸의 어린 시절에 대해 언급하면서 〈어머니로부터 물려받은 아들의 영지를 아버지가 가로챘다는 사실은 수치스러운 일〉이라고 덧붙였다. 그러나 표도르 파블로비치가 아들의 재산을 가로챘다고 주장하는 근거가 무엇이냐는 검사의 질문에 대해서, 그리고리 바실리예비치는 놀랍게도 타당성 있는 근거를 전혀 대지 못했지만 아들과의 계산은 〈올바르지 못했다〉, 〈몇천 루블은 더 주었어야 했다〉고 주장했다. 이야기가 나온 김에 지적해 두면, 검사는 나중에 표도르 파블로비치가 미탸에게 실제로 돈을 완전히 지불하지 않았느냐며 모든 증인들에게, 알료샤와 이반 표도로비치뿐만 아니라 대답할 만한 입장에 있는 모든 사람들에게 줄기차게 질문을 던졌다. 하지만 어떤 증인으로부터도 정확한 진상을 알아내지 못했다. 모든 사람들이 그건 사실이라고 주장했으나 보다 확실한 증거는 대지 못했던 것이다. 식사 시간에 드미트리 표도로비치가 달려들어 아버지를 구타하고는 다시 찾아와 죽여 버리고 말겠다고 협박하는 장면을 그가 증언하자, 법정 안은 음울한 분위기가 감돌았다. 늙은 하인이 침착한 태도로 꼭 필요한 말만 하는 독특한 말투로 설명한 것이 오히려 무서운 달변처럼 작용했던 것이다. 그는 미탸에게 얼굴을 얻어맞고 쓰러졌던 모욕에 대해 분하게 생각하지도 않으며, 이미 오래전에 용서한 일이라고 말하기도 했다. 또한 죽은 스메르댜코프에 대해서는 성호를 그으며 재능 있는 젊은이였지만 어리석고 병으로 고생했으며 무신론자라는 점이 나쁜데, 표도르 파블로비치와 큰아들이 무신론을 가르쳤다고 증언했다. 그러나 스메르댜코프의 정직성에 대해서만큼은 핏대를 올려 가며 확신하면서, 한때 스메르댜코프가 주인이 떨어뜨린 돈을 주워서 자기가 착복하지 않고 돌려준 상으로 〈금화 한 닢을 선물로〉 받았을 뿐만 아니라, 그때부터 신임을 얻게 되었다고 설명했다. 정원 쪽 문이 열려 있었다는 사실은 끝까지 고집을 피웠다. 그러나 질문들이 너무 많았기 때문에 마침내 변호사에게 질문의 차례가 돌아가자, 그는 표도르 파블로비치가 〈어떤 여자〉를 위해 3천 루블을 넣어 둔 것 〈같다〉는 봉투에 관한 질문부터 착수했다. 〈당신이 직접 그 봉투를 목격하셨습니까? 여러 해 동안 주인을 가까이에서 모셔 왔으니 묻는 겁니다.〉 그리고리는 직접 본 일도 없으며, 〈모두가 알게 된 지금에 이르기 전에는〉 다른 사람한테서도 그런 돈 이야기는 전혀 들은 적이 없다고 대답했다. 페튜코비치는 봉투에 관해 증인들 중에서 대답할 만한 위치에 있는 사람들에게는 모두 같은 질문을 던졌다. 검사가 재산 분배에 관해 신문했을 때와 마찬가지로 그는 집요하게 매달렸으나, 이야기는 많이 들었지만 봉투를 직접 보지는 못했다는 한결같이 똑같은 대답뿐이었다. 이 질문에 대한 변호사의 집착은 처음부터 눈치챌 수 있었다.

「괜찮으시다면 당신한테 한 가지 질문을 더 드려도 좋겠습니까?」 페튜코비치는 별안간 뜻밖의 질문을 던졌다. 「예심에서 밝히신 대로 당신은 바로 그날 저녁 잠자리에 들기 전에 요통을 참다못해 통증을 멎게 하려고 복용하셨다는 화주(火酒)인가 과일주인가 하는 그 약은 무엇으로 만드신 건가요?」

그리고리는 한동안 말을 잊은 채 멍하니 심문자를 바라보고 있다가 이렇게 중얼거렸다.

「샐비어를 넣어서 만들었습니다.」

「샐비어뿐인가요? 무엇을 더 넣었는지는 기억나지 않나요?」

「질경이도 넣었습니다.」

「고추를 넣었을지도 모르겠군요?」 페튜코비치의 호기심이 발동하는 것 같았다.

「고추도 넣었습니다.」

「그러면 다른 것도 넣었겠군요. 그걸 모두 물에 담그셨습니까?」

「주정(酒精)에 담갔습니다.」

법정에서는 웃음소리가 터져 나왔다.

「역시 알코올 주정에 담그셨군요. 등을 닦아 낸 다음, 술병에 남은 나머지를 당신 부인밖에 모르는 신통한 주문을 외우면서 마셨지요, 그렇지 않습니까?」

「그렇습니다.」

「많이 마셨나요? 예를 들면 작은 잔으로 한 잔, 아니면 두 잔?」

「물컵으로 마셨습니다.」

「아, 물컵으로 드셨군요. 아마도 한 잔 반쯤 됐던가요?」

그리고리는 입을 다물었다. 왜 그런 질문을 하는지 눈치챘던 것이다.

「순수 주정을 물컵으로 한 잔 반 마셨다면 기분이 상당히 좋을 텐데, 어떻게 생각하시죠? 정원 쪽 문이 아니라 〈천국의 문이 열린 것〉을 보실 수도 있겠군요?」

그리고리는 입을 굳게 다물고 있었다. 법정 안에서는 다시 웃음소리가 터져 나왔다. 재판장은 몸을 약간 뒤척였다.

「분명히 잘 모르는 것 아닙니까?」페튜코비치는 점점 더 집요하게 물고 늘어졌다. 「정원 쪽 문을 보셨다는 그때 혹시 잠들어 있던 것은 아닌가요?」

「엄연히 깨어 있었습니다.」

「그것만으로는 잠들어 있지 않았다는 것에 대한 증거가 되지 않아요(법정에서는 계속해서 웃음소리가 터져 나왔다). 그때 만일 누군가가 당신한테, 예를 들면 올해가 서기 몇 년이냐고 묻는다면 대답을 하실 수 있었겠습니까?」

「그건 모르겠습니다.」

「올해가 서기로, 그러니까 그리스도께서 탄생하신 지 몇 해째가 되는지 알고 계십니까?」

그리고리는 자신을 괴롭히는 변호사를 뚫어질 듯 바라보며 당황한 모습으로 서 있었다. 이상하게도 그는 사실 올해가 서기로 몇 년인지 모르고 있는 것 같았다.

「그렇다면 당신 손에 손가락이 몇 개인지는 아시겠지요?」

「저는 비천한 놈입니다.」그리고리는 갑자기 큰 소리로 또박또박 말하기 시작했다. 「만일 나리께서 저를 비웃으시는 거라면 참는 수밖에 없겠지요.」

페튜코비치가 약간 주춤거리는 것 같은 순간 재판장은 변호사에게 사건에 좀 더 합당한 질문을 던지라고 마치 훈계하듯 주의를 주었다. 페튜코비치는 주의를 듣자 정중하게 인사를 한 다음, 자신의 질문은 그것으로 끝났다고 말했다. 물론 방청석이나 배심원석에서는 치료가 필요한 상황에서 〈천국의 문을 볼〉 가능성이 있으며, 그리스도 탄생 이후 몇 해가 되는지조차 모르는 사람의 증언에 한 가닥 의문을 품게 되었다. 어쨌든 변호사는 자신의 목적을 달성한 셈이었다. 그러나 그리고리가 자리에서 물러나기 전에 다시 에피소드가 벌어졌다. 재판장은 배심원들 쪽으로 고개를 돌려 지금 막 끝난 증언에 할 말이 없느냐고 물었다.

「문에 관한 증언 외에는 모두 진실입니다.」 미탸가 큰 소리로 말했다. 「이를 잡아 주었던 점에 대해 감사드리며, 내가 구타했던 것을 용서해 준 점에 대해서도 감사를 드립니다. 저 노인은 평생 정직하게 살아오신 분이며, 7백 마리 삽살개만큼이나 아버지에게 충성했지요.」

「피고, 말을 삼가시오.」 재판장이 준엄하게 말했다.

「나는 삽살개가 아닙니다.」 그리고리 노인도 중얼거렸다.

「그렇다면 내가 삽살개입니다, 내가!」 미탸가 고함을 질렀다. 「만일 모욕적이라고 생각하신다면 그 호칭은 내가 받아들이겠습니다. 그리고 내가 노인한테 잔인한 짐승이나 다름없었던 점에 대해서 용서를 빕니다. 그러나 이솝에게도 잔인하긴 마찬가지였죠.」

「아니, 이솝이라니?」 재판장은 다시 엄숙한 표정으로 고개를 쳐들었다.

「피에로…… 그러니까 아버지 표도르 파블로비치 말입니다.」

재판장은 미탸에게 표현을 좀 더 신중하게 선택하라며 준엄하면서도 감동적인 어조로 거듭 주의를 주었다.

「피고는 그런 표현으로 재판관들의 판결에 스스로 화를 재촉하고 있는 것이오.」

변호사는 증인 라키틴의 신문 때에도 전과 마찬가지의 민

첩한 솜씨를 발휘했다. 나는 라키틴이 의심할 나위 없이 검사조차 소중하게 생각했을 만큼 가장 중요한 증인들 중 한 사람이었다는 사실을 지적하는 바이다. 그는 사건의 전반적인 내용을 알고 있었으며, 놀랍게도 많은 사실을 알고 있었고, 모든 사람들의 집을 찾아다니며 만나고 대화를 나누어 표도르 파블로비치뿐만 아니라 카라마조프 일가 전체의 내력에 대해서 생생하게 알고 있음이 판명되었다. 사실 3천 루블이 든 봉투에 대해서만큼은 미탸로부터 직접 들었던 것이다. 대신 〈스틀리치니 고로트〉라는 선술집에서의 미탸의 행적을, 미탸에게 불리한 영향을 준 그의 언행을 자세히 묘사했으며, 스네기료프 대위의 〈수세미〉 사건에 대해서도 증언했다. 그러나 영지 처분 문제와 관련하여 표도르 파블로비치가 미탸에게 줄 돈이 남았느냐 하는 특별한 쟁점에 관해서는 라키틴도 확실히 증언하지 못한 채 모욕적인 말투로 대략적인 개요를 지껄여 댔을 뿐이다. 〈뒤죽박죽인 카라마조프 일가에 대해 누가 죄인인지, 누가 아닌지 골라낼 수 있겠느냐고 떠들어 대는 실정이니, 그런 집안은 그 누구도 이해하지 못하며 정의를 내릴 수도 없지 않겠습니까?〉 그는 피고가 저지른 범죄의 모든 비극이 적절한 제도가 없는 상태에서 고통을 안겨 주며, 무질서에 빠진 러시아에 압박을 가하는 농노제의 부패한 윤리적 산물인 것처럼 묘사했다. 간단히 말해 진술할 기회를 얻은 셈이었다. 재판 진행 과정에서 라키틴은 처음부터 자신을 드러내어 주목받게 된 것이었다. 검사는 증인이 잡지에 이 범죄에 관한 논문을 발표할 계획이란 사실을 알고는 자신의 논고 속에서(잠시 후 보게 될 것이다) 그 논문의 일부를 인용했으며, 이미 그 내용을 알고 있는 것 같았다. 증인이 묘사한 광경은 음울하고 운명적인 것이어서 〈유죄 판결〉을 강력하게 뒷받침해 주었다. 대체로 라키틴의 진술은 그 사상의 독자성이나 비약의 독특한 우아함으로 인해 방청객들의 마음을 사로잡았다. 농노제와 무질서로 고통받는 러시아에 관한 대목에서는 별안간 두세 차례 박수가 터져 나왔다. 그러나 아직 젊은 나이의 라키틴은 변호사로부터 즉각 반격을 받는 작은 실수를 저지르고 말았다. 그루셴카에 관한 질문에 대답하면서 그는 자신의 성공을 인식한 나머지, 성취감과 마냥 고취된 고상함에 빠져들어 아그라페나 알렉산드로브나를 약간 경멸하려는 듯 〈삼소노프 상인의 애첩〉처럼 표현했던 것이다. 페튜코비치가 당장 그 실언을 물고 늘어졌기 때문에 그는 자신이 내뱉은 말 한마디를 취소하기 위해 얼마나 비싼 대가를 치렀는지 모른다. 그토록 짧은 시간 안에 변호사가 사건의 은밀한 내막까지도 간파할 수 있을 것이라고 라키틴이 예상하지 못했기 때문에 벌어진 일이었다.

「궁금한 점이 있군요.」 변호사는 자신이 질문할 차례가 되자, 너무나 인간적이면서도 정중한 미소를 지으며 말문을 열었다. 「물론 당신은 정교회 감독관구본부(監督管區本部)에서 발간한 『조시마 장로의 당목(唐木) 속의 생애』라는 소책자의 저자 라키틴 씨가 맞습니까? 그 책은 심오한 종교적 사상으로 충만하고 장로님에 대한 탁월하고 경건한 헌정이 넘치는 책으로서, 나는 얼마 전에 대단히 만족스럽게 읽을 수 있었습니다만.」

「나는 출판을 하려고 쓴 것이 아닙니다만⋯⋯. 나중에 출판되고 말았습니다.」 라키틴은 갑자기 무엇엔가 압도된 듯이 부끄러워하며 중얼거렸다.

「오, 멋진 일이로군요! 당신 같은 사상가는 사회의 온갖 현상을 대단히 광범위하게 다룰 수도 있으며, 또 다루어야 하겠지요. 장로님의 가호 덕택에 너무나 유익한 당신의 소책자는 널리 보급되었고, 상당히 유익한 결과를 가져왔습니다……. 그러나 중요한 사실은 본인이 당신에게 흥미를 갖게 되었다는 점입니다. 당신은 스베틀로바 양과 아주 가까운 사이라고 방금 진술하시지 않았습니까(그루센카의 성이 〈스베틀로바〉임이 판명되었다. 필자는 그날 재판이 진행되는 과정에서 처음으로 그 사실을 알게 되었다)?」

「내가 알고 있는 사람들 모두에 대해 책임질 수는 없습니다……. 나는 젊은 사람입니다…… 그리고 만나는 사람 모두에 대해서 누구도 책임질 수 없는 법입니다.」 라키틴은 얼굴이 홍당무가 되었다.

「알고 있습니다, 잘 알고 있습니다!」 페튜코비치는 오히려 당황하여 급히 사과라도 하려는 듯 이렇게 소리쳤다. 「이 고장 젊은이들이 앞다퉈 자신의 꽃으로 삼으려는 그 아름답고 젊은 여인에 대해 당신도 다른 사람들과 마찬가지로 관심을 가질 수는 있겠지요……. 하지만 짚고 넘어가야 할 사실이 있습니다. 우리가 알고 있듯이, 스베틀로바 양은 2개월 전에 카라마조프 형제들 가운데 막내인 알료샤 표도로비치 씨와 너무나 사귀고 싶은 나머지 그를 자신에게 데려오면, 그것도 법의를 입은 채 말입니다, 그를 자신에게 데려오기만 하면 당신한테 25루블을 지불하겠다고 약속했었지요? 이미 알려졌듯이, 그것은 본 재판의 토대가 되는 그 비극적 참변이 벌어졌던 바로 그날 저녁이 아닙니까? 당신은 알렉세이 카라마조프 씨를 스베틀로바 양한테 데려다주고는, 그때 스베틀로바 양으로부터 사례금으로 25루블을 받았지요? 그것이 내가 당신한테서 듣고 싶은 이야기입니다.」

「그건 장난이었습니다……. 나는 당신이 어째서 그 일에 관심을 보이는지 알 수 없군요. 장난으로 받긴 했지만…… 나중에 돌려줄 생각으로…….」

「틀림없이 받았군요. 하지만 벌써 돌려주셨습니까…… 아닙니까?」

「그건 쓸데없는 질문입니다…….」 라키틴이 중얼거렸다. 「나는 그런 질문에 대답할 수 없어요……. 물론 나는 돌려줄 것입니다.」

재판장이 끼어들었으나 변호사는 라키틴 씨에 대한 신문이 끝났다고 말했다. 라키틴은 약간 체면이 구겨진 채 무대에서 물러나지 않을 수 없었다. 그의 증언이 대단히 고상하다는 인상은 상당 부분 손상되었으며, 페튜코비치는〈보시오, 당신들의 고상한 고발인들이 어떤 작자들인지를!〉하고 방청객들에게 말하듯이 눈으로 그를 전송했다. 필자는 기억에도 생생한 일이 있기에, 여기서 미탸에 대한 에피소드를 생략하고 넘어갈 수는 없다. 라키틴이 그루셴카에 대해 경멸적인 어조로 말하는 데 분개해서 미탸가 별안간 자리에서 일어나〈이 베르나르 같은 놈아!〉하고 소리를 질렀던 것이다. 라키틴에 대한 신문이 끝나고 재판장이 피고를 향해 하고 싶은 말이 없느냐고 묻자, 미탸는 큰 소리로 이렇게 소리쳤다.

「저놈은 본 피고에게도 돈을 꾸러 왔었어요! 더러운 베르나르 같은 놈이자 출세주의자란 말입니다. 하느님도 믿지 않을 뿐만 아니라 장로님도 속였지요!」

물론 미탸는 난폭한 표현 때문에 다시 주의를 받았으나 라키틴은 체면이 말이 아니었다. 퇴역 이등 대위 스네기료프의 증언도 운이 나빴지만, 그건 전혀 다른 이유 때문이었다. 그는 다 떨어진 더러운 옷차림에 진흙투성이 구두를 신었고, 충분한 경고와 사전 〈몸수색〉을 받았음에도 불구하고 만취한 상태로 갑자기 법정에 나타났다. 그는 미탸로부터 모욕받은 부분에 대한 질문이 나오자 답변을 거부했다.

「저런 사람은 그냥 내버려 두세요. 우리 일류셰치카가 부탁했거든요. 하느님께서 나중에 보상해 주시겠지요.」

「누가 당신한테 아무 말도 하지 말라고 부탁했단 말입니까? 누구 이야기를 하는 겁니까?」

「일류셰치카, 우리 아들이지요. 〈아빠, 아빠, 그 사람이 아빠를 멸시했죠!〉 그 애는 바위 옆에서 그렇게 말했는데. 지금은 죽어 가고 있어요…….」

퇴역 이등 대위는 갑자기 오열을 터뜨리며 재판장 발밑에 털썩 주저앉았다. 그는 방청객들의 비웃음을 받으며 곧 끌려나갔다. 그래서 검사가 준비했던 효과는 전혀 거둘 수 없었다.

변호사는 온갖 방법을 다 동원했으며, 사건의 세세한 부분까지 모두 파악하고 있었다는 점에서도 점점 더 사람들을 놀라게 만들었다. 예를 들면 트리폰 보리시치의 증언은 강한 인상을 주었는데, 물론 미탸에게는 상당히 불리한 내용이었다. 그는 마치 손가락이라도 꼽을 듯이 미탸가 참변이 있기 한 달 전쯤 모크로예에 처음으로 왔을 때 쓴 돈이 3천 루블 이하는 아니라며, 〈그렇더라도 3천 루블에 약간 못 미칠 수는 있겠지요. 집시 처녀들한테만도 얼마를 뿌렸는데요! 이가 들끓는 농부 놈들한테도 〈은전 한 닢을 길가에 던져 주는 것〉이 아니라, 적어도 25루블짜리 지폐로 뿌려 댔으니, 그 이하는 아니지요. 게다가 당시 놈들이 얼마나 많은 돈을 훔쳐 냈는지 모릅니다! 돈을 훔친 놈은 일단 손모가지를 그냥 두지 않는 법인데, 그 도둑놈들을 어떻게 잡을 수 있겠습니까, 저분이 스스로 마구 뿌리시는 판에! 우리 마을에 사는 놈들은 모두 도둑놈들이고, 영혼도 없는 놈들이죠. 더구나 처녀 애들한테는, 우리 동네의 처녀 애들한테는 또 어땠고요! 우리 동네에 사는 놈들은 그때부터 부자가 되었지요, 전에는 지지리도 가난하던 놈들인데〉라고 증언했다. 한마디로 그는 군데군데 기억을 더듬어 가며 정확히 계산을 해냈던 것이다. 따라서 1천5백 루블 정도만 썼으며, 나머지는 주머니에 넣어 두었다는 가정은 무의미한 것이 되고 말았다. 〈내 눈으로 직접 보았다니까요, 3천 루블이나 되는 돈을 마치 1코페이카처럼 손에 쥐고 있던 것을. 눈으로도 대충 알 수가 있어요. 우리가 계산이 틀릴 리 있나요!〉 하고 트리폰 보리시치는 〈재판부〉의 비위를 맞추려고 온갖 애를 다 쓰면서 외쳐 댔다. 그러나 질문의 차례가 변호사에게 돌아가자, 그의 증언을 반박하지 않으려는 듯 변호사는 마부 티모페이와 또 한 사람의 농부 아킴이 미탸가 만취 상태에서 마룻바닥에 떨어뜨린 1백 루블을 주워서 트리폰 보리시치에게 전해 주자, 그들에게 각각 1루블씩 상으로 주었던 이야기로 화제를 돌렸다. 〈당시 당신은 그 1백 루블을 카라마조프 씨에게 돌려주셨나요?〉 트리폰 보리시치는 이리저리 둘러댔으나 1백 루블을 발견한 농부의 신문이 있고 나자 그 사실을 인정하면서, 당시 드미트리 표도로비치에게 돈을 〈정직하게 돌려드렸습니다만, 저분은 당시 몹시 취하셨기 때문에 본인 자신은 기억하지 못하실 거예요〉

라고 덧붙였다. 그러나 농부들이 증인으로 불려 나가기 전까지는 1백 루블의 존재 자체를 부인했기 때문에 술 취한 미탸에게 돈을 돌려주었다는 그의 증언은 자연히 큰 의혹을 사게되었다. 이처럼 검사가 내세운 가장 위험한 증인들 가운데 한 사람은 다시 의심스러운 존재가 되어 자신의 명예에 먹칠을 한 채 물러나고 말았다. 두 폴란드인 역시 마찬가지였다. 그들은 자신만만하고 당당하게 모습을 드러냈다. 두 사람은 우선 자신들이 〈국왕을 모셨고〉, 〈판(신사) 미탸〉가 자신들의 명예를 매수하려고 3천 루블을 제안했으며, 그의 손에 엄청난 돈이 들려 있는 것을 직접 목격했다고 큰 소리로 증언했다. 판 무샬로비치는 자신의 진술을 폴란드어를 섞어 가며 했는데, 그것이 재판장과 검사의 눈에 스스로를 대단한 사람으로 여기게 만들었다고 생각했는지, 마침내 용기를 내어 완전히 폴란드어로만 떠들어 댔다. 그러나 그들도 페튜코비치의 그물에 걸려들고 말았다. 다시 신문을 받게 된 트리폰 보리시치는 얼버무리는 증언을 했지만, 판 브루블레프스키가 카드를 바꿔치기하고 판 무샬로비치는 전주(錢主)가 되어 카드를 나눠 주었다는 사실을 인정하지 않을 수 없었다. 그것은 자기 차례가 된 칼가노프의 증언에서도 밝혀졌으므로, 두 신사는 방청객들의 비웃음거리가 되는 창피만 당하고 말았다.

뒤를 이어서도 가장 위험한 증인들 거의 모두가 이런 식으로 물러나고 말았다. 페튜코비치는 그들 한 사람 한 사람을 도덕적으로 먹칠해서 콧대를 납작하게 만들어 버렸던 것이다. 애호가들과 법률가들만이 속으로는 감탄해 마지않으면서도 그처럼 중대하고 결정적인 사건에 그런 것 따위가 대체 무슨 소용이 되랴 싶은 의문을 품고 있었다. 왜냐하면 반복해서 말하지만, 유죄 판결은 움직일 수 없는 사실인 데다가 점점 더 절망적으로 기울어 가고 있다는 느낌을 모두 받고 있었기 때문이다. 그러나 사람들은 〈위대한 마술사〉의 침착한 모습을 바라보면서, 〈그런 인물〉이 페테르부르크에서 헛걸음하러 여기까지 왔을 리 없으며, 아무것도 얻지 못하고 그냥 돌아갈 사람이 아니라는 기대감에 차 있었다.

3 의학 감정과 한 푼트의 호두

의학 감정도 피고의 입장에 그리 도움이 되지 못했다. 나중에 판명된 일이지만, 페튜코비치도 그것에 큰 기대를 걸지 않았던 것 같았다. 기본적으로 그것은 일부러 모스크바에서 명성이 자자한 의사를 불러들인 카테리나 이바노브나의 주장 때문에 이루어진 일이었다. 물론 그로 인해 변론에 불리한 일이 발생한 것은 전혀 없으며, 경우에 따라서는 어느 정도 유리하게 작용할 수도 있었다. 그러나 의사들의 견해 차이 때문에 부분적으로는 코미디 같은 상황이 발생하고 말았다. 초빙되어 온 유명한 의사와 우리 고장의 의사 게르첸시투베 그리고 젊은 의사 바르빈스키 세 사람이 감정인이 되었다. 그런데 우리 고장의 두 의사는 검사가 소환한 증인으로만 출두했다. 감정인 자격으로 가장 먼저 신문받은 사람은 의사 게르첸시투베였다. 그는 일흔 살에 달하는 노인인 데다가 백발이 남아 있는 대머리이며, 보통 키에 건강한 체격을 가지고 있었다. 그는 우리 읍내 모든 사람들에게 평판이 좋으며 존경을 받고 있었다. 그는 의사로서도 양심적인 사람이었으며, 훌륭하고 신앙심이 강한 사람으로서 헤른후트파인지 〈모라비아 형제〉파인지 하는 종파에 속해 있었는데, 필자로서도 정확히는 알지 못한다. 그는 우리 읍내에서 아주 오랫동안 살아왔으며 상당한 지위도 누리고 있었다. 그는 선량하고 인간적이며, 가난한 환자들과 농부들을 무료로 치료해 주었고, 오두막과 판잣집 들을 찾아다니며 약값을 주고 오기도 했으나, 노새처럼 고집이 세기도 했다. 그래서 일단 그의 머릿속에 어떤 생각이 떠오르면 그것을 바꾸기란 불가능한 일이었다. 기왕에 말이 나왔으니 하는 말이지만, 초빙되어 온 유명한 의사가 우리 읍내에 체류한 지 2~3일 만에 게르첸시투베 의사의 재능에 모욕적인 언사를 내뱉었다는 소문이 온 읍내에 파다했다. 문제는 모스크바 의사가 왕진료를 25루블 이하로는 받지 않았으나, 몇몇 사람들은 그가 우리 읍내에 온 것을 무척 기뻐하면서 돈을 아까워하지 않고 진료를 받으러 다녔다는 사실이다. 그가 오기 전에는 모든 환자들이 물론 게르첸시투베 의사의 치료를 받았으나, 유명한 모스크바 의사는 사방을 돌아다니며 게르첸시투베의 치료를 사정없이 비판했고, 나중에는 환자를 찾아가서 노골적으로 〈그런데 누가 당신을 이런 지경에 이르게 했지요? 게르첸시투베인가요? 허어, 참!〉 하고 말했던 것이다. 물론 게르첸시투베 의사도 그 사실을 알고 있었다. 그래서 세 의사는 신문에 응하기 위해 한 사람씩 출두했다. 게르첸시투베는 진찰 결과 〈피고의 지적 특성이 비정상적이라고〉 솔직히 털어놓았다. 여기서는 생략하겠지만, 진술을 하고 나서 그는 미탸의 지능이 비정상적인 증세를 보이고 있으며, 중요한 사실은 그것이 피고가 저지른 과거의 수많은 행적들에서뿐만 아니라 지금 이 순간에도 나타나고 있다는 사실이라고 덧붙였는데, 지금 바로 이 순간에도 나타나고 있다는 것이 무슨 뜻이냐는 질문을 받자, 그 노의사는 솔직담백한 성격인지라 기탄없이 털어놓았다. 피고가 법정에 들어올 때, 〈여러 가지 정황상 특이하고 놀라운 동작으로 마치 군인 같은 걸음걸이에 눈은 정면을 응시했지만, 그는 본래 아름다운 여성을 대단히 좋아하는 사람이며, 지금 부인들이 자신에 관해 이야기하고 있다는 점을 여러 차례 생각했을 것이기 때문에 부인들이 앉아 있는 왼쪽을 바라보는 것이 그에겐 더 어울리는 일이었다고 주장하면서〉 노의사는 독특한 어조로 이야기를 끝맺었다. 한 가지 덧붙일 말은, 그의 러시아어는 다변에 유창하기까지 했지만 그의 한마디 한마디에는 독일식 습관이 배어 있었다는 사실이다. 그러나 그는 자신의 러시아어 실력이 〈모범적이며, 러시아 사람들보다도 더 훌륭하다〉고 생각하는 약점을 평생 지니고 사는 사람인 데다가, 러시아 속담이 전 세계 속담 중에서도 가장 뛰어나고 표현이 풍부하다고 확신하면서 러시아 속담을 즐겨 인용했기 때문에 전혀 신경을 쓰지 않았다. 다시 지적하지만, 그는 정신이 산만해서 그렇겠지만 너무나 잘 알고 있는 가장 평범한 단어들조차 잊어버리곤 했다. 그런 단어들은 나중에야 불현듯 머릿속에 떠오르는 것이었다. 그러나 독일어로 말할 때에도 똑같은 일이 벌어지곤 했으며, 그럴 때는 언제나 잊어버린 단어를 찾으려는 듯이 면전으로 손을 내저어, 그의 기억이 되살아나기 전에는 아무도 말을 계속 시킬 수 없었다. 피고가 법정에 들어올 때 부인 쪽을 쳐다보았어야 한다는 그의 지적이 나오자, 방청객들 사이에서 장난기 섞인 속삭임이 들려왔다. 우리 읍내에서는 그 노인을 무척 사랑했으며, 그 노인이 평생 독신으로 지내는 고상하고 대단히 현명한 사람이며 여자들을 뛰어나고 이상적인 존재들로 바라본다는 사실을 잘 알고 있었다. 그러나 뜻밖의 지적에 모든 사람들은 그를 아주 이상하게 여기게 되었다.

모스크바 의사는 자신이 신문을 받게 되자, 피고의 정신 상태가 〈위험 수위에 이를 정도로〉 비정상적이라며 자신만만한 태도로 단호하게 주장했다. 그는 〈현상〉이라든지 〈편집증〉 따위의 어려운 단어를 빈번히 사용했고, 수집된 자료에 따르면 피고는 체포되기 며칠 전 틀림없이 병적 현상을 보였으며, 그가 범죄를 저질렀다면 비록 그것을 의식했다 하더라도 거의 무의식 상태에서 저지른 짓으로, 자신을 지배한 병적인 내적 충동 때문에 그것을 억제할 힘을 상실했던 것이라는 결론을 내렸다. 의사는 전문 용어를 써가며 발작증 외에도 완전한 정신병으로 직결될 조짐을 예고하는 편집증이라는 진단을 내렸다(필자는 필자의 표현대로 이야기를 전하고 있지만 의사는 매우 과학적이고 전문적인 용어로 설명했던 것이다).「피고의 모든 행동은 상식과 논리를 벗어나는 것이었습니다.」의사는 말을 이어 갔다. 「본인은 직접 목격하지 못한 사실, 즉 그 범죄 행위와 그 끔찍한 사건 자체에 대해 아무 말도 하지 않겠습니다만, 피고는 이틀 전 본인과 대화를 나눌 때에도 뭐라고 설명할 수 없는 고정된 시선으로 바라보고 있었습니다. 전혀 그렇지 않은 상황에서 엉뚱한 웃음을 터뜨리기도 했습니다. 피고는 이해하기 힘든 흥분 상태에 줄곧 사로잡혀 〈베르나르니, 윤리니〉하는 말뿐 아니라, 그 밖에도 전혀 엉뚱하고 이상한 이야기를 늘어놓았던 것입니다.」그러나 의사는 피고가 자신의 실패나 모욕에 대해서는 상당히 가볍게 회고하면서도 자신이 누명을 쓰고 있다고 생각하는 그 3천 루블에 대해서는 극도로 흥분하면서 떠들어 대는 편집증에 대해 특별히 파고들었다. 요컨대 참고인들에 따르면, 피고가 그 3천 루블에 대한 이야기가 나올 때면 전과 마찬가지로 언제나 거의 흥분 상태에 빠진 것도 사실이지만, 다른 한편으로 그가 욕심이 없고 청렴한 사람이라고 사람들은 증언했다는 것이다. 〈같은 의학 분야 동료의 견해에 따르면〉 하고 모스크바 의사는 이야기를 마무리하면서 이렇게 냉소적으로 몇 마디 덧붙였다. 「피고는 법정에 들어서면서 정면이 아니라 부인석 방향을 바라보았어야 한다고 했는데, 그 점에 관해 말씀드리면 그런 주장은 언어의 유희일 뿐만 아니라 중대한 과오를 범하는 것이라는 사실을 지적하지 않을 수 없습니다. 피고는 자신의 운명을 결정짓게 될 법정에 들어서면서 똑바로 정면만 쳐다보았으며 그런 그의 행동은 그 순간 그의 정신 상태가 비정상적이라는 징후임을 본인도 인정하긴 하지만, 그러나 그와 동시에 왼편의 부인석 방향이 아니라 오히려 자신의 모든 희망을 도와줄, 자신의 모든 운명이 달린 변론을 맡아 줄 오른편의 변호사 쪽을 바라보았어야 한다고 주장하는 바입니다.」 모스크바에서 온 의사는 단호하면서도 완강하게 자신의 의견을 표명했다. 그러나 마지막으로 신문받은 의사 바르빈스키의 돌출적인 결론은 앞서 진술한 두 전문가의 견해와 일치하지 않음으로써 특별한 희극성이 부여되었다. 그의 견해에 따르면 피고는 지금 예전과 마찬가지로 완전히 정상적인 상태에 있으며, 체포되기 직전에는 사실 극도로 신경이 날카롭고 흥분된 상태이긴 했지만 그것은 질투, 분노, 지속적인 취기 등 수없이 명백한 원인들 때문에 일어날 수도 있다는 것이었다. 그러므로 신경이 예민해진 상태를, 방금 이야기했듯이 특별한 〈발작증〉이라고 결론지을 수는 없다는 것이었다. 게다가 법정에 들어서면서 오른쪽이나 왼쪽을 바라보았어야 한다는 점에 대해서는, 〈자신의 소박한 견해에 따르면〉 피고가 실제로 그랬듯이 정면을 바라보았다는 사실은 지금 자신의 운명을 좌우할 재판장과 배심원들이 정면에 앉아 있기 때문이며, 〈피고가 그렇게 정면을 바라보았다는 사실은 그 순간 그가 아주 정상적인 상태였음을 입증한다〉는 것이었다. 젊은 의사는 자신의 〈소박한〉 견해를 다소 열띤 어조로 진술했다.

「의사, 브라보!」 미탸가 자기 자리에서 소리쳤다. 「바로 그렇습니다!」

물론 미탸는 곧 제지당하고 말았지만, 젊은 의사의 견해는 재판부나 방청객들에게 결정적인 영향을 미쳤다. 나중에 밝혀진 바에 따르면, 그들 모두가 그 의견에 공감했었다. 그런데 증인으로 출석한 의사 게르첸시투베가 완전히 예상을 깨뜨리고 별안간 미탸에게 유리한 증언을 했다. 우리 읍에 오랫동안 살아왔으며 오래전부터 카라마조프 일가를 잘 알고 있던 그는, 〈검사 측〉에 대단히 흥미 있는 몇 가지 진술을 한 후에 무슨 생각이 떠오르기라도 한 듯 갑자기 이렇게 덧붙였다.

「그러나 이 가엾은 젊은이는 비할 데 없이 훌륭한 운명을 누릴 수도 있었습니다. 왜냐하면 어린 시절이나 그 후로도 훌륭한 품성을 지니고 있었기 때문입니다. 나는 그걸 알고 있습니다. 하지만 러시아 속담에도 〈지혜롭다는 것만으로도 좋은 일인데, 지혜 있는 사람이 찾아오는 것은 더욱 좋은 일이니, 지혜가 두 배로 늘어나기 때문이다……〉라고 했습니다.」

「한 가지 지혜만으로도 좋은 일인데, 두 배가 되면 더욱 좋은 일이겠죠.」늙은 의사는 듣는 사람의 입장 따위는 전혀 개의치 않고 느릿느릿하면서 지루한 어조로 이야기할 뿐만 아니라 딱딱하고 자족적인 독일식 경구에 각별한 의미를 부여하면서 말하는 버릇이 있다는 사실을 오래전부터 알고 있던 검사가 더 이상 참지 못하고 이렇게 내뱉었다. 늙은 의사는 경구를 사용하기 좋아했던 것이다. 그는 끈질기게 맞장구를 쳤다.

　「오, 그렇습니다. 내 말이 바로 그겁니다.」의사는 강하게 강조했다.「한 가지 지혜만으로도 좋은 일인데, 두 배가 되면 더욱 좋은 일이겠죠. 하지만 저 사람한테는 지혜로운 사람이 찾아가지 않았기 때문에 자신의 지혜를 허비했던 겁니다…….대체 어찌 된 일이며, 저 사람은 그 지혜를 어디에 허비해 버렸을까요? 저 사람이 그 지혜를 어디에 허비해 버렸냐면, 이런, 기억이 나지 않는군요.」그는 면전으로 손을 내저으며 말을 이어 갔다.「아, 그렇군요. spazieren(방탕)입니다.」

　「방탕 말씀인가요?」

　「그렇습니다. 내 말이 그 말입니다. 저 사람의 지혜는 방탕에 허비되었고, 너무나 깊이 빠져들어서 이성을 잃고 만 것입니다. 그렇지만 저 사람은 감사할 줄도 알고, 감수성도 예민한 청년이었습니다. 오, 나는 저 사람이 갓난아이 시절에 아버지 집 뒤뜰에 버려진 채 단추가 하나밖에 달리지 않은 바지를 입고 맨발로 땅바닥을 뛰어다니던 일이 생각납니다…….」

　늙은 의사의 솔직한 이야기 속에는 동정심을 유발시키는 감동적인 어조가 배어 있었다. 페튜코비치는 뭔가 예감한 듯

몸을 부르르 떨더니 그의 이야기에 지대한 관심을 보였다.

「오, 그렇습니다. 그때는 나도 아직 젊었을 때였는데……. 내가…… 그렇습니다, 내가 마흔다섯 살 때였습니다. 막 이 고장에 도착했을 때였습니다. 나는 그 꼬마가 너무나 가엾어서 1푼트라도 사줘야겠다고 마음먹었던 것입니다……. 그런데 뭐 1푼트였더라? 이름이 잘 생각나지 않는군요……. 아이들이 몹시 좋아하는 것 1푼트였는데, 이름이 뭐였지……?」 의사는 다시 손을 내젓기 시작했다. 「나무에서 자라는 건데, 따서는 사람들한테 나눠 주는……?」

「사과인가요?」

「오, 아닙니다! 푼트, 푼트로 세는 겁니다. 사과라면 푼트가 아니라 개수로 세지요. 아니, 조그맣고 개수가 많은 것이어서 입안에 넣고는 와작 깨뜨리는 건데!」

「호두 말입니까?」

「아, 호두가 맞습니다. 내 말이 그 말입니다.」 의사는 단어가 생각나지 않았을 뿐이라는 듯 천연덕스레 맞장구를 쳤다. 「나는 그 애한테 호두 1푼트를 사다 줬죠. 대체 누가 그 꼬마한테 호두 1푼트를 사다 줬겠습니까? 나는 손가락을 들어 올리며 그 꼬마한테 이렇게 말했었죠. 〈애야, Gott der Vater(성부).〉 그러자 그 애는 생글거리면서 〈성부!〉 하고 따라 하더군요. 그래서 〈Gott der Sohn(성자)〉이라고 했더니, 다시 웃으면서 〈성자〉 하더군요. 또 한 번 〈Gott der Heilige Geist(성령)〉라고 했더니, 역시 웃으면서 〈성령〉 하고 따라 하지 않겠습니까. 그러고 나서 나는 집으로 돌아왔는데, 이틀 후 그 꼬마는 내 곁을 지나다가 〈아저씨, 성부, 성자〉 하고 소리치지 뭡니까. 〈성령〉이란 말만 잊어버렸던 것입니다. 그래서 다시 가르쳐 주었지요. 어쨌든 나는 그 애가 너무나 불쌍하다고 생각했던 것입니다. 그 후로 그 애는 어디론가 보내져 더 이상 만날 수가 없게 되었죠. 그러고는 23년이란 세월이 지난 후 어느 날 아침 사무실에 앉아 있는데, 웬 젊은이가 불쑥 들어오는 것이었습니다. 나는 전혀 알아볼 수가 없었는데, 그 젊은이는 손가락을 들어 올린 채 미소를 지으며 이렇게 말하는 것이었습니다. 〈Gott der Vater, Gott der Sohn, Gott der Heilige Geist(성부, 성자, 성령)! 전 지금 도착하는 길입니다. 호두 1푼트를 주셨던 일에 감사드리러 찾아왔지요. 왜냐하면 그때는 제게 호두 1푼트를 주었던 사람이 아무도 없었거든요. 하지만 아저씨는 제게 호두 1푼트를 주셨어요〉 하고 말입니다. 그래서 나는 행복했던 젊은 시절과 맨발로 마당에 서 있던 가엾은 어린애를 회상하고는 만감이 교차해서 이렇게 말했죠. 〈자네는 감사할 줄 아는 젊은이일세, 자네가 어렸을 때 내가 준 호두 1푼트를 평생 기억하고 있으니 말이야〉 하고 말입니다. 그리고 나는 저 사람을 포옹한 후 축복했었죠. 나는 눈물이 나왔습니다. 저 사람도 웃고는 있었지만, 역시 눈물을 흘렸습니다...... 진정한 러시아인은 울어야 할 때 흔히 웃곤 하거든요. 하지만 저 사람은 눈물을 흘리고 있었고, 나는 그 모습을 지켜보았습니다. 그런데 지금은, 아아!」

「저는 지금도 울고 있습니다, 독일 아저씨. 지금도 울고 있다고요, 당신은 하느님 같으신 분이에요!」 미탸가 별안간 자리에서 이렇게 외쳤다.

어쨌든 이 일화는 방청객들에게 상당히 좋은 인상을 남겼다. 그러나 미탸가 가장 유리한 효과를 본 것은 앞으로 내가 이야기할 카테리나 이바노브나의 증언이었다. 게다가 à décharge

(유리한) 증인들의 증언이, 다시 말해 변호사가 호명한 증인들의 증언이 시작되자, 운명은 별안간 미탸에게 미소 짓는 것처럼 보이기도 했다. 그것은 변호사 측에서도 전혀 예상치 못했던 일이었다. 그러나 카테리나 이바노브나에 앞서 알료샤가 먼저 신문을 받았으며, 문득 그는 유력한 유죄 혐의에 대한 반증이 되는 사실 한 가지를 기억해 냈던 것이다.

4 행운이 미탸에게 미소 짓다

그것은 당사자인 알료샤도 예기치 못한 일이었다. 그는 선서도 요구받지 않고 법정에 나왔는데, 필자는 지금도 검사 측이든 변호사 측이든 쌍방 모두 그를 신문하는 첫마디부터가 그에게 지나치게 상냥하고 호의적이었던 사실을 기억한다. 예전부터 그에 대한 평판이 좋았다는 사실을 금세 알 수 있었다. 알료샤는 겸손하고 침착하게 보였지만, 그가 자신의 불행한 형에 대해 얼마나 뜨거운 동정심을 갖고 있는가 하는 점은 그의 모습 속에 분명히 나타나 있었다. 그는 한 질문에 답변하면서, 자신의 형이 인간으로서 난폭하고 지나치게 감정에 치우친 성격을 가졌는지는 모르지만, 고결하고 자존심 강한 성격을 갖고 있고, 타인에게 항상 너그러울 뿐만 아니라, 만약 누군가 그에게 손이라도 벌렸다면, 기꺼이 희생할 각오까지 되어 있는 성품이라는 점을 강조했다. 물론 그의 형이 최근에 그루셴카에 대한 열정과 그녀를 두고 벌인 아버지와의 경쟁으로 인해 아주 어려운 상황에 놓여 있는 점은 인정했다. 그리고 3천 루블이라는 돈이 미탸의 머릿속에서 거의 일종의 편집광적인 증세를 유발시켰다는 사실과, 자신의 형이 그 돈을 아버지가 강탈한 자기 유산의 일부라고 생각하고 있었다는 사실에 대해서, 그리고 평소에 전혀 탐욕스러운 성격이 아니었음에도 그 3천 루블에 대한 이야기만 나오면 극도로 광분하고, 분노에 떨며, 어찌할 바를 몰랐다는 사실을 인정했다. 그러나 자기 형이 돈을 갈취할 목적으로 아버지를 살해했을 거라는 사실에 대해서는 강력하게 부인했다. 검사의 말대로 이른바 두 〈인물〉, 즉 그루센카와 카탸의 쟁탈전에 대해서 그는 답변을 회피했고, 다른 한두 가지 질문에 대해서는 전혀 대답을 하려 들지 않았다.

「당신의 형은 여차하면, 아버지를 죽이겠다고 말한 적이 있었지요?」 검사가 물었다. 「물론, 답변할 필요가 없다고 생각하시면 답변하지 않으셔도 됩니다.」 검사가 덧붙였다.

「형님은 직접, 그렇게 말한 적은 없었습니다.」 알료샤가 대답했다.

「그럼, 어떻게 말했습니까? 간접적으로 말하던가요?」

「형님은 언젠가 한번, 아버지에 대한 자신의 개인적인 증오심에 대해 말한 적이 있습니다. 형님은 최악의 경우에…… 감정이 극도에 달하면…… 어느 순간에 아버지를 죽일지도 모른다며 자신도 그 점을 두려워했습니다.」

「그럼, 당신은 그 말을 듣고 그런 일이 일어날지도 모른다고 믿었습니까?」

「믿었다고 말할 수는 없습니다. 어쨌든 저는 항상 비극적인 운명의 순간에 틀림없이 어떤 거룩한 감정이 형님을 그 순간에서 구해 내리라는 것을 믿었고, 실제로 그것은 사실이었습니다. 왜냐하면 형님은 아버지를 살해하지 않았으니까요.」 알료샤는 법정이 쩡쩡 울리도록 큰 소리로 말하고는 자신의 답변을 결론지었다. 검사는 마치 나팔 소리를 들은 군마처럼 온몸을 부르르 떨었다.

「나는 아무런 조건도 없이, 또한 불행한 형에 대한 당신의 사랑에 얽매이지 않고 진심에서 우러나온 당신의 그러한 신뢰를 전적으로 믿고 있습니다. 당신의 가정에 일어난 모든 비극적인 사건에 대한 당신의 특별한 의견은 예심 때부터 이미 잘 알려진 사실입니다. 사실대로 말해서, 당신의 그 견해는 매우 독특하며, 검찰에서 수집한 다른 모든 사실들과 배치되는 것입니다. 그래서 말씀이지만, 이젠 어쩔 수 없이 단도직입적으로 질문을 해야겠습니다. 실제로 어떤 사실들이 당신에게 그런 생각을 갖게 했는가 하는 점과, 어떤 점에서 당신의 형이 무죄인가에 대해 결정적으로 확신하게 되었는지, 그리고 그와 반대로 당신이 지난번 예심에서 다른 사람을 범인으로 지목한 점에 대한 증거는 어디에 있는지 답변해 주십시오.」

「저는 예심에서 그저 묻는 질문에 대답을 했을 뿐입니다.」 알료샤는 조용하고 침착하게 말했다. 「그리고 제가 직접 스메르댜코프를 범인으로 지목한 것은 아닙니다.」

「어쨌든 그를 범인으로 지목한 것은 사실이지 않습니까?」

「저는 드미트리 형님이 했던 말을 이야기한 것뿐입니다. 그는 자신이 체포될 당시의 상황과 그 와중에 어떻게 스메르댜코프를 지목하게 되었는지를 신문이 있기 전에 저에게 이야기해 주었습니다. 저는 형님이 범인이라고는 절대 믿지 않습니다. 형님이 아버지를 죽인 것이 아니라면, 범인은 바로……」

「바로 스메르댜코프란 말입니까? 그렇다면 범인이 꼭 스메르댜코프라는 근거는 무엇입니까? 왜 당신은 형이 범인이 아니라는 사실을 그토록 맹신하고 있습니까?」

「저는 형님을 믿지 않을 수 없습니다. 저는 형님이 제게 거짓말하지 않는다는 사실을 잘 알고 있습니다. 형님의 얼굴에서 형님이 제게 거짓말을 하지 않는다는 것을 알았습니다.」

「얼굴만 보고 말입니까? 그것이 당신이 내세울 수 있는 증거의 전부입니까?」

「저는 그 이상의 증거는 갖고 있지 않습니다.」

「그렇다면 스메르댜코프가 범인이라는 증거도 당신 형의 말이나 얼굴 표정 외에는 다른 증거가 없다는 이야기입니까?」

「그렇습니다. 다른 증거는 없습니다.」

이것으로 검사는 신문을 마쳤다. 알료샤의 답변은 방청객들에게 심한 실망감을 안겨 주었다. 재판이 있기 전에 벌써 우리는 스메르댜코프에 대해 누군가가 무슨 이야기인가를 들었다느니, 누가 어떤 증거를 내세웠다느니 하는 이야기를 주고받았었다. 알료샤에 대한 이야기도 있었는데, 그가 자기 형의 무죄를 증명하기 위해서 유력한 증거들을 수집했다느니 하는 이야기도 떠돌았다. 그런데 이렇게 피고의 친동생으로서 당연히 가질 수 있는 도의적인 증거 외에는 아무런 증거도 없었던 것이다.

그다음으로는 페튜코비치가 신문하기 시작했는데, 신문 내용은 주로 다음과 같은 것들이었다. 피고가 자기 아버지에 대한 증오심을 분명히 언제 이야기했으며, 그가 정말로 아버지를 살해할 수 있었을까 하는 점과, 가령 비극이 일어나기 전에 마지막으로 그를 만났을 때 그에게서 들은 말은 없었는가 하는 것들이었다. 알료샤는 그때 답변을 하다가, 문득 무슨 생각이 떠올랐는지 온몸을 부르르 떨었다.

「지금 바로 한 가지 일이 생각났습니다. 저 자신도 까맣게 잊고 있었거든요. 그 당시에는 그것이 분명하지 않았었는데, 이제 생각해 보니…….」

알료샤는 그제야 문득 어떤 기억을 떠올린 것 같았다. 마지막으로 미탸와 만난 날 밤에 수도원으로 향하는 길목의 나무 아래에서 미탸가 자신의 가슴을, 그러니까 정확히 말해서 〈가슴 위쪽〉을 마구 두드리며, 자신의 명예를 회복할 방법이 있다, 그러니까 바로 여기, 바로 그의 가슴에 있다고…… 몇 번이나 되풀이해서 말하던 것을 그는 열심히 기억해 냈다. 「그때, 저는 형님이 자기 가슴을 치는 것이, 자신의 속마음을 이야기하는 것이라고 생각했었습니다.」 알료샤가 계속 말을 이어 갔다. 「그러니까 형님은 저에게조차도 말할 수 없었던, 치욕적인 수치로부터 벗어날 수 있는 힘은 바로 자신의 마음속에 있다고 말하는 것으로 생각했습니다. 지금 고백하지만, 저는 그때 형님이 아버지에 대해 이야기하고 있으며, 아버지한테 쫓아가서 어떤 식으로든 폭행을 가하려고 생각했었다는 사실에 대한 자책감으로 전율하는 거라고 생각했습니다. 그런데 바로 그때 형님은 자신의 가슴에 있는 무엇인가를 가리켰던 것입니다. 아, 이제 기억이 납니다. 그때 심장은 전혀 다른 쪽에, 그러니까 좀 더 아래쪽에 있는데도, 형님은 이상하게도 그곳보다 훨씬 위쪽을 가리키고 있다는 생각이 얼핏 들었습니다. 이제 생각하니 바로 여기, 목 부분 아래, 이곳을 가리키고 있었던 겁니다. 그때 저는 무슨 바보 같은 생각인가 했었는데, 어쩌면 바로 그때 형님은 1천5백 루블을 꿰매 넣은 그 주머니를 가리켰는지도 모르겠습니다!」

「바로 그거야!」 미탸가 갑자기 자리에서 벌떡 일어나며 소리쳤다. 「바로 그거였어, 알료샤, 나는 그때 주먹으로 그걸 두드렸던 거야!」

페튜코비치는 당황한 채 그에게 다가가서 진정하라고 말하면서, 바로 그 순간에 있었던 일에 대해서 알료샤에게 꼬치꼬치 캐물었다. 알료샤 자신도 자기가 기억해 낸 것에 흥분했는지, 자신의 입장을 열심히 설명했다. 그는 자신이 빚지고 있는 부채의 절반이 되는 돈을, 그러니까 카테리나 이바노브나에게 돌려줄 수도 있었던 금액인 1천5백 루블을 갖고 있으면서도 그 돈을 돌려주지 않았으며, 그 돈을 다른 일, 즉 그루센카가 동의만 했더라면 그녀와 달아나는 데 사용하려고 했다는 사실에 수치심을 느꼈던 것이라고 말했다.

「바로 그렇게 된 겁니다, 정말 그렇게 된 거예요.」 알료샤는 갑자기 흥분해서 소리쳤다. 「형님은 그러니까, 그때 절반을, 수치심의 절반을(그는 몇 번이나 이 절반이라는 말을 반복했다!) 외쳐 댔습니다. 형님은 당장 갚을 수도 있었지만, 불행하게도 성격상 의지가 약하기 때문에 실천에 옮길 수 없었고…… 자신도 이미 오래전부터 그럴 만한 용기가 없다는 것을 알고 있었던 겁니다!」

「당신은 분명히 그가 자신의 가슴 부분을 두드렸다는 사실을 기억합니까?」 페튜코비치는 탐색하듯 물었다.

「분명히 확신할 수 있습니다. 왜냐하면 바로 그때 저는 분명히 형님이 어째서 심장이 아래쪽에 있는데, 그 윗부분을 두드릴까 하고 생각했거든요. 저는 그때 아주 바보 같은 생각을 하고 있다고 생각했어요. 그때 저 스스로를 정말 바보 같다고 생각했던 것이 기억납니다. 그런 생각이 문득 들었던 거죠. 그 때문에 제가 지금 바로 그런 사실을 기억해 낼 수 있는 것입니다. 어떻게 지금까지 그런 사실을 잊고 있었는지 모르겠군요! 형님은 바로 그 주머니를 가리키면서 자기한테는 돈을 갚을 방법이 있지만, 당시 1천5백 루블을 주지 않겠다고 했던 겁니다! 모크로예에서 체포될 때도 형님은 바로 그렇게 소리쳤다고 합니다. 저는 그 이야기를 알고 있습니다, 사람들이 저에게 전해 주었거든요. 〈내 인생에서 가장 수치스러운 일은, 카테리나 이바노브나에게 빚진 부채의 절반을(바로 그 절반을!) 돌려줌으로써 그녀에게 도둑이 되지 않는 길이 있는데도, 결국 그녀에게 그 돈을 돌려줄 결심을 하지 못했던 점이며, 돈을 돌려주느니 차라리 그녀의 눈앞에서 도둑이 되려고 했던 것입니다!〉라는 이야기 말입니다. 형님이 그 빚 때문에 얼마나 괴로워했는지, 얼마나 괴로워했는지 모릅니다!」 알료샤는 이렇게 외치며 말을 마쳤다.

그때 검사가 끼어든 것은 물론이다. 그는 알료샤에게 그때 일을 다시 한번 자세히 설명해 달라고 요구했고, 몇 번씩이나 집요하게 피고가 분명히 자신의 가슴을 치며 무엇인가를 가리켰는지를 물었으며, 혹시 단순히 자기 가슴을 주먹으로 두드린 데 지나지 않는 것은 아닌지 물었다.

「주먹으로 두드린 것이 아니었어요!」 알료샤가 소리쳤다. 「바로 손가락으로 여기를 이렇게, 아주 위쪽을……. 오, 그런데도 어떻게 저는 그것을 여태까지 새까맣게 잊어버리고 있었는지 모르겠군요!」

재판장은 미탸를 향하여 그 진술에 관해 더 할 말이 있느냐고 물었다. 미탸는 모든 것이 사실 그대로이고, 자신은 분명히 자기 가슴에, 이제 생각하니 목 아래 부분에 품고 있었던 1천5백 루블을 가리킨 것이 분명한 사실이며, 그것은 자신에게 아주 수치스러운 일이었다고 분명히 못 박았다. 「수치스러운 일이었어요. 그것은 내 생애에서 가장 수치스러운 일이었어요!」 미탸가 소리쳤다. 「나는 돈을 돌려줄 수도 있었는데, 돌려주지 않았어요. 그녀한테 도둑이 될망정 돌려주고 싶지 않았던 겁니다. 게다가 내 인생에서 무엇보다 수치스러운 것은, 내가 이미 그 돈을 돌려주지 않을 거라는 사실을 알고 있었다는 점입니다! 알료샤 말이 모두 맞습니다! 고맙구나, 알료샤!」

이것으로 알료샤에 대한 신문은 끝났다. 한 가지 사실에 불과하고 다만 하나의 아주 사소한 증거라고 할지라도, 그리고 입증하기에는 아주 조그만 물방울에 지나지 않는, 그러니까 거의 증거를 암시하는 것에 불과하다고 할지라도, 실제로 그 주머니는 존재했고, 그 주머니 속에 1천5백 루블이 들어 있었으며, 모크로예에서의 예심에서 그가 1천5백 루블이 〈나의 것〉이라고 말한 것은 거짓이 아니었음이 밝혀진 아주 중요하고도 의미심장한 상황이었다. 알료샤는 몹시 기뻤다. 그는 얼굴을 붉힌 채 자신에게 지정된 자리로 돌아갔다. 그는 〈어떻게 그 사실을 잊고 있었을까? 어떻게 내가 그 사실을 잊을 수 있었을까? 아니, 어떻게 이제야 갑자기 그 사실이 생각난 것일까!〉 하며 오랫동안 그 말을 곱씹었다.

카테리나 이바노브나에 대한 신문이 시작되었다. 그녀가 나타나자, 법정 안에서는 이상한 일이 벌어지기 시작했다. 부인들은 쌍안경이며 확대경 같은 것을 꺼냈고, 남자들은 몸을 이리저리 뒤척이는가 하면, 또 어떤 사람들은 자리에서 일어나 좀 더 잘 보려고 고개를 두리번거리기도 했다. 나중에 사람들이 주고받은 이야기로는, 그녀가 들어서자 미탸는 갑자기 〈백지장〉처럼 하얗게 질리고 말았다고 했다. 온통 검은 옷으로 치장한 그녀는 조신하게, 거의 겁에 질린 듯한 모습으로 걸어 나와, 자신에게 지정된 자리로 다가갔다. 얼굴로 봐서는 그녀가 흥분했는지 아닌지 알 수 없었지만, 그녀의 검고 음울한 시선만은 무엇인가 단호한 결의가 서려 있었다. 나중에 모든 사람들이 한결같이 확언한 바로는, 그 순간 그녀는 경이로울 만큼 아름다웠다고 한다. 그녀는 조용하면서도 법정 구석구석까지 다 들릴 정도로 분명하게 진술하기 시작했다. 그녀는 아주 침착하게, 그러니까 최소한 아주 침착하려고 애쓰는 것이 역력해 보였다. 재판장은 행여 〈마음의 상처〉를 건드리지는 않을까 하는 염려 때문이었는지 아주 조심스럽고 정중하게 그 불행한 일에 대해 유감의 뜻을 표하면서 질문하기 시작했다. 그러나 정작 카테리나 자신은 첫마디부터 자신이 피고와 약혼한 사이였다고 자진해서 답변함으로써 이후에 자신에게 던져질 질문들 중 하나에 미리 분명하게 답변했다. 〈그분이 나를 버리기 전까지는 말이에요……〉라고 그녀는 나직하게 덧붙였다. 그녀가 친척에게 송금해 달라고 미탸에게 준 3천 루블에 대한 질문이 나오자, 그녀는 자신에 찬 어조로 대답했다. 「그때 저는 그 3천 루블을 당장 우체국으로 달려가 송금해 달라고 이야기하진 않았어요. 저는 그때, 그 순간에 말이에요……. 그분에게 돈이 매우 급하게 필요하다는 사실을 짐작하고 있었어요. 저는 만약, 그 돈이 당장 그분에게 필요하다면 나중에, 한 달 후에라도 보내는 것은 상관없다는 조건으로 3천 루블을 준 거예요. 그런데 그분은 괜히 그 빚 때문에 그토록 고통을 받았던 거예요…….」

앞으로 필자는 그녀에게 던져진 모든 질문을 이야기하거

나, 또 그 모든 답변에 대해 상세하게 이야기하지는 않겠다. 단지 그녀의 진술 중에 아주 중대한 의미를 갖는 것만 이야기할 생각이다.

「저는 그분이 언제라도 자신의 아버지에게서 그 돈을 받는 즉시, 3천 루블을 송금하리라고 믿어 의심치 않았어요.」 그녀는 계속 질문에 대답했다. 「저는 항상 그분이 사심이 없고 명예를 중시하는 사람이며, 특히 금전적인 문제에서는 아주 결백한 사람이라는 점을 확신하고 있었어요. 그분은 아버지에게서 3천 루블을 받을 거라고 굳게 믿고 있었고, 그 사실에 대해 저에게 몇 번이나 이야기한 적도 있었어요. 저는 그분이 아버지와 사이가 좋지 않았고, 예전부터 지금까지 줄곧 아버지에게 몹시 화가 나 있음을 알고 있었어요. 하지만 저는 그분이 자신의 아버지에게 한 번도 협박하는 것을 본 적이 없어요. 적어도 제가 있는 자리에서는 단 한 번도, 그 어떤 협박도 한 적이 없었어요. 만약 그때 그분이 저에게 한 번만이라도 찾아왔다면, 저에게 갚아야 할 그 불행한 3천 루블에 대해서 걱정하지 말라고 안심시켰을 거예요. 그러나 그분은 그 후로 단 한 번도 찾아온 적이 없었어요……. 그런데 공교롭게도 그 당시 저 자신도…… 그분을 집으로 초대할 입장이 아니었어요……. 또 저는 그분에게 그 빚을 갚으라고 요구할 아무런 권리도 없었어요.」 그녀가 이렇게 덧붙여 말했을 때, 그녀의 목소리에는 무언가 결연한 의지가 깃들어 있었다. 「저 자신이 언젠가 그분에게 3천 루블 이상의 돈을 빌린 적이 있었어요. 게다가 그때 제 입장은 그 돈을 갚을 수 있는 그 어떤 보장도 없었음에도 말입니다…….」

그녀의 어감 속에는 도전적인 느낌마저 들었다. 바로 그 순간에 페튜코비치가 질문할 차례가 되었다.

「그러니까 그 사건은 이곳이 아니라, 당신들이 서로 처음으로 알게 된 그때 있었던 일입니까?」 페튜코비치가 조심스럽게 그녀에게 다가서며 무언가 좋은 일이 벌어질 것 같은 기대감에서 이렇게 질문을 던졌다(필자가 이 점에 대해 괄호를 통해 해설을 달자면, 그는 바로 카테리나 이바노브나의 요청으로 페테르부르크에서 왔음에도 불구하고 미탸가 예전에 다른 도시에서 그녀에게 5천 루블을 주었다는 사실이나, 〈머리가 땅에 닿도록 절을 한 사실〉에 대해서 전혀 모르고 있었으며, 그녀도 그 사실을 숨기고 있었다는 사실이다! 그것은 아주 놀라운 사실이었다. 그것은 분명히 그녀가 그 사실을 마지막 순간까지도 법정에서 이야기할 것인지 말 것인지에 대해 결정을 내리지 못하고 있었으며, 단지 영감이 떠오르기만을 기다리고 있었다는 사실을 의미했다).

「그래요, 저는 결단코 당시 그 순간을 잊지 못할 거예요!」 그녀는 다시 이렇게 입을 열더니 모든 사실을, 예전에 미탸가 알료샤에게 들려준 모든 이야기, 즉 〈이마가 땅에 닿을 정도로 절을 한 일〉이나 그 이유, 그리고 자신의 아버지에 대한 이야기, 그리고 자신이 미탸를 찾아간 이야기 등등을 모두 털어놓았다. 그러나 미탸가 카테리나의 언니를 통해서 〈돈을 받으러 카테리나 이바노브나를 직접 자기에게 보내라〉고 제의한 사실에 대해서는 단 한마디도 꺼내지 않았다. 그녀는 그 사실을 슬그머니 숨기고 있었다. 그녀는 당시 자신이 무엇엔가에 대한 기대감에서…… 혹시라도 돈을 얻을 수 있을까 하는 마음에서 무작정 젊은 장교에게 달려갔었노라며, 추호의 부끄러운 내색도 없이 털어놓았다. 그것은 실로 놀라운 일이었다. 필자는 사실 그 이야기를 들으면서 등골이 오싹해지며 전신이 부르르 떨려 오는 것을 느낄 정도였다. 법정 안의 다른 사람들도 혹시 한마디라도 놓칠세라 숨을 죽인 채 가만히 듣고 있었다. 그것은 전례가 없는 일로, 그녀처럼 고집 세고 오만한 숙녀가 그러한 희생과 희생의 제물을 자처하면서 그토록 숨김없이 고백한다는 것은 상상조차 할 수 없는 일이었기 때문이다. 그러면 그녀는 무엇 때문에, 그리고 누구 때문에, 그렇게 한 것일까? 자신을 배신하고 모욕을 준 사람을 위해서 그 같은 희생을 자처한 것이란 말인가? 비록 미약한 힘이나마 그를 구하기 위해, 사람들에게 조금이나마 좋은 감정을 불러일으키기 위해 그랬던 것이다! 그건 사실이었다. 자신의 인생에서 마지막으로 남은 최후의 5천 루블을 아낌없이 내주고, 순결한 처녀 앞에 꿇어 엎드린 장교의 모습은 확실히 매력 있고 호감을 불러일으킬 만한 것이었다. 그러나…… 필자의 마음은 너무나 고통스러웠다! 필자는 나중에 중상모략이 나올 것 같은 예감이 들었던 것이다(나중에 실제로 그렇게 되고 말았다). 그 후에 온 도시 사람들은 악의에 찬 조소를 보내며, 그때 그 장교가 그녀 앞에 〈머리가 땅에 닿도록 절을 한〉 척했을 뿐, 그 자리에서 장교가 그녀를 그냥 돌려보냈다는 이야기는 어쩌면 사실이 아닐지도 모른다고 떠들어 댔다. 사람들은 거기에는 무언가가 〈생략되어 있다〉고 암시하는 말을 주고받았다. 〈만약 생략되지 않았다고 하더라도, 그러니까 모든 것이 사실이라고 하더라도〉 하고, 이 지방에서 가장 존경받는 부인들조차도 이런 식으로 말하곤 했다. 〈아무리 부친을 구하기 위해서라고 하더라도 그 순간에 숙녀가 그런 행동을 했다는 것은 잘한 일이라고 할 수는 없지 않을까요?) 총명하고 병적일 만큼 예민한 그녀가 이런 소문이 돌 것이라는 사실을 미리 알지 못했을까? 분명히 그녀는 알고 있었음에도 불구하고 그 모든 것을 이야기하기로 결심했을 것이다! 물론 카테리나가 털어놓은 이야기의 진상에 대해서 그처럼 불경스러운 의심을 품은 것은 차후의 일이고, 그 이야기를 듣는 첫 순간만은 한결같이 충격을 받았다. 재판관들로 말할 것 같으면 숙연한 태도로, 심지어는 수줍음을 탈 정도로 묵묵히 그녀의 이야기를 듣고 있었다. 검사는 더 이상 그 사실에 대해 단 한마디의 질문도 덧붙이지 못하고 있었다. 페튜코비치는 그녀에게 깊이 머리 숙여 경의를 표했다. 오, 그는 거의 승리감에 도취된 기분이었다! 그는 수확이 많았던 것이다. 고결한 마음으로 자신에게 남은 마지막 5천 루블을 아낌없이 베풀어 준 사람이, 나중에 어떻게 3천 루블을 갈취하기 위해 한밤중에 자신의 아버지를 살해할 수 있단 말인가? 그것은 도저히 납득할 수 없는 이야기가 아닌가. 이제 페튜코비치는 적어도 돈을 갈취했다는 사실만은 반박할 수 있게 된 것이다. 갑자기 〈사건〉에 새로운 광명이 비치기 시작했다. 미탸에 대한 일종의 동정심 같은 것을 얻어 낼 수 있게 된 것이다. 그런데 훗날 사람들 말에 따르면 미탸는…… 카테리나 이바노브나가 그에 대해 이야기하는 동안 한두 번 자리에서 벌떡 일어나기도 했지만, 다시 제자리에 주저앉아 두 손으로 얼굴을 가리더라는 것이다. 그러나 그녀가 이야기를 마쳤을 때, 미탸는 두 손을 그녀에게 내밀며 울부짖는 소리로 이렇게 외쳐 댔다.

「카탸, 당신은 무엇 때문에 나를 파멸시키려는 거요!」

그러고는 온 법정이 떠나가도록 엉엉 울어 댔다. 그러다가 갑자기 자신을 진정시킨 후 다시 고함을 질렀다.

「나는 이미 판결을 받고 말았어!」

그런 다음에 그는 이를 악물고 두 손을 팔짱 낀 채, 꼼짝 않고 자기 자리에 앉아 있었다. 카테리나 이바노브나는 법정 안에 그대로 남아 자기 자리로 돌아가 앉았다. 그녀는 창백한 모습으로 멍하니 앉아 있었다. 그녀의 곁에 앉았던 사람들이 전하는 이야기로는, 그녀가 마치 열병에 걸린 사람처럼 온몸을 부들부들 떨고 있었다고 한다. 그루셴카에 대한 신문이 이어졌다.

필자는 이제부터 실제로 미탸를 파멸시켰다고 할 수 있는, 갑자기 벌어진 그 참혹한 사건에 점점 가까이 다가가고 있었다. 왜냐하면 필자는 모든 사람들이, 그리고 나중에 모든 법률가들이 한결같이 말한 대로, 이 사건만 없었더라도 피고는 어느 정도 관대한 처분을 받았을지도 모른다고 믿었기 때문이다. 그래서 이제 그 이야기를 하려고 한다. 먼저, 그루셴카에 대해 두어 마디 해야겠다.

그녀 역시 온통 검은색 옷차림에 아주 아름다운 자신의 검은 숄을 어깨에 두르고 나타났다. 토실토실한 여자들이 대체로 그렇듯이 그녀는 가볍게 몸을 흔들면서 사방에 눈길 한 번 주지 않은 채, 재판장을 뚫어질 듯 응시하며 소리 없이 증언대 쪽으로 다가갔다. 필자의 생각으로 그 순간 그녀는 매우 아름다워 보였고, 나중에 부인들의 이야기로도 전혀 창백하게 보이거나 하지 않았다는 것이다. 게다가 부인들의 이야기로는 그 순간 그녀의 얼굴은 무언가 굳은 결심이 선 듯한, 아주 표독스러운 모습이었다고 한다. 그러나 필자의 생각에, 그녀는 단지 우리 사회의 스캔들에 굶주린 호기심 어린 시선에 초조해하고 아주 고통스러워하고 있었을 따름이다. 그녀는 타인들의 경멸을 견디지 못하는 자존심의 소유자였고, 누군가가 자신을 조금이라도 경멸한다는 의심이 들기만 해도 불 같은 분노와 저항심으로 불타는 그런 사람들 중 하나였다. 그러나 동시에 그녀는 소심한 성격이었고, 그런 소심함 때문에 수줍어하기도 했다. 그래서인지 그녀의 진술은 현명하다고 할 수 없는 것이었고, 일관성이 있는 것도 아니었다. 어느 때엔 화가 잔뜩 났다가도 어느 때엔 아주 경멸적이었는가 하면, 또 어느 때엔 아주 거친 말투를 쓰다가도 갑자기 진심으로 자신을 질책하는 듯한 어조로 말하기도 했다. 때로는 벼랑으로 투신할 듯한 태도로 이렇게 말하기도 했다. 〈아무래도 상관없어요, 될 대로 돼라죠. 모두 말하겠어요…….〉 표도르 파블로비치와 알게 된 경위에 대해 결연한 목소리로 이렇게 말하기도 했다. 〈모두 시답잖은 이야기죠, 그 사람이 나를 따라다닌 것이 내 잘못인가요?〉 그러고 나서 시간이 조금 지나고 나면 이렇게 덧붙이기도 했다. 〈모든 잘못은 내게 있어요. 노인이든 저분이든 양쪽 모두 업신여기고 놀려 준 것뿐인데, 결국엔 두 사람 사이에 이런 일까지 벌어지고 만 거예요. 이 모든 일은 다 나 때문에 일어난 거예요.〉 어쩌다가 삼소노프에 대한 이야기가 언급되자, 〈그 일이 다른 사람들과 무슨 상관이란 말이죠?〉 하면서 도전적이고도 파렴치한 어조로 대들었다. 〈그분은 내 은인이에요. 그분은 내가 집에서 맨발로 쫓겨났을 때 나를 받아 준 사람이에요.〉 그러자 재판장은 불필요한 이야기는 삼가고 묻는 말에만 답하라고 정중하게 주의를 주었다. 그루셴카는 얼굴을 붉힌 채 눈빛을 번뜩였다.

그녀는 돈이 들어 있는 봉투를 직접 본 적이 없었고, 다만 표도르 파블로비치가 3천 루블이 들어 있는 봉투를 갖고 있다는 이야기를 〈악당〉한테서 들었을 뿐이라고 말했다. 「그런 이야기는 모두 엉터리예요. 나는 그저 비웃고 말았어요. 나는 어떤 이유로도 그 사람한테 찾아가지 않았을 거예요…….」

「지금, 〈악당〉이라고 한 것은 누구를 염두에 두고 한 말입니까?」 검사가 되물었다.

「하인 놈이죠, 스메르댜코프를 두고 한 말이에요. 자기 주인을 죽이고, 어제 목을 맨 놈 말이죠.」

물론 그 순간 무슨 근거로 그런 단정을 내렸느냐고 그녀에게 질문했지만, 그녀 역시 아무 단서도 갖고 있지 않음이 밝혀졌다.

「드미트리 표도로비치가 직접 그렇게 말했어요. 저분 말을 믿으세요. 저 이간질쟁이 여자가 저분을 파멸시킨 거예요. 모든 사건은 바로 저 여자 때문에 벌어진 것이죠, 바로 저 여자 때문이라고요.」 그루셴카는 증오심에 온몸을 부르르 떨면서 이렇게 덧붙였다. 그녀의 목소리에는 노기가 잔뜩 서려 있었다.

그녀란 대체 누구를 두고 이야기하는 것이냐는 질문이 다시 나왔다.

「바로 저 아가씨죠, 저기 있는 카테리나 이바노브나 말이에요. 저 아가씨는 그때 나를 불러 초콜릿을 주면서 나를 유인하려 했어요. 정말 염치라고는 눈 씻고 봐도 찾을 수 없는 여자예요, 정말이라니까요…….」

그 순간 재판장이 말을 자제하라고 요구하면서, 엄정히 그녀를 저지했다. 그러나 질투심으로 이글거리는 여자의 심장은 이미 활활 타올라, 지옥에라도 들어갈 준비가 되어 있는 듯했다.

「모크로예 마을에서 체포될 당시……」 검사가 이전 일을 상기하며 물었다. 「당신이 다른 방에서 달려 나오며〈모두 내 잘못이에요, 나도 함께 감옥에 가겠어요〉라고 소리친 것을 모두 들었고 또 보았다고도 하던데, 그때 당신은 이미 그가 부친을 살해한 사람이라는 것을 확신하고 있었던 것 아닙니까?」

「나는 당시 내가 어떤 감정을 갖고 있었는지 기억나지 않아요.」 그루센카가 대답했다. 「그때 모든 사람들이 저분이 아버지를 죽였다고 소리쳤기 때문에, 그 모든 것이 나로 인해 저분이 아버지를 죽였다고 생각했어요. 저분이 자신은 범인이 아니라고 말했을 때 나는 저분의 말을 믿었고, 지금도 저분의 말을 믿어요. 그리고 앞으로도 계속 믿을 거예요. 저분은 거짓말을 할 사람이 아니에요.」

페튜코비치가 신문할 차례가 돌아왔다. 어쨌든 필자는 그가 라키틴에게, 그리고 〈알렉세이 표도로비치 카라마조프를 당신에게 데려온 사례로〉 25루블을 지불한 점에 대해 질문했던 사실을 기억하고 있다.

「그가 돈을 받았다는 것이, 뭐 그리 놀랄 일인가요.」 그루센카가 경멸하듯, 악의에 찬 미소를 지으며 말했다. 「그는 늘 나한테 돈을 뜯으러 왔어요. 한 달에 한 30루블쯤은 될걸요. 모두 유흥비로 들어갔죠. 먹고 마시는 일이야, 내가 아니더라도 별지장이 없었으니까요.」

「당신은 무슨 이유로 라키틴에게 그토록 관대하게 대했죠?」 재판장이 심하게 몸을 흔들어 댔음에도 불구하고 페튜코비치는 이렇게 추궁했다.

「그는 내 이종사촌 동생이에요. 그의 어머니와 우리 어머니는 친자매였지요. 그는 이런 사실을 아무에게도 말하지 말라고 부탁했어요. 나를 아주 수치스럽게 생각하고 있었으니까요.」

이것은 모든 사람들에게 아주 의외의 사실이었다. 이 도시에 있는 그 누구도, 수도원에서조차, 심지어는 미탸조차도 그 사실을 모르고 있었다. 라키틴이 수치심 때문에 자기 자리에서 얼굴을 붉히고 있었다고 사람들은 나중에 전해 주었다. 그루센카는 법정에 들어오기 전에 라키틴이 미탸에게 불리한 진술을 했다는 사실을 알고는 화가 나 있었던 것이다. 라키틴의 조금 전 모든 증언도, 그 증언의 고매한 취지도, 농노 제도며 러시아 시민의 권리가 없는 것에 대한 진술 등 모든 것들이 청중들의 머릿속에서 순식간에 지워지고 말았다. 페튜코비치는 아주 만족스러웠다. 하느님이 또다시 그에게 은총을 베풀었던 것이다. 대체로 그루센카는 그리 많은 신문을 받지는 않았다. 또한 그녀는 그다지 눈에 띌 만한 새로운 사실을 말한 것도 아니었다. 그녀는 방청객에게 그다지 좋은 인상을 주지 못했다. 그녀가 진술을 마치고 카테리나와 조금 떨어진 자리에 돌아와 앉았을 때, 수많은 경멸의 시선이 그녀에게 쏟아졌다. 그녀가 신문을 받는 동안 미탸는 완전히 온몸이 굳어서 시선을 아래로 떨군 채 묵묵히 앉아 있었다.

마침내 이반 표도로비치가 증인으로 나타났다.

5 뜻밖의 사태

미리 말해 두지만, 이반은 알료샤보다 먼저 호명되었다.

그러나 법원 서기는 그때 재판장에게 이반이 갑자기 무슨 병에 걸렸거나, 아니면 어떤 발작을 일으켰는지 지금 당장 증인으로 나올 수 없게 됐으니, 그의 병이 호전되는 대로 법정에서 증언을 시키겠다고 보고했다. 그러나 그때는 그런 사실을 아무도 몰랐고, 그런 사실은 나중에 가서야 알게 되었다. 처음에 그의 등장은 어느 누구의 관심도 끌지 못했다. 그도 그럴 것이 이미 중요한 증인들, 특히 연적인 두 증인이 이미 신문을 마친 후여서, 사람들의 호기심도 이미 어느 정도 만족된 상태였던 것이다. 게다가 방청객들은 이미 지쳐 있었다. 그리고 십중팔구 이미 드러난 증언 외에는 별다른 증언이 나올 만한 것도 없는데, 아직 몇몇 증인들이 남아 있는 형편이었다. 시간이 이미 상당히 지나고 있었다. 이반 표도로비치는 고개를 떨구어 어느 누구에게도 시선을 돌리지 않은 채 우울한 모습을 하고 있었고, 무엇엔가 골똘히 생각에 잠긴 모습으로 아주 천천히 법정 앞으로 걸어 나왔다. 차림새에서는 거의 나무랄 데가 없는 그였지만, 최소한 필자의 눈에 비친 그의 얼굴은 분명히 어딘가 아픈 사람처럼 보였다. 그도 그럴 것이 그의 얼굴은 거의 흙빛을 띠었고, 거의 죽어 가는 사람처럼 보였던 것이다. 그의 눈동자는 흐릿해 보였다. 그는 눈을 천천히 들어 올리더니 법정 안을 둘러보았다. 그때 갑자기 알료샤가 자리에서 벌떡 일어나 〈아이!〉 하고 신음 소리를 냈다. 필자는 그 순간을 똑똑히 기억하고 있다. 그러나 그 순간을 포착한 사람은 그리 많지 않은 듯했다.

그를 향해 재판장이 먼저 선서는 필요 없으며, 증인은 증언을 해도 좋고 안 해도 무방하지만, 만약 증언을 하게 되면 양심에 따라 진실을 이야기해야 한다는 등등의 이야기를 했다. 이반 표도로비치는 멍한 시선으로 재판장을 바라보며 얌전히 이야기를 듣고 있었다. 그때 갑자기 그의 얼굴에 미소가 천천히 번지기 시작했다. 그의 표정을 보고 놀란 재판장이 서둘러 말을 마치자, 그는 갑자기 웃음보를 터뜨렸다.

「그래, 그다음은 또 뭡니까?」 그가 큰 소리로 물었다.

무엇인가 심상치 않은 조짐에 휩싸인 법정 안은 일순간 조용해졌다. 재판장이 조심스레 입을 열었다.

「당신은……. 아직 건강이 회복되지 않은 것 아닙니까?」 그는 눈길을 더듬어 법원 서기를 찾으면서 이렇게 물었다.

「존경하는 재판장님, 염려하지 마십시오. 나는 아주 건강합니다. 당신이 흥미를 가질 만한 무엇인가를 이야기할 수 있을 겁니다.」 이반 표도로비치는 금세 마음을 가다듬고는 침착하고 공손한 어조로 대답했다.

「무슨 특별한 증언이라도 하겠다는 뜻입니까?」 재판장이 여전히 의심스러운 표정으로 말을 이었다.

이반 표도로비치는 다시 멍한 표정을 지었다가 잠시 후 서서히 머리를 쳐들어 머뭇거리며 이렇게 대답했다.

「아닙니다……. 그럴 만한 사실은 없습니다……. 특별히 증언할 것은 아무것도 없습니다.」

신문이 시작되었다. 그는 내키지 않는다는 듯이 가능한 한 간단히 대답했다. 그는 자신의 가슴속에 들어 있는 혐오감이 점점 더 심해지는 것을 느꼈지만, 아주 지혜롭게 답변해 나갔다. 그는 대부분의 신문에 모른다고 답변했다. 드미트리 표도로비치와 아버지의 금전 관계에 대해서는 전혀 모른다고 했다. 〈나는 그런 일에 관심이 없습니다〉라고 그는 대답했다. 아버지를 죽이겠다고 위협한 사실에 대해서는 피고한테서 들었고, 돈이 들어 있다는 봉투에 대해서는 스메르댜코프에게서 들었다고 했다…….

「아무리 질문해도 대답은 한결같습니다.」 그는 갑자기 지친 표정으로 이렇게 말을 가로막았다. 「나는 법정에서 특별히 증언할 것이 없습니다.」

「내가 보기에, 당신은 아직 건강이 회복되지 않은 것 같군요. 당신의 심정도 이해가 됩니다…….」 재판장이 말했다.

재판장은 양쪽에 있는 검사와 변호인에게 필요하다면 신문을 하도록 허락했다. 그때 갑자기 이반 표도로비치가 힘없는 목소리로 이렇게 요청했다.

「존경하는 재판장님, 제발 나를 보내 주십시오. 나는 지금 몸이 아주 불편합니다.」

그는 이렇게 말하더니 미처 허락이 떨어지기도 전에 몸을 돌려 법정에서 나가려고 했다. 그러나 네 발자국쯤 걸어가다가는 멈춰 서서 갑자기 무슨 생각이 들었는지 빙그레 미소를 지으며 다시 제자리로 돌아왔다.

「존경하는 재판장님, 나는 꼭 그 농가의 처녀 같다는 느낌이 드는군요……. 그 처녀를 알고 계시겠죠. 그 처녀가 〈일어서고 싶다면 일어서겠지만, 그렇지 않으면 일어서지 않겠어!〉라고 말하면, 모두 그녀의 저고리나 치마를 들고 그 뒤를 쫓아다니지요. 그녀를 일으켜 세운 다음 시집을 보내려고 말입니다. 그러면 그녀가 이렇게 말하지요. 〈일어서고 싶다면 일어서겠지만, 그렇지 않으면 일어서지 않겠어…….〉 이것이야말로 어떤 의미에서는 우리의 민족성이지요…….」

「지금 무슨 말을 하고 싶으신 겁니까?」 재판장이 엄숙하게 물었다.

「바로 이겁니다.」이반 표도로비치는 불쑥 지폐 뭉치를 꺼냈다.「자, 여기 돈이 있습니다……. 바로 그 봉투에 들어 있던 돈이죠.」그는 증거물이 있는 탁자를 턱으로 가리켰다.「바로 이것 때문에 아버지는 살해된 것입니다. 자, 이걸 어디에 둘까요? 서기 양반, 이걸 좀 전해 주시겠소.」

법원 서기는 돈뭉치를 집어서 재판장에게 전해 주었다.

「만일 이 돈이 바로 그 돈이라면……. 어떻게 당신 손에 들어온 것이죠?」재판장은 깜짝 놀라며 물었다.

「스메르쟈코프, 바로 그 살인자한테서 어제 받은 것입니다. 그가 목을 매달기 직전에 나는 그 집에 갔었습니다. 형이 아니라, 바로 그놈이 살인을 저지른 것입니다. 살인은 그놈이 저질렀고 살인 교사는 내가 했습니다……. 아버지의 죽음을 바라지 않은 사람이 어디 있겠습니까?」

「당신은 지금 제정신이오?」재판장이 자기도 모르는 사이에 이렇게 소리쳤다.

「물론, 제정신이고말고요……. 완전히 정상입니다. 바로 당신과 똑같이 제정신입니다. 바로 이 모든 사람들처럼……. 모든 것이 다 위선이에요!」그는 갑자기 사람들을 향하여 소리쳤다.「당신들 모두가 우리 아버지를 살해했어요. 그러고도 한결같이 깜짝 놀란 척하고 있군요.」그는 악의에 찬 경멸감을 내비치며 이를 부드득 갈았다.「서로 연극을 하고 있는 것입니다. 모두 위선자들이에요! 모두 아버지의 죽음을 원하고 있었어요. 파충류 한 마리가 다른 파충류를 잡아먹는다 이겁니다. 만일 부친 살해가 없었다면, 모두들 화가 잔뜩 나서 툴툴거리며 흩어졌을 거예요……. 구경거리겠지! 〈빵과 구경거리!〉라고 말하지 않던가요? 물론 나도 좋은 사람은 아니죠.

어디 물을 가지고 계신 분 없습니까? 제발 물 좀 마시게 해주세요!」 그는 갑자기 자신의 머리를 움켜쥐었다.

그 순간 법원 서기가 그에게 다가왔다. 알료샤가 갑자기 벌떡 일어나 소리쳤다. 「형은 지금 아픈 사람이에요. 형의 말을 듣지 마세요. 망상에 사로잡혀 있어요!」 카테리나 이바노브나가 충동적으로 벌떡 일어났으나 공포에 휩싸여 꼼짝달싹도 못 한 채 이반 표도로비치를 바라보았다. 미탸도 자리에서 일어나 무섭게 일그러진 미소를 띠고, 이반을 뚫어질 듯 바라보며 그의 말을 듣고 있었다.

「진정하세요. 나는 미치광이가 아니라 살인자일 뿐입니다!」 이반이 다시 입을 열었다. 「살인자에게 좋은 말을 기대해서는 안 됩니다…….」 무슨 까닭에선지 그는 별안간 이렇게 덧붙인 다음 히죽 웃었다.

검사는 몹시 당황하여 재판장을 향해 고개를 돌렸다. 배심원들도 매우 당황하여 서로 이야기를 주고받았다. 페튜코비치는 귀를 기울인 채 열심히 경청했다. 법정 안은 판결을 기다리며 찬물을 끼얹은 듯 조용했다. 재판장은 갑자기 정신이 들었는지 이렇게 말했다.

「증인! 나는 지금 당신이 무슨 말을 하는지 이해할 수 없을 뿐만 아니라, 법정에서 감히 할 수 없는 이야기를 하고 있다고 봅니다. 부디 진정하시고, 정말 무슨 할 말이 있다면 이야기해 보시오……. 만일 진실을 알고 있다면 이야기하시오. 만일 당신의 이야기가 거짓이 아니라면 무엇으로 당신의 고백을 뒷받침할 수 있겠습니까?」

「바로 그겁니다. 스메르댜코프라는 개자식이 저세상에 가버려서 당신들에게 증언을 하지 못하게 됐으니 말입니다……. 봉투에 넣어서 말입니다. 당신들에겐 언제나 봉투가 필요하니까요. 봉투 하나면 충분할 텐데 말이죠. 나는 증인을 알지 못합니다……. 한 사람 외에는 말입니다.」 그는 골똘히 생각에 잠긴 듯한 얼굴로 비아냥거렸다.

「누가 당신의 증인이라는 거죠?」

「존경하는 재판장님, 그 증인은 꼬리가 달렸는데, 그러면 규칙 위반이겠죠! Le diable n'existe point(악마는 존재하지 않는다는 거죠)! 뭐, 신경 쓰실 필요는 없습니다. 하잘것없는 쓰레기 같은 악마니까요.」 그는 갑자기 웃음을 멈추고는 무슨 비밀 이야기라도 하듯 이렇게 덧붙였다. 「그 녀석은 분명히 여기 어딘가에 있을 것입니다. 저기 증거물이 놓인 탁자 밑에 있을 겁니다. 저기가 아니면 어디에 앉아 있겠습니까? 자, 내 이야기를 잘 들어 보세요. 나는 그 녀석에게 이야기했습니다. 왜냐하면 말입니다, 어디 입을 다물고 있을 수가 있어야 말이죠. 그런데 그 녀석은 글쎄, 나에게 지질상의 대변동에 대해 말을 꺼내지 뭡니까……. 바보 같은 녀석! 그러나 그 악마를 용서해 주십시오……. 그 녀석은 찬송가를 부르기 시작했으니까요! 왜냐하면 그래야 마음이 편하기 때문이죠! 술 취한 불한당이 〈반카 놈은 피테르(페테르부르크)로 떠나갔네!〉라고 떠들어 대는 것이나 마찬가지죠. 그러나 나는 2초 동안의 기쁨을 위해서라면, 천조에 천조를 곱한 거라도 바쳤을 겁니다. 당신들은 나를 알지 못합니다! 당신들은 정말 바보로군요! 어서, 그 녀석 대신 나를 데려가시오. 나는 공연히 여기에 온 게 아니니까요……. 왜, 왜 이렇게도 모든 것이 어리석을까요…….」

그러고는 다시 침착해지더니 마치 무언가 깊은 생각에 잠긴 표정으로 법정 안을 둘러보았다. 그러나 이미 법정 안은 술렁이고 있었다. 알료샤는 자리에서 일어나 이반에게 달려가려 했지만, 이미 법원 서기가 이반 표도로비치의 팔을 붙잡고 있었다.

「왜 이러는 거야?」 법정 관리인의 얼굴을 뚫어져라 쳐다보며 그가 이렇게 소리쳤다. 그러다가 화를 내며 갑자기 서기의 어깨를 붙잡더니 마룻바닥으로 메다꽂았다. 그러나 간수들이 벌써 달려와 그를 붙잡았다. 그는 괴성을 지르며 울부짖었다. 그를 데려가는 동안 내내 그는 고함을 지르며 알아듣기 힘든 말을 계속 외쳐 댔다.

일대 혼란이 일어났다. 필자는 그다음 일이 어떻게 됐는지 잘 기억나지 않는다. 필자 자신도 몹시 흥분하여 일이 어떻게 진행되었는지 제대로 관찰하지 못했던 것이다. 다만 필자가 알고 있는 사실은 얼마 후 모든 소란이 진정되고 사람들이 사태의 진상을 깨달았을 때 법원 서기만 호되게 문책을 당했다는 것뿐이다. 하기야 법원 서기로서는 증인이 한 시간 전에 기분이 조금 울적해져서 의사의 진단을 받기는 했지만 아주 건강했고 계속 논리 정연하게 이야기했으므로 이런 일이 일어나리라고는 전혀 짐작하지 못했으며, 게다가 증인이 꼭 증언을 하겠다고 주장했노라고 나름대로 납득할 만한 해명을 했다. 그러나 모두가 아직 완전히 진정되지 않은 순간에 또다시 다른 사건이 발생했다. 이번에는 카테리나가 히스테리를 일으킨 것이다. 그녀는 큰 소리로 비명을 질러 대는가 하면, 울부짖기도 하고 대성통곡을 했다. 그러면서도 그녀는 법정 밖으로 나가지 않으려고 몸부림도 치고 애원도 하다가, 갑자기 재판장을 향해 큰 소리로 이렇게 말했다.

「저는 지금 당장 한 가지 사실을 이야기해야 해요……. 지금 당장! 자, 여기 서류가 있어요, 편지예요……. 이걸 받으세요, 어서 읽어 보세요! 이건 저 악당이, 저 사람이 쓴 편지예요!」 그러고는 미탸를 가리켰다. 「바로 저 사람이 자기 아버지를 죽였어요, 어서 이 편지를 보세요, 저 사람은 아버지를 죽이겠다고 제게 편지를 써 보냈어요! 그런데도 저기, 저 환자는 망상에 사로잡혀 있어요. 벌써 사흘째나 망상에 사로잡혀 있는 거라고요!」

그녀는 정신없이 소리쳤다. 법원 서기는 그녀가 재판장을 향해 내민 편지를 집어 들었다. 그러자 그녀는 자기 의자에 털썩 주저앉으며 손으로 얼굴을 감싸고는 발작적으로 몸을 부들부들 떨면서, 행여 자기가 법정에서 쫓겨나지나 않을까 하는 조바심에 숨을 죽인 채 흐느끼기 시작했다. 그녀가 제시한 편지는 미탸가 〈스톨리치니 고로트〉 선술집에서 써 보낸, 이반이 〈수학적〉 가치가 충분히 있다고 했던 바로 그 편지였다. 아아! 재판관들도 사실 그 편지의 수학적 가치를 인정하고 만 것이다. 그 편지만 아니었더라도 미탸는 파멸하지 않았을지도 모르는 일이다. 적어도 그런 무서운 파멸을 맞지는 않았을 것이다! 다시 말하지만, 그 모든 사실을 자세히 관찰할 수는 없었다. 지금까지도 필자에게는 그 모든 사실이 온통 뒤죽박죽인 채 기억되고 있었다. 그런데 재판장은 분명히 그 새 증거를 재판관들과 검사, 변호사, 그리고 배심원들에게 보여 주었을 것이다. 필자가 기억하고 있는 것은 다만 카테리나에 대한 신문이 시작되었다는 것뿐이었다. 이제 마음을 진정시켰느냐는 재판장의 상냥한 질문에 대해 카테리나는 얼른 이렇게 대답했다.

「저는 준비됐어요, 준비됐어요! 저는 당신의 질문에 답변할 준비가 다 되었어요.」 그녀는 여전히 자신의 이야기를 상대편이 잘 알아들었는지 걱정스러운 듯, 재차 이렇게 덧붙였다. 그것이 어떤 편지이며, 또 어떤 상황에서 그 편지를 받게 되었는지에 대해 자세하게 이야기하라는 요청이 그녀에게 들어왔다.

「그 편지는 범행 전날 받은 것이에요. 그러나 저 사람이 그 편지를 쓴 날은 바로 편지를 받은 전날이니까, 범행이 있기 이틀 전이죠. 자, 보세요. 무슨 계산서에다 썼잖아요!」 그녀는 숨을 몰아쉬며 소리쳤다. 「그때 저 사람은 저를 아주 미워하고 있었어요. 저에게 그토록 비열한 짓을 하고도 저년의 뒤를 쫓아다녔어요……. 게다가 저한테 3천 루블의 빚까지 지고 말이에요……. 저 사람은 자신이 비열한 행동을 하고는 그 3천 루블이 마음에 걸려서 아주 고통스러워했지요! 그 3천 루블 사건의 전말은 이런 것이랍니다. 제발 저의 말을 한마디도 빼지 말고 꼭 들어 주세요. 저 사람은 아버지를 살해하기 3주일 전인 어느 날 아침 저를 찾아왔었어요. 저는 그때 저 사람에게 돈이 필요하다는 것도, 또 그 돈이 어디에 필요한 것인지도 모두 알고 있었어요. 바로 저년을 꼬드겨 달아나기 위해 필요했던 것이지요. 저는 그때 이미 저 사람이 저를 배신하여 내팽개치려 한다는 사실을 알고 있었기 때문에, 일부러 그 돈을 저 사람에게 주었지요. 모스크바에 있는 저희 언니한테 송금해 달라고 부탁하면서 말이에요. 그때 저는 저 사람에게 돈을 건네주면서 얼굴을 자세히 살펴보았지요. 그러고는 〈한 달 뒤라도 괜찮으니〉 언제든 마음이 내킬 때 송금해도 된다고 말했어요. 전후 사정은 그렇게 된 거예요. 나는 저 사람 눈을 똑바로 쳐다보며 말했어요. 〈그래, 당신은 나를 배신하고, 그년과 달아나기 위해 돈이 필요하겠죠. 자, 여기 돈이 있으니 어서 가져가세요. 내가 자진해서 이 돈을 줄 테니, 당신이 만약 이 돈을 가져갈 정도로 파렴치한 인간이라면, 어디 가져가 보세요!〉 하고 말한 셈이니, 그가 제 마음을 몰랐을 리 없어요. 저는 저 사람한테 복수하고 싶었던 거예요. 그런데 어떻게 되었는지 아세요? 저 사람은 글쎄, 그 돈을 덥석 받는 게 아니겠어요. 그는 그 돈을 받아 들고 가서, 바로 그날 밤에 저년과 놀아나는 데 다 써버리고 말았어요······. 하지만 저 사람은 알고 있었어요. 제가 자기에게 돈을 준 것은, 자기가 그 돈을 받을 만큼 파렴치한 인간인지 아닌지를 시험하기 위해서라는 것을 빤히 알고 있었다고요. 게다가 제가 모든 것을 눈치채고 있다는 것도 알고 있었어요. 그건 사실이에요. 제가 그때 그의 눈을 빤히 쳐다보자, 저 사람도 제 눈을 쳐다보았어요. 그래서 모든 것을 깨닫게 된 거예요. 모두 깨닫게 된 거라고요. 그런데도 저 사람은 돈을 받아 들고 나가 버렸어요!」

「그래, 당신 말이 맞아, 카탸!」 갑자기 미탸가 소리쳤다. 「나는 당신의 돈을 보고, 당신이 나를 모욕하기 위해서 그 돈을 내놓았다고 짐작했지. 그러나 어쩔 수 없이 그 돈을 받고 말았다오! 여러분, 이 비열한 인간을 마음대로 경멸해 주시오. 그 어떤 모욕을 당한다고 해도 당연한 일이니까!」

「피고!」 재판장이 불렀다. 「만약 다시 한번 입을 열면 법정에서 끌어내고 말겠소.」

「그 돈이 저 사람을 고통스럽게 한 거예요.」 그녀는 경련을 일으키듯 급히 말을 이어 갔다. 「그래서 저 사람은 저에게 돈을 갚으려고 했어요. 그건 사실이에요. 하지만 저년 때문에 돈이 필요했던 거죠. 그래서 저 사람은 자기 아버지를 죽이고 말았어요. 그러고도 저한테는 돈을 갚지 않고, 저년과 도망을 쳤다가 그 마을에서 결국 붙잡힌 거예요. 게다가 아버지를 죽이고 강탈한 돈마저 모두 써버리고 말았죠. 그런데 저 사람은 자기 아버지를 살해하기 이틀 전에 저한테 편지를 썼지요. 술 취한 김에 편지를 썼던 것이죠. 그때는 저 사람이 홧김에 저한테 편지를 쓴 것이고, 설령 자기가 아버지를 살해하더라도 제가 그 편지를 아무에게도 보여 주지 않을 거라고 확신한다는 사실을 알고 있었죠. 그렇지 않았더라면 저한테 편지를 쓰지 않았겠죠. 저 사람은 제가 복수를 하지 않거나 파멸시키지 않을 거라고 생각하고 있었어요! 자, 그러니 편지를 잘 읽어 보세요, 아주 주의 깊게 읽어 보세요. 저 사람은 이미 편지에 모든 것을 자세하게 썼어요. 어떻게 아버지를 죽일 것이며, 돈이 어디에 놓여 있는지도 썼지요. 자세히 주의해서 읽어 보세요. 거기엔 이런 문구가 있지요. 〈나는 이반이 출발하면 곧 아버지를 죽일 것이다〉라는 문장 말이에요. 그건 이미 그전에 아버지를 어떻게 죽일 것인가를 곰곰이 생각하고 있었다는 증거가 될 수 있겠죠.」 카테리나는 표독스러운 표정으로 쾌감을 느끼며 재판관들에게 말했다. 아, 그녀는 숙명의 그 편지를 자세히 숙독하여 한 글자도 빠짐없이 연구한 것이 분명했다. 「물론 저 사람도 취하지 않았더라면 저한테 그런 편지를 써 보내지 않았겠지만, 아무튼 잘 읽어 보시기 바랍니다. 그 편지에 모든 것이 예고되어 있으니까요. 저 사람이 나중에 아버지를 살해한 대로 정확하게, 그리고 자세한 프로그램이 모두 적혀 있으니까요!」

그녀는 정신없이 소리쳤다. 물론 그녀는 이미 자신에게 어떤 일이 닥치더라도 상관없다고 각오했던 것이다. 어쩌면 그녀는 이미 한 달 전부터 그런 결과를 각오하고 있었는지도 모른다. 왜냐하면 그녀는 그 무렵부터 증오심에 몸부림치면서 〈이것을 법정에서 읽을 것인가, 말 것인가?〉 하고 망설였을 것이기 때문이다. 그렇기는 해도 그녀는 당시 마치 벼랑에서 뛰어내린 것 같은 상태였다. 그 자리에서 서기가 그 편지를 큰 소리로 낭독했을 때, 모든 사람들이 크나큰 충격을 받았던 광경이 필자는 아직도 생생하다. 미탸는 〈이 편지를 인정하는가, 인정하지 않는가?〉 하는 질문을 받았다.

「내 것입니다. 내 것이에요!」 미탸가 소리쳤다. 「술에 취하지만 않았더라면 그런 편지는 쓰지 않았을 겁니다! 카탸, 우리는 여러 가지 이유로 서로를 증오했었소. 그러나 맹세하건대, 나는 당신을 증오하면서도 사랑했소. 그러나 당신은 한 번도 나를 사랑한 적이 없었구려!」

그는 완전히 절망에 휩싸여 두 손을 비틀면서 자리에 털썩 주저앉고 말았다. 검사와 변호사 양측은 그녀에게 번갈아 가며, 〈조금 전에는 어째서 그런 증거를 감추고 있었는지, 그리고 어째서 전혀 다른 감정과 기분으로 증언했었는지〉 물었다.

「그래요, 맞아요. 저는 조금 전에 거짓말을 했어요. 명예와 양심을 모두 저버리고 거짓말을 했어요. 하지만 저는 저 사람을 구하고 싶었어요. 왜냐하면 저 사람은 몹시도 저를 증오하고 경멸했으니까요.」 카탸는 정신없이 소리쳤다. 「아아, 저 사람은 저를 완전히 경멸했어요. 언제나 그랬어요. 그것은 바로 돈 때문에 제가 저 사람 발아래 꿇어 엎드린 그 순간부터 그랬어요. 저는 그것을 알고 있었어요……. 저는 그때 이미 모든 걸 눈치챘지만 오랫동안 그것을 마음속으로 믿지는 않았어요. 저는 저 사람 눈 속에서 〈어쨌든 너는 그때 네 발로 찾아오지 않았느냐〉하는 생각을 읽을 수 있었어요. 아아, 저 사람은 모르고 있어요. 어째서 제가 당시 자기한테 달려갔었는지 모르고 있어요. 저 사람은 단지 비열한 마음뿐이었으며 경멸하는 것밖에 모르는 사람이에요! 저 사람은 자기의 생각으로 남을 판단하고, 모두 자기와 같은 줄로 생각하고 있어요.」 카탸는 이제 거의 정신을 잃은 것 같은 상태였는지 이를 악물고 있었다. 「저 사람이 저와 결혼할 생각을 한 것은 제가 유산을 상속받았기 때문이에요. 오직 그것 때문이에요, 그것 때문이라고요! 저는 항상 그걸 눈치채고 있었어요! 저 사람은 짐승이에요! 저 사람은 속으로 그렇게 생각하고 있었던 거예요. 내가 저 사람한테 돈을 받기 위해 달려간 것을 수치스럽게 여기고, 평생 기를 펴지 못하고 살 게 분명하다고 생각했던 거예요. 그렇게 되면 영원히 저를 경멸하며 지낼 수 있을 거고, 또 저를 제멋대로 이용할 수 있을 거라는 확신에 차 있었던 거예요. 그래서 저와 결혼할 생각을 했던 거라고요. 제 말이 틀림없어요! 저는 저의 사랑으로, 저의 한없는 사랑의 힘으로 저 사람을 이해하려고 했어요. 저 사람의 배신행위마저 참아 내려고 했던 거예요. 그러나 저 사람은 아무것도 몰라요. 저 사람이 과연 무엇을 이해할 수 있는 사람이던가요! 아니, 전혀 돼먹지 못한 사람이에요. 저는 이 편지를 이튿날 밤에 받았어요. 술집에서 보내왔더군요. 그런데 저는 그날 아침까지도, 바로 그날 아침까지도 모든 것을, 심지어 그의 배신행위조차도 용서하려고 마음먹고 있었답니다!」

물론 재판장과 검사는 그녀의 마음을 어떻게든 진정시키

려고 노력했다. 그녀의 히스테리를 이용해서 이러한 진술을 듣는다는 것은 아무리 그들이라 할지라도 좀 부끄럽다는 생각이 들었던 것이 분명했다. 필자는 지금도 뚜렷이 기억하지만, 〈당신의 괴로운 심정은 우리도 잘 알고 있습니다. 우리의 말을 믿으세요. 우리도 감정을 가진 인간이니까요〉라고 떠들어 대는 그들의 이야기를 들었다. 그러나 어찌 됐건 그들은 히스테리 발작을 일으킨 그 여자를 통해 그들에게 필요한 증언을 모두 듣게 된 것이다. 마지막으로 그녀는 아주 분명하게, 그러니까 그처럼 급박한 위기의 상황에서 순간적이기는 하지만 자주 섬광처럼 나타나게 마련인 그런 정확성을 보이며, 이반이 〈짐승만도 못한 살인자〉인 자기 형을 구하기 위해 지난 두 달간 너무나 신경을 곤두세우고 있었기 때문에 거의 제정신이 아니라고 밝혔다.

「그분은 아주 괴로워했어요.」 그녀가 다시 소리쳤다. 「그분은 저에게 자신도 아버지를 사랑하지 않았고, 어쩌면 자신도 아버지가 죽기를 바라고 있었는지 모른다고 고백하면서 어떻게든 저 사람의 죄를 가볍게 하려고 애를 썼습니다. 아아, 이것은 정말 아주 양심적인 일이죠! 그분은 양심으로 인해 괴로워한 거예요! 그분은 저에게 모든 것을 털어놓았어요. 그분은 저의 유일한 친구로 매일 우리 집을 방문해서는 저와 이야기를 나누었지요. 저 또한 그분의 유일한 친구예요. 매우 영광스러운 일이지요!」 그녀는 별안간 도전적인 눈빛을 번뜩이며 소리쳤다. 「그분은 스메르댜코프에게 두 번 찾아갔어요. 언젠가 그분은 제게 찾아와서는 이런 이야기를 했어요. 만일 자기 형이 아버지를 죽인 것이 아니라 스메르댜코프가 죽인 것이라면(읍내에서는 스메르댜코프가 살인을 저질렀다는 터무니없는 소문이 돌고 있으니까요), 자신에게 잘못이 있을 수도 있다, 왜냐하면 스메르댜코프는 자신이 아버지를 사랑하지 않으며, 어쩌면 아버지가 죽기를 바라고 있다고 생각했을지도 모르기 때문이라고 했어요. 그때 그 편지를 꺼내서 그분에게 보여 주었지요. 그러자 그분은 자기 형이 범인이라는 것을 확신하면서 충격에 빠지고 말았어요. 자신의 친형이 자기 아버지를 죽였다는 사실을 생각하면 도저히 견딜 수 없는 일이었던 것이죠. 일주일 전엔가 만났을 때, 그분이 이런 사실 때문에 병에 걸렸다는 것을 알았어요. 그러다가 급기야는 제 앞에서도 헛소리를 하고는 했어요. 저는 그때 그분의 정신이 이상해졌다는 것을 깨달았어요. 사람들이 보거나 말거나 길을 지나가면서도 잠꼬대 같은 소리를 했으니까요. 사흘 전에 저의 요청으로 모셔 온 의사는 그분을 진찰하더니 정신 착란을 일으킨 거라고 했어요. 그것은 모두 저 사람 때문에, 바로 저 짐승 같은 놈 때문이에요! 그러다가 어제 스메르댜코프가 죽었다는 이야기를 듣고는 너무나 충격을 받아서 완전히 정신이 나가고 말았어요……. 이건 모두 저 짐승 같은 놈 때문이에요, 저놈을 구하려다가 그렇게 된 거란 말이에요!」

아아, 물론 이런 고백이나 진술은 평생에 한 번, 그러니까 임종 시에, 예를 들면 단두대에 오를 때나 한 번 할 수 있는 법이다. 카탸는 바로 그 같은 성격을 지녔고, 바로 그런 순간을 맞고 있는 것이기도 했다. 그 여인은 바로 자신의 아버지를 구하기 위해 그토록 방탕한 사람에게 자신의 몸을 던졌던 바로 그 도전적인 기질의 카탸였고, 수많은 청중 앞에서 고결하고 순결한 태도로 미탸를 기다리는 비극을 조금이라도 덜기 위해, 미탸의 〈고결한 행위〉를 이야기함으로써 처녀의 명예를 희생한 바로 그 카탸이기도 했다. 그러나 그 순간 그녀는 이미 다른 한 사람을 위해 이런 진술을 했다. 그녀는 그 순간 다른 한 사람의 존재가 자신에게 얼마나 중요한가를 절감했으며 깨달았던 것이다! 그녀는 갑자기 형을 구하기 위해서 자신이 아버지를 살해했다고 이반이 진술한 순간, 그의 일신을 염려한 나머지 그를 구하며 그의 명예를 회복하고 또 체면을 살리기 위하여 자신의 몸을 희생했던 것이다! 그런데 여기에서 하나의 무시무시한 의문이 스치고 지나갔다. 그것은 바로 카탸가 미탸와의 옛 관계에 대해 진술한 대목에서 거짓말을 하지는 않았나 하는 점이다. 이것은 생각해 볼 여지가 있는 문제였다. 아니, 카탸는 자신이 미탸에게 〈땅에 머리가 닿도록 절을 한〉 것 때문에 자신이 경멸받게 된 것이라고 했는데, 그것은 결코 일부러 중상을 하기 위해서 한 빈말은 아닐 것이다! 아마도 그녀는 실제로 그렇게 믿고 있었는지도 모를 일이다. 카탸는 〈땅에 머리가 닿도록 절을 한〉 그 순간부터 그전까지 자신을 존경하고 있던 미탸가 돌연 자신을 경멸하게 된 것이라고 굳게 믿고 있었던 것이다. 그 때문에 카탸는 자신의 자존심을 회복하기 위해서, 자신의 상처 입은 자존심을 위해서 그처럼 광적인 사랑을 미탸에게 쏟아부었던 것이다. 그런 사랑은 어떤 의미에서는 참된 사랑이라기보다는 일종의 복수에 가까운 법이다. 아아, 강요된 그 사랑은 어쩌면 참된 사랑으로 성숙할 수 있었는지도 모른다. 카탸는 무엇보다도 그것을 원하고 있었을 것이다. 그러나 미탸의 배신은 그녀의 영혼 저 밑바닥까지 모욕했던 것이고, 이제 카탸의 영혼은 그를 더 이상 용서할 수 없게 되었던 것이다. 그러던 순간에 갑자기 복수할 기회가 찾아왔다. 그리고 모욕당한 여자의 가슴에 오랫동안 쌓여 있던 모든 분노가 일시에 폭발해 버리고 말았다. 그녀는 미탸를 배반했지만, 그 순간에 그와 자기 자신을 배반한 셈이었다. 물론 그녀는 자신이 하고 싶었던 말을 다하고 나자, 갑자기 마음의 긴장이 풀어졌는지 몹시 수줍음을 탔다. 그러다가 그녀는 다시 발작을 일으키고 말았다. 그녀는 울부짖다가 마룻바닥에 쓰러졌으며, 곧바로 법정 밖으로 끌려 나가고 말았다. 그녀가 밖으로 끌려 나가자마자, 그루센카가 울음을 터뜨리며 누구 한 사람 말릴 겨를도 없이 자리에서 벌떡 일어나 미탸를 향해 달려갔다.

「미탸!」 그녀가 소리쳤다. 「당신의 그 독사 같은 년이 당신을 파멸시켰어요! 그년은 기어이 당신들 앞에서 본색을 드러내고 말았군요!」 그녀는 재판관들을 돌아보며 분에 못 이겨 이렇게 소리쳤다. 재판장이 손짓하자 사람들이 그녀를 붙들어 법정 밖으로 끌어내려 했다. 그러나 그녀는 막무가내로 몸부림치며 미탸가 있는 곳을 향해 달려들었다. 미탸도 그녀를 향해 달려가려 했지만, 결국 두 사람은 모두 옴짝달싹 못 하고 붙잡히는 몸이 되었다.

필자는 방청하던 부인들이 이 광경에 충분히 만족했을 거라고 생각한다. 아주 볼 만한 구경거리였으니 말이다. 그다음에는 모스크바에서 온 의사가 등장했던 것으로 기억된다. 재판장이 이반의 응급조치를 위해서 법원 서기를 시켜 미리 대기시켰던 것 같다. 의사는 재판관들에게 이반이 매우 위험한 섬망증 발작을 일으키고 있는 상태이므로 곧 병원으로 옮겨야 한다고 했다. 그는 검사와 변호사 측 신문에 대한 답변에서 환자가 사흘 전에 직접 진찰을 받으러 왔었다는 사실과,

당시에 발작이 일어날 수도 있다고 경고했지만 환자가 치료를 원하지 않았다고 진술했다. 〈환자는 정신 상태가 완전히 비정상적이었습니다. 환자 본인이 직접 자신은 평상시에도 환각을 보고 또 오래전에 죽은 사람을 거리에서 마주치는가 하면, 밤마다 악마가 자기를 찾아오기도 한다고 했으니까요〉 하고 의사가 결론을 맺었다. 자신의 진술을 마친 후 유명한 그 의사는 곧바로 물러갔다. 카테리나 이바노브나가 제시한 편지는 증거물로 채택되었다. 재판관들은 서로 동의를 구하면서 심리를 계속하기로 했고, 예기치 않았던 두 사람(카테리나 이바노브나와 이반 표도로비치)의 진술을 조서에 기입하기로 했다.

그러나 필자는 법정에서 일어난 일에 대해서는 더 이상 쓰지 않을 생각이다. 나머지 증인들의 진술은 모두 이미 증언했던 것에 대한 반복이거나 동의에 불과했기 때문이다. 물론 모두 독특한 특징을 갖고 있었던 것은 사실이지만 말이다. 그러나 되풀이해서 말하지만, 모든 진술은 검사의 논고 속에 잘 정리되어 있으므로, 필자는 지금부터 검사의 논고로 넘어가려고 한다. 사람들은 모두 흥분해 있었다. 모두 마지막에 발생한 그 불상사에 의해 마치 전기에라도 감전된 사람처럼 초조해하며 대단원을, 그러니까 검사의 논고와 변호사의 변론, 그리고 재판장의 판결을 기다리고 있었다. 페튜코비치는 카테리나 이바노브나의 진술에 큰 타격을 받은 것 같았다. 그러나 검사는 의기양양했다. 심리가 끝나고 거의 한 시간에 가까운 휴정이 선언되었다. 이윽고 재판장이 재판의 재개를 선언했다. 우리의 검사 이폴리트 키릴로비치가 논고를 시작한 것은 정각 밤 8시였던 것으로 기억된다.

6 검사의 논고, 성격 묘사

이폴리트 키릴로비치는 논고를 시작했다. 그는 온 신경을 곤두세운 채 몸을 부들부들 떨었고, 이마와 관자놀이에서는 차갑고 병적인 땀을 흘렸으며, 몸 전체에서 오한과 신열을 번갈아 가며 느꼈다고 나중에 스스로 고백하기도 했다. 그는 이 논고를 자기 인생에서의 chef-d'œuvre(최고 걸작), 그러니까 〈백조의 노래〉로 여기고 있었다. 실제로 그는 그로부터 아홉 달 만에 급성 폐렴에 걸려 죽고 말았다. 실상이 이렇다 보니, 그가 만약 자신의 최후를 예감하고 있었다면 결과적으로 임종 시에 가장 아름다운 노래를 부르는 백조와 자신을 비교할 만한 권리를 충분히 가지고 있었다는 생각이 들기도 한다. 그는 이 논고에 혼신의 힘을 기울였고, 자신의 모든 지식을 총동원해서 온갖 정성을 다 쏟아부었으므로 뜻하지 않게도 그의 마음속에 감춰진 시민적 감정과 〈저주스러운〉 의문들, 그러니까 최소한 우리의 가련한 이폴리트 키릴로비치가 자신의 내부 속에 어느 정도 감춰 둘 수 있었던 몇 가지 의문들을 돌연 드러낸 것이 된다. 중요한 사실은 그의 논고가 그 진지함 덕분에 사람들을 감동시켰다는 점이다. 그는 피고의 죄를 진심으로 믿고 있었다. 그는 누구의 요청을 받은 적도 없었고, 단순히 직책상의 임무 때문이 아니라 진정으로 피고의 죄를 인정하고 그 죄에 대한 응분의 대가를 치르게 함으로써 사회를 구원해야 한다는 염원에 불타고 있었다. 이폴리트에게 반감을 가지고 있던 이 지방의 많은 부인들조차도 아주 감동을 받았다고 나중에 이야기할 정도였다. 그는 토막토막 끊어지는 쉰 목소리로 논고를 시작했으나, 이내 그의 목소리는 활력을 얻어서 논고가 끝날 무렵에는 법정 안이 쩌렁쩌렁 울릴 정도였다. 그러나 논고를 끝내는 순간 그는 거의 탈진하기 일보 직전이었다.

「배심원 여러분!」 검사가 말문을 열었다. 「이 사건은 러시아 각지에 파문을 일으키고 있습니다. 얼른 보기에 이 사건은 그리 대수로울 것도 없으며, 그리 겁낼 것도 없지 않겠느냐는 의구심이 들지도 모르겠습니다. 사실 그런 충동이 우리에게 강하게 일어나고 있습니다. 우리는 이런 사건에 만성이 된 인간들이지 않습니까! 이처럼 우리를 공포에 빠뜨리는 것은 이런 암담한 사건에도 오히려 그다지 두려움을 느끼지 않는다는 점에 있습니다. 그러므로 우리는 어느 한 개인의 범죄에 놀라기보다는 우리의 이 만성화된 사고에 더 두려움을 가져야 합니다. 이런 사건에 대한, 즉 알 수 없는 우리의 미래를 예견하는 이 시대의 상징 같은 사건에 대한 우리의 무관심과 미온적인 태도는 대체 무엇 때문이겠습니까? 그것은 우리의 냉소적인 태도 때문이 아닐까요? 아니면 아직 장년기에 있으면서도 이미 노쇠한 대중의 이성과 상상의 쇠퇴 때문은 아닐까요? 그것도 아니면 우리 나라 도덕성의 기초가 흔들리기 때문일까요? 아니면 우리 국민이 도덕성이라는 것을 전혀 갖고 있지 않기 때문일까요? 나 자신도 감히 이 문제를 풀지는 못합니다. 그런데 이러한 의문은 실로 수많은 사람들의 고통을 수반하고 있기 때문에 모든 시민들은 이 의문으로 인해 괴로워하지 않을 수 없고, 또 마땅히 괴로워해야 할 의무가 있다고 본인은 생각합니다. 아직 유치하고 비겁한 우리의 언론이 어쨌든 사회에 어느 정도 공헌한 것은 틀림없습니다. 왜냐하면, 만약 그것조차 없다면 우리는 매일같이 접하는 방종과 도덕적 타락이 빚어내는 공포조차 모르고 지낼 테니까요. 언론은 끊임없이 이러한 공포스러운 사건들을 보도함으로써 거룩하신 현 황제 폐하의 선물인 새로운 공개 법정을 매일 찾는 사람들과 그 밖의 모든 사람들에게 그것을 알리고 있기 때문입니다. 우리가 매일 접하는 사건들은 어떤 것들입니까? 바로 지금의 이 사건조차 무색할 정도로 두렵고 무서운 사건들입니다. 그러나 그보다 중요한 것은 우리 러시아 국민의 형사 사건 대부분이 일반적인 그 무엇, 그러니까 우리 국민의 관습이 된 불행을 증명하고 있다는 점입니다. 그러다 보니 우리는 이렇게 일반화된 악(惡)인 그 불행과 싸운다는 것이 아주 어려운 일이 되고 말았습니다. 여기서 상류 사회의 한 젊은 장교 이야기를 들려드리겠습니다. 그는 자신의 인생과 입신의 길을 시작하자마자, 추호의 양심의 가책도 없이 비열하게 야음을 틈타서 자신의 은인이라고 할 수 있는 관리와 하녀를 칼로 찔렀습니다. 바로 자신이 빚진 차용 증서와 그 관리가 갖고 있던 돈을 노린 것입니다. 그 돈은 〈사교계에서의 쾌락과 장래의 출세를 위해서 필요한 것〉이었습니다. 그는 주인과 하녀를 죽인 뒤에 그들에게 베개까지 놓아 주고 유유히 사라져 버렸습니다. 그리고 또 다른 사람의 경우도 있습니다. 전쟁터에서 용감히 싸운 덕분에 많은 훈장을 받은 한 젊은 용사가 있었습니다. 그는 마치 강도처럼 대로에서 자신이 은혜를 입은 어느 장군의 모친을 살해했습니다. 그런데 더욱 괘씸한 것은 자신의 동료를 한패에 끌어들이기 위해 〈그 부인은 나를 친아들처럼 사랑하고 있으니, 내 충고라면 무엇이든 다 들어주며 또 전혀 의심하지도 않을 것〉이라고 말했다는 점입니다. 물론 그자는 몹쓸 놈이라고 할 수 있지만, 지금 우리 사회에서 그런 자가 어디 그 한 사람뿐이겠습니까? 어쨌든 그자처럼 살인까지는 하지 않았더라도 많은 사람들은 속으로 그자와 똑같은 생각을 하고 있고, 또 그렇게 느끼고 있습니다. 마음은 그 파렴치한 놈과 똑같다는 말입니다. 사람들은 홀로 자신의 양심과 마주치게 되었을 때, 이렇게 자신에게 물어보았을 것입니다. 〈체면이란 대체 뭘까? 피를 흘렸다고 해서 그것을 죄라고 하는 것은 편견이 아닐까?〉 하고 말입니다. 어떤 사람들은 이런 나를 반대해서 이렇게 소리칠지도 모릅니다. 내가 병적이고 신경질적인 사람이며, 기괴한 욕설을 퍼부으며 헛소리를 하고 있고, 지나치게 과장된 이야기를 떠벌리고 있다고 말입니다. 마음껏 떠들라고 하겠습니다. 오, 만약 그 사람들 말이 맞는다면 가장 먼저 기뻐할 사람은 바로 나니까요. 아아, 내 말을 믿지 않으셔도 상관없습니다. 나를 병자라고 치부해도 괜찮습니다. 그러나 이 말만은 꼭 명심해 주십시오. 만일 내 말 중에서 10분의 1만이라도, 20분의 1만이라도 그것이 사실이라면, 그것은 무서운 일입니다. 보십시오, 여러분, 잘 보세요. 우리 나라의 젊은이들이 잇따라 자살하고 있지 않습니까? 아아, 그들은 〈죽고 나면 어떻게 될까?〉 하는 햄릿식 질문을 눈곱만큼도 하지 않습니다. 그리고 그들은 우리의 영혼에 대해서라든가, 무덤에서 우리를 기다리는 것이 무엇인가에 대한 일체의 논의를 이미 오래전에 그들의 본성에서 지워 버렸고, 장례를 지낸 다음 그 위에 모래를 덮어 버린 듯합니다. 마지막으로 우리 나라에서 벌어지는 방종과 호색 행위들을 보십시오. 지금 이 사건의 불행한 희생자인 표도르 파블로비치는 그들 중 어느 누구와 비교해도 거의 아무 죄도 짓지 않은 어린아이에 지나지 않는다고 할 수 있을지 모릅니다! 더욱이 우리는 그를 잘 알고 있습니다. 〈그는 우리와 함께 살고 있었습니다…….〉 그렇습니다. 언젠가는 우리 나라뿐만 아니라 유럽에서도 으뜸가는 학자들이 러시아의 범죄 심리에 대해 연구하겠지요. 이 문제는 그만한 가치가 있을 것으로 보입니다. 그러나 그러한 연구는 나중에 좀 한가해졌을 때, 다시 말해서 현재의 비극적 혼돈이 비교적 우리에게서 저 멀리 멀어졌을 때에야 비로소 가능해질 것입니다. 그때야말로 사람들은 나 같은 사람보다 훨씬 지적으로 이 사실을 공정하게 관찰할 수 있을 것임에 틀림없습니다. 그러나 지금 우리는 무서워하거나, 아니면 무서워하는 척하면서, 실은 오히려 이런 구경거리를 즐기며 자신들의 느슨하고 퇴폐적이며 냉소적인 기분을 자극시켜 줄 만한 이색적이고 강한 감각에 애착을 느끼고 있습니다. 어린아이처럼 손으로 아주 무서운 환영을 뿌리치며 끔찍스러운 광경이 사라질 때까지 머리를 베개에 파묻고 있다가도, 얼마 후에는 곧 장난과 오락에 몰두하여 모든 것을 잊어버리는 것입니다. 그러나 우리도 언젠가는 진지하고 사려 깊게 삶을 시작하지 않으면 안 됩니다. 자기 자신에 대해서도 사회에 대하는 것과 같은 시선을 돌리지 않으면 안 됩니다. 우리도 우리 나라의 사회적 사건에 대해서, 하다못해 최소한의 이해라도 하지 않으면 안 됩니다. 최소한은 이해하도록 노력해야 합니다. 이전 세기의 한 위대한 작가는 자신의 작품 중 가장 뛰어난 작품의 결말에서 러시아 전체를 분명치 않은 목표점을 향해 질주하는 삼두마차로 비유하면서, 〈아아, 삼두마차여, 새 같은 삼두마차여! 누가 너를 만들어 냈단 말이냐!〉 하고 자랑스럽게 환호하면서, 곧장 앞으로 달려가는 그런 삼두마차를 보면 국민들은 모두 경의를 표하면서 옆으로 물러선다고 덧붙였습니다. 그렇습니다, 여러분. 경의를 표하든, 표하지 않든 옆으로 물러서는 것은 좋은 일입니다. 그러나 내 우둔한 견해로는 이 위대한 천재가 이렇게 이야기를 끝맺은 것은 어린아이처럼 유치한 낙천주의적 발작에 사로잡혔거나, 아니면 단순히 당대의 검열을 두려워했기 때문이라고 생각합니다. 왜냐하면 만일 그 삼두마차에 자신의 주인공인 사바케비치나 노즈드료프, 혹은 치치코프를 매어 놓았더라면 누가 삼두마차를 몰더라도 그런 이야기는 어디에도 해당되지 않았을 겁니다. 그것들은 옛날이야기이며, 오늘날의 우리 나라 언어와는 비교할 수도 없기 때문입니다. 현대의 치치코프는 훨씬 더 능수능란하기 때문입니다……」

여기서 이폴리트 키릴로비치의 논고는 박수로 중단되고 말았다. 러시아를 삼두마차에 비유해서 표현한 자유주의적 표현이 방청객들을 사로잡았던 것이다. 하기야 그 박수는 고작 두서너 군데에서 일어났을 뿐이어서, 재판장이 방청객들을 향해 〈퇴정시키겠다〉는 위협을 할 필요까지도 없었다. 그는 다만 박수 소리가 들리는 쪽을 한 번 쏘아보았을 뿐이다. 그러나 이폴리트 키릴로비치는 우쭐해졌다. 그는 지금껏 단 한 번도 박수를 받아 본 적이 없었던 것이다. 사람들이 지금까지 그의 이야기를 주의해서 들으려고 한 적이 한 번도 없었는데, 바로 지금 갑자기 러시아 전체를 향해 논고를 할 수 있게 된 것이다!

「실제로……」 그는 계속 말을 이어 갔다. 「최근에 갑자기 러시아 전체에 그런 슬픈 명성을 얻게 된 카라마조프 일가는 과연 어떤 집안일까요? 내 이야기가 어쩌면 과장된 것일지도 모르지만, 우리 나라 현대 지식 계급이 공유하는 본질적인 요소가 이 가족 속에 있는 듯합니다! 물론, 모든 요소가 전부 그렇다는 것은 아니고, 〈마치 한 방울의 물에 비친 태양과 같이〉 현미경 속에서나 볼 수 있는 것이겠지만, 그것은 역시 뭔가를 반영하고 있고 또 보여 주고 있습니다. 불행하고 방종하며 음탕한 노인인 〈한 가정의 아버지〉를 보십시오. 얼마나 불행하게 자신의 삶을 마감했습니까. 가난한 식객으로 자신의 경력을 시작하여 뜻하지 않은 우연한 결혼 지참금으로 작은 재산을 장만한 귀족 태생인 그는 처음에는 어느 정도 지적 재능을 가진, 그것도 상당한 지적 재능을 가진 단순한 사기꾼에 아첨쟁이, 어릿광대였고, 무엇보다도 지독한 고리대금업자였습니다. 세월이 흐름에 따라, 그러니까 그의 재산이 불어남에 따라 그는 점점 배짱이 생겨났지요. 그러다 보니 이젠 굴욕과 영합의 태도는 사라지고, 남을 비웃고 표독스러운 성격을 가진 호색한으로 변하고 말았습니다. 일상의 생활에만 점점 더 욕심을 부렸고, 정신적인 면은 완전히 사라졌던 것입니다. 그래서 결국에는 육체적 쾌락 외에는 인생에서 아무것도 인정하지 않게 되었고, 자기 자식들마저 그렇게 교육시켰던 것입니다. 그는 아버지로서의 의무감 따위는 전혀 없었습니다. 오히려 그런 것을 비웃었습니다. 자식들은 하인들에게 맡겨 집 뒷마당에서 길렀고, 그들이 다른 곳으로 떠나면 오히려 즐거워했으며, 어떤 때는 그들을 완전히 잊어버리기도 했습니다. 그 노인의 도덕률이라고 한다면, 〈Après moi le déluge(내가 죽은 뒤에는 될 대로 돼라)〉라는 것이었지요. 그는 시민이라는 개념에 완전히 반대되는, 심지어는 사회로부터 적대적이며 완전히 고립된 좋은 본보기였습니다. 바로

〈온 세상이 불타도 나 하나만 좋으면 그만〉이라는 식이었으니까요. 그는 20년이건 30년이건 이런 식으로 아주 기분 좋게 더 살고 싶다는 갈망을 갖고 있었지요. 그는 실제로 자기 아들의 재산을 갈취해서, 다시 말하면 아들의 모친이 아들에게 물려준 유산을 넘겨주지 않고, 도리어 그 돈으로 아들의 애인을 가로채려 했던 것입니다. 그렇습니다. 나는 오히려 페테르부르크에서 오신 능력 있는 페튜코비치 변호사에게만 피고의 변호를 맡길 생각은 없습니다. 진실을 말하자면, 나 자신도 그가 자기 아들의 마음속에 품게 한 수많은 불만들을 잘 이해하고 있습니다. 그러나 그 불행한 노인에 대해서는 이제 그만하기로 합시다. 이것으로 충분하니까요. 그는 스스로 응분의 대가를 받은 것입니다. 그런데 우리가 생각해야 할 점은 그가 아버지였다는 사실입니다. 현대의 전형적인 아버지들 중 한 사람이었다는 사실입니다. 그가 현대의 수많은 아버지들의 전형이라고 한다면, 내가 이 사회를 모욕하는 것이 될까요? 물론, 현대의 아버지들의 대부분은 그토록 냉소적이지는 않습니다. 왜냐하면 그들은 더 나은 교육, 더 나은 교양을 지니고 있기 때문입니다. 그러나 불행하게도 그들은 거의 표도르 파블로비치와 똑같은 철학을 갖고 있습니다. 내가 너무 염세적이라고 해둡시다. 나는 여러분의 용서를 전제로 이 논고를 시작한 것이니까요. 그러니 미리 한 가지 약속을 하겠습니다. 여러분은 내 말을 믿지 않으셔도 됩니다. 다만, 내가 이야기할 수 있도록 허락해 주시기 바랍니다. 내가 하고 싶은 말을 모두 할 수 있게 말입니다. 그리고 내 말을 조금은 꼭 기억해 주십시오.

이젠 바로 그 노인의, 그러니까 그 가족의 아버지의 아들들에 관한 이야기입니다. 바로 우리 앞에, 피고석에 앉아 있는 바로 저 사람에 대한 이야기는 앞으로 충분히 말씀드리겠습니다. 먼저 다른 두 사람에 대해 잠시 언급하겠습니다. 그 두 사람 중 형은 아주 훌륭한 교육을 받고, 우수한 지능을 지닌 현대의 젊은이들 중 한 사람입니다. 그러나 그는 신을 부정하고, 많은 것을, 인생에서 아주 많은 것을 그의 아버지와 마찬가지로 부정하고 말살했습니다. 우리는 이미 그에 대해 들었습니다. 그는 이 도시의 사교계에서 아주 환영받는 사람이기도 합니다. 그는 자신의 생각을 감추려 들지 않습니다. 오히려 그 반대였습니다. 그래서 나는 지금 그에 대해서, 물론 그 사람 개인에 대해서가 아니라, 카라마조프 씨네의 한 사람으로서 그에 대한 이야기를 솔직하게 털어놓을 용기를 얻었습니다. 어제 이곳 근교에서 병마에 시달리던 한 백치가 자살했는데, 그는 이 사건과 아주 밀접한 관계를 갖고 있으며 예전에 그 집안에서 하인 노릇을 했고, 어쩌면 표도르 파블로비치의 사생아일지도 모르는 스메르댜코프입니다. 그는 예심에서 나에게 참담한 눈물을 쏟으며 젊은 카라마조프, 즉 이반 표도로비치가 자신에게 정신적으로 견딜 수 없는 이야기로 공포심을 심어 주었다고 진술했습니다. 〈그분은 이 세상에서는 무슨 일이든지 다 허용된다고 생각하세요. 이제부터는 무엇 하나 금지되는 일이 없다고 저에게 가르쳤었어요〉 하고 그는 말했습니다. 그 백치는 그런 이야기를 들은 후 완전히 발광한 듯합니다. 물론, 고질병인 간질과 주인집에서 일어난 무서운 사건이 그의 정신 착란에 영향을 주었음이 틀림없습니다. 그런데 그 백치는 아주 흥미로운 이야기를 들려줬습니다. 그것은 아주 총명한 관찰자의 이야기라고 해도 너무나 잘 어울리는 것이어서, 나는 지금 그 이야기를 하려고 합니다. 바로 〈세 아들 중에서 표도르 파블로비치와 성질이 가장 많이 닮은 아들은 이반〉이라고 했던 사실 말입니다. 나는 이런 표현만으로 이반에 대한 성격 묘사를 일단 중지하겠습니다. 더 이상 이야기하는 것은 점잖지 못한 일이기 때문입니다. 아아, 나는 이 이상의 결론은 이야기하고 싶지 않습니다. 그 청년의 장래에 대해 오직 파멸밖에 없다는 식의 불길한 예언을 할 생각도 없습니다. 본능적인 정의의 힘이 지금도 그의 마음에 살아 있어서 혈연에 근거한 사랑의 감정이 불신이나 냉소적인 생활 태도에 의해서 말살되지는 않았다는 사실을 우리는 오늘 이 자리에서, 이 법정에서 확인했으니까요. 이런 불신이나 냉소적인 태도는 진정 고통스러운 사색의 결과라기보다는 오히려 부친한테서 유전된 것이겠죠.

다음으로 셋째 아들에 대해 이야기하겠습니다. 그는 아직 어린 청년으로 경건하고 겸손하며, 형과는 달리 어둡고 불안한 인생관은 전혀 갖고 있지 않습니다. 그는 이른바 우리 나라의 사상적 지식 계급에 속하는 이론가들 사이에서 기묘한 명칭을 부여받은 〈민중의 근본〉에 호응하려고 애쓰는 사람입니다. 아시다시피 그는 수도원에 들어가 있었으며, 수도사가 될 뻔했습니다. 그는 마음속에 무의식적이기는 하지만 일찍부터 소심한 절망감에 휩싸여 있었던 것 같습니다. 오늘날과 같은 불행한 우리 사회에는 냉소적인 태도와 부패적인 영향을 두려워하여, 일체의 죄악을 유럽 문명에 전가하는 오류에 빠져 소심한 절망에서 헤어나지 못하고, 이른바 그들의 〈본질적 근본〉으로 달려가는 사람이 많습니다. 다시 말하면, 마치 어린아이가 놀라서 어머니의 품 안으로 파고들듯이, 그들은 어머니인 대지의 품 안에 안기려는 것입니다. 설령 한평생을 평화롭게 잠들기 위해서, 그러니까 한평생을 잠 속에 빠지더라도 그 무서운 환영을 보지만 않으면 그만이라는 생각으로 쇠약해진 어머니의 시든 가슴속으로 파고드는 것입니다. 개인적으로는 선량하고 천재적인 이 청년이 모든 행복을 누리기를 바라며, 민중의 근본을 향한 그의 젊은 이상이 세상에서 자주 경험하듯이, 나중에 정신적인 측면에서 암흑 속의 신비주의에 빠져들거나, 아니면 정치적인 면에서 맹목적 사이비 애국주의로 나아가지 않기를 간절히 바랍니다. 이 두 가지 요소는 그의 형을 괴롭히고 있는 유럽 문명 속에서, 즉 희생 없이 획득하며 또한 곡해하는 유럽 문명 속에서 생겨나는 너무 때 이른 퇴폐보다 더한층 위험한 것입니다.」

사이비 애국주의와 신비주의에 대한 이야기가 나오자, 법정 안에서는 또다시 두세 군데서 박수가 울려 퍼졌다. 물론 이폴리트 키릴로비치는 이제 완전히 자기 이야기에 열중해 있었다. 그러나 그의 이야기는 이번 사건에 부합하는 것이 아니었고, 게다가 줄거리마저 애매모호했다. 그러나 사회를 향한 증오심에 불타는 폐병 환자인 그는 하다못해 평생에 한 번만이라도 자기가 하고 싶은 말을 모두 퍼붓고 싶었던 것이다. 훗날 이 도시에 떠돈 소문을 들어 보면, 언젠가 한두 번 이폴리트가 이반과 논쟁하다가 여러 사람 앞에서 궁지에 몰린 적이 있었는데, 그 일을 잊지 않고 이번 기회를 통해서 복수하겠다는 유치한 감정에 사로잡혀 이반의 성격에 대한 이야기를 하고 나선 것임에 틀림없다고 한다. 그러나 그런 이야기가 맞는지 어떤지는 아무도 알 수 없었다. 아무튼 그것은 서론에 불과했고, 그의 논고는 점점 더 이 사건의 본질에 접근해 갔다.

「이번에는 이 현대적인 가정의 아버지의 첫째 아들에 대한 이야기입니다.」 이폴리트 키릴로비치가 말했다. 「그는 우리 앞에, 바로 피고석 의자에 앉아 있습니다. 우리는 그의 생애와 행적과 위업을 눈앞에서 목격하고 있습니다. 어느덧 때가 무르익어 모든 것이 밝혀지고 만천하에 드러난 것입니다. 자기 형제들의 〈민중의 근본〉이나 〈유럽주의〉에 반해서 그는 현재의 러시아를 대표하고 있습니다. 아아, 그러나 러시아 전부를 반영하고 있는 것은 아닙니다. 만일 러시아 전체를 반영한다면 그건 큰일이 아닐 수 없는 것입니다! 그러나 거기에서는 우리 러시아가, 즉 우리 어머니의 체취가 느껴지고, 어머니의 소리가 들립니다. 오, 우리 러시아인들은 모두 극단적인 사람들입니다. 우리는 선과 악의 놀라운 혼합체인 것입니다. 우리는 문명과 실러를 좋아하면서도 술집을 전전하고, 술주정뱅이 친구들의 수염을 잡아뜯고 있습니다. 우리가 훌륭하고 선량한 사람일 때도 종종 있습니다. 그러나 단지 모든 것이 우리에게 선량하고 좋을 때만 그렇습니다. 그러나 우리도 이따금 아주 고상한 이상에 따라 좌우될 때가 있습니다. 하지만 그 이상이 저절로 실현되어야 한다는 조건이 따릅니다. 하늘에서 바로 우리 눈앞에 뚝 떨어져야 하는 것입니다. 더욱 중요한 것은 공짜로, 다시 말해 한 푼도 지불하지 않고 얻어야 하는 것입니다. 우리는 주는 것은 무척 싫어하지만 받는 것은 무척 좋아합니다. 더욱이 모든 일에서 그렇습니다. 우리에게 일단 주어 보십시오. 인생에서 받을 수 있는 최대한의 행복을 주어 보십시오(사실, 인생에서 얻을 수 있는 최대한의 행복이라야 합니다. 그보다 헐한 가격으로는 절대로 타협하지 않습니다). 그리고 무슨 일이든 전적으로 우리가 하고 싶은 대로 그냥 놔둬 보십시오. 그때는 우리도 훌륭하고 선량한 사람이 될 수 있다는 것을 증명할 것입니다. 우리는 결코 탐욕스럽지 않습니다. 하지만 돈을 주어 보십시오. 많이, 많이, 되도록 더 많은 돈을 말입니다. 그러면 우리가 얼마나 관대한 태도로 천박한 탐욕을 경멸하며, 하룻밤 한순간에 모든 돈을 탕진해 버리는가를 목격하실 것입니다. 만일 우리에게 돈이 주어지지 않는다면, 돈이 꼭 필요할 때는 우리가 어떻게 그 돈을 손에 넣는지 보여 드릴 겁니다. 그러나 그 이야기는 나중으로 미루고 차례대로 이야기하겠습니다. 우선 우리 앞에는 아무렇게나 방치된 가련한 소년이 있습니다. 그 소년은 외국 태생이지만, 존경받는 시민 한 분이 말씀하셨듯이 〈맨발로 뒷마당을〉 뛰어다니고 있었습니다! 재차 말하지만, 나 역시 피고를 변호하는 점에서는 누구 못지않습니다! 나는 고발자인 동시에 변호인인 것입니다. 그렇습니다. 우리도 인간이고 사람입니다. 우리 모두는 유년 시대나 자기 보금자리에 대한 첫인상이 인간의 성격에 어떤 영향을 미치는지 잘 알고 있습니다. 그런데 그 아이는 이미 성장해서 훌륭한 젊은이가 되고 장교가 되었습니다. 그는 난폭하고 자주 싸움을 해서 우리의 풍요로운 러시아 변경으로 파견되어, 거기에서 근무하면서도 여전히 방탕한 생활을 했었습니다. 물론 큰 배는 항해도 멀리 하는 법입니다. 그러나 그는 무엇보다 돈이 필요했습니다. 그래서 오랫동안 논쟁을 벌인 끝에 아버지로부터 마지막 6천 루블을 받기로 했고, 그 돈이 도착했던 것입니다. 여기서 우리가 주의할 것은 그가 아버지에게 증서를 써주었다는 사실입니다. 이제 더 이상은 돈을 요구하지 않겠으며, 그 6천 루블로 아버지와 유산 문제는 마무리 짓겠다는 내용이 담긴 문서였습니다. 그 무렵 그는 난생처음으로 고상한 성격과 훌륭한 성품을 소유한 한 숙녀와 만나게 되었습니다. 오, 여기서 그것을 상세하게 언급하는 것은 생략하기로 하겠습니다. 그것은 지금 여러분이 들으신 바와 같이 명예와 자기 희생에 관한 문제이므로, 나는 감히 더 이상 이야기할 수 없습니다. 그는 비록 경박하고 방종한 젊은이였지만, 진정한 고결함과 고상한 사상 앞에 무릎 꿇은 젊은이로 우리의 동정을 받기에 충분했습니다. 그런데 조금 전 바로 이 법정에서 자신의 전혀 다른 면을 드러내고 말았습니다. 나는 이 점에 대해서만큼은 되도록 추측을 삼가며, 또한 왜 그렇게 되었는가 하는 점은 분석하지 않겠습니다. 거기에는 그럴 만한 몇 가지 이유가 있었기 때문입니다. 그 숙녀는 아주 오래 감춰 두었던 분노의 눈물을 흘리며 남자 쪽에서 먼저 자신을 경멸했다고 했습니다. 말하자면 부주의했다고나 할까요, 아니면 경솔했다고 할까요. 하지만 분명히 그녀가 행했던 너그럽고 고결하며 충동적 행동 때문에 그녀를 경멸했던 것입니다. 그녀의 약혼자였던 그가 누구보다 먼저 조소를 보냈던 것입니다. 그녀는 약혼자의 조소만은 견딜 수 없었습니다. 약혼자가 자신을 이미 배신했다는 사실을 알면서도(그녀는 앞으로 어떤 일이 닥치더라도, 심지어 그의 배신행위조차도 참고 견디리라고 생각했기 때문입니다) 일부러 그에게 3천 루블이라는 돈을 주었습니다. 바로 그의 배신을 돕기 위해 건네는 돈이라는 사실을 약혼자가 분명히 깨닫게 했던 것입니다. 〈어떻게 하시겠어요, 받으시겠어요? 당신은 그토록 파렴치한 사람인가요?〉 하고 그녀는 묵묵히 상대를 시험하는 시선으로 질문을 던졌던 것입니다. 그는 약혼녀의 얼굴에서 그녀의 뜻을 이미 깨닫고도(본인은 이미 여러분 앞에 진실을 다 알고 있다고 밝혔습니다), 태연하게 그 돈을 착복해서는 자신의 새 애인과 함께 이틀 만에 그 돈을 탕진해 버렸습니다. 우리는 어느 쪽의 말을 믿어야 좋겠습니까? 처음의 전설, 즉 그녀의 선행에 무릎을 꿇고 자신의 마지막 남은 재산을 기꺼이 준 저 고결한 젊은 장교의 마음을 믿어야 할까요? 아니면 그 가증스러운 선행의 이면을 믿어야 할까요? 인생에서 두 극단과 마주칠 경우에 중간에서 진리를 구하는 것이 보통입니다만, 이번의 경우에는 결코 그것이 불가능합니다. 처음에 그는 고결했으며, 나중에는 극도로 비열했다는 것도 분명합니다. 그러면 그 이유가 대체 뭘까요? 그것은 바로 우리 러시아인의 성격이 매우 광범위하기 때문입니다. 바로 카라마조프식이라는 겁니다. 나는 바로 이 말을 하고 싶었습니다. 러시아인의 심리는 아주 극단적인 모순을 가지고 있으며, 서로 다른 두 심연을 동시에 들여다볼 수도 있습니다. 우리 머리 위에 있는 천상의 심연과 우리 발밑에 있는 가장 저열하고 악취 나는 타락의 심연을 볼 수 있는 것입니다. 카라마조프 집안을 직접 신중하게 관찰해 온 젊은 라키틴 군이 앞서 진술한 훌륭한 의견을 여러분은 아직 기억하실 겁니다. 라키틴 군은 〈방종하기 짝이 없는 성격을 가진 그들에게는 저열한 타락의 감정이 고상하고 고결한 감정과 마찬가지로 피할 수 없는 것이었습니다〉라고 했는데, 그의 말은 전적으로 옳은 것입니다. 사실 그들에게는 이처럼 끊임없고, 이처럼 부자연스러운 혼란이 필요했던 것입니다. 두 심연, 즉 이 두 심연을 동시에 들여다보는 것, 바로 이것이 없다면 우리는 한없이 불행하고, 또 불만스러우며, 왠지 우리의 삶이 충만하지 못하다고 느낍니다. 우리는 무궁무진합니다. 우리 어머니 대지처럼 무궁무진합니다. 우리는 내면에 온갖 것들을 동시에 갖고 있습니다. 별의별 잡다한 것이 같이 공존할 수 있습니다! 배심원 여러분, 아울러 한 가지 더 이야기하겠습니다. 우리는 지금 3천 루블에 대해서 이야기했습니다만, 여기서 잠깐 몇 가지 미리 밝혀 두려 합니다. 그 같은 성격의 소유자인 그가 지독한 수치감과 불명예 그리고 그처럼 극단적인 굴욕을 참고 당시 그 돈을 받았다는 점을 고려하시기 바랍니다. 그날 바로 3천 루블의 절반을 떼어 부적 주머니에 꿰매어 넣고, 온갖 유혹과 절대적으로 돈이 필요한 때가 있었음에도 불구하고, 한 달 동안이나 그는 그것을 목에 걸고 있었다는 것입니다! 여러 차례, 술집에서 만취했을 때에도, 연적(戀敵)인 자기 아버지에게서 그 여자를 빼앗기 위해서 필요한 돈을 누구에게 빌려야 할지도 모른 채 돈을 빌리러 거리로 뛰쳐나갔을 때조차도 그는 그 부적 주머니에 절대 손을 대지 않았다는 것입니다. 그러나 질투심에 눈먼 노인의 유혹에서 자기 애인을 구해 내기 위해서는 부적 주머니를 열 수밖에 없었습니다. 그리고 애인 곁에 머물며 얌전히 지키고 있다가, 그녀가 마지막으로 〈나는 당신 거예요〉라며 당시의 그 공포 상황으로부터 조금이라도 먼 곳으로 둘이 도망치자고 할 때를 기다려야 했습니다. 그런데도 그는 그 부적 주머니에 손대지 않았습니다. 왜 그랬겠습니까? 첫 번째 이유는 그 여자가 앞에서도 말했듯이 〈나는 당신 거예요, 어디든 데려가 주세요!〉라고 했을 때 도주 비용이 필요했다고 합니다. 그러나 그런 이유는 다음 이유 때문에 힘을 잃고 맙니다. 그의 말로는 그가 그 돈을 지니고 있는 동안은 자신이 〈비열한 놈이긴 하지만 도둑은 아니기〉 때문이라는 것입니다. 언제든지 그 돈을 갖고 자신이 모욕했던 그 여자를 찾아가서 가져간 돈의 절반을 내놓으며, 〈자, 나는 당신 돈을 가져가서 절반을 써버리고 말았소. 그건 내가 의지가 약하고 부도덕한 인간이기 때문이오. 원한다면 나를 비열한 인간이라고 불러도 좋소(나는 피고가 말한 대로 옮기는 겁니다). 하지만 나는 비열한 인간이긴 해도 도둑놈은 아니오. 내가 도둑놈이라면 나머지 절반도 당신한테 이렇게 가져오지 않고 모두 착복했을 거요〉라고 언제든 말할 수 있었기 때문이라는 겁니다. 이 얼마나 놀라운 변명입니까! 대단히 난폭한 동시에 그런 굴욕까지도 견디면서 3천 루블에 대한 유혹을 물리치지 못한 유약한 인간이 별안간 그처럼 강한 의지로 1천5백 루블의 돈을 고스란히 목에 걸고 다녔다는 말입니다! 이것이 우리가 분석하고 있는 그의 성격과 조금이라도 어울릴 수 있을까요? 아닙니다. 진짜 드미트리 카라마조프라면, 설령 실제로 돈을 부적 주머니에 꿰매어 넣겠다고 결심했다 하더라도, 그런 경우에 그가 어떤 행동을 했었을지를 이제 여러분한테 말씀드리겠습니다. 우선 첫 유혹의 순간이 닥쳤을 때, 그러니까 먼젓번 돈 절반을 쓰게 한 장본인인 자신의 새 애인을 다시 위로해야 할 일이 생겼을 때, 그는 부적 주머니를 열고 한 1백 루블쯤 꺼냈겠지요. 왜냐하면 반드시 절반인 1천5백 루블을 돌려줘야 한다는 규정도 없는 것이니, 1천4백 루블을 돌려준다 해도 상관없는 일이니까요. 결국 어느 쪽이든 상관없는 일이었겠죠. 〈나는 비열한 인간이긴 하지만 도둑놈은 아니오. 1천4백 루블이라도 돌려주려는 거니까, 만일 도둑이라면 한 푼도 남기지 않고 깡그리 차지했겠지. 한 푼도 돌려주지 않았을 거라고〉 생각했을 겁니다. 그러고는 얼마간 시간이 지난 후에 다시 주머니를 열고는 1백 루블을 꺼내고, 다시 1백 루블, 또다시 1백 루블을 꺼내는 식으로 한 달이 지나 그 마지막 날쯤이면 마침내 1백 루블만 남기고 모두 꺼냈을 겁니다. 그러고는 이제 이 1백 루블이라도 돌려주면 누가 뭐라 해도 〈비열한 인간이지만 도둑놈은 아니다. 2천 9백 루블은 써버렸지만 1백 루블은 갚았으니 말이야, 만일 도둑놈이라면 그나마 갚았을 리 없으니까〉 하고 이야기했을 겁니다. 그러다가 마침내 무일푼이 되면, 이번엔 그 나머지 1백 루블에까지 눈독을 들여 〈1백 루블을 가져가야 무슨 소용이 있겠는가! 차라리 이것도 마저 써버리자〉 하고 혼자 중얼거렸을 겁니다. 우리가 알고 있는 드미트리 카라마조프라면 분명히 이렇게 했을 겁니다. 이 부적 운운하는 이야기는 도저히 상상하기 힘든 것이고, 사실과 완전히 모순됩니다. 무엇이든 상상으로야 하지 못할 일이 어디 있겠습니까? 그러나 이런 이야기만은 정말 터무니없는 것입니다. 그러나 이 문제는 나중에 다시 거론하기로 하겠습니다.」

이폴리트 키릴로비치는 차례대로 부자간의 재산 문제에 관한 언쟁과 가정 문제에 대해 이미 법정에서 밝혀진 대로 진술한 다음, 다시 유산 분배 문제에 대해 시비를 가리기란 지금까지의 증거로는 불충분하다고 결론을 지은 후, 미탸의 뇌리에 고정 관념처럼 박혀 있는 3천 루블에 대해 임상적인 관점에서 비판하기 시작했다.

7 범행 경위

「의사들의 감정은 피고가 제정신이 아니었고, 또한 편집 증세를 나타내고 있다는 사실을 증명하기 위해 노력한 것 같습니다. 그러나 나는 피고의 정신이 말짱했었다는 점을 확신하는 바입니다. 그러나 그것이 바로 가장 불리한 점입니다. 만일 그가 제정신이 아닌 상태였다면, 아마 훨씬 더 영리하게 행동했을 겁니다. 피고가 편집증이 있다는 점에는 나도 동의합니다만, 그것은 단 한 가지 점에서만 그런 것입니다. 그 점은 의사의 감정에도 나타나지만, 피고는 그 3천 루블이 자기 아버지가 자신에게 미불한 돈이라고 생각했다는 사실입니다. 피고가 완전히 정신이 나갔었다는 사실보다는, 그가 항상 3천 루블 문제에 대해서 극도의 분노를 드러냈다는 것을 설명할 수 있는, 아주 그럴듯한 관점을 발견할 수 있습니다. 개인적으로는 젊은 의사 바르빈스키의 의견에 절대적으로 동의합니다. 바르빈스키의 말로는 피고가 정신이 말짱했고, 지금도 마찬가지라고 합니다. 물론 약간 불안한 기색을 보이고 분노에 차 있다는 말은 사실입니다. 바로 그 점입니다. 피고가 3천 루블이니 뭐니 하는 금액에 대해 정신이 혼미해질 만큼 분노하고 있었던 것이 아니라, 그 속에는 다른 특별한 이유가 있었던 것입니다. 그것은 다름 아니라 바로 질투였습니다!」

여기서 이폴리트 키릴로비치는 그루센카에 대한 피고의 숙명적인 열정을 그림을 그리듯 자세하게 묘사하기 시작했다. 이폴리트 키릴로비치는 피고가 표현한 그대로 인용하면서 피고가 〈젊은 여자〉에게 달려가 그녀를 〈두들겨 패려고〉

했던 그 순간부터 이야기를 시작했다.

「그런데 피고는 두들겨 패기는커녕 그녀의 발아래 엎드리고 말았고, 그것이 바로 그 연애의 발단이 되었습니다. 이와 때를 같이해서 그 여자에게 피고의 아버지인 노인이 추파를 던지게 되었던 것입니다. 그것은 아주 놀라운 우연의 일치였습니다. 왜냐하면 두 사람 모두 예전에 그 여자를 본 적도 있고 그 여자에 대해 소문을 듣기도 했는데, 이제껏 아무 관심도 보이지 않다가 어느 한순간 갑자기 두 사람이 모두 그 여자에 대한 애욕이 불타올라 도저히 억누를 수 없는 카라마조프식의 특유한 욕정에 사로잡히고 말았던 것입니다. 그런데 조금 전에 그 여자 자신이 직접 〈나는 두 사람 모두를 골려 주었다〉고 밝힌 것처럼, 그 여자는 갑자기 두 사람을 곯려 주고 싶었을 뿐입니다. 처음엔 그럴 생각이 없었지만 별안간 그녀의 머리에 그런 생각이 떠올랐습니다. 결국 두 사람 모두 그 여자 앞에 패배자처럼 무릎을 꿇은 것입니다. 돈을 신앙처럼 믿던 노인은 그 여자가 자기를 찾아오면 주겠다며, 그 즉시 3천 루블을 마련해 놓았습니다. 그리고 여자가 정식으로 자신의 아내가 되겠다고 승낙하기만 하면, 바로 그 순간에 자신의 이름이든 전 재산이든 모두 그녀의 발아래 내동댕이친다 해도 행복하다고 여길 만큼 몸이 달아올랐던 것입니다. 이 점은 확실한 증거가 있습니다. 한편 피고의 경우는 어땠는지 살펴보면, 그의 비극은 바로 우리 눈앞에 보이는 그대로인 것입니다. 그러나 그런 것은 젊은 여자의 〈장난〉이었습니다. 매혹적인 그 여자는 우리의 불행한 피고에게 한 줄기 희망도 주지 않았습니다. 피고가 자기를 무시하는 여자 앞에 무릎을 꿇고, 자신의 연적이었던 부친의 피로 물든 두 손을 내민 그 마지막 순간, 처음으로 그 여자는 진정한 희망을 주었습니다. 즉 그 순간에 피고는 체포되었던 것입니다. 〈저분과 함께 나도, 나도 감옥에 보내 주세요. 내가 바로 저분을 저렇게 만들었어요. 누구보다도 가장 죄 많은 사람은 바로 나예요!〉 하고 피고가 체포되는 순간 그 여자는 진정으로 뉘우치며 소리쳤습니다. 이 사건을 묘사하려고 애쓴 재능 있는 한 청년, 바로 제가 앞에서 말한 바 있는 저 라키틴 군은 그 여주인공의 성격에 대해 간략하면서도 그럴듯한 평가를 내렸습니다. 〈그녀는 어린 나이에 자신을 유혹했다가 내팽개친 약혼자로 인해 환멸과 기만, 타락과 배신을 경험했고, 빈곤 속에서 고지식한 가족들의 저주를 받다가, 마침내 그녀 자신이 지금 자신의 은인이라고 말하는 어느 부유한 노인의 보호를 받게 되었습니다. 그녀의 어린 마음속에는 많은 선량한 요소도 있었습니다. 그러나 그녀의 마음속에는 이미 어린 시절부터 분노가 자랐습니다. 그리하여 재산을 모으겠다는 타산적인 성격이 형성된 것입니다. 말하자면, 그때부터 사회에 대한 냉소와 복수심이 생긴 것입니다〉라고 말입니다. 이런 성격에 대한 논의를 듣다 보면, 그녀가 단순히 재미로 짓궂은 장난을 하기 위해 두 사람 모두를 조롱했다는 사실이 이해가 갑니다. 이처럼 지난 한 달 동안 희망 없는 사랑에 고민하면서 도덕적으로 타락했고, 약혼녀를 배신하고 자신의 명예를 더럽힌 채 타인의 돈을 착복한 피고는 설상가상으로 계속되는 자신의 질투심 때문에 거의 정신을 잃고 광란의 상태에 빠졌던 것입니다! 더욱이 그가 질투하던 대상이 누구였습니까? 바로 자신의 친아버지였던 것입니다. 게다가 더욱 참기 힘든 사실은 피고의 연모 상대인 그 여자를 자기 아버지가 유혹하고 있었다는 점이며, 그 여자를 유혹하는 돈은 바로 자기 돈, 그러니까 어머니가 자신에게 물려준 유산으로 알고 아버지에게 따지던 바로 그 돈이었다는 점입니다. 그렇습니다. 그것은 피고로선 무척 견디기 힘든 일이었습니다. 그 점에 있어서는 나도 이해가 갑니다. 이런 경우에 편집증이 생기는 것은 절대 무리가 아닙니다. 문제는 돈이 아니라, 그 지긋지긋하고 냉소적인 태도로 그 돈을 이용해서 자신의 행복을 파괴하려 했다는 점입니다!」

그다음 이폴리트 키릴로비치는 피고가 어떻게 자신의 아버지를 살해할 생각을 품었는가 하는 문제로 논고를 옮겨서, 실제로 벌어진 일에 근거해서 그것을 규명하기 시작했다.

「먼저 그는 술집을 전전하며 고함을 질러 댔습니다. 한 달 내내 말입니다. 오, 우리는 이런 사람들과 사는 걸 좋아하며, 그 사람들 앞에서 모두 떠벌리길 좋아합니다. 그것이 아무리 무모하고 위험한 생각이라 할지라도 말입니다. 우리는 다른 사람들과 생각을 공유하길 좋아합니다. 왠지 그들에게서 충분할 정도로 공감을 얻고 싶은 것입니다. 우리의 근심과 불안을 모두 공유하고, 서로 동정하고 맞장구를 치며, 우리의 기분에 거슬리지 않기를 바라는 것입니다. 만약 그렇게 하지 않으면 화를 내고 술집을 때려 부수며 난폭하게 굽니다(여기서 검사는 스네기료프 퇴역 대위에 대한 이야기를 들려주었다). 지난 한 달 동안 피고와 만나 그의 이야기를 들어 본 사람은 그의 말이 단순히 위협이나, 그저 화가 나서 한 이야기가 아니라는 것을 알았습니다. 바로 그런 위협은 제정신을 잃는 순간에 충분히 실행에 옮겨질 수 있는 그런 것이었습니다(여기서 검사는 수도원에서 있었던 가족들의 모임과 알료샤와의 대화, 그리고 피고가 식사 후에 아버지에게 달려가 폭행했을 때의 난폭한 광경에 대해서 묘사했다). 나는 피고가 아버지와의 불화를 살인 행위로 해결하려는 계획을 이미 빈틈없이 세워 놓았다고 단언하지는 않겠습니다.」 이폴리트 키릴로비치가 계속 말을 이었다. 「그런 생각은 피고의 머릿속에 몇 번 떠올랐을 뿐입니다. 그래서 그는 그런 생각에 골몰했던 것입니다. 그런 사실에 대해서는 증거도 있고, 증인도 있습니다. 본인의 자백도 있습니다. 배심원 여러분.」 이폴리트 키릴로비치가 덧붙여 말했다. 「나는 오늘까지도 피고가 의식적으로 범죄를 실제로 계획했다고 인정하기를 망설였습니다. 피고는 벌써 오래전부터 자주 그 범행 순간을 생각했지만, 단지 그것이 가능하다고만 생각할 뿐, 아직 그것을 실행할 시간이나 방법은 몰랐다고 확신합니다. 사실 나는 지금까지 카테리나 이바노브나가 법정에 제출한 저 가공할 편지를 읽기 전까지는 확신을 내리지 못하고 있었습니다. 여러분, 여러분도 그녀가 〈이것이 계획서예요. 이것이 살인 계획서예요!〉 하고 외친 것을 들으셨지요? 그녀는 바로 피고의 불운한 〈취중〉 편지에 이런 결론을 내렸습니다. 사실 그 편지는 완벽한 계획을, 그러니까 예정된 계획의 중요성을 지니고 있습니다. 바로 그 편지는 범행 이틀 전에 쓴 것입니다. 이런 점으로 미루어 볼 때, 피고는 그 끔찍한 범행을 감행하기 이틀 전에, 만일 자신의 아버지가 다음 날 돈을 주지 않으면 〈이반이 떠나는 대로 즉시〉 아버지를 죽이고, 〈빨간 리본으로 묶은 봉투에 들어 있는〉 그 돈을 베개 밑에서 꺼내 오겠다고 분명히 쓰고 있습니다. 자, 어떻습니까? 〈이반이 떠나는 대로 즉시〉라는 것은 이미 계획이 서 있었고, 그 절차까지 정해 놓은 것이 아닙니까? 그리고 그 결과 어떻게 되었습니까? 모든 범행이 그 편지의 내용대로 실행되지 않았습니까! 이제는 범행이 미리 계획되었다는 사실을 부인할 수 없는 것입니다. 범죄는 돈을 강탈할 목적으로 자행된 것입니다. 실제로 그는 그런 사실을 호언장담했고 기록했으며 서명까지 했습니다. 그리고 피고는 자신의 서명을 부인하지도 않았습니다. 어떤 사람들은 그것이 〈취중〉에 쓰인 것이라고 주장할지도 모릅니다. 그러나 그렇다고 해서 절대 죄가 가벼워지는 것은 아닙니다. 오히려 정신이 말짱할 때 생각한 것을 〈취중〉에 쓴 것이라고도 할 수 있습니다. 정신이 말짱할 때 생각하지 않은 것을 〈취중〉에 쓸 수가 있겠습니까? 그러면 왜 그는 여기저기 술집에서 자신의 계획을 떠벌리고 다닌 걸까요? 그런 일을 계획했다면, 오히려 그런 사실을 몰래 감추어야 한다고 말할 수 있습니다. 맞습니다. 그러나 그가 떠벌리고 다니던 때는 아직 그런 계획이 예정된 것이 아니었고, 단지 희망과 충동뿐이었습니다. 그래서 나중에는 그 자신도 그다지 떠벌리지 않았던 것입니다. 편지를 썼던 그날, 요리점 〈스톨리치니 고로트〉에서 그는 술에 만취해 있었음에도 불구하고 여느 때와는 달리 말도 없고, 다른 사람들과 당구도 치지 않았으며, 누구하고도 대화를 나누지 않았습니다. 단지 그곳의 가게 점원과 싸우고 쫓겨났을 뿐입니다. 그러나 그것마저 거의 의식이 없는 상태에서 한 행동이며 싸움을 좋아하는 습관이었을 뿐입니다. 그는 어느 술집에서나 그런 소동을 벌였으니까요. 하기야 피고는 마지막으로 살해를 결심함과 동시에 또 자신이 온 시내에 너무 떠벌리고 다녔으므로, 그 계획이 실행됐을 때 발각될 수도 있으며 누군가 고발할지도 모른다고 생각했을 겁니다. 그러나 이미 떠벌린 것은 이젠 어쩔 수 없는 일이며, 예전에도 자기를 도와준 요행이 이번에도 자기를 도와주겠지 하는 생각이었겠죠. 우리도 자신의 별자리에 기대를 걸지 않습니까? 그런데 그가 온갖 수단과 방법을 동원해서 비운의 순간을 피하려고 했다는 점과, 피비린내 나는 종말을 피하기 위해 대단히 고민했다는 점은 인정합니다. 그는 〈난 내일 모든 사람들에게 3천 루블을 요구할 참이오〉라고 한 후, 자신의 독특한 문체로 〈그러나 만일 사람들이 외면한다면 피를 보게 될 것입니다〉라고 편지에 쓰고 있습니다. 다시 한번 반복하지만, 그는 〈취중〉에 편지에 썼듯이 정신이 말짱할 때 범행을 저지른 것입니다.」

이렇게 말한 후 이폴리트 키릴로비치는 미탸가 범행을 피하기 위해 돈을 구하려고 애쓴 사실에 대해 상세하게 묘사했다. 그는 미탸가 삼소노프를 찾아갔던 일이며, 랴가비한테까지 갔던 사실을 증빙 서류에 기록된 대로 설명했다.

「그 여행을 위해서 시계를 판 그는(그런데 그때 1천5백 루블을 갖고 있었다니 믿을 수가 없군요!) 이 도시에 남아 있을 자신의 연인이 자기가 없는 동안 표도르 파블로비치에게 가 버리지는 않을까 하는 의심과 질투에 시달리고, 굶주림과 피로에 지친 채 냉소를 받으면서 마침내 이곳으로 돌아왔습니다. 다행히 그의 연인은 표도르에게 가지 않았기 때문에 자신이 직접 그녀를 보호자인 삼소노프의 집으로 데려다주었습니다(이상한 일은 그가 삼소노프에게는 질투를 느끼지 않는다는 점인데, 이 사건 속에서 아주 특이할 만한 심리적 특성인 것입니다!). 이어서 그는 〈뒷마당〉에 있는 감시 초소로 달려갔습니다. 그는 그곳에서 스메르댜코프가 간질을 일으켰고, 또 다른 하인은 몸져누웠다는 사실을 알게 되었습니다.

장애물이 모두 사라진 것이며, 더욱이 그는 〈신호〉까지 알고 있었습니다. 이렇게 강한 유혹을 어디서 찾을 수 있겠습니까? 그러나 그는 여전히 거부했습니다. 그는 이곳에 잠시 거주하면서 우리 모두에게 존경을 받고 있는 호흘라코바 부인을 찾아갔습니다. 일찍이 그의 운명을 동정하던 부인은 아주 현명한 충고를 하려고 했습니다. 그러니까 방탕과 더러운 애정 행각, 그리고 무절제하게 술집을 전전하는 일과 모든 젊음을 낭비하는 일을 집어치우고 시베리아의 금광으로 가라고 했습니다. 〈그곳에는 당신의 그 야수적인 힘과 모험을 갈망하는 낭만적 성격의 탈출구가 있어요〉 하고 권했던 것입니다.」

이 대화가 끝나 갈 즈음 이폴리트 키릴로비치는 그루센카가 삼소노프의 집에 있지 않다는 그녀의 거짓 행실을 미탸가 우연히 눈치챘었다는 사실과, 그 순간에 관해 계속해서 설명했다. 이폴리트는 그녀가 거짓말을 하고서 표도르 파블로비치에게 간 것은 아닌가 하고 생각하던 피고가 신경이 예민해지고 괴로워하다가 마침내 질투심을 폭발시켜 광란 상태에 빠진 거라고 말한 다음, 마지막으로 그 사태의 숙명적인 의미에 주목하며 말을 마쳤다.

「만일 그때 하녀가 피고에게 주인 아씨는 〈옛 남자〉와 함께 모크로예에 갔다고 이야기만 했어도 아무런 일이 없었을 텐데, 너무 두렵고 당황한 나머지 자기는 아무것도 모른다고 되풀이했던 것입니다. 피고가 그 하녀를 그 자리에서 당장 죽이지 않았던 것은 배신한 자기 여자를 곧장 쫓아갔기 때문입니다. 그러나 여기서 한 가지 주의해야 할 점은, 피고가 그 당시 앞뒤 분간을 못 할 정도로 얼이 빠진 상태였음에도 불구하고, 놋쇠로 된 절굿공이를 집어 들었다는 사실입니다. 왜 하필이면 놋쇠로 된 절굿공이를 집어 들었을까요? 왜 다른 연장이 아니었을까요? 만일 그가 한 달간이나 그 계획을 염두에 두고 준비했다면, 그 순간 무엇이든 흉기가 될 만한 무기를 닥치는 대로 집어 들었을 것이 분명하고, 또 어떤 물건이 흉기로 사용될 수 있는지 이미 한 달이 넘도록 생각했던 일일 겁니다. 그래서 그는 그 순간 놋쇠로 된 절굿공이를 흉기로 판단하여 집어 들었습니다. 그가 그 무서운 흉기를 자신도 모르는 사이에 무의식적으로 집어 들었다는 것은 생각할 수 없는 일입니다! 마침내 그는 아버지의 정원에 나타났습니다. 마당에는 아무런 장애물도 없었고 보는 사람도 없었으며, 게다가 깊은 밤이기도 했습니다. 칠흑처럼 어두웠고, 그의 질투는 그 순간 활활 타오르고 있었습니다. 그는 그 순간 자신의 연인이 저 안에, 그러니까 자신의 연적인 아버지의 품 안에서 어쩌면 그 순간 자신을 조소하고 있을지도 모른다는 의심을 품었을 것입니다. 아니, 이제는 더 이상 의심일 수 없었습니다. 그게 대체 무슨 의혹이란 말입니까, 그건 분명히 속임수였던 것입니다. 여자는 지금 저 안에, 저 불 켜진 방 안에, 칸막이 뒤에 있는 것이 분명했습니다. 그때 불행한 피고는 살며시 문 앞으로 다가가 공손한 태도로 안을 들여다본 후 얌전히 체념한 채, 그러니까 무모하고 엄청난 죄를 짓기 전에 현명하게도 그 엄청난 불행을 피해 급히 그 자리를 떠났던 것입니다. 바로 그는 우리를 그런 식으로 믿게 하려는 것입니다. 그러나 우리는 피고의 성격을 잘 알고 있습니다. 그런 경우 그의 정신 상태가 어떠했으리라는 것을 우리는 잘 알고 있습니다. 우리는 그런 상태를 실제 사실들을 통해서 잘 알고 있습니다. 더구나 그는 어느 순간이라도 문을 열고 들어갈 수 있는 신호를 알고 있지 않았습니까?」

그때 이폴리트 키릴로비치는 그 〈신호〉와 관련해서 스메르댜코프에 대해 자세히 설명할 필요가 있다며 스메르댜코프에게 살인 혐의를 씌우려는 상황을 면밀히 숙고한 다음, 그 문제를 명료하고 깨끗이 처리하기 위해 잠시 논고를 중지한 후 스메르댜코프에 대한 이야기로 넘어갔다. 이 같은 시도를 하는 그의 태도는 대단히 주도면밀했으므로 사람들은 그가 스메르댜코프에 대한 혐의를 무시하면서도 마음속으로는 어쩔 수 없이 그럴 만한 중요한 이유가 있음을 인정하고 있다는 사실을 알게 되었다.

8 스메르댜코프에 대한 진술

「그럼 먼저 그는 어떤 이유로 그런 혐의를 받게 되었을까요?」 이폴리트 키릴로비치는 진술을 시작했다. 「체포될 당시 피고는 스메르댜코프가 죽였다고 소리쳤습니다. 그러나 피고는 처음에 그렇게 소리친 이후 지금까지 스메르댜코프가 범인이라는 증거를 단 한 가지도 제시하지 못했습니다. 아니, 증거는커녕 그런 사실을 평범한 상식을 통해서조차 암시하지 못하고 있습니다. 그 외에도 스메르댜코프의 범행을 주장하는 사람은 불과 세 사람뿐입니다. 그들은 피고의 두 아우와 스베틀로바[12]입니다. 그리고 두 아우 중에서 이반은 오늘에야 처음으로 자신의 의문점을 언급했는데, 그나마 의심할 나

12 그루셴카의 성(姓).

위 없이 흥분과 발작으로 인한 것이었습니다. 우리가 이미 알고 있듯이 지난 두 달 동안 이반은 자기 형의 범행을 확신했으며, 그 사실에 이의를 제기할 생각이 전혀 없었습니다. 이 점에 대해서는 나중에 이야기하기로 하겠습니다. 다음으로 이반의 동생은 조금 전에 우리에게 말한 대로 스메르댜코프의 범행을 입증할 만한 아무런 증거를 갖고 있지 않습니다. 다만 피고의 주장과 〈그의 얼굴 표정〉을 보고 그렇게 믿고 있을 뿐이며, 이 놀랍고도 유력한 증거에 대해서는 본인이 직접 두 번이나 발언하기도 했습니다. 그런데 스베틀로바는 더 놀라운 진술을 했습니다. 〈피고의 말을 믿으세요, 그는 거짓말을 할 사람이 아니에요〉라고 말입니다. 피고의 운명과 아주 긴밀한 이해관계를 갖고 있는 이 세 사람이 제공한 스메르댜코프 범행설의 실질적 증거란 바로 이것뿐입니다. 그럼에도 불구하고 스메르댜코프의 범행설은 지금까지 세간에서 자주 입에 오르내렸고, 지금도 이런 소문이 돌고 있는 것이 사실입니다. 대체 그 말을 믿을 수 있겠습니까? 상상이나 할 수 있는 일입니까?〉

그 순간 이폴리트 키릴로비치는 〈병적인 흥분과 광기의 발작으로 자신의 목숨을 끊어〉 이미 고인이 된 스메르댜코프의 성격에 대하여 약간 언급할 필요가 있다고 생각했다. 그의 말에 따르면, 스메르댜코프는 지능이 낮은 사람으로 초보적인 교육을 받기는 했지만, 자신의 지능 이상으로 철학 사상에 현혹되어 현재 널리 일반에 퍼져 있는 기괴한 현대적 책임관 내지는 의무관에 빠져 있었다고 한다. 또한 그에게 그런 사상을 주입시킨 사람은 실제로는 그의 주인인, 아니 어쩌면 그의 아버지일 가능성이 있는, 방탕한 생활에 젖은 표도르 파블로비치였으며, 이론상으로는 그를 상대로 이상한 철학 이야기를 들려준 아들 이반이었다는 것이다. 어쩌면 이반은 심심풀이로, 혹은 마음속에 응어리진 냉소의 배출구를 찾아 스메르댜코프에게 재미로 이런 이야기를 했을지 모른다는 것이다. 그는 직접 자신에게 최근 주인집에 있었을 때의 정신 상태를 이야기해 주었다고 이폴리트 키릴로비치는 설명했다.

「이것은 다른 사람들, 즉 피고 자신이나 그의 동생 그리고 하인 그리고리마저, 말하자면 그와 가까이 지내던 모든 사람들이 한결같이 증언하고 있는 사실입니다. 게다가 스메르댜코프는 간질 발작으로 인해 건강이 매우 악화되어 〈마치 암탉처럼 겁을 집어먹고〉 있었다고 합니다. 〈그놈은 내 발아래 엎드려 구두에 입을 맞췄습니다〉라고 피고는 말했습니다. 그때까지만 해도 피고는 이런 진술이 자신에게 얼마나 불리한지 모르고 있었습니다. 〈그놈은 간질에 걸린 암탉이었습니다〉라고 피고는 자신의 독특한 말투로 진술했습니다. 그래서 피고는 그를 자신의 부하로 삼아(이 이야기는 피고가 직접 증언한 것입니다) 마구 협박했기 때문에, 결국 그는 피고의 첩자가 되고 염탐꾼이 되기로 했던 것입니다. 집안 내부의 첩자라는 직무 때문에 자기 주인을 배신해서는 돈이 든 봉투가 어디 있는지, 주인 방에 들어가는 신호가 어떤 것인지 피고에게 모두 이야기했던 것입니다. 아니, 어떻게 이야기하지 않을 수 있었겠습니까? 〈죽이려 들 것만 같았습니다, 분명히 죽이려 들 것만 같았습니다〉 하고 그는 예심에서 진술했습니다. 그때는 자신을 협박하던 폭군이 체포되어 이젠 다시 보복하러 올 수 없었지만, 그는 여전히 두려움에 떨고 있었습니다. 〈그분은 밤낮으로 저를 의심하고 있었기 때문에, 저는 언제나 두려움에 덜덜 떨고 있었어요. 그래서 어떻게든 그분의 노여움을 풀어 보려고 항상 모든 비밀을 전부 고해바쳤습니다. 그렇게 되면 제가 그분한테 나쁜 생각을 품지 않는다는 사실을 알게 될 것이고, 무사히 저를 용서해 주리라 믿고 말입니다〉 하고 스메르댜코프 자신이 직접 진술했습니다. 나는 이런 진술 내용을 기록해 두었으므로 정확하게 기억하고 있습니다. 〈저는 그가 호통을 칠 때면 항상 바로 그 앞에 무릎을 꿇곤 했습니다〉 하고 말입니다. 원래 정직한 청년이었던 까닭에, 그는 주인이 분실한 돈을 주워 돌려준 다음부터 정직하다는 것이 인정되어 주인의 깊은 신임을 얻고 있었으므로, 불행한 스메르댜코프는 자신의 은인으로 여겨 사랑을 베푸는 주인을 배신한 것이 매우 후회되어 아주 고통스러워한 것으로 판단해야 합니다. 유명한 정신병 의사의 증언을 들어 보면, 심한 간질병을 앓는 사람은 항상 병적으로 끊임없는 자책감에 빠지기 쉽다는 것입니다. 그들은 흔히 아무 이유도 없이 걸핏하면 어떤 일에나 혹은 어떤 사람들에게 자신의 죄를 고백하면서 양심의 가책을 느끼며 번민하기 일쑤라고 합니다. 그들은 항상 지나치게 생각하며, 스스로 온갖 죄악이며 범죄를 생각해 낸다고 합니다. 이런 부류의 인간들의 경우 단순한 공포와 경악 때문에 실제로 범죄자가 되는 일조차 나타나고 있습니다. 더구나 스메르댜코프는 자기 눈앞에 일어나고 있는 여러 사건에서 무언가 좋지 않은 일이 벌어질 것을 예감했습니다. 표도르의 둘째 아들 이반이 사건 직전 모스크바로 떠나려 했을 때, 스메르댜코프는 그에게 제발 가지 말라고 애원했습니다만, 소심한 성격으로 인해 자신이 품고 있는 의심을 모두 분명하게 털어놓지 못하고, 단지 약간 암시만 했던 것입니다. 그러나 이반은 그런 암시를 눈치채지 못했습니다. 여기서 주의해야 할 것은 그가 이반을 자신의 보호자처럼 생각했고, 그 사람만 집에 있으면 결코 불행한 일은 일어나지 않을 것이라고 믿고 있었다는 점입니다. 드미트리 표도로비치의 〈취중〉 편지에 적혀 있는 〈이반이 떠나는 대로 즉시 아버지를 죽이겠다〉라는 대목에서 알 수 있듯이, 이반의 존재는 곧 집안의 평온과 질서의 보장으로 생각하고 있었던 것입니다. 그런데 그런 이반은 떠나고 말았습니다. 그러자 스메르댜코프는 젊은 주인이 떠난 지 한 시간도 채 되지 않아서 간질 발작을 일으켰습니다. 그건 당연한 일이었습니다. 또한 여기서 언급해 둘 것은 온갖 고통과 절망에 시달리던 스메르댜코프가 그 2~3일 전에 아주 심하게 발작이 일어날 것을 예감하고 있었다는 사실입니다. 그때까지만 해도 발작은 언제나 정신적으로 긴장하거나 타격을 받을 때 발생했다고 합니다. 물론 발작 날짜를 예측할 수는 없지만, 간질병 환자들은 대부분 발작이 일어날 것 같은 징후를 미리 느낀다는 것이 이미 의학적으로 증명된 사실입니다. 그래서 이반이 집을 떠나자마자, 스메르댜코프는 자신의 외롭고 의지할 데 없는 신세를 슬퍼하면서, 볼일을 보러 지하실 창고로 내려갔습니다. 그는 창고 계단을 내려가면서, 〈발작이 일어나는 것은 아닐까? 혹시라도 발작이 일어나면 어쩌지?〉 하는 생각으로 꽉 차 있었습니다. 그러자 그러한 기분, 그러한 상상, 그러한 의문 때문에 언제나 발작 직전에 일어나는 목 경련이 일어나서 자신도 모르게 창고 바닥으로 쓰러지고 만 것입니다. 그런데 세상에는 이 자연스러운 사건을 의심해서 일부러 병자의 흉내를 낸 것은 아닌가 하고 은근히 의심하는 경우도 있습니다. 그러나 만일 일부러 한 짓이라면, 당장 〈무엇 때문에?〉라는 의문이 발생합니다. 어떤 타산, 어떤 목적에서 그랬던 것일까요? 이제 나는 의학을 들먹이지는 않겠습니다. 〈과학이 잘못할 수도 있다, 의사는 병의 진위를 정확히 분간하지는 못한다!〉 하고 말하는 사람들도 있을 수 있으니 말입니다. 그건 그쯤 해둡시다. 그러나 그전에 왜 그가 환자 흉내를 냈을까? 하는 질문에 대해 먼저 대답해야 하겠습니다. 만약 그가 살인을 계획하고 있었다면, 일부러 발작을 일으켜 사람들의 관심을 끌 필요가 있었을까요? 배심원 여러분, 여러분도 아시겠지만, 범행이 있었던 날 밤 표도르 파블로비치의 집에는 모두 다섯 사람이 있었습니다. 첫째, 표도르 파블로비치 본인입니다. 그가 자살하지 않았을 거라는 사실은 확실합니다. 둘째, 하인 그리고리입니다. 그러나 그 자신 역시, 하마터면 살해당할 뻔했습니다. 셋째, 그리고리의 아내인 마르파 이그나티예브나입니다. 그러나 그 여자는 자기 주인을 죽이겠다고 생각하는 것 자체를 수치스럽게 여기는 여자입니다. 그렇다면 남은 사람은 피고와 스메르댜코프뿐입니다. 그런데 피고는 자신이 죽이지 않았다고 주장하고 있으니, 남은 사람은 스메르댜코프뿐입니다. 그 외에는 달리 범인을 찾을 수 없습니다. 이제는 다른 범인을 제시할 수 없는 것입니다. 이렇게 해서 어제 자살하고 만 가엾은 백치에 대한 〈교활하고〉 터무니없는 혐의가 만들어진 것입니다! 다시 말해서 그는 다른 혐의를 걸 만한 사람을 발견하지 못했기 때문에 의심받게 된 것뿐입니다. 만약 어떤 다른 사람에게, 그러니까 제6의 인물에게 눈곱만큼의 의심이라도 있었다면, 피고는 스메르댜코프를 지명하기가 부끄러워 당장에 그 제6의 인물을 범인으로 지목했을 겁니다. 왜냐하면 스메르댜코프에게 그 살인죄를 뒤집어씌운다는 것은 절대 불합리하기 때문입니다.

여러분, 이젠 심리 분석이니, 의학이니, 논리니 하는 관점의 비평은 그만두겠습니다. 그리고 이제부턴 실제 사실만을, 오직 실제 사실만을 고찰해서 그 실제 사실이 우리에게 무엇을 말하고 있는지 살펴보기로 하겠습니다. 가령 스메르댜코프가 살인을 저질렀다면, 대체 어떻게 살인을 저질렀을까요? 단독으로 했을까요? 아니면 피고와 공모했을까요? 먼저, 첫 번째의 경우를 생각해 봅시다. 그가 살인을 저질렀다면 그땐 분명 어떤 목적이 있었을 겁니다. 무슨 이유가 있었을 겁니다. 스메르댜코프는 피고가 갖고 있었던 증오심이라든가, 질투심이라든가 하는 범행 동기가 전혀 없었으므로, 만약 그가 범인이라고 했을 때 살인 목적은 돈이라고 할 수 있겠습니다. 그 3천 루블의 돈 말입니다. 그는 주인이 그 돈을 봉투에 넣는 것을 직접 목격했으니까요. 그런데 그가 범행을 음모했다면, 미리 다른 사람에게, 더욱이 상당히 깊은 이해관계를 갖고 있는 피고에게 그 돈에 대해서, 그리고 집에 들어갈 수 있는 〈신호〉와 돈봉투가 놓인 장소, 봉투에 쓰인 글자, 또 그것을 무엇으로 싸놓았는지를 모두 가르쳐 주었겠느냐는 것입니다. 왜 그는 그렇게 자신을 배반하는 행위를 했을까요? 자신과 마찬가지로 침입해 들어가서 그 봉투를 훔쳐 낼 우려가 있는 경쟁자를 만들기 위해서였을까요? 그가 두려워서 말한 것은 아니냐고 이야기하는 사람이 있을지도 모릅니다. 그렇다면 그건 어찌 된 일일까요? 그토록 엄청난 범행을 계획하고 실행할 만한 자가 이 세상에서 오로지 자신밖에 모르는 사실을, 말하자면 자기만 잠자코 있으면 이 세상에서 그 누구도 알지 못할 일을 공연히 발설한다는 것은 쉽게 이해가 가지 않습니다. 아무리 겁 많은 인간이라고 하더라도 그러한 범죄를 꾸몄다면, 무슨 일이 있더라도 절대로 남에게 발설하지 않는 법입니다. 최소한 그 〈신호〉와 봉투 이야기는 하지 않았을 겁니다. 그것을 누설하는 것은 바로 자신을 배반하는 결과가 되는 것입니다. 만일 누가 정보를 제공해 달라고 요청한다면, 적당히 얼버무리거나 거짓말을 하거나 할 일이지, 중요한 사실을 발설할 리 없습니다. 다시 말하면, 만약 그가 하다못해 돈 이야기만은 하지 않다가 주인을 죽이고 돈을 훔쳤다면, 이 세상 그 누구도 돈 때문에 주인을 죽였다고 그를 비난하지는 못했을 겁니다. 왜냐하면 그 사람 외에는 아무도 그 돈을 본 적이 없으며, 그 돈이 집 안에 있다는 사실조차 몰랐을 것이기 때문입니다. 설사 그가 살인죄를 덮어쓴다고 해도 그가 아마 다른 동기에서 살인을 저질렀을 거라고 볼 것이 분명하기 때문입니다. 그런데 아무도 그전에 그에게서 다른 살인 동기를 발견하지 못했던 겁니다. 아니, 오히려 그가 주인에게 사랑과 신뢰를 받고 있다는 사실을 세상 사람들이 모두 알고 있었으므로, 만일 혐의를 받는다고 하더라도 그는 가장 마지막이 될 것이며, 우선 누구보다도 혐의를 받을 사람은 살인 동기를 갖고 있는 자, 그러니까 자기 입으로 살인을 외치고 다니던 자, 조금도 감추려 들지 않고 노골적으로 공공연하게 떠들고 다니던 자, 즉 피해자의 아들인 드미트리 표도로비치인 것입니다. 스메르댜코프가 살인을 저질러 돈을 훔쳐 가고, 죄는 아들이 덮어쓴다는 것이 스메르댜코프에게는 아주 유리하지 않겠습니까? 그런데도 그는 범행을 계획하며 그 아들 드미트리 표도로비치에게 돈과 봉투와 〈신호〉에 대해 이야기했던 것입니다. 과연, 이런 논리가 가능할까요? 이치는 이처럼 명명백백한 것입니다!

드디어 스메르댜코프가 범행을 계획한 날이 되었을 때, 그는 일부러 간질 발작을 일으킨 척하며 발을 헛디뎌 굴러떨어졌습니다. 왜 그랬을까요? 그렇게 되면 결국, 우선 아무도 집을 지킬 사람이 없어지니까, 병이 나서 몸조리를 하려던 하인 그리고리가 자신의 계획을 포기하고 집을 경비하게 됩니다. 그다음 주인은 집을 지킬 사람이 아무도 없다는 것을 알고는 평상시에 누누이 말해 왔듯이, 그 자신도 아들의 침입을 매우 두려워하고 불안해하면서 한층 더 경계하게 됩니다. 마지막으로, 이것은 아주 중요한 일입니다만, 스메르댜코프는 평소에 다른 사람과 떨어져서 혼자 부엌에 기거했으며, 출입구도 별도로 가지고 있었습니다. 그런데 간질 발작을 일으키게 되면, 당장 별채 한쪽에 있는 그리고리의 방으로 들어가서 그들 내외의 침실에서 세 걸음밖에 떨어지지 않은 칸막이 판자 뒤에 눕게 됩니다. 그가 발작을 일으키기만 하면 주인과 성격이 꼼꼼한 마르파의 주선으로 항상 그렇게 해왔던 것입니다. 그런데 그 칸막이 뒤에 누우면 진짜 병자처럼 보이기 위해서 계속 신음 소리를 내며 밤새 그리고리 부부를 잠 못 들게 해야 합니다(이것은 그들 부부가 진술한 내용입니다). 그런데 바로 그렇게 하는 것이 재빨리 자리에서 일어나 주인을 살해하는 데 유리할 리 있겠습니까?

그러면 또 혹자는 그가 꾀병을 부린 것은 의심을 피하기 위해서이며, 돈과 〈신호〉에 대해 이야기했던 것은 피고를 사주해 그로 하여금 집 안으로 쳐들어와 아버지를 살해하기 위해서였다고 주장할 수도 있습니다. 그러나 피고가 주인을 살해하고 돈을 훔쳐 나갈 때 소란이 일어나고 하인들이 깰지도 모르는 일입니다. 그럼 그는 그때 어떻게 했을까요? 스메르댜코프도 힘들게 일어나 나가 볼 작정이었을까요? 왜 나가 볼까요? 다시 한번 주인을 죽이고, 이미 빼앗은 돈을 재탈취하기 위해서일까요? 여러분, 여러분은 비웃고 계십니까? 저도 이렇게 가정하는 것이 부끄럽게 여겨집니다. 그런데 이 일을 어쩌겠습니까? 피고가 그렇게 주장하고 있지 않습니까? 피고는 자신이 그리고리를 쓰러뜨려 소동을 일으킨 후 집에서 나간 다음에, 스메르댜코프가 병석에서 일어나 안으로 들어가서는 주인을 죽이고 돈을 훔쳐 갔다고 주장하는 것입니다. 흥분해서 거의 제정신이 아닌 아들이 가만히 창문만 들여다본 다음, 들어가는 신호까지 알고 있으면서도 수확물을 고스란히 스메르댜코프에게 남겨 둔 채 조용히 물러가리란 것을 스메르댜코프가 어떻게 미리 알 수 있었겠습니까? 이런 이야기는 더 이상 언급하지 않겠습니다. 여러분, 저는 진지하게 묻겠습니다. 과연 언제 스메르댜코프가 그 범죄를 저질렀다는 겁니까? 그 시간을 가르쳐 주십시오. 왜냐하면 그것을 모르고는 그를 고발할 수 없기 때문입니다.

〈어쩌면 간질 발작이 사실이었을 수도 있다. 그러나 그 환자는 갑자기 깨어나서 비명 소리를 듣고는 밖으로 나갔을지도 모른다〉라고 말할 수도 있습니다. 그러면 어떻게 될까요? 그는 상황을 살핀 다음, 지금 당장 달려가서 주인이나 죽여야겠다고 생각했을까요? 그렇다면 어떻게 그가 그동안 벌어진 일을 알았을까요? 여러분, 이제 이런 공상은 한계에 다다른 것입니다.

그러나 머리 회전이 빠른 사람들은 이렇게 말할 수도 있습니다. 〈두 사람이 한패였을 수도 있다. 그러니 두 사람이 공모해서 주인을 죽이고 돈을 나눠 가졌다면 어떻게 할 것인가?〉 하고 말입니다.

그렇습니다. 이것은 아주 중대한 의문점입니다. 먼저, 이런 의문을 제기할 만한 증거가 있습니다. 말하자면 한쪽이 범행을 떠맡아 열심히 힘든 작업을 실천에 옮기는 동안, 다른 공모자는 간질 흉내를 내며 누워 있는 것입니다. 그것은 미리 사람들에게 불안감을 주고 주인과 그리고리에게 위협을 가하기 위한 것일 수도 있습니다. 그러면 무슨 이유로 이 두 공모자는 이처럼 광적인 계획을 꾸몄을까요? 아주 흥미롭지 않습니까? 그러나 그것은 물론 스메르쟈코프가 꾸민 것이 아닙니다. 어쩔 수 없는 희생양에 불과한 그는 복종할 수밖에 없었을 겁니다. 협박에 못 이겨, 다만 범행에 반대하지는 않겠다고 승낙한 것뿐입니다. 그는 드미트리 표도로비치가 자기 주인을 죽이는 동안 자신은 반항 한 번 하지 못하고, 소리 한 번 지르지 못했다는 비난을 모면하기 위해서, 드미트리 카라마조프가 범행을 저지르는 동안 간질 발작을 일으킨 척하고 누워 있겠다고 사전에 허락받았을지도 모릅니다. 〈그래, 당신은 거기서 당신이 원하는 대로 살인을 저지르시오, 나는 구경이나 하겠소!〉 하고 말입니다. 만일 그렇다고 해도 그의 발작은 집안사람들을 시끄럽게 만드는 일이므로 드미트리 카라마조프도 그것을 모를 리 없고, 그런 계획에 동조할 이유가 없었을 겁니다. 그러나 그가 한 걸음 양보해서 그것을 승낙했다고 합시다. 그렇다고 해도 드미트리 카라마조프야말로 살인자, 살인 주범, 선동자이며, 스메르쟈코프는 다만 수동적인 공범자, 아니 공범자라기보다는 오히려 겁에 질려서 본의 아니게 살인을 묵인한 방관자에 지나지 않는 것입니다. 그것은 배심원 여러분도 인정하시리라고 믿습니다. 그런데 실제 상황은 어떻게 되었습니까? 피고는 자신이 체포되자마자, 바로 스메르댜코프에게 모든 죄를 전가하고 뒤집어씌웠습니다. 공범의 죄는 고사하고 모든 죄를 그 사람에게만 전가하고 있는 것입니다. 〈저놈이 혼자서 저질렀습니다, 저놈이 살해하고 돈을 훔쳤습니다. 저놈이 한 짓입니다〉 하고 말입니다. 당장에 죄를 서로 전가하는 그런 공범자가 세상에 있을까요, 그런 일은 없습니다. 그리고 한 가지 주의할 것은 이런 행위는 드미트리 카라마조프 자신에게 매우 불리한 행위라는 점입니다. 왜냐하면 주범은 바로 자신이며, 스메르댜코프가 아니기 때문입니다. 그는 다만 묵인한 것에 지나지 않으니까요. 그는 칸막이 뒤에서 자고 있었습니다. 그런데도 피고는 잠들어 있던 사람에게 죄를 뒤집어씌웠습니다. 그렇게 하다 보면 스메르댜코프가 화가 나서 재빨리 자신을 방어할 목적으로 진실을 실토할 염려가 있습니다. 두 사람 모두 관계되었지만, 자기는 다만 무서워서 못 본 체했을 뿐이라고 실토할지도 모릅니다. 스메르댜코프는 법정이 단번에 자신의 죄상을 판단해 줄 것이며, 설령 벌을 받게 된다 하더라도 죄를 모두 자신에게 뒤집어씌우려는 주범보다는 훨씬 가벼울 것이라고 생각했을 겁니다. 그렇다면 부득이 전모를 자백했어야 하는데, 그는 전혀 그렇게 하지 않았습니다. 살인자가 계속 자신에게 죄를 전가하며, 자신을 유일한 살인자라고 주장하는데도 스메르댜코프는 자신이 공모했다는 기미를 전혀 보이지 않았고, 예심에서 우리의 질문에 답하면서, 돈봉투와 〈신호〉에 대해서는 자신이 피고에게 가르쳐 주었으며, 만일 자신이 말하지 않았더라면 피고는 몰랐을 것이라고만 대답했습니다. 실제로 그가 공범이며 그에게도 죄가 있다면, 예심에서 피고에게 모든 것을 알려 준 사람은 자신이라고 순순히 자백했을 리 있습니까? 오히려 사실을 왜곡하고 부인하며, 어떻게든 죄를 덜기 위해 애썼을 것입니다. 그러나 그는 이리저리 말을 둘러대며 사실을 왜곡하지도 않았고, 죄를 덜려고 애를 쓰지도 않았습니다. 이런 행동은 오직 죄가 없는 사람만이, 그와 같은 죄에 대해 책임지는 것을 두려워하지 않는 사람만이 할 수 있는 것입니다. 그리하여 그는 고질병인 간질과 이번의 참변으로 인해 충격을 받아서 병적인 우울증과 발작으로 간밤에 목을 매 자살한 것입니다. 그는 자살하기 전에 〈나는 그 누구에게도 죄를 전가하지 않기 위해, 나 자신의 뜻에 따라 기꺼이 목숨을 끊는다〉는 특이한 어투의 유서를 썼습니다. 범인은 자신이며 카라마조프가 아니다, 라고 간단히 한마디만 유서에 덧붙이면 별 어려움이 없었을 텐데, 그는 그렇게 하지 않았던 것입니다. 한편으론 양심의 가책을 느끼면서도, 다른 한편으론 그걸 느끼지 못했던 걸까요?

그런데 어떻습니까? 조금 전에 3천 루블이란 돈이 법정에 제출되었습니다. 〈그 돈은 다른 증거물들과 함께 탁자 위에 얹혀 있는 저 봉투 속에 들어 있던 돈입니다. 어젯밤에 스메르댜코프에게 받은 것입니다〉라고 이반은 말했습니다. 그러나 배심원 여러분, 여러분도 조금 전의 그 비참한 상황에 대해 이미 알고 계실 테니 자세한 말씀은 드릴 필요가 없겠지만, 몇 가지 의견을 말씀드리고자 합니다. 나는 아주 사소한 사실을 이야기할 생각입니다. 그러나 오히려 너무 사소한 것이기 때문에 아무도 주의를 기울이지 않고 잊어버릴 수도 있습니다. 다시 한번 말하지만, 첫째, 스메르댜코프는 양심의 가책을 느껴, 어제 그 돈을 내놓고 자살했습니다(만약 그가 양심의 가책을 느끼지 않았더라면, 그 돈을 내놓았을 리 없으니까요). 물론, 스메르댜코프가 어젯밤 처음으로 죄를 고백했다고 증인 이반 카라마조프가 말했는데, 그것이 사실이라고 합시다. 그렇지 않으면 그동안 잠자코 있었을 까닭이 없겠지요. 스메르댜코프는 그렇게 자백했습니다. 그런데 다시 한번 말하지만, 왜 스메르댜코프는 유서에 진실을 적어 놓지 않은 걸까요? 죄 없는 피고 때문에 내일 재판이 열린다는 것을 그도 잘 알고 있지 않습니까? 그 돈만으로는 확실한 증거가 되지 않는 것입니다. 나뿐만 아니라 이 법정에 나와 있는 두 분 모두 이미 일주일 전에 이반 표도로비치 카라마조프가 현청 소재지에 5푼 이자의 5천 루블짜리 채권 두 장, 그러니까 1만 루블을 보내 현금으로 바꾼 사실을 우연히 알게 되었습니다. 내가 이런 이야기를 하는 것은 누구든, 어느 때든 돈을 가지고 있을 수 있기 때문에 3천 루블의 돈을 가지고 왔다고 해서 그것이 그 돈이라는, 다시 말해서 그 상자나 봉투에서 나온 것이라는 증거는 아니라는 말을 드리고 싶은 것입니다. 게다가 이반은 어제 그처럼 중대한 자백을 진범에게서 듣고도 무심하게 그냥 내버려 두었습니다. 왜 그는 그 일을 당장 알리지 않았는가 하는 문제가 남습니다. 그는 왜 아침까지 그냥 있었을까요? 나는 그것을 추측해 볼 가치가 있다고 생각합니다. 짐작컨대 일주일 전에 건강이 악화되어 주변 사람들이나 의사에게 환상을 보았다느니, 망령을 만났다느니 하던 그가 다름 아닌, 바로 오늘 아침 별안간 그를 엄습한 망상증의 일보 직전까지 와 있었기 때문입니다. 그러다가 별안간 스메르댜코프의 자살 소식을 듣고는 〈그 녀석은 이제 죽은 녀석이니, 그 녀석에게 죄를 뒤집어씌우고 형을 구해야 한다. 다행히 나는 돈을 갖고 있으니, 이 지폐 뭉치를 들고 가서 스메르댜코프가 죽기 전에 준 것이라고 말하자〉라는 생각을 하게 된 것입니다. 여러분은 비록 죽은 사람이라고 해도 남에게 죄를 뒤집어씌우는 것은 옳지 못하며 아무리 형을 구하기 위해서라지만 거짓말을 하는 것은 좋은 일이 아니라고 말씀하시겠습니까? 옳습니다. 그러나 만일 무의식중에 거짓말을 했다면, 하인이 죽었다는 사실을 전해 듣고는 갑자기 머리가 이상해져서 그것이 사실인 양 상상했다면 어떻게 하겠습니까? 여러분은 조금 전의 광경을 직접 보셨을 겁니다. 그의 건강 상태가 어떠했는지 보셨을 겁니다. 그는 비록 똑바로 서서 이야기했지만, 그의 정신은 어디에 있었습니까? 이 정신 착란 진술에 이어 나타난 것이 피고가 베르홉체바 양에게 보낸 편지입니다. 그것은 범행 이틀 전에 보낸 것으로 자세한 범행 계획서입니다. 그렇다면 우리가 이제 더 이상 다른 범행 계획이나 그 작성자를 찾을 필요가 있을까요? 범행은 바로 그 계획에 따라, 바로 그 계획의 작성자가 수행한 것입니다. 그렇습니다. 배심원 여러분, 〈거기 쓰인 그대로 진행된 것입니다〉. 분명히 방에 자신의 애인이 있다고 확신한 피고가 부친의 방 창문 앞에서 갑자기 겁을 먹고 달아났다니, 그런 일은 믿을 수 없는 것입니다. 천만에요, 그런 일은 정말 어처구니없는 이야기에 지나지 않는 것입니다. 그는 그 순간 곧바로 아버지 방으로 침입해서 범행을 저지른 것입니다. 다시 말해서, 증오의 대상인 자신의 연적이 눈에 띄자마자, 분노의 불길에 휩싸여 범행을 저지른 것이 분명합니다. 아마도 저 절굿공이로 단번에 쓰러뜨렸겠지요. 그런 다음 샅샅이 찾아보았지만, 여자는 없었다는 것을 알게 된 것입니다. 그러나 그 순간에도 베개 밑에 손을 넣어 돈이 들어 있던 봉투를 끄집어내는 일은 잊지 않은 겁니다. 그 찢어진 봉투는 지금, 다른 증거물들과 같이 저 탁자 위에 놓여 있습니다. 내가 이런 이야기를 하는 것은 여기서 한 가지 사실을 인정해 주었으면 하는 뜻에서입니다. 이것은 아주 중요한 의미를 가진 것이기 때문입니다. 만일 그 범행이 경험자에 의한, 즉 보통의 일반적인 살인강도에 의한 것이었다면, 과연 빈 봉투를 방바닥에 내버렸겠습니까? 그런데 그 봉투는 시체 옆에 떨어져 있었습니다. 범인이 스메르댜코프였다면, 강도질을 하기 위해 살인을 저질렀다면, 일부러 피해자의 시체 위에서 봉투를 뜯어 볼 필요도 없이 그것을 가지고 도망갔을 겁니다. 왜냐하면 봉투 안에 돈이 들어 있다는 것을 분명히 알고 있었으니까요. 돈은 그의 면전에서 봉투에 넣어지고 봉인까지 되었으니 말입니다. 실제로 그 돈을 봉투째 들고 달아났다고 칩시다. 그랬다면 강도 행위는 아무도 눈치채지 못했을 겁니다. 배심원 여러분, 나는 감히 질문을 던져 봅니다. 과연 스메르댜코프가 그런 짓을 저질렀을까요? 빈 봉투를 방바닥에 버리고 갔을까요? 아닙니다. 그런 바보 같은 짓을 하는 것은 완전히 정신이 나간 미치광이 살인자뿐입니다. 보통 도둑이 아니고, 그때까지 한 번도 돈을 훔쳐 본 일이 없는 살인자가 분명하다는 말입니다. 베개 밑에서 돈을 꺼내면서도 그것은 도둑질이 아니라, 도리어 자기 것을 도둑에게서 되찾는다는 태도인 것입니다. 왜냐하면 그런 생각이 3천 루블에 대한 드미트리 표도로비치 본인의 생각이었으며, 그런 생각이 거의 편집광적인 상태에까지 이르렀기 때문입니다. 그래서 그는 처음 목격한 봉투를 집어 들고는 곧바로 봉투를 찢어 그 속에 돈이 들었는지 어떤지를 살핀 것입니다. 그러고 나서는 그 돈을 주머니에 넣고 방바닥에 떨어뜨린 봉투가 나중에 자기 범행의 유력한 증거가 될 것이라는 것도 모른 채, 그대로 달아난 것입니다. 바로 범인은 스메르댜코프가 아니라 카라마조프였기 때문에, 그런 사실에 대해서는 염두에 두지도 않았고, 상상도 하지 못했던 것입니다. 사실, 어떻게 그런 생각을 할 수 있었겠습니까? 그리고 그는 달아났습니다. 그러다가 문득 자신을 쫓아오는 늙은 하인의 고함 소리를 들었습니다. 그 늙은 하인이 자신을 붙잡고 놓지 않자, 그는 절굿공이로 그 하인을 때려눕혔습니다. 피고는 그 순간 측은한 생각이 들어, 그 곁으로 뛰어내렸다고 했습니다. 자, 어떻습니까. 피고의 진술에 따르면, 그때 그가 뛰어내린 것은 측은한 생각과 동정에서였으며, 어떻게든 도와주려고 했다는 겁니다. 그러나 그런 경황 중에 그런 동정심을 느끼고 있었다는 말이 가능할까요? 아닙니다, 그가 뛰어내린 것은 오직 범죄의 유일한 증인이 살았는지, 아니면 죽었는지를 확인하기 위해서였을 뿐입니다. 그런데 여기서 한 가지 주의해야 할 점은 그가 그리고리를 위해서 손수건으로 그의 머리를 닦아 준 사실입니다. 그러고는 이제 죽었다는 것을 확인하자, 전신이 피투성이가 된 채 넋 빠진 사람처럼 다시 그곳으로, 자신의 애인의 집으로 달려갔던 것입니다. 왜 그는 자신이 피투성이가 되었다는 사실과, 곧 범행 사실이 밝혀지리라는 점을 깨닫지 못했을까요? 피고는 자신이 피투성이였는지 어떤지는 전혀 깨닫지 못했다고 진술했습니다. 그것은 가능한 일이며, 얼마든지 있을 수 있는 일입니다. 그런 순간 범죄자에게는 얼마든지 가능한 일인 것입니다. 한편으로는 실로 소름끼치는 악랄한 일을 궁리하면서도, 다른 한편으로는 허풍을 치는 법입니다. 그는 그때 자신의 여자가 어디 있을까 하는 생각밖에 없었던 것입니다. 가능한 한 빨리 여자가 어디 있는지 알고 싶어서 그 집으로 달려갔을 때, 뜻밖에도 여자는 〈틀림없는 옛 남자〉와 모크로예에 갔다는 놀라운 이야기를 들었던 것입니다!」

9 전속력의 심리 분석, 달리는 삼두마차, 검사 논고의 결론

이폴리트 키릴로비치는 흔히 자신의 한없는 과장을 자제하기 위해 일부러 엄격하게 마련된 틀을 찾는 신경이 예민한 변론가들이 즐겨 애용하는 엄밀한 역사적 서술법을 택해 자신의 연설을 여기까지 이끌었으며, 그루셴카의 〈틀림없는 옛 남자〉에 대해 자세히 묘사하면서, 그 주제에 대해 특히 흥미롭다고 생각되는 몇 가지 이야기를 했다.

「거의 미칠 정도로 모든 이들에게 질투를 느끼던 카라마조프는 그녀의 〈틀림없는 옛 남자〉와 마주치게 되자, 갑자기 풀이 죽고 위축되었습니다. 특히 이상한 것은 그 예기치 않았던 자신의 경쟁자에 대한 위험성을 전혀 예감하지 못했다는 점입니다. 언제나 그는 그것을 먼 장래의 일이라고만 생각했던 것이죠. 왜냐하면 카라마조프는 언제나 현재만을 살고 있었기 때문입니다. 카라마조프는 그 사나이의 존재를 가공의 인물이라고까지 생각했던 것입니다. 그러나 그 여자가 실제로 지금껏 새로운 경쟁자를 숨기고 자신을 속인 것은 새로이 등장한 경쟁자가 그 여자에게 결코 상상의 인물이거나 가공의 인물이 아니라, 오히려 그 여자의 전부이자 이 세상에서의 모든 희망이기 때문이라는 사실을 문득 깨달았던 것입니다. 그렇게 되자 그는 갑자기 모든 것을 단념하게 되었습니다. 배심원 여러분, 어쩐 일인지 나는 피고의 마음속에 일어난 이 갑작스러운 변화를 그냥 지나칠 수가 없습니다. 피고는 어떤 일이 있더라도 이러한 심경의 변화를 일으키지 않을 법한 사람이지만, 그 순간 그의 마음속에는 갑자기 진실이라든가 여성에 대한 존경과 여성의 내적 권리에 대한 인정이라든가 하는 것들에 대한 준엄한 요구가 생겨났습니다. 그 여자를 위해 자신의 손을 아버지의 피로 물들인 바로 그 순간에 말입니다! 흐르는 피는 그때 복수를 한 것이라 할 수 있습니다. 바로 자신의 영혼과 이 세상에서 자신의 운명을 망친 그 순간에 자신도 모르게 그는 이렇게 외쳤습니다. 〈나는 그 여자에게 무엇인가? 내 영혼보다 더 사랑한 그 여자에게 나는 어떤 의미를 갖는 것일까? 그《옛 남자》, 다시 말해서 일찍이 자기가 버린 여자에게 다시 뉘우치고 돌아와 새로운 사랑을 바치고 결백한 언약을 맹세하며 행복한 생활을 꿈꾸는 그《틀림없는 옛 남자》와 비교했을 때, 과연 나는 어떤 존재란 말인가? 그리고 나는 불행한 그 여자에게 무엇을 줄 수 있단 말인가? 무엇을 제안할 수 있단 말인가?〉 카라마조프는 깨달은 것입니다. 자신의 범행이 모든 길을 막아 버렸고, 자신은 이미 사형 선고를 받은 죄인에 지나지 않으며, 삶이 허용될 인간이 이미 아니라는 사실을 깨달은 것입니다. 이 생각이 그를 억누르고 짓눌렀던 것입니다. 그래서 그는 순간 광기에 찬 계획을 세웠습니다. 카라마조프의 성격으로 보아, 그것이 그 무서운 상황으로부터 벗어나는 유일한 길이며 해결책이라고 생각했던 겁니다. 그것은 바로 자살입니다. 그는 관리인 페르호틴에게 저당 잡힌 권총을 찾으러 갔습니다. 그는 달려가는 도중에 방금 자신의 손으로 아버지의 피를 흘리고 탈취한 돈을 모두 호주머니에서 꺼냈습니다. 아아, 이제 그에게 필요한 것은 바로 돈이었던 것입니다. 카라마조프가 죽으려고 했던 사실은, 카라마조프가 자살하려 했던 사실은 잘 알려져 있습니다. 정말 그는 시인이었습니다. 그래서 그는 자기 목숨을 마치 양초에 켠 촛불처럼 불사른 것입니다. 〈그 여자에게로 가자, 그 여자에게로 가자, 거기서, 아아, 거기서 온 세계가 깜짝 놀랄 만한 큰 축제를 벌이자, 모든 사람들의 기억에 오래 남아 세상의 화제가 될 만한 전대미문의 큰 축제를 벌이자. 큰 함성과 미칠 듯한 집시의 노래와 춤 속에서 잔을 들어 내가 숭배하는 여자의 새로운 행복을 축하하자. 그리고 바로 그 자리에서 여자의 발아래 꿇어 엎드려, 그녀의 면전에서 내 머리를 박살내자. 나를 처형하는 것이다! 그러면 언젠가는 그 여인도 미탸 카라마조프를 회상하고 내가 얼마나 그녀를 사랑했는지 깨닫고 나를 가련하게 생각하겠지!〉 여기에는 그림 같은 아름다움과 낭만이 있었습니다. 그러나 여기에는 또 다른 것도 있었습니다. 배심원 여러분, 거기에는 그 무엇이 존재했습니다. 그의 영혼 속에서 끊임없이 아우성치고 끊임없이 그의 마음을 두드려 대는, 죽도록 가슴을 괴롭히는 그 무엇이 있었습니다. 그것은 바로 양심이었습니다. 배심원 여러분, 그것은 양심의 가책이었습니다. 그러나 권총은 모든 것을 해결해 줄 수 있었습니다. 권총이 유일한 출구였던 것입니다. 그 외에는 구원의 길이 없었습니다. 그리고 그 순간 카라마조프가 햄릿처럼 〈저세상에는 무엇이 있을까?〉 하고 생각했는지는 모르겠습니다. 아니, 배심원 여러분, 저쪽에는 아직 햄릿이 있지만, 이쪽에는 당분간 카라마조프뿐인 것입니다!」

여기서 이폴리트 키릴로비치는 미탸가 길 떠날 준비를 하던 모습이며, 페르호틴 집에서의 일, 그리고 식료품 가게에서 있었던 일과 마부와의 흥정 등의 광경을 상세하게 묘사했다. 그는 또한 증인들이 주장하는 온갖 진술을 인용하기도 했다. 그래서 그 묘사는 청중들의 마음에 상당한 확신을 심어 주었다. 그중에서도 가장 사람들의 마음을 끈 대목은 그 사실들의 결론 부분이었다. 광분하여 정신 나간 상태로 자기 스스로를 전혀 지키려 들지 않았던 그 사나이의 죄는 이제 부정하기 힘들게 된 것이다.

이폴리트 키릴로비치가 말했다. 「이제 그는 자기 자신을 지킬 필요가 없게 된 것입니다. 그는 하마터면 죄를 모두 자백할 뻔한 경우가 두세 번이나 있었습니다. 거의 자신의 죄를 암시하기까지 했습니다. 그러나 마지막까지 다 털어놓지는 못했습니다. (여기서 증인의 진술이 인용되었다.) 그는 도중에 마부를 붙들고, 〈이봐, 자네는 살인자를 태우고 있단 말이야!〉 하고 외치기까지 했습니다. 그러나 역시 모든 사실을 고백하지는 않았습니다. 그는 우선 모크로예로 가서 자신의 극적인 서사시를 완성해야 했습니다. 그런데 불행한 미탸의 마차를 기다린 것은 무엇이었을까요? 그곳에 도착해 보니 〈틀림없는 옛 남자〉가 의외로 점잖지 못한 인간일 뿐만 아니라, 여자는 새로운 행복의 축사와 축배를 그에게서 받으려 하지도 않는다는 것을 처음에는 어렴풋하게 알게 되었으며, 나중에는 확신하게 되었던 것입니다. 그러나 배심원 여러분, 여러분은 예심을 통해서 이미 그 사실을 알고 계실 겁니다. 경쟁자에 대한 카라마조프의 승리는 의심할 여지가 없는 것이었습니다. 그런 점에서 아, 새로운 국면이 펼쳐진 것입니다. 그 순간은 그의 심장이 그때까지 경험했던 것은 물론, 앞으로 장차 경험하게 될 모든 순간 중에서도 가장 두려운 순간이었던 것입니다. 배심원 여러분, 나는 그렇게 확신합니다.」 이폴리트 키릴로비치가 말했다. 「짓밟힌 본성과 죄 많은 심사가 이 지상의 그 어떤 심판보다도 더 완벽하게 그에게 복수한 것입니다. 그뿐만 아니라, 그것은 지상의 심판과 형벌이 자연의 형벌을 경험시켜 주는 것이며, 이러한 경우에 죄인의 영혼을 절망의 심연에서 구원하는 것으로 죄인의 마음에 없어서는 안 되는 것입니다. 사실 그루셴카가 자신을 사랑하고 있으며, 자신을 위해 〈옛 남자〉를 거절하고 미탸에게 새로운 생활을 제안하며 자신의 행복을 약속한다는 것을 알았을 때, 카라마조프가 어떤 고초와 정신적 고통을 겪었는지는 상상할 수조차 없는 일입니다. 그런 상황이 어떤 상황이었습니까? 그에게 그것은 모든 것이 종말을 고하고, 모든 것이 불가능해지는 순간이었습니다. 아울러 여기에서 나는 당시 피고가 처했던 상황의 참된 본질을 설명하면서, 가장 중요한 사실을 한 가지 밝히려고 합니다. 말하자면 그 여자에 대한 미탸의 사랑은 마지막 순간까지도, 그러니까 그가 체포되는 순간까지도 그로서는 도저히 이룰 수 없었던 것이며, 몹시 갈망하고 있었으면서도 손에 넣을 수 없었던 것이라는 사실입니다. 그런데 그는 왜 그때 자살하지 않은 걸까요? 왜 그는 자신이 결심한 일을 포기했을까요? 왜 자기 권총이 있는 곳마저 잊어버렸을까요? 그것은 사랑에 대한 무서운 갈망과, 그때 바로 그 자리에서 그 갈망이 충족될 수 있을지도 모른다는 희망이 그를 방해했던 것입니다. 그는 그 술자리에서 이성이 마비되어 자기와 더불어 축배를 드는 애인 곁에 함께 앉아 있었습니다. 그녀는 그 어느 때보다도 아름답고 매력적인 여성으로 보였습니다. 그는 여자 곁에서 잠시도 떠나지 않았고, 그 자태에 넋을 잃은 채 거의 녹아 버릴 지경이었습니다. 그 열렬한 갈망의 어느 순간에는 자신이 체포되리라는 공포뿐만 아니라, 양심의 가책까지도 완전히 잊어버리고 말았습니다. 그러나 그것은 한순간에 불과했습니다. 나는 당시 범인의 심경을 상상할 수 있습니다. 그의 마음은 다음과 같은 세 가지 요인에 이끌려 완전히 노예처럼 복종하고 있었습니다. 그 첫째는, 만취된 상태와 탁한 공기, 난장판과 춤추는 발자국 소리, 요란스러운 노랫소리, 그리고 취기가 올라서 벌게진 얼굴로 노래하고 춤추며 그를 향해 웃는 그 여자였습니다. 둘째는, 무서운 대단원은 아직 훨씬 뒤의 일이며, 적어도 그리 가깝지는 않다, 내일 아침경에야 체포하러 올 것이다, 라는 그를 위로하던 막연한 희망이었습니다. 그러면 〈아직 몇 시간은 남아 있다. 그만하면 충분한 시간이다. 아니, 너무 많다. 몇 시간이 지난 후 천천히 생각할 수 있는 문제다〉라고 그는 생각했던 것입니다. 아마 그 순간 그는 교수대로 끌려가는 죄인의 심정 같았을 겁니다. 보통 그런 죄인들은 아직도 길이 멀다, 몇천 명이나 되는 구경꾼들이 늘어서 있는 곳을 지나 모퉁이를 돌아 다시 다른 길로 나간다, 그 길 끝까지 가야만 무서운 광장이 나온다, 라고 생각하게 마련입니다. 사형수는 치욕의 마차를 타고 행진을 시작할 때, 자기 앞에는 아직도 무한한 생명이 남아 있다고 생각하게 됩니다. 나는 그렇게 믿습니다. 그러나 드디어 집들이 멀어져 가고 마차는 점점 형장에 가까워집니다. 아아, 그러나 그때까지도 그는 그다지 놀라지 않습니다. 다음 길까지 돌아가자면 아직도 멀다고 생각합니다. 그래서 그는 여전히 늠름한 모습으로 사방을 둘러보며, 자신을 쳐다보는 수천 명의 냉담하고 호기심에 찬 군중들을 바라봅니다. 그러고는 자신도 그들과 똑같은 인간이라고 생각합니다. 드디어 다음 길로 접어드는 모퉁이에 이릅니다. 아아, 그래도 아직 괜찮습니다. 그는 아직도 길은 멀다고 생각합니다. 아무리 집들이 그 뒤로 멀어져 가도, 아직 여전히 집들이 있다고 생각하는 겁니다. 이렇게 마지막으로 형장에 도착할 때까지 그런 생각은 계속됩니다. 내 생각으로는, 그때 카라마조프도 분명히 그랬을 겁니다. 〈아직 당국의 손이 뻗치지는 않았겠지, 아직 어떻게 피할 방법이 남아 있겠지, 아직 무슨 변명거리를 만들 여유가 충분히 있겠지, 아직 항변할 묘수가 있겠지, 그러니까 지금, 바로 이 순간 저 여자는 그토록 아름다운 것이 아닌가!〉 하고 생각했을 겁니다. 물론, 그의 마음은 혼란과 공포로 가득 차 있었겠지요. 그러나 그는 그 돈의 절반을 떼어 어딘가에 감출 여유가 있었습니다. 그렇지 않다면, 방금 자기 아버지의 베개 밑에서 꺼내 온 3천 루블의 절반이 어디로 사라졌는지 설명되지 않습니다. 그가 모크로예를 찾은 것은 처음이 아니었으며, 이미 전에도 밤낮으로 놀았던 기억이 있었으므로, 그 해묵은 목조 건물의 창고에서부터 복도 구석구석까지 알고 있었습니다. 내 상상으로는 그 돈의 일부를 체포되기 직전에 그 집 안의 어느 틈새나 갈라진 곳, 아니면 마루 밑이나 어느 구석, 혹은 다락 어딘가에 감추었을 겁니다. 왜냐고요? 무엇을 위해서일까요? 자명한 것입니다. 종말이 곧 다가오고 있을지도 모르기 때문입니다. 물론, 그는 그 종말을 어떻게 맞이할지 생각할 수도 없었고, 생각하지도 않았습니다. 게다가 머리는 욱신거렸고, 마음은 자꾸만 그 여자 곁으로 달려가고 있었습니다. 그러나 돈은, 그러니까 돈이란 어떤 상황에 처하게 되더라도 필요한 것입니다. 사람은 돈만 있으면 어디를 가더라도 대접받게 되니까요. 여러분은 이런 경우, 이런 계산을 하는 것이 어색하다고 생각하십니까? 그러나 그 자신의 주장으로는 범행 한 달 전에, 그가 가장 불안했던 때에 3천 루블의 절반을 떼내어 부적 주머니에 넣어 꿰매고 다녔다고 했습니다. 그 말은 물론 사실이 아닙니다. 그 점에 대해서는 곧 설명하겠습니다. 그러나 그렇다고 하더라도 카라마조프에게 그런 생각은 신기한 것이 아니고, 언제나 늘 가슴속에 간직하고 있었던 일인 것입니다. 게다가 그 뒤 그는 예심 판사에게 1천5백 루블을 주머니에(그것은 전에 결코 존재한 적이 없었습니다) 넣어 두었다고 말했습니다. 어쩌면 그 순간 갑작스러운 영감이 떠올라 부적 주머니를 생각해 낸 것인지도 모릅니다. 왜냐하면 두 시간 전에 그는 무슨 일이 생길 경우 그 돈의 절반을 자기가 갖고 있으면 좋지 않다고 생각하고는, 잠시 모크로예의 어디엔가 감춰 두었을 것이 분명하기 때문입니다. 배심원 여러분, 카라마조프를 보면 두 개의 심연을 볼 수 있습니다. 더욱이 그것을 동시에 볼 수 있다는 점을 기억해 주십시오. 우리는 그 집을 수색했습니다만, 돈을 발견하지는 못했습니다. 그 돈은 지금 여전히 그곳 어딘가에 감춰져 있을지도 모릅니다. 아무튼 그는 체포될 때 그 여자와 함께 있었으며, 그 앞에 무릎을 꿇고 앉아 있었습니다. 여자가 침대에 드러눕자, 그는 그녀에게 두 손을 내민 채 한순간 모든 것을 잊고 있었으며, 심지어는 경찰관이 가까이 다가가는 것조차 듣지 못했던 모양입니다. 그는 그때까지도 아직 답변할 말을 준비해 두지 않았습니다. 그도, 그의 지혜도 동시에 체포되고 만 것입니다.

이렇게 그는 자기 운명의 지배자인 재판관 앞에 서게 된 것입니다. 배심원 여러분, 우리는 자신의 의무를 자각하면서도 죄인 앞에 서는 것이 두려워질 때가 있습니다. 그 인간 때문에 무서워질 때가 있습니다! 그것은 죄인이 동물적 공포를 직감한 순간입니다. 다시 말해서 진퇴양난의 처지에 이른 것을 알면서도 여전히 적과 싸우고, 동시에 앞으로도 계속 싸울 결심을 하고 있는 순간입니다. 모든 자기 보호 본능이 마음속에서 생겨나, 그는 자기 자신을 구하기 위해 초조해하면서도 날카롭고 의문에 싸인 듯한, 아주 괴로운 듯한 눈빛으로 여러분을 바라보며, 여러분의 속마음을 읽기 위해 안색을 살피면서 적이 어느 쪽에서 쳐들어올 것인지 자세히 헤아려 보며 몸을 도사리는 한편, 자신의 산란한 마음속에서는 일시에 수천 가지 계획을 짜면서도 감히 입 밖에 내지 못하고, 자칫 발설했다가는 큰일이라고 생각하고 있는 것입니다. 이것은 인간의 가장 저열한 부분이며, 그 인간의 수난의 편력인 동시에 자기 보존의 동물적 갈망으로 참으로 두려운 것입니다. 때로는 예심 판사마저 소름 돋게 만들어, 급기야는 죄인에 대한 동정심까지 유발시키는 것입니다. 실제로 우리는 그때 그것을 목격했습니다. 처음에 그는 두렵고 당황하여 자신의 명예를 더럽히는 말을 두세 마디 했습니다. 〈피다! 이건 인과응보다!〉라고 하더니, 곧이어 자신을 억제했습니다. 그는 다음에 무슨 말을 어떻게 해야 할지, 아무런 준비가 되어 있지 않았습니다. 그저, 〈아버지의 죽음에 나는 아무 죄도 없습니다!〉라는 부인만 준비했을 뿐입니다. 그것이 그의 우선적인 보호막이었으며, 그 보호막 너머에서 그는 다시 다른 방법을 연구하고 있었습니다. 우리의 신문에 앞서 그는 애초에 자신이 했던 자승자박의 절규를 취소하려고 했습니다. 말하자면 하인 그리고리의 죽음에만 책임이 있다는 것이었습니다. 〈그의 피를 흘리게 했다는 것은 압니다. 그러나 아버지의 피를 흘리게 한 사람은 누굴까요? 여러분, 내가 아니라면 누굴까요?〉 하고 말입니다. 자, 보십시오, 신문하러 간 우리에게 그는 오히려 이렇게 반문하지 않았습니까. 보십시오, 그는 〈만일 내가 아니라면〉 하는 식으로 앞질러 실토하고 있지 않습니까? 이것은 동물적인 교활한 지혜입니다. 이것은 카라마조프 특유의 단순함과 성급함입니다. 나는 살인을 하지 않았다, 내가 살인을 저질렀다고 생각하기만 해봐라, 그냥 안 둔다는 식입니다. 〈나도 죽일 생각은 했지만, 여러분, 죽일 생각은 했습니다만〉 하고 그는 일찌감치 자백했습니다(그는 당황하고 있었습니다. 네, 아주 당황했던 것입니다). 〈그러나 나한테는 죄가 없습니다. 나는 살인을 저지르지 않았습니다!〉라며, 그는 우리에게 한 걸음 양보해서 죽일 생각은 있었다고 말합니다. 그것은 결국 자신은 그만큼 정직하니까, 범인은 아니라는 것을 믿게 하려는 생각입니다. 사실, 이런 경우 죄인은 가끔 너무 경솔해져서 무작정 무언가를 믿게 되기도 합니다. 그 점을 노리고 판사가 예사로운 표정을 지으며, 〈그러면 스메르댜코프가 죽였을까요?〉 하고 별안간 순진한 질문을 던집니다. 그러면 아니나 다를까, 예상대로 그는 우리가 미리 급소를 눌렀기 때문에 버럭 화를 냅니다. 그는 아직 충분한 준비가 되어 있지 않은 입장이고, 스메르댜코프를 들먹이는 아주 좋은 기회도 포착한 것이 아니니 말입니다. 그는 여느 때와 마찬가지로 곧 극단으로 치우쳐 스메르댜코프는 살인을 저지를 위인이 아니다, 그는 그럴 사람이 아니다, 라고 열심히 항변하기 시작합니다. 그러나 그것을 믿어서는 안 됩니다. 그것은 그의 교활한 거짓에 지나지 않습니다. 그는 스메르댜코프가 범인이라는 생각을 결코 취소한 것이 아니니까요. 포기하기는커녕, 도리어 언젠가 때를 봐서 다시 꺼낼 생각인 것입니다. 스메르댜코프 외에는 달리 끌어들일 사람이 없기 때문입니다. 그러나 그때는 기회를 놓친 셈이니 다음 기회를 노려야 했지요. 그래서 그는 다음 날, 아니면 며칠 뒤에 적당한 기회를 봐서 이번엔 자기 쪽에서 〈어떻습니까? 나는 당신들보다 훨씬 더 스메르댜코프를 열심히 변호했습니다. 그건 아시겠지요? 그러나 이젠 그가 살인을 저질렀다는 것을 확신하게 되었습니다. 아니, 그놈이 아니면 대체 누구겠습니까!〉 하고 외칠 참이었던 겁니다. 그러나 한참 동안 그는 암흑과 초조와 분노에 못 이겨, 자기 아버지의 방을 들여다보고는 그저 돌아갔다느니 하는, 참으로 어처구니없는 변명을 하고 있는 것입니다. 결국 그는 아직 사정을 몰랐던 것입니다. 깨어난 그리고리가 어떤 진술을 했는지 몰랐던 것입니다. 우리는 그의 몸수색을 했습니다. 그것은 그를 화나게도 했지만 용기를 주기도 했습니다. 그의 몸에서는 3천 루블이 모두 발견된 것이 아니라, 1천5백 루블만 발견된 것입니다. 이젠 의심할 여지가 없습니다. 화가 나서 입을 다물고 부정으로만 일관하는 동안, 그는 처음으로, 그야말로 처음으로 문득 부적 주머니를 생각해 낸 것입니다. 물론 그는 자신의 거짓말이 약간 부자연스럽다고 생각하여 고심했지만, 어떻게든 자연스럽게 보이려고 그럴듯한 한 편의 소설을 짜맞추려고 애썼습니다. 이런 경우 예심의 가장 중요한 임무는, 즉 우리의 가장 주된 작업은 피고에게 답변을 준비하게 하는 대신, 부자연스럽고 모순적인 말을 하도록 기습을 하는 것입니다. 아주 우연하면서도 느닷없이 무언가 새로운 사실이나 상황을 알려서 그가 무심코 입을 열도록 만드는 것이야말로 매우 중요한 일입니다. 다만 그 사실은 매우 중대한 가치를 지니고, 더욱이 그때까지 피고가 전혀 예상치 못한 뜻밖의 것이어야 합니다. 그러한 사실은 이미 준비되어 있었습니다. 그렇습니다, 벌써 준비되어 있었습니다. 그건 바로 이것입니다. 〈그 문은 열려 있었다, 그리고 피고는 그리로 달아났다〉고 주장하는 의식을 회복한 그리고리의 진술인 것입니다. 피고는 그 문을 그리고리가 보았을 줄은 전혀 생각하지 못했고, 그 문에 대해서는 완전히 잊었습니다. 그 때문에 파급 효과는 매우 놀라웠습니다. 그는 펄쩍 뛰면서 우리를 향해, 〈스메르댜코프가 죽였습니다. 그놈이 범인입니다!〉 하고 외친 것입니다. 이렇게 그는 미리 준비해 둔 비장의 무기를 꺼냈지만, 어처구니없는 불합리한 형태로 나타났습니다. 스메르댜코프는 피고가 그리고리를 때려눕히고 달아난 이후가 아니면 범행을 저지를 수 없었던 것입니다. 그래서 우리가 피고에게 그리고리는 쓰러지기 전에 문이 열려 있는 것을 보았고, 또 자신이 침실에서 나올 때 스메르댜코프가 신음 소리 내는 것을 들었다는 사실을 일러 주자, 카라마조프는 그만 입을 다물고 말았습니다. 나의 동료이며 명석한 두뇌의 소유자인 존경하는 예심 판사 니콜라이 파르표노비치가 나중에 들려준 이야기지만, 그분은 눈물이 날 정도로 그 순간 피고가 불쌍하게 여겨졌다고 말했습니다. 그 무렵 피고는 이런 사태를 만회할 생각으로 그 괴상한 부적 주머니 이야기를 재빨리 꺼낸 것입니다. 그럼, 이제 하는 수 없다, 자, 이 이야기나 들려주자 하고 말입니다! 배심원 여러분, 이미 언급했습니다만, 한 달 전에 돈을 부적 주머니에 넣어 꿰매 두었다는 이 조작된 이야기는 허무맹랑한 것이고, 도저히 있을 수 없는 속임수에 불과합니다. 여기서 이처럼 명백한 거짓말은 정말이지 찾기 힘들 정도입니다. 이 경우에 승리를 구가하는 이런 유의 소설가를 덫에 걸어 꼼짝 못 하게 하는 것은 무엇보다 아주 작은 세부 사항입니다. 현실에는 언제나 풍부하게 존재하는데도, 이를 의식하지 못하는 불행한 작가에 의해 언제나 무의미하고 불필요한 하찮은 일로 간주되어 한 번도 주의를 기울여 본 적이 없는 그런 세부 사항 말입니다. 맞습니다, 그들은 그 순간 그런 세부 사항을 생각할 겨를이 없는 것입니다. 그들의 머리는 단지 커다란 전체적 윤곽을 만들어 낼 뿐입니다. 그래서 〈아니, 그런 사소한 질문을 하다니, 대체 어떻게 된 일이야?〉 하고 생각할 것이 분명합니다. 그러나 바로 그것이 그들의 꼬리를 붙잡는 방법입니다. 먼저 피고에게 〈당신은 그 주머니의 재료를 어디서 가져왔습니까? 누가 꿰매 주었습니까?〉 하고 묻습니다. 그러면 피고는 〈내가 꿰맸습니다〉 하고 대답합니다. 〈그럼 천은 어디서 났습니까?〉 하고 물으면, 피고는 화를 벌컥 내며 그런 쓸데없는 질문을 던지는 것은 자기를 모욕하는 일이라고 말합니다. 그것은 진실입니다. 그러나 그들은 모두 이런 식입니다. 〈내 셔츠를 찢었습니다〉라고 말입니다. 〈아, 그렇군요, 그럼 내일 당신이 벗어 놓은 셔츠 가운데, 그 찢어진 셔츠가 있는지 어디 한번 찾아봅시다.〉 자, 어떻습니까, 배심원 여러분, 만일 실제로 셔츠가 나타난다면(만일 그러한 셔츠가 실제로 있었다면, 반드시 피고의 가방이나 일용품 상자에 들어 있어야 하니까요), 그것은 이미 하나의 실질적 근거가 됩니다. 그의 주장을 뒷받침할 수 있는 유력한 사실 말입니다. 그러나 그는 그것을 침착하게 생각하지 못합니다. 〈나는 기억이 잘 나지 않습니다만, 어쩌면 셔츠가 아니라 여주인의 취침용 모자로 꿰맨 것 같기도 하군요〉라고 그는 말합니다. 〈어떤 취침용 모자 말인가요?〉〈내가 여주인 댁에서 집어 온 것입니다. 거기서 뒹굴고 있더군요, 하얀 천이었습니다.〉〈그럼, 확실히 그것을 기억합니까?〉〈아니, 정확하지는 않습니다〉 하고 대답하고는 마구 화를 내기 일쑤입니다. 그러나 생각해 보십시오, 그런 일을 기억하지 못한다는 것이 말이나 됩니까? 인간은 가장 공포스러운 순간에, 이를테면 형장으로 끌려가게 될 때면, 오히려 그런 자질구레한 일을 생각하게 마련입니다. 모든 것을 깡그리 잊고 있던 사람에게 도중에 언뜻 비친 초록색 지붕이라든가, 혹은 십자가에 앉아 있던 까치라든가 하는 것들이 생각나는 법입니다. 사실, 그는 부적 주머니를 만들 때 남의 눈을 피했을 것입니다. 그래서 바느질을 하면서 자기 방에 누가 들어오지는 않을까, 누구에게 들키지는 않을까 하는 두려움으로 유치한 고민을 했을 때를 기억하고 있어야 하는 것입니다. 문을 두드리는 소리가 조금만 들려도 금세 부랴부랴 칸막이 뒤로 숨었을 것이 분명합니다(그의 방에는 칸막이가 있습니다)……. 그러나 배심원 여러분, 왜 내가 이런 사소한 일을 자세하게 여러분에게 이야기하겠습니까?」 이폴리트 키릴로비치가 목청을 높였다.「그건 다름이 아니라, 피고가 이런 상황에서도 그 우스꽝스러운 허구를 완강하게 고집했기 때문입니다. 그에게는 숙명적이던 그날 밤 이후, 꼬박 두 달 동안 피고는 무엇 하나 명쾌하게 하지 못했습니다. 마치 꿈같은 그의 이전 진술을 뒷받침할 현실적인 증거가 하나도 없는 것입니다. 그런 것은 사소한 것입니다. 〈명예를 걸고 여러분은 내 말을 믿으셔야 합니다〉라고 그는 말합니다. 아아, 그것을 믿을 수만 있다면 우리는 얼마나 기쁘겠습니까? 명예를 걸고서라도 믿고 싶은 마음이 간절합니다. 사실, 우리는 인간의 피에 주린 승냥이가 아닙니다. 제발, 단 하나라도 좋으니 피고에게 유리한 사실을 제시해 주십시오. 그러면 정말로 아주 기쁘겠습니다. 그러나 그것은 우리의 감각으로 실감할 수 있는 현실적인 사실이어야 합니다. 친동생이 주장하듯, 피고의 표정에서 얻은 결론이나, 피고가 어둠 속에서 자기 가슴을 친 것이 그의 부적 주머니를 가리킨 것이라고 주장하는 것은 곤란합니다. 우리는 새로운 사실을 기대합니다. 그리고 새로운 증거가 나타날 때면 누구보다도 먼저 내가 기소를 취하하겠습니다. 당장에 말입니다. 그러나 지금은 정의가 절규하고 있으므로 우리의 주장을 끝까지 고수하지 않으면 안 되는 것입니다. 나는 절대 취하할 수 없습니다.」

이렇게 말하고 나서 이폴리트 키릴로비치는 결론을 내리려 했다. 그는 열병에라도 걸린 사람처럼 〈비열한 약탈 때문에〉 친자식에게 살해된 아버지의 피를 위해서, 그 흘린 피를 위해서 절규한 것이다. 그는 온갖 비참하고 기분 나쁜 사실들의 총체를 확신하며 지적했다.

「여러분은 재능 있고, 유명한 피고의 변호사가 어떤 말을 하더라도…….」이폴리트 키릴로비치는 이 말을 하는 순간 더 이상 자기감정을 억제하지 못했다. 「여러분의 가슴을 울리는 그 어떤 유창하고 멋진 말을 늘어놓더라도 여러분은, 여러분이 현재 신성한 정의의 법정에 계신다는 것을 명심하셔야 합니다. 여러분은 우리의 정의의 수호자이며, 신성한 러시아와 그 기반과 가족 제도의 성스러운 수호자임을 깊이 명심하셔야 합니다. 그렇습니다. 여러분은 지금 이 자리에서 전 러시아를 대표하고 계시며, 여러분의 판결은 이 법정뿐만 아니라 전 러시아에 울려 퍼질 것입니다. 그리고 전 러시아가 자신들의 옹호자, 자신들의 재판관인 여러분의 판결을 경청하며, 그로 말미암아 격려받기도 하고 또 실망하기도 할 것입니다. 바라건대, 러시아의 기대를 저버리지 마십시오. 우리의 운명의 삼두마차는 어쩌면 파멸을 향해서 달려가고 있는지도 모릅니다. 이미 오래전부터 모든 러시아인들은 두 손을 들고 소리치면서, 미친 듯이 달리는 방약무인한 삼두마차의 질주를 막으려고 안간힘을 써왔습니다. 설령, 다른 국민들이 일단 그 거침없이 달리는 삼두마차를 피한다고 하더라도, 그것은 그 시인이 바란 것처럼 경의를 표하려는 것이 아니라, 단순한 공포 때문인 것입니다. 이 점을 특히 유의해 주십시오. 어쩌면 공포 때문이 아니라, 공포에 대한 혐오감 때문인지도 모릅니다. 아직은 그러니까, 사람이 피할 동안은 그래도 좋습니다. 그러나 후에 갑자기 피하는 것을 그만둘지 모릅니다. 자기 자신을 구하기 위해, 개화와 문명을 위해 광포하게 질주하는 환영 앞에 튼튼한 장벽이 되어 우뚝 서서 그 미친 방종과 질주를 막으려 할지도 모릅니다. 우리는 그 불안의 소리를 이미 유럽에서 듣고 있습니다. 그 소리는 벌써 울려 퍼지기 시작했습니다. 여러분, 바라건대 제발 자식의 친부 살해를 용인하는 따위의 판결을 내려서 더더욱 그 소리가 울려 퍼지고, 점점 더 드높아지는 것에 대해 책임을 지는 일이 없으시기를 간절히 바랍니다……」

한마디로 말해서 이폴리트 키릴로비치는 매우 들떠 있었고, 상당히 감동적인 논고를 매듭지었다. 사실, 그가 청중에게 준 감동은 아주 대단한 것이었다. 그 자신은 논고가 끝나자, 얼른 법정을 빠져나갔다. 그리고 이미 말했지만, 별실에서 하마터면 졸도할 지경에 이르렀다. 법정 안에서는 아무도 박수를 치지 않았지만, 정직한 사람들은 모두 만족스러워했다. 다만 부인들은 그다지 만족하지 않았다. 그러나 검사의 웅변에는 모두 감탄했다. 더구나 그들은 논고의 결과에 대해 전혀 우려하지 않았다. 그들은 페튜코비치에게 모든 기대를 걸고 있었으므로, 〈저 사람이 변론을 시작하면 틀림없이 완전한 승리를 얻게 될 것이다!〉라며 안심하고 있었다. 사람들은 모두 미탸를 바라보았다. 그는 두 주먹을 움켜쥐고 이를 악문 채 고개를 푹 숙이고는, 검사의 논고가 끝날 때까지 입을 꽉 다물고 있었다. 그러나 어쩌다가 고개를 들어 열심히 귀를 기울이기도 했다. 특히, 그루셴카의 이야기가 나올 때는 언제나 그랬다. 검사가 그녀에 대한 라키틴의 의견을 이야기했을 때, 그의 얼굴에는 경멸과 분노의 미소가 떠올랐다. 그는 충분히 들릴 정도의 목소리로 〈이런 베르나르 같은 놈!〉 하고 중얼거렸다. 이폴리트 키릴로비치가 모크로예에서 행한 신문에서 미탸를 괴롭힌 경위를 이야기했을 때는 매우 호기심에 찬 얼굴로 열심히 귀를 기울였다. 논고 가운데 어떤 대목에서는 펄쩍 뛰면서 무슨 소리를 지르려다가 간신히 억제하고, 경멸적으로 어깨를 들썩여 보이기도 했다. 나중에 이곳 사교계에서는 검사 논고의 종결 부분, 특히 모크로예에서 검사가 피고를 신문했을 때의 자랑을 평하면서, 〈그 친구, 결국 참지 못하고 자신의 수완에 대해 자랑을 늘어놓더군〉 하고 비웃기도 했다. 재판장은 잠시 휴정을 선언했는데, 불과 15분에서 20분 정도밖에 되지 않았다. 방청객들의 고함 소리와 이야기 소리 중에서 필자는 이런 대화가 생각난다.

「훌륭한 논고로군요!」 한 그룹에 끼여 있던 신사가 무뚝뚝하게 말했다.

「너무 심리 분석에 치우친 것 같아요.」 다른 목소리가 대꾸했다.

「하지만 모두가 그의 말대롭니다. 부인할 수 없는 사실이에요!」

「그래요, 그 사람은 그 방면의 대가지요.」

「총체적 결론을 내린 셈이군요.」

「우리, 우리에게도 역시 총체적 결론을 내려 주었어요.」 또 다른 목소리가 끼어들었다. 「논고의 첫 부분에서 우리도 모두 표도르 파블로비치와 같다고 말하지 않았습니까?」

「논고의 끝에서도 그랬습니다. 하지만 그 부분에서 그는 거짓말을 했어요.」

「게다가 모호한 점이 있었지요.」

「지나치게 신경이 예민한 것 같았어요.」

「불공평해요. 공평하지가 않아요.」

「아닙니다, 어쨌든 교묘하지 않습니까. 기회를 노리며 오랫동안 벼르던 말을 결국 했으니까요.」

「변호사는 뭐라고 할까요?」

그리고 다른 편에서는 이런 대화가 오갔다.

「하지만 페테르부르크에서 온 변호사에게 들으랍시고 그런 소릴 하는 것은 좀 심했어요. 마음을 뒤흔드니 어쩌니 했잖아요?」

「맞아요, 그건 좀 서툴렀어요.」

「너무 서둘렀던 거죠.」

「워낙 신경이 예민하거든요.」

「우린 이렇게 웃고 있지만, 피고의 기분은 어떨까요?」

「그래요, 미탸의 기분은 어떨까요?」

「나는 변호인이 무슨 말을 할지 궁금해요.」

또 다른 그룹에서는 이렇게 말하고 있었다.

「저 끝에서 확대경을 들고 있는 여잔 누구야, 저 뚱뚱한 부인 말이야?」

「장군의 부인인데 이혼했어. 내가 잘 알지.」

「어쩐지, 확대경을 들고 있다 했지!」

「불량해 보이는데.」

「아니, 약간은 매력 있는 여자야.」

「그 여자 옆으로 두 사람 건너 앉은 여자 있지, 그 여자가 더 나은데.」

「그러나저러나 모크로예에서는 용케도 미탸의 꼬리를 잡았군!」

「용한지는 모르지만, 또 그 이야기를 꺼내니 말이야, 그때 검사는 몇 번씩이나 집집마다 찾아다니며 자랑했잖아.」

「이번에도 결국 입 다물고 있지 못한 거야, 워낙 자존심이 강한 사람이니 말이야.」

「아주 불운한 사람이지, 헤헤.」

「게다가 화를 잘 내는 사람이야. 논고는 너무 장황하고 길었어.」

「게다가 위협까지 했어, 삼두마차 기억나? 〈저쪽에는 아직 햄릿이 있지만, 우리 쪽에는 카라마조프가 있을 뿐이다!〉라잖아. 그럴듯한 이야기지.」

「그 말은 자유주의자들을 비꼬려고 한 말이야, 두려워하고 있거든.」

「그리고 변호사를 무서워하잖아요.」

「그래, 페튜코비치는 뭐라고 할까?」

「무슨 말을 하든 이곳 남자들의 눈을 뜨게 하지는 못할 거야.」

「그렇게 생각해?」

또 다른 쪽에서는 다음과 같은 대화가 들려왔다.

「그러나 삼두마차 이야기는 훌륭했어. 남의 나라 이야기를 한 대목 말일세.」

「다른 나라에서 참고 있지 않을 거라고 했는데, 그건 사실이야.」

「그게 무슨 뜻이지?」

「지난주에 있었던 일인데, 영국 의회에서 한 의원이 허무주의자 문제를 가지고 우리 러시아인들을 야만인이라고 불렀고, 우리를 개화시키기 위해 슬슬 간섭할 시기가 되지 않았느냐고 정부에 건의한 적이 있었어. 이폴리트 키릴로비치는 그 의원을 두고 한 말이야. 틀림없이 그 의원 이야기야. 지난주에도 그런 말을 했거든.」

「하지만 그건 영국의 도요새들이 감히 할 수 있는 일이 아니잖나.」

「도요새가 뭔가, 어째서 못 한단 말인지?」
「우리가 크론시타트 항구를 폐쇄하고 그들에게 곡물을 보내지 말아 보게, 대체 놈들이 어디서 수입한단 말이야?」
「미국이지 뭐, 지금도 미국에서 수입하고 있으니까!」
「바보 같은 소리!」
그러자 그때 벨이 울렸고, 사람들은 모두 자기 자리로 달려갔다. 페튜코비치가 단상으로 올라갔다.

10 변호사 변론, 양날 도끼

명성이 자자한 변호사의 첫마디가 울려 퍼지자, 법정 안은 순식간에 조용해졌다. 방청객들의 시선이 일제히 그에게 집중되었다. 그는 매우 솔직하고 확신에 찬 어조로 간단명료하게 변론하기 시작했으며, 오만한 구석이라곤 찾아볼 수 없다. 일부러 말을 화려하게 꾸미려 들지도 않았고, 비통한 말투나 동정에 호소하는 그런 문구도 쓰지 않았다. 크고 듣기 좋은 그의 목소리는 아주 호감이 갔고, 다정함마저 깃들어 있었다. 그리고 목소리 자체에서 이미 그의 성실함과 순수성마저 느낄 수 있었다. 그러다가 변호사가 별안간 감동적인 심경으로 돌변하여, 〈신비한 그 무엇으로 사람들의 심금을 울리고 있다는 것〉을 모두 깨달을 수 있었다. 그의 말은 이폴리트처럼 정연하지 않았는지는 모르지만, 장황함은 찾아볼 수 없었고 아주 분명했다. 부인들의 마음에 들지 않은 것이 하나 있었다면, 그것은 변호사가 등을 묘하게 굽히는 점이었다. 특히 변론을 시작할 때 등을 굽히고 있었다. 그 모습은 절을 하는 것도 아니고, 청중들을 향해서 거침없이 날아가려는 듯이 그 긴 등을 중간 부분에서 묘하게 굽히고 있어서, 가느다란 등 한가운데 마치 손잡이라도 달려 있어서 거의 직각으로 꺾을 수도 있을 것 같은 모양이었다. 그는 처음에는 산만한 어조로 이런저런 사실을 잔뜩 늘어놓으며, 줄거리도 없이 이야기를 하는 것 같았으나, 마지막에 이르러서 훌륭하게 매듭을 짓곤 했다. 그의 변론은 두 부분으로 나눌 수 있었다. 전반부는 비판이자 기소 이유에 대한 반론이었으며, 때때로 짓궂은 조롱기도 담고 있었다. 그러나 후반에 들어서자 갑자기 어조도 논법도 일변하여, 별안간 비통하게 감정이 북받치는 태도로 변론했다. 법정을 가득 메운 방청객들은 그것을 기다리기라도 했다는 듯이 감격하여 웅성거리기 시작했다. 변호사는 즉각 문제의 핵심으로 파고들어 갔다. 먼저, 자신의 활동 무대는 페테르부르크이지만, 피고를 변호하기 위해 러시아의 각 도시를 방문한 것은 이번이 처음은 아니라고 말하고 나서, 자기가 변호의 수고를 아끼지 않는 피고들은 모두 죄 없는 사람들이라고 확신하거나, 그런 예감이 드는 사람, 둘 중의 하나라고 말했다. 「이번의 경우도 그렇습니다. 처음 신문 기사를 읽은 당시부터 나는 피고에게 유리한 그 무엇에 마음이 움직였습니다. 말하자면 나는 무엇보다도 법률적 사실에 흥미를 느꼈던 것입니다. 그러한 사실은 보통 재판 사건에서 흔히 되풀이되는 것이지만, 이번 사건만큼 철저하게, 그리고 아주 특수한 형태를 가지고 나타난 것은 드문 일이라고 생각합니다. 이러한 사실은 변론의 마지막에 가서 이야기해야 할 성질의 것이지만, 나는 먼저 한마디 해두려고 합니다. 왜냐하면 나는 효과적인 방법을 감추고 있지도 않으며, 적당히 다루지도 않고, 곧바로 문제의 핵심을 향해 돌진하는 한 가지 약점을 갖고 있기 때문입니다. 이것은 나의 입장에서 보면 무모한 일인지도 모르겠지만, 그 대신 성실한 태도라고 생각합니다. 나의 사상과 신조는 바로 이것입니다. 다시 말해 피고를 불리하게 만드는 사실은 압도적으로 많이 수집되어 있지만, 그러나 동시에 그 사실 하나하나를 관찰해 보면 모두 비판받을 수 있는 것들이란 사실입니다. 세상의 풍문을 듣고 신문을 보는 동안에 나의 이러한 신념은 점점 굳어졌습니다. 그때 마침, 뜻밖에도 피고의 친척으로부터 변호를 맡아 달라는 부탁을 받은 것입니다. 그래서 이곳으로 서둘러 달려와 살펴보고는 나는 더한층 나 자신의 신념을 굳혔습니다. 내가 이 사건의 변호를 맡은 것은 이 무서운 사실을 불식시키기 위한 것입니다. 다시 말해 기소 이유가 모두 증거 불충분 상태이며, 동시에 허구라는 것을 입증하기 위해서입니다.」

변호사는 이렇게 말하고는 갑자기 목청을 높였다.

「배심원 여러분, 나는 이곳에 방금 도착한 사람입니다. 따라서 내가 받은 인상에는 일말의 선입견도 없습니다. 거칠고 무례한 성격을 가진 피고도 예전에 한 번도 나를 모욕한 적이 없었습니다. 그런데 이 도시의 많은 사람들은 예전에 그에게 무례한 짓을 당한 적이 있어서 미리부터 피고에게 반감을 갖고 있는 것입니다. 물론, 이곳 사람들의 도덕적 감정의 분노를 산 것도 당연하다는 사실을 잘 알고 있습니다. 피고는 방종하고 난폭한 사람입니다. 그러나 그가 이곳 사교계에서 용납되었다는 것도 사실입니다. 뛰어난 재능을 가진 검사의 가정에서도 오히려 사랑을 받았을 정도입니다. (변호사가 이렇게 말했을 때, 방청객들 사이에서 비웃는 소리가 들렸다.

그 소리는 금방 저지되었으나, 그래도 사람들의 귀에 들려왔다. 이 지방 사람들은 그 사정을 잘 알고 있었는데, 검사는 그다지 내키지 않는 마음으로 미탸를 출입시켰던 것이다. 그것은 무슨 까닭에선지 그가 검사 부인의 관심을 끌고 있었기 때문이다. 부인은 매우 덕망 있는 훌륭한 여자였으나 공상적인 데가 있고, 고집이 세어 이따금 주로 하찮은 일로 검사와 다투곤 했다. 그러나 미탸는 그리 자주 그 집을 출입하지는 않았다.) 그러나 나는 그럼에도 불구하고 감히 이렇게 말하고 싶습니다.」 변호사가 말을 계속했다. 「나의 논적인 검사 또한 독립적인 지성과 공명정대한 성격을 지니고서도 우리의 불행한 피고에 대해서 뭔가 그릇된 선입견을 갖고 있는지 모르겠습니다. 물론, 그것은 있을 수 있는 일입니다. 불행한 피고가 그만한 대가를 받는 것은 극히 당연한 일이며, 상처 입은 도의심은, 특히 미적 감정은 때로 일체의 타협을 용서하지 않는 경우가 있습니다. 게다가 우리는 그 화려하게 빛나는 논고를 통해서 피고의 성격 및 행위에 대한 날카로운 분석을 들었고, 사건에 대한 준엄한 비판의 태도도 보았습니다. 특히, 사건의 진상을 설명하기 위해 수고하신 심리 분석에 이르러서는, 만일 존경하는 논적이 피고의 인격에 대해 조금이라도 악의를 지닌 의식적인 편견을 갖고 있었더라면 도저히 불가능한 그런 깊은 통찰을 보여 주었습니다. 그러나 이런 경우, 사건에 대해 극히 의도적인 악의를 지니는 태도보다 더 치명적인 것이 있습니다. 그것은 이를테면 일종의 예술적 유희, 예술 창조의 욕구, 그러니까 소설 창작의 욕망에 사로잡혔을 경우입니다. 특히 신이 우리에게 부여한 능력인 심리적 통찰력을 부여받고 태어났을 경우, 그것은 더욱 위험합니다.

나는 이곳으로 출발하기 전, 아직 페테르부르크에 있을 때 이미 그걸 예감했습니다. 이미 오래전에 우리 새로운 법조계에서 나 자신이 이러한 특성을 가진 바 있는, 그런 심오하고 예리한 심리학의 반론자와 아주 우연한 기회에 마주칠 것이란 사실을 나는 알고 있었습니다. 그러나 여러분, 심리학이란 심오한 학문인 동시에 양날을 가진 도끼와 같습니다(이때 청중들 사이에 웃음소리가 터져 나왔다). 물론 여러분은 이 평범한 비유를 용서하시리라 믿습니다. 나는 워낙 미사여구를 사용하는 점에서는 일가견이 없어서 말입니다. 그러나 그건 그렇다고 해두고, 지금은 검사의 논고 중에서 우선 한 가지 예를 들겠습니다. 우리 피고는 한밤중에 정원을 달려가서 담을 뛰어넘으려다가 자기 발을 붙잡고 매달리는 하인을 절굿공이로 후려갈기고, 다시 뛰어내려 꼬박 5분 동안이나 피해자 곁에서 그를 보살펴 주었습니다. 그것은 그가 죽었는지 살았는지 확인하기 위해서였습니다. 검사는 그때 피고가 그리고리 노인 옆으로 뛰어내린 것은 측은한 생각이 들어서라는 피고의 주장을 절대 믿으려 들지 않습니다. 〈아니, 그러한 순간에 그런 감정이 생길 수 있을까? 그건 어색하다. 그가 뛰어내린 것은 그가 죽었는지 살았는지 확인하기 위해서였다. 따라서 그것은 피고가 이미 범행을 저질렀다는 것을 입증하고 있다. 이런 경우에는 무슨 다른 동기, 다른 충동, 다른 감정으로 정원에 뛰어내릴 까닭이 없다〉고 말하고 있습니다. 과연 그것은 아주 심리학적인 설명입니다. 그러면 지금 그 심리 분석을 사실과 한번 대조해 봅시다. 단, 다른 측면에서 말입니다. 그렇게 되면 검사의 주장 못지않은 다른 진실이 나타나게 됩니다. 범인이 밑으로 뛰어내린 것은 증인이 살았는지 죽었는지 확인하려는 것이었다고 합시다. 그런데 검사 자신이 목격한 바로는, 피고는 자신의 손으로 살해한 아버지의 서재에 그 범죄를 입증하는 유력한 증거물, 다시 말해 3천 루블이 들어 있다고 적힌 봉투를 찢어 버리고 돌아가지 않았습니까? 〈만일 그 봉투만 가져갔더라면, 이 세상의 어느 누구도 그런 봉투가 존재했다는 것도, 그 속에 돈이 들어 있었다는 것도 몰랐을 것입니다. 따라서 그 돈을 피고에게 도둑맞았다는 것도 전혀 알려지지 않았을 것입니다〉라고 검사는 말했습니다. 여기에서 한쪽 경우에는 피고가 전혀 경계심이 없어서 당황한 나머지 앞뒤 분간도 못 한 채 방바닥에 증거물을 남겨 놓고 달아나면서도, 2분 후에 또 한 사람을 살해했을 때는 별안간 냉정하고 계산적인 감정을 드러냈다는 것입니다. 그러나 그것도 그렇다고 칩시다. 그런 경우에 그는 방금 캅카스의 독수리처럼 잔인하고 민첩했는가 하면, 다음 순간에는 곧 가련한 두더지처럼 눈먼 겁쟁이로 변해 버렸습니다. 그러나 만일 그가 범행을 저지르고 그 범행을 목격한 자의 생사를 확인하기 위해서 뛰어내릴 만큼 잔인하고 계산적인 사람이라면, 왜 새로운 희생자를 위해 5분이나 소비하며, 또다시 새로운 목격자를 만들어 내는 위험을 무릅썼겠느냐는 것입니다. 왜 그는 피해자의 머리에서 흐르는 피를 손수건으로 닦아 주는 행위로 인해 그 손수건이 나중에 증거물이 되게 만들었겠습니까? 아니, 만약 그가 그토록 잔인하고 계산적이라면, 오히려 뛰어내렸을 때 쓰러진 하인의 머리를 다시 한번 그 절굿공이로 박살 내어 숨통을 끊어서 목격자를 없애고 불안감을 일소하는 일을 하지 않았을까요? 그리고 그는 범행의 목격자의 죽음을 확인하기 위해서 정원으로 뛰어내리면서, 그 길바닥에 또 하나의 증거물, 즉 절굿공이를 남겨 두었습니다. 그 절굿공이는 그 여자에게서 가져온 것이니까, 그 사람들은 나중에 그것이 자기들 것이며 피고가 자신의 집에서 가져갔다고 진술할 것입니다. 게다가 그 절굿공이는 길바닥에서 잃어버린 것도 아니고, 정신을 팔다가 잊어버린 것도 아니며, 흉기라는 것을 알면서도 내던져 버렸던 것입니다. 왜냐하면 그것은 그리고리가 쓰러졌던 곳에서 열다섯 걸음이나 떨어진 곳에서 발견되었기 때문입니다. 대체 왜 그런 행동을 했을까 하는 의문이 생깁니다. 그건 바로 다음과 같은 이유에서였습니다. 그는 한 인간을, 오랜 세월 부리던 하인을 죽인 것을 슬퍼하여 저주의 말을 내뱉으며 멀리 내던진 것입니다. 그렇지 않으면 그토록 멀리 내던질 이유가 없습니다. 또 만일 그가 한 인간의 죽음에 대하여 고민과 연민을 느꼈다면, 물론 그것은 자신의 아버지를 죽이지 않았기 때문입니다. 만일 자신의 아버지를 죽인 후였더라면, 두 번째 피해자에게 연민을 느끼고 뛰어내릴 까닭이 없습니다. 그때는 이미 다른 감정이 생겼어야 하는 것입니다. 타인에 대한 연민은커녕, 우선 자기 자신부터 구해야만 했습니다. 그건 당연한 일입니다. 다시 한번 말하지만, 그는 5분이나 그런 식으로 시간을 낭비하는 대신, 단숨에 피해자의 두개골을 박살 내야 했던 것입니다. 그런데 연민이나 선량한 감정이 일어날 여지가 있었다는 것은, 그전에 양심에 부끄러운 행위를 하지 않았다는 증거가 되는 것입니다. 이렇게 해서, 이젠 전혀 다른 심리 분석이 만들어졌습니다. 배심원 여러분, 내가 지금 심리 분석을 해본 것은 인간의 심리란 마음대로 자유로이 분석할 수 있다는 것을 보여 주고 싶었기 때문입니다. 문제는 그것을 다루는 능력에 달려 있습니다. 심리라는 것은 가장 성실한 사람마저도 부지불식간에 소설가로 만들 우려가 있습니다. 배심원 여러분, 나는 심리 분석의 악용과 남용을 감히 경고하는 바입니다.」

여기서 또다시 청중 속에서 동조의 웃음소리가 들렸다. 그것은 물론 검사를 향한 비웃음이었다. 필자는 변호사의 변론을 처음부터 끝까지 다 소개하는 대신 그중에서 가장 중요하고 긴요한 부분만 간추려 소개할 생각이다.

11 돈은 없었다, 강탈 행위도 없었다

변호사의 변론 가운데서 사람들을 깜짝 놀라게 한 부분이 있었는데, 그것은 바로 그 운명의 3천 루블은 처음부터 존재하지도 않았으며, 따라서 피고가 그 돈을 강탈할 수도 없었다는 것이다.

「배심원 여러분.」 변호사는 이렇게 말을 꺼내기 시작했다. 「이번 사건에서 타지방 사람들이나 일절 선입견을 갖고 있지 않은 사람들을 놀라게 만드는 사실은 피고가 바로 돈을 강탈해 갔다고 지적하면서도, 동시에 피고가 무엇을 강탈했는가에 대한 아무런 실질적인 증거도 제시되지 못하고 있다는 점입니다. 3천 루블이란 돈을 강탈당했다고 하는데, 그 돈이 실제로 존재했었는지 여부를 알고 있는 사람은 아무도 없습니다. 자, 잘 생각해 보시기 바랍니다. 우리는 그 돈이 있었다는 사실을 어떻게 알게 되었습니까? 그리고 그 돈을 목격한 사람은 대체 누굽니까? 지금까지 그 돈을 자기 눈으로 직접 목격했고, 그 돈이 서명된 봉투에 들어 있었다고 말한 사람은 단 한 사람, 스메르댜코프뿐이었습니다. 그는 사건이 일어나기 전에 그 사실을 피고와 피고의 동생 이반 표도로비치에게 말했습니다. 그리고 그루셴카도 이야기를 들어서 알고 있었습니다. 그러나 자기 눈으로 직접 확인한 사람은 세 사람 중 아무도 없었습니다. 역시 스메르댜코프 한 사람만이 목격했던 것입니다. 그런데 바로 거기에서 한 가지 의문이 생겨납니다. 그러니까 설사 스메르댜코프가 그 돈이 실제로 있었던 것을 목격했다고 하더라도 그것을 마지막으로 본 것은 언제입니까? 만일 주인이 그 돈을 베개 밑에서 꺼내 스메르댜코프 몰래 다시 문갑에 넣어 두었다면 어떻게 되는 겁니까? 스메르댜코프의 말로는 그 돈이 이부자리 밑에, 그러니까 베개 밑에 있었다고 합니다. 그렇다면 피고는 그 돈을 베개 밑에서 꺼내야 했는데, 이불은 조금도 흐트러지지 않았습니다. 그뿐만 아니라 그날 밤에 깔아 놓았던 눈처럼 화사한 하얀 시트를 피고는 어떻게 그 피투성이 손으로 더럽히지 않을 수 있었을까요? 그러나 방바닥에 봉투가 떨어져 있지 않았느냐고 반문하실지도 모르겠습니다. 그 봉투에 관해서는 한마디해 둘 필요가 있습니다. 나는 아까 검사가 자신의 입으로, 아시겠습니까? 바로 자신의 입으로 그 봉투에 대해 언급한 부분을 듣고 상당히 놀라고 말았습니다. 여러분도 들으셨겠지만, 검사는 그 논고에서 스메르댜코프가 범인이라는 가정의 불합리성을 설명하기 위해서 봉투 문제를 인용하면서, 〈만일 봉투가 없었더라면, 만일 그 봉투를 강탈자가 가지고 달아나다가 증거물을 방바닥에 떨어뜨리지 않았더라면, 아무도 그 봉투가 있었다는 사실을, 그 속에 돈이 들어 있었다는 사실을 몰랐을 것이고, 따라서 그 돈을 피고에게 강탈당했는지도 알지 못했을 것〉이라고 말했습니다. 그러니까 검사는 다만 겉봉에 글을 써놓은 그 찢어진 종잇조각 하나가 강도 행위를 증명하는 것이고, 〈그것만 없었더라면, 아무도 강탈 행위가 있었다는 것은 물론, 돈이 있었는지도 몰랐을 것〉이라고 인정했던 것입니다. 그러나 과연 그 종잇조각이 방바닥에 떨어져 있었다는 사실로 그 봉투 속에 돈이 들어 있었다는 사실과, 그 돈이 강탈되었다는 것을 증명할 수 있을까요? 〈하지만 실제로 스메르댜코프가 봉투 속에 돈이 들어 있는 것을 목격하지 않았느냐?〉 하고 반문하실지 모르겠습니다. 그러면 그 돈을 마지막으로 본 것은 언제였습니까? 도대체 언제였습니까? 나는 그것이 궁금합니다. 내가 스메르댜코프를 만났을 때 그는 돈을 범행 이틀 전에 보았다고 진술했습니다. 그렇다면 표도르 파블로비치가 혼자 집에 틀어박혀서 애인이 오기를 애타게 기다리다가 지친 나머지 그 봉투를 찢어 버린 것은 아닐까요? 〈어쩌면 이런 봉투만 보고는 믿지 않을지도 몰라. 무지갯빛 지폐 30장이 더욱 효과가 있을지도 모르지. 그러면 아마 군침을 삼킬 거야.〉 이런 생각으로 봉투를 찢어 버린 다음 돈을 꺼내지는 않았을까요? 그렇다면 주인이 직접 봉투를 찢어 버린 셈이 됩니다. 따라서 그게 어떤 증거물이 되지나 않을까 하고 걱정할 필요도 없었던 것입니다! 자, 배심원 여러분, 이런 가정, 이런 사실은 정말 가능하지 않을까요? 대체 불가능할 이유가 어디 있습니까? 만일 이와 같은 일이 있을 수 있다고 가정한다면 강탈 죄는 성립되지 않습니다. 돈이 없는데 강탈할 이유가 어디 있겠습니까? 만일 봉투가 방바닥에 떨어져 있었다는 사실이 그 속에 돈이 들어 있었다는 증거가 된다면, 그 반대로 봉투가 방바닥에 뒹굴고 있었다는 사실은 이미 그 속에 돈이 없었다는 사실을 의미하기도 하니까요. 말하자면 주인이 이미 그전에 돈을 꺼낸 게 되는 겁니다. 이런 논리가 불가능할까요? 〈그렇다면, 만일 표도르 파블로비치가 직접 돈을 꺼냈다면, 그 돈은 도대체 어디에 두었을까? 어디에 두었기에 가택 수색을 해도 끝내 찾지 못했을까?〉 하는 반론이 나올지 모릅니다. 첫째, 그의 문갑에서 돈의 일부가 발견되었습니다. 둘째, 표도르 파블로비치는 이미 그날 아침이나 그 전날 밤에 돈을 꺼내어 다른 용도에 썼다든가, 아니면 다른 곳에 지불을 했거나 어디로 부쳤을지도 모릅니다. 그리고 마지막으로, 자기 생각이나 행동을 근본적으로 고쳐먹었는지도 모릅니다. 물론 그런 사실을 스메르댜코프에게 알릴 필요는 전혀 없었겠지요. 만일 이런 가정이 가능하다고 하면, 어떻게 그처럼 완강하고 결사적으로 피고를 벌할 수 있단 말입니까? 그가 별안간 강도질을 할 목적으로 부친을 죽였다느니, 아니면 실제로 강도질을 했다느니 하는 이야기를 어떻게 할 수 있느냐 이런 말입니다. 이런 식의 이야기는 이미 창작의 범주에 들어가는 것입니다. 무언가 도둑맞았다는 사실을 증명하기 위해서라면 도둑맞은 물건을 보여 주거나, 최소한 그것이 존재했었다는 확실한 증거를 제시해야 하지 않겠습니까? 그런데 그것을 목격한 사람은 아무도 없는 것입니다. 얼마 전에 페테르부르크에서 아직 열여덟 살밖에 되지 않은 가난한 행상인 젊은이가 대낮에 도끼를 들고 환전상에 들어가 전형적인 잔인한 방법으로 주인을 살해하고는 현금 1천5백 루블을 가지고 달아난 사건이 있었습니다. 그는 다섯 시간 만에 체포되었는데, 그때까지 단 15루블만 썼을 뿐 거의 전액을 고스란히 갖고 있었습니다. 그뿐만 아니라, 범행이 일어나고 얼마 후 가게로 돌아온 점원이 돈을 도둑맞았다는 사실은 물론, 도둑맞은 돈이 어떤 돈이었는지, 그러니까 무지갯빛 지폐가 몇 장, 파란색 지폐가 몇 장, 빨간색 지폐가 몇 장, 그리고 금화가 몇 개라는 식의 상세한 내용을 경찰에 신고했던 것입니다. 정말로 체포된 그 범인은 진술한 대로의 지폐와 금화를 가지고 있었습니다. 더욱이 범인은 자신이 주인을 죽이고 돈을 가져갔다고 분명히 실토했습니다. 배심원 여러분, 내가 증거라고 말하는 것은 바로 이런 것들을 의미합니다. 그러면 나는 돈을 알아볼 수도 있고, 눈으로 확인할 수도 있으며, 손으로 만져 볼 수도 있으므로 그 돈이 없었다고 부인하지는 못하는 겁니다. 그렇다면 이번 경우가 과연 그럴까요? 더구나 이 문제는 한 사람의 생사가 달린 문제이고, 그의 운명이 걸린 문제가 아닙니까? 〈그럴 수도 있겠지만, 어쨌든 그는 그날 밤 유흥비로 돈을 날려 버렸고, 또 그의 몸에서는 1천5백 루블이란 돈이 나오지 않았느냐?〉고 하실지도 모릅니다. 그러나 1천5백 루블의 돈만 발견되었을 뿐 나머지 절반은 끝내 발견되지 않았다는 사실은 그 돈이 전혀 별개의 것이었다는 사실을, 봉투로든 그 어디로든 아무데도 들어간 적이 없는 돈이라는 사실을 의미하는 것입니다. 시간상으로 볼 때(대단히 엄밀히 계산하더라도), 피고는 하녀들이 있는 곳에서 곧장 관리 페르호틴의 집으로 달려갔고, 도중에 자기 집에 들른 적도 없으며, 그 뒤에도 줄곧 사람들과 함께 있었다는 사실은 예심에서도 확인되고 증명된 바입니다. 그렇게 되면 피고가 3천 루블의 절반을 떼어 내 시내 모처에 감춰 둔다는 것은 전혀 불가능한 일인 것입니다. 그 점이 바로 검사가 돈의 절반을 모크로예 마을 어느 구석에 숨겨 놓앉을 거라고 가정하는 이유입니다. 그렇다면 차라리 우돌프의 성 지하실에 감추었다고 하는 편이 낫지 않습니까? 그런 가정은 너무나 공상적이고 소설적이지 않습니까? 그래서 단지 그런 가정만 없다면, 말하자면 모크로예에 돈을 숨겨 놓았다는 가정 하나만 없다면, 강탈 죄는 금방 사라져 버리는 것입니다. 왜냐하면 그럴 경우 그 1천5백 루블은 어디로 갔는지 알 수 없게 되지 않겠습니까? 만일 피고가 누구도 찾아가지 않았다면, 대체 그 돈은 어떻게 사라질 수 있겠습니까? 더구나 우리는 그러한 허구적 상상으로 한 인간의 생명을 파괴하려 하고 있습니다. 〈그렇지만 그는 자기가 가지고 있던 돈의 출처를 완전히 설명하지 못한다. 그뿐만 아니라 그날 밤까지 그가 땡전 한 푼 없는 빈털터리였다는 것은 모두 다 알고 있는 사실 아니냐〉 하고 여러분은 말씀하실지도 모릅니다. 그러나 그걸 누가 알 수 있겠습니까? 피고는 돈의 출처에 대해 분명하게 진술하고 있습니다. 배심원 여러분, 여러분이 내 의견을 듣고 싶어 하신다면 말씀드리겠습니다. 그러나 이 이상 더 확실한 진술은 이제껏 없었고, 또 있을 수도 없습니다. 그뿐만 아니라 그 진술은 피고의 성격과 정신 상태에 가장 잘 어울리는 것입니다. 그런데도 검사는 자신이 지은 소설이 더 마음에 드는 모양입니다. 피고는 의지가 박약한 사람이라 약혼자가 내주는 3천 루블의 돈을 염치없이 받을 정도이니, 그 돈을 주머니 안에 꿰매 놓을 사람이 아니다, 또 설사 그렇다고 해도 이틀에 한 번씩 주머니를 헐고 1백 루블씩 꺼내서 한 달 만에 다 써버렸을 것이라고 검사는 말했습니다. 더구나 그 주장을 어떤 반론도 용납될 수 없다는 어조로 말했습니다. 그런데 만약 일이 전혀 다른 방향으로, 그러니까 검사가 쓴 소설과 반대 방향으로 전개되어서, 그가 전혀 다른 인물이라면 그땐 어떻게 하시겠습니까? 문제는 바로 검사가 전혀 다른 인물을 창조해 냈다는 사실입니다! 혹 여러분 중에는 〈피고가 범행 한 달 전에 카테리나 이바노브나에게 받은 3천 루블을 모크로예 마을에서 하룻밤 사이에 1코페이카도 남기지 않고 다 써버렸다는 사실에 대해서는 증인이 있다. 그런데 피고가 어떻게 절반을 떼어 놓았다는 것인가?〉 하고 물을지도 모릅니다. 그런데 그 증인들이란 대체 어떤 사람들입니까? 그 증인들의 증언이 얼마나 정확한 것인지는 이미 법정에서 공개된 사실입니다. 게다가 남의 손에 든 떡은 항상 커보이는 법입니다. 결국 그 증인들 중에서 돈을 세어 본 사람은 한 사람도 없었습니다. 모두가 다 눈짐작뿐이었습니다. 사실 막시모프 같은 증인은 피고가 2만 루블이나 갖고 있었다고 말하지 않았습니까? 보십시오, 배심원 여러분, 이 때문에 심리 분석이란 양날을 가진 도끼인 것입니다. 자, 보십시오. 내가 그 도끼날의 반대쪽을 살펴서, 어떤 결론이 날지 보도록 하겠습니다.

이번 참극이 일어나기 한 달 전에 피고는 카테리나 이바노브나에게 3천 루블의 송금 부탁을 받았습니다. 그런데 과연 그 여자는 그 돈을 자신의 증언대로 모욕과 경멸을 주기 위해서 부탁했던 것일까요? 바로 그 점이 문제입니다. 이 문제에 대한 그 여자의 첫 번째 증언은 그렇지 않았습니다. 전혀 달랐습니다. 두 번째 증언에서 우리는 처음으로 그녀가 증오와 복수심으로 울부짖는 소리를 들었습니다. 그건 오랫동안 간직되었던 증오의 외침이었습니다. 그런데 여기서 증인이 처음 불확실한 증언을 했다는 사실을 놓고 볼 때, 두 번째 증언 또한 불확실한 것이라고 단정할 권리가 우리에게는 있는 것입니다. 검사는 〈원하지 않는다, 감히 그렇게 할 수 없다〉(그의 말대로라면)라고까지 자신의 소설을 이야기하고 있습니다. 나도 그 문제는 언급하지 않겠습니다. 그러나 다음 한 가지만은 짚고 넘어가야겠습니다. 말하자면 우리의 결백하고 도덕심이 강하며, 존경받는 카테리나 이바노브나 같은 아가씨가 분명히 피고를 파멸시킬 목적으로 첫 증언을 경솔하게 번복한 이상, 그 번복도 공평하고 이성적이지 못하다는 것은 분명한 사실입니다. 여러분, 대체로 복수심에 사로잡힌 여자가 과장된 증언을 할 수 있다는 사실을 나무라진 않으시겠지요. 그렇습니다. 그녀는 확실히 돈을 내주었을 때의 굴욕과 모멸을 과장하고 있습니다. 사실 그 여자는 그 돈을 받을 수 있는, 특히 피고처럼 경박한 인간이 쉽게 받을 수 있는 방식으로 돈을 건넨 것이 틀림없습니다. 무엇보다도 피고는 그때 계산상 자신의 소유인 3천 루블의 돈을 곧 부친에게서 받을 수 있으리라는 기대감을 갖고 있었습니다. 그것은 실로 경솔한 짓이었습니다. 즉 그의 경솔함 때문에 피고는 자신이 아버지에게서 3천 루블을 받을 수 있을 것이라고 생각했던 것이고, 그렇게 되면 언제든지 부탁받은 돈을 송금할 수 있고, 부채를 깨끗하게 청산하게 되리라고 기대했던 것입니다. 그런데 검사는 피고가 그날 받은 돈의 절반을 주머니 안에 넣고 꿰맸다는 말을 믿지 않습니다. 〈그것은 피고의 성격에 어울리지 않으며, 피고가 그런 생각을 했을 리가 없다〉고 검사는 말합니다. 그런데 그는 자신의 입으로 카라마조프의 성격을 예측하기 힘들다고 말하지 않았습니까? 그는 자기 입으로 카라마조프에게서는 두 개의 심연을 동시에 볼 수 있다고 목청을 높이지 않았습니까? 정말 카라마조프는 양면성과 두 개의 심연을 갖춘 천성의 소유자인 것입니다. 강렬한 방탕의 욕망을 느끼고 있을지라도, 만일 다른 면에서 어떤 자극을 받게 되면 그는 곧 멈출 수 있는 사람입니다. 그 다른 면이란 바로 사랑인 것입니다. 화약처럼 폭발해 버리는 사랑인 것입니다. 그런데 그 사랑을 위해서는 돈이 필요했습니다. 그 돈은 애인과의 유흥에서보다 훨씬 더 요긴했던 것입니다. 만일 그 여자가 〈나는 당신 거예요, 표도르 파블로비치는 싫어요〉라고 말한다면, 그는 그 여자와 함께 달아나지 않으면 안 됩니다. 그러기 위해서는 비용이 많이 듭니다. 그것이 유흥보다 훨씬 중요한 문제였습니다. 카라마조프가 그것을 모를 리 있겠습니까? 아니, 그는 무엇보다 그 때문에 고민했던 것입니다. 그는 무척 많은 고민을 했습니다. 그가 돈을 둘로 나누어 만일의 경우를 위해 절반을 감추어 두었다는 것이 불가능한 일일까요? 그런데 시간이 흘러가도 표도르 파블로비치는 피고에게 3천 루블을 주기는커녕, 오히려 그의 애인을 유혹하기 위해서 그 돈을 준비하고 있다는 소문이 났던 것입니다. 그는 〈만일 아버지 표도르 파블로비치가 그 돈을 주지 않으면, 나는 카테리나에게 영락없이 도둑놈이 되고 만다〉고 생각하기에 이르렀습니다. 그래서 늘 부적 주머니에 넣고 다니던 1천5백 루블을 베르흡체바 앞에 내놓고 〈나는 비열한 인간이긴 하지만 도둑놈은 아니다〉라고 선언하고 싶은 심정이었던 것입니다. 그 때문에 피고는 그 1천5백 루블을 아주 소중하게 간직하고 있었고, 그 주머니를 풀지 않았으며, 단 1백 루블도 꺼내지 않았다는 이중적 이유가 존재하는 것입니다. 검사는 왜 피고에겐 명예심도 없다고 생각하십니까? 아닙니다, 그는 명예심을 갖고 있습니다. 물론 그 명예심이 방향을 잘못 잡았고, 또 그로 인해 실수도 했지만. 그러나 어쨌든 그는 명예심을 갖고 있는 것입니다. 더욱이 그 명예심은 그에게 지나칠 정도로 강하게 작용하고 있습니다. 그는 그것을 증명했습니다. 그러나 일은 복잡해지고 질투의 고통이 극에 달하게 되자, 그가 평소에 품었던 의심, 다시 말해 예전부터 품었던 두 가지 문제가 더욱더 강하게 부각되어 흥분한 피고의 마음을 괴롭혔습니다. 〈만일 이 돈을 카테리나에게 돌려주면 그루셴카는 어떻게 데려간단 말인가?〉 피고가 한 달 동안 그토록 무절제하게 술을 들이켜고 술집을 전전했던 것은, 어쩌면 그런 괴로움 때문이었을지 모릅니다. 결국 그 두 가지 문제가 점점 더 첨예해지고, 마침내 그를 절망으로 몰아넣게 된 것입니다. 그는 자신의 동생을 아버지에게 보내 마지막으로 그 3천 루블을 청구했지만, 대답도 기다리기 전에 직접 뛰어 들어가 여러 사람이 보는 가운데 아버지를 구타했습니다. 그런데 일이 그렇게 된 이상 돈을 구할 희망이 전혀 없어지고 말았습니다. 얻어맞은 부친이 돈을 내줄 리 없었겠지요. 그날 밤에 바로 그는 자신의 가슴을 두드리며, 바로 부적 주머니가 있는 부분을 두드리며 자신은 결국 비열한 인간이 되지 않을 수 있는 방법을 갖고 있지만, 이젠 결국 그렇게 될 수밖에 없다, 왜냐하면 그 방법을 사용할 의지력도 없고, 배짱도 없다는 것을 자기 자신은 잘 알고 있기 때문이라고 동생에게 고백했던 것입니다. 그런데 왜 검사는 알렉세이 카라마조프의 진술을 믿을 수 없다는 것입니까? 왜 그토록 결백하고 성의를 보이며 아무런 잔꾀도 부리지 않고 진술하는데 믿을 수 없다는 것입니까? 그러면서도 오히려 돈이 어느 틈바구니에, 우돌포 성의 지하실 같은 데 숨겨져 있다는 사실을 나더러 믿으라는 겁니까? 그날 밤 피고는 자신의 동생과 이야기한 뒤에 그 숙명적인 편지를 썼습니다. 결국은 그 편지가 피고의 죄상을 밝히는 가장 중요하고도 유력한 증거가 되고 말았습니다! 〈사람들에게 돈을 빌려 달라고 부탁해 보고 아무도 빌려주지 않으면, 이반이 출발하는 즉시 바로 아버지를 죽이고, 베개 밑에서 장밋빛 리본으로 묶인 봉투를 꺼낼 생각이다!〉 이것은 뛰어난 살인 계획입니다. 물론, 범인은 그가 아니라면 다른 누구이겠습니까? 〈그곳에 쓰인 대로 실행되었다!〉고 검사는 목청을 높이고 있습니다. 그러나 우선 첫째로, 편지는 〈취중〉에 쓰인 것입니다. 그가 흥분할 대로 흥분한 상태에서 썼던 것입니다. 둘째로, 봉투에 관해서는 스메르댜코프에게서 들은 것이며, 그 자신은 결코 봉투를 본 적이 없는 것입니다. 셋째로, 그 편지는 피고가 쓴 것이지만, 과연 쓰인 대로 실행되었을까요? 그것을 무엇으로 입증한단 말입니까. 실제로 피고는 베개 밑에서 돈봉투를 꺼냈을까요? 과연 돈을 발견했을까요? 아니, 그보다는 과연 돈이 존재하기라도 했을까요? 피고는 돈을 강탈하러 달려갔을까요? 잘 기억해 주시기 바랍니다! 그는 돈을 강탈하러 간 것이 아니라, 오직 자신을 격분하게 만든 여자의 행방을 찾으러 갔던 것입니다. 그렇다면 계획대로, 다시 말하자면 편지에 쓰여 있듯이 그러한 목적으로 그곳에 달려갔던 것은 아닙니다. 미리 계획하고 있었던 강도질을 하기 위해서가 아니라, 별안간 질투심에 휩싸여 자신도 모르는 사이에 달려갔던 것입니다. 〈그렇다고 해도 달려가서 아버지를 살해하고 돈을 강탈한 것임에 틀림없다〉고 여러분은 말할지 모릅니다. 그런데 과연 그가 살인을 했을까요? 어떻습니까? 강탈 죄는 결단코 아닙니다. 강탈당한 것이 증명되지 않은 이상, 강탈 죄를 씌울 수는 없습니다. 그것은 원칙입니다. 그러면 다른 한편으로 그는 살인을 저질렀을까요? 강탈하지 않고 살인만 저질렀을까요? 과연 그것이 입증되고 있습니까? 그것 역시 창작이 아닐까요?」

12 그렇다, 살인도 없었다

「배심원 여러분, 이것은 한 인간의 생명이 걸린 문제이므로 신중히 숙고해 주시기 바랍니다. 검사는 마지막까지, 그러니까 오늘 공판이 시작될 때까지 피고가 예정된 계획에 의해서 살인을 했는지 어떤지조차 확실하게 판단하지 못했습니다. 〈취중〉에 쓴 그 운명의 편지가 오늘 법정에 제출되기 전까지도 망설이고 있었다고 검사는 분명히 말했습니다. 우리도 역시 그 이야기를 확실히 들었습니다. 〈쓰인 대로 실행한 것이다!〉라고 검사는 주장하고 있습니다. 되풀이해서 말하거니와, 그가 달려간 것은 오직 자신의 여자를 찾으러, 여자의 소재를 알기 위해서였습니다. 그것은 움직일 수 없는 사실입니다. 만일 그 여자가 집에만 있었던들, 그는 아무 짓도 하지 않았을 것입니다. 그는 별안간, 아무런 생각 없이 달려갔으므로 〈취중〉 편지 따위는 깡그리 잊어버리고 있었는지도 모릅니다. 〈그러나 절굿공이를 들고 가지 않았느냐?〉고 말할지도 모릅니다. 그리고 검사는 절굿공이 하나를 단서로 하여, 피고가 그 절굿공이를 흉기로 알고, 흉기로 여겨서 가져갔다는 것을 입증하기 위해 아주 장황하게 설명하고 있습니다. 그런데 내 머릿속에서는 한 가지 생각이 떠올랐습니다. 그것은 만약 절굿공이가 눈에 띄기 쉬운 선반에 있었던 것이 아니라 다른 곳에, 벽장 속 같은 곳에 들어 있었더라면 어땠을까, 그러면 피고는 그 절굿공이를 보지 못하고 그냥 맨손으로 달려갔을지도 모르고, 그렇게 됐더라면 아무도 죽이지 않았을 수도 있습니다. 그렇다면 흉기 소지죄 및 모살 죄의 증거가 된 그 절굿공이를 어떻게 판단해야 옳을까요? 사실 피고는 예전에 술집을 전전하며 아버지를 죽이겠다고 공언하고 다녔지만, 이틀 전날 밤 그 〈취중〉 편지를 쓸 때는 조용히 지냈고, 단지 한 점원과 말다툼을 벌였을 뿐입니다. 여기에 대해 검사는 〈카라마조프가 싸움을 벌이지 않을 리가 있느냐〉고 했지만, 나는 그 점에서 대해서 만일 피고가 계획대로, 말하자면 편지에 쓰여 있는 대로 아버지를 죽일 생각이었다면, 그는 분명 싸움을 하지 않았을 것이며, 게다가 술집 같은 곳은 아예 가지도 않았을 것이라고 생각합니다. 왜냐하면 그런 일을 계획하고 있는 인간은 조용하고 아무도 없는 곳을 찾아가 남의 이목을 끌지 않도록 몸을 숨겼을 것이고, 〈가능한 한 사람들이 자신을 잊게 하려고〉 애쓸 것이기 때문입니다. 그것은 계산적이라기보다는 본능적인 것입니다. 배심원 여러분, 인간의 심리란 양면성을 갖고 있는 것이므로, 우리도 그런 사실은 쉽게 알 수 있습니다. 또 지난 한 달 동안 피고가 술집을 전전하며 마구 떠벌린 내용을 보면, 흔히 아이들이 큰소리치는 것과 다름없습니다. 술 취한 주정뱅이들이 술집에서 나와 싸우면서, 서로 〈때려죽이겠다!〉고 고함치는 일은 그다지 보기 드문 일은 아니잖습니까. 그러나 그들이 실제로 살인을 저지르지는 않습니다. 그러니 운명의 그 편지도 만취한 나머지 흥분해서 쓴 것이 아닐까요? 주정뱅이가 술집에서 나와 〈죽여 버릴 테다, 네놈들을 모조리 죽여 버릴 테다!〉 하고 소리치는 것에 불과하지 않을까요? 그렇지 않다고 단정하는 이유는 뭡니까? 그래서는 안 되는 겁니까? 왜 그 편지가 운명적인 것이 되었을까요? 그와 반대로 왜 그것이 우스꽝스러운 것이라고 하지 않는 걸까요? 그것은 다름이 아닙니다. 바로 부친의 시신이 발견되었기 때문입니다. 흉기를 들고 정원에서 달려가는 피고의 모습을 한 목격자가 보았던 것입니다. 그리고 피고가 증인 자신에게 피해를 끼쳤기 때문입니다. 그렇기 때문에 모든 것이 쓰여 있는 대로 실행된 것이었고, 그 편지는 없던 것으로 돌리기 어려운 것이 되었고, 숙명적인 것이 되고 만 것입니다. 그래서 우리는 이제 정원에 들어간 이상, 그가 분명히 범인이라고 결론을 내린 것입니다. 그가 들어간 이상, 틀림없이 살인을 저지르고 만 것이 되어 버린, 이 두 가지 사실에 모든 기소의 이유가 들어 있는 것입니다. 〈들어간 이상, 살인을 저지른 것임에 틀림없다.〉 그러나 비록 〈들어갔다〉 하더라도, 그 사실이 분명 살인을 저지른 것이 〈틀림없다〉는 증거가 되지 않는다면 어떻게 하시겠습니까? 아아, 나는 사실과 사실 사이의 일치가 가장 설득력이 있다고 생각합니다. 그러나 그 사실을 하나하나 모아서 짜맞추는 일에 연연하지 말고, 따로따로 생각해 보기로 합시다. 이를테면 피고가 아버지의 창문 앞에서 달아났다는 진술을, 어째서 검사는 믿으려 하지 않을까요? 별안간 범인의 마음속에 생긴 경건한 감정이나 온순한 태도에 대해서 검사는 비웃기까지 했습니다. 그러나 실제로 그런 마음이 경외심까지는 아니더라도, 일종의 선의의 감정에서 솟아난 것이라고 한다면 어떻게 하시겠습니까? 〈그 순간 어머니가 나를 위해 기도하신 것이 분명하다〉고 피고는 예심에서 진술했습니다. 그처럼 그는 아버지의 집에 그루셴카가 없다는 것을 확인하고는 곧 달아났던 것입니다. 〈그러나 창 너머로 그것을 확인할 수는 없다〉고 검사는 반론하실 겁니다. 하지만 왜 확인이 안 된다는 것입니까? 사실상 피고의 신호로 창문이 열렸습니다. 그때 표도르 파블로비치는 뭐라고 호통을 쳤을 것이 분명합니다. 그는 분명히 스베틀로바가 없다는 사실을 피고가 알아들을 수 있는 어떤 말로 했을 것입니다. 왜 우리는 우리 자신이 상상하는 대로, 상상하고 싶은 대로 모든 것을 가정하는 겁니까? 현실 생활에서는 아무리 섬세한 소설가라 할지라도 못 보고 지나치는 수천 가지의 사물이 존재하는 법입니다. 〈그건 그렇다. 그러나 그리고리는 문이 열려 있는 것을 보지 않았는가. 그러니 피고는 집 안에 있었던 것이고, 따라서 그가 범인임에 틀림없다〉고 말할 수 있습니다. 배심원 여러분, 그런데 그 문이…… 그 문이 열려 있었다고 말한 사람은 단 한 사람의 증인밖에 없습니다. 더욱이 그 증인은 그런 상태였으니……. 하지만 상관없습니다. 문이 열려 있었다고 합시다. 그건 피고가 고집을 부리는 그런 경우 흔히 있을 수 있는 자기방어라고 합시다. 그렇다고 해서 대체 왜 집 안으로 들어간 것이 살인을 저지른 것이 됩니까? 그는 난폭하게 이 방 저 방 마구 휘젓고 다녔을 수도 있습니다. 아버지를 밀쳤을지도 모릅니다. 심지어 구타를 했을지도 모릅니다. 그러나 스베틀로바가 없다는 것을 확인하자마자, 여자가 없다는 것을 확인하자마자 그는 아버지를 죽이지 않고 기뻐하면서 도망쳤던 것입니다. 그래서 그는 1분 후에 담에서 뛰어내려 아까 분노 끝에 해를 입혔던 그리고리 곁으로 갔던 것입니다. 그래서 그는 결백한 감정으로 동정과 연민의 정을 느꼈던 것입니다. 말하자면 아버지를 죽이려던 유혹을 물리치고, 결백한 감정과 죄를 범하지 않은 사실에 속으로 은근히 기쁨을 느꼈을 것입니다. 검사는 모크로예 마을에서의 피고의 끔찍한 입장을 무시무시한 웅변으로 묘사했습니다. 즉 다시 사랑이 그의 눈앞에 펼쳐지고, 그를 새로운 삶으로 손짓하고 있는데도, 그의 등 뒤에서는 피투성이가 된 아버지의 시체가 뒹굴고, 다시 그 뒤에는 형벌이 기다리고 있었기 때문에 피고에게는 사랑이 불가능하게 되었다는 이야기 말입니다. 그래도 검사는 자신의 심리 분석을 통해, 역시 그 사랑을 인정하고 있습니다. 〈술 취한 상태이며, 범인이 형장에 끌려갈 때, 형장이 아직 멀다고 기대하는 것 등등〉 말입니다. 그러나 다시 되묻는 바이지만, 검사는 여기서 또 하나의 새로운 인물을 창조한 것은 아닙니까? 만일 자기 아버지의 피를 흘리게 한 것이 사실이라면, 그 순간에 아직도 연애를 생각하고 법관에게 속임수를 쓸 만큼 피고는 광포하고 모진 사람일까요? 아니, 결코 그렇지 않습니다! 그는 그 여자가 자신을 사랑하고 자신을 부르고 있으며 새로운 행복을 기약하고 있음을 알게 된 순간, 오, 단언컨대 자신이 아버지를 죽였고 아버지 시체가 등 뒤에 뒹굴고 있었다면, 그는 두 배, 세 배로 자살 충동을 느꼈을 겁니다. 그리고 아주 장렬하게 자살하고 말았을 것입니다. 결코 권총의 소재를 잊어버리거나 하지는 않았을 것입니다. 나는 피고를 잘 알고 있습니다. 검사의 논고에서 억지로 갖다 붙인 조잡하고 투박한 무감정의 성격은 그의 성격과 전혀 다른 것입니다. 그는 분명히 자살했을 겁니다. 그건 확실합니다. 그가 자살하지 않은 것은

〈어머니가 기도해 주었기 때문이며〉, 따라서 아버지의 피에 대해 죄가 없었기 때문입니다. 그는 그날 밤 모크로예에서 하인 그리고리 영감을 해친 것을 한탄하며, 그가 원기를 되찾고 일어나 주기를, 자신이 가한 타격이 치명적인 것이 아니기를, 그리고 자신도 형벌을 받게 되지 않기를 마음속으로 하느님께 빌고 있었던 것입니다. 어째서 이런 해석이 가능하지 않은 것입니까? 우리는 피고가 거짓말을 하고 있다는 확실한 증거를 갖고 있습니까? 그러면 그의 아버지 시체가 다시 한번 증거물로 떠오르게 됩니다. 그가 죽이지 않고 달아났다면, 누가 그 노인을 죽였을까요?

되풀이해서 말하면, 여기에 검사 측의 모든 논리가 들어 있는 것입니다. 다시 말해서, 만약 피고가 살인을 저지르지 않았다면 대체 누가 살인을 저질렀겠습니까? 그를 대신할 사람이 아무도 없는 것입니다. 배심원 여러분, 정말 그럴까요? 조금 전에 들은 바로는 그날 밤 그 집에 있었거나, 출입한 적이 있는 사람은 모두 다섯 사람이었습니다. 그중에서 세 사람에게는 전혀 죄를 씌울 수 없다는 사실에 저도 동감합니다. 살해된 본인과, 그리고리 노인 그리고 그의 아내입니다. 그러면 남는 사람은 피고와 스메르댜코프입니다. 그런데 검사의 주장에 따르면, 피고가 스메르댜코프를 들먹이는 것은 달리 아무도 지목할 사람이 없기 때문이라고 했습니다. 만일 그 외에 여섯 번째 사람이 있었다면, 그 여섯 번째 사람의 그림자라도 있었다면, 스메르댜코프에게 죄를 뒤집어씌우기가 유치해서 당장 그를 지명했을 것이라고 열변을 토했습니다. 그러나 배심원 여러분, 오히려 그 반대 결론을 내릴 수는 없을까요? 여기 두 사람의 인물, 그러니까 피고와 스메르댜코프가 있습니다. 그런데 내 입장에서 볼 때, 여러분이 피고에게 죄를 돌리는 것은 다만 특별히 죄를 돌릴 만한 다른 사람이 없기 때문이라고 생각됩니다. 달리 죄를 뒤집어씌울 만한 사람이 눈에 띄지 않는 것은 여러분이 미리 스메르댜코프를 혐의권 밖으로 제쳐 놓았기 때문입니다. 스메르댜코프의 이름을 언급하는 사람은 당사자인 피고와 그의 두 아우, 그리고 스베틀로바뿐입니다. 그러나 그 밖에도 스메르댜코프를 지목하는 사람이 몇 명 더 있습니다. 그것은 세간에 나도는 막연한 의심과 혐의의 결과인 것입니다. 무언가 분명치 않은 소문이 거리에 떠돌고 있습니다. 무언가가 있을 거라는 느낌이 듭니다. 그리고 몇몇 사실들의 대치 정황도 그것을 뒷받침해 줍니다. 물론, 그것은 솔직하게 말해서 아직 확실치가 않습니다만, 아주 특기할 만한 일입니다. 그것은 첫째로 범행 당일에 일어난 발작입니다. 그런데 검사는 웬일인지, 그 간질 발작의 진실성에 대해서 열심히 변호하려 애쓰고 있습니다. 다음으로는 재판 전날 스메르댜코프가 갑자기 자살한 일입니다. 그다음으로는 다시, 피고의 바로 손아래 동생이 오늘 법정에서 진술한 증언 내용입니다. 그 증언은 앞의 두 사람 못지않은 돌발적인 내용이었습니다. 그는 그때까지 형의 범죄를 믿고 있었는데, 오늘 느닷없이 돈을 꺼내 놓고는 스메르댜코프를 범인으로 거명했습니다. 물론 나도 이반 카라마조프가 망상증에 걸린 환자이며, 그의 진술은 죽은 사람에게 죄를 전가시켜 형을 구하자는 절망적인 시도일 수도 있다는 것을, 게다가 열병에 걸린 상태에서 생각해 낸 것일지도 모른다는 재판관과 검사의 생각을 지지하는 바입니다. 그러나 또다시 스메르댜코프란 이름이 거명되었다는 사실에 대해 왠지 이상한 수수께끼 같은 것이 느껴집니다. 배심원 여러분, 아무래도 여기에는 아직 충분히 설명되지 않은, 분명히 규명되지 않은 그 무엇이 담겨 있는 것 같습니다. 그것은 언젠가 설명될 때가 올지도 모르겠습니다. 그러나 여기에서는 이 이상 들어가지 않겠습니다. 그럼 다시 이전으로 되돌아가겠습니다. 재판장님의 심의 속개 선언을 기다리는 동안, 나는 잠시 죽은 스메르댜코프의 성격에 대해 생각해 보았습니다. 나는 그에 대한 비판을 한마디 덧붙이고자 합니다. 검사가 시도한 스메르댜코프의 성격 분석은 매우 세밀하고 훌륭한 것이었습니다. 그러나 나는 검사가 보여 준 놀라운 천재성에 경의를 표하기는 하지만, 그 비판 내용에 대해서는 동의할 수 없습니다. 나는 스메르댜코프를 찾아가 그와 대화를 나누어 보았습니다. 그러나 그에게서 받은 인상은 검사의 그것과는 전혀 다른 것이었습니다. 그의 건강이 악화된 것은 분명했습니다. 그러나 그의 성격이나 감정의 측면으로 볼 때, 검사가 판단했던 것처럼 그가 그렇게 머리가 나쁜 사람은 결코 아니라는 것입니다. 게다가 검사가 지적한 그의 소심한 성격은 전혀 발견할 수조차 없었습니다. 그리고 그가 단순하다든가 솔직하다든가 하는 점도 전혀 발견할 수 없었습니다. 오히려 나는 그 솔직함의 가면 아래 숨겨진 무서운 시기심과 그가 지닌 매우 날카로운 지능을 발견했습니다. 오, 검사는 자신의 논고에서 너무나 간단하게 그를 단순한 저능아로 간주해 버렸지만, 나는 오히려 그에게서 아주 강한 인상을 받았습니다. 그는 매우 독살스러운 데가 있고, 속셈을 드러내지 않는 야심가이며, 복수심이 강하고 시기심이 많은 사람이라는 것을 깨달았던 것입니다. 나는 두세 가지 정보를 수집했는데, 그것은 그가 자신의 출생에 대해 증오하면서 부끄럽게 여기고 있었다는 사실입니다. 그는 언제나 이를 갈며 〈나는 스메르댜샤야의 아들이다〉라고 말하곤 했던 것입니다. 그는 어린 시절의 은인인 그리고리 영감 내외마저도 존경하지 않았습니다. 그리고 러시아를 저주하며 러시아를 경멸했다고 합니다. 그는 프랑스에 가고 싶어 했고, 동시에 프랑스인이 되고 싶어 했다고도 합니다. 그는 항상 입버릇처럼 그 비용을 구할 길이 없다고 떠들어 댔다는 것입니다. 그는 자기 외에는 그 누구도 사랑할 줄 모르는 사람처럼 보였습니다. 그리고 이상할 정도로 자존심이 강한 사람이라는 것을 나는 알 수 있었습니다. 그는 훌륭한 옷과 깨끗한 셔츠, 그리고 반짝거리는 구두가 문명이라고 생각하고 있었습니다. 또한 자신이 표도르 파블로비치의 사생아(이것은 사실입니다)라고 생각하고, 합법적인 자식들과 자신을 비교하며 자신의 처지를 증오했을 거라는 사실에는 충분한 근거가 있습니다. 그들은 모든 것을 소유하고 있는데, 자신은 아무것도 가진 것이 없으며, 그들은 모든 권리를 갖고 유산까지 상속받는데, 자신은 한낱 요리사에 지나지 않는다고 생각했을 것입니다. 그는 표도르 파블로비치가 돈을 봉투에 넣는 것을 자신이 직접 도와주었다고 진술했습니다. 물론 그는 그 돈의 용도에 대해 못마땅하게 생각하고 있었을 것입니다. 그만한 돈이면 자신이 새 삶을 시작하는 데 충분했기 때문입니다. 그뿐만 아니라, 그는 반들거리는 무지갯빛 지폐로 3천 루블이나 되는 큰돈을 생전 처음으로 보았습니다. (나는 특별히 그 점에 대해 질문을 던져 보았습니다.) 오, 시기심과 자존심이 강한 인간에겐 절대로 큰돈을 보여서는 안 되는 법입니다. 그는 생전 처음으로 그런 큰돈을 보았던 것입니다. 무지갯빛 지폐 뭉치에 대한 인상은 당장 그 결과가 나타나지는 않지만, 나중에 그의 상상력에 커다란 영향을 준 것임에 틀림없습니다. 재능 있는 검사님은 스메르댜코프에게 살인죄를 적용하는 것에 대한 갖가지 찬성론과 반대론을 자세하게 살핀 결과, 그가 과연 간질 발작을 일으킬 필요가 있었겠느냐고 의문을 제기했습니다. 그렇습니다, 그는 결코 그런 흉내를 낸 것이 아닌지도 모릅니다. 발작은 그야말로 자연 발생적이었는지도 모릅니다. 그 발작은 시간이 조금 지나자 자연스럽게 가라앉았고, 얼마 후 그 환자는 깨어났을지도 모릅니다. 그것은 흔히 있는 일입니다. 그러면 검사는 살인을 범할 시간이 어디 있었느냐고 묻겠지요. 그러나 그 시간을 지적하는 것은 전혀 어려운 일이 아닐 것입니다. 그는 그리고리 노인이 정원으로 달려가는 피고의 다리를 붙잡고 〈친부 살해범아!〉 하고 동네가 떠나갈 듯이 소리친 그 바로 순간, 그는 아주 깊은 잠에서(왜냐하면 그는 다만 자고 있었을 뿐이고, 간질 발작 후에는 언제나 그렇게 깊은 잠에 빠지게 마련이니까요) 깨어나 문득 정신을 차렸는지도 모릅니다. 조용한 한밤중에 그런 고함 소리는 스메르댜코프를 충분히 깨울 수 있었을 겁니다. 더욱이 그때 그는 그리 깊이 잠들어 있지 않았습니다. 물론, 이미 한 시간 전부터 눈을 뜨려고 했을 수도 있습니다. 그래서 그는 일어나자마자, 거의 무의식적으로 무슨 일이 일어났는지 알아보려고 소리 나는 곳으로 가보았을 겁니다. 그의 머리는 발작으로 인해 여전히 멍한 상태였고 의식은 희미했지만, 어쨌든 정원으로 나가 불빛이 새어 나오는 곳으로 향했습니다. 주인은 물론 그가 온 것을 보고 기뻐하며 그 무서운 사건을 알렸습니다. 그때 문득 그의 머리에 한 가지 생각이 스쳐 갔습니다. 그는 놀라서 당황하고 있는 노인에게서 상세한 경위를 듣게 됩니다. 병으로 혼란스러운 그의 머릿속에는 차츰 한 가지 생각이 구체적으로 성립되었습니다. 그것은 무서운 생각이었고 아주 유혹적인 것이었으나, 어디까지나 이론적인 것이었습니다. 말하자면 주인을 죽이고 3천 루블을 탈취한 뒤, 그 죄를 큰아들에게 덮어씌우자는 것입니다. 〈이럴 경우 장남밖에 달리 죄를 씌울 사람이 없다, 실제로 그는 여기에 찾아오지 않았던가, 그것은 아주 좋은 증거가 될 수 있다〉고 생각한 것입니다. 그런 점에서 안심하는 한편, 돈이라는 수확물에 대해 무서운 욕망이 그의 마음을 사로잡았다는 것은 충분히 가능한 일입니다. 아아, 이와 같은 뜻밖의 피치 못할 충동은 기회만 있으면 언제라도 일어날 수 있는 일입니다. 더욱이 무엇보다 두려운 것은, 그 생각이 1분 전까지만 해도 사람을 죽인다는 생각을 꿈에도 하지 못했던 사람의 머릿속에 갑자기 생길 수 있다는 것입니다! 스메르댜코프도 그러한 충동에 사로잡혀 주인 방으로 들어가 그 계획을 실천한 것임에 틀림없습니다. 그럼, 어떤 흉기를 사용했을까요? 그런 것쯤은 하등 문제될 게 없습니다. 먼저, 눈에 띈 정원의 돌로도 죽일 수 있지 않습니까? 무엇 때문에 무슨 목적으로 그랬을까요? 바로 그 3천 루블, 그것만 있으면 새로운 삶을 시작할 수 있지 않습니까. 오, 내가 모순된 생각을 하고 있는 것은 아닙니다. 돈은 물론 존재하고 있었을지도 모릅니다. 그리고 스메르댜코프는 그 돈이 어디에 있는지 알고 있었는지도 모릅니다. 더욱이 주인이 그 돈을 어디다 두었는지 그 혼자만 알고 있었는지도 모릅니다. 〈그럼 돈이 들어 있던 봉투는 어떻게 된 것인가? 바닥에 떨어져 있던 돈봉투는 어떻게 된 일인가?〉 하는 의문이 생길 수도 있습니다. 검사는 조금 전에 돈봉투에 대해서 자세히 설명하셨습니다. 말하자면 바닥에 봉투를 버리고 간 것은 스메르댜코프가 아니라, 비상식적인 도둑이라고 했습니다. 그 사람이었다면 그런 증거물을 버리고 가진 않았을 거라고 했습니다. 배심원 여러분, 나는 그 말을 듣다가 별안간 언젠가 들은 적이 있는 이야기를 다시 듣는 것 같은 착각이 들었습니다. 그렇습니다, 사실 나는 카라마조프가 간직한 그 같은 봉투의 처리에 대한 주장과 추리를 바로 이틀 전에 스메르댜코프 본인의 입을 통해 들었습니다. 더욱이 내가 놀란 것은 그가 순진한 척하면서 미리 나한테 그런 생각을 슬쩍 암시하려 했다는 사실입니다. 그는 내가 그런 생각을 갖도록 암시했던 것입니다. 예심에서도 그는 그러한 암시를 했던 것은 아닐까요? 재능 있는 검사에게도 그가 그런 생각을 불어넣어 놓았던 것은 아닐까요? 그럼, 그리고리의 늙은 아내는 어떻게 된 거냐고 물으시겠지요? 노파는 밤새 그 옆에서 환자가 신음하는 소리를 들었다고 했습니다. 그야 물론 들었겠지요. 그러나 그건 모호한 진술입니다. 일찍이 나는 어떤 부인이 밖에서 개가 짖는 바람에 밤새 한잠도 못 잤다고 한 이야기를 들었습니다. 나중에 알고 보니, 그 개는 두세 번밖에 짖지 않았다는 사실이 밝혀졌습니다. 이런 일은 얼마든지 가능한 것입니다. 만일 어떤 사람이 자다가 별안간 신음 소리를 들었다고 합시다. 잠이 깬 그는 수면을 방해받은 것이 얄밉지만, 다시 금세 잠이 들겠지요. 두 시간쯤 지난 후 다시 신음 소리가 나면 잠이 깼다가 또 잠들게 됩니다. 그리고 다시 신음 소리를 듣고 깨어났다가 잠이 들었다고 합시다. 그래서 그 사람은 하루 저녁에 세 번 잠을 깼습니다. 아침이 되면 그는 누가 밤새도록 신음하는 바람에 한잠도 못 잤다고 불평할 것입니다. 그러나 그는 두 시간씩 자고 있는 동안 일어난 일은 전혀 알지 못하고 잠이 깬 몇 분만을 기억하고 있으므로, 그것이 밤새도록 수면을 방해했으리라 생각하는 것이 당연합니다. 그렇다면 스메르쟈코프는 왜 유서에 고백하지 않았느냐고 검사는 목청 높여 물었습니다. 〈한편으론 양심의 가책을 받고, 다른 한편으론 전혀 그렇지 않았을까?〉 하고 물으셨습니다. 그러나 죄송하지만, 양심의 가책은 후회를 뜻합니다. 그러나 자살자가 반드시 후회하고 있었다는 것은 단정할 수 없습니다. 그는 다만 절망 때문에 자살했습니다. 절망과 후회, 이 두 가지는 전혀 다른 것입니다. 절망은 때로는 증오에 가득 차서 절대로 타협하지 않는 경우도 있습니다. 그래서 자살자는 자신의 목숨을 끊으려는 순간, 평생 원망하던 자에게 증오를 한층 더 강하게 느꼈을지도 모릅니다. 배심원 여러분, 오판을 내릴 수 있다는 사실을 유의하시기 바랍니다. 지금 내가 한 설명과 묘사에 잘못된 점이 있습니까? 제발, 나의 의견에서 불가능하다고 생각되는 점을 지적해 주십시오. 만일 내가 설정한 가정에서 아주 조금이나마, 아주 희미하게나마 진실의 그림자가 있다고 생각한다면, 제발 유죄 판결을 보류해 주십시오. 나의 가정이 과연 한낱 가정에 불과한 것일까요? 맹세코 나는 내가 말한 살인에 관한 내 설명을 진심으로 믿고 확신하는 바입니다. 더욱이 내가 유감으로 생각하는 것은 피고의 머리 위에 산더미처럼 쌓여 있는 많은 논고의 사실 가운데 약간이나마 반증이 제기되지 않은 것은 없음에도 불구하고, 그러한 사실이 축적되어 있다는 것만으로도 불행한 피고는 파멸의 운명에 직면해 있다는 것입니다. 그렇습니다. 이러한 사실들의 축적은 정말 끔찍한 일입니다. 그 피, 손가락으로부터 흘러 떨어지는 그 피, 피투성이가 된 옷, 〈친부 살해범아!〉 하는 고함 소리에 정적이 깨진 그 어두운 밤, 그리고 머리가 깨어져 쓰러진 그 고함 소리의 당사자, 그리고 많은 진술과 증언과 성난 고함 소리, 이 모든 것들은 엄청난 힘으로 사람들을 확신시킬 수 있습니다. 그러나 배심원 여러분, 그것들은 과연 여러분의 신념을 매수할 수 있을까요? 부디, 기억해 주십시오. 여러분에게는 무한한 권리, 체포와 판결의 권리가 부여되어 있는 것입니다. 그러나 그 권리가 크면 클수록 그 영향력은 더 무서운 것입니다. 나는 내가 설명한 말을 단 하나도 양보할 생각이 없습니다. 그러나 한 걸음 양보해서 불행한 피고가 손에 아버지의 피를 묻혔다고 가정합시다. 그러나 그것은 정말로 하나의 가정에 지나지 않은 것이며, 되풀이해서 말하지만, 나는 한 순간도 그의 결백을 의심하지 않습니다. 그러나 설사 우리의 피고가 부친 살해의 죄를 지었다고 가정합시다. 그런 가정이 성립되더라도 꼭 이 말만은 해야 하겠습니다. 왜냐하면 나는 여러분의 감정과 이성의 힘찬 투쟁을 기대하기 때문입니다……. 배심원 여러분, 여러분의 감정과 이성까지 들먹인 것을 용서하십시오. 그러나 나는 어디까지나 성실하고 정직해지고 싶은 것입니다. 우리 모두 최선을 다해서 진실해집시다!」

이때, 법정 안에 요란한 박수 소리가 터져 나와 변호사의 말은 잠시 중단되었다. 사실 그가 마지막 말을 너무나 진지하게 했기 때문에 사람들은 그가 무슨 할 말이 있나 보다, 그리고 그가 지금 하려는 이야기는 아주 중대한 것인가 보다 하고 생각했던 것이다. 그러나 재판장은 박수 소리가 들리자, 만일 다시 이런 일이 생긴다면 방청객 전원을 퇴정시키겠다고 큰 소리로 선언했다. 그러자 법정 안은 일순 조용해졌다. 페튜코비치는 지금까지와는 전혀 다른 감정의 어조로 변론을 계속했다.

13 사상의 간통자

「배심원 여러분, 비단 수집된 사실만이 피고를 파멸로 몰아넣는 것은 아닙니다.」 변호사가 목소리를 높였다. 「그렇습니다, 진정으로 우리의 피고를 파멸로 몰아넣는 것은 오직 한 가지뿐입니다. 그것은 바로 아버지의 시체입니다! 만일 이번 사건이 단순한 살인 사건이었다고 합시다. 여러분은 이번의 모든 증거를 종합적 산물로서가 아니라, 하나하나 분리해서 검토하신다면 그것들이 모두 쓸모없는 것이라는 사실을 발견했을 것이며, 바로 고발을 취하했을 겁니다. 적어도 단순한 선입관으로 한 인간의 운명을 파멸시키는 일은 주저했을 겁니다. 물론 우리의 피고가 그런 선입견을 갖도록 만들었더라도 마찬가지인 것입니다! 그러나 이 사건은 단순한 살인이 아니라 친부 살해입니다. 이 사건은 너무나 끔찍한 일이어서 그 때문에 이처럼 하잘것없는 불완전한 혐의 사실들이 사소하고 불완전한 상태에 머물지 않게 된 것입니다. 게다가 그것은 단지 선입견에 의한 것입니다. 이런 피고를 어떻게 무죄라고 할 수 있겠는가? 어떻게 부모를 죽인 자가 벌을 받지 않겠는가? 하는 의혹을 사람들은 본능적으로 느끼고 있습니다. 그렇습니다, 자기 아버지의 피를 흘리게 한다는 것은 정말 끔찍한 일입니다. 자신을 낳아 준 어버이를 말입니다. 그것은 자신을 위해서 목숨을 아까워하지 않는 어버이의 피를 말합니다. 어렸을 때부터 자신의 병 때문에 걱정하고, 자식의 행복을 위해서 자신의 인생 전부를 바치며, 오직 자식의 기쁨과 성공을 위해서 살아온 어버이의 피 말입니다. 아아, 그러한 부친을 죽인다는 것, 그것은 상상조차 할 수 없는 일입니다. 배심원 여러분, 아버지란 무엇일까요? 참된 아버지란 어떤 것일까요? 아버지! 이 얼마나 위대한 말입니까? 그 명칭 속에는 얼마나 위대한 이상이 담겨 있습니까? 나는 지금 참된 아버지가 어떤 것이며, 어떤 책임을 갖는 것인가에 대해 말했습니다. 하지만 이번 경우 지금 이 사건에서 우리가 다루고자 하는 것은, 죽은 표도르 카라마조프는 방금 말한 아버지라는 개념과는 전혀 다른 사람이었다는 점입니다. 그것은 참으로 불행한 일입니다. 그렇습니다, 실제로는 이처럼 불행한 경우와는 다른, 이와는 전혀 다른 아버지가 존재하기도 하는 것입니다. 그러면 이 불행에 좀 더 접근해서 살펴보도록 합시다. 배심원 여러분, 눈앞의 결정이 중요하다고 해서 추호도 두려워할 필요는 없습니다. 재능이 뛰어난 검사가 조금 전에 말씀하신 그 교묘한 말투를 빌린다면, 어린애나 겁 많은 여자처럼 어떤 사상을 유별나게 두려워해서 그것을 포기해서는 안 되는 법입니다. 그러나 나의 존경하는 반대자는 그 열렬한 논고에서(그것은 아직 내가 한마디도 발언하기 전입니다만) 몇 번이나 이렇게 소리쳤습니다. 〈아니다, 누구에게도 나는 피고에 대한 변호를 양보하지 않겠다. 나는 피고를 변호하는 점에서 페테르부르크에서 온 변호사에게 뒤지지 않는다고 생각한다. 나는 고발자인 동시에 변호인이다!〉라고 말입니다.

그는 몇 번이고 이렇게 선언하셨지만, 만일 이 끔찍한 피고가 아직 유아일 무렵, 아직 아버지 집에 살고 있을 무렵, 오직 한 사람에게서만 사랑을 받아 1푼트의 호두를 얻었다고 하여 23년간이나 그 은혜를 잊지 않고 있었다면, 그와 반대로 이런 사람은 자비심이 넘치는 의사 게르첸시투베의 말처럼 〈신도 신지 않고, 단추가 하나밖에 남지 않은 바지를 입고〉 아버지 집의 뒷마당을 뛰어다니던 일도 23년 동안 잊지 않고 있었을 겁니다. 그것을 검사는 빠뜨리고 만 것입니다. 오, 배심원 여러분, 왜 우리는 이 〈불행〉을 좀 더 가까이서 관찰할 필요가 있는 걸까요? 이미 다 알고 있는 사실을 왜 우리는 다시 반복해야 할까요? 우리의 피고는 자기 아버지의 집에 가서 무엇을 목격했을까요? 대체 우리는 왜 피고가 무감각한 이기주의자이며, 괴물이라고 묘사해야 할까요? 사실 그는 방종하며 거칠고 난폭한 사람입니다. 그 때문에 그는 우리의 심판을 받고 있는 겁니다. 그러나 그의 운명에 대해 책임지는 사람은 누구입니까? 그가 훌륭한 심성과 은혜를 소중히 여기는 다감한 마음씨를 가지고 있으면서도 이처럼 어처구니없는 교육을 받은 것은 대체 누구의 책임입니까? 누가 그에게 올바른 길을 가르쳐 주었습니까? 그것이 학문에 의해서 계발된 것입니까? 소년 시절에 누구 한 사람 그를 조금이라도 사랑해 준 적이 있었습니까? 나의 피고는 다만 신의 비호 아래, 다시 말해서 정말 야수처럼 성장했던 것입니다. 그는 오랜 이별 끝에 아버지와 만나기를 갈망했는지도 모릅니다. 그는 그전에 자신의 유년 시절을 꿈처럼 회상하고 그 시절에 보았던 지긋지긋한 환영을 떨쳐 버리려고 애쓰면서 진정으로 자신의 부친을 격의 없이 포옹하고 싶었는지도 모릅니다. 그런데 사실은 어땠습니까? 그를 맞은 것은 냉소와 시기심과 금전 문제에 연관된 모략뿐이었습니다. 그는 매일 코냑을 마시며 지껄이는 메스꺼운 잡담과 비속한 처세훈을 들었을 뿐이며, 마지막에 가서는 친자식의 돈으로 그 자식의 애인을 가로채려는 아버지를 본 것입니다. 오, 배심원 여러분, 얼마나 참혹하고 가혹한 것입니까! 그런데 노인은 오히려 아들의 불손과 잔인성에 대해 보는 사람마다 떠들어 대어 사교계에서 그의 명예에 흙칠을 하고 중상모략을 일삼았으며, 아들의 차용 증서를 사모아 그를 감옥에 처넣으려 했던 것입니다. 배심원 여러분, 우리의 피고는 얼른 보기엔 잔인하고 난폭하고 공격적인 성격을 가진 것처럼 보이지만, 세상에서 보기 드문 부드러운 마음도 간직하고 있습니다. 다만 그것이 밖으로 드러나지 않았을 뿐입니다. 비웃지 말아 주십시오, 나의 이러한 생각을 비웃지 말아 주십시오! 재능이 뛰어난 검사는 조금 전에 우리의 피고가 실러를 사랑하고 〈아름답고 고상한 것〉을 사랑한다며 가혹한 조소를 보냈지만, 내가 만일 검사의 입장에 있었다면 결코 그렇게 비웃지는 않았을 겁니다. 그렇습니다. 그 같은 성품을, 너무나도 오해받기 쉬운 성품을 나는 끝까지 변호할 생각입니다. 그런 성품은 언제나 상냥하고 아름다우며, 진실을 갈구하고 있습니다. 말하자면 그러한 성품은 자신의 거칠고 잔인한 성격에 대한 보상 심리로 무의식적으로 그 같은 것에 굶주려 있는 것입니다. 진정으로 굶주려 있는 것입니다. 정열적이며 외견상 거칠어 보이는 그는 일단 그 무엇인가에, 이를테면 여자를 한번 사랑하게 되면 금방 미칠 듯이 열중하고 맙니다. 그것은 인간 본연의 비할 데 없이 고상한 마음인 것입니다. 다시 한번 부탁드리지만, 제발 비웃지 말아

주십시오. 그 같은 일은 그런 성격의 사람에게 흔히 일어나는 법입니다! 그런 인간은 자신의 정열을, 때로는 자신의 거친 정열을 감추지 못하는 법입니다. 바로 그런 점만을 보고 발견하기 때문에 사람들은 그 인간의 내면을 보지 못하는 것입니다. 그런데 그런 사람들의 이런 정열은 금세 타버리기 일쑤고, 얼른 보면 천박하고 냉혹하게 보이는 그런 사람들은 〈고결하고 아름다운〉 여성 곁에서 자기 혁신을 구하게 됩니다. 지금까지의 삶을 회개하고 훌륭한 사람이 되어 고결하고 예절 바른 사람이 될 가능성을 찾게 되는 것입니다. 그는 누가 뭐라고 비웃더라도 개의치 않고 고상하고 훌륭한 사람이 되려는 것입니다. 나는 조금 전에 베르홉체바와의 사랑 이야기는 감히 하지 않겠다고 했습니다. 그러나 꼭 한마디는 해야겠다고 생각합니다. 우리가 조금 전에 그녀로부터 들은 것은 증언이 아니라 복수심에 불타는 여자의 광란의 부르짖음에 지나지 않는 것입니다. 그렇습니다. 그러나 그녀는 피고의 변심을 책망할 자격이 없습니다. 왜냐하면 자신이 이미 변심했기 때문입니다! 만일 그녀가 조금이라도 시간을 두고 심사숙고했더라면, 그녀는 그런 진술을 하지 않았을 겁니다! 오, 그녀의 말을 믿지 마십시오, 우리의 피고는 그녀가 말하듯이 그렇게 〈차가운 인간〉은 아닙니다. 십자가에 못 박히신 위대한 박애가는 십자가의 죽음을 눈앞에 두고도 〈나는 착한 목자이다. 착한 목자는 자기 양을 위하여 목숨을 바친다. 이는 한 마리의 양도 멸망시키지 않게 하려 함이다……〉[13] 하고 말씀하셨습니다. 우리 역시 단 한 사람의 영혼이라도 멸망시켜서는 안 됩니다! 나는 방금 아버지란 의미가 무엇인지 물었습니

13 「요한의 복음서」 10장 참조.

다. 그것은 위대한 말이며, 소중한 명칭이라고 외쳤습니다. 배심원 여러분, 말이란 공정하게 사용해야 한다고 생각합니다. 나는 감히 사물을 정당한 이름으로 거짓 없이 부르는 바입니다. 살해된 카라마조프 같은 노인은 아버지라고 불릴 자격이 없는 사람입니다. 아버지라고 불릴 자격이 없는 아버지에 대한 사랑은 불가능하며 어리석기조차 합니다. 사랑은 무에서 만들어지는 것이 아닙니다. 무에서 만들 수 있는 분은 오직, 오직 하느님뿐이십니다. 〈어버이들은 자녀의 마음에 상처를 입히지 말고.〉[14] 사랑에 불타는 마음으로 어느 사도는 이렇게 적었습니다. 내가 지금 이 신성한 말씀을 인용한 것은 나의 피고를 위해서가 아닙니다. 모든 아버지된 자들에게 하는 말입니다. 그러면 아버지된 사람들을 가르칠 권리를 누가 내게 부여했느냐고요? 그건 누가 부여한 것이 아닙니다. 나는 다만 인간으로서, 시민으로서 살아 있는 모든 사람에게 말할 뿐입니다. 우리가 이 지상에서 살 수 있는 것은 그리 오랜 시간도 아닌데, 우리는 살아가면서 나쁜 짓과 나쁜 말을 수없이 해댑니다. 우리가 한자리에 모인 이 시간을 서로 좋은 의견을 나눌 수 있는 적절한 기회라고 생각하실 의향은 없으신 겁니까? 그렇습니다, 나는 이 자리에서 이 기회를 그렇게 이용하겠습니다. 하느님의 뜻에 따라 우리에게 주어진 이 연단이 결코 무의미한 것은 아닙니다. 온 러시아가 법정에 선 우리를 지켜보고 있습니다. 나는 단순히 이 법정에 모인 아버지들만을 아버지라고 생각하지 않습니다. 모든 아버지를 향해 외칩니다. 〈아버지들이여, 자녀의 마음에 상처를 입히지 말라!〉 하고 말입니다. 그렇습니다, 우리는 먼저 그리스도의 말

---

14 「에페소인들에게 보낸 편지」 6장 4절.

씀을 실행한 후에 비로소 자식된 도리를 물을 수 있습니다! 그렇지 않으면 우리는 아버지가 아니라 반대로 우리 자식들의 적입니다. 또 자식은 자식이 아니라 우리의 적입니다. 우리 자신이 자식들을 적으로 생각하는 것입니다. 〈남을 저울질하는 대로 너희도 저울질을 당할 것이다.〉[15] 이것은 내 말이 아니라, 성서가 우리에게 가르치는 말로, 내가 남을 판단하듯이 남도 우리를 판단한다는 내용입니다. 그러니 만일 자식들이 우리가 판단하는 대로 우리를 판단했다면, 어떻게 자식을 책망할 수 있겠습니까? 최근 핀란드에서 일어난 사건을 소개하자면, 어느 하녀가 비밀리에 아이를 낳은 혐의를 받게 되었습니다. 그래서 하녀의 집을 수색한 결과, 다락 위, 한쪽 구석의 벽돌 뒤에서 그녀의 트렁크가 발견되었다고 합니다. 그런데 트렁크의 존재는 아무도 몰랐었는데, 열어 보니 그 안에는 하녀가 죽인 영아의 시체가 들어 있었다고 합니다. 또 그 안에는 전에 그녀 자신이 낳아서 죽인 영아의 해골이 둘이나 발견되었다고 합니다. 이건 그 하녀가 자백한 내용입니다. 배심원 여러분, 그녀가 과연 아이를 낳은 어머니라고 할 수 있을까요? 그렇습니다. 그 여자가 아이를 낳은 건 사실이지만, 그녀를 어머니라고 할 수는 없는 것입니다. 그 여자에게 어머니라는 신성한 이름을 부여할 사람이 우리 중에서 과연 누구이겠습니까? 자, 이젠 용기를 냅시다! 배심원 여러분, 이제 우리는 지나치게 체면만 지키지 맙시다. 오늘 우리는 그렇게 할 의무가 있습니다. 금속 혹은 유황 같은 말을 두려워하던 모스크바의 한 상인의 아내처럼 어떤 종류의 말이나 관념을 두려워할 필요가 없는 것입니다. 차라리 최근 우리의 진

---

15 「마태오의 복음서」 7장 2절과 「마르코의 복음서」 4장 24절 참조.

보가 우리에게 도래했다는 사실을 증명하기 위해서라도 낳은 것만으로는 아직 아버지가 아니다, 아이를 낳아서 아이에 대한 의무를 다한 사람만이 아버지라고 주장합시다. 물론 아버지라는 말에는 다른 뜻이나 해석도 있을 수 있습니다. 혹자는 나의 아버지는 비록 냉혹한 사람이고 아이들에 대해 악인이긴 하지만, 나를 낳은 이상 아버지임에 틀림없다고 말할지도 모릅니다. 그러나 그것은 신비주의적 부친관에 지나지 않는다고 할 수밖에 없으며, 이성적으로 용납하기는 매우 힘든 것입니다. 그것은 오직, 신앙으로만 용납될 수 있는 것입니다. 아니, 좀 더 정확히 말하면, 신앙에 의지해서만 용납될 수 있는 것입니다. 그런 예는 그 밖에도 너무나 많습니다. 이성적으로는 용납하지 못하더라도 신앙이 그것을 믿도록 명령할 때가 있는 것입니다. 그러나 그것은 실생활 밖에 존재하도록 합시다. 권리를 갖고 있을 뿐만 아니라, 위대한 의무도 요구되는 생활의 실질적인 영역에서, 결국 그 영역에서 우리가 휴머니즘적이고 신앙적인 인간이 되기를 바란다면, 우리는 이성과 경험을 통해서 옳다고 인정된, 그리고 분석의 용광로를 지나온 그러한 신념을 실천해야 하며, 실천할 의무가 있는 것입니다. 한마디로 말해서, 이성적으로 행동하지 않으면 안 된다는 것입니다. 인간에게 해를 끼치지 않고 인간을 괴롭히거나 멸망시키지 않기 위해서는 꿈속이나 망상 속에서처럼 비이성적으로 행동해서는 안 되는 것입니다. 자, 바로 그럴 때에만 우리는 비로소 신비주의에 빠지지 않은 참된 그리스도인이, 이성적인 사람이 되며, 참된 인간 사랑의 행위가 이루어지는 것입니다……」

그 순간 법정 안의 구석에서까지 열렬한 박수 소리가 들렸지만, 페튜코비치는 자신의 말을 끊지 말고 자신이 말을 마저 끝낼 수 있도록 해달라는 듯이 손을 내저었다. 모두 조용해졌다. 변호사는 다시 말을 이어 갔다.

「배심원 여러분, 여러분은 이런 문제들이 우리 자식들이 어느 정도 자랐을 때에도, 청년이 다 되어 어느 정도 판단력이 생겼을 때에도 우리 자식들과는 아무런 관계가 없다고 생각하십니까? 아니, 관계가 있는 것입니다. 우리는 자식들에게 불가능한 자제심을 요구할 수 없는 것입니다. 아버지로서의 자격이 없는 아버지의 행동을, 더구나 자기 또래의 다른 아이들의 아버지의 합당한 행동과 비교해 볼 때 자신도 모르게 아이의 마음속에 비통한 의문을 불러일으키는 것입니다. 그런데 그런 의문을 품은 자식이 들을 수 있는 판에 박은 대답은 〈바로 아버지가 너를 낳았다, 너는 아버지의 피를 물려받았다, 그러니 너는 아버지를 사랑하지 않으면 안 된다〉는 것입니다. 그러면 자식은 〈아버지는 나를 낳을 때, 과연 나를 사랑했을까?〉 하고 더욱더 충격을 받으면서 의문을 제기하게 됩니다. 〈아버지가 나를 낳은 것은 나를 위해서일까? 아버지는 분명히 그 욕정의 순간에, 어쩌면 술에 잔뜩 취한 그 순간에 내가 누구인지 알기는커녕, 내가 남자인지 여자인지도 모르는 상태였을 것이다. 아버지는 다만 나에게 음주벽만을 물려주었으며, 그것이 아버지가 나에게 준 은혜의 전부인 것이다....... 아버지가 나를 낳고도 한평생 나를 사랑하지 않는데, 내가 왜 아버지를 사랑해야만 한단 말인가?〉 하고 자식은 생각할 게 분명합니다. 오, 여러분은 이런 의문이 아주 무례하고 가혹한 것이라고 생각하실지도 모릅니다. 그러나 아직 나이 어린 젊은이에게 불가능한 자제심을 요구해서는 안 되는 것입니다. 〈천성(天性)은 문으로 내쫓으면 창문으로 들어온다〉라는 말이 있지 않습니까. 더욱이 우리는 금속이나 유황을 두려워해서는 안 됩니다. 우리는 신비적 개념의 지시가 아니라, 이성과 박애의 지시에 따라 문제를 풀어야 합니다. 그러면 어떻게 풀어야 하겠습니까? 자, 이렇게 하면 됩니다. 자식을 아버지 앞에 세워 놓고 조리 있게 질문을 던지는 겁니다. 〈아버지, 왜 제가 아버지를 사랑해야 하는지, 제발 말씀 좀 해주세요. 아버지, 증명해 주세요, 왜 제가 아버지를 사랑해야 하는지 말이에요〉 하고 말입니다. 이런 질문을 던졌을 때, 만일 그 아이의 아버지가 아이의 질문에 훌륭하게 대답할 수 있다면 그것은 신비적인 편견에만 의지하지 않는, 이성적인 자의식에 입각한 엄밀한 의미에서 박애의 기초 위에 세워진 진정한 가족인 것입니다. 만일 아버지가 그것을 증명하지 못한다면 그 가정은 단숨에 파괴되고 말 것입니다. 이미 그 아버지는 그 아들에게 아버지가 아닌 것입니다. 아들은 이제 그 아버지를 타인으로, 아니면 적으로까지 간주하는 자유와 권리를 갖게 되는 것입니다. 배심원 여러분, 우리 법정은 진리와 건전한 사상의 배움터가 되어야 하는 것입니다!」

그 순간 변호사는 걷잡을 수 없는 열광적인 박수로 인해 변론을 잠시 중단하지 않을 수 없었다. 물론 방청객 모두가 그랬던 것은 아니다. 하지만 분명히 절반 이상이 그랬다. 아버지들과 어머니들도 박수를 쳤다. 위쪽에 위치한 부인석에서는 요란한 고함과 탄성이 들리기도 했다. 손수건을 흔드는 사람도 있었다. 재판장은 기를 쓰고 종을 울리기 시작했다. 그는 방청객들의 행위에 화가 난 듯했지만, 그렇다고 조금 전에 경고했던 것처럼 퇴정을 명할 수도 없었다. 뒤쪽의 특별석에 앉아 있는 고관들과 연미복에 훈장을 단 노인들까지 박수를 치고 손수건을 흔들어 댔기 때문이다. 그래서 소동이 겨우 가라앉은 후에야 재판장은 입버릇처럼 퇴정시키겠다는 경고를 했을 뿐이다. 페튜코비치는 승리의 여세를 몰아 흥분한 어조로 변론을 계속해 나갔다.

「배심원 여러분, 여러분은 자식이 담을 뛰어넘어 아버지의 집에 달려 들어와 자신을 낳은 적이자 박해자인 한 인간과 마주했던 저 끔찍한 밤을 기억하고 계실 겁니다. 그날의 일은 오늘 이 자리에서 몇 번이나 되풀이되었습니다. 그래서 나는 강력히 주장하는 바이지만, 그가 뛰어든 것은 결코 돈을 갈취하기 위해서가 아닙니다. 이미 말씀드렸듯이 그에게 강탈 죄를 덮어씌우는 것은 아주 어리석은 일입니다. 또한 그가 아버지의 집에 뛰어 들어간 것은 아버지를 살해하기 위해서도 아닙니다. 결코 그렇지 않습니다. 만일 그가 이미 그런 마음을 품고 있었다면, 흉기 정도는 미리 준비해 두었어야 합니다. 놋쇠로 된 절굿공이는 무의식적으로 들고 갔을 뿐인 것입니다. 또 그가 〈신호〉를 보내 아버지를 속였다고 합시다. 그리고 아버지 방에 침입했다고 합시다. 나는 이미 그처럼 꿈같은 이야기를 아예 믿지도 않지만, 그렇다고 해둡시다. 단 1분만이라도 그렇다고 해둡시다. 배심원 여러분, 나는 모든 거룩한 것을 두고 맹세하지만, 만일 표도르 파블로비치가 아버지가 아니라 전혀 타인일 뿐이며 단순히 박해자였더라면, 피고는 방마다 뛰어다니며 그 집에 여자가 없다는 것을 확인한 후에 자신의 경쟁자에게 아무 피해도 입히지 않고 곧 달아났을 것이 분명합니다. 어쩌면 약간 타박상을 입히거나 밀어젖히는 정도는 가능하겠죠. 그러나 그뿐이었을 겁니다. 왜냐하면 피고는 그런 경우 그를 상대하고 있을 겨를이 없었기 때문입니다. 여자의 소재를 확인해야 하니까요. 그런데 그 사람은 아버지였습니다. 평소부터 아버지라는 가면을 쓰고 있던 적이 있으며, 어린 시절부터 자신을 미워하고 박해하던 사람인 것입니다. 게다가 기묘하게도 바로 그 순간에는 연적이기도 했습니다. 그래서 증오심이 솟구쳐 분별력을 잃어버리고 만 것입니다. 온갖 감정이 한꺼번에 솟구쳐 올랐던 것입니다. 그것은 광기와 착란에서 비롯된 충동이겠지만, 동시에 영원의 법칙에 복수하려는 억누르기 힘든 자연의 무의식적인 충동이었던 것입니다. 자연계에서는 모든 것이 그렇습니다. 그러나 그는 그때 살인을 저지르지 않았습니다. 나는 그것을 강력히 주장하는 바입니다. 그것을 호소합니다! 그렇습니다, 그는 분노에 못 이겨 절굿공이를 한번 휘둘렀을 것입니다. 살해할 의사도 없었고, 또 살해했다는 것도 몰랐던 것입니다. 만일 그 무서운 절굿공이만 없었더라면 그는 자신의 아버지를 구타했을 뿐 살해하지는 않았을 겁니다. 그래서 그는 도망칠 때 자신이 휘두른 절굿공이에 노인이 죽었는지도 모른다고 생각한 것입니다. 그런 살인은 살인이 되지 않습니다. 그런 살인은 친부 살해가 성립되지 않습니다. 그렇습니다, 그런 아버지를 죽인 것은 친부 살해가 될 수 없는 것입니다. 그런 살인은 일종의 편견에 의해서만 친부 살해라고 주장할 수 있는 것입니다. 그러나 그런 살인이 실제로 일어났었을까요? 정말 그가 살인을 저질렀을까요? 나는 다시 진심으로 여러분에게 호소합니다! 배심원 여러분, 만일 우리가 그를 유죄로 판결한다면, 그는 그 자신에게 이렇게 말할 것입니다. 〈이 사람들은 나의 운명을 위해서, 나의 교육을 위해서, 나의 인격 형성을 위해서 아무것도 해주지 않았다. 나를 더 나은 사람으로 만들어 준 것도 아니고, 또 인간으로 만들어 주지도 않았다. 그러고는 결국 나를 감옥으로 보냈다. 이제 이것으로 나는 모든 것을 청산한 셈이니 그들에게 빚진 것이라곤 아무것도 없다. 영원히 그 누구에게도 빚진 것이라곤 아무것도 없다. 그들이 못되게 굴면 나도 못되게 굴자. 그들이 잔인하게 굴면 나도 잔인하게 굴자.〉 배심원 여러분, 그는 이렇게 말할 겁니다. 맹세컨대 여러분이 선고하는 형벌은 다만 피고의 고통을 감해 줄 뿐입니다. 피고의 양심의 가책을 덜어 줄 뿐입니다. 피고는 자신이 흘린 피를 저주하거나 슬퍼하지도 않을 것입니다. 동시에 여러분은 피고의 내부에 잠재해 있는 참된 인간으로서의 가능성을 말살시키는 것입니다. 왜냐하면 그는 사악하고 맹목적인 인간으로 나머지 생을 보내게 될 것이기 때문입니다. 여러분이 상상할 수도 없는 무서운 형벌로 피고를 벌하려는 것은, 그것으로 피고의 영혼을 구원하기 위해서입니까? 만일 그렇다면 제발 위대한 자비를 베풀어 주십시오! 그러면 여러분은 피고의 영혼이 어떻게 떨며 동요하는지 보고 듣게 될 것입니다. 〈과연 내가 이런 은혜를 입을 수 있을까! 과연 내가 이런 사랑을 받을 자격이 있을까? 사랑을 받을 가치가 있을까!〉 하고 울부짖는 피고의 영혼의 외침을 듣게 되실 겁니다. 오, 나는 이미 알고 있습니다. 나는 그 마음을 알고 있습니다. 배심원 여러분, 난폭하기는 하지만 고상한 그의 마음씨를 나는 알고 있습니다. 그 마음은 여러분의 자비 앞에 무릎 꿇을 것입니다. 그 마음은 위대한 사랑의 행동을 갈구하고 있는 것입니다. 그 마음은 다시금 활활 불타올라 다시 영원히 소생할 것입니다. 세상에는 자기 한계에만 부딪혀 세상을 원망하고 미워하는 영혼도 있습니다. 그러나 그 영혼에게 자비를 베풀어 보십시오. 사랑을 보여 주십시오. 그러면 그 영혼은 금방 자신의 행위를 저주하게 될 것입니다. 왜냐하면 그 영혼 속에는 선량한 씨앗이 얼마든지 들어 있기 때문입니다. 그 영혼은 폭을 넓히고 차차 성숙해져서는 하느님의 자비로움과, 사람들의 선량함과 공명정대함을 깨닫게 될 것입니다. 그 영혼은 회개하는 마음과 눈앞에 떠오른 무수한 의무와 더불어 무섭게 압도당할 것입니다. 그때는 〈이제, 다 청산했다〉라고 하는 대신, 〈나는 많은 사람들에게 죄를 지었다. 나는 그 누구보다도 가치 없는 인간이다!〉라고 말할 것입니다. 그는 고행자의 치열한 회개와 감격의 눈물을 흘리면서 〈세상 사람들은 나보다 선량하다, 그들은 나를 파멸시키기보다는 나를 구원해 주었다!〉라고 외칠 것입니다. 오, 여러분은 이 같은 자비를 너무나 쉽게 베풀 수 있는 것입니다. 왜냐하면 확고한 증거가 단 하나도 없음에도 불구하고, 〈그렇다, 유죄다!〉라고 선고하는 일은 너무나 괴로운 일이기 때문입니다. 한 사람의 무고한 자를 벌주기보다는 열 사람의 죄지은 자를 용서하라며 이전 세기의 영광된 우리 역사가 외친 그 위대한 목소리를 여러분은 듣고 있습니까? 여러분은 러시아의 재판이 단순한 형벌을 내리는 것이 아니라, 파멸된 인간을 구원하는 데 있다는 것을 이미 잘 알고 있지 않습니까! 다른 나라 국민들에게는 법률과 형벌이 존재할 뿐이라면, 우리에게는 영혼과 사상이, 파멸한 인간의 구원과 부활이 존재하는 것입니다. 만일 진정으로 러시아와 러시아의 재판이 그렇다면, 러시아는 영원히 전진할 것이라고 본인은 말할 것입니다. 오, 두려워하지 마십시오, 모든 국민들이 치를 떨며 피하는 저 미쳐 날뛰는 삼두마차로 우리를 위협하지 말아 주십시오. 미쳐 날뛰는 삼두마차가 아니라, 위대한 러시아의 전차가 당당하고 용감하게 자신의 목표를 향하여 전진하는 것입니다. 우리 피고의 운명은 오직 여러분의 손에 달려 있습니다. 우리 러시아의 운명도 여러분의 손에 달려 있습니다. 여러분은 그것을 구해 내실 것입니다. 여러분은 그것을 수호하실 겁니다. 여러분은 정의를 수호하는 사람이 존재한다는 사실을, 정의가 선량한 사람의 손 안에 있다는 사실을 입증해 주십시오!」

14 농부들이 고집을 부리다

페튜코비치는 이렇게 변론을 끝냈다. 그러자 이번에는 방청객들의 폭풍 같은 감동을 더 이상 저지할 수 없었다. 그들을 진정시킨다는 것은 더 이상 불가능한 일이었다. 여자들은 울음을 터뜨렸다. 남자들 중에서도 울음을 터뜨리는 사람들이 있었으며, 두 고관은 눈물을 주르르 흘리고 있었다. 재판장도 단념했는지, 종 울리기를 망설였다. 〈그와 같은 감동을 저지한다는 것은 신성한 감정을 모욕하는 것이지요〉 하고 나중에 부인들은 언성을 높이기도 했다. 변호사 본인도 진심으로 감동하고 있었다. 바로 그때 우리의 이폴리트 키릴로비치가 일어나 반론을 시도하려고 했다. 사람들은 그를 증오에 가득 찬 시선으로 바라보았다. 〈아니, 지금 어쩌자는 것이죠? 지금, 다시 반론을 펴자는 거예요, 뭐예요?〉 하고 부인들이 수군거렸다. 그러나 이 세상의 부인들이 모두, 그러니까 이폴리트 키릴로비치의 부인까지도 그를 반대한다고 해도 그 순간 그를 말리지는 못했을 것이다. 그는 창백해진 얼굴로 부들부들 떨고 있었다. 그의 첫마디와 첫 구절은 알아듣지 못할 정도로 그는 흥분해 있었다. 그는 숨을 몰아쉬면서 횡설수설하고 분명치 않은 어조로 말을 이어 가다가 점차 침착성을 회복했다. 필자는 그의 두 번째 논고 중에서 몇 가지만을 여기서 언급하고자 한다.

「……변호사는 내가 소설을 지어냈다고 비난했습니다. 그런데 정작 변호사의 변론이야말로 바로 소설이 아니고 무엇이겠습니까? 다만 약간 미흡한 것이 있다면 시적(詩的)인 것이 부족했다고나 할까요. 변호사는 〈표도르 파블로비치가 여자를 기다리는 동안 봉투를 찢어 버렸다〉느니 어쩌니 했을 뿐 아니라, 표도르 파블로비치가 했을 거라는 말까지 간간이 인용했습니다. 이것이야말로 서사시가 아니고 무엇이겠습니까? 대체 그가 돈을 꺼냈다는 증거가 어디에 있습니까? 당시 그가 한 말을 대체 누가 들었단 말입니까? 우리의 우둔한 스메르댜코프는 사생아라는 이유 때문에 사회에 복수한다는, 일종의 바이런식 주인공으로 바뀌어 있는 것입니다. 이것이 바이런식의 서사시가 아니고 무엇이란 말입니까? 자기 아버지의 집에 침입한 아들이 아버지를 죽이기는 했지만, 동시에 그것은 죽인 것이 아니라는 대목에서는 이미 소설도 아니고 서사시도 아닌, 스스로 풀지 못하는 수수께끼를 내놓는 스핑크스가 아니고 대체 무엇입니까? 만일 그가 살인을 저질렀다면, 저지른 것입니다. 살인을 저질렀지만 살인을 저지른 것이 아니라뇨? 누가 그것을 이해할 수 있겠습니까? 그다음으로, 우리는 이 법정이 진리와 건전한 사상의 법정이라는 이야기를 들었습니다. 그런데 이 건전한 사상의 법정에서 아버지를 살해한 것을 친부 살해라고 부르는 것은 편견에 지나지 않는다는 원칙이 장엄하게 선포된 것입니다. 그러나 만일 친부 살해가 편견에 지나지 않으며, 자식들 하나하나가 자기 아버지에게 〈아버지, 나는 왜 아버지를 사랑해야 합니까?〉라고 묻게 된다면, 우리는 과연 어떻게 되겠습니까? 사회의 기반은 어떻게 되겠습니까? 가정은 어떻게 되겠습니까? 친부 살해가 어느 모스크바 상인의 아내가 유황을 두려워한 것에 지나지 않는다면, 장차 러시아 법정의 가장 신성한 전통은 단순히 하나의 목적을 달성하기 위해서, 다시 말해 용서할 수 없는 것을 용서하기 위해서 파괴되고 무시되고 말 것입니다. 〈오, 부디 피고에게 자비를 베풀어 주십시오!〉라고 변호사는 절규했습니다. 그런데 이것이야말로 실은 피고에게 요구되는 것으로, 내일이면 피고는 자신이 얼마나 커다란 자비를 받았는지 알게 될 것입니다. 그리고 변호사가 지나치게 피고의 무죄만을 주장한 것은 조금 심하다고 생각되지 않습니까? 변호사는 왜 후손들은 물론 새로운 세대들이 영원히 친부 살해의 업적을 남기도록 친부 살해 보조금 제도라도 창설하자고 주장하지 않는 걸까요? 변호사는 성서와 종교를 마음대로 개정하여 모든 것을 신비주의로 치부하면서, 건전한 사상과 이성의 분석에 의해 확증된 진정한 그리스도 교도들은 오직 우리에게만 존재한다는 식으로 이야기하셨습니다. 이처럼 우리 앞에는 또 다른 사이비 그리스도의 형상이 만들어졌습니다! 〈남을 저울질하는 대로 너희도 저울질을 당할 것이다〉 하고 외치면서, 변호사는 동시에 그리스도는 자신을 판단하듯 타인을 판단해야 한다는 것을 가르친다고 추론하고 있는 것입니다. 이것이 진리와 건전한 사상의 법정에서 진술된 내용입니다! 이제 변론 전날 읽는 성서는 대단히 독창적인 그 책을 이만큼 터득할 수도 있다는 것을 과시하기 위해 사용되고 있으며, 성서도 필요에 따라 어떤 효과를 얻는 데 도움이 된다는 사실을 보여 주고 있는 것입니다! 그러나 그리스도는 그렇지 않기를, 그런 행위를 삼갈 것을 경고하고 있습니다! 그렇게 행동하는 것이야말로 악의 세계이기 때문입니다. 그러나 우리는 용서해야 합니다. 또 다른 한쪽 뺨을 내밀지 않으면 안 됩니다. 자기를 모욕한 자가 우리를 판단하듯, 그들을 판단해서는 안 됩니다. 하느님은 우리에게 그렇게 가르치시긴 했지만, 자식에게 아버지를 죽여서는 안 된다고 말하는 것이 편견이라고 하시지는 않았습니다. 우리는 진리와 건전한 사상의 법정에서 우리의 하느님을 그저 〈십자가에 못 박힌 박애가〉라고 불렀습니다. 그건 그리스도를 〈우리의 하느님〉으로 여기는 러시아 정교와는 대립되는 것입니다······.」

그 순간 재판장은, 물론 이러한 경우에 흔히 그래 왔듯이, 너무 과장된 말을 해서 자기 직무의 한계를 벗어난 논쟁으로 끌고 가지 말라고 흥분한 검사에게 주의를 주었다. 그러나 법정 분위기는 좀처럼 가라앉지 않았다. 방청객들은 소란을 떨기도 하고 불만을 터뜨리는 등 야단법석이었다. 페튜코비치는 아무 이의도 제기하지 않았다. 그는 단상에 올라가 한 손을 가슴에 얹은 채 격앙된 목소리로 위엄을 부리며 몇 마디 했을 뿐이다. 그는 소설과 심리 분석에 대해서 슬쩍 꼬집은 다음, 한 대목에서 〈주피터여, 그대는 노했노라, 그러므로 그대는 틀렸노라〉라는 구절을 인용했다. 그 구절은 방청객들 사이에 상당한 공감을 불러일으켜, 와 하는 웃음소리가 터져 나오게 했다. 이폴리트 키릴로비치에게는 도무지 주피터다운 구석이 없었기 때문이다. 이어 페튜코비치는 자신이 젊은 세대에게 부친 살해를 허용했다는 주장은 아예 반박할 필요조차 느끼지 않는다고 아주 점잖은 목소리로 말했다. 〈사이비 그리스도〉와 그가 그리스도를 하느님이라고 부르지 않고 〈십자가에 못 박힌 박애가〉라고 부른 것이 〈러시아 정교 정신에 어긋나며 진리와 건전한 이성의 법정에서 절대 꺼낼 수 없는 말〉을 한 거라는 비난에 대해서는 단지 〈비방〉에 지나지 않을 뿐이라고 일축하고는, 자신이 이 고장에 왔을 때는 최소한 이 지방 법정에서 〈한 사람의 시민으로서, 그리고 애국적인 공민으로서의 자질…… 위협받을 일〉은 없을 거란 생각이 들었다고 말했다. 그러자 그 순간 재판장은 변호사에게도 주의를 주었다. 페튜코비치는 경의를 표한 후 자신의 답변을 끝맺었다. 이어서 그의 말에 공감하는 속삭임이 여기저기서 들리기 시작했다. 이 지방의 부인들은 이폴리트 키릴로비치가 〈영원히 제압당했다〉고 수군거렸다.

그다음으로는 피고 본인이 진술할 차례였다. 미탸는 자리에서 일어나기는 했지만 말을 많이 하지는 않았다. 그는 육체적으로나 정신적으로 지칠 대로 지쳐 있었다. 오늘 아침 법정에 들어설 때의 그 씩씩한 모습은 이제 전혀 찾아볼 수가 없었다. 그는 이날 난생처음으로 자신이 이제껏 이해하지 못했던 아주 중요한 어떤 것을 깨닫고 경험한 것처럼 보였다. 그의 목소리는 맥이 풀려 있었으며, 이젠 조금 전처럼 고함을 질러 대지도 않았다. 그의 말속에는 무언가 새로운, 체념과 굴복의 어조가 배어 있는 것 같았다.

「배심원 여러분, 내가 무슨 할 말이 있겠습니까! 심판의 날은 왔고, 내 몸속에서 하느님의 손길을 느끼고 있습니다. 잘

못된 길로 들어선 사람에게 그 최후가 다가온 것입니다! 그러나 나는 하느님께 고백하듯이 여러분께 말씀드리겠습니다. 〈아버지의 피를 흘리게 한 범인은 내가 아닙니다!〉 마지막으로 되풀이하지만, 〈나는 살인을 저지르지 않았습니다!〉 나는 길을 잘못 들어서긴 했지만 선(善)을 사랑했습니다. 매 순간 나는 잘못된 길에서 벗어나려고 했지만 야수와 같은 삶을 살아왔습니다. 검사님께 감사드립니다. 검사님은 나 자신이 알지 못했던 많은 사실을 지적해 주셨습니다. 그러나 한 가지, 검사님이 실수하신 것은 내가 아버지를 살해했다는 주장입니다. 그것은 옳지 않습니다! 변호사님께도 감사드립니다. 나는 변론을 들으면서 울었습니다. 그러나 내가 아버지를 살해했다는 것은 사실이 아닙니다. 그 점에 대해서는 추호의 가정조차 성립할 수 없는 일입니다! 그리고 의사의 말도 믿을 수 없습니다. 나는 아주 정상적인 인간입니다. 단지 몹시 괴로워할 뿐입니다. 만약 여러분께서 나를 석방시켜 주신다면, 나를 용서해 주신다면, 나는 여러분을 위해 기도드리겠습니다. 반드시 좋은 사람이 되겠습니다. 맹세합니다. 그리고 하느님 앞에 맹세합니다. 그러나 여러분이 나를 벌하신다 해도 나는 내 머리에서 칼을 부러뜨리겠습니다. 그리고 그 조각에 입을 맞추겠습니다. 그러나 나를 용서해 주십시오. 내게서 나의 하느님을 빼앗지 말아 주십시오! 나는 나 자신을 잘 알고 있습니다, 나는 하느님을 원망할 것입니다! 나는 너무나 괴롭습니다, 여러분...... 제발, 나를 용서해 주십시오!」

그는 비틀거리며 간신히 자리에 앉았다. 그의 말은 토막토막 끊어져 마지막 말은 겨우 끝낼 수 있을 정도였다. 이어서 재판장은 문제를 정리하기 시작했고, 원고와 피고 양측에 결론을 내리도록 요구했다. 그러나 필자는 그 내용을 여기서 자세히 언급할 생각이 없다. 드디어 배심원들이 자리에서 일어나 논의를 하기 위해 퇴정하려 했다. 재판장 역시 상당히 피로했는지 지친 목소리로 다음과 같이 주의를 주었다. 「부디 공정하게 논의해 주십시오. 변호사의 웅변에 영향을 받아서는 안 됩니다. 부디 신중하게 숙고해 주시길 부탁드리며, 여러분이 막중한 임무를 지니고 있다는 점을 명심해 주시기 바랍니다……」 배심원들이 퇴정하자, 재판은 휴정 상태에 들어갔다. 방청객들은 자리에서 일어나기도 하고 걸어 다니기도 하는가 하면, 자신들이 받은 인상을 서로 주고받기도 하고, 어떤 이들은 휴게실에서 간단한 요기를 하기도 했다. 매우 밤늦은 시간이어서 벌써 새벽 1시가 다 되어 가고 있었다. 그러나 돌아가는 사람은 아무도 없었다. 모두 잔뜩 긴장한 채 신경을 곤두세우고 있었던 것이다. 모두들 집으로 돌아가 잠자리에 들 생각도 없이 조바심을 내면서 재판 결과만을 기다리고 있었다. 그러나 모든 사람이 다 긴장하고 있었던 것은 아니다. 부인들은 기다리기 지루해서 안절부절못하기도 했지만 마음만은 느긋하게 먹고 있었다. 〈틀림없이 무죄 선고가 내려질 거야!〉 하는 믿음을 가지고 있었기 때문이다. 그래서 모두들 열광하게 될 그 순간을 고대하고 있었다. 솔직하게 말해서 남자 방청석에도 분명히 무죄가 선고되리라는 확신을 가진 사람이 꽤 많았다. 그중에는 기뻐하는 사람들도 있었고, 인상을 찌푸리는 사람들도 있었다. 몇몇은 시무룩해 있기도 했는데, 그들은 아마도 무죄를 바라지 않는 사람들인 것 같았다. 페튜코비치는 자신의 성공을 확신하고 있었다. 그는 수많은 청중에게 둘러싸인 채 축하 인사를 받느라 정신이 없었다.

모두 그의 기분을 맞추려고 야단들이었다.

「변호사와 배심원들 사이에는 눈에 보이지 않는 어떤 줄이 연결되어 있지요.」 나중에 들은 바에 따르면, 페튜코비치는 어느 한 무리의 군중에게 이렇게 말했다고 한다. 「그건 변론할 때 연결되는데, 그때 벌써 모든 것을 예감할 수 있습니다. 나는 그것을 느꼈습니다. 확실합니다. 승리는 우리의 것이니 안심하십시오.」

「그런데 우리 남자들은 어떻게 결정할까요?」 한 신사가 미간을 찌푸리며 이야기에 열중하고 있는 다른 신사들 곁으로 다가서며 이렇게 말했다. 그는 뚱뚱한 몸집을 한 곰보 자국투성이의 이 지방 지주였다.

「그래요, 한두 남자들이 아니에요. 관리들이 네 명이나 끼여 있잖아요.」

「그래요, 관리들도 있지요.」 군의원이 끼어들며 말했다.

「그런데 당신은, 나자리예프, 음, 그러니까 프로호르 이바노비치를 아십니까? 메달을 달고 있는 상인 출신 배심원 말입니다.」

「왜 그러시죠?」

「그는 보통 영리한 사람이 아니지요.」

「하지만 줄곧 입을 다물고 있더군요.」

「맞아요, 계속 입을 다물고 있던데, 말을 하지 않은 편이 더 나은 겁니다. 그 사람은 페테르부르크 사람들한테서 배우는 것이 아니라, 오히려 그 사람이 페테르부르크 사람들을 가르치고 있지요. 자식이 열둘이나 된답니다. 어떻습니까?」

「그건 그렇고, 정말 무죄 판결이 날까요?」 또 다른 무리 중에서 이 고장의 한 젊은 관리가 이렇게 외쳤다.

「틀림없이 무죄일 겁니다.」 단호한 목소리가 들려왔다.

「무죄가 아니라면 정말 부끄러운 일이에요, 그야말로 추태지요!」 관리가 외쳤다. 「그가 설사 살인을 저질렀다 하더라도 그런 아버지라면, 그런 아버지라면! 게다가 피고는 그런 극단적인 상황에 놓여 있었으니……. 그는 사실 절굿공이를 단 한 번 휘두른 것뿐이잖습니까. 그런데 그만 아버지가 쓰러지고 만 거죠. 하지만 하인을 끌어들인 것은 좋지 않았어요. 그건 좀 웃기는 우스갯소리에 불과할 뿐이죠. 내가 변호사였더라면 곧바로 이렇게 말했을 겁니다. 〈죽이긴 죽였지만 무죄다〉라고 말이에요. 〈그게 전부다, 제기랄!〉 하고 말입니다.」

「변호사도 그렇게 말했지만, 〈제기랄!〉 하고 말했던 것은 아닙니다…….」

「아니, 미하일 세묘니치, 거의 그렇게 말한 것이나 다름없어요.」 다른 목소리가 맞장구를 쳤다.

「문제없습니다, 여러분. 이 고장에선 정부(情夫)의 본처의 목을 자른 여배우가 대재 기간에 무죄가 되었으니까요.」

「그러나 목 잘라 죽인 건 아니잖아요?」

「마찬가지죠. 목을 자르려고 한 건 사실이니까요!」

「그 아이들 대목은 어떻습니까? 정말 멋지지 않았습니까?」

「네, 정말 멋있었습니다!」

「그리고 그 신비주의는 어떻고요, 신비주의에 대한 부분 말입니다.」

「신비주의 이야기는 그만두세요.」 다른 누군가가 소리쳤다. 「그보다 이폴리트 키릴로비치의 입장에서 생각해 보세요. 앞으로 그의 운명에 대해 상상해 보시란 말이에요! 검사 부인은 당장 내일이라도 그의 눈을 할퀴려 들 거예요.」

「그 부인도 여기 나왔나요?」

「나오다뇨! 여기 나왔더라면 당장에 그 자리에서 덤벼들었을 겁니다. 치통 때문에 집에 남아 있다고 하더군요, 하하하!」

「하하하!」

다른 무리들 속에서 서로 주고받는 이야기가 들려왔다.

「그러나 미탸는 무죄가 될지도 몰라요.」

「아마도 내일이면 〈스톨리치니 고로트〉 선술집이 아주 난장판이 되겠군요. 앞으로 열흘은 술잔치가 벌어질 겁니다.」

「에이, 제기랄!」

「제기랄이고 뭐고, 그렇지 않을 수가 없지요. 그 친구가 거길 안 가면 어딜 가겠습니까?」

「여러분, 변호사의 변론은 좋았다고 할 수 있지만, 아버지의 머리를 절굿공이로 내려치는 것은 있을 수 없는 일이죠. 그런 짓을 용납했다간 세상이 대체 어떻게 되겠습니까?」

「그 전차는 어떻게 된 겁니까, 그 전차 기억나세요?」

「삼두마차를 전차로 개조했더군요.」

「하지만 내일은 그 전차가 다시 삼두마차로 변할 겁니다. 〈만사는 필요에 따라, 필요에 따라〉 변하게 마련이니까.」

「약삭빠른 친구들이 많아졌어요. 여러분, 우리 러시아에 정의는 존재하는 겁니까, 아니면 전혀 존재하지 않는 겁니까?」

그 순간 마침내 종이 울렸다. 배심원들은 정확히 한 시간 동안 협의했다. 방청객들이 다시 자리를 잡았을 때 법정 안은 깊은 침묵이 감돌았다. 배심원들이 법정으로 들어오던 광경을 필자는 지금도 기억한다. 마침내 때가 온 것이다! 필자는 그때의 문답을 조목조목 인용하지는 않겠다. 그것을 모두 기억하지도 못한다. 단지 재판장의 가장 중요한 첫 번째 질문만을 기억하고 있을 뿐이다. 즉 〈피고는 돈을 강탈할 목적으로 아버지를 살해했습니까?〉(이것도 그의 말을 전부 정확하게 기억하는 것은 아니지만!)라는 재판장의 질문과 그 질문에 대한 배심원의 대답뿐이다. 장내는 물을 끼얹은 듯 조용해졌다. 수석 배심원은 젊은 관리였는데, 그중에서도 가장 나이가 어렸다. 그는 조용한 법정 안의 침묵을 깨고 또렷하고 커다란 목소리로 이렇게 선언했다.

「그렇습니다! 유죄입니다!」

뒤이어 다른 죄목들에도 그와 마찬가지로, 〈유죄입니다, 네, 유죄입니다〉 하는 답변이 반복되었다. 거기에는 눈곱만큼의 정상 참작도 없었다! 그것은 전혀 예상 밖의 일이었다. 적어도 최소한의 정상 참작은 모두 기대했었다. 죽음 같은 침묵이 계속되었다. 분위기는 문자 그대로 꽁꽁 얼어붙은 듯했다. 유죄 판결을 기대하던 사람들도 무죄 판결을 기대하던 사람들도 모두 말 그대로 꽁꽁 얼어붙어 있었다. 그러나 그것은 처음 몇 분간에 지나지 않았다. 드디어 무서운 혼란이 일어나고야 말았다. 남자 방청석에서는 대단히 만족스러워하는 사람들이 많았다. 개중에는 기쁨을 감추지 못하여 연신 손을 비비대는 사람까지 있었다. 불만스러운 사람들은 기가 죽어 어깨를 들썩거리기도 하고 귀엣말로 소곤대기도 했지만, 도무지 영문을 모르겠다는 표정이었다. 그러나 부인들의 기세는 대단했다. 필자는 그들이 폭동이라도 일으키지나 않을까 염려했을 정도다. 처음에는 모두 자신의 귀를 의심하는 듯했지만, 금방 〈아니, 이게 웬일이에요? 아니, 어떻게 이런 일이 있을 수 있는 거죠?〉 하는 외침이 법정 안에 가득했다. 그들은 모두 자리를 박차고 일어났다. 그들은 판결이 곧 취소되고 다시 조정되리라고 확신하는 것 같았다. 그 순간 미탸가 자리에서 벌떡 일어나더니 두 손을 앞으로 내밀며, 고막이 찢어질 듯한 비명을 지르며 말했다.

「하느님과 그분의 무서운 심판에 대고 맹세합니다. 나는 아버지를 죽이지 않았습니다! 카탸, 난 당신을 용서하겠소! 형제들이여, 벗들이여, 그리고 또 한 여자를 불쌍히 여겨 주십시오!」

그는 미처 말을 끝내지 못한 채 법정 안이 떠나갈 정도로 울부짖었다. 그것은 평상시 그의 목소리와는 전혀 다른 새로운 목소리였다. 어디서 갑자기 그런 목소리가 터져 나왔는지 이상할 정도였다. 그러자 2층의 가장 뒷좌석에서 찢어질 듯 날카로운 여자의 울부짖음이 들렸다. 그것은 그루셴카의 목소리였다. 그녀는 누군가에게 부탁해서 변론이 시작되자 법정 안으로 들어와 있었던 것이다. 판결의 선고는 다음 날로 연기되었다. 법정은 완전히 아수라장으로 변했다. 그러나 필자는 이미 밖으로 나와 있었으므로 그 소란을 모두 듣지는 못했다. 다만 입구에서 들려온 몇 사람의 외침만을 기억하고 있을 뿐이다.

「아마 20년은 광산 냄새를 맡아야 할걸.」

「그 이하는 아니겠지.」

「그래, 이 고장 농부 놈들이 기어이 고집을 부린 거야.」

「그놈들이 미탸를 망친 거야.」

에필로그

1 미탸의 구출 계획

미탸의 재판이 있은 지 닷새째 되던 날 이른 아침, 아직 9시도 채 되지 않은 시간에 알료샤는 카테리나 이바노브나를 방문했다. 그들 두 사람 모두에게 아주 중요한 몇 가지 문제를 결정적으로 결론짓고, 그녀에게 부탁할 것이 있었기 때문이다. 그녀는 언젠가 그루센카를 맞았던 바로 그 방에서 알료샤와 이야기를 나누었다. 바로 그 옆방에는 열병에 걸린 형 이반 표도로비치가 정신을 잃은 채 누워 있었다. 카테리나 이바노브나는 재판에서 그런 광경을 연출하고는 의식을 잃은 채 병마에 시달리고 있는 그를, 앞으로 있을 세상 사람들의 입방아와 비난을 일체 무시하고 자신의 집으로 데려왔다. 그때까지 그녀의 집에 와 있던 친척 부인 두 사람은 재판이 끝나자 곧바로 모스크바로 떠났으나, 다른 한 사람은 여전히 남아 있었다. 그러나 비록 두 사람이 떠났다 해도 카테리나는 자신의 결심을 굽히지 않고 병자를 계속 간호하면서 그의 머리맡을 밤낮으로 지키고 있었다. 바르빈스키와 게르첸시투베 두 사람이 이반을 치료했다. 모스크바에서 초빙된 의사는 병이 완치될지 여부를 말하지 않은 채 훌쩍 돌아가 버렸다. 그 뒤에 남은 의사는 카테리나와 알료샤를 격려하고 위로해 주었지만, 아직 확실한 희망을 주지는 못하는 입장이었다. 알료샤는 병석에 누운 자신의 형을 하루에 두 번씩 방문했다. 그러나 그날은 특별히 어려운 용건이 있어서 찾아왔던 것이다. 그는 용건을 꺼내기가 힘들다는 느낌을 가지면서도 몹시 서두르지 않을 수 없었다. 그 일 외에도 이날 아침 다른 곳에서 해결해야 할 중요한 일이 남아 있었기 때문이다. 카테리나와 알료샤는 벌써 15분째 계속 이야기를 나누고 있었다. 카테리나 이바노브나는 안색이 창백했고, 동시에 심한 병적인 흥분에 휩싸여 있었다. 어떤 목적으로 알료샤가 찾아왔는지 그녀는 이미 알고 있었던 것이다.

「그 사람의 결심에 관한 일이라면, 염려하지 마세요.」그녀는 유난히 목청을 높이며 단호하게 알료샤에게 말했다. 「어차피 그 사람은 그렇게 결론 내릴 수밖에 없을 거예요. 그 사람은 탈옥해야만 해요! 불행한 사람은, 명예와 양심의 주인공은 드미트리 표도로비치가 아니에요. 그 사람이 아니라 자신의 형을 위해서 자신을 희생한, 저 문 뒤에 누워 있는 사람이에요.」카테리나는 두 눈을 반짝이며 이렇게 덧붙였다. 「저분은 이미 오래전부터 나한테 탈출 계획을 이야기해 주었어요. 사실 이미 모든 계획을 다 세워 놓았어요. 당신에게도 약간 언급하긴 했지만……. 다른 죄수들과 함께 시베리아로 호송될 때 여기서부터 세 번째 역에서 탈출시킬 생각인 것 같아요. 하지만 그 일은 아직 멀었어요. 이반 표도로비치는 이미 그 역장을 여러 차례 찾아간 것 같아요. 그러나 아직 누가 호송 대장이 될지는 모른다고 했다더군요. 아마도 내일이면 이 계획의 전모를 자세하게 말해 줄 수 있을 거예요. 그건 재판 전날 이반 표도로비치가 만일의 경우를 대비해서 나에게 건네주었어요……. 아 참, 바로 그때를 기억하시죠? 우리가 싸우고 있을 때 당신이 찾아왔잖아요. 그가 층계를 내려가려 할 때 당신이 눈에 띄어 내가 다시 그분을 불렀던 거예요. 우리가 그날 왜 싸웠는지 아세요?」

「아뇨, 모릅니다.」 알료샤가 말했다.

「물론 그분은 당신에게 숨기고 있었지만, 실은 바로 탈출 계획 때문이었어요. 그분은 벌써 판결 사흘 전에 나한테 모두 털어놨었어요. 그때부터 우리는 싸우게 되었고, 싸움은 사흘 동안이나 지속되었던 거예요. 그것은 〈만일 드미트리 표도로비치가 유죄 판결을 받게 되면, 그 여자와 함께 외국으로 도망칠 것〉이라고 했기 때문이었죠. 그래서 나는 벌컥 화를 내고 만 거예요. 왜 그랬는지는 말할 수 없어요, 나 자신도 모르는 일이니까……. 물론 나는 그 여자 때문에, 그 못된 여자 때문에 화가 났던 거예요. 더구나 그 못된 여자가 드미트리 표도로비치와 함께 외국으로 탈출한다는 말을 듣고는 몹시 화가 난 거예요.」 카테리나 이바노브나는 분노에 떨며 갑자기 이렇게 소리쳤다. 「그런데 이반 표도로비치는 내가 그 못된 여자한테 화내는 것을 보자 내가 질투하는 거라고 생각했던 모양이에요. 말하자면 내가 아직도 드미트리 표도로비치에게 미련을 갖고 있다고 생각한 거죠. 그래서 그때 처음으로 말다툼을 벌이게 된 거예요. 사실 난 변명 따위를 할 수도 없었고, 그렇다고 달리 사과할 수도 없었어요. 그분마저 내가 여전히 드미트리 표도로비치에게 미련을 갖고 있다고 생각하니, 정말 견딜 수 없었던 거예요……. 나는 이미 오래전부터 드미트리 표도로비치를 사랑하지 않으며 오직 당신만을 사랑한다고 직접 그분한테 말해 주었어요. 나는 단지 그 못된 여자 때문에 화가 나서 그분한테 화를 냈던 거예요! 사흘이 지나고 당신이 찾아온 바로 그날, 그분은 봉인된 봉투를 가져왔어요, 만일 자신에게 무슨 일이 생겼을 경우에 뜯어 보라는 거였죠. 오, 그분은 이미 자신의 병을 예견했던 거예요! 그분은 나한테 봉투를 열어 보이며, 만약 자신이 죽거나 위험한 병에 걸리게 되면 나 혼자서라도 미탸를 탈주시키라고 했던 거예요! 그러고는 나에게 거의 1만 루블에 가까운 돈을 넘겨주었어요. 그건 바로 검사가 이반이 어음을 돈으로 교환하려고 했다는 소문을 어디선가 듣고 와서, 자신의 논고에서 언급했던 바로 그 돈이에요. 그분은 아직 내가 드미트리 표도로비치를 사랑하는 줄 알고 질투하면서도, 형을 구할 생각에 나에게, 바로 나에게 형을 구출하는 일을 간절히 부탁했던 거예요. 그 순간 나는 심한 충격을 받고 말았어요. 이것이야말로 진정으로 거룩한 희생이 아닌가요? 오, 알렉세이 표도로비치, 당신은 이처럼 완전한 의미의 자기희생이 무엇인지 알지 못해요! 나는 더없이 경건한 마음으로 그의 발밑에 꿇어 엎드리려 했지만, 그렇게 하면 미탸를 구출할 계획 때문에 내가 기뻐한다고 생각할지 몰라서(틀림없이 그렇게 생각했을 거예요!), 그가 그런 오해를 할 것 같아서, 나는 갑자기 화를 내며 그의 발에 입을 맞추는 대신 그분한테 그런 광경을 연출했던 거예요! 오, 나는 정말 불행한 여자예요! 나의 이런 성격은 그야말로 얼마나 돼먹지 못한 것인가요, 얼마나 불행한 성격인가요! 아니, 당신은 놀라고 있군요. 아아, 나는 이런 짓을 반복하다가 결국은 그분이 드미트리처럼 더 편안한 여자를 찾아 나를 버리는 그 순간까지 일을 질질 끌고 나갈지도 몰라요. 오, 그때는 난 더 이상 견딜 수 없을 거예요, 자살하고 말 거예요! 그날 저녁 당신이 들어오고, 내가 큰 소리로 당신에게 부탁해서 그를 다시 불러들였을 때, 그분은 방으로 들어오면서 나를 흘긋 쳐다보았는데, 그분의 눈길은 증오와 멸시로 가득했어요. 그 눈길을 보자 나는 화가 치밀어 올라서 — 당신도 기억하시겠지만 — 당신에게 별안간 소리를 질렀던 거예요. 바로 이 사람이에요, 드미트리가 살인범이라고 단정한 사람은 바로 이 사람이에요, 하고 말이에요. 그분의 화를 돋우려고 일부러 그런 말을 했던 거라고요. 그분은 드미트리 표도로비치가 범인이라고 주장했던 적이 한 번도 없었어요. 오히려 그분한테 그런 주장을 폈던 사람은 바로 나였어요. 아아, 모든 것은 내 잘못으로 일어나고 만 거예요. 내가 질투심에 눈이 멀어 그랬던 거예요. 그분은 자신이 고상한 사람이며, 설령 내가 드미트리 표도로비치를 사랑한다 하더라도 복수심 때문에 형을 파멸시키는 그런 사람이 아니라는 것을 보여 주려고 했던 거예요. 그래서 법정에 나갔던 거예요……. 모든 것이 다 내 잘못이에요, 잘못은 모두 나한테 있어요!」

카탸는 이제껏 단 한 번도 알료샤에게 그런 이야기를 한 적이 없었다. 알료샤는 그녀가 지금 극심한 고통에 빠져 있으며, 대단히 자존심이 강한 그녀가 자신의 상처받은 자존심에도 불구하고 슬픔에 허덕이고 있다는 사실을 깨달았다. 미탸가 유죄 판결을 받고 난 후 얼마간 그녀는 애써 감추고 있었지만, 알료샤는 그녀가 또 다른 엄청난 고민에 빠져 있다는 사실을 알고 있었다. 그러나 여기서 그녀가 스스로 수치심을 무릅쓰고 그 한 가지 고민마저 털어놓는다면 아마 알료샤 쪽이 더 고통스러웠을지도 모른다! 그녀는 법정에서 저지른 자신의 〈배신〉 때문에 괴로워하고 있는 것이다. 그녀의 양심은 눈물로, 번민으로, 통곡으로 알료샤의 발밑에 꿇어 엎드려 사죄하라고 채찍질하고 있었고, 알료샤는 그것을 이미 분명히 감지하고 있었다. 그러나 그런 순간을 맞게 되지나 않을까 하여 두렵기도 했다. 그는 이 고뇌하는 여인을 용서하고 싶었다. 그래서 자신의 용건을 꺼내기가 더욱 힘들었다. 그는 미탸에 관한 문제를 꺼내기 시작했다.

「괜찮아요, 괜찮아요, 그분에 대해서는 아무 걱정도 하지 마세요!」카탸는 다시 단호한 어조로 또렷이 말했다.「그 사람이 그렇게 말하는 것은 한순간뿐이에요, 나는 그 사람을 잘 알고 있어요, 그 사람의 마음을 너무나 잘 알고 있어요. 그 사람은 탈출하는 데 동의하게 될 거라고 확신해도 좋아요. 중요한 점은 지금 당장 결정해야 할 문제가 아니므로 그 사람한테는 아직 생각할 시간이 주어져 있다는 거죠. 이반 표도로비치가 그때까지는 건강을 회복해서 직접 모든 일을 처리할 수 있을 거예요. 그러면 나는 할 일이 아무것도 없을 테죠. 어쨌든 염려하지 마세요. 그 사람은 분명히 탈주하는 일에 동의할 테니까요. 아니, 벌써 동의한 것이나 다름없어요. 여기에 그 여자를 남겨 두고 떠나간다는 것은 미탸에겐 불가능한 일이니까요. 그 여자가 함께 유형을 떠나지 않을 테니까, 결국 그 사람은 탈출할 것이 분명해요. 오히려 그 사람이 두려워하는 건 당신이에요. 도덕적인 견지에서 탈출에 찬성하지 않는 것은 아닐까 하고 두려워할 거예요. 만일 그런 경우 당신의 허락이 그렇게 필요한 거라면 말이죠.」카탸는 다시 빈정거리며 덧붙였다. 그녀는 말을 멈추고 웃음을 터뜨렸다.

「그 사람은 찬미가가 어떻다느니.」카탸는 다시 말을 이었다. 「자기가 짊어지고 가야 할 십자가가 어떻다느니, 무슨 의무가 어떻다느니 하고 떠들고 있어요. 언젠가 이반 표도로비치가 나한테 몇 번 이야기해 주어서 잘 알고 있어요. 이반 표도로비치가 무슨 이야기를 했는지 당신은 모르실 거예요!」 별안간 카탸는 걷잡을 수 없는 감정에 북받쳐 소리를 질렀다. 「이반 표도로비치는 자기 형에 대해 이야기하는 순간, 자신의 불행한 형을 너무나 사랑하고 있었어요. 그때 나는 얼마나 그분을 증오했는지 몰라요! 이 점은 당신도 꼭 알아 두셔야 해요! 그런데 나는 그때 그분의 눈물 어린 고백을 들으며 비웃었어요. 아, 나는 정말 몹쓸 인간이에요! 나야말로 짐승보다 못한 인간이에요! 이반 표도로비치가 그런 열병을 앓는 것도 모두 나 때문이에요! 그건 그렇고 유죄 선고를 받은 그 사람은 과연 고난에 대처할 각오가 되어 있을까요?」 카탸는 신경질적으로 말을 끝맺었다. 「과연 그 사람도 고통 같은 것을 느낄까요? 그런 사람은 절대 고통을 받아들이지 못할 거예요!」

이 말에는 이미 증오심과 모멸감까지 담겨 있었다. 그러나 어쨌든 그녀는 그를 배반했던 것이다. 〈형한테 미안한 마음을 갖고 있기 때문에 이따금 형을 증오하고 있는 거야〉하고 알료샤는 생각했다. 그는 그것이 정말 이따금씩만 일어나기를 간절히 바랐다. 카탸의 마지막 말에 어떤 의혹이 들기도 했지만, 알료샤는 입 밖에 내지 않았다.

「내가 오늘 당신을 이렇게 부른 것은 당신이 그 사람을 설득하겠다고 약속해 주기를 바라기 때문이에요. 당신이 탈주하는 것은 정직하지 못하다느니, 남자답지 못하다느니, 또 뭐랄까…… 기독교 신자답지 못한 수치스러운 일이라느니 할지도 모르기 때문이죠.」 카탸는 더욱더 도전적인 어조로 말했다.

「아니에요, 그렇지 않습니다! 형님한테 모두 말씀드리겠어요…….」 알료샤가 중얼거렸다. 「형님은 오늘 중에 당신을 만나고 싶어 했습니다.」 그는 카탸를 똑바로 응시하면서 말했다. 그녀는 흠칫 몸을 떨면서 소파에 벌렁 몸을 젖혔다.

「나를 말인가요……. 그게 말이나 되는 소리예요?」 그녀는 안색이 창백해지며 중얼거리듯 이렇게 말했다.

「그것은 가능한 일이고, 또 꼭 그렇게 하셔야 합니다!」 알료샤는 강한 어조로 기운을 차리며 말했다. 「형님은 당신을 꼭 만났으면 합니다, 바로 지금 말이죠. 반드시 그럴 필요가 없었다면, 나는 이런 말을 꺼내서 당신을 괴롭히지 않았을 겁니다. 형님은 지금 병을 앓고 있습니다. 완전히 정신이 돈 사람 같습니다. 그리고 당신이 찾아와 주기를 바라고 있습니다. 화해를 하기 위해 당신이 찾아 주기를 고대하는 게 아닙니다. 단지 잠깐만이라도 형님을 찾아가서 문지방에서나마 얼굴을 비쳐 달라는 겁니다. 형님은 이번에 아주 많이 달라지셨습니다. 당신한테 너무 많은 죄를 지었다는 사실을 깨달은 모양입니다. 당신한테 용서받기를 기대하는 것은 아닙니다. 〈나는 용서받지 못할 인간이야!〉 하고 말했으니까. 단지 잠깐이나마 얼굴만이라도 보여 주신다면…….」

「어떻게 이렇게 별안간…….」 카탸가 중얼거렸다. 「물론, 최근에 그런 생각이 들기도 했어요. 당신이 분명히 그런 말을 꺼낼 것 같은……. 그렇지 않아도 그 사람이 나를 만나고 싶어 한다는 것은 알고 있었으니까요. 하지만 절대로 그렇게 할 수 없어요!」

「불가능한 일이라고 해두죠! 하지만 꼭 가셔야 합니다. 형은 이제야 당신에게 지독한 모욕을 안겨 주었음을 깨닫고 충격을 받고 있으니까요. 자신이 난폭한 행동을 했다는 사실을 이제 와서 난생처음으로 깨달은 거란 말입니다. 당신이 형님을 거절한다면, 〈나는 앞으로 평생 불행한 존재로 끝나게 될 거야!〉라고 형님은 말하셨거든요. 제발 잠자코 듣기만 하세요. 20년의 징역을 선고받은 사람이 아직 행복해지기를 기대하고 있는 거란 말입니다. 형님이 가엾지 않으세요? 잘 생각해 주시기 바랍니다. 형은 무고하게 일생을 파멸당한 사람이에요. 그런 형님을 만나 주세요.」 알료샤의 입에서는 자신도 모르게 이런 도전적인 말이 흘러나왔다. 「형님은 살인을 저지르지 않았어요! 정말 죄가 없어요! 앞으로 형님이 겪어야 할 수많은 괴로움과 고통을 봐서라도 한 번만 형님을 만나 주세요. 암흑의 세계로 떠나는 형님을 전송해 주세요……. 찾아가 주세요, 단지 문지방에라도……. 당신은 그렇게 하셔야 해요, 꼭 가셔야 합니다!」 알료샤는 〈꼭 가야 한다〉는 말을 특히 강조하며 말을 끝맺었다.

「물론, 가야겠지요, 그러나…… 난 갈 수 없습니다.」 카탸는 여전히 중얼거리며 말했다. 「그는 내 얼굴을 바라보겠죠……. 오, 절대로 갈 수 없어요.」

「두 사람의 눈이 다시 한번 마주쳐야 합니다. 지금 당신이 그렇게 하지 않으면, 당신은 어떻게 한평생을 지내시겠습니까?」

「한평생 고통 속에서 지내는 게 차라리 더 나아요.」

「아니, 당신은 가야 합니다. 당신은 꼭 가야 합니다.」 알료샤가 다시 끈질기게 말했다.

「하지만 왜 꼭 오늘이어야 하죠? 왜 꼭 이 순간에 가야 하죠? 나는 환자를 내버려 두고 갈 순 없어요…….」

「잠깐이면 됩니다, 아주 잠깐만이면. 만약 당신이 오늘 찾아가지 않으면, 형님은 밤에 열병에 걸리고 말 겁니다. 절대 거짓말이 아닙니다. 형을 불쌍히 여겨 주세요, 제발!」

「불쌍한 건 오히려 내 쪽이에요!」 카탸는 울부짖으며 이렇게 소리치고 나서 훌쩍이기 시작했다.

「어쨌든 가셔야 합니다!」 알료샤는 그녀의 눈물을 바라보며 강경한 어조로 말했다. 「그럼, 난 먼저 가서 당신이 꼭 올 거라고 전하겠습니다.」

「안 돼요, 절대로 그렇게 해서는 안 돼요!」 카탸가 깜짝 놀라며 말했다. 「가기는 가겠어요, 그러나 미리 그런 말을 전하지는 마세요. 가더라도 어쩌면, 그 안으로 들어가지 않을지도 몰라요! 어떻게 할지는 아직 모르겠어요…….」

그녀의 말이 끊어졌다. 숨이 막혀 오는 것 같았다. 알료샤는 자리에서 일어나 밖으로 나가려고 했다.

「그런데 혹시 사람들 눈에 띄지는 않을까요?」 그녀는 별안간 창백해진 얼굴로 조그맣게 이렇게 물었다.

「그러니까 지금 곧장 가시면 남의 눈에 띄지 않을 거예요. 아무도 찾아오지 않을 테니까. 내 말을 믿으세요, 그럼 기다리겠습니다.」 알료샤는 이렇게 약속한 후 방에서 나갔다.

2 거짓이 순식간에 진실이 되다

알료샤는 서둘러 미탸가 입원한 병원으로 달려갔다. 판결을 받은 다음 날 미탸는 신경성 열병에 걸려 이곳 시립 병원의 복역수 병동으로 옮겨지게 되었다. 그러나 의사 바르빈스키는 알료샤를 비롯한 그 밖의 많은 사람들(호흘라코바 부인, 리자 등)의 요청을 받아들여 미탸를 다른 죄수들과 같이 수용하지 않고, 전에 스메르쟈코프가 입원한 적이 있던 바로 그 병실에 그를 혼자 수용했다. 복도 끝에는 보초가 경비를 섰으며, 창문도 철창으로 견고하게 만들어져 있었기 때문에, 사실 바르빈스키는 특별히 예외적인 조치를 취했음에도 그다지 신경을 쓰지 않았다. 그는 친절하고 동정심도 있는 젊은이였다. 미탸 같은 사람에게는 별안간 살인범들이나 사기꾼들과 함께 지낸다는 것이 아주 괴로운 일이라는 사실을 알고 있었기 때문에, 우선 그런 환경에 익숙해지는 데 시간이 약간 필요하리란 사실을 잘 알고 있었던 것이다. 또한 가족이나 친지들의 면회도 의사나 간수는 물론, 경찰서장에게도 비밀리에 허락받은 상태였다. 그러나 최근에 미탸를 찾아간 사람은 알료샤와 그루셴카뿐이었다. 라키틴도 이미 두 번이나 면회를 요구했지만, 그때마다 미탸 본인이 의사 바르빈스키를 통해 그냥 돌려보냈던 것이다.

알료샤는 병실로 들어갔다. 미탸는 환자복을 입고, 열이 심하게 오르는지 초산을 적신 수건을 머리에 두른 채 침대 위에 누워 있었다. 그는 병실로 들어서는 알료샤를 희미한 시선으로 바라보았으나, 그 눈은 무언가 잔뜩 겁에 질린 모습이었다.

재판 당일부터 미탸는 대단히 말을 삼갔으며, 뭔가 생각에 골몰하고 있는 것처럼 보였다. 이따금 그는 반시간이 경과하도록 입을 꼭 다문 채 자기 앞에 누가 와 있는지도 의식하지 못하고 무언가를 골똘히 생각하곤 했다. 때로는 그 자신이 먼저 침묵을 깨고 말을 건네기도 했지만, 그럴 때면 언제나 저돌적이면서도 쓸데없는 말을 지껄이기 일쑤였다. 어느 때는 고뇌에 찬 모습으로 알료샤를 바라보기도 했다. 알료샤와 함께 있을 때보다는 그루셴카와 함께 있을 때가 더 나아 보였다. 물론 그루셴카에게 거의 아무 말도 하지 않았지만, 그녀가 들어오는 모습을 바라볼 때면 곧 얼굴에 화색이 돌곤 했다. 알료샤는 형이 누운 침대 옆으로 가서 아무 말 없이 앉아 있었다. 이날 미탸는 초조한 마음으로 알료샤를 기다렸지만, 얼른 결과를 물어볼 용기가 나지 않았다. 그러면서도 오늘 카탸가 찾아오지 않으면, 무슨 일이 벌어질 것만 같은 예감이 들기도 했다. 알료샤는 형의 그런 마음을 알고 있었다.

「트리폰 녀석 말이야.」 미탸가 호들갑스럽게 말을 꺼냈다. 「그 트리폰 보리시치라는 녀석 말이야, 글쎄, 자기 집을 엉망으로 만들었다지 뭐냐, 마루를 뜯어내고 벽 판자를 들추고 복도를 완전히 들쑤셔 놓았다는 거야. 검사가 그곳에 1천5백 루블이 숨겨져 있을 거라고 한 말을 곧이듣고는 돈에 혈안이 된 거지. 그 녀석은 집에 돌아가자마자 그랬다는구나. 천하에 못된 놈 같으니, 이곳에 있는 간수가 어제 이야기하더군. 그 마을 출신이거든.」

「내 말 좀 들어 보세요.」 알료샤가 말문을 열었다. 「카탸 씨가 이곳에 찾아오겠다고 해요. 그러나 언제 찾아올지는 모르겠어요. 아마 오늘 중일 수도 있지만, 어쩌면 2~3일 후에나 찾아올지도 모르죠. 어쨌든 꼭 찾아올 거예요.」

미탸는 갑자기 온몸을 부들부들 떨었다. 그리고는 무슨 말을 하려다가 입을 다물어 버렸다. 그 소식이 그에게 커다란 충격을 주었던 것이다. 그는 알료샤와 카탸가 나눈 이야기를 자세히 알고 싶었지만, 묻기 두려운 모양이었다. 카탸의 입에서 잔인하고 모욕적인 말이 나왔다면, 단검으로 찔리는 것보다 오히려 더 아픈 상처를 입을 것 같았기 때문이다.

「자, 들어 보세요, 카탸 씨는 이런저런 이야기를 하다가, 이런 이야기를 하더군요. 탈출 문제에 대해 형이 양심의 가책을 느끼지 않도록 해달라고 부탁한 거죠. 만일 그때까지 이반 형의 건강이 회복되지 않는다면, 자신이 모든 일을 직접 도맡아서 할 거라면서 말이죠.」

「그건 이미 네게서 들은 이야기잖아.」 미탸는 생각에 잠기며 대답했다.

「그럼, 형님은 이미 그것을 그루센카에게 이야기했나요?」 알료샤가 물었다.

「그래, 말했어.」 미탸가 고백했다. 「그녀는 오늘 오전 중으로는 찾아오지 않을 거야.」 그는 조심스럽게 알료샤의 표정을 살피며 말했다. 「저녁에나 찾아올 거야. 어제 카탸가 여러 가지로 일을 돌봐 주고 있다고 그녀한테 이야기했더니, 말없이 입을 비죽거리면서 〈좋을 대로 하라죠!〉 하고 나직이 말하더구나. 어찌 됐든 중요한 일이라는 점만은 눈치챈 것 같아. 더 이상 캐묻진 않았어. 카탸가 사랑하는 사람은 내가 아니라, 이반이라는 것을 그녀도 알고 있겠지?」

「정말 그럴까요?」 알료샤는 무의식적으로 그렇게 물었다.

「어쩌면 아직 모를지도 몰라. 어쨌든 그녀는 오전 중에는 찾아오지 않을 거야.」 미탸가 다시 말했다. 「사실은 내가 그녀한테 한 가지 부탁을 했거든……. 그보다도 알료샤, 우리 형제들 중에서 아마 이반이 가장 훌륭한 사람이 될 거야. 우리 같은 건 아무래도 좋지만, 이반은 끝까지 살아야 해. 이반은 완쾌될 거야.」

「형님, 카탸 씨도 이반 형 때문에 무척 걱정하고 있어요. 그리고 이반 형이 꼭 건강을 회복할 거라고 믿고 있어요.」 알료샤가 말했다.

「그건 다시 말해서, 이반이 죽을 거라고 생각하고 있는 거지. 죽을 거라는 생각에 겁이 나니까, 오히려 건강이 회복될 거라고 위안을 삼는 거야.」

「하지만 이반 형은 워낙 몸이 건강한 사람이니까, 곧 회복될 거라고 생각해요.」 알료샤는 조심스러운 표정으로 말했다.

「그래, 그는 회복될 거야. 하지만 그녀는 그가 죽을 거라고 확신하고 있어. 그녀에겐 너무 많은 슬픔이…….」

침묵이 흘렀다. 미탸는 뭔가 무척 중요한 일로 심각한 고민을 하고 있었다.

「이봐, 알료샤, 난 그루센카를 몹시 사랑하고 있어.」 별안간 미탸가 울먹이면서 떨리는 목소리로 말했다.

「하지만 그 여자는 형님과 함께 그곳으로 갈 수 없잖아요?」 알료샤가 얼른 말을 받았다.

「그 밖에도 너한테 한 가지 더 말해 둘 것이 있어.」 미탸는 갑자기 이상한 목소리로 말했다. 「만일 그곳에 가는 도중이나 그곳에서 간수들이 나를 매질한다면, 나는 도저히 견디지 못할 거야. 난 그놈들을 죽여 버리고 끝내 총살되겠지! 앞으로 지옥 같은 생활이 20년 동안이나 계속된다고 생각해 봐. 여기서도 벌써 나를 낮춰 부르기 시작했어. 간수 놈들이 나한테 너라고 하더라고. 간밤에 가만히 누워서 나 자신을 비판하기도 했지만, 도무지 마음이 잡히지 않아! 도저히 참아 내지 못할 거야! 나는 찬미가를 부르고 싶은데, 간수 놈들한테까지 무시당하고 있을 순 없으니까. 그루셴카를 위해서라면 무엇이든 다 참을 수 있지만……. 그러나 매질은 절대 참지 못할 거야……. 하긴 그루셴카가 함께 갈 수 있도록 허락하지도 않겠지만.」

알료샤는 조용히 미소를 지었다.

「형님, 내 말 좀 들어 보세요.」 알료샤가 말했다. 「그 점에 대해서는 말이죠. 다시 한번 말하지만, 형님은 내가 거짓말을 하지 않는다는 걸 아시잖아요? 형님은 아직 마음의 준비가 되지 않았어요. 그렇게 큰 십자가를 진다는 것은 형님한테 너무 힘든 일이에요. 게다가 마음의 준비가 안 된 상태에서 형님이 그런 십자가를 짊어질 필요는 없어요. 만일 형님이 정말 아버지를 죽이고도 그런 십자가를 피하려 든다면 나는 슬퍼할 거예요. 그러나 아무 죄도 짓지 않은 형님이 그런 십자가를 지는 건 너무 힘든 일이에요. 형님은 물론 스스로 고난을 받음으로써 자신의 내면에 있는 새로운 인간이 부활하기를 기대하고 있지만, 내 생각으로는 형님이 어디로 도망가든 간에 내면의 새로운 인간에 대해서는 잊어버리셔야만 한다고 생각해요. 그것으로 충분해요. 형님은 십자가의 고난을 받지 않음으로써, 오히려 내적으로 보다 큰 책무를 느낄 것이고, 그런 책무는 한평생 언제나 새로운 인간으로 부활하는 데 도움이 될 거예요. 어쩌면 그곳으로 가는 것보다 훨씬 더 큰 수

확이 있을지 몰라요. 왜냐하면 형님은 그곳에 가서는 끝내 견디지 못하고 하느님께 불만을 터뜨리며, 〈나는 할 만큼 다 했다〉는 식으로 나오게 될 것이기 때문이죠. 사실, 그 점에서는 변호사의 말이 맞습니다. 모두가 다 그렇게 무서운 짐을 짊어질 수는 없는 법이죠. 사람에 따라서 도저히 불가능한 사람도 있으니까요. 꼭 내 생각을 듣겠다면, 내 생각은 바로 지금 이야기한 그대로예요. 만일 형님의 탈주 문제 때문에 다른 사람들, 즉 호송 장교나 병사가 책임을 지게 된다면, 나도 그 탈주를 용납할 수 없어요.」 알료샤는 슬그머니 미소를 지었다. 「이건 세 번째 역의 역장이 이반 형한테 한 이야긴데, 요령껏 하면 시끄러운 문제가 생기지 않고도 간단한 처벌로 끝날 수 있대요. 이건 틀림없는 이야기예요. 물론 뇌물을 준다는 것은 나쁜 일이지만, 이 경우에 한해서라면 일절 비난하지 않겠어요. 만일 이반 형과 카테리나가 내게 이 일을 맡으라고 하면, 나는 기꺼이 어디든 가서 뇌물을 바칠 거예요. 이건 형님한테 솔직히 말하는 거예요. 나는 형님이 어떤 행동을 하든 형님을 비판할 자격이 없으니까요. 따라서 나는 형님을 비난하는 일이 절대로 없을 겁니다. 이 점을 잊지 말아 주세요. 게다가 내가 형님 문제에 대해 결정권을 갖는다는 것도 이상한 일이 아니겠어요? 이게 내가 하고 싶은 말의 전부예요.」

「그러나 나는 그로 인해 심한 자책감에 빠지게 될 거야!」 미탸가 소리쳤다. 「나는 끝내 탈출하고 말겠어. 이건 네가 그런 말을 꺼내기 전부터 생각했던 거야. 카라마조프 집안의 미탸가 어떻게 그냥 있을 수 있겠니? 대신 나는 끝내 자책감에서 헤어나지 못하겠지! 다른 곳에 가서도 죽을 때까지 내 죄과를 씻도록 나는 노력할 거야! 이렇게 말하니 꼭 무슨 예수회 교도들 같구나. 그러고 보니 너나 나나 예수회 교도들을 닮아 가는 것 같구나. 안 그러냐?」

「그렇군요.」 알료샤는 다정하게 미소를 지었다.

「너는 언제나 모든 걸 조금도 숨김없이 사실대로 이야기하지. 난 네가 마음에 들어!」 미탸는 활짝 웃으며 큰 소리로 말했다. 「결국 나는 알료샤 네가 예수회 교도라는 것만 확인한 셈이로구나! 정말 기쁜 일이야. 너한테 키스를 해야겠구나! 자, 이젠 내 이야기를 들어 보렴. 내 영혼의 나머지 절반도 너에게 이야기해 주마. 알료샤, 내가 마지막으로 내린 결정은 바로 이거야. 가령 내가 돈과 여권을 준비해서 미국으로 도망친다고 해도 나는 기쁨과 행복을 추구해서가 아니라, 사실은 여기보다 더 비참한 감옥살이를 하러 가는 것이 될 거야. 나는 그렇게 생각하면서 스스로를 위로하고 있어! 알료샤, 솔직히 말해서 시베리아보다 더 비참해질 거야. 나는 미국이란 나라가 정말 마음에 들지 않거든. 물론, 그루셴카와 같이 간다고 해도 말이야. 우선 그녀를 잘 살펴봐, 그녀의 어느 구석이 미국 여자와 비슷한 데가 있니? 그루셴카는 러시아 여자야. 머리끝에서 발끝까지 러시아 여자란 말이야. 어머니 나라 러시아가 그리워 틀림없이 향수병에 걸리고 말 거야. 그러니 나 또한 날이면 날마다 그녀가 나 때문에 슬픈 인생을 보내고, 나 때문에 희생하는 것을 보게 되는 거야. 그녀에겐 아무 죄도 없잖아? 그리고 나 자신도 저열한 미국 놈들과는 달라. 놈들이 모두 비록 나보다 훌륭하다고 해도 나는 도저히 참지 못할 거야. 벌써부터 나는 미국을 혐오해. 설사 그놈들이 모두 목사라고 해도, 아니 그보다 더한 인간들이라고 해도 나는 그놈들과 친구가 될 수 없을 거야! 그놈들은 내 영혼의 벗이 될 수 없어! 나는 러시아를 사랑해. 우리 러시아의 하느님을 사랑해. 비록 나는 무지막지한 악당이지만! 결국 나는 그곳에서 죽고 말 거야!」 미탸는 갑자기 눈동자를 번득이며 이렇게 외쳤다. 그의 목소리는 울먹이고 있었다.

「알료샤, 그래서 나는 이런 결심을 했어. 잘 들어 봐.」 그는 간신히 감정을 억제하며 말했다. 「그루센카와 함께 그곳에 가게 되면 인적 없는 어느 깊은 시골에 들어가서 땅을 파고 일하며 야생 곰들과 어울려 살 거야. 오지에 가면 아직 개척되지 않은 곳이 많을 테니까. 지평선 어디엔가는 아직도 인디언들이 살고 있을 거라더군. 우린 거기까지 찾아갈 거야. 최후의 모히칸족이 남아 있는 곳까지 갈 생각이야. 그리고 나도, 그루센카도 곧 영어 공부를 시작하겠어. 노동과 문법 공부를 겸할 생각이지. 그렇게 3년간 지속하면 어느 영국인 못지않게 영어를 잘하겠지. 그 목적을 이루면 더 이상 미국에 있을 필요가 없을 거야. 그러면 다시 러시아로 날아오겠어. 그땐 이미 미국인이 되어 돌아오는 거니까. 나는 자유의 몸이 되는 거지. 걱정할 필요 없어. 이곳엔 찾아오지 않을 테니. 남쪽이든 북쪽이든, 어느 먼 시골에 숨어 버리겠어. 물론 그때는 나도 그루센카도 변해 있겠지. 미국에 가 있는 동안 미국 의사한테 부탁해서 얼굴에 혹이라도 하나 만들어 달라고 하겠어. 기술이 발달한 곳이니까, 그런 것은 전혀 문제없겠지. 그래, 차라리 한쪽 눈을 찔러 애꾸눈이 되고 하얀 수염을 한 자쯤 기르는 것도(러시아를 그리워하다 보면 수염도 희어지겠지) 좋겠지. 그러면 아무도 못 알아보겠지. 어쩌다 들통난다 해도 시베리아로 보내지는 것이 고작일 테니, 운이 나빠서 그렇다고 치지 뭐! 이곳 어느 작은 땅 조각에서 농사나 지으며 한평생 미국인 행세를 하는 거지. 그러면 조국 러시아 땅에는 묻힐 거 아니겠어. 이것만은 꼭 실천할 거야. 알료샤, 이것이 내 계획이란다. 이미 결정을 내린 거야. 너도 찬성하겠지?」

「나도 찬성이에요.」 알료샤는 형에게 반대하고 싶지 않아서 이렇게 대답했다.

미탸는 잠시 말을 중단했다가 다시 말문을 열기 시작했다.

「그런데 놈들이 법정에서 그렇게 유죄로 일을 꾸미다니, 어떻게 그럴 수가 있니?」

「꾸미지 않았더라도 형님은 유죄 판결을 받았을 겁니다!」 알료샤는 이렇게 말하고 나서 한숨을 몰아쉬었다.

「하긴 그래, 물론 이곳 사람들도 지겨웠을 거야! 젠장, 마음대로 하라지. 나는 모든 것이 다 싫어졌어!」 미탸는 괴로움에 신음하며 이렇게 말했다.

다시 얼마간 대화가 중단되었다.

「알료샤, 지금 나한테 솔직히 말해 줄 수 있겠니?」 미탸가 갑자기 소리쳤다. 「카탸가 이곳에 찾아올까, 아닐까? 그 여자가 뭐라고 하던? 어떻게 말하더냐?」

「분명히 오겠다고 했지만, 오늘 올지 어떨지는 모른다고 했어요. 그녀한테는 쉬운 문제가 아니니까요.」 알료샤는 조심스레 형의 얼굴을 바라보았다.

「그거야 당연하지, 괴로운 일일 거야! 그러나 알료샤, 나는 그 문제만 나오면 괴로워 미칠 지경이야. 물론, 그루센카는 늘 나를 지켜 주며 내 마음을 이해하고 있어. 오, 하느님, 제발, 내 마음을 가라앉게 해주소서. 나는 무엇을 원하고 있을까? 물론, 카탸를 원하고 있어! 아니, 카탸를 원하고 있다니,

내가 제정신일까? 아무튼 나는 카라마조프의 피를 이어받은 야수 같은 놈이야. 그래, 나는 고난받을 자격도 없는 놈이야! 다른 사람들 말처럼 비열한 놈이야!」

「오, 저기 왔어요!」 갑자기 알료샤가 외쳤다.

그때 문지방에 카탸가 나타났다. 그녀는 순간 제자리에 멈칫하고 서서는 망연자실한 시선으로 미탸를 바라보았다. 미탸는 그녀를 보자 깜짝 놀라며 자리에서 벌떡 일어났고, 얼굴은 창백해졌다. 이어 애원하는 듯하면서도 겁먹은 듯한 미소가 그의 얼굴에 스쳤다. 그는 갑자기 더 이상 참지 못하고 카탸에게 두 손을 내밀었다. 그것을 본 카탸는 마치 빨려 가듯 미탸에게로 달려가 두 손을 잡고, 그를 침대 위에 앉힌 다음 자신도 그 옆에 나란히 앉았다. 그녀는 계속 그의 손을 잡고 힘껏 쥐었다. 두 사람은 몇 번이나 서로 말하려 했으나, 그때마다 말문을 열지 못하고 금방 입을 다물고 말았다. 묘한 미소만 지은 채 서로의 얼굴을 바라볼 뿐이었다. 그렇게 2분가량이 지났다.

「카탸, 나를 용서한 거요?」 마침내 미탸가 중얼거리며 물었다. 그와 동시에 알료샤를 돌아보며 기쁨에 넘치는 얼굴로 외쳤다.

「이봐요, 당신은 내가 무엇을 묻고 있는지 알고 있소?」

「당신은 정말 넓은 가슴을 가진 분이에요. 그래서 내가 당신을 사랑하는 거예요.」 갑자기 카탸의 입에서 이런 대답이 불쑥 튀어나왔다. 「그리고 용서를 받아야 할 사람은 당신이 아니라 바로 나예요. 당신은 내 용서를 구할 필요가 없어요. 그러나 당신에게 용서를 받든 안 받든 마찬가지예요. 영원히 당신은 나의 마음속에 깊은 상처로 남을 것이고, 나 역시 당신의 마음속에 똑같은 상처로 남을 테니까요. 그래야만 해요……」 그녀는 숨을 돌리려고 말을 멈췄다.

「내가 여기 왜 왔는지 아세요?」 그녀는 갑자기 흥분하며 말을 급히 서둘렀다. 「당신 발을 끌어안고, 또 당신의 손을 꼭 쥐어 보려고 왔어요. 예전에 모스크바에서처럼 그렇게 아프도록 손을 꼭 잡으려고 찾아온 거예요. 당신은 나의 하느님이자 나의 기쁨이라는 것을 말하려고 찾아온 거예요. 나는 당신을 미치도록 사랑한다는 것을 말하려고 찾아온 거라고요!」 그녀는 괴로움으로 신음하며 이렇게 말한 다음, 갑자기 미탸의 손에 입술을 갖다 댔다. 그녀의 눈에서는 눈물이 하염없이 흘러내렸다.

알료샤는 말없이 멍하니 서 있었다. 그는 이런 광경을 목격하리라고는 전혀 예상하지 못했던 것이다.

「미탸, 이제 사랑은 지나가 버렸어요.」 카탸는 다시 입을 열었다. 「그러나, 그러나 지나가 버린 사랑이 나에게는 아주 소중해요. 제발 그것을 영원히 기억해 주세요. 그러나 지금은 잠시 이대로 내버려 둬요.」 그녀는 다시 기쁜 표정으로 미탸의 얼굴을 바라보며 울먹이는 미소로 이렇게 말했다. 「이제 당신은 다른 여자를 사랑하고, 나도 다른 남자에게 마음을 허락했어요. 그러나 나는 당신을 영원히 사랑할 거예요. 당신도 나를 사랑하시겠죠? 그렇죠? 제발 나를 사랑해 줘요, 영원히 잊지 말아 줘요!」 그녀는 마치 위협이라도 하듯 떨리는 목소리로 이렇게 외치고 있었다.

「나는 당신을 사랑할 거요……. 그리고 그 점을 알아주시오, 카탸.」 미탸는 한마디 한마디 숨을 몰아쉬며 대답했다. 「닷새 전 그날도 나는 당신에게 사랑한다고 말하지 않았소……. 당신이 졸도해서 실려 나가던 그때 말이오……. 나는 한평생 당신을 사랑하겠소! 그리고 영원히 변함없이…….」

이렇게 두 사람은 거의 무의식적으로 열병 환자의 잠꼬대 같은 말을 주고받았다. 어쩌면 그것은 거짓이었는지도 모른다. 그러나 그 순간만은 진실이었다. 그리고 그들도 자신의 말을 절대적으로 믿었다.

「카탸!」 미탸가 갑자기 큰 소리로 불렀다. 「당신은 내가 아버지를 죽였다고 생각하오? 물론, 지금은 그 사실을 믿지 않는다는 것을 알고 있지만, 그때…… 그때 증언대에 섰을 때……. 정말 그땐 그렇게 믿고 있었잖소!」

「그때도 나는 믿지 않았어요! 한 번도 그렇게 믿은 적이 없어요! 하지만 그때 갑자기 당신이 미워져서 나 자신도 그렇게 믿으려 했던 거예요. 그 순간에 증언대에 섰을 때…… 그때는 그렇게 증언했어요……. 그렇게 믿었어요……. 그렇게 확신했어요……. 그러나 증언을 마치고 나서, 나는 다시 그것을 믿지 않게 되었어요. 나의 이 마음을 알아주시리라 생각해요. 나는 지금 나 자신을 벌하기 위해서 왔다는 사실을 잊고 있었군요!」 갑자기 그녀는 지금까지의 사랑의 속삭임과는 전혀 다른 이상한 어조로 말했다.

「여자인 당신은 얼마나 괴로웠겠소?」 미탸는 갑자기 더 이상 참지 못하고 자신도 모르게 이렇게 말했다.

「이제 그만 돌아가야겠어요.」 그녀가 속삭였다. 「나중에 다시 오겠어요. 지금은 너무 견딜 수 없어요!」

그녀는 자리에서 일어나려다 말고 별안간 고함을 지르며 뒤로 물러섰다. 갑자기 그때 그루셴카가 조용히 들어섰던 것이다. 아무도 그녀가 찾아올 줄은 몰랐다. 카탸는 똑바로 문을 향해 걸어 나갔다. 그리고 그루센카 바로 옆에 우뚝 서서 백지장처럼 창백해진 얼굴로 조용히 말했다.

「용서하세요!」

그루센카는 카탸를 뚫어져라 노려보며 얌전히 입을 다물고 있다가, 갑자기 악에 받친 카랑카랑한 목소리로 이렇게 대답했다.

「서로 못된 성격을 가지고 있기는 마찬가지죠! 모두 못된 인간들이에요! 그러니 누가 누굴 용서한단 말이죠? 저기 저 양반이나 구해 놔요. 그러면 평생 당신을 위해 기도하겠어요!」

「그건 용서하고 싶지 않다는 말이잖소!」 미탸가 질책하는 목소리로 그루센카를 향해 고함을 질렀다.

「염려 마세요, 염려 마세요, 저분을 구해 드리겠어요!」 카탸는 빠른 어조로 이렇게 말하고는 문밖으로 뛰쳐나갔다.

「카탸가 먼저 당신한테 용서를 비는데도, 당신은 용서하지 못한단 말이오?」 미탸가 비통한 목소리로 이렇게 말했다.

「형님, 이분을 나무라지 마세요. 형님은 이분을 야단칠 자격이 없어요!」 알료샤가 열을 올리며 이렇게 말했다.

「그 여자는 오만한 입으로 그렇게 말하고 있지만, 마음은 전혀 딴판이란 말이에요.」 그루센카는 증오심에 가득 찬 목소리로 대답했다. 「물론, 당신을 구해 줄 수만 있다면 나도 그녀를 용서하겠어요.」

그루센카는 이렇게 말하고는 입을 다물어 버렸다. 마음속에서 무언가 울컥 솟아오르는 것을 참는 것 같았다. 그러나 아직 마음이 누그러지지 않는 모양이었다. 나중에 알게 된 일이지만, 그때 그녀는 카탸가 찾아왔을 거라고는 전혀 예상하지 못하고 그냥 스스럼없이 방으로 들어왔던 것이다.

「알료샤, 어서 카탸의 뒤를 따라가 봐!」 미탸는 동생을 향해 황급히 부탁했다. 「그리고 그녀에게 말해 다오……. 뭐라고 말하면 좋을까……. 어쨌든 그대로 돌려보내선 안 돼!」

「알겠어요. 그럼 저녁때 다시 들르죠!」 알료샤는 이렇게 말하고는 카탸의 뒤를 따라 달려갔다. 그는 병원 담 옆에서 겨우 카탸를 따라잡았다. 그녀는 달음박질하듯 빠른 걸음으로 걷다가 알료샤가 다가오자 빠른 말투로 이렇게 말했다.

「안 돼요, 난 그 여자 앞에서 나 자신을 벌주는 일 따위는 하지 않아요. 그 여자에게 〈나를 용서해 달라〉고 한 건 어디까지나 나 자신을 벌하려 했기 때문이에요. 그런데도 그 여잔 날 용서하려 하지 않아요……. 물론, 그 여자의 그런 점이 나는 마음에 들어요!」 카탸는 히스테릭한 목소리로 이렇게 말했다. 그녀의 눈은 무서운 증오의 빛으로 반짝이고 있었다.

「이런 일이 벌어질 줄은 몰랐을 거예요, 형님은.」 알료샤가 중얼거리며 변명하려 했다. 「그분이 올 줄 몰랐던 거예요…….」

「물론 그랬겠죠. 하지만 더 이상 그 이야기는 하고 싶지 않아요.」 그녀가 말을 가로챘다. 「그건 그렇고, 이번 장례식에 나는 당신과 함께 갈 수 없어요……. 조화는 이미 보냈어요. 제 생각에 그들에겐 아직 돈이 있을 거예요. 앞으로도 필요하다면 그들을 버리지 않을 거라고 전해 주세요. 자, 그럼 여기서 나는 돌아가겠어요. 어서 가세요, 당신도 늦겠어요. 미사 종소리가 울리잖아요. 자, 그럼 이만.」

3 일류샤의 장례식, 바위 앞에서의 조사(弔詞)

실제로 알료샤는 장례식에 늦고 말았다. 모두들 그를 기다리다가 이젠 꽃으로 장식된 조그만 관을 그의 허락도 받지 않은 채 교회로 이송하기로 결정했다. 그것은 가엾은 소년 일류샤의 관이었다. 미탸의 판결이 있고 나서 이틀 후에 일류샤가 죽고 말았던 것이다. 알료샤가 대문 앞에 나타나자, 일류샤의 친구들이 환성을 질렀다. 그들은 오랫동안 알료샤를 기다리던 터여서, 그가 나타나자 무척 반가운 모양이었다. 소년들은 모두 열두 명가량 모였는데, 모두 어깨 위로 배낭과 가방을 메고 있었다. 〈내가 죽으면 우리 아빠가 울 테니, 꼭 우리 아빠 곁에 있어 줘!〉 하고 일류샤가 죽으면서 남긴 말을 그들은 기억하고 있었다. 콜랴 크라솟킨이 그들의 대장이었다.

「카라마조프 씨, 이렇게 와주셔서 정말 감사합니다!」 콜랴가 손을 내밀며 큰 소리로 말했다. 「이 집은 정말 엉망진창이에요. 차마 눈뜨고 볼 수 없을 지경이지요. 우리는 스네기료프 씨가 술을 드시지 않은 걸로 알고 있어요. 하지만 꼭 술 취한 사람처럼 보여요…… 난 항상 의지가 강한 편이지만, 이런 광경만은 차마 눈뜨고 볼 수가 없어요. 카라마조프 씨, 만일 괜찮으시다면, 들어가시기 전에 한 가지 질문을 드리고 싶은데…….」

「콜랴, 무슨 질문이지?」 알료샤가 물었다.

「당신의 형님은 무죄입니까, 유죄입니까? 그분은 아버지를 살해했습니까, 아닙니까? 나는 당신의 말이 진실일 거라고 믿습니다. 나는 그 문제 때문에 사흘 동안이나 잠을 이루지 못했거든요.」

「물론, 하인이 살해한 것이니 형은 죄가 없어!」 알료샤가 대답했다.

「나도 그렇게 믿었어요!」 갑자기 스무로프라는 소년이 소리쳤다.

「그러니까 당신의 형은 아무 죄도 없으면서 정의를 위해 희생되는 것이군요!」 콜랴가 이렇게 외쳤다. 「그분은 비록 죽는다 하더라도 행복한 분이에요. 나는 그분이 몹시 부러워요!」

「그게 무슨 소리야, 그런 바보 같은 말이 어디 있어? 왜 그렇게 생각하는 거지?」 알료샤가 놀란 표정으로 목청을 높여 말했다.

「아, 언제든 정의를 위해서 희생될 수만 있다면 얼마나 좋을까 하고 생각해 왔거든요.」 콜랴가 열을 올리며 말했다.

「하지만 이번 사건은 좀 달라. 그런 치욕적인 판결을 받고 자신을 희생하는 것은 잘못이지! 그런 무서운 사건에 말려든 것 말이야.」 알료샤가 말했다.

「물론…… 나는 전 인류를 위해 죽고 싶어요. 치욕이든 아니든 그건 나한테 아무 의미도 없어요. 어차피 우리의 이름은 사라져 버리고 말 테니까요. 나는 당신의 형을 존경해요!」

「나도 존경해요!」 갑자기 소년들 사이에서 이렇게 외치는 소리가 들렸다. 그것은 언젠가 자신도 트로이의 창건자가 누군지 알고 있다고 대답했던 바로 그 소년이었다. 그는 이렇게 큰 소리로 외치고는, 그때와 마찬가지로 다시 귀밑까지 빨개졌다.

알료샤는 방으로 들어갔다. 관 속에는 두 손을 가슴에 얹고 눈을 감은 채, 하얀 천을 덮은 일류샤가 누워 있었다. 그의 얼굴은 무척 야위었지만 그 윤곽은 평소와 다를 바 없었다. 이상하게도 시체에서는 아무 냄새도 나지 않았다. 얼굴은 뭔가 진지하면서도 깊은 생각에 잠긴 듯한 표정이었다. 십자로 놓여 있는 대리석 조각 같은 그의 손은 무척 아름다워 보였다. 그 손에는 꽃이 들려 있었다. 그리고 관의 안팎으로 꽃이 장식되어 있었다. 그것은 이날 아침 호흘라코바 부인의 딸 리자가 보낸 것이었다. 그곳엔 카테리나 이바노브나가 보낸 꽃도 눈에 띄었다. 알료샤가 방문을 열었을 때, 스네기료프 퇴역 대위는 떨리는 손으로 꽃다발을 안고 사랑스러운 아들의 시체 위에 꽃을 뿌리고 있었다. 그는 알료샤가 들어오는 모습을 흘긋 쳐다보았지만 전혀 눈길을 돌리지 않았다. 그 순간 어느 누구의 얼굴도 눈에 들어오지 않았던 것이다. 심지어 불편한 다리를 이끌고 겨우 일어나서 죽은 아들의 얼굴을 조금이라도 더 가까이서 보려고 하는 자신의 아내, 너무 울어서 정신 이상이 되어 버린 소년의 〈엄마〉의 얼굴조차 거들떠보려 하지 않았다. 죽은 소년의 누나인 니노치카도 의자에 주저앉은 채 소년들의 부축을 받으며 관 앞으로 간신히 다가갔다. 그녀는 의자에 앉아 동생의 시신에 얼굴을 들이대고 있었는데, 그녀 역시 소리를 죽여 가며 훌쩍이고 있는 것임에 틀림없었다. 퇴역 대위 스네기료프는 생기를 되찾은 듯했으나, 여전히 어딘가 얼빠진 모습으로 앉아 있었다. 그의 몸짓, 그리고 이따금 뇌까리는 말도 거의 미친 사람 같았다. 〈아가야, 귀여운 아가야!〉 그는 일류샤의 시신을 들여다보며 쉴 새 없이 이렇게 외쳤다. 그는 일류샤가 살아 있을 때부터, 〈아가야, 귀여운 아가야!〉 하고 매만지는 버릇이 있었던 것이다.

「여보, 나한테도 꽃을 주세요, 저 애가 손에 들고 있는 저 하얀 꽃을 좀 주세요!」정신이 이상해진 〈엄마〉는 이렇게 말하며 훌쩍거렸다. 일류샤의 손에 들려 있는 흰 장미꽃이 좋아 보여서 그런 것인지, 아니면 죽은 아들이 들었던 꽃을 갖고 싶어서 그런 것인지 그녀는 몸을 뒤틀며 꽃을 달라고 손을 내밀었다.

「안 돼, 아무한테도 주지 않겠어, 절대로 줄 수 없어!」스네기료프는 냉정하게 소리쳤다.「이 꽃은 모두 저 애 거야, 당신 것이 아니라고, 모두 저 애 거야. 당신 것은 하나도 없어!」

「아버지, 엄마에게 한 송이 드리세요!」니노치카가 갑자기 눈물로 얼룩진 얼굴을 쳐들며 말했다.

「절대 줄 수 없어, 네 엄마는 저 애를 사랑하지 않았어. 지난번에 네 엄마는 저 애한테서 대포까지 빼앗지 않니, 저 애는 할 수 없이 주었던 거야.」대위는 언젠가 일류샤가 자기 엄마에게 장난감을 양보했던 일이 생각났는지 갑자기 흐느껴 울기 시작했다. 정신이 이상해진 가련한 그녀도 얼굴을 손으로 가린 채 울기 시작했다. 시간이 지났는데도 좀처럼 관곁을 떠나려 들지 않는 아버지를 본 소년들은, 마침내 결정을 내리고는 모두 모여서 관을 들어 올리기 시작했다.

「나는 저 애를 묘지에 묻지 않을 거야!」퇴역 대위 스네기료프가 갑자기 화를 벌컥 내며 소리쳤다.「저 바위 옆에 묻어야 해, 우리의 저 바윗돌 옆에 말이야! 이건 일류샤의 소원이야. 묘지에는 절대 안 돼!」

그는 이미 사흘 전부터 그 바위 옆에 매장하겠다고 우기고 있었다. 그러나 알료샤, 크라솟킨, 집주인 노파, 그 노파의 여동생, 그리고 소년들까지 모두 반대했다.

「자살한 사람처럼 그 더러운 바위 옆에 매장하겠다는 말인가요? 기가 차서 말이 안 나오는군요!」 주인 노파는 이렇게 말하며 결사적으로 반대했다. 「그 울타리 안에는 훌륭한 묘터가 있으니 십자가도 세워 주도록 하세요. 그곳에 묻히면 교회에서 부르는 찬송가 소리며, 부제가 낭독하는 기도문이 매일 일류샤의 귀에 들리게 될 거예요. 그러면 그 애는 무덤에서도 기도를 드리는 것이나 다름없지 않아요.」

결국 대위도 포기한 듯 손을 내저으며, 〈어디든 마음대로 데려가!〉 하고 소리쳤다. 소년들이 관을 들어 올렸다. 그러나 그의 어머니 곁을 지나갈 때는 잠깐 관을 내려놓아 어머니가 일류샤와 마지막 작별 인사를 나눌 수 있도록 했다. 그녀는 지난 사흘 동안 먼발치에서만 일류샤를 보았기 때문에, 갑자기 사랑하는 아들의 얼굴을 가까이서 대하자 온몸을 부르르 떨며 하얗게 센 머리를 신경질적으로 흔들어 댔다.

「엄마, 일류샤에게 성호를 긋고 축복해 주세요. 작별 키스를 해주세요.」 니노치카가 어머니를 보고 큰 소리로 말했다. 그러나 그녀는 마치 자동인형처럼 말없이 계속 고개만 흔들어 댈 뿐이었다. 그녀의 얼굴은 너무나 슬픈 고통으로 인해 흉하게 일그러져 있었다. 그러다 그녀는 갑자기 주먹으로 가슴을 꽝꽝 두드려 댔다. 관은 다시 옮겨지기 시작했다. 니노치카는 자기 옆으로 관이 지나갈 때 마지막으로 자신의 입술을 죽은 동생의 입술에 갖다 댔다. 알료샤는 집을 나서며, 그 주인 노파에게 남아 있는 사람들을 잘 돌봐 달라고 부탁하려 했으나, 그녀는 그의 말을 가로막으며 이렇게 말했다.

「잘 알고 있어요, 다른 사람들을 잘 보살펴 줄 테니 아무 염려 말아요, 우리도 그리스도인이잖아요.」 노파는 이렇게 말하며 울음을 터뜨렸다.

교회까지는 그리 멀지 않았다. 불과 3백 걸음 정도밖에 떨어져 있지 않았다. 날은 화창하고 조용했다. 얼음이 얼긴 했지만 그다지 춥지는 않았다. 아직 장례식을 알리는 종소리가 울리고 있었다. 스네기료프는 얼빠진 사람처럼 허둥지둥 관 뒤를 쫓아갔다. 여름옷처럼 소매가 짧은 낡아 빠진 외투를 입고, 차양이 넓은 중절모는 벗어서 손에 들고 있었다. 그는 무슨 걱정거리라도 있는 사람처럼 안절부절못했다. 관을 들려고 갑자기 손을 뻗어 관을 멘 사람들을 방해하는가 하면, 관 주위를 뛰어다니며 자리를 차지하려고 애쓰기도 했다. 그때 꽃 한 송이가 눈 위에 떨어지자 마치 큰일이라도 벌어진 듯 얼른 그 꽃을 주워 들었다.

「앗, 빵을 가져오는 걸 잊었어, 빵 가져오는 걸 잊었어!」 갑자기 그는 깜짝 놀라며 이렇게 소리쳤다. 그러자 소년들은 조금 전에 빵을 직접 호주머니에 넣지 않았느냐고 일러 주었다. 그는 급히 호주머니에 손을 넣어 빵을 꺼내 들었다. 그러고는 빵이 들어 있는 것을 확인하자 안심이 되는 듯 안도의 한숨을 내쉬었다.

「일류시카가 나에게 부탁했어요. 일류시카가 말이에요.」 그는 알료샤에게 말했다. 「그 애는 그날 밤 침대 머리맡에 앉아 있던 내게 이렇게 말했어요. 〈아빠, 나 죽으면 내 무덤에 흙을 덮을 때 빵을 부수어서 뿌려 주세요. 참새들이 날아오게 말이에요. 참새들이 날아오는 소리를 들으면 나는 혼자가 아니라는 사실을 깨닫게 될 테니 쓸쓸하지 않을 거예요〉 하고 말입니다.」

「그건 아주 좋은 생각입니다.」 알료샤가 말했다. 「자주 가져가야겠군요.」

「매일, 매일 가져가야죠!」 그제야 대위는 생기를 되찾은 것처럼 이렇게 말했다.

드디어 교회에 도착했고, 교회 한가운데에 관이 내려졌다. 소년들은 관에 빙 둘러서서 기도가 끝날 때까지 의젓하게 서 있었다. 교회는 아주 낡고 허름했다. 가지런히 서 있는 성상들도 모두 금박이나 은박이 벗겨진 상태였다. 그러나 이런 교회일수록 기도드리기는 안성맞춤인 법이다. 미사가 진행되는 동안 스네기료프는 약간 진정되기는 했지만 여전히 알 수 없는 초조감에 휩싸여 있었다. 그래서 그런지 공연히 관 옆으로 다가가 관을 덮은 천이나 화환의 위치를 살피는가 하면, 촛대 하나가 쓰러져 가는 것을 보고는 황급히 달려가 똑바로 세우려고 안간힘을 쓰기도 했다. 그러다가 그는 다소 마음이 놓이는지 막연한 불안과 의혹의 빛을 띤 얼굴로 얌전하게 관 앞에 서 있었다. 그러나 「사도행전」의 낭송이 끝나자마자 갑자기 자기 옆에 서 있던 알료샤에게 「사도행전」 낭송법이 틀렸다고 소곤거렸다. 그러나 그 이유는 말하지 않았다. 천사를 찬양하는 찬송이 시작되자 그도 따라 부르는가 싶더니, 미처 노래가 끝나기도 전에 갑자기 무릎을 꿇고는 교회 돌바닥에 머리를 대고 한동안 엎드려 있었다. 마침내 장례식이 시작되고 저마다 촛불을 손에 들었다. 그러자 이제까지 멍청하게 있던 아버지가 또다시 초조한 모습으로 안절부절못했다. 가슴을 에는 듯한 애도의 찬송이 그의 마음을 다시 흔들어 놓은 것 같았다. 그는 갑자기 몸을 웅크린 채 훌쩍거리며 울기 시작했다. 처음에는 소리를 죽여 가며 훌쩍거렸지만, 이내 통곡하기 시작했다. 참석자들이 마지막으로 시신에 작별 인사를 한 후 관 뚜껑을 덮으려 하자, 그는 영면에 빠진 사랑하는 아들을 덮지 않으려는 듯 두 팔로 시신을 감싸고 그 입술에 한없이 키스를 퍼부었다. 사람들이 그를 타일러 계단으로부터 억지로 끌어내려 하자, 그는 갑자기 두 손을 뻗어 관 속에서 두어 송이의 꽃을 꺼냈다. 그는 그 꽃을 한없이 바라보다가 문득 무슨 생각이 떠오른 것 같았다. 마치 그때까지 무슨 중요한 생각을 잊고 있었다는 듯한 모습이었다. 그는 점점 더 깊은 생각에 빠져드는 것 같았다. 사람들이 관을 들고 묘지로 운반하는 도중에도 그는 아무런 저항도 하지 않았다. 묘지는 교회 안마당에 있었다. 상당히 비싼 묘터값은 카테리나 이바노브나가 지불했다. 차례차례 의식이 모두 끝나자 묘지 인부들이 묘지 구덩이에 관을 내려놓았다. 그 순간 스네기료프가 손에 꽃을 든 채 굴러떨어질 정도로 잔뜩 허리를 굽혀 구덩이 속을 들여다보는 바람에 소년들은 깜짝 놀라 그의 외투를 붙잡아 뒤로 끌어냈다. 그러나 그는 이미 완전히 넋을 잃은 것 같았다. 사람들이 흙을 붓기 시작하자, 그는 갑자기 조심스러운 표정으로 떨어져 내리는 흙을 바라보며 중얼거렸다. 그러나 그가 무슨 말을 하는지는 전혀 알 수 없었다. 그러다가 그는 다시 입을 다물었다. 그때 사람들이 빵을 잘게 부수어서 뿌리라고 알려 주었다. 그러자 그는 몹시 당황한 모습으로 빵을 부수어 무덤 위에 뿌리기 시작했다. 〈자, 어서 날아오너라, 참새들아! 이리 날아오너라!〉 하고 그는 정신없이 중얼거렸다. 그때 소년들 중 하나가 꽃을 안고 빵을 부수기는 힘드니 잠깐 다른 사람한테 꽃을 들게 하라고 말했다. 그러나 그는 꽃을 내놓기는커녕 행여 다른 사람한테 꽃을 빼앗기지나 않을까 하여 몸을 웅크린 채 경계의 눈빛으로 아들의 무덤을 바라보다가, 이젠 무덤도 다 만들어졌고 빵도 잔뜩 뿌렸다고 생각했는지 갑자기 자연스러운 태도로 돌변하더니 몸을 돌려 천천히 집을 향해 걸었다. 그는 점점 더 빨리 걷다가 나중에는 거의 뛰다시피 했다. 소년들과 알료샤는 그의 뒤를 따라갔다.

「애 엄마한테 꽃을 갖다 줘야지, 애 엄마한테 꽃을 갖다 줘야지! 애 엄마가 화났을 거야.」 갑자기 그는 목청을 높였다. 그때 누군가가 날씨가 추우니 모자를 쓰라고 했지만, 그는 그 말에 화라도 난 것처럼 모자를 눈 위로 던져 버리고는 〈모자는 필요 없어, 모자는 필요 없다고!〉 하고 소리쳤다. 스무로프 소년이 모자를 주워 들고 그 뒤를 따라갔다. 소년들은 일시에 울음을 터뜨렸다. 그중에서 콜랴와 트로이의 창건자가 누구인지 안다고 말했던 소년이 가장 구슬프게 울었다. 대위의 모자를 들고 있던 스무로프 소년도 엉엉 울면서 빠른 걸음으로 걷다가 길가에 놓여 있던 붉은 벽돌을 집어 던져 참새 떼를 쫓았다. 물론 참새 떼는 돌에 맞지 않았고, 소년은 계속 울면서 달려갔다. 집으로 가는 도중에 대위는 무슨 까닭에선지 갑자기 걸음을 멈춰 서서 곰곰이 생각에 잠기더니, 교회 쪽으로 몸을 돌려서 지금 걸어왔던 그 묘지 쪽으로 다시 달려갔다. 소년들이 황급히 달려가 그를 붙들었다. 그러자 그는 갑자기 심한 충격이라도 받은 사람처럼 눈 위로 털썩 주저앉아서, 〈아가야, 일류시카야, 우리의 사랑스러운 아가야!〉 하고 몸부림을 치며 절규했다. 알료샤와 콜랴가 그를 위로하고 타이르며 일으켜 세우려고 했다.

「이젠 그만하세요, 대위님, 사내대장부는 이런 일을 꾹 참고 견딜 줄 알아야 해요.」 콜랴가 조용히 말했다.

「꽃이 부러지잖습니까.」 알료샤도 이렇게 말했다. 「〈엄마〉가 꽃을 기다리고 있잖아요. 〈엄마〉는 당신이 일류샤의 꽃을 주지 않아서 지금 몹시 슬퍼하고 있어요. 그리고 지금 집에서 일류샤가 누워 있던 자리에 그대로 남아 있어요…….」

「그래, 맞아, 애 엄마한테 가야지!」 그때 스네기료프는 문득 그 생각을 떠올렸다. 「그 아이의 잠자리를 치워 버렸을지도 몰라. 아니, 치우고 있을 거야!」 그는 이렇게 덧붙이고는 자신의 사랑하는 아들의 잠자리를 치워 버릴지도 모른다는 불안감에 곧장 집으로 달려가기 시작했다. 이제 집까지는 얼마 남지 않았다. 소년들도 대위와 함께 뛰어가기 시작했다. 대위는 급히 문을 열고 자신이 몰인정하게 대했던 자신의 아내에게 이렇게 소리쳤다.

「여보, 여보, 일류샤가 이렇게 당신에게 꽃을 보냈어. 당신 다리가 아프다고 말이야!」 그는 이렇게 소리치고는 눈 위에 주저앉느라 꺾인 얼어붙은 꽃다발을 내밀었다. 그때 그는 일류샤의 침대 옆에 나란히 놓여 있던 죽은 아들의 장화를 발견했다. 여주인 노파가 조금 전에 갖다 놓은 것인데 너무 낡아 다 해진 불그스레한 장화였다. 그는 그것을 보자, 두 손을 내밀며 그쪽으로 달려가서는 무릎을 꿇고 그중 한 짝을 집어 들어 입을 맞추면서 울부짖었다. 「아가야, 사랑하는 아가야, 네 발은 어디로 가고 없는 거냐?」

「그 애를 어디로 데려간 거죠? 그 애를 어디로 데려간 거예요?」 정신이 이상해진 그의 어머니가 애끓는 목소리로 울부짖었다. 니노치카도 따라 울기 시작했다. 콜랴는 밖으로 뛰쳐나갔다. 그러자 다른 소년들도 밖으로 나갔고, 알료샤도 따라 나갔다. 「실컷 울게 내버려 두는 게 좋아.」 알료샤가 콜랴에게 말했다. 「지금은 무슨 말을 한다고 해도 위로가 되지 않을 테니 잠깐 기다렸다가 들어가지.」

「그래요, 어떻게 위로가 되겠어요. 너무 슬픈 일이에요.」 콜랴도 동의했다. 「그런데 말이에요, 카라마조프 씨.」 그는 다른 사람들에게 들리지 않을 정도로 목소리를 낮추며 이렇게 말했다. 「나는 정말 슬퍼서 견딜 수 없어요. 아, 정말 일류샤를 살릴 수만 있다면 난 무슨 짓이든 하겠어요!」

「그래, 나도 역시 마찬가지야!」 알료샤가 대답했다.

「카라마조프 씨 생각은 어떠세요? 오늘 저녁에도 우리가 이곳으로 찾아올까요? 아무래도 대위님은 술을 진탕 퍼마실 것 같은데.」

「그럴지도 몰라. 그럼 우리 두 사람만 오는 것이 어때? 그리고 한 시간 정도는 니노치카나 어머니와 함께 있는 것이 좋을 것 같아. 여러 사람이 몰려오면 도리어 일류샤 생각이 간절할 테니까.」 알료샤는 이렇게 충고했다.

「지금 주인 할머니가 음식을 준비하는 모양이에요. 아마 일류샤의 추도식을 할 모양이죠. 신부님도 오신다고 했는데, 우리도 참석해야 하지 않을까요?」

「그래야지.」 알료샤가 대답했다.

「카라마조프 씨, 정말 모든 것이 이상해요. 이렇게 슬픈 순간에 음식이다 뭐다 준비하는 것이 우리 종교에는 왠지 자연스럽지 않거든요!」

「연어까지 나올 거예요.」 트로이의 창건자가 누구인지 안다고 했던 소년이 불쑥 끼어들었다.

「이것 봐, 카르타셰프, 경고해 두겠는데, 그런 얼토당토않은 말로 남의 대화에 끼어들지 마. 특히 너를 상대해 주지도 않고, 네가 이 세상에 있는지 없는지조차 관심이 없는 상황에서는 더더욱 말이야.」 콜랴는 화난 목소리로 소년에게 단호히 엄포를 놓았다. 소년은 얼굴을 붉혔지만 아무 말도 하지 못했다. 그러던 중 모두 좁은 산길을 따라 조용히 걷게 되었다. 그때 갑자기 스무로프가 큰 소리로 말했다.

「여기예요! 이것이 일류샤의 바위예요. 바로 이 바위 옆에 일류샤를 묻으려고 했어요.」

모두 말없이 그 커다란 바위 곁에 다가와 걸음을 멈추었다. 알료샤는 그 바위를 바라보았다. 그러자 그의 머릿속에는 언젠가 스네기료프가 들려준 이야기가 생생히 떠올랐다. 일류샤는 아버지를 끌어안고 그에게 매달려 울면서, 〈아빠, 아빠, 어떻게 그 사람이 아빠에게 그런 모욕을 줄 수 있는 거죠!〉 하고 말했다고 한다. 알료샤의 가슴속에서 무언가가 뭉클 솟아올랐다. 알료샤는 진지하고 엄숙한 표정으로 일류샤 친구들의 맑고 사랑스러운 얼굴들을 바라보며 이렇게 입을 열었다.

「여러분, 나는 바로 이 자리에서 여러분에게 하고 싶은 이야기가 있어요.」

소년들이 알료샤를 에워싸며 호기심에 찬 얼굴로 그를 바라보았다.

「여러분, 우리는 이제 곧 헤어지게 됩니다. 나는 얼마 후면 두 형님과도 헤어지게 됩니다. 한 분은 멀리 유형지로 추방되고, 또 다른 분은 중병으로 돌아가실 겁니다. 그리고 나는 이 고장을 떠나게 될 겁니다. 어쩌면 아주 오랫동안 돌아오지 않을지도 모르죠. 그러니 지금 바로 여기 일류샤의 바위 옆에서 먼저 일류샤를, 그다음엔 우리 모두 서로를 영원히 잊지 말기로 맹세합시다. 우리는 한평생, 앞으로 20년 동안은 다시 만나지 못하더라도 오늘 우리 손으로 묻은 그 불쌍한 소년을 잊지 말기로 합시다. 모두 잘 기억하겠지만, 예전에 우리는 그 소년에게 돌을 던졌지요, 바로 저 다리 옆에서 말이죠. 하지만 그 뒤로 우리는 모두 그를 사랑하게 되었죠. 그 애는 착하고 용감한 소년이었어요. 그 소년은 또한 아버지의 명예를 아주 소중하게 생각했지요. 그래서 그 소년은 자신의 명예를 위해서, 아버지의 치욕을 씻기 위해서 분연히 맞섰던 겁니다. 이제 우리는 한평생 우리가 어떤 중대한 일을 하게 되더라도, 어떠한 존경을 받게 되더라도, 아니면 설혹 커다란 불행에 빠지게 되더라도, 그러니까 언제 어디서 무슨 일을 하게 되더라도, 그 소년을 기억하면서 우리가 이 마을에서 아름답고 착한 감정으로 혼연일체가 되어 그 가엾은 소년을 사랑했으며, 아주 행복한 시절을 보냈었다는 사실을 절대 잊지 말기로 합시다. 그 가엾은 소년에게 사랑의 손길을 뻗었을 때 가질 수 있었던 아름답고 선한 감정 덕분에 우리는 한결 더 훌륭한 인간으로 성장할 수 있었으니까요. 나의 사랑스러운 비둘기들이여! 여러분을 이렇게 부르겠어요! 지금 여러분의 착하고 사랑스러운 얼굴을 보노라니, 문득 그 푸르고 예쁜 새가 생각나는군요. 여러분은 그 새와 꼭 닮았습니다. 여러분은 지금은 내가 하는 말을 이해하지 못할 수도 있지만, 내가 자주 어려운 말을 많이 하니까요, 하지만 여러분이 이 말을 꼭 기억하면서 어른이 된다면 언젠가는 내 말뜻을 이해할 때가 올 겁니다. 여러분의 아름다운 추억, 특히 부모님과 함께 지냈던 추억들은 미래의 생활에 숭고하고도 강렬한, 그리고 유익하고도 아주 건전한 기억이 될 겁니다. 이것만은 잊지 마세요. 어른들은 여러분의 교육 문제에 대해 여러 가지 의견을 내놓고 있지만, 어린 시절에 간직했던 아름답고 신성한 추억이 가장 훌륭한 교육이 될 겁니다. 인생에서 그런 추억을 많이 간직하게 되면 한평생 구원을 받게 됩니다. 그런 추억들 중 단 하나만이라도 여러분의 마음속에 남게 된다면, 그 추억은 언젠가 여러분의 영혼을 구원하는 역할을 하게 될 겁니다. 어쩌면 우리는 악당이 될지도 모릅니다. 나쁜 일을 피하지 못할지도 모릅니다. 엄숙한 인간의 눈물마저 조소하게 될지 모릅니다. 콜랴가 조금 전에 〈모든 사람을 위해서 고난받는 사람이 되고 싶다〉고 했지만, 어쩌면 그런 사람에게까지 심술궂은 조소를 보내게 될지 모릅니다. 물론 그런 사람이 되어서는 안 되겠지만, 설령 그런 악한이 된다고 하더라도, 가장 냉소적이고 잔인한 인간이 된다고 하더라도 우리가 이렇게 함께 모여 일류샤를 묻어 준 일과, 그가 죽기 전에 베풀었던 사랑과, 이렇게 큰 바위 옆에서 우의를 나누던 일을 기억한다면 우리는 최소한 이 순간만은 착하고 훌륭한 인간이었다는 사실을 마음속에서는 비웃지 못할 겁니다. 또한 아름다운 이 추억이 우리를 커다란 악으로부터 지켜 줄 겁니다. 그리고 지난날을 회상하면서, 〈그래, 나는 그때 착하고 용감했으며 명예로운 사람이었어〉라고 스스로에게 말할 겁니다. 속으로야 코웃음 치는 것쯤은 괜찮겠죠, 원래 인간이란 착하고 훌륭한 것을 비웃고 싶어 하는 본능이 있으니까요. 물론 그것은 사려와 분별력이 결여된 데서 오는 겁니다. 하지만 여러분, 나는 확신합니다. 여러분이 설혹 코웃음을 치는 일이 있다 하더라도, 곧 여러분의 마음속에서는 〈안 돼, 그래서는 안 돼. 조소한다는 것은 나쁜 일이야!〉 하고 자신을 질책하리란 것을 말입니다!」

「물론, 그렇게 하겠어요. 카라마조프 씨. 나는 당신의 말을 이해할 수 있습니다, 카라마조프 씨!」 콜랴가 눈을 반짝이며 이렇게 말했다. 다른 소년들도 모두 감격하여 무슨 말인가 하려다 말고, 다시 이 웅변가의 얼굴을 존경스러운 눈빛으로 바라보았다.

「나는 바로 우리가 바보 같은 짓을 하게 될까 염려되어 하는 말입니다.」 알료샤가 계속 말했다. 「도대체 우리는 왜 바보 같은 짓을 하는 걸까요, 그렇지 않습니까, 여러분? 무엇보다 먼저 우리는 착한 사람이 되어야 합니다. 그다음엔 정직한 사람이 되어야 하고, 그다음엔 서로를 잊어서는 안 되는 겁니다. 다시 한번 이야기하지만, 여러분, 맹세코 그렇게 되리라고 나는 확신합니다. 여러분, 나는 여러분 한 사람 한 사람을 절대 잊지 않을 겁니다. 지금 여기서 나를 바라보는 여러분 얼굴 하나하나를 30년 후에라도 꼭 기억할 겁니다. 아니, 잊을 수 없을 겁니다. 조금 전에 콜랴가 카르타셰프에게 〈네가 이 세상에 존재하고 있는지 없는지〉 하고 운운했지만, 카르타셰프가 이 세상에 존재하고 있다는 것을, 그리고 트로이의 창건자를 대답했을 때처럼 얼굴을 붉히지도 않고 밝고 선한 아름다운 눈으로 지금의 나를 바라보고 있었다는 것을 나는 결코 잊지 못할 겁니다! 여러분, 사랑하는 여러분, 우리 모두 일류샤처럼 너그럽고 용감한 사람이 됩시다, 그리고 여기 콜랴처럼 지혜롭고 대담하고 관대한 사람이 됩시다(물론 앞으로 콜랴가 더 지혜로워지기를 바라지만). 그리고 카르타셰프처럼 몹시 수줍어하기는 하지만 똑똑하고 착한 사람이 됩시다. 내가 꼭 이 두 사람만을 이야기하는 것은 아닙니다. 여러분 모두가 나에겐 사랑스럽고 잊을 수 없는 존재가 될 것입니다. 여러분도 나를 그렇게 기억해 주시기를 바랍니다. 우리를 이렇게 아름답고 선한 감정으로 한데 묶어서 영원히 서로가 서로를 잊지 않게 만들어 준 사람이 누구입니까? 바로 일류샤입니다. 그는 진정으로 착한 소년이었고, 사랑스러웠으며, 우리 모든 소년들에게 영원히 소중한 소년이었습니다! 우리 영원히 그를 잊지 맙시다! 앞으로 언제까지나 우리의 마음에 그에 대한 아름다운 추억을 간직하기로 합시다!」

「언제까지나, 영원히!」 소년들 모두 우렁찬 소리로, 몹시 감격에 겨운 얼굴로 소리쳤다.

「언제까지나 일류샤의 얼굴, 그리고 그가 입었던 옷, 해진 장화, 그리고 그의 관을 영원히 기억합시다. 그리고 가없은 그의 아버지를 기억합시다. 일류샤가 아버지를 위해서 혼자 힘으로 학급 전체를 상대로 용감하게 싸운 일을 기억합시다!」

「기억하겠어요, 기억하겠어요!」 소년들이 소리쳤다. 「그 애는 용감하며 착하고 친절했어요!」

「오, 나는 얼마나 그 애를 좋아했는지 몰라요!」 콜랴가 외쳤다.

「오, 여러분, 여러분은 나의 친구들입니다! 이 세상을 두려워해서는 안 됩니다. 우리가 바르고 착한 일을 한다면 우리의 삶은 아름다워질 겁니다!」

「맞아요, 맞아요!」 소년들이 감격한 목소리로 되풀이했다.

「카라마조프 씨, 우리는 모두 당신을 사랑합니다!」 누군가 울음을 터뜨리며 이렇게 외쳤다. 그것은 카르타셰프의 목소리 같았다.

「우리 모두 당신을 사랑해요! 사랑해요!」 다른 소년들도 모두 한결같이 입을 모아 합창했다. 소년들의 눈에는 눈물이 고여 있었다.

「카라마조프 씨 만세!」 콜랴가 환희에 차서 소리쳤다.

「그리고 우리 곁을 떠난 일류샤가 영원히 우리의 기억 속에 살아 있기를!」 알료샤는 평온을 되찾은 목소리로 덧붙여 말했다.

「우리의 기억 속에 영원히 살아 있기를!」 소년들은 다시 이렇게 맹세했다.

「카라마조프 씨!」 콜랴가 소리쳤다. 「우리 모두 죽어서 다시 부활하여 만날 수 있다고, 일류샤도 만날 수 있다고 교회에서 말하는 것이 사실인가요?」

「그래, 우린 틀림없이 부활할 거야. 그리고 다시 만나 기쁘고 즐거웠던 지난날을 이야기하게 될 거야!」 알료샤는 한편으론 미소를 지으며, 또 다른 한편으론 감격에 겨운 목소리로 이렇게 대답했다.

「아아, 그렇게 되면 얼마나 좋을까!」 콜랴가 저도 모르게 소리쳤다.

「자, 그럼, 이젠 말을 마치고 일류샤의 추도식에 가봅시다. 그리고 사양하지 말고 많이 먹읍시다. 그건 아주 오랜 전통이고, 또 영원히 지속될 겁니다. 그래요, 아주 좋은 풍습이죠.」 알료샤가 웃었다. 「자, 어서 갑시다! 지금부턴 이렇게 사이좋게 손을 잡고 가는 겁니다.」

「영원히 이렇게, 한평생 이렇게 손에 손을 잡고 말이죠! 카라마조프 만세!」 콜랴가 감격한 어조로 다시 한번 이렇게 외쳤다. 그러자 나머지 소년들도 모두 입을 모아 함성을 질렀다.

역자 해설

욕망과 증오의 카라마조프 제국

 소설 『카라마조프 씨네 형제들』은 세계문학사에 커다란 족적을 남긴 도스토옙스키의 가장 위대한 작품이자 최후의 대작이다. 또한 이 소설은 40년간에 걸친 문학적 경험을 축적한 노련한 작가의 문학적 결산이며, 인류의 운명을 직시하며 고뇌와 회의를 거듭한 예언자의 철학적 귀결인 동시에 종교적 예언서이기도 하다. 생애의 마지막 3년(1878~1880) 동안 도스토옙스키는 자신의 진정한 숭배자이며 성실한 아내였던 안나 그리고리예브나의 도움을 받으며 혼란스럽고 무절제한 생활을 청산했다. 그래서 과거와는 달리 안정된 분위기 속에서 장편소설 『카라마조프 씨네 형제들』에 전념할 수 있었고, 이 소설을 완성한 지 석 달(1881년 1월) 만에 비범하고 기이한 생애를 끝마쳤다.

 도스토옙스키가 살았던 당대는 사회생활 속에 급격한 변화가 일어나고 현실적인 모순들이 극단적으로 대립하던 시대였다. 자연히 작가에게는 결코 평온한 삶이 허락되지 않았다. 러시아 사회는 예언자의 풍모와 능력을 갖춘 도스토옙스키에게 현실 참여를 요구하고 있었던 것이다. 도스토옙스키는 『카라마조프 씨네 형제들』 속에서 그가 병적일 만큼 중요하고 절박하게 여겼던 문제들, 즉 사회의 정신적 발전과 인간의 이데올로기적·도덕적 발전 문제에 최종적인 해결책을 제시하려고 노력했다. 그리고 그것은 오랫동안 도스토옙스키를 격동시키고 끊임없이 괴롭혀 온 동시대인들의 자기만족과 안일, 소시민적 근성에 대한 경고로 나타났다.

소설의 구체적인 배경이 되는 1870년대는 러시아사에서도 유난히 경제적·사회적 혼란이 심화되던 시기였다. 농촌은 지주들의 착취로 붕괴되고 도시는 관료들의 전횡으로 피폐해져 갔으며, 진보적인 지식인들 사이에서는 정치적 테러를 주요 수단으로 삼은 인민주의와 니힐리즘이 확산되고 있었다. 급기야 러시아 전국은 혁명 전야와 다를 바 없는 사회적 불안에 휩싸였다. 농노제 폐지 직전의 1860년대 초와 마찬가지로 전제 정권의 권력자들과 잡계급 출신의 지식인들 사이에 긴장된 대결이 다시 반복된 것이다. 도스토옙스키는 러시아가 어떤 운명을 맞이할 것인가, 파괴적인 새로운 사조 앞에서 과연 기존의 사회 질서는 유지될 것인가 하는 문제로 고뇌했다.

하지만 도스토옙스키의 마음에 가장 큰 상처를 준 것은 지배 계급의 폭압과 수탈로 신음하는 민중들의 고통이었다. 당시 러시아의 지식층은 종교를 버리고 서구의 민주주의나 공리주의 혹은 물질주의를 향해 맹목적으로 치닫고 있었다. 여기에서 도스토옙스키는 러시아 사회에 만연한 도덕적 붕괴와 민중적 불행이 표트르 대제 이래로 추진된 서구화에서 비롯된 지식인과 민중 사이의 이분화 현상 때문이라고 보았다. 도스토옙스키의 이런 판단은 『카라마조프 씨네 형제들』에서 서구의 제도, 가톨릭교, 풍속, 개인적인 품성에 대한 노골적인 비판과 조롱으로 나타난다. 소설 속에서 이국적이고 이질적인 문화는 신과 민중의 의지에 역행하는 해로운 것으로, 러시아적이며 민중적인 문화는 정당하고 유익한 것으로 묘사된다. 예를 들면 스페인 대심문관의 종교적 과오는 그리스도와의 대화 속에서 적시되고, 그루셴카를 유혹했던 파렴치하고 교활한 폴란드인에게서는 아무런 구원의 희망도 보이지 않는다. 그뿐만 아니라 서구의 사회주의에 물든 신학생 라키틴은 출세주의자로 왜곡되고, 프랑스의 시인 피롱은 공연히 모욕당하기도 한다. 소설의 도처에 산재한 도스토옙스키의 완고하고 편협한 이 국수주의적 경향은 서구 문명에 반대하여 정교 정신을 부활시키려고 했던 슬라브주의자들이나, 서구 문명의 몰락을 예언하고 반(反)몽골리즘(반아시아주의)을 경고한 철학가 솔로비요프의 영향을 받은 것이다. 그럼에도 불구하고 『카라마조프 씨네 형제들』 속에 나타나는 인간 영혼에 대한 깊은 탐구와 기독교적 사랑에 바탕을 둔 휴머니즘은 작가의 이러한 사상적 편향성을 상당 부분 덮어 주고 있다.

  소설의 구도는 도스토옙스키의 여느 소설들과 마찬가지로 늙은 홀아비 표도르 카라마조프와 세 아들 드미트리, 이반, 알료샤, 그리고 사생아 스메르댜코프 사이의 가족 문제를 다루고 있다. 사실 도스토옙스키의 다른 소설들 속에서 가족 문제는 단지 지엽적인 요소에 지나지 않지만, 『카라마조프 씨네 형제들』 속에서 그것은 서술의 중심에 놓인다. 이 구도는 뿔뿔이 흩어져 있던 한 가족이 상속 문제로 모였다가 서로 대립하고 갈라선다는 점에서 도덕적 붕괴의 길로 치닫고 있는 당시 사회의 모습을 상징적으로 압축한 것으로 볼 수도 있으며, 작가적 취향에 따른 임의의 선택으로 판단할 수도 있다. 하지만 사건 전개의 장소로 수도 페테르부르크가 아닌 거의 러시아 오지에 해당하는 소도시 스코토프리고니옙스크를 선택한 것이나, 카라마조프 일가라는 불특정 가족의 구도와 그 구성원들 사이에서 일어나는 충돌 사건을 선택한 것이나, 모두 작가의 치밀한 기획에서 비롯된 것으로 보아야 할 것이다. 오히려 도스토옙스키는 이러한 장소와 인물의 선택을 통하여 수많은 러시아 대도시들, 나아가 러시아 전역에서 많은 사람들이 사회악과 불행으로 고통받고 있다는 사실을 암시하고 있다.

도스토옙스키는 연재소설의 특징에서 흔히 나타나듯이 수많은 에피소드, 크고 작은 사건과 묘사를 삽입하면서 소설의 분량을 방대한 규모로 확대시키고 있다. 장편소설 『카라마조프 씨네 형제들』에 삽입된 많은 에피소드와 묘사 장면 들은 독립적인 구성을 취하고 있으며, 그 하나하나가 각각의 단편소설로 분류될 수 있을 만큼 뛰어난 완성도를 보여 준다. 사실 도스토옙스키 소설의 이런 특징은 구성상 다소 산만한 느낌을 불러일으키기도 한다. 인류가 당면한 파멸적 현실의 근본 원인을 설명하는 〈대심문관〉 편이나 인류 구원의 희망을 암시하는 〈파 한 뿌리〉, 〈소년들〉 편은 소설의 가장 중요한 부분의 하나로 자리 잡으면서도 주인공의 행위만이 개별적인 장들의 필연적인 연결 고리로 작용하는 것이다. 분명히 도스토옙스키는 문제 해결을 위해 제재(題材)를 깔끔하고 질서정연하게 배열하기보다는 극적인 상황을 연출하는 개별적인 장면에서 자신의 능력을 최대한 발휘하고 있다. 그러나 작가적 결점으로 치부되던 이런 특징은 오늘날 다면적(多面的) 구성으로 설명되면서 도스토옙스키를 가장 현대적인 작가로 평가받게 만든다.

소설의 다양한 주제 중에서 그 핵심을 이루는 것은 친부(親父) 살해이다. 친부 살해란 인간이 저지를 수 있는 최악의 패륜인 동시에 자기 존재의 부정에 이르는 범죄에 속한다. 물론 도스토옙스키가 서구 작가들 중에서 친부 살해 문제를 다룬 첫 번째 작가는 아니었다. 유명한 그리스 비극「오이디푸스왕」과 셰익스피어의『햄릿』에서 친부 살해란 주제는 인간의 능력으로는 거부할 수 없는 비극적 운명으로 이미 묘사된 바 있다. 주제상의 공통점이 나타난다고 해서 도스토옙스키가 소포클레스와 셰익스피어의 고전적 주제를 모방한 것으로 보기는 힘들다. 이 주제는 친부 살해 혐의로 옴스크 감옥에서 도스토옙스키와 함께 유형 생활을 했던 토볼스크 출신 육군 소위 일린스키의 실화에 기초한 것임을 작가는『죽음의 집의 기록』에서 밝히고 있다. 일린스키 형사 사건은 죄 없는 일린스키 소위가 오랜 유형 생활 끝에 석방되고, 나중에 진범이 체포되어 그의 무죄가 입증되는 것으로 끝을 맺는다. 그러나 이 이야기를 전해 들은 도스토옙스키는 일린스키 형사 사건의 극적이고 충격적인 내용에 지대한 관심을 기울였고, 오랫동안 작품화의 길을 모색했다. 그리고 마침내 주제의 복잡한 재구성과 변형을 통해 자신의 도덕적·철학적 신념을 전개하는 데 십분 활용했다. 이런 점에서『카라마조프 씨네 형제들』과 이에 앞선 두 고전 사이의 연구 방향은 각각의 작가가 친부 살해라는 주제를 어떻게 다루고 있는가 하는 문제로 귀결되어야 한다.『죄와 벌』이나『악령』같은 작품 경향으로 볼 때 『카라마조프 씨네 형제들』의 친부 살해 주제는 오히려 당대의 사회적 모순을 극적으로 드러내려는 도스토옙스키의 작가적 개성으로 설명될 수 있기 때문이다.

인간의 근원적 문제에 접근하려는 새로운 학문들이 등장할 때마다 『카라마조프 씨네 형제들』에 대한 해석은 도스토옙스키의 창작 의도와 상관없이 적극적으로 시도된 바 있다. 정신 분석학의 시조인 프로이트는 마조히스트와 사디스트의 양성적 성격을 지닌 간질병 환자 도스토옙스키가 실제의 살인보다는 초자아적 죄의식의 관점에서 친부 살해 문제에 접근했다고 분석한다. 심리 분석에 기초하여 작가의 창작 세계를 탐구한 그의 시도는 문학 연구자 이상의 완벽한 설명 체계를 가지고 있다. 그러나 프로이트의 완벽에 가까운 분석은 그것이 문학 작품과 작가의 정신세계에 관한 것이므로 하나의 불충분한 가설로 남게 된다. 더구나 프로이트는 『카라마조프 씨네 형제들』의 친부 살해 주제를 오이디푸스 콤플렉스 이론에 적용하면서 이 작품을 어두운 과거 행적(난폭한 작가의 아버지가 농노들의 손에 잔혹하게 피살된 사건, 작가 자신이 소년기에 어린 소녀를 성폭행한 사건, 유별난 도박 등)으로 인해 심리적인 중압감에 억눌린 간질병 환자이자 범죄자인 작가의 필연적인 창작물로 설명하고 있다. 이때 프로이트는 정신 분석학의 이론적 정립을 위해 도스토옙스키의 무의식 혹은 초자아에 영향을 줄 가능성이 있는(프로이트 자신의 이론에 따를 경우) 직접 경험의 세계만을 분석의 근거로 삼는 편의성을 드러낸다. 다시 말해서 도스토옙스키에 대해 치밀하게 자료를 수집하고 연구했기 때문에 작가의 내면 심리 세계를 연구하는 데 가장 중요한 자료가 되는 『죽음의 집의 기록』에 나오는 일린스키 형사 사건에 대해 충분히 알고 있었음에도 불구하고, 그는 친부 살해 주제 분석에서 일린스키 형사 사건에 관한 언급을 일부러 회피했던 것이다. 하지만 프로이트의 도스토옙스키 연구는 문학 연구의 새로운 가능성을 제시하고 있다는 점에서 무척 흥미롭다.

인류학자 말리노프스키는 프로이트의 오이디푸스 콤플렉스 이론과 반대 입장에 서 있으면서도 인류 문명의 기원에 대해 흥미진진한 해석을 시도하고 있다. 그의 인류학 이론은 『카라마조프 씨네 형제들』의 구도와 거의 일치한다는 점에서 특히 주목된다. 자신의 저서 『미개 사회의 성과 억압』 속에서 말리노프스키는 원시 사회에서 재산과 여자들을 독점한 아버지로부터 쫓겨난 아들들이 아버지를 살해한 후에 품게 되는 후회와 반성 과정을 통해 인류의 도덕과 문명이 탄생된다고 설명한다. 이것은 그의 문명 기원론이 아버지 표도르의 성격을 닮은 드미트리, 이반, 스메르댜코프가 여자와 재산 문제로 아버지와 암투를 벌이다가 친부 살해 이후에 사상적·윤리적으로 자각하고 갱생하거나 파멸하는 과정을 묘사한 『카라마조프 씨네 형제들』의 구도와 다를 바 없다는 점에서 『카라마조프 씨네 형제들』의 연장 해석이라고 볼 수 있다.

『카라마조프 씨네 형제들』은 작가의 여러 창작 단계를 거쳐 완성되었다. 처음에 이 소설은 〈무신론자〉라는 구상에서 출발하여 〈위대한 죄인의 생애〉라는 구상을 거친 후, 결국 『카라마조프 씨네 형제들』이란 제목으로 완성되었다. 1869년 마이코프에게 보낸 편지 속에서 도스토옙스키는 〈요즘 내 머릿속에 맴돌고 있는 것은 한 편의 방대한 장편소설입니다. 제목은 《무신론자》입니다〉라고 쓰고 있다. 같은 해 마이코프에게 보낸 다른 편지 속에서 그는 다시 〈내가 『소명』지에 게재할 예정인 작품은 이미 2~3년 전부터 머릿속에서 무르익은 것입니다. 이 작품은 이미 당신께 말씀드린 것과 똑같은 구상이며, 이 작품이야말로 나의 최후의 장편이 될 것입니다. 분량은 『전쟁과 평화』 정도가 될 것이고, 작품의 사상은 당신도 이미 예전에 찬사를 보낸 바 있습니다. 장편의 총칭은 《위대한 죄인의 생애》인데, 각각의 장은 다른 제목을 갖게 됩니다〉라고 밝히고 있다. 〈무신론자〉로 구상되었을 때 소설은 무신론, 가톨릭, 러시아 정교 사이의 논쟁을 중점적으로 다룰 계획이었다. 그리고 〈위대한 죄인의 생애〉로 제목이 바뀌었을 때도 소설은 도스토옙스키가 의식적·무의식적으로 평생 고뇌했던 신의 존재 문제를 다루는 구도로, 무신론자로 출발한 주인공이 정교도와 분리파 교도, 무신론자 사이를 방황하는 틀을 갖추고 있었다. 그러나 여러 해가 지난 후 『카라마조프씨네 형제들』이란 제목으로 작품을 쓰기 시작했을 때 소설의 줄거리에는 적잖은 변화가 일어났다. 카라마조프란 성씨의 명명에서 그 창작적 비밀의 일부가 엿보인다. 카라마조프 Karamazov란 본래 〈검다〉를 의미하는 중앙아시아어의 〈하라hara〉와 〈바르다〉란 의미의 러시아어 〈마자티mazat'〉의 결합어이다. 결국 카라마조프란 어둠과 악으로 뒤범벅된 사람들을 지칭하는 도스토옙스키식 명칭에 해당된다. 이 사실은 도스토옙스키가 소설의 주인공으로 러시아 사회와 도덕을 파괴하는 사악한 사람들을 소설의 중심에 두었고, 종교적 구원 과정보다는 재산과 여자 문제를 둘러싼 암투와 재판 과정에서 불의와 편견이 판치는 카오스의 세계, 악의 세계를 부각시키고자 했음을 의미한다. 따라서 선악의 대결적 구도에서 조시마 장로나 알료샤의 역할은 의외로 미약하게 나타나며, 반면 드미트리와 이반의 역할은 매우 활기차고 역동적이면서 소설 전체의 줄거리를 압도하게 된다. 비극을 해결하지도 파국을 완화시키지도 못하는 『카라마조프 씨네 형제들』의 소설적 귀결은 인간성의 밝은 면보다는 어두운 면을, 신성에 제압되지 않는 악마성을 강조하고 있으며, 카타르시스를 해소시키기보다는 독자들을 오히려 불안과 공포에 빠뜨린다. 도스토옙스키는 현실에 안주하는 독자들에게 낯선 결론을 통해 공포심을 조장하면서 현실적 위기감을 불러일으키는 것이다. 『카라마조프 씨네 형제들』의 이런 특징은 소설을 무거운 분위기로 이끌기도 하지만, 그 음산함에도 불구하고 독자들로 하여금 작품에서 손을 쉽게 뗄 수 없게 만드는 독특한 매력으로 작용하기도 한다.

독자들에게 흥미를 유발시키는 사건 중심의, 그것도 충격적인 살인 사건 중심의 소재 선택은 도스토옙스키가 당대 비판적 리얼리즘의 전통에서 상당히 벗어나 있었음을 보여 준다. 사실 러시아의 비판적 리얼리즘은 플롯의 복잡한 구성을 피하면서 다양한 인물 형상을 창조하여 그 무미건조함 속에 작가의 사상을 진지하게 드러내는 특징을 지니고 있다. 그러나 도스토옙스키는 이런 틀에서 과감하게 벗어나 있었을 뿐만 아니라, 1870년대 러시아 사회의 현실 감각과도 상당히 동떨어져 있었다. 예를 들면 신학생 라키틴을 황금만능주의자, 출세의 허영에 좌충우돌하는 사회주의자로 묘사한 경우가 여기에 해당된다. 실제로 라키틴 같은 진보주의자들 앞에 놓인 미래는 수도 페테르부르크에서의 출세나 영광이 아니라, 탄압·체포·유형의 공포였던 것이다. 사회주의에 대한 개인적인 증오심을 노골적으로 표출시키는 이 대목에서 알 수 있듯이, 도스토옙스키는 현실을 있는 그대로 묘사하기보다는 자신의 종교적·정신적 체험과 의지에서 유래한 상상의 세계를 그려 나갔던 것이다. 그러나 『카라마조프 씨네 형제들』의 이 같은 일탈적 특징에도 불구하고 당시의 사회 문제에 대한 관심, 고통받는 민중에 대한 연민, 배경의 선택, 정교한 기교 등은 도스토옙스키를 여전히 사실주의 작가로 위치시키기에 충분하다고 할 수 있다.

『카라마조프 씨네 형제들』에서 작가의 재능이 가장 잘 발현된 창작적 특징은 등장인물들의 개별적인 형상 속에서 발견된다. 도스토옙스키의 등장인물들은 현실 속에 살아 있는 인물들을 묘사했다고 보기 힘든, 낯설고 직선적인 개성만을 가지고 있다. 등장인물들은 보편적 인간의 다양한 성격이 결여되고, 선과 악, 폭력과 증오와 고결함, 탐욕과 청빈 사이에서 선택적인 기질만을 지닌 비현실적인 인물 유형들로 나타난다. 그들의 기괴한 일면적 기질에는 단지 활력에 넘치는 열정만이 발견될 뿐, 자제력도 자존심도 발견되지 않는다. 그래서 그들의 심리는 화해와 조화를 알지 못하는 첨예한 갈등을 일으키고, 또 시간이 흐를수록 더욱 극단화되면서 사건의 대파국을 준비한다. 등장인물들의 이러한 모순적 성격은 결국 서술의 내적 역동성을 한층 강화시킨다.

흥미로운 주인공들 중에서도 카라마조프 일가의 가장인 아버지 표도르는 일생 동안 쾌락만을 추구하는 사악한 본능의 화신으로 묘사되어 있다. 도스토옙스키는 육욕·물질욕·비열함·무신앙·파렴치 등 모든 개인주의적 악덕을 표도르의 형상 속에서 가장 저열하고 혐오스러운 형태로 집중시켰다. 표도르는 아내나 자식들에게 아무 관심도 없으며, 이웃들에 대해서도 어떤 사회적 의무나 도덕적 책임을 느끼지 못하는 속물이다. 그는 자신이 모욕받는 순간에도 오히려 쾌감을 느낄 기회를 엿본다. 아내가 죽었을 때 표도르는 여기저기 떠돌아다니며 동정도 받고, 모욕도 당하면서 비탄에 젖은 남편의 역할을 즐거이 수행하기도 한다. 또한 현실 세계에서 자신의 강인함을 확인하기 위해 지옥에 대한 종교적 관념도 가장 조악한 삶의 의미로 부정해 버린다. 지옥의 두려움조차도 떨쳐 버렸을 때 표도르는 이미 인간이기를 포기한 혐오스럽고 가증스러운 병든 동물에 지나지 않는다. 동물적인 에고이즘으로 설명될 수 있는 표도르의 이 비도덕성 속에는 궁극적으로 그가 신을 믿지 않기 때문이라는 도스토옙스키의 메시지가 담겨 있다. 도스토옙스키는 방탕한 생활을 하며 고리대금업과 부정한 상술로 살아가는 표도르의 영혼 속에서 신의 불꽃은 이미 꺼져 버렸고, 오직 어둠과 악으로 얼룩진 그의 영혼은 신앙의 힘으로도 구원될 수 없다고 본 것이다.

아버지 표도르는 자신의 악덕이 하나씩 분배되어 있는 정실 자식 드미트리와 이반, 사생아 스메르댜코프에 의해 포위된다. 그리고 그들 중 한 사람의 손에 비참하게 살해당한다. 독자들의 관심은 자연히 살인범이 누구인가에 집중되지 않을 수 없다. 그러나 작가에게 보다 중요한 사실은 누가 아버지 표도르를 살해했는가가 아니라, 누가 진정으로 아버지에 대해 살의를 품었는가에 있다. 도스토옙스키는 이 문제를 해결하기 위해서 소설 속에서 시간의 개념조차 초월하고 있다. 방대한 작품의 양에도 불구하고 사건은 단지 사흘에 걸쳐 일어나며, 처음부터 독자들은 무시간의 정신세계에 사로잡히고 만다. 그사이에 소설의 전반부는 긴장이 감도는 하루 동안의 사건에 관해 기술되고, 후반부는 긴장된 사건의 종결과 드미트리, 이반, 스메르댜코프의 내적 본질을 파헤치는 데 할애된다.

사건의 정황과 증언에 따라 살인 혐의는 드미트리에게 돌아간다. 그는 충동적인 인간이며, 아버지로부터 물려받은 육체적 욕망을 자제하지도 못한다. 그의 내면에서는 언제나 마돈나의 정신과 소돔의 정신이 충돌하고 있고, 그의 심장 속에서는 신과 악마가 전쟁을 벌이고 있다. 드미트리는 오랫동안 유산 문제로 아버지 표도르와 반목했고, 아버지에 대한 증오심과 살의를 공개적으로 드러내기도 했다. 그러나 그는 인간 본성까지 상실하지는 않았고, 살인죄를 저지르지도 않았다. 그의 영혼 속에는 미약하게나마 신앙심이 아직 숨 쉬고 있었던 것이다. 그는 불행한 인간들의 고통에 대해, 세상에 드리워진 검은 재앙에 대해 숙고하면서 배심원들의 오판으로 인해 내려진 유죄 판결을 감수하기로 결심한다. 드미트리는 비록 친부 살해에 대해 무죄이긴 하지만, 자신의 죄가 아닌 타인의 죄를 대신 속죄하면서 도덕적 부활을, 새로운 삶을 꿈꾸는 것이다.

표도르는 그의 손에 의해 더럽혀지고 모욕당한 스메르댜코프의 손에, 자신이 만들어 낸 악마적 의지와 저열함에 의해 피살당한다. 표도르의 죽음은 카라마조프 일가만의 불행을 의미하는 것이 아니라 사회를 지탱해 주는 마지막 보루로서의 인류의 붕괴와 인간성의 파멸을 상징한다. 표도르를 살해한 스메르댜코프는 아마도 도스토옙스키의 잔인한 재능이 창조한 가장 혐오스러운 인물 중의 한 사람일 것이다. 거리의 미치광이 여인과 표도르 사이에서 태어난 스메르댜코프는 표도르의 사악한 에고이즘이 지배하는 열악한 환경에서 성장하면서 정상적인 교육을 받아 본 적도 없고, 고상한 가치에 대해서도 전혀 알지 못한다. 그러나 스메르댜코프가 본색을 드러냈을 때, 놀랍게도 그는 자신만의 논리, 비굴한 화법, 교활하고 저속하며 어떤 악행도 정당화시킬 수 있는 변론술을 갖춘 도덕적 괴물로 성장해 있었다. 그의 죄악은 표도르 살해에서 멈추지 않고, 러시아 침략을 준비하는 나폴레옹의 프랑스로 떠나려는 민중과 국가에 대한 배신으로 확대된다. 결국 스메르댜코프는 조국은 물론, 심지어 자기 자신까지도 사랑하지 못한 채 세상에 대한 증오심으로 인해 스스로 파멸하도록 조정된다.

스메르댜코프가 표도르의 실제 살인범이라면 이반은 스메르댜코프에게 살의를 불어넣은 교사범이라는 의미에서 직접적인 책임이 있으며, 그의 죄는 더욱 무겁다. 이반은 무신론자, 회의론자, 자유사상가, 차가운 이성을 가진 냉혹한 인간이며, 에고이즘과 개인주의가 혼합된 그의 합리주의 사상은 민중의 고결한 가치를 인정하지 않는다. 거의 에고이즘의 횡포에 가까운 이반의 무신론적·유물론적 사상과 냉소적이고 비도덕적인 태도는 인간 본성을 상실한 표도르의 경우와 무척 닮아 있다. 그래서 이반은 형 드미트리에게 〈나의 아버지, 표도르 파블로비치는 돼지 새끼이긴 하지만 그의 생각은 옳았어〉라고 고백한다.

도스토옙스키에게서 이반은 동시대의 부정적 사유, 냉혹한 이성, 뒤얽힌 현실의 실타래를 풀어내려는 무력한 실재의 구현이었다. 그래서 대심문관의 입을 통해 사회와 개인의 관계를 언급하면서 영혼의 자유보다 빵이 더 중요하며, 지상에 유토피아를 건설하려는 권력의 기적·신비·권위에 복종해야 한다고 주장한다. 이반의 회의론적 합리주의는 이를 귀담아 들은 스메르댜코프의 의식 속에서 왜곡된다. 이반이 반대했던 것이 비이성과 현실의 무의미였던 반면, 스메르댜코프는 이를 〈신은 없다, 즉 모든 것은 허용된다〉고 하는 니힐리즘으로 해석하여 그것을 살인과 강탈을 실천에 옮길 의지로 발전시킨 것이다.

『카라마조프 씨네 형제들』의 등장인물들은 살아 있는 인간 유형이라기보다는 사상과 신념의 결정체이다. 그래서 등장인물들은 사상적으로 다른 인물들과 연결되고 변형되며, 또 차별화된다. 즉 표도르는 사상적으로 이반과 연결되고, 이반은 스메르댜코프와 연결되며, 그것은 다시 라키틴의 냉소적이고 타산적인 급진주의, 콜랴 크라솟킨의 미숙한 니힐리즘으로 조율된다. 여기서 흥미로운 형상 중의 하나인 라키틴은 영혼의 불멸과 신의 존재를 부정하면서 종교를 바탕으로 한 선행을 혁명과 사회주의의 이념을 바탕으로 한 선행으로 대체하고 싶어 한다. 그러나 그 선행의 이면에는 냉혹한 출세 제일주의가 숨어 있다. 이반이 인간의 도덕적 근거에 대한 문제를 고통스럽게 찾았다면, 라키틴은 출세에 눈이 어두워 어떤 정신적·영적 고뇌도 하지 않는다. 그의 사상은 그루셴카의 돈을 구걸하기도 하고, 미망인 호흘라코바의 도움을 받기 위해 그녀를 유혹하며, 모함과 음모의 거미줄을 치는 데 주저하지 않는 행위로 실천될 뿐이다. 이성적이면서도 감성적인 소년 콜랴 크라솟킨의 니힐리즘은 외부의 영향에 물든 다분히 모방적인 허세에 지나지 않는다. 이렇게 소년의 영혼 속에 형성된 피상적인 회의론과 부정은 우정, 감성, 긍정적 시야를 위해 노력하는 과정과, 병든 친구와의 우정 회복을 통해 극복된다.

이처럼 도스토옙스키는 다양한 인물 형상을 통해 이기주의·몰인정·탐욕·증오라는 온갖 악이 지배하는 카라마조프 제국을 묘사한다. 그리고 등장인물들의 부정적 이미지를 통해 카라마조프적 기질의 현실적 실체를 다층적으로 비판한다. 여기서 그는 신앙을 상실한 현대인의 비극을 바라보았고, 악으로 뒤덮인 세상을 구원할 위대한 새로운 선을 우회적으로 제시한다. 도스토옙스키가 소설에서 궁극적으로 이야기하고 싶은 카오스적 현실의 대극점은 어두운 수도원의 암자, 조시마 장로, 알료샤였다. 특히 도스토옙스키가 〈우리 시대의 젊은이〉라고 부른 알료샤에게는 작가가 부여한 모종의 특수한 역할이 느껴진다. 비록 성공적이지는 못해도 『백치』의 주인공 미시킨 공작의 형상을 통해 도스토옙스키는 이미 비슷한 시도를 한 바 있다. 사실 선량하고 유순하며 공손하다는 점에서 미시킨과 알료샤의 관계는 동일한 형상, 혹은 발전된 형상으로 볼 수 있는 것이다. 도스토옙스키는 이런 아름답고 긍정적 인물 형상의 창조를 통하여 증오·탐욕·욕정의 방종이 극복될 수 있다고 믿었다. 그래서 알료샤는 충동적인 인간 드미트리와 음울한 무신론자 이반의 긴장된 영혼을 완화시키고 크라솟킨과 소년들의 얼어붙은 회의주의를 해소시키게 된다. 그러나 조시마 장로의 장황한 설교와 마찬가지로 알료샤가 소년들의 우정을 회복시키는 장면은 다소 달콤한 감상주의로 흐르고 있다.

조시마 장로나 알료샤 같은 인물을 제외한 모든 등장인물들의 사악한 내면세계는 현실이 철저히 악으로 둘러싸여 있다는 공포심과, 인간적인 방법으로는 도저히 해결책을 찾을 수 없다는 당혹감을 불러일으킨다. 결국 독자들은 세속적 범죄와 종교적 죄악에 대한 심판의 결과에 대해 궁금증에 사로잡히고 만다. 이 문제를 처리하기 위해 소설 속에선 두 개의 법정이 대비된다. 하나는 유산 문제로 성립된 조시마 장로의 암자에서의 가족 회담이고, 다른 하나는 드미트리의 친부 살해 사건을 다룬 시민 법정이다. 도스토옙스키는 시민 법정에 대해 어떤 기대도 걸지 않는다. 도스토옙스키에게 시민 법정은 불의를 단죄하고 정의를 실현하는 곳이 아니라, 인간적 모순과 한계가 극도로 표출된 카오스의 현장일 따름이다. 또 다른 법정인 성자 조시마 장로가 주재하는 가족 회담은 세속적 종교 재판의 의미를 지닌다. 그러나 가족 담판은 정당한 판결을 원치 않는 사악한 욕망에 의해 유린되고 스캔들로 끝나고 만다. 저급한 현실 속에서는 종교적 판결조차 아무 힘도 발휘할 수 없는 것이다. 다만 도스토옙스키는 조시마 장로가 드미트리의 불행을 예감하고 그에게 큰절을 하는 장면을 통해 진실이 신앙의 법정에서 실현될 가능성만을 열어 두고 있다. 결국 도스토옙스키에게 악마적 현실 속에서 인간을 기다리는 것은 최후의 심판뿐인 것이다.

이 책의 번역 대본으로는 『도스토옙스키 전집』(Moskva: Gosudarstvennoe izdatel'stvo khudozhestvennoi literatury, 1958)과 F. M. Dostoevskii, *Sobranie sochinenii v dvenadtsati tomakh*, 11~12 (Moskva: Pravda, 1991)을 사용했다.

이대우

작품 평론

대심문관 — 신인(神人)과 인신(人神)[1]
니콜라이 A. 베르댜예프 / 조유선 옮김

대심문관의 전설은 도스토옙스키 창작의 절정, 그의 관념적 변증법의 승리이다. 이 속에서 우리는 도스토옙스키의 긍정적 종교관을 찾아야 한다. 모든 실마리는 여기서 풀리고 본질적인 테마, 즉 인간 정신의 자유에 관한 테마를 해결할 수 있다. 이 전설에는 이러한 테마가 일관되게 흐르고 있다. 놀랍게도 그리스도에 대한 미증유의 찬사를 힘껏 늘어놓고 있는 이 전설은 무신론자 이반 카라마조프의 입을 통해 이야기되고 있다. 전설, 이것은 수수께끼이다. 전설을 들려주는 이가 누구의 편이며, 작가 자신이 누구의 편인지가 분명치 않다. 여기에는 인간의 자유를 해석할 수 있는 많은 여지가 제시되고 있다. 그러나 자유에 대한 전설은 자유를 향하고 있음에 틀림없다. 빛은 어둠 속에서 발한다. 반역하는 무신론자 이반 카라마조프의 정신 속에 그리스도의 찬가가 담겨 있다.

---

1 이 논문은 N. A. Berdiaev의 *O russkikh Klassikakh*. Sost., Komment. A. S. Grishin. m., 1993. pp. 202~215에 들어 있는 「도스토옙스키의 세계관 Mir osozertsanie Dostoevskogo」(1923) 중 제8장인 「대심문관 Velikii inkvizitor」을 번역한 것이다.

인간의 운명은 불가항력으로 인간을 대심문관이나 그리스도에게로 인도한다. 선택이 필요할 따름이다. 제3의 것은 존재하지 않는다. 제3의 것이 있다면 그것은 과도적 상태일 뿐 양 극단의 드러남은 아니다. 대심문관의 체계 내에서 자기 의지는 정신적 자유의 상실과 부정으로 향한다. 자유는 오직 그리스도 속에서만 찾을 수 있다. 여기서 도스토옙스키가 사용하는 예술적 기법은 놀랄 만하다. 그리스도는 시종일관 침묵하며 그늘 속에 남아 있다. 긍정적인 종교적 관념, 자유에 대한 진리는 말로 표현되지 않으며, 쉽게 표현되는 것은 단지 강제에 대한 사상뿐이다. 자유에 대한 진리는 대심문관의 사상과의 대립에 의해서만 드러나고 있으며, 이 대립을 통해 환하게 빛을 발하고 있다. 이렇게 그리스도와 그의 진리가 직접 드러나지 않는 것은 예술적으로 강한 인상을 준다. 대심문관은 논증하고 설득한다. 그는 강력한 논리, 확고한 계획을 실현시키려는 강한 의지의 소유자이다. 그러나 그리스도의 묵묵부답, 부드러운 침묵은 대심문관의 강력한 논증보다도 더 큰 설득력과 감화의 힘을 갖는다.

이 전설 속에는 두 개의 우주적 원리 — 자유와 강제, 삶의 의미에 대한 믿음과 불신, 인간에 대한 신적인 사랑과 무신론적 동정, 그리스도와 적그리스도 — 가 서로 얼굴을 맞대고 충돌하고 있다. 도스토옙스키는 순수한 모습으로 적그리스도 사상을 택한다. 그는 대심문관을 고상한 형상으로 그려 냈다. 그(대심문관)는 〈위대한 비애로 고뇌하며 인류를 사랑하는 단 한 사람의 수난자〉(1권 516면)이다. 금욕주의자이며, 하찮은 물질적 욕망으로부터 벗어난 자이다. 그는 사상을 지닌 인간이며, 동시에 비밀을 지니고 있다. 이 비밀은 신에 대한 불신이자, 그 때문에 인간이 고통받아야 하는 세계에 대한 불신이다. 믿음을 상실한 대심문관은 인간 대중이 그리스도에 의해 부여된 자유의 하중을 견뎌 낼 수 없다고 느꼈다. 자유의 길은 어렵고 힘든 고뇌를 수반하는 비극의 길이다. 그 길은 영웅적 정신을 필요로 한다. 그 길은 인간과 같은 보잘것없고 가련한 존재의 힘으로는 도달하기 불가능하다. 대심문관은 신은 물론이며 인간 또한 믿지 않는다. 이것은 동일한 신앙의 양면에 불과하다. 신에 대한 믿음을 상실하고서 인간을 믿는다는 것은 불가능하기 때문이다. 기독교는 신에의 믿음은 물론이고 인간에의 믿음도 요구한다. 기독교는 신인(神人)의 종교이다. 대심문관은 무엇보다도 신인 사상, 신적인 원리와 인간적인 원리가 자유에서 접근하고 결합하는 것을 부정한다. 인간은 그의 정신력과 정신적 자유, 드높은 삶에의 지향 등과 같은 거대한 시련을 견뎌 내지 못한다. 인간 능력의 이러한 시련은 인간에 대한 무한한 존경의 표현이자 인간의 높은 정신적 본성의 인정이었다. 인간은 무언가 위대한 사명을 지니고 있기에 많은 것을 요구받는다. 그러나 인간은 기독교의 자유, 선악의 구분을 회피한다.

뭣 때문에 그 악마 같은 선악을 알아야 된다는 거야? 그래 정말이지 인식의 세계란, 그렇다면 〈하느님 아버지〉를 향한 아이의 눈물만큼의 가치도 없다는 얘기가 아니냐.(1권 478면)

인간은 자기 자신의 고뇌도 타인의 고뇌도 견뎌 낼 수 없다. 그러나 고뇌 없는 자유란 불가능하며, 선악의 인식도 불가능하다. 인간 앞에는 딜레마 — 자유냐 아니면 행복, 평온, 삶의 건설이냐, 고뇌와 함께하는 자유냐 아니면 자유 없는 행복이냐 — 가 놓여 있다. 이리하여 많은 대다수의 인간은 두 번째의 길을 걷는다. 첫 번째 길은 선택된 소수의 길이다. 인간은 신의 위대한 사상, 불멸과 자유를 거부하고 인간에 대한 허위의 무신론적 사랑, 허위로 가득 찬 동정, 신이 없는 모든 지상 조직의 열망에 지배당하고 있다. 대심문관은 인간의 이름으로, 가장 왜소한 인간의 이름으로 신에 반대하지만, 그는 신을 믿지 않듯이 바로 그 인간을 믿지 않는다. 이것이 가장 심각한 문제점이다. 고귀한 신적인 삶을 자신의 사명으로 여기지 않는 사람들은 보통 지상의 번영을 이룩하는 데 전적으로 매달린다. 반역의 자기 한계에 빠진 〈유클리드적 지성〉은 신이 창조한 것보다 더 나은 세계 질서를 구축하려고 애쓴다. 신은 고뇌로 가득 찬 세계 질서를 창조했다. 그는 인간에게 자유와 책임이라는 견디기 힘든 짐을 부과했다. 〈유클리드적 지성〉은 더 이상 그 같은 고뇌와 책임이 없어지고, 게다가 자유마저 없어지는 세계 질서를 구축할 것이다. 〈유클리드적 지성〉은 대심문관의 체계, 즉 필연성의 토대 위에 개미집을 짓는 것으로, 정신의 자유를 짓밟는 쪽으로 다가가는 것을 피할 수 없다. 이미 『지하로부터의 수기』에서, 또 『악령』의 시갈료프와 표트르 베르호벤스키에게서 볼 수 있는 이 테마는 〈대심문관의 전설〉에서 해결점을 찾는다. 만약에 인간의 삶이 드높은 의미를 지니지 못하고, 신도 불멸도 존재하지 않는다면, 그땐 시갈료프와 대심문관을 따르는 인류의 지상 조직이 남을 뿐이다. 신에 대한 반역이 자유의 파괴로 나아감은 피할 수 없는 것이다. 이 같은 원리는 가톨릭의 종교 재판과 강압적인 사회주의의 바탕에 놓여 있으며, 정신의 자유, 신, 인간, 신인에 대한 불신도 그러하다. 인간 행복설의 관점은 자유와는 피할 수 없는 적대 관계에 서 있다.

인간 정신의 자유는 인간의 행복과 양립하지 못한다. 자유는 귀족적인 것이며, 선택된 소수를 위해 존재한다. 따라서 대심문관은 그리스도가 인간에게 힘에 겨운 자유의 짐을 지웠으며, 마치 인간을 사랑하지 않는 듯이 행동한 것을 비난한다.

> 인간의 자유를 지배하기는커녕 당신은 인간에게 한층 더 많은 자유를 주고 말았소! 선악을 분별할 때의 자유로운 선택보다는 평안, 그리고 심지어는 죽음이 인간에게 더 소중하다는 사실을 당신은 잊었단 말이오? 인간에게 양심의 자유보다 더 매혹적인 것은 아무것도 없지만 그보다 더 고통스러운 것도 없는 것이오. 그런데 당신은 인간의 양심을 영원히 평안하게 할 튼튼한 토대를 마련해 주지는 않고 특별하고 수수께끼 같고 불확정적인 것만을 가져왔고 인간에게 힘겨운 것만을 건네주었으니, 결국 인간을 전혀 사랑하지 않는 것처럼 행동한 꼴이 되었소.(1권 503~504면)

인간의 행복을 위해서는 그의 양심을 잠재워야 하며, 선택의 자유를 빼앗아야만 한다. 단지 소수의 사람들만이 자유의 짐을 짊어지고 〈자유 의지로 (……) 사랑을 기대했던〉(1권 504면) 당신의 뒤를 따를 것이다.

대심문관은 자유의 시련을 견뎌 내지 못하는, 마치 바닷가의 모래알처럼 무수한 사람들을 걱정한다. 그는 〈인간은 하느님보다는 기적을 찾고 있기 때문〉(1권 506면)이라고 말한다. 이 말에는 인간의 본성에 대한 대심문관의 저속한 생각, 인간에 대한 불신이 나타나 있다. 그는 계속 그리스도를 나무란다.

1) 당신은 (……) 십자가에서 내려오지 않았소. 당신이 거기서 내려오지 않은 것은 인간을 기적의 노예로 만들고 싶지 않았기 때문이며, 기적에 의한 신앙이 아닌 자유로운 신앙을 열망했기 때문이오. 당신은 단번에 인간을 영원히 공포에 떨게 할 권세 앞에서 드러나는 예속적인 노예들의 환희가 아니라, 자유로운 사랑을 열망했던 거요. 그러나 당신은 사람들을 너무 과대평가하고 말았소. 그들은 비록 반역자로 창조되긴 했어도 노예에 지나지 않기 때문이오.
2) 당신은 인간을 너무나 존중했기에 인간을 동정하지 않는 것처럼 행동하고 말았소. 그건 인간에게 너무 많은 것을 요구했기 때문이며, 그것도 자신보다 인간을 더 사랑했던 바로 당신의 행위였소! 인간을 덜 존중하고 그에게 더 적은 것을 요구하면 그의 부담이 줄어들 테니, 더욱 사랑에 다가가는 길이 될 거요. 인간은 허약하고 비열하오.(1권 506면)

대심문관은 그리스도교의 귀족주의에 분개한다.

당신은 그 자유의 자식들을, 자유로운 사랑의 자식들을, 당신의 이름을 위하여 자발적이면서 위대한 희생을 감수한 자식들을 자랑스럽게 가리킬 수 있을 것이오. 하지만 그들이 겨우 수천 명에 불과하다면 결국 그들은 신에 해당된다는 사실을 잊지 마시오. 그러면 나머지 사람들은 어찌 되오? 강한 인간들처럼 견뎌 낼 수 없었던 나머지 허약한 사람들은 대체 무슨 죄를 지은 것이라는 말이오? 그처럼 무서운 재능을 부여받을 수 없었던 허약한 영혼은 대체 무슨 죄를 지은 것이오? 당신은 오로지 선택된 자들을 위해, 선택된 자들만을 찾아온 것은 아니오?(1권 508면)

이렇게 해서 대심문관은 나약한 인류를 옹호하며, 인간에 대한 사랑의 이름으로 그에게서 고뇌의 짐을 지우는 자유라는 선물을 빼앗는다.

인류의 무능을 너무나 딱하게 여겨서 사랑으로 그들의 짐을 덜어 주고 우리가 허락하는 한 비록 죄를 지었다고 할지라도 그들의 허약한 본성을 용납하는데도 우리가 인류를 사랑하지 않는다고 할 수 있겠소?(1권 508~509면)

대심문관은 흔히 사회주의자들이 기독교인들에게 말하는 것을 그리스도에게 이야기한다.

1) 마침내 그들 스스로 지상의 빵과 자유가 양립될 수 없다는 사실을 깨닫게 될 것이오. 왜냐하면 그들은 두 가지를 절대로, 절대로 모두 가질 수는 없을 테니까! 그들은 자신들이 무력하고 결함투성이의 하잘것없는 존재이자 반역자들이어서 절대로 자유를 누릴 수 없다는 사실을 깨닫게 될 것이오. 당신은 그들에게 천상의 빵을 약속했지만, 다시 말

해 두지만 영원히 모순 속에서 허덕이며 영원히 비천한 존재인, 무력한 그들의 눈에 그것이 지상의 빵과 비교될 수 있을 거라고 생각하오? 수천, 수만 명의 사람이 천상의 빵의 이름으로 당신을 따른다고 해도 천상의 빵 때문에 지상의 빵을 경시할 능력이 없는 수백만, 수천만의 사람이 남게 될 것이 아니오? 당신한테는 위대하고 능력 있는 수만 명의 사람만이 소중할지 모르지만, 수백만, 아니 바닷가의 모래알처럼 수없이 많은 사람, 연약하지만 당신을 사랑하는 그 많은 사람이 위대하고 능력 있는 사람들을 위한 재료가 되어야만 하겠소? 아니요, 우리한테는 그 힘없는 사람들도 소중한 것이오.

2) 그 지상의 빵의 이름으로 지상의 악마는 당신에게 반기를 들고일어나 당신과 투쟁하여 결국 당신을 누르고 말 것이며, 모든 사람이 〈그 짐승을 닮은 자야말로 하늘에서 불을 훔쳐다가 우리들에게 가져다주었다!〉고 외치면서 악마의 뒤를 따르리라는 사실을 당신은 모른단 말이오? (……) 당신의 성전이 있는 자리에는 비록 예전처럼 완성되지는 못하겠지만 새로운 건물이, 무서운 바벨탑이 새로 들어설 것이오.(1권 500~501면)

무신론적 사회주의는 기독교가 인간을 행복하게 해주지 못하며, 그들에게 안식과 생활의 양식을 주지 못한다고 항상 비난한다. 게다가 무신론적 사회주의는 단지 소수의 사람들만이 뒤따르는 천상의 빵의 종교에 맞서서 수억만의 사람들이 추종하는 지상의 빵의 종교를 선전한다. 그러나 기독교가 인간을 행복하게 해주지 못했고, 그들에게 일용할 양식을 주지 못한 것은 기독교가 인간 정신의 자유, 양심의 자유를 강요하고 있다는 것을 깨닫지 못하고 오히려 그것이 인간의 자유에 호소하고 그 자유로부터 그리스도의 말이 실현되기를 기대하기 때문이다. 만약에 인류가 그 말을 실행하기를 원치 않고 그것을 저버렸다면, 그것은 기독교의 잘못이 아니다. 이것은 인간의 죄이지 신인의 죄는 아니다. 무신론적·유물론적 사회주의에 있어 이러한 비극적 자유의 문제는 존재하지 않는다. 사회주의는 강제적이고 물질적인 삶의 조직화에서 인류의 자기실현과 구제를 기대한다. 자유를 정복하고 행복, 배부름 그리고 평안함의 이름으로 삶의 비합리적 근원을 말살시키고 싶어 한다. 인간은 〈자유를 포기하고 복종할 때에만 자유를 누리게〉(1권 511면) 된다.

우리는 그들이 조용하고 겸손한 행복을, 그들이 창조된 바대로 힘없는 존재의 행복을 누리게 해줄 것이오. 오, 우리는 결국 그들이 자부심을 갖지 못하도록 설득할 것이오. 왜냐하면 당신이 그들을 부추겨 자부심을 갖도록 가르쳤기 때문이오. (……) 그렇소, 우리는 그들이 일하지 않고는 못 배기게 만들겠지만, 노동 시간을 쪼개어 어린애들의 노래나 합창이나 순진한 춤 따위의 유희를 즐길 자유 시간을 줄 것이오.(1권 512~513면)

대심문관은 말한다.

1) 왜냐하면 그들은 개인의 자유의사 결정이라는 그들의 큰 두통거리나 현재 당면한 무서운 고통에서 해방될 수

있기 때문이오. 그러면 그들을 통치하는 수십만 명을 제외하고 남은 수많은 사람이 모두 행복해질 것이오.(1권 513면)

2) 나는 거만한 자들과 결별하고 겸손한 사람들의 행복을 위해 겸손한 사람들에게 돌아온 것이오.(1권 515면)

그리고 그는 자신을 정당화시키기 위해 〈죄를 알지 못한 채 행복에 젖어 있는 수억 명의 갓난애들을 가리〉(1권 514면)킨다. 그는 그리스도의 오만 또한 비난한다. 이 모티프는 도스토옙스키가 자주 쓰는 것이다. 『미성년』에서 그는 베르실로프에 대해 다음과 같이 말하고 있다.

그분은 아주 자존심이 강한 사람입니다! (……) 당신이 지금 말씀하신 것처럼 그분은 매우 자존심이 강한 사람입니다. 그리고 종종 자존심이 매우 강한 사람들 가운데에는 신을 믿기를 좋아하는 사람이 많지요. 특히 다른 사람들을 경멸하는 사람들은 말입니다. (……) 그 이유는 분명합니다. 그들은 사람들 앞에 고개를 수그리지 않기 위해서 신을 택하는 것입니다. (……) 신 앞에 고개를 수그리는 것은 그다지 부끄러운 일이 아니니까 말입니다.

신에의 믿음은 고고한 정신의 표지이며, 믿지 않는 것은 평범한 정신의 표지이다. 이반 카라마조프는 현기증 나는 신의 고고한 관념을 이해한다.

기묘하고 놀라운 것은 신이 실제로 존재한다는 사실이

아니라, 놀라운 것은 말이다, 신이 반드시 필요하다는 그런 생각이 인간처럼 야만스럽고 사악한 동물의 머리에서 떠올랐다는 거야. 그런 생각은 그만큼 성스럽고 감동적이며 현명한 것인 동시에 그만큼 인간에게 명예를 안겨 주기도 하지.(1권 462~463면)

만약 인간의 드높은 본성, 보다 높은 목표에의 사명이 존재한다면 신도 존재할 것이고, 신에의 믿음도 존재하게 마련이다. 그러나 만약 신이 없다면 인간의 고상한 본성은 존재하지 않을 것이고, 강제를 토대로 세워진 사회의 개미집만이 남을 뿐이다. 도스토옙스키는 대심문관의 전설에서 시갈료프에 의해 반복되고 인간이 미래 사회의 조화를 꿈꾸는 곳 어디에서나 볼 수 있는 사회적 유토피아의 광경을 들추어내고 있다.

그리스도가 황야에서 거부한 세 가지 유혹은 다음과 같다.

머리를 짜내어 세 가지 질문을 창작해야 하는 경우를 가정해 보시오. 물론 거기에는 사건의 중대성에 상응하는 질문들이어야만 하고 미래의 세계사와 전 인류사를 망라해서 표현할 뿐만 아니라 인간의 언어로 된 꼭 세 마디, 세 문장으로 표현되어야 한다.(1권 498면)

이 유혹들은 인간 정신의 자유라는 이름으로 그리스도에 의해 거부된다. 그리스도는 인간 정신이 빵과 기적과 지상 왕국의 노예가 되는 것을 원치 않았다. 대심문관은 인간의 행복과 평안의 이름으로 세 가지 유혹 모두를 받아들인다. 그리고 나서 그는 자유를 사절한다. 무엇보다도 그는 돌멩이를 빵으로 변화시키는 유혹을 받아들인다.

> 당신은 인간 본성의 근본적인 비밀을 알고 있었고, 모든 사람을 무조건 당신 앞에 경배토록 만들기 위해 당신에게 제시된 유일하고 절대적인 깃발을, 지상의 빵의 깃발을 자유와 천상의 빵이라는 미명하에 거부하고 말았소.(1권 502~503면)

이 세 가지 유혹을 받아들이는 것은 지상에 있는 인간의 최종적 안식이 될 것이다.

> 당신은 인간이 지상에서 찾고 있는 모든 것을 실행해 주었을 거요. 즉 누구를 경배할 것인지, 누구에게 양심을 위임할 것인지, 어떤 방법으로 모든 사람이 한 몸이 되어 이의 없이 공동생활을 영위하는 개미처럼 단결할 수 있는가 하는 것들을 말이오. 왜냐하면 전 세계 단결의 욕구는 인류의 마지막이자 제3의 고통이기 때문이오.(1권 510면)

대심문관의 체계는 인간의 지상 조직에 관한 모든 문제를 해결한다. 대심문관의 비밀은 그가 그리스도와 함께하는 것이 아니라, 〈그〉와 함께한다는 것이다. 〈우리가 함께하는 것은 당신이 아니라, 《그》요. 그것이 바로 우리의 비밀이지!〉(1권 509면)

대심문관의 정신 — 그리스도를 적그리스도로 뒤바꾸는 정신 — 은 역사상 여러 형태로 나타난다. 도스토옙스키에게 교회를 국가로 변화시키는 그 체계상 교황 신권제의 가톨릭교는 대심문관 정신의 한 형태이다. 그와 같은 정신은 비잔틴 정교에서도, 모든 황제주의와 제국주의에서도 그 모습을 드러냈다. 그러나 자신의 한계를 아는 국가는 결코 대심문관의 정신을 표현하지 않고, 정신의 자유를 짓누르지 않는다. 기독교는 그 역사적 운명상 늘 정신의 자유를 포기해야 하는 유혹에 부딪혀 왔다. 기독교인에게 진실한 그리스도적 자유를 지키는 것보다 더 어려운 것은 없었다. 진실로 인간에게 자유보다 더 괴롭고 참기 힘든 것도 없다. 실제로 인간은 자유의 짐을 벗어던지고, 자유를 포기할 여러 방법을 찾고 있다. 이것은 기독교를 부정하는 데뿐 아니라, 그 내부에서도 일어난다. 기독교 역사상 그 같은 역할을 해왔던 권위의 이론은 기독교적 자유의 신비, 십자가에 못 박힌 신의 신비를 거부하는 것이다. 기독교적 자유의 신비는 골고타의 신비, 십자가의 신비이다. 십자가에 못 박힌 진리는 어느 누구도 억누르지 않으며, 어느 누구에게도 강요하지 않는다. 이 진리는 단지 자유롭게 드러나고 받아들일 수 있다. 십자가의 진리는 인간 정신의 자유에 호소한다. 십자가에 못 박힌 자는 그를 믿지 않는 자들이 요구했고, 오늘날까지 요구하고 있음에도 불구하고 십자가에서 내려오지 않았다. 왜냐하면 그는 〈단번에 인간을 영원히 공포에 떨게 할 권세 앞에서 드러나는 예속적인 노예들의 환희가 아니라, 자유로운 사랑을 열망했던〉 것이기 때문이다. 신의 진리는 이 세계의 힘에 의해 멸시당하고 찢기며 십자가에 못 박힌 채로 세상에 나타났으며, 이것으로 정신의 자유는 확고해졌다. 권력으로 해를 입히고, 이 세상에서 승리를 구가하며, 인간의 정신을 힘으로 제압하는 신의 진리는 자신의 것을 받아들이게 하기 위해 자유를 요구하지는 않았을 것이다. 따라서 골고타의 신비는 자유의 신비인 것이다. 신의 아들은 인간 정신의 자유를 확립하기 위해 이 세계의 힘에 의해 십자가에 못 박혀야만 했다. 신앙의 행위는 자유의 행위이자 보이지 않는 사물의 세계를 자유롭게 비추는 행위이다. 신의 아들이자 성부의 오른편에 앉아 있는 그리스도는 단지 자유로운 신앙 행위를 위해서만 인지될 뿐이다. 믿음을 지닌 정신의 자유는 영광을 입고 부활하는 십자가에 못 박힌 자를 볼 수 있다. 그러나 눈에 보이는 세계에 의해 짓눌리고 해를 입은 불신자들에게는 단지 목수 예수의 굴욕적인 처형, 스스로를 신의 진리로 간주한 자의 파멸과 죽음이 보일 뿐이다. 여기에 기독교의 모든 비밀이 숨겨져 있다. 기독교 역사상 십자가에 못 박힌 진리를, 정신의 자유로 향하는 진리를 정신을 압박하는 권위적인 진리로 바꾸려 할 때마다 그리스도교의 근본적인 신비를 배신하는 일이 행해져 왔다. 종교 생활에서 권위의 사상은 골고타의 신비, 십자가의 신비에 모순되며, 그것은 십자가를 이 세계의 강압적인 힘으로 바꾸려 한다. 이러한 도정에서 교회는 국가의 외관을 갖추고 카이사르의 칼을 받아들인다. 교회의 조직화는 법적 성격을 지니며, 교회 생활은 강제적인 법적 규범에 종속된다. 교회의 도그마적 체계는 합리적 성격을 띠며, 그리스도의 진리는 논리적인 강제 규범에 예속된다. 그러나 이것은 인간이 그리스도를 믿기 위해 그가 십자가에서 내려오기를 원한다는 것을 의미하지는 않는다. 십자가의 광기, 십자가에 못 박힌 진리의 신비에는 어떠한 법적 논리적 확신과 강제성이 없다. 그리스도의 진리를 법제화하고 합리화하는 것은 자유의 길에서 강제의 길로 옮겨

가는 것이다.

  도스토옙스키는 십자가에 못 박힌 진리, 골고타의 종교, 즉 자유의 종교를 믿어 왔다. 그러나 기독교의 역사적 운명은 이 신앙이 새로운 말처럼 울려 퍼진다는 것이다. 도스토옙스키의 기독교는 그것이 비록 예부터 내려오는 기독교의 진리에 충실하다고 하더라도 새로운 기독교이다. 도스토옙스키는 그리스도의 자유를 역사적 정교의 경계를 넘어서 이해하고 있다. 물론 그는 가톨릭의 사상보다는 순수한 정교 사상에서 더 많은 것을 받아들이고 있으나 그의 정신의 혁명성, 무한한 정신의 자유는 보수적 정교를 경악하게 만들 것임에 틀림없다. 모든 위대한 천재들이 그렇듯 도스토옙스키는 정상에 서 있다. 중용의 종교 의식은 피상적인 것만을 드러낸다. 종교 의식의 공동체 정신은 질적인 것이며, 양적인 것, 집단성과는 아무런 공통성도 갖지 않는다. 그것은 수백만의 사람들보다 소수의 사람들에게서 나타날 수 있다. 신앙이 깊은 천재는 집단 대중이 말의 양적인 의미로 표현하는 것보다 공동체 정신의 질을 더 잘 표현한다. 항상 그렇게 되어 왔다. 도스토옙스키는 기독교적 자유를 홀로 외로이 깨달았지만, 다수는 그에 반대했다. 그러나 그 속에는 질적인 공동체 정신이 내재해 있었다. 도스토옙스키는 공식적인 정교 의식을 넘어선 호먀코프와 유사하게 자유를 이해했다. 호먀코프와 도스토옙스키의 정교는 대주교 필라레트나 은둔자 페오판의 정교와는 다르다.

  대심문관의 정신은 〈극우〉나 〈극좌〉에서 동일하게 나타날 수도 있다. 대심문관의 사상은 혁명주의자들과 사회주의자들 ― 표트르 베르호벤스키, 시갈료프 ― 에 의해 반복되고 있다. 시갈료프의 주장은 이렇다.

> 문제의 최종적인 해결의 형태로, 인류를 불균등한 두 부분으로 나눌 것을 제안합니다. 10분의 1은 인격의 자유, 그리고 나머지 10분의 9에 대한 무한한 권리를 얻게 됩니다. 그 나머지들은 인격을 상실하고 양 떼 같은 것으로 변해서 무한히 복종을 하는 가운데 원시적인 순진무구함으로 거듭 태어나게 되는 것이며, 비록 노동을 하긴 해야겠지만, 원시적인 낙원과도 비슷한 것을 획득하게 되는 것입니다. (『악령』)

대심문관과 마찬가지로 시갈료프도 〈인간애의 광신자〉였다. 대심문관이 그랬듯이 혁명가 시갈료프도 다음과 같이 생각한다. 〈노예들은 평등해야 합니다. 독재가 없었을 땐 자유도, 평등도 아직 없었지만, 양 떼 속에는 반드시 평등이 있는 겁니다.〉

평등은 전제주의하에서만 가능하다. 그리고 사회가 평등을 지향할 때 전제주의에 이르게 됨은 피할 수 없는 사실이다. 평등에의 지향, 평등한 행복, 평등한 포만에의 지향은 가장 큰 불평등, 다수에 대한 소수의 폭군적 통치로 분명히 이르게 될 것이다. 도스토옙스키는 이 점을 대단히 뛰어나게 이해하고 보여 주었다. 〈대심문관의 전설〉에서 그는 가톨릭보다도 사회주의를 더 염두에 두었다. 위험한 경향을 지닌 교황의 신권 통치는 모두가 과거지사이다. 대심문관의 미래의 왕국은 가톨릭교보다는 무신론적·유물론적 사회주의와 관련되어 있다. 사회주의는 그리스도가 황야에서 물리쳤던 세 가지 유혹을 받아들이며, 수백만 명의 행복과 평안의 이름으로 정신의 자유를 거부한다. 사회주의는 무엇보다도 돌멩이를 빵으로 변화시키는 유혹에 빠져든다. 그러나 만일 돌이 빵으로 바뀔 수 있다면 그것은 인간 정신에 있어 자유의 상실이라는 무서운 대가를 치러야 한다. 사회주의는 이 세계 왕국을 받아들이며 그 앞에 머리 숙인다. 그러나 이 세계 왕국은 정신의 자유를 포기하는 모든 방법에 의해서 도달할 수 있다. 기독교에 대립하는 종교로서 대심문관의 체계와 유사한 사회주의 체계는 진리와 가치에 대한 불신에 바탕을 두고 있다. 그러나 만약 진리도 가치도 없다면 남는 것은 오직 하나의 고귀한 이유 — 인간 대중에 대한 연민, 짧은 이승의 삶에 무의미한 행복을 보여 주려는 욕망 — 뿐이다. 물론 여기서 말하는 사회주의는 새로운 종교로서의 그것이지 사회 개혁의 체계로서, 그 자체로 옳다고 여기는 경제적 조직으로서의 사회주의는 아니다.

대심문관은 인간에 대한 연민으로 가득 차 있다. 그는 자기 나름으로는 민주주의자이며 사회주의자이다. 그는 선의 가면을 쓴 악에 유혹되어 있다. 그것은 적그리스도적 유혹의 본질이다. 적그리스도의 원리는 낡고 조야하며 얼른 눈에 띄는 악이 아니다. 이것은 새롭게 다듬어진 유혹적인 악이며, 항상 선의 탈을 쓰고 나타난다. 적그리스도의 악에는 항상 그리스도의 선과 유사한 것이 있으며, 언제나 혼합과 대체의 위험이 남아 있다. 선의 형상은 이중으로 나타난다. 그리스도의 형상은 분명하게 인식되지 않고 적그리스도의 형상과 섞여 버린다. 이중적 사고를 가진 사람들이 출현한다. 메레시콥스키의 전 작품은 그리스도와 적그리스도 형상의 이러한 혼합,

부단한 대체를 반영한다. 도스토옙스키는 인간 정신의 이 같은 상태가 도래할 것을 내다보았고 예언적으로 그것을 우리에게 보여 주었다. 적그리스도의 유혹은 인간이 극단적인 분열에 다다를 때 나타나며, 그때 정신적 기반은 흔들린다. 그때 오래되고 익숙해진 기준들은 사라지고 새로운 것은 미처 생겨나지 못한다. 도스토옙스키가 〈대심문관의 전설〉, 그 외 다른 곳들에서 서술한 적그리스도 정신과 블라디미르 솔로비요프가 〈적그리스도에 대한 이야기〉에서 서술한 것 사이엔 주목할 만한 일치가 있다. 블라디미르 솔로비요프에게도 적그리스도란 인간을 사랑하는 사회주의자로 시갈료프나 대심문관과 마찬가지로 세 가지 유혹을 받아들이고, 인간을 행복하게 만들고, 지상 낙원을 이루기를 원한다. 그 같은 적그리스도 정신의 형상은 영국의 가톨릭 작가 W. 벤슨의 뛰어난 소설 『이 세계의 악마』에도 나타나 있다. 벤슨의 소설은 모든 가톨릭 신자가 대심문관의 정신에 유혹된 것은 아니라는 것을 보여 준다. 도스토옙스키나 솔로비요프와 마찬가지로 벤슨도 그 같은 예감과 통찰력을 지니고 있었다.

도스토옙스키의 발전하는 변증법은 신인과 인신, 그리스도와 적그리스도의 대립에 바탕을 두고 있다. 인간의 운명은 신인과 인신, 그리스도와 적그리스도라는 양극단 요소의 충돌에서 실현된다. 인신 사상은 도스토옙스키가 발견한 것이다. 이 사상은 키릴로프의 형상에서 특히 예리하게 드러난다. 여기서 우리는 결정적으로 「묵시록」의 분위기에 빠져든다. 인간 운명의 최종적인 문제가 제시된다.

　　행복하고 오만한 새로운 인간이 나타날 겁니다. 고통과

공포를 극복하는 사람, 바로 그 사람이 신이 되는 겁니다. 그러면 그 신은 존재하지 않게 되는 거죠.

신은 죽음의 공포에서 오는 고통입니다. 고통과 공포를 극복하는 사람, 그 사람은 직접 신이 될 겁니다. 그때는 새로운 삶이, 그때는 새로운 인간이, 모든 것이 새롭게…….

인간은 신이 되면서 물리적으로 변화될 겁니다. 그리고 세계도 변화되고 사건들도 변화되며 사상과 모든 감정들도 변화될 겁니다. (……) 감히 자신을 죽일 수 있는 사람, 바로 그가 신입니다. 이제 모든 사람들은 신이 존재하지 않도록, 아무것도 존재하지 않도록 할 수 있습니다.

키릴로프는 미래의 영원성을 믿지 않고, 〈그 순간들에 이르면 갑자기 시간이 멈추고 영원해지는〉 지상의 영원한 삶을 믿는다. 〈시간은 물체가 아니라 관념이니까요. 머릿속에서 꺼져 버리게 되는 겁니다.〉 〈모든 사람들이 좋다는 걸 가르치는 사람, 바로 그가 세상을 끝낼 겁니다.〉 자, 〈그가 올 겁니다, 그의 이름은 인신(人神)입니다.〉 〈신인(神人)이라고요?〉라고 스타브로긴이 되묻는다. 〈인신이죠, 바로 그게 다른 점입니다〉라고 키릴로프는 대답한다.

인간 숭배에 이르는 일반적인 길은 시갈료프와 대심문관의 체계에 이르는 길이다. 인간 숭배의 개인적 길은 키릴로프의 정신적 실험으로 이른다. 키릴로프는 인간의 구원자가 되고, 인간에게 불멸을 부여하고 싶어 한다. 이를 위해 그는 자기 의지로 자신을 희생하고 자살에 이른다. 그러나 키릴로프의 죽음은 십자가의 죽음, 구원을 가져다주는 골고타의 죽음이 아니다. 그것은 전적으로 그리스도의 죽음에 대립된다. 그리스도는 하느님의 의지를 실행에 옮겼다. 그러나 키릴로프는 자신의 의지를 실행하고 공표한다. 그리스도를 십자가에 매단 것은 〈이 세상〉이다. 키릴로프는 자신을 살해한다. 그리스도는 저승에서의 영원한 삶을 열어 보인다. 키릴로프는 지상의 영원한 삶을 확고히 하고자 한다. 그리스도의 길은 골고타를 거쳐 부활로, 죽음에 대한 승리로 향한다. 키릴로프의 길은 죽음으로 끝나며 부활을 알지 못한다. 죽음은 인신의 길에서만 찬양받는다. 유일한 불멸의 인신은 곧 신인이다. 인간은 신인에 맞서 그의 적이 되고, 동시에 그와 같이 되기를 원한다. 도스토옙스키는 키릴로프의 모습에서 인간 숭배의 마지막 한계와 인신 사상의 내적 파멸을 보여 주고 있다. 키릴로프는 대심문관이 그렇듯이 몹시 순수하고 금욕적인 인간이다. 이 실험은 완전히 순수한 분위기 속에서 이루어진다. 그러나 도스토옙스키가 그리는 인간의 길, 분열의 길은 인간 숭배로 이른다. 그리고 인간 형상을 위해 인간 숭배의 내적 파열을 드러낸다.

도스토옙스키의 긍정적인 종교 사상, 그리스도교에 대한 그의 독창적인 이해는 무엇보다도 〈대심문관의 전설〉에서 찾아야 한다. 이 속에서 도스토옙스키는 조시마나 알료샤의 형상에서보다, 『작가 일기』에서 주는 교훈에서보다 더 독창적이고 독특하다. 그리스도의 숨겨진 형상은 니체의 차라투스트라와 비슷하다. 드높은 자유의 정신이 그러하고, 현기증 나는 고고함이 그러하며, 정신의 귀족주의가 그러하다. 그것은 여태껏 지적된 적이 없는 도스토옙스키가 이해한 그리스도의 독창적인 특징이다. 그리스도의 형상이 소수의 사람만이 얻을 수 있는 정신의 자유와 동일시된 적은 결코 없었다.

이 정신의 자유는 그리스도가 세계에 대한 모든 권력을 포기하기 때문에 가능해진다. 권력에의 의지는 지배하는 자, 누군가에게 군림하려는 자들의 자유를 박탈해 버린다. 그리스도는 사랑의 위력만을 알고 있다. 이것은 자유와 공존할 수 있는 유일한 힘이다. 기독교는 자유와 사랑의 종교, 신과 인간 사이의 자유로운 사랑의 종교이다. 이와 같은 방법이 기독교를 세계에 실현시키려고 노력한 것과 무엇이 다르겠는가? 보수적인 가톨릭교는 물론, 보수적인 정교도 도스토옙스키를 이해하는 데 어려움을 겪을 것이 틀림없다. 그에게는 예언적 요소가 담겨 있으며, 그리스도교의 새로운 면모가 드러난다. 그는 역사적 기독교의 한계를 뛰어넘는다. 도스토옙스키가 『작가 일기』에서 설교한 긍정적인 사상은 그의 종교 사회적 사상의 깊이와 새로움을 모두 표현하지는 못하고 있다. 그 속에서 그는 비밀이 없으며, 평범하게 사고하려 한다. 그의 종교 사상은 묵시론적 의식의 빛에서만 이해 가능하다. 그는 묵시론적 테마를 제시한다. 그런데 이것은 역사적 기독교의 틀 안에서는 해결될 수 없다. 도스토옙스키가 자신의 긍정적인 종교 사상과 연관시키고 있는 알료샤와 조시마의 형상이 예술적으로 특히 뛰어나다고는 할 수 없다. 이반 카라마조프의 형상이 더 힘 있고 적절하며, 어둠을 통해 환히 빛난다. 도스토옙스키가 조시마를 소설의 맨 처음에 등장시킨 것은 우연이 아니다. 그는 조시마를 소설 전체를 통해 보여 줄 수는 없었을 것이다. 그럼에도 불구하고 그는 조시마에게 자신의 새로운 기독교의 특징을 불어넣을 수 있었다. 조시마는 전통적 장로의 상이 아니다. 그는 옵티나 수도원의 장로인 암브로시오와는 다르다. 옵티나 수도원의 장로들은 조시마를 인정하지 않았다. 조시마는 도스토옙스키가 인간을 인도하는 그 비극의 길을 이미 지나 왔으며, 인간에 내재한 카라마조프적 힘을 너무도 잘 이해했다. 또한 그는 전통적 장로들이 답변할 수 없었던 인간의 새로운 고뇌에 답할 수 있었다. 그는 이미 부활의 기쁨으로 향하고 있다.

1) 형제들이여, 사람들의 죄를 두려워하지 말고 그의 죄 속에서도 인간을 사랑하십시오. 왜냐하면 그것이야말로 하느님의 사랑과 닮은 사랑이며 지상 최고의 사랑이기 때문입니다. 그리고 하느님의 모든 피조물들을 사랑하십시오, 세상 모든 것들을, 모래 한 알에 이르기까지 말입니다. 나무 잎사귀 하나, 하느님의 햇살 하나까지도 사랑하십시오. 모든 동물들, 식물들을 사랑하시고 모든 사물들을 사랑하십시오. 모든 사물들을 사랑하게 되면 그 사물들 속에서 하느님의 숨은 뜻을 발견하게 될 것입니다.(2권 88~89면)

2) 열심히 대지에 입을 맞추면서 끝없이 사랑하십시오. 만인을, 만물을 사랑하며 사랑의 환희와 열광을 추구하십시오. 기쁨의 눈물로 대지를 적시고 그것을 소중하게 여기십시오. 이러한 열광을 부끄러워하지 마시고 오히려 소중히 여기십시오. 왜냐하면 그것은 신의 위대한 선물이며 누구에게나 주어지는 것이 아니라 선택받은 자에게만 주어지기 때문입니다.(2권 96면)

이러한 황홀감은 암브로시오 장로에게는 전혀 낯선 것이었다. 그에게는 신비한 대지와 자연의 새로운 수용에 대한 관심이 전혀 없었다. 이와 유사한 특징은 신성함의 공식적 전형을 초월한 종교적 천재 아시시의 성 프란체스코에게서 찾을 수 있을 것이다. 그러나 움브리아의 대지는 러시아의 그것과 아주 다르며, 거기서 피어나는 꽃도 다양하다. 움브리아에서 핀 신성한 꽃은 다른 곳에서는 피지 못한다. 조시마는 완전한 예술적 표현을 찾지 못한 도스토옙스키의 예언적 예감의 표현이다. 새로운 신성함은 인간이 비극의 길을 걸은 다음에 출현해야 한다. 조시마는 지하 생활자, 라스콜니코프, 스타브로긴, 키릴로프, 베르실로프 그리고 카라마조프 왕국 다음에야 나타난다. 그러나 새로운 인간은 바로 카라마조프 왕국 안에서 나타나며, 그 속에서 새로운 정신이 탄생할 것이 틀림없다.

이러한 새로운 정신의 탄생은 『카라마조프 씨네 형제들』에 나오는 〈갈릴래아 가나〉라는 장에 묘사되어 있다. 이 장에는 성 요한의 기독교 정신이 깃들어 있다. 요한의 기독교가 발하는 빛은 알료샤의 정신이 어둠의 고뇌에 둘러싸였을 때 그를 위해 빛을 발했다. 눈이 부실 정도로 순수한 부활의 진리는 그가 장엄한 죽음과 부패의 끝없는 비애를 체험하고 난 뒤에야 비로소 그 앞에 나타났다. 그는 혼인 잔치에 초대받는다. 그는 이제 관 속의 조시마 장로를 보지 못하고 유혹적인 부패의 냄새를 느끼지 못한다.

> 그를 향해 이쪽으로 다가오는 사람은 여위고 얼굴에는 잔주름이 가득하지만 고요한 미소를 지으며 즐거워하는 노인이었다. 관은 이미 사라져 버렸고, 장로는 어제 손님들이 찾아와 동석했을 때 입었던 바로 그 옷차림을 하고 계시다. 얼굴 표정은 밝고 두 눈은 빛난다. 대체 이게 어찌

된 일이지. 틀림없이 장로님께서는 잔치에 참석하고 계시며, 갈릴래아 가나의 혼인 잔치에도 초대를 받으신 모양이야…….(2권 172~173면)

그러자 작은 체구의 노인이 그에게 말한다.〈우리는 새 포도주를 마시는 거야, 새롭고 위대한 기쁨의 포도주를.〉(2권 173면) 알료샤의 정신 속에서 부활은 죽음과 부패를 이긴다. 그는 새로운 탄생을 경험했다.

1) 환희로 충만된 그의 영혼은 자유와 공간과 광활함을 열망했던 것이다.
2) 지상의 고요가 하늘의 그것과 융합하는 듯했고, 지상의 신비가 별들의 그것과 서로 맞닿는 듯했다……. 알료샤는 제자리에 서서 그것을 바라보다가 고목이 쓰러지듯 별안간 대지 위에 몸을 던졌다,

그는 무엇 때문에 대지를 포옹했는지 알지 못했으며, 어째서 대지에, 그 대지 전체에 그토록 입을 맞추고 싶어 했는지 이유를 알 수 없었지만 눈물을 흘리고 오열을 하면서 그리고 눈물로 대지를 적시며 입을 맞추었고 대지를 사랑하겠노라, 영원히 사랑하겠노라 굳게 맹세했다. (……) 그러나 그는 뭔가 확고부동한 것이 마치 저 둥근 하늘처럼 그의 영혼 속으로 스며드는 것을 시시각각, 마치 손으로 만지듯이 선명하게 느낄 수 있었다. 마치 어떤 사상이 그의 영혼을 지배하고 있는 것 같았으며, 그것은 그의 삶에서 이미 그랬지만 앞으로도 영원히 그럴 것만 같았다. 그는 연약한 한 젊은이로서 대지에 몸을 던졌지만 한평생 확

신으로 가득 찬 투사가 되어 일어났으며, 그 환희의 순간
에 별안간 그것을 인식하고 느꼈다.(2권 175~176면)

    도스토옙스키에게 인간 방황의 길은 이렇게 끝난다. 자연
에서, 대지에서 떨어져 나간 인간은 지옥에 떨어지고 말았다.
자기 여로의 끝에서 인간은 대지로, 자연의 삶으로 되돌아오
고, 위대한 우주 전체와 재결합한다. 그러나 자기 의지와 반
역의 길을 걸어온 자는 대지에의 당연한 환원을 맛볼 수 없
다. 환원은 오직 그리스도를 통해서만, 갈릴래아의 가나에 의
해서만 가능하다. 그리스도를 통해 인간은 신비스러운 대지
로, 자신의 고향으로, 아름다운 자연의 에덴동산으로 되돌아
간다. 그러나 이것은 이미 달라진 대지요, 달라진 자연이다.
자기 의지와 분열을 인식한 자에게 오래된 대지, 오래된 자연
은 닫혀 버렸다. 실낙원으로의 환원이란 없다. 인간은 새로운
낙원으로 가야 한다. 낡은, 검게 화석화되어 버린, 미신적인
기독교와 순수하고 새로운 기독교 사이의 충돌은 조시마의
적인 페라폰트 신부의 모습 속에 그려져 있다. 페라폰트는 정
교에 나타난 퇴화와 마비, 어둠 속으로의 침몰을 의미한다.
반면 조시마는 정교의 부활이며 정교에 있어 새로운 정신의
출현이다. 〈성령〉과 성스러운 정신의 혼합은 페라폰트의 의
식이 결정적으로 어둠 속에 빠져든 것을 보여 준다. 그는 조
시마에 대한 악의로 가득 차 있다. 알료샤는 페라폰트의 기독
교가 아닌, 조시마의 기독교를 받아들인다. 이 때문에 그는
새로운 정신에 속한다. 조시마는 파이시의 말을 빌려 다음과
같이 말한다.

왜냐하면 기독교에 반기를 든 자들이나 그에 거역하는 자들도 본질상 그리스도와 외모가 다를 바 없이 똑같은 모습으로 남아 있기 때문이며, 지금까지 그들의 지혜도 그들의 열정도 이미 옛날에 그리스도께서 모범으로 제시한 인간의 형상과 덕성보다 더 우수한 것을 창조해 낼 능력은 없었기 때문이지.(1권 335면)

페라폰트에게 낯선 이 말은 신의 형상이나 그와 유사한 것이 라스콜니코프, 스타브로긴, 키릴로프, 이반 카라마조프 속에서 완전히 사라지지 못했으며 그들이 그리스도에게로 돌아갈 수 있음을 가리킨다. 알료샤를 통해 그들은 그리스도에게로, 자신의 정신적 고향으로 되돌아간다.

도스토옙스키는 심오한 기독교 작가였다. 나는 그보다 더 기독교적인 작가를 알지 못한다. 그런데 도스토옙스키의 그리스도교에 대한 논쟁은 대체로 피상적이며 심오하지 못하다. 샤토프는 스타브로긴에게 말한다.

만약 진리가 그리스도 밖에 있다는 것을 사람들이 수학적으로 증명한다 해도, 진리와 함께 있기보다는 그리스도와 함께 있는 쪽을 택하겠다고 자네는 말하지 않았나?(『악령』)

이 말은 스타브로긴에게 한 것이지만 도스토옙스키 자신이 한 말일 수도 있고, 아마도 그가 여러 번 말했을지도 모른다. 그는 한평생 그리스도에 대해 특별히 남다른 태도를 보여왔다. 그는 그리스도를 포기하기보다는 그리스도의 이름으로 진리를 포기하는 것이 낫다고 생각하는 자들 중 하나였다. 그에게 그리스도 밖에 있는 진리는 존재하지 않는다. 그리스도에 대한 그의 감정은 열정적이고 대단한 친밀감을 지닌 것이다. 도스토옙스키가 지닌 기독교의 깊이는 무엇보다도 인간과 인간의 운명에 대한 그의 태도에서 찾아야 한다. 인간에 대한 그와 같은 태도는 기독교적 의식에서만 가능하다. 그러나 도스토옙스키에게 그 태도는 기독교 내부의 산물이었다. 도스토옙스키의 작품에서 드러나는 인간에 대한 태도는 조시마의 설교나 『작가 일기』에서 나타난 교훈보다도 더 심오하다. 여기엔 지금껏 세계 문학에 유래가 없었던 무언가가 드러나 있다. 도스토옙스키는 기독교의 인간 중심주의에서 비롯된 최종적인 결론을 도출한다. 종교는 결과적으로 인간 정신의 심연 속으로 들어가며, 인간은 정신의 심오함을 회복한다. 그런데 이것은 독일인의 의식, 독일적 신비주의나 관념주의가 행하는 것과는 다르다. 독일적인 것에서는 인간의 형상이 정신의 깊이에 파묻혀 숭배시되는 것으로 사라져 버렸다. 그러나 도스토옙스키에게서 인간의 형상은 최후의 심연 속에서도 남아 있다. 바로 이 점이 그를 독특한 기독교인으로 만드는 것이다. 도스토옙스키의 기독교적 형이상학은 무엇보다도 〈대심문관의 전설〉에서 찾아야 하는데, 이 전설의 무한한 심연은 아직 충분히 밝혀지지 않은 상태이다. 이 전설은 기독교적 자유의 진정한 발견이다.

도스토옙스키는 독창적인 러시아 정교의 신정 사상, 동방으로부터 비치는 종교적 빛의 예언자였다. 이 신정 사상은 『카라마조프 씨네 형제들』에서 다루어지고 있으며, 그에 대한 개별적인 사고는 『작가 일기』의 여러 군데에서 볼 수 있다.

그러나 신정 사상이 도스토옙스키의 사상 가운데 가장 본질적인 것이라고 여기는 사람들의 의견에는 동의하기 어렵다. 도스토옙스키의 신정 사상 속에는 아무런 독창적인 것이 없고, 가장 본질적이며 정말로 독창적인 그의 사상과 모순되는 것이 많을 뿐이다. 신정 사상은 본질상 구약 사상, 나중에 로마식으로 굴절된 유다의 사상이다. 그것은 『구약 성서』의 신관(神觀)과 관련을 맺고 있다. 신정제는 강제적이지 않을 수 없다. 자유로운 신정제(블라디미르 솔로비요프의 표현)는 형용 모순 contradictio in adjecto이다. 역사상의 모든 신정제는 그것이 그리스도 이전의 것이든 이후의 것이든 간에 강제적인 것이었으며, 존재의 양면, 두 개의 성질, 천상의 것과 지상의 것, 정신적인 것과 물질적인 것, 종교적인 것과 세속적인 것을 항상 뒤섞어 놓은 것이다. 신정 사상은 불가피하게 그리스도교의 자유와 충돌하며, 자유를 거부한다. 그리하여 도스토옙스키는 〈대심문관의 전설〉에서 신정제의 왜곡인 지상 낙원의 허위 사상에 최후의 가장 강한 타격을 가한다. 그리스도의 자유는 지상 권력에의 요구를 거부할 때만이 가능해진다. 그러나 신정제는 필연적으로 지상 권력을 상정한다. 도스토옙스키 자신의 신정 사상에는 서로 다른 요소들, 옛것과 새것이 섞여 있다. 그 속에는 교회가 현세의 왕국이 되어야 한다는 허위에 찬 로마적 요구가 남아 있으며, 대심문관의 왕국으로 이끌고 가야 할 성 아우구스티누스의 숙명적 사상이 남아 있다. 도스토옙스키에게서 국가에 대한 허위적 태도, 신권제적 국가가 아닌 세계 국가 — 내재적인 것도 초월적인 것도 아닌, 그 내부에서 종교적으로 정당화되는 — 의 독자적 의미에 대한 불충분한 요구 등은 허위에 찬 신정 사상과 연관되어 있다. 신정제는 필연적으로 강제적으로 옮겨 가며 정신의 자유, 양심의 자유를 거부하지 않을 수 없다. 또한 국가와의 관계에서 무정부적 경향을 띠게 된다. 이 허위에 찬 아나키즘, 독자적인 국가의 종교적 의미를 찾지 않으려는 의지가 도스토옙스키에게도 존재한다. 이것은 러시아적 특징이며, 아마도 러시아적 병이라고 할 수 있다. 러시아의 묵시론적 지향에는 러시아 정신의 독창성이 반영되어 있으며, 이 지향은 미래에 대한 직감과 연관되어 있다. 그러나 러시아의 묵시론적 성격에는 무언가 건강하지 못한 것이 깃들어 있고, 정신적 용기가 불충분하다. 러시아인의 묵시론적 성격은 도스토옙스키의 예언과는 반대로 적그리스도적 악의 유혹에서 자기 자신을 지키지 못했다. 〈인텔리겐치아〉뿐 아니라 〈민중〉들도 세 가지 유혹에 쉽게 현혹되었고, 제1의 정신적 자유를 포기했다. 도스토옙스키는 러시아에서 종교적·묵시론적 조류의 정신적 원천이었다. 신그리스도교의 모든 형식까지도 그와 연관되어 있다. 그는 러시아적 사상의 이러한 묵시론적 조류를 기다리는 새로운 유혹을 드러내 보이고, 상당히 식별하기 힘들게 다듬어진 악의 출현을 내다본다. 그러나 그 자신은 언제나 이런 유혹에서 벗어나지 못했다. 인간과 인간의 자유, 그리고 인간의 운명에 대해 도스토옙스키가 알려 준 진실은 영원히 빛나는 진실로 남을 것이다.

『카라마조프 씨네 형제들』 줄거리

결말을 미리 알고 싶지 않은 독자들은 나중에 읽어 주시기 바랍니다.

고리대금업으로 상당한 재산을 모은 아버지 표도르 카라마조프는 사회적으로도 용서받기 어려운 파렴치한 인물이었지만, 가정적으로도 못된 남편이요 무정한 아버지였다. 표도르의 첫 부인은 자신의 재산에나 관심을 보이는 남편에게 온갖 모욕을 당하다가 가출하여 결국 객사하고 말았다. 재혼한 두 번째 부인도 표도르가 집 안에 공개적으로 매춘부를 끌어들이는 등 난잡한 생활을 일삼자 신경성 정신병으로 죽고 만다. 게다가 표도르는 두 부인과의 사이에서 낳은 배다른 어린 세 아들을 하인 그리고리의 행랑채에 방치한 채 주색에 빠져들었다. 불행한 어린 시절을 보내던 표도르의 세 아들은 후견인들의 도움으로 음란의 소굴에서 벗어날 수 있었고, 외지에서 어렵게나마 교육을 받을 수 있었다. 그리고 뿔뿔이 흩어진 그들은 각기 다른 운명의 길로 들어섰다. 큰아들 드미트리는 군사 학교를 졸업한 후 거친 군인의 길을 걸었고, 둘째 아들 이반은 대학을 졸업한 후에 서구 니힐리즘에 경도된 반교회적 논문을 신문에 기고하여 사회적 주목을 받는 지식인으로 성장했으며, 셋째 아들 알료샤는 신앙심이 깊은 수도사로서 조시마 장로의 제자가 되었던 것이다.

그러던 어느 날, 고향을 떠났던 아들들이 아버지의 집을 찾음으로써 십수 년 만의 어색하고 낯선 가족 모임이 성사되었다. 그러나 그것은 화해를 위한 카라마조프 집안의 새 출발이 아니라 희대의 비극을 알리는 서곡일 뿐이었다. 세 아들은 각기 카라마조프 집안의 생명력을 물려받았는데, 특히 큰아들 드미트리는 선악의 경계를 초월한 야수적 정열을, 둘째 아들 이반은 그와 대립되는 파괴적 지성을 아버지 표도르로부터 물려받았기 때문에, 카라마조프 부자들의 회합 자체가 이미 동질적·이질적 악마성의 충돌을 예견할 수 있는 일대 사건이었다.

죽은 어머니의 유산에 대해 권리를 갖고 있던 큰아들 드미트리는 아버지로부터 자기 몫을 마저 받기 위해 아버지 표도르와 담판을 벌이려 찾아왔다. 또 모스크바에 살던 둘째 아들 이반은 형 드미트리의 요청으로 중재역을 맡기로 되어 있었다. 하지만 아버지 표도르는 평소 낭비벽이 심한 드미트리의 생활비로 유산만큼의 돈을 이미 모두 지불했다고 주장했다. 공정한 판결이 필요하다는 아버지 표도르의 제안대로 가족 회의는 도시의 명망가와 수도승 들이 배석한 가운데 조시마 장로의 암자에서 열리게 된다. 하지만 아버지 표도르는 회의 참석자들의 한결같은 기대에도 불구하고 의도적인 광대 짓으로 모든 사람들을 바보로 만들면서 회의를 난장판으로 만들어 버린다.

그러나 드미트리는 아버지 표도르의 농간대로 자신의 재

산권을 순순히 포기할 수 있는 상황이 아니었다. 처음엔 단순히 자기 몫의 유산을 받기 위해 귀향했던 드미트리지만, 고향에 머무는 짧은 시간 동안 매춘부 그루센카에게 넋을 빼앗기고 많은 돈을 탕진한 일이 벌어졌던 것이다. 더구나 그가 탕진한 돈은 자신의 약혼녀 카테리나가 맡긴 돈 3천 루블 중에서 지출된 것이었다. 자존심이 강한 드미트리는 그 돈을 되갚은 후에 그루센카와 결혼하여 새 삶을 찾고 싶은 마음이 간절했다. 드미트리에게 3천 루블이라는 돈은 어느덧 자신의 명예를 지켜 주며 미래를 보장해 주는 행복의 열쇠가 되었다. 게다가 아버지와의 관계는 금전적인 문제 이상으로 얽혀 있었다. 아버지 표도르는 드미트리가 그토록 사랑하는 그루센카를 돈으로 매수하려 들었던 것이다. 피해의식과 경쟁심에 분노하는 드미트리에게 아버지 표도르는 단지 어머니의 유산을 떼어먹은 협잡꾼이자 돈으로 사랑하는 여인을 매수하려는 가장 위협적인 연적에 지나지 않았다.

이처럼 복잡한 상황 속에서 갈등하던 드미트리에게 조시마 장로의 암자에서 아버지 표도르가 보여 준 파렴치한 행위는 참기 힘든 모욕이었다. 화가 난 드미트리는 아버지의 집을 찾아가 하인과 동생들 앞에서 아버지를 주먹으로 때리며 죽이겠다고 위협하다가 돌아간다. 그러고는 돈을 만들기 위해 백방으로 노력하면서도 아직 믿음이 가지 않는 그루센카의 동태를 밤낮으로 감시한다. 요리사 스메르댜코프에게서 얻은 정보에 따르면, 아버지 표도르는 3천 루블이 든 봉투를 준비해 놓고 그루센카가 자신의 여인이 되기 위해 집으로 찾아온다면 기꺼이 그 봉투를 내놓겠다고 했다는 것이다. 시간이 흐르면서 드미트리는 더욱 초조해졌고, 그를 파멸의 구렁텅이로 내몰 올가미도 점점 옥죄어 왔다.

모든 음모는 아버지 집의 요리사이자 아버지의 일거수일투족을 드미트리에게 보고하던 스메르댜코프로부터 비롯되었다. 스메르댜코프는 아버지 표도르가 그 옛날 거리의 미치광이 여인을 농락했다가 태어난 사생아였다. 그는 평소 고분고분하고 어리숙한 데다가 간질병을 앓는 덜된 인간처럼 보였다. 이반도 아무 생각 없이 그에게 자신의 니힐리즘 사상을 주입시킨 바 있다. 그러나 스메르댜코프는 드미트리나 이반 못지않게 표도르에 대해서 반감을 품고 있었고, 〈모든 것은 허용된다〉는 니힐리즘 이론에 따라 모든 사회악의 근원인 표도르를 살해할 준비를 하고 있었다.

우선 스메르댜코프는 자신의 정신적 스승인 이반에게 비극의 불똥이 튀지 않도록 도시를 떠나라고 권유하는 한편, 드미트리에게는 그날 밤 그루셴카가 아버지 집으로 찾아올 거라는 거짓 정보를 흘린다. 그리고 자신은 마치 간질병이 발작한 것처럼 일찌감치 쓰러짐으로써 알리바이를 만들어 놓는다. 비극의 그날 밤, 스메르댜코프의 거짓말에 속은 드미트리는 그루셴카가 정말 아버지와 함께 있는지 확인하려고 아버지의 집 담장을 넘는다. 그리고 때마침 문단속을 하려고 마당으로 나온 하인 그리고리를 들고 간 절굿공이로 엉겁결에 내려치고 도망간다. 아버지의 집을 빠져나온 드미트리는 그루셴카가 옛 남자를 찾아갔다는 사실을 뒤늦게 알고는 피투성이가 된 채 그들을 찾아간다. 드미트리는 자신을 길러 준 그리고리 영감이 죽었을지도 모른다는 불안감에 혼란스러웠고, 한때 자신을 버렸던 옛 남자를 찾아 나선 그루셴카의 태도에 몹시 실망하고 있었다. 감당하기 힘든 절망감에 빠진 드미트리는 마치 인생의 마지막 밤을 보내는 심정으로 지난번에 쓰고 남은 카테리나의 돈 1천5백 루블을 탕진한다. 그러나 그루셴카의 옛 남자는 과거의 그 남자가 아니라 빈털터리가 되어 돈푼이나 뜯어내려고 찾아온 파렴치한에 불과했다. 이 사실을 눈치챈 그루셴카는 마음을 돌려 드미트리의 진심을 받아들인다. 그러나 행복한 순간을 미처 느껴 보기도 전에 드미트리는 신고를 받은 경찰들에게 친부 살해범으로 체포당하고 만다.

그날 밤 살해당한 사람은 하인 그리고리가 아니라 아버지 표도르였다. 그리고리가 절굿공이로 맞고 쓰러져 있는 동안 간질병이 발작한 척 누워 있던 스메르쟈코프가 아버지 표도르를 살해하고 봉투에 들어 있던 돈마저 가져가 버렸던 것이다. 그러나 모든 정황과 증거물들, 증인들의 증언은 한결같이 드미트리에게 불리하게 작용했다. 드미트리의 무죄 주장과 스메르쟈코프의 행동에 의혹을 품은 이반은 스메르쟈코프를 찾아가서 마침내 자백을 받아 낸다. 스메르쟈코프와 대화하는 동안, 이반은 그가 어리석고 무지한 하인이 아니라 자신이 전수한 니힐리즘으로 무장한 이데올로기의 괴물이라는 사실에 충격을 받는다. 이반은 스메르쟈코프가 살인범이라는 사실과 강탈한 돈을 찾아가지만, 진범인 스메르쟈코프는 법정 증언을 거부하고 자살해 버린다.

재판 과정에서 드미트리는 약혼녀 카테리나가 모스크바에서 초빙한 유능한 변호사의 치밀한 변론 덕에 무죄 판결을 받을 수도 있었다. 그러나 드미트리가 아니라 이반을 사랑하던 카테리나는 결정적인 증거물을 제시하여 드미트리가 유죄 판결을 받게 만든다. 예전에 카테리나가 드미트리로부터 받았던 모욕감이 잠재되어 있다가 마지막 순간에 폭발해 버린 것이다.

드미트리의 시베리아 유형이 확정되자 명백한 오심이라고 확신한 이반과 알료샤, 그리고 충동적인 증오심에서 벗어난 카테리나는 간수들을 매수하여 드미트리를 미국으로 탈출시킬 계획을 세운다. 탈출 계획에 동의한 드미트리는 미국에 당분간 은신하겠지만 언젠가 다시 조국 러시아로 돌아오고 싶다는 심정을 토로한다. 아버지의 죽음을 계기로 카라마조프 형제들은 서서히 도덕심을 회복해 가고 있었고, 어느덧 형제애로 결합되어 가고 있었다. 살인 사건을 중심으로 한 카라마조프 일가의 비극적 가족사는 이것으로 끝을 맺는다.

그러나 살인 사건이라는 줄거리와 어느 정도 연관을 맺으면서도 병렬적으로 전개되는 또 다른 이야기가 있다. 그것은 사소한 다툼으로 자존심이 상한 소년 일류샤의 죽음 앞에서 친구들이 순수한 우정을 발휘한다는 대단히 단순한 내용으로 구성된다. 하지만 친부 살해라는 최악의 파멸로 끝을 맺는 성인들의 악의 세계와 대비되면서 이 이야기는 구원과 희망이라는 동심의 세계를 암시하려는 작가의 의도가 담겨 있다는 점에서 중요한 의미를 갖는다.

요약 이대우

도스토옙스키 연보

1790년 아버지 미하일 안드레예비치 도스토옙스키, 우니아트교 사제의 아들이며 포돌리야의 귀족 가문의 자손으로 태어남. 모스크바의 내외과(內外科) 아카데미에 들어가 1812년 조국 전쟁 때 부상자들을 돌봄. 1819년에 마리야 네차예바와 결혼.

1820년 첫아들 미하일 태어남. 아버지 미하일 도스토옙스키는 군대에서 제대한 후 모스크바에 있는 자선 병원의 주치의 자리를 얻음.

1821년 ^{출생} 10월 30일(현재의 그레고리우스력으로는 11월 11일) 부모가 살고 있던 모스크바의 마린스키 자선 병원의 부속 건물에서 둘째 아들 표도르 미하일로비치 도스토옙스키 태어남. 11월 4일 마린스키 병원 근처, 상트페테르부르크 페트로파블롭스크 성당에서 어린 표도르에게 세례를 줌. 표도르란 이름은 그의 대부이자 외조부인 표도르 네차예프(1769~1832)에게서 물려받은 것으로 보임.

1822년 ^{1세} 12월 5일 여동생 바르바라 태어남.

1825년 ^{4세} 3월 15일 남동생 안드레이 태어남.

1829년 ^{8세} 7월 22일 쌍둥이 여동생이 태어나나 그중 동생인 베라만 살아남음.

1831년 ^{10세} 여름, 아버지 미하일 도스토옙스키가 툴라 지방의 다로

보예 영지를 사들임. 8월 농부 마레이 사건 발생(『작가 일기』 1876년 2월 호에 이 사건을 소재로 한 단편 「농부 마레이」 발표). 12월 13일 남동생 니콜라이 태어남.

1832년 11세 4월 어머니 마리야 표도로브나, 세 아들을 데리고 다로 보예 영지로 감. 6월 도스토옙스키 부부, 다로보예 옆에 있는 주민 1백여 명의 체레모시냐 마을을 사들임. 9월 도스토옙스키, 어머니와 형제들과 모스크바로 돌아옴.

1833년 12세 1월 형 미하일과 드라슈소프가 운영하는 사설 학교에서 반(半) 기숙사 생활. 4월 4일 부활절 주간에 소유지가 화재로 잿더미가 됨. 도스토옙스키 부부, 여름 내내 피해 복구.

1834년 13세 여름, 다로보예에서 지내면서 월터 스콧의 작품 탐독. 10월 도스토옙스키와 형 미하일, 체르마크가 경영하는 중등 과정의 기숙 학교에 들어감.

1835년 14세 7월 25일 여동생 알렉산드라 태어남.

1837년 16세 1월 29일 단테스 남작과의 결투로 푸시킨 사망. 이 소식에 온 러시아가 충격에 휩싸임. 2월 27일 도스토옙스키의 어머니 마리야 사망. 봄, 도스토옙스키 갑작스러운 후두염과 목소리 상실로 고생함. 이 병은 그를 평생 따라다님. 5월 아버지와 형 미하일 그리고 표도르 도스토옙스키, 수도 페테르부르크로 1주일간 마차 여행(모스크바와 페테르부르크 두 도시 간의 철도는 1851년에 개통됨). 두 형제는 페테르부르크로 가서 중앙 공병 학교의 입학을 목표로 K. F. 코스토마로프가 경영하던 기숙 학교에 들어감. 아버지와 두 형제 작별 이후 더 이상 만나지 못함. 7월 1일 도스토옙스키의 아버지, 건강상의 이유로 퇴역한 후 아직 어린 두 딸과 시골로 들어감. 9월 두 형제가 공병 학교에 응시하나 표도르 혼자 합격(형 미하일은 신체검사 결과 불합격).

1838년 17세 1월 16일 공병 학교에 입학. 6월 페테르부르크 근처에서 야영 생활. 돈이 떨어져서 아버지에게 서신으로 줄기차게 돈을 요구함.

1839년 18세 6월 6일 도스토옙스키의 아버지, 다로보예 농노들에게 살해당함.

1840년 19세 11월 29일 하사관으로 임명됨. 군 생활을 지겨워함. 호프만, 실러, 빅토르 위고, 셰익스피어, 라신, 괴테의 책을 읽음.

1841년 20세 8월 소위보로 진급됨. 미완성으로 남아 있는 두 편의 희곡, 「마리 스튜어트Marie Stuart」와 「보리스 고두노프Boris Godunov」를 씀. 알렉산드리야 극장을 자주 드나들며 발레와 음악회를 감상함.

1842년 21세 8월 육군 소위가 됨.

1843년 22세 8월 공병 학교를 졸업하고 공병국 제도실에서 근무. 9월 친구 리젠캄프 박사가 살고 있는 아파트에 자리 잡음. 박사의 환자들과 알게 됨. 돈이 떨어져 P. 카레핀에게 돈을 요구. 12월 발자크의 소설 『외제니 그랑데*Eugénie Grandet*』(1834년판) 번역. 형 미하일에게 공병 학교 친구들과 더불어 번역 작업할 것을 제의함.

1844년 23세 2월 재정 상태가 극도로 안 좋아짐. 유산 관리인으로부터 일시금을 받고, 토지와 농노에 대한 상속권을 방기함. 8월 제대 신청. 10월 19일 제대함. 『가난한 사람들*Bednye liudi*』 집필 시작.

1845년 24세 1월 『가난한 사람들』 처음부터 다시 쓰기 시작. 3월 소설 『가난한 사람들』 끝냄. 4월 세 번째로 전체 수정. 5월 원고를 친구 그리고로비치Grigorovich에게 읽어 줌. 그리고로비치가 이 글을 가지고 네크라소프Nekrasov에게 뛰어감. 네크라소프, 열광하여 그다음 날로 유명 평론가 벨린스키에게 보임. 작품이 성공을 거둠. 여름, 레벨에 있는 형의 집에서 기거하며 두 번째 중편소설 『분신*Dvoinik*』에 착수함. 11월 하룻밤 만에 「아홉 통의 편지로 된 소설Roman v deviati pis'makh」을 씀. 벨린스키와 투르게네프가 도스토옙스키의 절도 없는 생활을 비난함. 12월 벨린스키의 집에서 열린 문학 모임에서 『분신』을 낭독함.

1846년 25세 1월 24일 『페테르부르크 선집*Peterburgskii sbornik*』에 『가난한 사람들』을 발표. 2월 두 번째 작품인 『분신』을 『조국 수기

Otechestvennye zapiski』에 발표. 봄, 페트라솁스키를 알게 됨. 여름, 레벨에 있는 형 집에서 「프로하르친 씨Gospodin Prokharchin」 집필. 10월 5일 게르첸을 알게 됨. 『여주인*Khoziaika*』과 『네토치카 네즈바노바 *Netochka Nezvanova*』를 쓰기 시작. 가벼운 간질 증세. 10월 「프로하르친 씨」를 잡지 『조국 수기』에 발표함.

1847년 26세 1월 소설 「아홉 통의 편지로 된 소설」을 잡지 『동시대인 *Sovremennik*』에 발표함. 1~3월 벨린스키와 절연함. 6월 「페테르부르크 연대기Peterburgskaia letonisi」를 신문 『상트페테르부르크 통보 *Sankt-Peterburgskie vedomosti*』에 발표함. 7월 7일 센나야 광장에서 갑작스러운 첫 번째 간질 발작. 7월 15일 페테르부르크 근교에서 도스토옙스키의 절친한 친구이자 시인인 B. 마이코프가 뇌졸중으로 인해 익사함. 가을 『가난한 사람들』이 단행본으로 나옴. 10~12월 『여주인』을 『조국 수기』지에 발표함.

1848년 27세 5월 28일 비사리온 벨린스키 사망. 가을 페트라솁스키와 스페시네프와 화해하고, 그들의 사회주의 이론에 흥미를 느낌. 12월 페트라솁스키의 집에서 푸리에주의와 공산주의에 관한 강연을 들음.
• 『조국 수기』에 발표한 작품들: 「남의 아내Chuzhaia zhena」(1월), 「약한 마음Slavoe serdtse」(2월), 「폴준코프」, 『닳고닳은 사람 이야기』(1장 「퇴역 군인」, 2장 「정직한 도둑」, 후에 1장은 완전히 삭제하고 제목도 「정직한 도둑Chestnyi vor」으로 바꿈), 「크리스마스트리와 결혼식 Iolka i svad'ba」, 「백야Belye nochi」(12월), 「질투하는 남편」(「질투하는 남편」을 12월 『조국 수기』에 발표했으나, 1월에 발표한 「남의 아내」와 합쳐 「남의 아내와 침대 밑 남편」으로 개작함).

1849년 28세 연초에 페트라솁스키 친구들 집에서 금요일마다 열리는 문학 모임에 참석. 1~2월 『조국 수기』에 『네토치카 네즈바노바』 일부 발표(4월 체포로 인해 작업이 중단됨). 4월 7일 푸리에의 탄생일 기념으로 〈페트라솁스키 모임〉에서 점심 식사. 4월 15일 페트라솁스키 집에서 열린 한 모임에서 도스토옙스키는 〈절대 왕정의 입장을 신봉했다는 이유로 고골을 비난하는 내용을 담은〉 벨린스키의 편지를 두 번째로 읽음. 4월 23일 고발에 의해 새벽 5시에 체포당함. 9월 30일 재판 시작. 11월 13일 벨린스키의 〈사악한〉 편지를 퍼뜨린 죄목으로 사형을 선고받음. 12월 22일 세묘놉스키 광장에서 사형수들의 형을 집행하기 직전, 황제의 특사로 형 집행이 중단되고 강제 노동형으로 감형됨.

1850년 ²⁹세 1월 11일 토볼스크에 도착하여 12월 당원(데카브리스트) 아내들의 방문을 받음. 그중 폰비진의 아내는 그에게 10루블짜리 지폐가 표지에 숨겨진 복음서를 몰래 건네줌. 1월 23일 옴스크에 도착하여 4년을 지냄. 이 기간 동안 가족에게 편지 쓰기를 금지당한 채 혹독하고 비참한 수용소 생활을 견뎌 냄.

1854년 ³³세 2월 중순 출옥. 2월 22일 감옥 생활을 묘사한 편지를 형에게 보냄. 3월 2일 시베리아 전선 세미팔라틴스크에 주둔 중인 제7대대에 배치됨. 봄에 세무관 이사예프와 알게 됨. 그의 부인에게 반함. 이 기간에 투르게네프, 톨스토이, 곤차로프, 칸트, 헤겔 등의 서적을 탐독함. 11월 21일 세미팔라틴스크에 검찰관으로 임명된 브란겔 남작과 가까운 친구가 됨.

1855년 ³⁴세 2월 18일 니콜라이 1세 사망. 8월 4일 세무관 이사예프 사망. 12월 브란겔, 세미팔라틴스크를 떠남.
• 이해에 『죽음의 집의 기록 *Zapiski iz miortvogo doma*』을 쓰기 시작.

1856년 ³⁵세 브란겔, 상트페테르부르크에서 도스토옙스키의 사면을 위해 활동함. 11월 26일 마리야 드미트리예브나 이사예바가 오랜 망설임 끝에 도스토옙스키의 청혼을 승낙함.

1857년 ³⁶세 2월 6일 마리야 드미트리예브나 이사예바와 결혼. 4월 17일 이전의 권리(세습 귀족 신분)를 되찾음. 8월 감옥에서 구상하고 집필에 들어갔던 「꼬마 영웅 Malenkii geroi」이 『조국 수기』에 M이라는 익명으로 실림. 12월 간질 증세로 인해 군 복무를 계속할 수 없다는 진단을 받음.

1858년 ³⁷세 봄, 캇코프에게 편지를 보내 『러시아 통보 *Russkii vestnik*』지에 중편소설 게재를 요청함. 캇코프 받아들임. 6월 19일 형

미하일이 정치와 문학 잡지『시대*Vremia*』지의 출판 허가를 요청함. 9월 30일 미하일, 잡지 출판 허가받음. 10월 31일 돈 떨어짐. 중편 두 편과 장편 한 편을 씀.

1859년 38세 3월 18일 하사관으로 제대함. 3월『아저씨의 꿈 *Diadiushkin son*』이『러시아 말*Russkoe slovo*』지에 실림. 4월 11일 소설 『스테판치코보 마을 사람들*Selo stepantikovo*』을 캇코프에게 보냄. 7월 2일 세미팔라틴스크를 떠나 트베리로 감. 8월 19일 트베리 도착. 8월 28일 형 미하일이 도착하여 며칠간 동생과 함께 지냄. 도스토옙스키, 상트페테르부르크에서 거주할 허가를 얻기 위해 교섭. 트베리에 싫증을 냄. 10월 6일 네크라소프,『동시대인』지에서『스테판치코보 마을 사람들』출판에 동의함. 도스토옙스키는『죽음의 집의 기록』집필 구상. 11월 상트페테르부르크 거주를 허가받음. 그러나 평생 비밀경찰의 감시를 받게 됨. 12월 상트페테르부르크에 도착(10년 만의 귀환). 며칠 후 스트라호프Strakhov와 알게 되고 친구가 됨. 후에 그는 도스토옙스키의 공식 전기를 쓰게 됨. 11~12월『스테판치코보 마을 사람들』이 『조국 수기』지에 실림.

1860년 39세 봄, 여배우 A. I. 시베르트의 집에 드나들며 그녀의 남동생 내외와도 알게 됨. 3~4월〈문학 기금〉을 위한 두 편의 연극에 참여(고골의「검찰관*Revizor*」과「코*Nos*」). 9월『러시아 세계*Russkii mir*』지(67호)에『죽음의 집의 기록』연재 시작. 11월 검열 당국은『죽음의 집의 기록』의 불온한 표현들을 삭제한다는 조건으로 이 책의 출판을 허가함. 가을 형과 함께 문학 서클〈편집자들의 모임〉결성. 당대의 유명 인사들이 대거 참여.
• 도스토옙스키의 작품들이 두 권의 책으로 나옴.
1권:『가난한 사람들』,『네토치카 네즈바노바』,「백야」,「정직한 도둑」,「크리스마스트리와 결혼식」,「남의 아내와 침대 밑 남편」,「꼬마 영웅」.
2권:『아저씨의 꿈』,『스테판치코보 마을 사람들』.

1861년 40세 3월 3일(구력 2월 19일) 농노 해방령이 시행됨. 7월『상처받은 사람들*Unizhennye i oskorblionnye*』마지막 손질.『시대』지에 기고. 9월『상처받은 사람들』출판 허가. 이해에 많은 작가와 관계를 맺음. 그중에는 곤차로프, 오스트롭스키, 살티코프셰드린도 있음.
• 『상처받은 사람들』이 두 권의 단행본으로 출간됨.

1862년 41세 1월『죽음의 집의 기록』의 두 번째 부분이『시대』지에 실림. 1월 16일『죽음의 집의 기록』의 단행본을 내기 위해 바주노프와 계약. 5월 온천에 가기 위해 통행증 신청. 5월 16일 상트페테르부르크에서 화재 발생, 15일간 계속되어 1천여 개의 상점이 잿더미가 됨. 도스토옙스키, 크게 놀람. 6월 7일 처음으로 외국 여행. 6월 8~26일 베를린, 드레스덴, 프랑크푸르트, 쾰른, 파리 등을 여행. 7월 초 런던에 가서 게르첸 만남. 〈도스토옙스키가 어제 나를 만나러 왔습니다. 그는 순수하고, 그다지 명석하지는 않지만 매력 있는 사람입니다. 그는 러시아 민족을 열광적으로 믿고 있습니다.〉(1862년 7월 17일 게르첸이 오가료프 Ogarev에게 보낸 편지) 7월 7일 체르니솁스키Chernyshevskii가 체포되어 페트로파블롭스크 감옥에 감금됨. 7월 8일 도스토옙스키, 파리로 돌아가기 전 게르첸에게 자신의 서명이 든 사진을 선물함. 7월 15일 쾰른으로 갔다가 라인강을 거쳐 스위스로, 그 후 이탈리아로 감. 12월『시대』지에『악몽 같은 이야기 Skvernyi anekdot』를 발표함.

1863년 42세 2월『시대』지에「여름 인상에 대한 겨울 메모 Zimnie zametki o letnikh vpechatleniakh」연재됨. 4월『시대』지, 스트라호프가 1월에 발생한 폴란드인의 무장봉기 실패에 관해서 폴란드인에게 유리한 기사를 실었다는 이유로 4호로 발행 정지됨. 5월『시대』지 출판 금지당함. 8월 외국으로 떠남. 8월 14일 파리에 도착하여 다음 날 먼저 와 있던 수슬로바와 만남. 둘의 관계가 악화되고, 그는 노름판에서 돈을 잃음. 9월 수슬로바와 이탈리아로 출발. 바덴바덴에서 머물다가 투르게네프를 만남. 노름판에서 3천 프랑을 잃음. 바덴바덴을 떠나 토리노로 감. 그다음 제네바로 가서 도스토옙스키는 시계를, 수슬로바는 반지를 저당 잡힘. 그 후 제네바, 로마, 리보르노로 여행. 9월 17일 로마의 성 베드로 대성당 방문. 9월 18일 포럼 산책. 스트라호프에게 편지를 보내『노름꾼 Igrok』에 대한 이야기와 돈이 궁한 사정을 호소함. 스트라호프는 도스토옙스키가 토리노로 가기 전, 그에게서 〈독서를 위한 총서〉

의 편집자가 되겠다는 약속을 받아 냄. 10월 수슬로바와 나폴리 체류. 그곳에서 게르첸 가족을 만남. 그 후 토리노로 돌아옴. 10월 8일 수슬로바와 헤어짐. 수슬로바는 파리로 떠남. 도스토옙스키는 함부르크로 가서 도박을 하고 돈을 잃음. 수슬로바에게 편지를 보내 350프랑을 받음. 이 시기에 『노름꾼』과 『지하로부터의 수기Zapiski iz podpol'ia』쓰기 시작. 10월의 마지막 10일 동안 러시아로 돌아감. 11월 형 미하일, 내무부 장관 발루예프에게 『시대』지를 다른 이름으로 낼 수 있게 해달라고 요청함.

1864년 **43세** 1월 발루예프, 형 미하일에게 『세기Epokha』지 출판 허가 내줌. 3월 21일 『세기』지 첫 호 나옴. 3~4월 『지하로부터의 수기』를 『세기』지에 발표. 4월 4일 〈오전 문학 모임〉에서 『죽음의 집의 기록』의 일부를 낭독함. 4월 14~15일 아내 마리야 드미트리예브나의 건강 상태 악화. 새벽 4시에 병자 성사. 낮 동안 각혈 계속됨. 저녁 7시에 숨을 거둠. 4월 16일 죽은 아내의 머리맡에서 수첩에 자신의 반성을 적음. 〈아내 마샤는 탁자 위에서 쉬고 있다. 마샤를 다시 볼 수 있을까?〉 4월 말 페테르부르크로 돌아감. 7월 10일 아침 7시, 파블롭스크에서 형 미하일 사망. 그의 아내가 『세기』지 발간을 계속해 나갈 것을 허가받음. 9월 25일 친구 아폴론 그리고리예프 사망함.
• 『죽음의 집의 기록』이 두 권의 독일어판으로 라이프치히 출판사에서 나옴.

1865년 **44세** 3월 31일 친구 브란겔에게 아내의 죽음을 알리는 편지를 씀. 〈그녀는 나를 무척이나 사랑했지. 그리고 나도 그녀를 한없이 사랑했네. 그런데 우린 이제 함께 행복을 나눌 수 없게 됐어……. 내 삶은 갑자기 둘로 나뉘어 버렸어.〉 이 시기에 코르빈 크루콥스카야 부인, 후에 유명한 수학자가 된 소피야 코발렙스카야와의 우정이 시작됨. 4~5월 코르빈 크루콥스카야 부인에게 청혼하나 거절당함. 5월 10일 외국 여행을 위해 여권 신청. 6월 『세기』지 2호에 「악어Krokodil」 연재 (「기이한 사건 혹은 아케이드에서의 돌발적 사건」이라는 제목으로 연재 시작). 『세기』지, 재정난으로 발행 중단 (통권 13호). 여름에 출판업자 스텔롭스키와 계약을 맺고 자기의 모든 작품을 양도하고 1866년 11월 1일까지 일정 페이지의 새 소설을 탈고하겠다고 약속함. 계약을 이행하지 못할 경우 스텔롭스키는 보조금 지급 없이 이후의 모든 작품에 대한 저작권을 가지기로 함. 도스토옙스키, 3천 루블을 받고 모든 작품의 저작권을 팔아 버림. 7월 말 비스바덴에 도착. 8월 3일 투르게네프에게 편지를 보내 노름판에서 거액을 잃은 사실을 알리고 1백 탈러를 보내 달라고 부탁함. 수슬로바, 도스토옙스키를 만나러 비스바덴으로 감. 8월 8일 50탈러를 부쳐 주어서 고맙다는 편지를 투르게네프에게 씀. 9월 밀류코프에게 편지를 보내 어디든 상관없으니 중편소설을 팔아 당장 8백 루블을 보내 달라고 부탁하지만 허탕. 〈나는 호텔에 묵고 있습니다. 빚이 불어나서 위협을 받고 있습니다. 그리고 한 푼도 없는 실정입니다.〉 밀류코프는 〈독서를 위한 총서〉, 『동시대인』, 『조국 수기』지에 요청하지만 모두 그가 요구하는 선불금을 거절함. 캇코프에게 『죄와 벌 Prestuplenie i nakazanie』의 구상을 알리는 편지의 초안 작성. 편지에 소설의 줄거리 묘사. 10월 코펜하겐에 도착하여 친구 브란겔의 집에서 10일을 보냄. 15일 상트페테르부르크로 돌아옴. 11월 2일 수슬로바를 만나 다시 청혼함. 11월 8일 브란겔에게 보낸 편지에서 돌아온 첫 주에 세 차례의 간질 발작이 있었음을 알림. 캇코프가 그에게 선불금 지급. 11월 말 『죄와 벌』 초고를 태워 버림. 〈새 형식, 새 플롯이 내 마음을 사로잡아 나는 모두 다시 시작했다.〉(1866년 2월 18일 브란겔에게 보낸 편지) 『죄와 벌』을 쓰는 동안 센나야 광장 근처로 자주 산책 나감. 어느 날 술 취한 군인이 다가와 목에 걸고 있던 십자가를 팔겠다고 해 그 십자가를 사서 목에 걸고 다님. 1867년 외국으로 떠날 때 상트페테르부르크에 놓고 갔으며 이후 없어짐.

• 도스토옙스키의 전집이 작가의 검토와 보충을 거쳐 스텔롭스키 출판사에서 나옴.
1권: 「여주인」, 「프로하르친 씨」, 「약한 마음」, 『죽음의 집의 기록』, 『가난한 사람들』, 「백야」, 「정직한 도둑」. 2권: 『상처받은 사람들』, 『지하로부터의 수기』, 「악몽 같은 이야기」, 「여름 인상에 대한 겨울 메모」 등.
도스토옙스키의 여러 단편과 중편 들이 같은 출판사에서 단행본으로 나옴. 『가난한 사람들』, 「백야」, 「약한 마음」, 「여주인」, 「프로하르친 씨」 등. 『죽음의 집의 기록』의 세 번째 판이 검토를 거치고 새 장들이 추가 되어 나옴.

1866년 ⁴⁵세 1월 『죄와 벌』, 『러시아 통보』지에 연재 시작(12월 호로 완결). 1월 14일 고리대금업자 포포프와 그의 하녀 노르만이 대학생 다닐로프에게 살해되고 금품을 강탈당함. 도스토옙스키는 『백치 Idiot』를 쓰며 이 사건을 숙고함. 3~4월 『동시대인』지에 『죄와 벌』에 대한 비호의적인 평이 실림. 4월 4일 러시아 황제 알렉산드르 2세에 대한 카라코조프의 암살 계획. 도스토옙스키는 이 사건에 깜짝 놀람. 여름을 여동생의 가족이 사는 곳에서 가까운 모스크바의 교외 지역인 류블리노에서 보냄. 『노름꾼』의 줄거리와 『죄와 벌』 5부 작업. 『러시아 통보』의 편집자 캇코프에게 부도덕한 장면이라고 지적당한 2부의 6장을 수정해야 했음(라스콜니코프와 소냐가 복음서를 읽는 장면). 9월 카라코조프에 대한 재판과 판결. 도스토옙스키는 작가 노트와 『악령』의 도입부에서 이 재판에 대해 언급함. 10월 스텔롭스키에게 약속한 소설을 제때에 끝내기 위해 속기사를 고용하기로 결심함. 10월 3일 저녁때 안나 그리고리예브나 스닛키나 Anna Grigorievna Snitkina가 찾아와 속기사로 일하겠다고 함. 그다음 날 『노름꾼』 구술 시작. 29일에 끝냄. 30~31일 원고 정서함. 11월 『노름꾼』 원고를 스텔롭스키에게 가져감. 스텔롭스키는 자리에 없고 그의 서기가 원고를 거절함. 도스토옙스키는 출판사 부근의 경찰서에 소설을 맡김. 11월 3일 어머니 집에 있는 안나 그리고리예브나를 방문함. 그리고 『죄와 벌』 마지막 부분을 속기해 달라고 부탁함. 11월 8일 안나 그리고리예브나에게 청혼. 그녀의 수락. 이달 말 도스토옙스키는 하나뿐인 외투를 저당 잡혀 쪼들리는 친척들을 도움.
• 도스토옙스키 전집 제3권 나옴(스텔롭스키 출판사).
수록 작품: 『노름꾼』, 『분신』, 「크리스마스트리와 결혼식」, 「남의 아내와 침대 밑 남편」, 「꼬마 영웅」, 『네토치카 네즈바노바』, 『아저씨의 꿈』, 『스테판치코보 마을 사람들』. 스텔롭스키 출판사에서 단편, 중단편들이 단행본으로 나옴. 『분신』, 『지하로부터의 수기』, 『노름꾼』, 「크리스마스트리와 결혼식」, 「악어」, 「악몽 같은 이야기」 등.
『상처받은 사람들』 세 번째 개정판과 『스테판치코보 마을 사람들』의 세 번째 판이 같은 출판사에서 나옴.

1867년 ^{46세} 2월 15일 저녁 7시, 삼위일체 대성당에서 도스토옙스키와 안나 그리고리예브나의 결혼식. 3월 30일 도스토옙스키와 그의 아내 모스크바에 도착. 듀소 호텔로 감. 모스크바에서 보석상 카밀코프가 양갓집 아들 마주린에게 살해당하는 사건이 발생. 도스토옙스키는 이 범죄 사건을 『백치』의 마지막에 이용함. 4월 도스토옙스키 부부, 외국으로 갈 계획 세움. 4월 12일 안나 그리고리예브나, 돈을 빌리기 위해 개인 물품을 저당 잡힘. 빌린 돈의 일부를 도스토옙스키 가족에게 줌. 4월 14일 도스토옙스키 부부, 외국으로 떠나 4년 넘게 체류. 안나 그리고리예브나 일기 쓰기 시작. 4월 17~18일 베를린 체류. 4월 19일 드레스덴에 도착, 미술관에서 라파엘로의 마돈나 감상. 책 사들임. 5월 4일 도스토옙스키, 룰렛 게임을 하러 함부르크로 출발. 5월 5일 도박을 하여 처음엔 땄으나 그 후 거액을 잃고 아내에게 여러 차례 돈을 요구하지만 이 돈마저 잃음. 5월 15일 드레스덴으로 돌아옴. 5월 25일 알렉산드르 2세에 대한 폴란드 이민자 베레조프스키의 암살 음모. 파리 체류. 6월 디킨스, 위고를 읽음. 베토벤, 바그너의 음악회 감상. 이달 여러 번의 간질 발작을 일으킴. 6월 21일 도스토옙스키 부부, 바덴바덴으로 떠남. 이후 룰렛 게임을 계속함. 6월 28일 투르게네프를 만나러 감. 러시아와 서양의 관계에 대한 생각 차이로 말다툼. 7월 10일 도박으로 마지막 남은 돈을 잃음. 물건을 저당 잡힘. 7월 16일 도벨린스키에 대한 기사 쓰기 시작. 8월 11일 도스토옙스키 부부, 제네바로 떠남. 바젤에 들러 미술관 방문. 8월 13일 제네바 도착. 8월 28일 가리발디와 바쿠닌의 협력으로 제네바에서 평화와 자유 연맹의 첫 번째 회의 열림. 도스토옙스키, 여러 회의에 참석. 9월 도박으로 또 손해를 봄. 제네바에 싫증을 냄. 경제 사정 매우 악화. 10월 『백치』 집필. 도박으로 돈을 잃음. 물건을 저당 잡힘. 12월 6일 『백치』의 최종 원고 작업 돌입. 〈내 소설의 주요 생각은 지극히 완전한 사람을 그리는 데 있다.〉
• 『죄와 벌』 수정판이 두 권으로 바주노프 출판사에서 나옴.

1868년 ^{47세} 2월 22일 딸 소피야 태어남. 3월 10일 한 가족 전체(6명)가 탐보프에서 살해되는 사건 발생. 16세의 고등학생이 용의자로 지목됨. 도스토옙스키는 이 사건을 『백치』 2부에 이용함. 도박 계속. 5월

12일 어린 딸 소피야 죽음. 9월 밀라노 도착. 성당에 감. 11월 피렌체로 출발. 그곳에서 겨울을 남.
- 『러시아 통보』지에 『백치』 게재.

1869년 48세 봄, 러시아의 친구들과 활발한 서신 교환. 무신론에 관한 소설을 구상. 7월 프라하에서 사흘을 보낸 다음 베네치아, 볼로냐를 거쳐 드레스덴으로 돌아감. 9월 14일 딸 류보프 출생. 11월 21일 모스크바에서 혁명 운동가 네차예프를 지도자로 하는 〈민중의 복수〉라는 혁명 단체가 불복종을 이유로 농학과 학생 이바노프를 암살함(소위 네차예프 사건). 도스토옙스키는 이 사건을 주의 깊게 연구하여 후에 『악령 *Besy*』에 이용함.

1870년 49세 봄, 니힐리즘에 대한 〈악의적인 것〉 작업(『악령』). 6~8월 프랑스-프로이센 전쟁. 도스토옙스키, 자기 일기와 서신에 유럽의 사건들에 대해 언급.
- 『오로라 *L'Aurore*』에 『영원한 남편 *Vechnyi muzh*』 실림. 『죄와 벌』, 전집 제4권으로 나옴(스텔롭스키 출판사).

1871년 50세 1월 『러시아 통보』지에 『악령』 연재 시작. 3~5월 파리 코뮌. 도스토옙스키의 편지와 『미성년 *Podrostok*』의 작가 노트에서 이 사건을 반영했음을 밝힘. 4월 비스바덴에 가서 룰렛 게임. 돈을 잃고 아내에게 편지를 써서 다시는 도박을 하지 않겠다고 약속함. 러시아가 그리워져서 다시 돌아갈 생각을 함. 7월 1일 네차예프의 재판. 재판의 내용이 『악령』 2부와 3부에서 이용됨. 7월 5일 드레스덴을 떠나 페테르부르크 도착. 7월 16일 페테르부르크에서 아들 표도르 태어남.
- 바주노프 출판사에서 〈동시대 작가 총서〉의 하나로 『영원한 남편』이 단행본으로 나옴.

1872년 51세 4~5월 딸 류보프의 팔이 부러짐. 도스토옙스키, 트레티야코프에게 주문받은 초상화를 그리기 위해 피로프의 모델이 됨. 5월 15일 여름을 지내기 위해 스타라야 루사로 떠남. 며칠 후 딸의 잘 낫지 않는 팔을 수술하기 위해 페테르부르크로 다시 돌아옴. 10월 30일 『시민 *Grazhdanin*』지에서 도스토옙스키와 공동 작업할 것임을 알림.

11~12월 안나 그리고리예브나, 『악령』을 직접 출판하기 위해 교섭. 도스토옙스키, 『시민』지의 편집 일을 맡음. 12월 말 도스토옙스키, 『시민』지 1호에 『작가 일기』 제1장 원고 조판 작업. 독감과 폐기종으로 고생하기 시작.

1873년 52세 1월 1일 『시민』지 제1호가 나옴. 편집장을 맡음. 1월 7일 키르기스 대표단이 겨울 궁전으로 알렉산드르 2세를 접견하러 감. 검열 당국의 사전 허가를 받지 않은 점을 변명하기 위해 도스토옙스키도 따라감. 포베도노스체프(성무원의 담당 검사관)가 왕위 계승자 알렉산드르 알렉산드로비치에게 편지와 『악령』 견본 보냄. 2월 26일 안나 그리고리예브나가 출판한 『악령』 판매를 시작함. 2월 27일 슬라브 자선 단체의 회원으로 뽑힘. 6월 11일 검열법 위반으로 25루블의 벌금형과 48시간의 구류(키르기스 대표단 사건) 처분받음. 6월 15일 시인 튜체프 사망. 그에 대한 글을 『시민』지에 기고함.
• 『악령』이 세 권의 단행본으로 나옴. 정치적, 연대기적, 문학적 기사와 중편소설, 일상생활을 묘사한 『작가 일기』가 『시민』지에 연재됨. 『작가 일기』(『시민』지 제6호)에 단편 「보보크」가 실림.

1874년 53세 1월 『백치』, 두 권의 단행본으로 나옴. 3월 11일 『시민』지 10호에 기고한 글 「러시아에 사는 독일인들에 대한 비스마르크 공(公)의 생각과 관련된 두 단어」로 잡지는 첫 번째 경고를 받음. 3월 21일과 22일 센나야 광장의 보초에게 체포당함. 이때 『레 미제라블』을 다시 읽음. 4월 22일 건강상의 이유로 『시민』지의 편집장직 사퇴. 그러나 기고는 중단하지 않음. 6월 4일 스타라야 루사를 떠나 엠스에 온천 요법을 받으러 감. 6월 12일 엠스에 도착. 독감에 걸림. 엠스에 싫증을 냄. 〈엠스가 너무 싫은 나머지 감옥이 더 나을 것 같다.〉 푸시킨을 다시 읽고 『미성년』 작업. 7~8월 제네바에 가서 딸 소피야의 무덤에 감. 8월 10일 스타라야 루사로 돌아옴. 이곳에서 겨울을 나기로 결심함. 10월 12일 네크라소프에게 보낸 편지에서 『조국 수기』지에 소설 『미성년』이 실릴 것이라고 알림.

1875년 54세 4월 9일 안나 그리고리예브나, 쿠르스크 지방에 있는 남동생 아내의 땅을 소작하기로 남동생과 합의. 5월 26일 도스토옙스키, 엠스로 떠남. 처음 왔을 때와 같은 참기 힘든 인상을 받음.「욥기」를 읽음. 7월 7일 스타라야 루사로 돌아옴. 8월 10일 아들 알렉세이 태어남. 12월 길에서 일곱 살의 어린 거지와 자주 만나며 그의 생활에 관심을 가지고 질문을 함. 현대의 부모와 아이들에 관한 소설 구상. 12월 27일 비행 청소년을 위한 감화원 방문. 12월 31일 개인 잡지『작가 일기』의 발행 허가가 내려짐.

• 『죽음의 집의 기록』제4판이 두 권의 책으로 나옴.『미성년』이『조국 수기』(1~12월 호)에 실림.

1876년 55세 1월 월간『작가 일기』제1호 발행. 단편「예수의 크리스마스트리에 초대된 아이」발표. 2월『작가 일기』2월 호에 단편「농부 마레이」발표. 3월 영적 경험.『작가 일기』3월 호에 단편「백 살의 노파」실림. 5월 18일 안나 그리고리예브나, 남동생에게 스타라야 루사에 집을 한 채 사놓으라고 시킴. 7월 도스토옙스키, 엠스로 떠남. 그곳에서 의사는 〈죽으려면 아직도 멀었다〉고 안심시킴. 10월 도스토옙스키가『작가 일기』에서 말한 계모 코르닐로바의 재판이 열림. 그는 죄수를 두 번 방문함.『작가 일기』는 점점 더 풍부한 통신란이나 다름없게 됨. 11월 도스토옙스키는 포베도노스체프의 충고에 대해『작가 일기』의 별책들을 유명해지게 할 것을 제안.『온순한 여자 *Krotkaia*』집필,『작가 일기』11월 호에 발표. 12월 6일 카잔 광장에서 대학생들의 시위와 난투극.『작가 일기』에서 이 사건을 상세히 다룸.

• 『미성년』이 3권의 단행본으로 나옴.『작가 일기』계속 발간.

1877년 56세 봄, 스타라야 루사에 안나 그리고리예브나의 동생 명의로 집을 사들임. 4월 러시아 황제의 성명. 러시아 군대가 터키 영토에 진입. 도스토옙스키는 성명을 읽고 카잔 성당에 감. 4월 22일 코르닐로바의 두 번째 재판에 참석함. 피고는 무죄 석방됨. 검사는 처음 선고는『작가 일기』의 기사에 따라 취소되었다고 말함.『작가 일기』4월 호에 단편「우스운 사람의 꿈」발표. 도스토옙스키 가족, 여름을 안나 그리고리예브나의 남동생 소유지에서 보냄. 7월『안나 카레니나』8부가 단행본으로 나옴. 전쟁에 대한 톨스토이의 반체제적 견해 때문에 거부되었던 책으로『러시아 통보』지의 편집부에서 펴냄. 도스토옙스키, 그 책을 구입. 7월 19일 쿠르스크 지방으로 떠남. 어린 시절을 보낸 다로보예로 감. 12월 27일 시인 네크라소프 사망. 충격에 싸인 도스토옙스키는 밤을 새워 죽은 시인의 시를 낭독함. 12월 29일 연말 공식 회의에서 도스토옙스키가 과학 아카데미 러시아 문헌 분과의 객원 회원으로 뽑혔음을 알려 옴. 12월 30일 네크라소프 장례식에서 간단한 연설을 함.

•『작가 일기』계속 발간.『죄와 벌』4판이 두 권으로 나옴.『우스운 사람의 꿈』이『시민』에서 나옴.『온순한 여자』가『상트페테르부르크 신문』에 프랑스어로 번역됨. 단행본으로도 나옴.

1878년 57세 연초 도스토옙스키, 매달 문학인 협회가 주관하는 저녁 모임 참가. 3월 베라 자술리치의 재판. 베라는 정치범을 하찮은 이유로 채찍질한 트레포프 경찰국장을 저격. 도스토옙스키, 재판 방청. 5월 16일 세 살의 어린 아들 알렉세이 도스토옙스키, 갑작스러운 간질 발작으로 죽음. 아들이 죽은 후 그는 자주 블라디미르 솔로비요프를 만남. 6월 23일 솔로비요프와 함께 러시아 영성의 중심지 중 하나인 옵티나 수도원에 감. 암브로시 장로와 두 번의 대화. 그로부터『카라마조프 씨네 형제들 *Brat'ia Karamazovy*』의 영감을 얻음. 12월 계획을 세우고『카라마조프 씨네 형제들』의 첫 부분 씀. 12월 14일『상처받은 사람들』의 넬리 이야기를 자선 문학의 밤 모임에서 낭독. 〈문학 기금〉의 저녁 모임에서 푸시킨의『예언자』를 읽음. 이 겨울 동안 문단에 자주 나옴.

•『작가 일기』1877년 12월 호가 1878년 1월에 나옴.

1879년 58세 3월 9일 〈문학 기금〉을 위한 연회에서 도스토옙스키는『카라마조프 씨네 형제들』의 일부분을 낭독함. 3월 13일 투르게네프 기념 오찬 모임에서 투르게네프와 도스토옙스키 사이의 별로 좋지 않은 이야기들이 회자됨. 3월 20일 어린 딸을 괴롭힌 혐의로 고발당한 외국인 브룬스트의 재판. 도스토옙스키는 이 사건에 매우 깊은 인상을 받아『카라마조프 씨네 형제들』에 이용함. 도스토옙스키는 술 취한 남자 때문에 길에 넘어져 얼굴에 상처를 입음. 그의 항의에도 불구하고 가해자는 16루블의 벌금형을 받음. 빅토르 위고의 주재로 열리는 런던 문학 회의에 참여해 달라는 요청을 건강상의 이유로 거절함. 7월 22일 엠스로 떠남. 베를린에서 이틀 머무름. 수족관, 박물관, 티어가르텐 구경. 7월 24일 엠스 도착. 그가 이곳에 머무는 동안 그의 아내는 아이들을 데리고 그녀의 친척인 쿠마닌 부인의 토지 분할 문제를 처리하기 위해 랴잔 지방에 감. 쿠마닌 부인은 2백 제곱미터의 산림과 1백 제곱미터의 경작지를 보유. 8월 6일 형수 죽음. 9월 러시아로 돌아옴. 『카라마조프 씨네 형제들』 작업. 10월 알렉세이 톨스토이의 미망인, 톨스토이 백작 부인이 도스토옙스키에게 드레스덴 박물관에 있는 라파엘로의 「시스티나의 마돈나」 사진을 보여 줌.

• 『카라마조프 씨네 형제들』(소설 3부의 제4권까지) 『러시아 통보』에서 나옴. 1876년에 쓰인 『작가 일기』 단행본 제2판. 『상처받은 사람들』 제5판.

1880년 59세 1월 도스토옙스키의 아내가 출판한 작품 판매. 1월 17일 도스토옙스키와 프랑스 외교관이자 작가인 보귀에 사이에 논쟁[보귀에는 후에 유명한 책, 『러시아 소설』(1886)을 씀]. 도스토옙스키는 다음과 같이 말함. 〈우리는 모든 민족이 가진 특징을 가지고 있습니다. 그 위에 모든 러시아의 특징도. 그 이유는 우리는 당신들을 이해할 수 있기 때문입니다. 그러나 당신들은 우리에 미치지 못합니다.〉 자선 문학의 밤 행사에 여러 번 참여, 자기 작품의 몇몇 부분을 읽음. 4월 6일 페테르부르크 대학에서 열린 블라디미르 솔로비요프의 박사 논문 통과 심사에 참석. 5월 11일 모스크바에서 열리는 푸시킨 동상 제막식에서 슬라브 자선 단체의 대표로 임명됨. 5월 23일 모스크바 도착. 5월 24일 도스토옙스키를 축하하는 오찬. 여러 작가 참석. 6월 6일 푸시킨 동상 제막식. 6월 7일 첫 번째 공개 회의, 투르게네프 연설. 6월 8일 두 번째 공개 회의. 도스토옙스키, 대중의 열광을 불러일으킨 푸시킨에 대한 연설을 함. 월계관을 받음. 저녁에 『예언자』 낭독. 밤에 그는 푸시킨 동상에 가서 자기가 받은 월계관을 바침. 6월 10일 모스크바를 떠나 스타라야 루사로 감. 『카라마조프 씨네 형제들』 쓰기 시작. 9월 26일 톨스토이가 스트라호프에게 편지를 보내 『죽음의 집의 기록』은 푸시킨의 작품을 포함하여 새로운 모든 문학 작품들 중 가장 아름다운 책이라고 말함. 11월 8일 도스토옙스키, 『러시아 통보』지에 『카라마조프 씨네 형제들』의 마지막 장을 보냄. 〈내 소설은 끝났습니다. 이 소설에 바친 3년과 출판한 2년, 나에게는 의미 있는 순간입니다. 작별 인사를 하지 않은 것을 용서하시기 바랍니다. 나는 20년은 더 살면서 글을 쓸 작정입니다.〉 11월 29일 한 편지에서 좋지 않은 건강 상태에 대해 불평(폐기종으로 고생). 12월 10일 젊은 메레시콥스키Merezhkovskii의 방문을 허락. 15세의 젊은 시인은 도스토옙스키에게 자신의 시를 읽어 줌. 〈제대로 쓰기 위해서는 고통을 감내해야 한다.〉
• 〈푸시킨에 대한 연설〉이 『모스크바 통보』지에 실림. 『카라마조프 씨네 형제들』, 『러시아 통보』지에 연재(11월 완결). 『작가 일기』 8월 호가 간행됨. 『카라마조프 씨네 형제들』 단행본 며칠 만에 동이 남.

1881년 60세   1월 『작가 일기』 작업. 1월 19일 알렉세이 톨스토이의 미망인 집에서 열린 연극 「폭군 이반의 죽음Smert' Ioanna Groznogo」에서 수도승 역을 맡음. 1월 26일 상속 문제로 여동생이 찾아와 다투고 간 후 도스토옙스키 각혈, 5시 반에 의사 폰 브레첼 도착, 진찰 도중 다시 각혈, 의식을 잃음. 6시경 병자 성사를 받음. 7시경 아내와 아이들에게 작별 인사. 1월 27일 각혈 멈춤. 1월 28일 아침 7시 도스토옙스키는 아내에게 오늘 틀림없이 죽을 것 같다고 말함. 그는 복음서를 아무 데나 펼쳐 「마태오의 복음서」 3장, 14~15절을 읽음. 죽음의 전조가 보임. 아침 11시 또 각혈. 저녁 7시 자식들을 불러 아들에게 자신의 성서를 건네줌. 저녁 8시 38분 도스토옙스키 사망. 1월 31일 알렉산드르 넵스키 수도원 묘지에 묻힘. 많은 사람이 긴 행렬을 이루며 그의 죽음을 애도함.
• 『죽음의 집의 기록』 제5판 나옴. 『상처받은 사람들』의 프랑스어 번역이 『상트페테르부르크 신문』에 실림. 『죽음의 집의 기록』 영어로 번역됨. 『상처받은 사람들』 스웨덴어로 번역됨.

카라마조프 씨네 형제들 3

옮긴이 표도르 도스토옙스키 도스토옙스키(1821~1881)는 일반 독자들에게는 언젠가는 읽어야 할 작가, 평론가들에게는 가장 문제적인 작가, 문인들에게는 영감을 주는 작가 제1순위로 꼽히는, 그 영향력에 있어 누구와도 비교할 수 없는 전무후무한 작가이다. 그를 스승이라고 부른 니체로부터 그를 선구자의 한 사람으로 추앙한 프랑스의 실존주의자들에 이르기까지 20세기 사상과 문학은 모두 그의 영향 아래 있었다. 일생 동안 그를 괴롭힌 간질병, 사형 집행 직전의 특사, 기나긴 시베리아 유형 생활, 광적인 도박벽 그리고 끝없는 궁핍과 고난으로 점철된 그의 인생을 반영하듯 그의 작품들은 격정적이고 논쟁적이다.
1821년 10월 30일 모스크바의 마린스키 자선 병원 의사의 둘째 아들로 태어난 도스토옙스키는 어린 시절부터 월터 스콧의 환상적이고 낭만적인 전기와 역사 소설을 탐독했다. 이후 그는 발자크의 『외제니 그랑데』에 영향을 받아 데뷔작 『가난한 사람들』을 발표했다. 그는 당시 농노제 사회에서 자본주의 사회로 급변하는 과도기 러시아 사회 속에서의 고뇌를 작품으로 형상화했으며, 이러한 그의 사고관은 이후 러시아 메시아주의로 성장했다. 정신 분석가와 같이 인간의 심리 속으로 파고들어 가, 인간의 내면을 섬세하고도 예리하게 해부한 도스토옙스키의 독자적인 소설 기법은 근대 소설의 새로운 장을 열었으며, 그의 작품들에 나타난 다면적인 인간상은 이후 작가들에게 전범이 되었다.

옮긴이 이대우 서울에서 태어나 고려대학교 노어노문학과 및 동 대학원을 졸업했다. 프랑스 엑상프로방스 대학 및 파리 제8대학에서 박사 과정을 수료했으며, 러시아 세계문학 연구소에서 문학 박사 학위를 받았다. 현재 경북대학교 노어노문과 명예 교수로 있다. 논문으로는 「예세닌과 한국문학」, 「미래주의 시어」 등이 있으며, 지은 책으로 『러시아 문학개론』(공저)과 옮긴 책으로 『부활』, 『그 후의 세월』, 『삶이 그대를 속일지라도』 등이 있다.

지은이 표도르 도스토옙스키 **옮긴이** 이대우 **발행인** 홍예빈·홍유진
발행처 주식회사 열린책들 **주소** 경기도 파주시 문발로 253 파주출판도시
전화 031-955-4000 **팩스** 031-955-4004 **홈페이지** www.openbooks.co.kr
Copyright (C) 주식회사 열린책들, 2000, 2024, *Printed in Korea.*
ISBN 978-89-329-2465-6 04890 **ISBN** 978-89-329-2461-8 (세트)
발행일 2000년 6월 15일 초판 1쇄 2002년 1월 10일 신판 1쇄 2006년 4월 1일 신판 16쇄 2007년 2월 5일 3판 1쇄 2009년 7월 20일 3판 8쇄 2009년 12월 20일 세계문학판 1쇄 2024년 6월 15일 세계문학판 21쇄 2021년 11월 11일 특별판 1쇄 2024년 9월 25일 세계문학 모노 에디션 1쇄